생명의 늪 上

생명의 늪 上

SWAMP OF LIFE

김지연 장편소설

정은출판

책을 내면서

생명을 다루는 병원가街는 원천적인 인간 본성이 가감 없이 투사되는 삶의 현장이다. 다양한 욕망을 구사하는 바깥세상과는 달리 오로지 '질병을 치료하며 더 오래 살기' 위한 목적과 생사生死의 기점 만들기에 끌탕하는 또 하나의 세상이다.

물론 인간이 존재하는 곳은 그 소명과 목적이 무엇이든 바깥세상과 다를 바 없는 일들도 발생하지만, 생명이 주체主體가 되는 사건에서는 모골이 송연해지는 전율감을 동반하는 경우도 있다. 생명은 '하나' 뿐이기 때문이다.

병원가街를 누비는 20대의 전문지專門紙기자를 주인공으로, 어떤 상황에서든 우리가 한 번은 거쳐야 할 그 독특한 별개의 세상에서 발생하는 갈등과 생명의 소중함을 탐색해보려 했지만, 주인공의 치열한 삶과 세태적인 사랑이야기가 압권이 되어버린 것이 아닌가 싶어 아쉬움이 있다.

일독一讀을 바라면서

2009년 9월

著者 김 지 연

■ 참고자료

郭大熙 의학칼럼집 『사랑에 병든 에덴』 『부끄러운 당신을 위하여』

차 례

과수정원의 햇살

나는 스무 여섯 살의 잘난 청년이다. 스스로 잘났음을 앞세우는 것은 사실은 좀 모자라는 자신을 은폐하기 위한 수단일 수도 있다.

그러나 끝없이 긴장되거나 위축될 때 나는 내가 잘났음을 스스로에게 세뇌시킨다. 아랫배와 어깨에 힘을 주고 턱을 앞으로 내민 채 "나는 괜찮은 사내야"를 몇 번 반복하고 나면 거짓말처럼 긴장감이 느슨해지면서 마음이 편안해진다. 초조감과 불안감이 스러진다.

이런 상황은 입사시험 후 면접 때마다 표출하는 것으로 10여 차례나 이미 경험한 바 있지만 횟수와 상관없이 매번 처음인 것처럼 전신이 뻣뻣해진다.

지금 내가 처해있는 곳은 의학 전문지 Q신문사의 사장실 문 밖이다.

나를 비롯하여 정확히 서른다섯 명의 젊은이들이 비슷한 표정들로 서성거리고 있다. 여자도 다섯 명이나 섞여있다. 예고된 면접시간에서 8분이나 지연되었는데도 사장실에서는 한 사람도 불러들이지 않고 있다. 청년들의 이맛살이 찌푸려지거나 서성거림의 몸짓이 빨라졌다. 그러나 누구도 불평을 말하지는 못한다.

그럴 것이 취재부기자 1명 뽑는데 자그마치 서른다섯 명이나 몰려들었기 때문이다. 그것도 결원을 보충하기 위해 인터넷이나 신문에 모집공고를 낸 것이 아니라 기존 직원들이 자기 인척이나 가까운 친구에게 정보를 주어 모여든 숫자이다.

거기다 필기시험을 직접 치르지는 않았지만 군(軍)필에 4년제 대학졸업, 토익성적 800점 이상인 28세 이하의 지원조건이 붙어있어 서른다섯 명의 후보들은 거의 모범생 정도로 보면 된다. 물론 모두가 그 조건에 해당되는 사람들인지는 알 수 없다. 그러나 하나같이 인(人)줄 연(緣)줄로 얽혀온 사람들이기에 10분 전후의 시간지연에 터놓고 불평할 뱃심자는 없는 것 같다.

그때 하얀 살갗을 가진 핸섬한 중년남자 하나가 복도를 서둘리 길어오더니 사장실로 들어갔다. 숨이 차 하는 모습으로 면접이 지연되게 한 장본인이라는 생각이 들었다.

아니나 다를까, 바로 면접 호명이 시작되었다. 세 사람씩 불러들였다. 번호표 같은 것이 따로 없었으므로 누가 먼저 호명될지는 알 수 없었다.

전신으로 다시 긴장감이 뻗쳐오르기 시작했다. 제일 먼저 빈뇨증(頻尿症)이 왔다. 10분 전 쯤에 화장실을 들러 나왔는데 다시 급박하게 마렵기 시작했다. 다음 차례에 바로 호명될 수도 있는데 그러나 싸지를 것 같은 다급함에 화장실로 뛰어갔다. 금방 터져 나올 것 같던 소변은 팽팽하게 뻗지르는 페니스의 기세와는 달리 질금거리는 것으로 멈춰졌다. 서둘러 자크를 올리며 복도로 나왔다. 다행히 호명은 이어지지 않았다. 나는 아랫배와 어깨에 힘을 주고 턱을 내밀었다. "나는 괜찮은 사내야"를 아랫니를 지그시 물면서 되씹었다. 이러는 자신에 모멸감을 가졌지만 눈앞의 내 증상인 것을 어찌할 수 없었다.

"공찬우씨."

사장실에서 1차로 들어갔던 후보자들이 후줄근히 어깨를 처뜨리고 나온다 싶더니 마치 벼락 치듯 내 이름이 불려졌다. 나는 화들짝 놀라면서 고개를 쳐들고 복도가 쩌렁 울릴만큼 큰 소리로 응답했다

실제 비서실 직원인 듯싶은 키 작은 사내가 벼락 치듯 호명한 것은 결

코 아닌데, 내 귀에는, 그렇게 들렸다. 그래서 반사적으로 고함치듯 대답했을 뿐이다. 그런데, 옆의 청년들이 빙긋빙긋 웃었다. 더러는 연민의 눈초리를 거침없이 보내오는 사내도 있었다.

나는 순간적으로 얼굴을 붉혔다. 목덜미께부터 얼굴로 화끈하게 솟구쳐 오르는 열기로 내 살갗이 어느 정도 검붉어졌는지 짐작 할 수 있었다.

키 작은 사내가 웃음 머금은 얼굴로 내 이름에 이어 두 명을 더 호명했지만, 나는 그 소리에 관심이 없었다. 사장실 문안으로 성큼성큼 들어섰다. 아랫배와 어깨 턱에까지 힘을 주어 자신감을 가지려던 일종의 내 최면술(催眠術)은 온데간데없이 나는 극도로 긴장했다. 그런데, 밖에서 생각하듯 문안이 바로 면접장소는 아니었다. 문 안은 비서실이었고 면접실은 또 하나의 장중한 문을 통과해야 되었다.

나는 비서실을 사뭇 화살같이 빠르게 스쳐지나갔다. 누군가 앉은 자리에서 나를 반겨하는 것 같은 감을 느꼈으나 돌아볼 여유가 없었다. 그가 여자인지 남자인지도 알 수 가 없었다. 극도의 긴장감에서 오는 내 착각이나 환각일 것이라 생각했다. 비서실 출구에서 사장실 곧 면접실까지는 열 발자국 정도의 짧지 않은 거리였지만 나는 그야말로 눈 깜짝할 사이에 면접실로 들어섰다.

그 곳에는 세 명의 중년남자들이 간이 책상을 앞으로 나란히 앉아있었다. 나는 누구에게랄 것도 없이 세 남자를 향해 허리를 구십 도로 굽혀 인사를 했다. 그리고 사장인 듯싶은 남자 앞의 의자에 서둘러 꼿꼿이 앉았다.

"공찬우씨 입니까? 이쪽으로 앉으시요."

마주앉은 중앙켠의 사내가 당신의 우측자리를 손으로 가리켰다. 나는 기계처럼 옆자리로 몸뚱이를 옮겼다 .그러자 내가 앉았던 중앙자리에 내 다음에 호명된 사람이 앉고 그 다음 사람이 바른쪽 의자에 앉았다.

나를 면접하는 남자는 가장 늦게 복도를 지나 면접실로 들어가던 하얀 살갗의 그 사람이었다.

그는 이력서의 사진과 내 얼굴을 대조했다. 그리고 이력서의 내용을 꿰듯 한동안 페이퍼에서 시선을 떼지 않았다. 그리고 불쑥 공찬우씨만이 가진 신체적인 특징이나 습관 같은 것이 있느냐고 물어왔다. 어떻게 대답을 해야 득점을 할 것인지 생각할 여유가 없었다.

"없습니다."

내 소리가 또 다시 컸던 것인지 중앙에 앉은 사내가 흘끔 내 쪽을 바라보았다.

"친구가 많습니까?"

"많은 편입니다."

"나가보셔도 좋습니다."

"예?"

흰 살갗의 사내가 출입문 쪽으로 손짓을 했다.

나는 황당한 기분인 채 엉거주춤 자리에서 일어났다. 마치 뒤통수를 한 대 얻어맞은 기분이었다.

'또 떨어졌구나…' 직감이었다. 열 번도 넘는 입사 필답고사에서 면접에서 직감이 어긋나 본적은 한 번도 없었다.

나는 어깨를 내려뜨리고 일어선 채 맞은편의 그 사내에게 절을 했다. 사내의 흰 얼굴이 나를 마주보았다. 금태안경속의 눈빛이 차라리 따뜻하게 느껴졌다. 질문 같지 않은 질문 두어마디 해놓고 문 쪽으로 나가라고 손짓하는 차가운 몸짓과는 달리 입가에 잔잔한 미소까지 머금고 있는 듯 보였다.

"멍청아, 착각마라, 동정이야. 코 빠진 네 꼴에 대한 연민이야…."

또 하나의 냉소적인 속 소리가 지푸라기라도 붙잡고 싶은 여린 내 심중을 강타했다.

신문사의 건물에서 벗어났다. 두 다리가 약간 휘청거렸다. 그토록 온

몸을 죄던 신경줄과 근육들이 제멋대로 이완되어 각각 노는 것 같았다. 바깥 공기는 훈훈했다. 진한 꽃향기도 콧속으로 스며들었다. 3월도 하순을 넘겼으니 몸에 닿는 온기와 봄의 향내는 진작부터 풍겼던 것이지만 미처 느끼지 못했다.

나는 새삼 주위를 둘러보았다.

내실이 탄탄한 의료단체의 건물이어설까 '의창(醫窓)빌딩'은 도심지 중앙부에 1천평에 가까운 대지를 점유하고 있었다. 그 곳의 중심에 20층짜리 건물이 우뚝 서 있고 공원격의 정원이 첨단설계의 빌딩을 에워싸고 있음을 알 수 있었다.

나는 진작부터 콧속으로 넘나드는 달큰한 향기의 근원지를 발견하곤, 미소를 머금었다. 아침녘, 건물 속으로 들어갈 때는 느끼거나 보지 못했던 향기와 꽃무리였다. 건물의 현관 앞으로 조성된 원형의 화단에 10여 그루의 매화나무가 운집하여 있고, 나무마다 꽃구름을 일구듯 매화꽃이 만개하여 흐드러져 있었다.

뿐인가, 꽃무리 위로 삭막한 도심의 어디에서 날아온 것인지 벌과 나비들이 윙윙거리고, 콧속으로 스미는 향기는 너무 달큰하여 서러운 느낌조차 들었다. 푸른 기운이 도는 하얀 꽃빛깔조차 눈을 부시게 하다못해 애잔함을 느끼게 했다. 나는 심호흡을 길게 하면서 눈앞의 모든 것을 여유있게 향유하려했다. 그러다 마음의 상태에 따라 신체의 기능이 마비될 수도 있음을 새삼 느낀다. 아침녘 면접을 받으러 갈 때의 내 신체적 조건과 당금의 상황이 너무 대조적이었던 것이다.

이렇다하게 당장 갈 곳이 없었던 나는 내친김에 이 곳에서 봄맛이나 즐겨볼까 했다. 좀더 현실적으로 표현하면 여자친구 단비(甘雨)와의 약속 시간이 1시간여 남아있어 그 간격을 메우기 위한 방편이기도 했다.

단비와는 12시에 그녀 직장 부근의 분식점에서 만나기로 되어있었다. 이 날은 무슨 일이 있어도 점심을 내가 사야 할 것이라는 다짐을 해본다.

포장마차 수준의 술값이며 밥값이라 해도 거의 매번 그녀가 쏘게 한다는 것은 무리스런 행위일 수밖에 없다는 생각에서다. 나보다 세 살이나 어린 후배(제대 후 복학하여 졸업은 함께 했지만)인 그녀가 이즈음 새삼 손위 누이처럼 일방적으로 행세함은 그게 모두 그녀의 돈주머니 행세 탓이라 헤아려졌던 것이다.

사내로서의 자존심이사 그녀가 무일푼의 '백수'를 동정하여 그것도 내가 취직이 될 때까지 시한부로 자신이 경제를 맡는다는 공언을 했던 터라 그때 이미 접어버렸지만, 그러나 제반사에 주도권을 잡으려하는 데는 예민해지지 않을 수 없었다.

빌딩을 둘러싸듯 양 옆으로 뻗쳐진 정원을 산책하기 시작했다. 그러다 유심히 살펴 본 정원의 수목들에서 놀라움을 금치 못했다. 건물 앞 매화나무 뿐만 아니라 공원형 정원의 모든 식수들이 유독 유실수(有實樹)로만 채워져 있었던 때문이다.

야트막한 붉은 벽돌 담장가로 살구나무가 방풍림처럼 둘러 심겨져있고, 감나무며 대추나무, 모과나무, 자두나무가 군데군데 그리고 벤치가 있는 곳은 포도나무 덩굴로 지붕을 얽어 놓았고, 빌딩의 후면으로는 밤나무 숲을 만들어 작년에 떨어진 털부숭이 밤 껍질이 흙땅 구석구석에 널려 있기도 했다.

'도심 속의 과수원이다! 참으로 멋진 아이디어이지 않은가! 최첨단 설계의 빌딩에 어울리는 향나무며 소나무며 주목 · 단풍나무 · 백일홍 · 목련 등 온갖 고급 정원수를 젖혀두고, 소박하고 실리적인 과수만을 심다니!'

특히 살구나무(杏林)가 많은 것은 빌딩이 인술(仁術)을 상징하는 의료단체의 중심센터이기 때문일 것이었다. 내가 유실수에 유독 경이로움을 표하는 것은, 어릴적부터 정원수에 비해 식용의 열매를 얻을 수 있어 실리적이고, 철따라 나무의 변화가 선명한 과수를 유난히 좋아하기 때문이었다.

진실로 눈앞의 정원이 마음에 들었다. 아울러 Q신문사에 기어이 입사하고픈 간절한 욕망이 솟구쳤다. 그러나 좀 전, 살갗이 하얀 면접인의 건성적인 면대는 내 기(氣)를 꺾어놓는데 하자가 없었고, 나는 이 멋진 정원을 가진 의료단체의 신문사와는 연이 닿지 않을 모양이었다.

Q신문사에 이력서를 낸 것은 동네 슈퍼마켓의 외딸인 연희(然姬)누나 때문이었다. 초등학교 선배이자 나보다 다섯 살 연상인 그녀는, 같은 동네에 10여년 이웃하여 살아온 인연도 있지만, 어느 저물녘 동네어귀에서 건달들에게 희롱당할 뻔한 그녀를 "누나 여기서 뭐하느냐"고 소리쳐 위기를 모면케 해준 일 이후로, 나를 친동기간처럼 아껴주는 사람이었다. 그 누나가 3주 전 쯤 자기네 회사와 연관이 있는 Q신문사에서 직원 한 명을 보완한다는 정보를 들었다며, 이력서를 내보라고 했던 것이다.

나는 한숨과 함께 유실수가 가득한 정원을 아쉬워하면서 벗어났다. 단비의 사무실이 있는 을지로 2가까지 걸어가기로 했다. 12시가 되려면 삼십 여분은 더 남아있어 천천히 걷다보면 그 시간에 맞춰질 것 같았다.

약속장소에 도착했을 때는 정확히 12시 5분전이었다.

"찬우씨, 여기."

약속시간에서 5분쯤 늦는 것은 단비의 애교(?)이자 습성인데 의외로 그녀는 먼저 나와 있었다.

"어머, 핸섬보이! 양복을 다 입으셨네! 아, 오늘 면접 본다고 했지? 어떻게, 잘했어?"

"그냥…."

"어째, 대답이 시원찮다? 이번에 떨어지면… 열 번째던가?"

그렇게 생각해선지 단비의 얼굴에 약간의 조롱기가 묻어있는 듯 느껴졌다.

"언제부터 그렇게 일일이 세고 있었지? 요즘은 백번쯤 헛물을 켜야 비로소 직장인연이 붙는다든가, 그렇다더라."

나는 속에도 없는 말을 나오는 대로 떠벌렸다.

"농담도 그런 말 마. 어떤 곳인지는 모르지만 이번에는 꼭 붙어라. 뭐 먹을래?"

이날따라 단비의 거침없는 반말이 목구멍에 걸리듯 껄끄러웠다. 마치 밥 사달라고 나온 덩치 큰 동생에게 뭘 먹겠느냐고 독촉하는 듯한, 너무 아무렇게 취급당하는 것 같은 기분이 들었다. 이날 면접 때의 '직감'이 현실로 돌아왔을 때 단비는 또다시 열한 번째라고 말 할 것이었다. 나는 그녀에게 점점 꼬여들기 시작하는 심사를 그러나 밖으로 내비쳐서는 안 된다고 생각했다. 그녀는 짧은 점심시간을 이용하여 나를 만나주는 것이어서 설령 그녀가 속엣소리를 마음대로 뱉더라도 나는 그녀의 평온한 오후 근무를 위해 말을 삼가야했다. 그러나 말을 참는다는 사실이 얼마나 큰 고역인지를 나는 그녀를 만날 적마다 절감하고 있었다.

제대하고 복학하여 단비와 1년을 친구로 연인으로 지내던 학생 때만 해도 나는 단비의 어떤 말도 다 받아들일 수 있었다. 언행 모두가 그지없이 사랑스럽기만 했다.

그런데 졸업 후 백수생활 1년여인 이즈음, 나는 그녀의 말에 곧잘 민감해지면서 애써 반응하지 않으려고 스스로를 담금질했다. 자격지심때문이었지만 단비의 상대방에 대한 배려에도 문제가 있다는 생각을 하게 되었다.

그녀는 지나칠 만큼 현실주의자였다. 꿈이나 낭만보다 이해관계에 냉철하고 제반 가치기준을 경제 쪽에 두는 편이었다.

"뭘 생각해? 뭐 먹겠느냐고 내가 물었어."

단비가 내 앞의 물 컵을 탁탁 쳤다. 컵 속의 물이 출렁거리다 탁자위로 흘러내렸다. 나는 얼른 손수건을 꺼내 찻물을 훔쳤다.

"단비야. 오늘은 내가 쏠게. 먹고 싶은 것 주문해라."

내가 그녀를 가만히 바라보며 말했다.

"어쭈? 분위기 잡고, 사내구실 할 때도 있네? 그럼, 이집 특식인 제육볶음 시킬까?"

단비가 제육볶음과 낚지 볶음을 주문했다. 돈이 모자라면 자기가 보태겠다고 했다. 내가 소주 한 병을 주문했다.

"대낮부터 왜 이래? 벌써… 미끄러진 거야? 아니면, 어디서 눈 먼 공돈이 생겼어?"

소주가 먼저 왔다. 나는 두 개의 잔에 술을 따루었다.

"그런데…, 단비야… 네 말마따나 사내구실 한번 하겠다는데, 그냥 캐지 말고 받아주면 안 되겠니?"

단비가 조금은 의외라는 표정으로 나를 바라보았다.

"왜, 그래? 안하던 반응을 다 보이고? 찬우씨가 나를 몰라? 분명하고 정확한 거 좋아하는 내 성격. 나는 간접적이고 둘러치고 이상야릇한 분위기 피우는 그런 거 역겨워 하잖아. 왜, 네가 간만에 사내구실 한다니까 기분 나빠? 널 무시해서가 아니고 사실을 그대로 말한 것뿐인데."

"사실을 그대로 말 다 안 해도 되잖아. 어떻게 사람들이 하고 싶은 말을 다하고 사냐. 자, 술 마셔. 제육볶음에는 소주 반주가 좋다!"

음식이 나왔기에 그쯤에서 말을 끊었다. 단비는 소주잔을 들어 올리더니 한 모금에 마셔버렸다. 소주 두병 주량이니 대낮에 몇 잔 하기로 문제는 없을 것이었다.

"찬우씨, 이제 나 사랑하지 않나보다?"

그녀는 비워진 소주잔에 자작으로 다시 술을 채우면서 착 가라앉은 음성으로 그렇게 말했다. 시선까지 아래로 내리는 모습이 여느 때의 그녀 같지가 않았다.

"무슨, 얘기야?"

"내 말을 따지고 있잖아."

"내가, 무얼 따졌어?"

"내가 무슨 말을 해도 너는 모두 긍정해주었어. 어떤 말을 해도 긴장하거나 화를 내지 않았다구. '싸나이 노릇' 정도보다 더 네 자존심 긁는 말을 해도 '그래, 그래' 미소로 받아주었어. 그런데 지금은 아니잖아."

"너에 대한 사랑은 변함이 없어. 나에게 문제가 생긴 거야. 요즘, 점점 작아지는 나를 느껴. 예민해진다. 네가 좀 이해하여 주면 좋겠다."

실업자 건달 생활이 길어질수록 이런 첨예한 증상이 더 심해진다는 말은 하지 않았다.

"내 성격을 바꿀 수는 없어. 너도 내 솔직하고 뒤끝 없는 성품이 좋다고 했잖아. 나는 없는 것을 말하지는 않아. 좋아하는 사람 앞에서 말조심해야 되는 거 나는 어려워서 못해. 친할수록 말 놓고 더러 상말도 하고, 속엣말 다 지절대는 거 아냐? 그러는 것이 서로 신뢰하고 친하다는 표현 아닌가? 나는 네가, 옛날처럼 무조건 내 말을 다 받아주었으면 좋겠어."

"하지만 단비야! 네가 의기소침한 내 입장을 조금만 배려해 주면 안 되겠니? 내가 너무 작아져버렸거던…"

나는 비굴하리만큼 간절한 표정과 낮은 음성으로 그녀를 바라보았다.

"알았어. 노력해 볼께."

"그래, 고맙다…."

안 해도 될 인사말을 성급하게 했다는 후회가 금방 가슴을 쳤지만 이미 입 밖으로 나간 소리였다. 하지만 술 취하지 아니한 상태에서 미약한 대로 내 기분을 전달했다는 사실만도 의미 있는 일이라 이쯤에서 접기로 했다. 물론 이러한 나름대로의 생각도, 나 혼자만의 머리 굴림일 뿐 실제 그녀와 맞닥뜨리면 나는 또 비실거렸다.

제반사를 무 자르듯 탁탁 끊어 판단하는 단순형의 그녀 앞에서 나는 생각이 많고 감정의 여운이 그녀보다 훨씬 길었다. 내가 그녀의 말에서 헤어나지 못하고 있는 동안 그녀는 언제나 멀찍이 앞서가서 다른 일에 관심을 보이곤 했다.

그때마다 그녀의 기분을 맞춰주려 나는 서둘러 생각의 늪에서 빠져나와야 하고, 그런 과정이 스스로 허둥거린다는 느낌을 갖게 했다. 이날도 하고 싶은 말을 다 못하여 뭔가 이물질이 계속 목에 걸려 있었는데도 마음 같지 않게 '고맙다'는 소리까지 내뱉고 말았다.

"너는, 너무 복잡해. 음식 앞에 놓고 또 철학하는 거야? 야, 밥 먹어"

단비가 갑자기 젓가락을 든 손으로 삿대질을 하며 소리를 쳤다. 거친 소리와 함께 입속에 든 고기부스러기가 튕겨져 나왔다.

나는 당황하여 주위를 둘러보았다. 바른쪽 식탁의 남녀가 흘끔흘끔 옆 눈질을 하며 자기들끼리 눈을 맞추며 웃고 있었다. 진작부터 얼빠진 놈 같은 내 꼴을 보고 조소하는 것이려니 생각했다. 얼굴이 화끈 달아올랐다. 목줄대의 이물을 기어이 토해내듯 단비를 향해 말했다.

"'야-', '너-' 안할 수 없어? 음성 좀 낮출 수 없어? 삿대질 안할 수 없어? 내가, 네 종놈이니?"

내 소리는 낮았지만 음성에 힘이 주어져 둔탁했다. 단비의 얼굴이 흉물스럽게 일그러지면서 입술을 벌그러뜨렸다.

"어머, 별꼴…. 얘가, 오늘 왜 이래? 어디서 미역국 처먹고, 누구한테 와서 화풀이야? 나, 갈래."

단비가 젓가락을 식탁 위에 부서져라 던지곤 발딱 일어났다. 그리고 홱 돌아서 식당을 나가버렸다. 나는 따라 나가지 않았다. 옆 테이블뿐만 아니라 작은 식당 안 사람들 전부가 나를 바라보고 있었다. 개의치 않았다. 혼자 소주를 마시고 음식을 걸신들린 것처럼 먹어댔다.

목줄대에 엉겨있던 이물이 비로소 빠져나간 것 같았다. 물론 편한 마음은 아니었다. 그러나 못 견딜 정도는 아니었다. 언젠가는 한번 짚고 넘어 갈 내용이긴 했다. 이날처럼 극적 상황을 만들 의향은 아니었지만 그녀의 생각 없이 뱉어대는 원색적 말투와 거칠은 명령식 큰소리며 삿대질

습관을 계속 용납할 마음은 아니었던 것이다.

어떤 형태로든 한번은 부딪쳐야 할 문제였기에 후회는 없었다. 다만 좀 더 유연하게 대처하지 못했음에 대한 아쉬움은 있었다.

군(軍) 제대 후 4학년에 복학했을 때 단비는 첫 대면부터 말을 놓았다. 3년이나 후배임이 분명했지만 과거사 어쨌든 이제는 동급생이니 말을 낮추는 것은 당연하지 않느냐고, 낯설어하는 나를 장난스런 표정으로 쳐다보면서 말했었다.

오빠 혹은 형이라 호칭하며 경어를 쓰는 다른 여학생들과는 달랐다. 당시만 해도 그런 그녀가 독특해 보이면서 밉지가 않았었다. 과생 일곱 명의 여학생 중 가장 적극적이고 당당하면서 외모도 도드라졌던 그녀가 의외로 나에게 관심을 보여 왔다. 산에서 금방 튀어나온 산동물처럼 순수해서 좋다고 했다. 나를 만나면 신선한 산 공기가 콧속으로 스며든다는 표현도 했다.

이후 우리는 급속도로 친해졌고, 졸업 후 그녀가 먼저 취직을 했어도 우리는 여느 다른 연인들처럼 일주일에 한두 번 만나 술도 마시고 영화도 감상하고 생리적인 사랑행위도 가졌다. 분명한 것은 2년여의 교제기간이 흘렀어도 나는 여전히 그녀를 사랑하고 있다는 점이었다. 나를 대하는 태도가 분명히 점점 거칠어지고 있었지만, 그녀가 내 삶의 전부임에는 변함이 없었다.

작은 식당에는 나 혼자뿐이었다. 제육볶음이 싸늘하게 식어 뻣뻣했다. 나는 앉은 자리에서 소주 세 병을 마신 후에야 비틀거리며 식당을 벗어났다. 술기운 탓인지 좀 전의 내 행위가 사내답지 못했다는 후회도 없지는 않았다.

'흥, 도량 넓은 큰 가슴의 사내를 원하냐? 쥐뿔이라고 해라. 하지만 단비, 너는 정말 바뀌어져야 해. 사람들이 너를 뭐라고 평하는지 알아? 교만하고 천박하대, 황금 신봉주의를 자처하는 네 부러지는 행동도 원인이지만, 바로 거칠은 네 말투 때문이야. 그래, 네 대인관계가 어떻든 내가, 내가 불편하단 말이야. 무심히 들어 넘겨지지가 않아. 예민해진단 말이다–'

식당에서 너댓 시간이나 보낸 탓일까. 거리에는 어스름이 깔려들고 있었다. 나는 휴대폰을 꺼냈다가 다시 호주머니로 집어넣어 버렸다. 전화를 하지 않는 편이 차라리 도움이 되리라는 생각 때문이다. 물론 나는 이날의 작은 사건이 면접이후로 예민해있는 내 심경과 무관하다고 부인할 마음은 아니었다. 그러나 그것이 전부가 아니었기에 그녀에게 전화하여 사과 한다거나 위로해 주고픈 마음을 접어버린 것이다.

갈 곳이 더 없었다. 할 일도 없었다. 긴장감이 한꺼번에 풀어져서인지 많이 피곤했다.

사각진 방, 찬수는 자정이나 되어야 들어오니까 내 방이나 다름없는 그 곳에 지친 몸을 풀고 싶었다. 흐느러진 해삼처럼 너덜너덜 풀어지고 싶었다. 하얗게 죽었다가 다시 살아나고 싶었다. 돌이킬 수 있다면 진정 죽었다가 인생을 새롭게 시작하고 싶었다. 자양분을 듬뿍 받는 싱그러운 유년을 한 번 살아보고 싶었다.

새어머니는 내 표정을 천착하듯 살필 것이었다. 우리 집에서 내가 취직하여 독립하기를 바라는 사람은 바로 마흔아홉 살의 그녀이기 때문이다.

그녀는 내가 다섯 살 적에 아버지와 재혼하여 찬수를 낳았고 나와 더불어 20년을 함께 생활했다. 철도 기능직 공무원인 고지식한 내 아버지는 교통사고로 아내를 잃자 혼자 살 것이라 고사했지만 친척들이 내 양육을 이유로 청량리에 사는 이혼녀를 기어이 붙여주었다고 했다. 이혼녀, 그러니까 나의 새어머니가 된 여인은 아버지와 동거한지 일곱 달 만에 찬수를 출산했다.

찬수가 태어나던 해, 여섯 살이 된 나는 '찬수보기 형' 이었다. 물론 유치원 같은 시설에는 문턱에도 가보지 못했다. 형편이 어렵다는 이유에서였다. 나는 그녀가 외출하거나 부엌에서 일을 하는 동안 언제나 찬수를 지켰다. 그녀는 나에게 아기의 기저귀 갈아 채우는 법과 우유를 먹이는 법을 가르쳐 주었다. 우유병을 소독하는 방법도 가르쳐주었다.

나중에는 내 등짝에 아기를 업혀 나를 뒤뚱거리게도 만들었다. 나이는 여섯 살, 정확히 4년 9개월인 내가 작은 것인지 3개월짜리 아기가 큰 것인지 하루는 아기를 업은 채 요판위에 넘어졌다. 탄탄하게 박음질한 널따란 '띠' 로 그녀는 아기와 나를 포장하듯 단단하게 묶어주고 밖으로 나갔는데, 중심을 잡지 못한 내가 쓰러져버렸던 것이다.

아기가 자지러지게 울음을 터트리자 방안으로 뛰어 들어온 그녀는 이불 위에 처박아진 채 꿈틀대는 우리 묶음(?)을 일으켜 세우곤, 주먹으로 느닷없이 내 얼굴을 후려쳤다.

"형이라는 것이 갓난쟁이 동생하나도 업지 못해"

나는 정신이 아찔해지는 충격으로 다시 넘어졌고 그녀는 거칠게 아기와 내 몸에 감겨진 띠를 풀어냈다. 그리고 허둥대는 내 몸뚱이를 커다란 손바닥으로 다시 밀어 버렸다.

눈앞이 캄캄하고 별이 번쩍이는 경험을 나는 4년 9개월 여섯 살 그때 경험했다. 눈물이 후루룩 쏟아졌으나 나는 소리내어 울지도 못했다. 형은 소리내어 울면 바보 등신이라고 그녀가 눈을 부라리며 위협했기 때문이었다. 한참 큰 후에사 내 울음소리가 아래 층 혹은 옆집에(당시 우리는 철도관사인 연립주택에 살았다) 새어나갈까 그녀가 염려했음을 알 수 있었다.

"하, 내가 오늘 왜 이러나…. 까맣게 잊고 싶었던 상채기들이 왜 뜬금없이 솟구쳐 오르는가…. 흐드러진 봄날, 대낮부터 마신 술 때문인가, 나가보라고 출입문으로 손짓하던 살갗 하얀 그 사내 때문인가, 아니면 단비 때문인가… 모르겠다…, 그래, 그때 그녀는 내 얼굴을 때린 것이 아니고 후려쳤어…. 때린 정도로는 그렇게 세상이 온통 칠흑처럼 캄캄하고 별이 반짝거릴 수 없었어. 그 반짝거림이 별이었을까, 노오랬던 거 같애…, 눈동자를 누르면 나타나는 주황색 노을 같던 그 빛깔…. 그것이 무엇이었을까.…"

그날 내 볼은 퉁퉁 부어올랐다. 그날 밤 아버지는 무슨 일인지 과음하고 자정 넘어 귀가하여 나를 보지 못했고, 다음 날 아버지의 출근시간에는 그녀의 우악스런 등 떠밀림에 화장실로 쫓겨 들어가야 했다. 화장실 안에서 '아빠 다녀오세요' 하는 버르장머리 없는 아들이 되어야 했다.

나는 기억들을 지우려 고개를 흔들었다. 그러나 지우려 할수록 불거져 오르는 아픔 또 하나.

초등학교 3학년 적. 네 살짜리 찬수가 놀이방에 다녀와서 간식을 먹고 있었다. 흔하지 않은 노란 바나나를 차판 위에 세 개나 올려 놓고 우유와 함께 먹고 있었다. 입안에 침이 가득 고였다. 나는 두끼 혹은 세끼 밥 외에 간식을 먹어본 일이 없었으므로 내 몫은 당연히 없다는 것을 알기 때문에, 그냥 못 본 척 참으려 했다.

내가 어린 나이답지 않게 참는 일에 이골이 나 있었던 것은 귀에 못이 박힐 만큼 '너는 형이니까, 먹는 것도 참아야 하고, 동생이 때려도 형이니까 맞아주어야 하고, 형이니까 새 옷을 입지 않아도 된다.'는 그녀의 세뇌교육 때문이었다. 그런데 그날은 노랗게 잘 익은 바나나를 보면서 입안에 침이 모아지는 것은 말할 것도 없고, 침이 식도로 넘어가다 말고 갑자기 목줄대가 빼근히 뻗질러지기까지 했다.

마침 새엄마는 마루에 있지 않았다.

"맛있니?"

나는 한껏 부러운 눈으로 찬수를 바라보며 물어보았다. 찬수가 바나나를 두 팔 안으로 그러모았다.

"형… 하나, 줄래?"

찬수가 고개를 세게 흔들었다.

"안돼, 형 주면 엄마가 야단쳐."

"엄마 지금 없잖아…."

찬수가 의외로 고개를 끄덕이며 바나나 한 개를 뚝 떼어주었다.

나는 얼른 받아 껍질을 벗겼다. 새엄마가 나타나기 전에 먹기 위해 두 손을 덜덜 떨며 허둥거렸다. 그러나 껍질을 벗기고 한 입 덥석 베어 물려는 순간 그녀는 나타났고, 나는 바나나를 빼앗기고 말았다.

"동생 것을 뺏어먹는 형이 어딨어?"

"찬, 찬수가 주었어요."

"네가 달라고 했으니까 주었겠제."

바른 말이었다. 나는 더 할 말이 없어 엉거주춤 화장실로 들어갔다. 손을 씻는데 뱃속 내장이 꼬이고 뒤틀리듯 허리를 펼 수가 없었다. 간절하게 먹고 싶었던 허기증이 위장을 동요케 했던 것 같았다.

"웬일일까…. 아득한 옛 적 일인데 이제사 콧속이 뻐근해짐은…"

항상 정(情)에 허덕였지만 나는 신통스럽게도 외눈을 팔지는 않았다. 형이기 때문에 많이 굶주리고 헐벗고 외로웠지만, 그러나 뼈가 굵어지기 이전부터 들어온 '형' 이므로 모범이 되어야 한다는 그녀의 끊임없는 욱지름과 주먹질의 두려움 때문일 수도 있었다.

물론 그 이유만은 아니었었다. 지장에서 침목을 깔거나 철로를 보수하는 등 거의 노동으로 가족을 끌어나가는 말없는 아버지에 대한 연민이, 발작할 만큼 뻗나가고 싶은 마음을 가라앉게 했던 것이다. 두 눈 모질게 감고 몇 번이나 가출하고 싶은 강렬한 충동을 아버지의 초췌한 얼굴을 떠올려 이겨냈었다. 덕분에 명문은 아니지만 공무원 자녀교육비 지원으로 끝내 대학도 졸업했다.

이제 그녀는 나를 듬직한 큰아들이라고 아버지 앞에서 가끔 추켜올린다. 내가 철들면서 말수가 적어지고 우울한 표정이 시종되자 그녀는 언제부터인지 '형이니까' 소리를 거두었고, 군 생활 끝내고 집으로 돌아오자 그녀는 눈에 띄게 나를 부담스러워했다. 복학하여 1년, 실업자로 1년, 그렇게 2년여를 다시 함께 지내는 동안 그녀는 본색을 드러내기 시작한 것이다. 고3인 찬수가 나와 한 방을 쓰는 일에 여간 신경을 쓰지 않았다. 새벽에 집을 나가서 학교와 학원, 개인과외까지 전전하고 자정에 귀가하여 잠만 집에서 자는 찬수였지만 그녀는 '고3을 제 방하나 못주고…' 라며 탄식했다. 물론 내 방을 가져 본 적 없이 고3을 지낸 내 앞에서, 혹은 도시락 제대로 챙겨준 적 없는 내 앞에서 터놓고 불평하지는 못했지만, 아버지 앞에서 새벽에 허겁지겁 등교하는 찬수를 배웅하면서 끊임없이 그렇게 중얼거렸다.

집으로 향하던 나는 동네 어귀에서 발걸음을 돌렸다. 슈퍼마켓으로 갔다. 연희누나의 전화번호를 알아보기 위해서였다. 참으로 자상하고 다정했던 누나에게 너무 무심했었다는 자책감이 전신으로 번져들었다. 2년6개월의 군 생활 중에 유일하게 면회를 와주었던 사람을 제대해서도 인사 한번 반듯하게 한 적이 없었던 것이다.

그녀의 어머니는 친절하게 전화번호를 알려주었고, 누나는 밝은 음성으로 내 전화를 받았다. 그녀가 소개한 신문사에 가서 이날 면접을 보았음을 보고했다. 합격할 가능성은 1프로도 없지만, 오늘 세상에서 가장 아름다운 도심 속의 과수정원을 보고 왔다고 말했다.

정원을 만든 '오너 '의 멋진 아이디어에 진실로 감탄했다고 말했다. 한 명을 뽑는 자리에 서른다섯 명이 운집하여 신문사의 일원으로 진입하기는 불가능하지만, 그 과수정원의 관리사라도 되었으면 좋겠다고 했다. 아니 정원사로 봉사하고 싶다고도 했다.

누나가 싱그럽게 웃었다. 그 엉뚱한 과수정원이 그렇게 감동적이었느냐고 되물었다. 꽃도 볼품없고 겨울이면 앙상한 가지들과 과수단풍만 수북수북 뜰을 채우는 그 을씨년스런 정원이 좋게 보이더냐고 거듭 되물었다. 나는 과일이 주렁주렁 열리는 올 가을에 누나와 그 정원에서 커피를 마시고 싶다고 계속 떠벌였다. 누나가 그러자고 했다.

이날 나는 동네를 몇 바퀴 배회하곤 해가 완전히 저물어서야 귀가했다. 대낮부터 술을 마셨다는 새어머니의 비난을 듣지 않기 위해서였다.

유년 적부터 지겹도록 냉대의 잔소리를 들어온 탓인지 나는 좋은 소리조차도 그녀의 입을 통해 나오는 것은 진저리가 처질만큼 싫었다.

그러나 예상대로 그녀는 민감한 반응을 보였다.

"면접, 잘 치렀냐? 어떻게 됐어?"

나는 고개를 옆으로 돌리면서 "기대하지 않는 것이 좋을 겁니다." 했다. 그리고 피곤해서 좀 일찍 자겠으니 아버지가 들어오시더라도 죄송하지만 깨우지 말아달라고 했다. 그녀는 대답을 하지 않았다.

다음 날. 이른 새벽에 일어난 나는 이삿짐센터를 운영하는 고등학교 선배에게 전화를 했다. 일할 자리가 있겠느냐고 물었다. 선배 형은 언제나처럼 반가워했다. 이날은 마침 '손' 없는 날이어서 일이 세 건이나 잡혀 있는데 일손이 모자라 고민하던 중이라고 했다.

나는 작업복에 모자를 눌러쓰고 현관으로 나갔다. 화장실을 다녀나오던 아버지와 부딪쳤다.

"일 좀 나갔다 오겠습니다."

"또 이삿짐 지러 가는 거냐? 술값 벌려다가 골병든다. 벌써 용돈 다 떨어졌어?"

나는 아버지를 쳐다보았다.

"언제, 아버지가 저에게 용돈 주셨어요?"

아버지가 의아한 표정으로 나를 바라보았다.

"네 엄마가 매달 주지 않더냐?"

그때 새어머니가 잠옷 차림인 채 안방에서 나왔다. 그리고 심히 못마땅한 낯빛으로 아버지를 쏘아 보았다.

"찬수 학원비며 과외비도 숨이 턱에 닿는데, 용돈 줄 여유가 어디 있어요?"

그녀는 내쏘듯 퉁명스럽게 말하고 화장실 문을 열고 들어가 버렸다.

"제 형은 학원, 과외 안 해도 대학에 잘도 들어가더구먼. 그래도 취직 할 때까지 교통비 점심 값은 매달 주어야지, 주다말다 하면 어떡해…."

아버지가 중얼거렸다.

나는 나름대로 상황을 파악했다. 물론 짐작하고 있던 바이기는 했다. 그러나 언제까지 그녀의 뜻대로만 내 문제와 집안의 가계가 이끌어지게 해서는 안 된다는 생각이 들었다. 아버지도 사실을 정확히 파악하도록 도와주어야 한다는 마음이 새삼 솟구쳤다.

고지식하고 선량한 아버지는 지금까지 새어머니의 위장된 말 안에서만 믿어오고 살아왔을 뿐 가계나 가정운영의 진실을 모르고 있었다. 내가 단 한 번도 그녀의 속내며 나에 대한 냉혹하고 이중적인 학대에 대해 말한 적이 없었기 때문이다. 내가 말하지 못한 이유는 나에게 돌아올 어수룩하지 아니한 그녀의 보복이 두려웠던 것이다. 무엇보다 아버지에게 그녀는 필요한 존재 같았고 더욱이 이복의 동생이 있었으므로 나 하나만 참아내면 집안이 조용해진다는, 고통스런 인내심으로 스스로를 다스려왔던 것이다.

그러나 더 이상 아버지를 눈뜬장님으로 만들어서도 안 되겠다는 생각과 이제는 나 스스로 억울한 오해를 더 받고 싶지 않았다. 군 복무까지 끝낸 성년이 되어선지 그녀에게의 두려움이 없어진 것도 무작정 참아내지 않겠다는 이유 중의 하나이지만 무엇보다 가장 큰 이유는, 그녀가 지금까지도 그들 모자(母子)만의 자유를 위해 내가 이 집에서 나가주기를 간절히 바라는 부분에서 분노를 갖고 있기 때문이었다.

나는 아버지를 똑바로 마주보았다.

"아버지. 저 지금까지 술값 벌려고 노동일 한 것 아닙니다. 아버지 회사에서 등록금 대주시고 집에서 재워주고 밥 먹여 주셨지만, 지금까지 용돈이란 것을 누구에게서도 받아본 적이 없습니다. 고등학교 때도 틈틈이, 대학 때는 하루 두세 시간씩 거의 매일 아르바이트해서 책도 사고 교통비도 하고, 아버지 생신 때 선물도 제가 벌어서 사드린 것입니다. 언젠가 아버지가 '용돈을 아껴서 선물도 사준다.' 고 친구 분한테 자랑하시는 것 제가 들었지만 그때는 아무 말씀도 안 드렸어요. 아버지, 저는 나가서 노동하지 않으면 교통비며 이력서 한 장 살 능력도 없다구요. 술값 벌려 나가지 않는다는 거, 알아 주셨으면 좋겠어요. 다녀오겠습니다."

나는 돌아서서 뒤축이 닳아 납작해진 운동화를 꺼내 발에 끼었다.

"이게 무슨 소리야, 용돈을 한 닢도 받은 적이 없다니, 이게 무슨 말도 안되는 소리냐구–"

아버지의 고함소리가 열다섯 평, 작은 아파트 안을 쩌렁쩌렁 울렸다. 그녀가 화장실에서 눈을 벌려 뜬 채 서둘러 나오고 찬수가 두 눈을 반쯤 감은 상태로 방안에서 나왔다.

"하이고, 고3짜리 자식 앞에서 왜 이러신대요? 나중에, 나중에 이야기 해요."

"씨끄러. 당신 말해봐, 지금까지 찬우 용돈 주느라 생활비가 어렵다고 매일 투널댔잖아. 그런데 찬우는 용돈을 받은 적이 없다고 말하니, 이게 어떻게 된 노릇이야…."

나는 신발 끈을 매고 일어섰다.

"아버지, 그만두십시오. 내 용돈 명목으로 찬수 과외비나 집안 살림에 보태어졌겠지요. 이미 지나간 일입니다. 덕분에, 제가 여물어졌잖습니까."

"그래, 찬수도 어서 학교가고, 너도 일단 나가 보아라. 당신은 나하고 이야기 좀 합시다."

아버지가 나와 찬수에게 나가라는 손짓을 하곤, 먼저 안방 켠으로 몸을 돌렸다.

"나중에 얘기해요‥ 찬수 아침먹이고 도시락도 싸주어야지요."

그녀가 주방으로 들어갔다. 그런 그녀를 아버지가 고개를 돌려 쏘아보면서 소리쳤다.

“골 빠지게 등짐 지러 나가는 큰 아들도 아침밥 좀 맥여서 보내”

나는 현관문을 밀고 밖으로 나섰다. 아버지도 별걱정을 다하신다며 고개를 쳐들고 웃음을 흘리면서다. 내가 언제 끼니시간 아닌 때 밥 대접 받는 사람이더냐, 새벽밥 얻어먹는 호강은 언감생심 기대도 않지만 저녁밥 한 그릇 담아두거나 남겨놓는 대접도 못 받는 객식구 처지이거늘, 장정 다 된 아들 이제사 걱정이신가, 지절거려 본다.

내가 고3일 때 보충수업 받고 집에 돌아오면 저녁 9시 전후, 아버지는 귀가하지 않았고 그녀와 찬수는 TV를 보거나 잠자거나 했다. 책가방 던져놓기 무섭게 주방으로 들어가 보온밥통을 열면 밥이 남아있기도 하고 없기도 했다. 밥이 없는 날은 라면 하나가 밥통 옆에 놓여져 있기도 했다.

나는 보온도시락을 가져본 적이 없었다. 알루미늄 도시락에 반찬은 노란 단무지 한 가지. 중학교 때도 그러했고 고등학교 때도 그러했다. 알루미늄 도시락을 갖고 오는 학생도 나 혼자였고 단무지만 담아오는 사람도 나 혼자였다. 나는 내 반찬으로 친구들의 반찬과 나누어먹기가 뭣해서 3교시 후면 혼자 도시락을 까먹곤 했다. 그래서 얻은 내 별명은 ‘노란 무’였다.

내가 왜 이미 지난 일을 이렇듯 쪼잔하게 자꾸 늘어놓느냐 하면, 그녀와 함께 한 내 20년의 인생이 먹는 것 때문에 받은 상처로 시퍼렇게 멍이 들어있기 때문이다. 단 한 번의 불평도 말하지 못하고 그래서 풀어내지 못한 채 혼자 담금질함으로써 너무 큰 종양을 가슴 복판에 만들었기 때문이다. 찬수의 보온 도시락과 그 속의 영양가 넘치는 너댓 가지 반찬과 따끈한 국물까지 담아가는 것을 보면서 그 종양이 통증을 일으켜 괴롭기 때문이다. 뿐인가, 지금도 거리의 과일가게에서 바나나를 보면 목줄이 당기는 증상을 겪는다. 어른들 말처럼 창자가 꼬여든다. 목이 꽉 막혀 와서 바나나를 절대로 먹을 수가 없다.

선배 형이 일러준 현장에는 이미 이삿짐 차가 도착하여 있었다. 낯익은 외국인 근로자 세 명이 손을 번쩍 들며 반가워했다. 한 달이면 두세 차례 그들과 힘을 모아 짐을 날랐다. 어떻게 내국인 실업자 수는 천정부지로 많아지는데 3D업종에는 사람이 없어 외국인 근로자를 고용해야 하는지 못마땅했다.

서울역 부근의 지하철 시멘트 바닥에 굴비처럼 누워있는 노숙자들을 보면 개개인의 사정이 여하 간에 화가 솟구쳤다. 노동을 하는 편이 저렇듯 차가운 시멘트 바닥에서 덜덜 떨고 있는 상황보다, 뱃가죽이 등짝에 붙는 배고픔보다 덜 고통스러울 것인데 이해가 되지 않았다.

수많은 청년 실직자들과 신용불량자들이 일자리가 없어 거리를 쏘다니고 있음을 TV는 난리난 양 떠들어대지만, 실제 노동판에서는 사람이 언제나 부족했다.

"굶어도 힘들고 대접 못 받는 일은 안한다? 아직 배가 덜 고프고 믿는 구석이 있다는 것이겠지. 놀고 돌아쳐도 부모가 밥 먹어주고 아내가 밥 먹여 주고, 사회단체가 밥 먹여 주어선가. 하긴, 그러고 보면 누가 밥을 먹여주든 굶어 죽는 사람은 없으니, 이 나라가 잘 살기는 하나봐."

외국인 노동자들과 어우러져 등짐을 지면서 나는 곧잘 이죽거렸다.

새벽 6시부터 10시까지 한 건을 끝내자, 두 번째 집은 사다리를 이용할 수 없는 증축 개조한 연립 2층이었다. 냉장고, 세탁기 할 것 없이 등에 짊어지고 가파른 계단을 올라가야 했다. 못 먹고 자랐어도 내 몸은 강단이 있었다. 평소 때 달리기며 철봉이며 역기를 이용한 꾸준한 운동을 했기 때문인지 스포츠맨처럼 몸의 근육이 단련되어 있었다.

무엇보다 노동판에서 몸을 사리거나 아끼지를 않았다. 그러다보니 무거운 짐은 내가 마치 전담인양 도맡아 나르게 되었고, 그래서인지 이삿짐센터의 사장은 나를 진정으로 좋아했다. 급료도 다른 일용직보다 더 얹어주었다. 제대 후 복학 1년, 실업자 1년, 2년여를 교통비나 책값, 점심값, 술값, 단비와의 교제비(3분의 1은 내가 지불했다.) 등을 등짐 져 번 대가로 해결할 수가 있었다.

휴대폰이 울렸다. 책 상자를 2층 현관바닥에 내려놓고 전화를 받았다. 아버지였다.

"찬우냐? 이삿짐 나르고 있냐?"

"예, 아버지. 어쩐 일이세요, 전화를 다 주시고…."

정말 의외의 일이었다. 아버지가 나에게 전화를 직접 걸어온 경우는 거의 없었던 때문이다. 아버지는 다음 말을 얼른 잇지 못하고 머뭇거렸다.

"찬우야… 애비가 미안하다… 네 새어머니를 너무 믿고, 너에게 신경을 못 썼던 것 같다… 지금부터라도 내가 너에게 직접 용돈을 줄 것이니, 등짐 지는 일은 그만 두거라. 골병든다…."

"아버지 괜찮아요, 젊은 놈인데요 뭐…."

"젊어 지금은 잘 모르지만, 나이 들면 온 삭신이 다 아파진다. 병신된다. 애비 말 들어. 내 퇴근 무렵쯤 용산역 쪽으로 나와라, 나하고 저녁 먹자."

"알았어요, 아버지."

아버지는 나에게 많이 무심했음을 깨달은 것 같았다. 또한 내 노동을 심하게 마음 아파하는 것 같았다. 기능직 공무원으로 평생 철로 보수와 침목 깔기 등으로 곡괭이와 삽을 들고 사는 당신의 삶인데 자식까지 노동을 한다는 사실이 심히 마땅치 않은 모양이었다. 차라리 서러운 모양이었다. 힘든 육체노동 후에 뼈와 근육의 통증으로 소주든 막걸리든 마시지 않고는 추스를 수 없는, 그래서 밤마다 알코올 중독자처럼 술에 절어 사는 자신의 인생을, 혹여 아들이 밟을까 걱정하는 것 같았다.

그날 저녁, 나는 영등포의 어느 고깃집에서 아버지와 흐드러지게 포식을 했다. 소주도 두병이나 마셨다. 아버지는 이미 다 자라 성인이 된 내 손을 잡고 '잘 커주어서 고맙다' 며 새삼 목이 메어했다.

나는 외려 그런 아버지를 위로하고 다독였다. 검붉게 그을린 얼굴에 깡마른 몸매와 마디 굵은 손을 보면서 그 몸과 손이 당신과 찬수 모자와 나 네 식구 먹여 살린 상흔으로 다가들어 가슴이 저몄던 것이다. 아버지는 가슴에 멍울진 이야기가 있으면 다 해보라고 했다. 나는 고개를 저었다. 이제 와서 그가 알지 못했던 핍박받은 내 과거사를 들려준다는 것은 그를 더 아프게 만들 뿐이기 때문이었다.

다만 당신 야윈 몸 좀 챙기시고, 찬수에게 지출되는 돈의 내용을 확인해 보라고만 했다. 학원비며 과외비며 책값이며 아버지의 월급 전액이 거의 찬수에게 들어가고 있는 것 같은데, 과잉지출에 비해 찬수는 공부에 전혀 관심이 없고 성적은 계속 바닥을 기고 있다고만 했다. 형이랍시고 몇 번 알아듣도록 나무라고 공부에 의욕을 갖도록 유도해 보았지만 말을 듣지 않으며, 새어머니는 이런 나를' 찬수 기 죽이는 것' 으로 받아들인다는 말도 했다.

실제 나는 그 여자의 이런 부분을 이해하지 못하고 있었다. 유년 적부터 걸핏하면 '너는 형이니까' 해서 우정 형 노릇을 하려들면 마치 제 새끼 건드릴 때의 암고양이처럼 그녀는 민감해져 눈꼬리를 세웠다. 이유가 무엇이든 찬수에게의 근접 자체를 싫어했다.

의학전문지 Q신문사에서 합격통고가 온 것은 면접을 본 날로부터 사흘 후였다.

나는 비명소리를 내지르며 펄쩍 뛰었다. 혹여 잘못 전달된 것이 아닐까 싶어 주소와 이름과 면접번호를 두 번 세 번 확인해 보았다. 동일했다. 틀림이 없는 공찬우씨라고 했다. 바로 월요일부터 출근하라는 구체적인 전언까지 들었다. 나는 휴대폰을 귀에 댄 채 머리를 거듭 조아렸다.

우선 아버지에게 이 소식을 알렸다. 나 못지않게 반가워하던 아버지는 '내 아들 잘났다!' 꺽쉰 목소리로 축하를 해주었다. 이어 연희누나에게 이 소식을 알렸다. 그녀 역시 웃음을 멈추지 못한 채 '축하한다!' 고 했다.

"누나! 오늘 퇴근 후 시간 어떠십니까? 너무 기뻐서 어서 뵙고 싶어요!"

그녀는 흔쾌하게 좋다고 했다. 면접을 보던 날 전화에서 토요일쯤 만나자던 약속을 앞당긴 것이다. 내 마음은 풍선처럼 부웅 떠올랐다. 대학에 합격되었을 때보다 기쁨은 더 컸다.

단비에게 알릴까 싶었지만 참았다. 수저를 내던지고 나가버린 그날 이후, 물론 그녀도 전화를 하지 않았다. 여느 때처럼 내가 먼저 전화를 하던 습관대로 단비를 찾을 수도 있었지만 그날 그녀가 내뱉은 "어디 가서 미역국 처먹고…" 하던 말이 걸려서다.

합격통지를 받았으니 미역국 처먹지 않았다고 말할 수도 있었지만, 이참에 뭔가 좀 깨달았으면 싶어 끝까지 전화를 하지 않았다.

이날 저녁, 누나가 지정해준 프레스센터의 레스토랑으로 갔다. 포장마차와 분식센터, 해장국집 정도를 전전하던 나는 장소가 빌딩 라운지의 고급 음식점이라 위축되기는 했지만, 그러나 가슴을 활짝 폈다. 신문사 직원으로 채용이 되면 장차 이곳을 애용하게 될 수도 있다는 생각이 나를 자신감 넘치게 만들었던 것이다.

누나에게 건넬 선물을 들고 전망이 좋은 좌석을 물색했다. 덕수궁이 내려다보이는 방향으로 자리를 잡고 혼자 벙긋벙긋 웃음을 머금었다. 생각할수록 믿기지 않는 결과였기 때문이다. "신체적 특징이나 습관 같은 것이 있느냐", "친구가 많으냐" 그 두 마디 질문을 하곤 문 쪽으로 손가락질 하며 나가라고 했던, 살갗 하얀 그 사내가 어찌해서 점수를 잘 준 것인지 이해가 가지 않았다. 그렇다고 토익점수가 특별히 높은 것도 아니었다.

"하긴, 내 인상이 선량해 보였을 거야. 꽃미남은 아니지만 어떤 무리에서든 빠지는 편은 아니니까. '다정다감 섬세한 인상' 이라 했던가?"

나는 왼쪽 어깨를 으쓱 올렸다가 내렸다. 연희누나가 홀 안으로 들어서고 있었다. 화창한 계절과 어울리는 겨자색 투피스 정장차림이었다. 같은 색깔의 잠자리 날개 같은 얇은 머플러가 하얀 목에 슬쩍 둘러져 있었다.

동네에서 티셔츠와 청바지 차림의 그녀를 봐왔던 나는 두 눈을 벌려 뜨며 자리에서 벌떡 일어났다. 누나가 활짝 웃으며 다가왔다.

"축하한다!"

나는 그녀가 내미는 손을 두 손으로 마주 잡으며 허리를 굽혔다.

"고맙습니다! 누나가 정보를 주지 않았으면 제가 어떻게 그 신문사를 알았겠습니까. 오로지 누나 덕분입니다! 오늘 제가 가장 맛있는 것으로 대접해 올릴게요. 그리고 이거 기초화장품입니다. 누나가 무얼 쓰시는지 모르겠다고 하니까 화장품가게 종업원이 이것을 권하더라구요."

"아니, 무슨 돈이 있어 이 비싼 화장품을 샀어? 받긴 받지만 마음이 편치 않네. 그럼, 저녁식사는 내가 쏜다. 나는 이 집 회원권이 있어 저렴하게 먹을 수 있거든."

"아, 아니지요. 제가 대접하려고 나왔잖습니까."

"나중에 첫 월급타면 사라. 오늘은 내가 축하 밥을 쏘려고 나오라고 했어!"

누나는 자기 임의대로 스테이크와 붉은 포도주를 주문했다. 참으로 오랜만에 제대로 된 레스토랑에 앉아 우아한 정장차림의 누나와 식사를 하는 기분이 나쁘지 않았다. 새삼 마주 앉은 누나가 아름답고 세련되어 있음을 느꼈다.

"6개월간은 수습기자로 뛰게 될 거야. 취재현장이 환자들이 들끓는 대학병원이나 종합병원 급이니 병원균 옮지 않도록 스스로 건강에 조심해야 될 것이고, 만나는 상대가 의과대학 교수나 의사들이니 언제나 겸손해야 될 것이고, 또한 그들과 대화하려면 그 분야 공부를 게을리 말아야 할 거야. 자신이 알지 못하면 숫제 대화가 되지 않으니 기사 취재를 할 수가 없을 테니까."

나는 신뢰감에 넘치는 시선으로 그녀를 바라보았다. 누나의 자상한 마음 씀이 너무나 고마웠기 때문이다. 그녀에게 직원채용의 정보를 준 Q신문사 직원에게서 나를 위해 예비지식을 듣고 온 것이라 헤아렸다. 그녀는 말을 이었다.

"찬우씨가 분명히 알고 있어야 하는 것은, Q신문사는 여느 일간지나 주간지와는 다른 의사단체의 기관지(機關紙)라는 사실을 자나 깨나 유념해야 돼. 쉽게 말하면 의사를 해치는 기사보다 의사를 도와주는 기사를 써야 된다는 거지. 의사의 인권옹호와 권리증진 친목도모를 위해 만들어지는 주 2회 발행의 신문인만큼, 그 목적에 잘 협력해야 될 거야."

그녀는 식사를 하는 사이사이 Q신문사에 대한 많은 예비지식을 일러주었다. 일단 입사하면 그쪽 상황을 당연히 알게 되겠지만 미리 알고 있는 것은 더욱 도움이 되리라 싶었다.

"누나, 누나에게 정보를 준 그분을 오늘 함께 초대할 걸 그랬어요. 그분이 Q신문사 직원이십니까? 제가 그 회사에 근무하는 동안 그분에 대한 감사함을 잊지 않고 많은 지도 편달을 받겠어요."

누나가 웃었다. 그러라고 했다. 나는 가장 궁금했던 점을 그녀에게 말해보았다. 나의 어떤 면이 합격을 유도케 했는지에 대해서였다. 면접자가 엉뚱한 질문 두 마디 하곤 밖으로 나가라고 했는데, 그래서 완전히 끝난 것으로 알았는데 어쩐 행운인지 모르겠다고 했다. 그녀가 계속 웃었다. 와인을 한 모금 마시더니 나를 가만히 응시했다.

"찬우씨가 인상 좋고 얌전해 보였던 모양이지? 친구 많다니 대인관계 좋을 것이고, 병적인 특징이나 습관도 없다니 병원출입 기자로서의 신체적 기본을 갖춘 것일 테니까. 글쎄… 낙방하면 과수정원의 정원사로 봉사하고프다는 찬우씨의 그 지극한 호감이, 공보이사님과 사장님 마음에 들어서일까? 나도 모르겠는데…."

나는 불현듯 누나가 그 신문사에 근무하고 있는지도 모른다고 생각했다. 그렇지 않고서야 그 날의 면접내용을 소상히 잘 아는 사람처럼 말하고, 무엇보다 과수정원 이야기는 그녀밖에 모르는 내용인데 그 말을 느닷없이 이용한다 싶어서였다.

"누나, 혹시 Q신문사에 근무하시는 것 아닙니까? 정말, 제가 그간 누나의 직장도 정확히 알지 못하고 있었네요."

그녀는 웃기만 했다. 그랬다, 누나는 이날 나를 만나면서부터 시종 얼굴에 웃음을 머금고 있었고 그 미소는 내가 자기의 정체를 잘 알지 못하고 있음에 대한 반응같이도 생각되었다. 나는 그녀가 바로 Q신문사에 근무하거나 아니면 그 전문지와 깊은 유관관계의 직장에서 일하고 있음을 확신했다. 왠지 가슴이 철렁 내려앉았다. 그녀 앞에서 특별히 잘난 척한 일은 없지만, 본색이 다 드러날 것 같은 기분이었다. 뿐만 아니라 내가 쉽게 발탁된 이유가 전적으로 그녀의 협조 덕분일지도 모른다는 생각을 했다.

"말씀해 주십시오. 누나가 Q신문사의 기자십니까?"

그녀가 고개를 흔들었다. 그 신문의 모체인 의사단체의 사무국 차장(次長)이라고 했다. 그러니까 Q신문은 의사단체에서 발행하는 기관지이고, 단체장이 곧 신문사의 사장이며 또한 공보이사는 그 기관지를 총책임지는 편집인이며 운영자라고 했다.

"그날 찬우씨를 면접한 분이 바로 공보이사님이셔. 외과 닥터이신데 수술환자 때문에 좀 늦게 도착하셨지."

"그럼, 그날 누나도 신문사에 계셨단 말입니까? 상황을 다 아시잖아요."

"비서실에 있었지. 찬우씨가 면접실로 들어가는 것을 보았고…."

아차 싶었다. 내가 비서실로 들어섰을 때 누군가 측면에서 벌떡 일어나는 것을 느꼈지만 당연히 나와 상관없는 일이라 여겨 돌아보지도 않았는데, 바로 그녀였던 모양이었다.

"계셨다면 저를 좀 아는 척 해주시지 그러셨어요?"

"남의 눈이 있어 터놓고 알은 체 할 수도 없었지만, 면접실로 들어갈 때 찬우씨는 극도로 긴장하여 총알같이 들어가 버렸고, 또 나올 때는 코가 한자나 빠진 듯 풀이 죽어 고개를 빠트리고 나오기에 그냥 모른 척 해버렸지. 아는 척 했다가는 쓰러져 버릴 것 같았거든."

"결국, 누나가 저를… 구원해 주셨군요!"

"아니지, 찬우씨가 똑똑하고 잘 나서지! 자, 어서 음식 들어요. 어쨌든 잘해보아요! 6개월간은 수습이라 교통비, 취재비 정도로 만족해야 하겠지만 수습기간이 끝나면 다른 전문지보다 급료가 괜찮은 곳이니 후회는 없을거야."

"후회라니요, 과한 말씀이십니다. 누나는, 제 은인이시고 언덕이십니다! 잘해보겠습니다. 구제해주신 누나를 위해서도 최선을 다하겠습니다."

그 말은 내 진심이었다. 나는 세상에 태어나서 이렇듯 따뜻한 대접을, 오로지 나만을 위한 배려를 받아 본 적이 없었다. 동네 슈퍼마켓의 친절한 누나정도로 그녀를 알았었다. 어느 날 놈팽이들의 희떠운 수작 속에서 친누나인양 끌어내준 인연이 내 외로운 군대생활의 유일한 면회자가 되게 했고 드디어 내 인생의 시작을 끌어준 사람이 되었는데, 나는 그녀의 직장이나 개인 전화번호도 알고 있지 못할 만큼 무심했었다. 그러나 이후부터는 가능하다면 그녀를 위해 헌신적인 봉사를 할 수도 있다는 사뭇 열정적인 결심을 나는 그 순간 다졌다.

그날, 누나로부터 의사단체와 Q신문사에 대한 구체적인 현황이야기를 더 들었다. 특히 신문사의 인적 구성은 노령화되어있다고 했다. 따라서 현직 기자들은 마흔 살 혹은 오십이 가까운 사람도 있어 젊은 나로선 어울리기가 쉽지 않을 것이라고도 했다. 그러나 가능한 선배들의 정서대로 따르는 편이 본인이 편할 수 있다고 했다.

식사가 끝난 후, 누나와 함께 동네로 돌아왔다.

그녀는 우리가 한 동네에 살지만 출퇴근은 각자 시간이 맞지 않아 만나기가 쉽지 않을 것이라고 했다. 내가 신문사가 아닌 의사단체의 직원이면 자기 차로 출퇴근은 가능하겠지만 아쉽다고 했다. 나는 그녀의 자상한 마음 씀에 친누이가 있다면 바로 이런 모습이려니 싶어 코끝이 시큰했다.

아버지가 일찍 귀가하여 반갑게 나를 맞이했다. 깡마른 얼굴에 온통 웃음이 범벅되어 유난히 주름이 자글자글해 보였다. 마흔아홉 살의 새어머니에 비해 네 살 위의 아버지는 마치 할아버지 같았다. 부부라지만 잔주름조차도 없는 화사한 화장의 새어머니와 깡마르고 검고 심한 주름투성이의 아버지와는 외형적으로 너무 어울려 보이지 않았다.

내가 어렸을 때부터 새어머니는 걸핏하면 계란 노른자위를 얼굴에 바르고 누웠거나 오이를 으깨어 얼굴에 바르기를 잘했다. 식성도 왕성했다. 아버지는 그녀에 비해 반성위염으로 소식(小食)이었고, 세수나 면도 후에 그 흔한 로션조차도 얼굴에 바르지 않았다.

이날 밤 따라 두 사람의 대조적인 모습이 도드라져 보임에 잠시 씁쓸한 기분이 되었다.

"내가 맥주와 양념 통닭구이를 사왔다. 너 들어오면 우리끼리 축하잔치 하려구!"

아버지가 내손을 잡아 앉혔다. 의외로 새어머니도 얼굴에 웃음을 바르고 있었다. 그리고 그녀 손수 소반에 맥주 세 병과 통닭구이를 얹어 내왔다. 나는 연희 누나와의 식사로 만복한 상태였으나 아버지와 마주 앉았다.

"월급은 얼마나 되는데?"

새어머니가 진작부터 궁금했다는 듯 내가 자리에 앉자마자 물어왔다. 아버지가 그런 그녀를 흘깃 보면서, "신입사원인데 얼마나 되려구. 아, 닭부터 먹기 좋게 좀 찢어놓아" 했다.

"토막 쳐서 튀겨놓은 것도 있을 텐데… 하필이면…"

그녀는 손을 대기가 내키지 않다는 듯 중얼거리면서 통닭을 몇 가닥으로 찢어놓았다. 그리고 닭다리 한 개를 허벅지까지 부욱 찢어서는 찬수 몫이라며 주방으로 가져갔다. 아버지는 무슨 말인가를 한마디 하려다가 그냥 삼키면서 한 개 남은 닭다리를 집어 나에게 안기며 어서 먹으라고 했다. 물론 나는 그것을 완강히 사양하며 아버지가 잡숫도록 잘게 찢어 놓았다. 쪼잔한 소리 같지만, 실제 나는 지금까지 집에서 끓인 백숙탕의 닭다리를 먹어본 적이 없었다. 그것은 언제나 찬수와 아버지 혹은 새어머니의 몫이었고, 어쩌다 영계 두 마리를 삶아도 이상하게 닭다리와 양날개, 모래집은 내 몫이 없었다.

"월급은 얼마나 받느냐니까."

새어머니가 나를 보며 재촉했다.

"6개월은 견습기간이라 교통비와 점심값 정도밖에 나오지 않는다고 합니다."

"그렇겄제…."

아버지가 고개를 끄덕였다.

"뭐 그런 회사가 다 있어? 남들은 신입사원이라도 300만원은 받는다던데…."

"그런 곳 많지 않습니다. 특히 기자 직업은 어디고 할 것 없이 견습기간을 거쳐야 하고, 견습 때는 제 몫의 일을 못하니 보수도 당연히 못 받는 것이지요."

나는 그녀의 속을 훤히 알면서 이런 말을 해야 되는 것이 짜증이 났다. 아니나 다를까, 그녀가 한숨을 쉬으며 "찬수가 제 방에서 공부하기는 물 건너 갔나보다…" 했다.

아버지가 그녀의 말뜻을 헤아리곤 면박을 주었다.

"무슨 소리야? 찬수가 언제 집에서 공부했어, 잠만 잤지. 제 형은 집에서 공부만 했는데도 무난히 합격하더구만…. 형과 한 방을 쓰니 이것저것 가르침도 받을 수 있고 찬수에게는 도움이 될 텐데, 뭔 소리여?"

"그래요, 찬수는 머리가 안 좋아서 그런지 형에게 신경이 많이 쓰인다고 합디다. 그런데, 어째서 당신은 내 말이라믄 껀껀이 퉁박을 준답니까?

찬수는 당신 아들이 아닌가요? … 방 세 개짜리 아파트를 사주든가."

"허, 이 사람이 점점 왜 이리 말도 안 되는 소리를 자꾸 하지? 내가 방 세 개짜리 아파트를 살 수 있는데 안 산다는 거야?… 그래, 참자. 오늘은 아들이 합격통지를 받은 날인데, 축하는 못 해줄망정… 어히구…."

아버지가 얼굴을 찌푸리며 술잔을 들어 단숨에 들이켰다. 나는 아버지에게 찢어놓은 부드러운 다리 살을 집어 올렸다.

"제발 좀 많이 잡수시고 살 좀 찌십시오. 병원 가셔서 위내시경을 한 번 찍어 보시라구요. 아버지 몸이 지금 어떤 상태인지 아셔요? 눈만 감으면 시체 같은 얼굴이시라구요. 식구들 모두 제 밥벌이는 할 정도로 건강하니까 어떻게든 먹고 살 수 있어요. 그렇게 악으로 버티다 쓰러지시면 그땐 진짜 힘들어요. 그리고 말 나온 김에 어머니에게 한 말씀드릴게요. 찬수에게 쏟는 정성 제발 아버지에게 반만이라도 좀 써주세요. 찬수의 학원비며 고액 과외비로 아버지 골수 빼낸 천금같은 월급 다 쏟아 넣지 마시고, 아버지 보약부터 좀 드시게 하시라구요. 허구한 날 새우 젓갈에 짠 김치쪽 밥상만 올리지 마시고 고깃국이라도 끓여 드리라구요. 정성들여서 만든 찬수의 도시락 반찬을 아버지께도 좀 올리시라구요."

언젠가 한 번은 말하리라 벼르던 부분이었다. 찬수의 과외가 시작된 1여 년 전부터 밥상은 짠 새우젓과 김치쪽으로만 이어졌던 것이다. 내가 아르바이트 한 돈으로 가끔 동태나 계란판을 사들고 들어오면, 다음날 그녀는 아버지 앞에서 동태 값이 너무 올랐다고 마치 당신이 시장을 봐온 것처럼 말을 했다.

"효자 났네, 머리빡 커지더니 이제는 제 키워준 은공도 모르고 두 눈 똑바로 뜨고 나를 공격하니? 아니, 내가 네 아버지 밥을 안 해주었냐? 술 마시고 밥 맛 없다고 굶고 다니니 몸이 저모양이지. 그래, 하나밖에 없는 금쪽같은 동생, 남들 전부 다 하는 학원, 과외를 안 시키면 우짤건데? 형이라는 것이 우쨌든 동생 대학 보낼 생각은 안하고 온갖 입방아만 찧어

대니 될 공부도 안 된다구. 이러니, 어서 독립하라는 것이야-"

그녀가 갑자기 험악한 낯빛으로 언성을 높였다.

"말씀 삼가십시오. 이 집은 아버지를 비롯한 우리식구 전부의 집이지 새어머니 집이 아니라구요. 감히 누구를 나가라 마라 해요. 내가 보기에 새어머니는 이 집에서 찬수 외에는 관심이 없어요. 아버지의 뼛골 빠진 돈 다 처넣고도 찬수 성적이 어느 정도인지 알기나 해요? 내가 너무 기가 막혀 가르쳐보려 하면 '찬수 기 죽인다' 고 진저리치도록 싫어했지요? 그래요, 원대로 해보세요. 새어머니도 나가서 일하세요. 간병인을 하던 파출부를 하던 돈 벌어서 찬수 과외비 보태세요. 온종일 이웃 여자들과 수다 떨고 화투치고 TV 앞에 드러누워 눈 버리지 마시고 일 좀 하십시오."

나는 이날 그렇게까지 구체적으로 말할 생각은 아니었지만 그러나 했다.

"뭐야? 세상에…."

그녀는 어이가 없다는 듯 그 말만 읊조리고 아버지가 내 말을 막았다.

"찬우야 그만해라. 너를 축하하려는 아버지 마음도 모르고, 왜 안하던 소리를 하는 거냐."

"아녜요 아버지. 저는 새어머니가 젊었을 적부터 너무 일을 하시지 않는다고 생각했어요. 당신보다 훨씬 나이 많은 분들도 가정을 일구려고 일을 하는데, 삼사일이 멀다하고 얼굴에 오이와 계란 바르고, 하루걸러 목욕가고, 손톱에 빨간 매니큐어 칠하고, 그리고 짙게 화장하고 외출하고, 마치 부잣집 귀부인처럼 꾸미고만 다니는 모습이 마음에 걸렸어요. 아버지는 뙤약볕에서 매일 곡괭이 들고 노동하시는데 말입니다."

그녀가 내 앞으로 바싹 다가앉더니 내 멱살을 왈칵 잡았다.

"아니, 아니 이놈이, 키워 주었더니 앙문을 하다니, 뭐가 어째? 내가 바람피우는 거 봤어? 봤으면 말해봐."

나는 그녀의 손아귀를 힘을 주어 내 목에서 떼어냈다.

"나를, 키워 주었어요? 입술에 침이나 바르고 말해요. 당신의 '새끼

종놈' 으로 '찬수보기' 부터 설거지, 청소, 당신의 발 씻어주기까지 나를 혹독하게 부려먹었지요. 찬수 똥오줌 치우는 것은 말할 것도 없고 여섯 살짜리에게 내 몸만 한 찬수 못 업는다고 꼬집고 쥐어박고 처박아 버리기는 당신 특기였지요. 그만 둡시다. 내가 미칠 것 같으니까. 뭐요? 바람 피우는 것 봤냐구요? 정말, 바람 피우셨나 보네? 바람에 '바' 짜도 말하지 않았는데 앞질러 소리치는 걸 보니…."

"찬우야, 그만 두지 못해!"

아버지가 다시 언성을 높였다.

"알았어요 아버지, 죄송해요. 제가 학대당한 일 아버지 아시고 마음 아프실까봐 꾹 눌러두고 살려했는데, 아버지도 보셨잖아요. 수습기자로 월급이 적어서 제가 이 집에서 못나갈 것을 걱정하는 새어머니를요. 저, 절대로 이 집 나가지 않습니다. 아버지가 불쌍해서 도저히 못나가요, 절대로 안 나갈 겁니다."

새어머니가 와르르 울음을 터트렸다. 가슴을 두 주먹으로 쿵쿵 치면서 억울하다고 했다. 다섯 살짜리 똥싸개 전처자식 진자리 마른자리 가려가며 길러주었더니 대가리 커지니까 은혜를 원수로 갚는 독사가 되어 기어오른다고 푸념했다. 나는 웃었다.

"배우가 대사 외듯이 연기하지 말아요. 나는 두 살에 대소변 혼자 처리하는 깔끔한 아이였어요. 그것은 아버지도 알아요. 새어머니가 우리 집에 들어오던 첫날부터 나에게 어떻게 대했는지 나는 소상히 다 기억하고 있어요. 다섯 살 어린 나이였으니 기억 못할 것으로 생각하셨다면 큰 오산이에요. 새어머니가 나에게 구사한 모든 행동은 아무것도 모르는 '어린 것' 으로 사람취급을 안했기 때문에 할 수 있었던 행위들이었지만, 나는 그 모든 학대를 어저께 일어났던 일처럼 다 기억하고 있어요. 계절, 시간, 나이, 당시 입고 있었던 옷의 색깔까지 다 기억하고 있다구요. 말씀해 보세요, 나를 한사코 이 집에서 쫓아내려는 의도가 무엇인지, 바로 내가 과거를 다 기억하고 있다는 것을 느낀 것이지요? 말 없지만 내 팽팽한 표정에서 몹쓸 짓 한 것들이 새록새록 되살아나서 불편했던 겁니까? 그래요, 정말 그것도 하나의 큰 이유가 되겠네요!"

새어머니는 입을 흉하게 벌린 채로 더 말을 잇지 못했다.

나는 벌겋게 흥분한 얼굴로 그러나 땅이 꺼질 듯한 한숨을 토해내면서 고개를 저었다.

"염려 마십시오. 건건이 들추어서 따질 생각도 보복할 생각도 없으니까요. 과거를 떠올린다는 건 나를 두 번 죽이는 행위라 나 스스로 그러고 싶지 않으니까요. 다만, 늦었지만 이제부터라도 내가 이 집의 곁가지이거나 혹덩이가 아니라 원가지이며 찬수와 다른 대접을 받을 사람이 전혀 아니라는 사실만 알아주면, 더 이상의 원망은 없을 겁니다. 다 자란 성인을 아직도 유년 때인 냥 찬수와 차별을 두어 사람취급을 안하면 곤란하지요. 헐벗고 굶주리고 노예처럼 일하고 양보만하는 것이 형의 역할이 아니라 '형이니까' 대접받는 모습도 있다는 사실을 좀 인정해 주시라는 말입니다. 좀 전에도 말씀드렸지만, 우리 아버지 건강 우선 챙겨 주셨으면 좋겠어요. 아버지 월급으로 종합건강검진 받아보시게 하고 만성 위장병도 고쳐드려야 합니다. 당장 실천하자구요."

"그래서, 찬수 과외비는 날더러 간병인이나 파출부로 일해서 대라는 말이냐? 네가, 날 어미라 생각하면, 어찌 그런 불손한 말을 함부로 할 수 있단 말이냐, 이 배은망덕한 놈아 ."

"말씀 삼가세요. 새어머니는 그런 말할 자격 털끝만치도 없어요. 나를 단 한번 만이라도 당신의 자식으로 생각한 적이 없으니까요. 그러나 이런 상황에 새어머니가 생모라 해도 아버지의 건강을 위해서 저는 그렇게 말할 수 있습니다. 지금부터라도 일을 하시라는 제 부탁 명심하시고 실천하여 주십시오."

그때, 찬수가 귀가하지 않았으면 날이 선 껄끄러운 이야기는 더 이어졌을지도 몰랐다.

찬수가 어깨를 내려뜨리고 현관으로 들어서자 새어머니가 자지러지듯 자리를 박차고 일어났다. 이어 얼마나 힘들고 피곤하냐며 찬수를 얼싸안고 방안으로 이끌었다. 찬수는 마루에 펼쳐진 전에 없던 맥주병이며 통닭안주를 보면서도 관심 없다는 듯 방안으로 들어가 버렸다. 아버지에게 다녀왔다는 인사조차도 없었다.

나는 불끈하여 찬수를 불렀다.

"왜 그으래?"

찬수가 방안에서 짜증스럽게 대답했나.

"이리 나와 봐."

내 소리가 거칠어졌다. 찬수를 보듬듯 감싸고 방안으로 들어갔던 새어머니가 험악한 얼굴을 한 채 마루로 나왔다.

"공부하느라 지친 아이에게 또 무슨 말을 하려고? 나한테 퍼붓다 못해서 이제는 고3 동생에게 무슨 악담을 하려고 오라 가라 하느냐."

찬수가 그녀 뒤로 얼굴을 내밀었다.

"왜, 왜애 그러는데?"

찬수의 눈이 풀려 있었다. 나는 직감으로 찬수가 술에 취해 있음을 알 수 있었다.

"너 왜 아버지께 인사도 안하는 거냐? 네 아무리 피곤해도 아버지께서 먼저 들어와 계시면, 잘 다녀왔다는 인사는 드려야 할 것 아니냐?"

"혀엉, 왜 그래? 왜 안 잡던 폼 잡어? 알았어, 아빠 아– 엄마! 막내아들 찬수 학교 다녀왔습니다아…."

찬수가 키들키들 웃었다. 나는 혀를 깨물 듯 그냥 입을 닫고 말았다. 찬수가 만취했음을 아버지가 눈치챌까봐 침묵하고 만 것이다. 내 의도대로 조용히만 있어주었어도 찬수 문제는 이날 그냥 넘어갔을 것이었다.

"도대체 왜 그러는 거야? 취직이 되니까 눈에 뵈는 게 없어? 새벽부터 지금까지 코피 터지게 공부하고 물먹은 솜뭉치처럼 지쳐서 들어오는 애를 그까짓 인사 안했다고, 네가 뭔데 야단치는 거야? 나한테 지절거리는 것은 참아도 찬수한테 그러는 것은 못 참는다. 찬수보다 힘세다고, 형이랍시고 똥 폼 잡는 거 나는 못 봐, 못 봐– 당신은 왜 가만있는 거야? 대가리 커졌다고 제 놈 키워준 에미한테 패악부리는 불효자식 왜 가만 보고만 있느냐구–"

놀라운 일이었다. 새어머니의 음성이 쩌렁쩌렁 밤공기를 갈랐다. 나는 왜 그녀가 갑자기 전신에 힘이 뻗쳐져 오르는가 하다가 입귀로 웃고 말았다. 당신의 전부인 자기가 낳은 자식이 당신 옆인 집으로 돌아와 든든하기 때문이려니 싶었던 것이다.

마치 화답이나 하듯 방안에서 얼굴만 내밀고 있던 찬수가 마루로 나왔다.

"엄마, 왜 그래? 누가 울 엄마를 서럽게 했어? 혀..형이 그랬어? 형이 뭐언데, 울 엄마를 속상하게 해, 엉?"

찬수가 허리에 두 손을 짚는 듯 하더니 서슴없이 나를 향해 삿대질을 했다. 나는 벌떡 일어나 찬수의 뺨을 호되게 후려쳤다.

"정신 차려, 이 자식아. 비싼 돈 처넣고 공부한다는 녀석이 왜 술 퍼먹고 다녀. 너, 정말 과외 받는 거냐? 무슨 과목에 어떤 선생이야, 말해봐, 내가 당장 확인해 볼 거야. 학교성적은 꼴찌로 돌면서 학원, 과외는 왜 받는 거야? 이따위 술이나 처먹고 다니니 성적은 맨날 바닥이지."

"세상에, 세상에…. 억만금 같은 내 아들에게 네놈이, 네놈이 손찌검을 해? 힘세다고 뺨을 때려? 하이고 억울해라. 오냐 이놈아, 내가 네놈을 폭행죄로 경찰서에 처넣을 거다."

그녀가 손을 후들후들 떨며 전화기를 집어 들려했다. 그러자 아버지가 술상을 휙 들어 엎어버렸다. 먹다 남은 맥주병과 뚜껑을 열지도 않은 맥주병들이 거실 겸한 마룻바닥에 깨지고 구르고 쏟아지고, 통닭구이와 절인 무, 소금, 후추 접시가 함께 나뒹굴었다.

"뭐가 어째? 찬수가 술을 마셨다고? 숨이 막히는 군…. 찬수야, 이리 앉아 봐라."

아버지의 음성은 높지 않았으나 이를 갈 듯 악물렸고 눈빛은 분노와 황당함으로 이글거렸다. 새어머니는 유별한 아버지의 낯빛에 질렸음인지 전화기에서 손을 뗐다. 그러나 찬수가 지금이 어느땐데 술을 마셨겠느냐고, 찬우가 동생 미운 김에 한소리니 내버려 두라고 했다.

"어서, 앉으라니까."

아버지는 기어이 벽력같은 고함을 내질렀고, 찬수가 장난기 머금은 얼굴로 건들건들 마루에 털썩 앉았다.

"말해봐라, 술 마셨냐?"

"예. 마아셨습니다, 아빠아!"

찬수가 거침없이 대답했다. 새어머니가 입을 벌리고 숨이 넘어가는 시늉을 했다.

"담배도, 피우냐?"

아버지는 찬수의 노랗게 물든 오른쪽 장지에 눈을 주며 다시 물었다.

"예에이."

아버지는 고개를 위로 쳐들고 숨을 몰아쉬었다.

"죽을 둥 살 둥 공부한다는 놈이, 왜 술과 담배를 빠는지, 말해봐라."

찬수가 씽끗 웃었다.

"아버지, 저 죽을 뚱 살 뚱 공부하지 않아요. 엄마 때문에 하는 척 하는 겁니다요."

"뭐가 어째? 이게 무슨 소리야? 너, 학원이며 과외 공부하는 것 아니냐?"

"아빠아, 어째 그리 답답하십니까요? 나 같은 꼴찌를, 누가 과외에 끼워주는 줄 아세요? 학원이야 돈만 주면, 물론 삼, 사류를 말하지만 어디든 왔다 갔다 할 수 있지만, 과외는 아안돼요, 안되구 말구요. 고삼짜리 꼴통은 과외를 하고 싶어도 할 수 있는 것이 아니더라구요오-"

"이게, 도대체 무슨 소리냐구? 그럼 네가 매달 가져가는 과외비는 어찌 하였느냐, 통장에 넣었느냐?"

"흐흐흐… 우리 아빠는… 바보같애…, 어째 그 공돈을 통장에 넣었을 것이라 생각하실까아? 너무나 천진하시다…. 아버지이… 밖에 나가믄요, 나 같은 또라이들 천지라구요. 같이 쓰고 노는 거예요. 걔들은요 나보다 더 많이 써요. 학원도 안나가고요 책값도 듬뿍 받아내고요. 과외선생 선물 값도 많이 뜯어내거든요. 새벽부터 밤중까지 밖에서 시간 보낼려면 돈이 많이 들거든요. 대학요? 어차피 대학에는 붙는 놈 있고 떨어지는 놈 있을 거 아니냐구요, 우리는 떨어지는 패거리가 되믄 된다아, 이거거든요. 흐흐… 아빠 엄마가 '대학 가야 살아남는다아-' 하면서 대학 싫타, 싫타는 데도 돈을 자꾸 주니 그것 우짭니까요. 돈은 내가 써주고 대학에는 '열심히 했지만 엿 먹었다' 하믄 되는 거를 왜 부모랑 대학가야 되네 안가겠네 싸운단 말입니까요, 아부지, 아 아빠아…. 술 안 마신 척 긴장했다가 고만 들켜서… 탁 숨 줄 풀어버리니까… 잠, 잠이 쏟아져예… 아, 아부지이…."

어처구니없는 현상이 일어났다. 찬수가 퍼질러 앉았던 자리에서 그대로 마루바닥에 쓰러져 버렸다. 새어머니가 황망스런 몸짓으로 찬수를 방안으로 끌어 들이면서 말을 쉬지 않았다.

"과로에 지쳐서, 피곤 풀려고 한잔 하고서는 술 취한 김에 횡설수설하는 거야. 내가 과외선생을 만나보기도 했는데, 말도 안 되는 소리를 하고 있다고요. 어쩌자고 힘든 아이를 형이란 놈이 다짜고짜 뺨때기를 쳐서, 아이가 헛소리를 하게 만드느냐 이거지, 날 새면 찬수 데리고 병원부터 가봐야 되겠네, 몇 주 진단이 나올 것인지…."

아버지는 마루 벽에 상체를 기댄 채 눈을 감고 있었다. 검붉은 얼굴이 회색빛으로 변하고 움푹 꺼진 눈두덩과 양 볼 등 흡사 가죽만 붙은 해골 같았다. 완전히 탈진한 모습이었다.

나는 극심한 허탈감과 새어머니에 대한 증오감으로 번뜩이는 눈빛을 하고 그녀를 쏘아보았다.

"그러시요. 병원 가서 진단서 끊어서 나를 고발하시오. 그러나 찬수의 말이 헛소리가 아니라면, 당신은 이 집에서 나가야 해. 찬수를 저렇게 만들어 놓은 사람은 바로 당신이니까…."

"뭐, 뭐…. 다, 당신이라구? 날더러 나가라구? 아니, 이놈이…."

"오는 말에 대한 답례요. 어미라면 아들 고발하겠다고 경찰서에 전화하고 진단서 끊겠다는 소리는 안 할테니까. 그것은 원수끼리나 하는 소리니까."

나는 씹어 뱉듯이 말하곤 축 늘어진 아버지를 번쩍 안아다 방에 눕혔다. 그리고 설탕물을 만들어 반 컵 정도 마시게 했다.

"찬우야…. 그, 그런 일도 있을 수 있느냐…."

아버지가 천정을 멀거니 쳐다보면서 혼잣말처럼 중얼거렸다. 어딘가에 혼이 빼앗겨버린 사람 같았다. 아버지에 대한 연민으로 가슴이 답답했다.

"그럼요, 있을 수 있는 일이에요. 아버지, 마음 굳게 잡수세요. 사실인 것 같아요. 내일 학교 보내지 말고, 차근차근 얘기를 들어보고 방법을 강구해 보자구요…."

시간은 이미 새벽으로 넘어서 있었다. 아버지는 계속 잠을 들이지 못하고 끊임없이 한숨만 내쉬면서 몸을 뒤챘다. 나는 아버지 옆에 쭈그리고 앉은 채 양 무릎에 머리를 박고 있었다. 피로가 전신을 엄습하여 눈을 뜨지 못할 지경이었다. 찬수에 대한 회한으로 가슴과 머리가 무거웠다. 새어머니의 넘치는 보호아래 공부하는 아이, 철 안든 왕자쯤으로 더러는 부러워하고 선망도 하면서 무관심했던 것이 이런 결과를 가져오게 하지 않았나 싶었기 때문이다. 새어머니가 찬수에게 근접을 못하도록 갖은 언사를 구사했다손 치더라도, 그러나 방법이 없지도 않았을텐데 내가 너무 무심했던 것 같아 가슴이 답답한 것이었다.

"찬우야…. 이 일을 어찌하믄 좋단 말이냐, 대학은 나와야 사람 구실을 할 것 아니더냐…."

아버지의 숨소리가 고른 듯해서 잠 속으로 드시는가 했는데 아닌 모양이었다.

"그렇지 않아요 아버지. 적성에 맞는 일을 찾으면 됩니다. 무리하게 강조하고 고집하면 시간과 돈만 소비하고, 사람은 더 못쓰게 될 수도 있어요. 이제 그만 주무세요. 찬수 술 깨고 나면 다시 얘기를 들어보고 생각해도 늦지 않아요."

"그래… 너도 가서 자거라…."

나는 안방을 나와 작은방으로 갔다.

새어머니는 코를 골고 자는 찬수를 끌어안고 누워 있었다.

"안방으로 가세요."

나는 퉁명스럽게 말했다.

"안 간다. 네놈이 찬수를 깨워 무슨 닦달을 할지도 모르는데. 멀쩡하게 제 공부 잘 하는 아이에게, 술 마셔 헷갈린 상태를 이용해서, 또 악랄하게 굴지도 모르는데, 내가 어찌 찬수 옆을 떠나."

나는 고개를 설설 내저었다. 이제는 대꾸할 기운조차 없어 헛웃음만 흘리고 담요 한 장만 들고 마루로 나왔다. 마룻바닥에 흩어진 맥주병이며 뜯겨진 통닭 토막들을 정리하고 대충 걸레질을 한 후, 담요로 몸을 휘감고 누워버렸다.

뜬눈으로 밤을 지새다시피 했다. 마루의 찬 기운이 뼛골까지 스며들어 온몸이 한기로 굳어져 잠이 달아나 버리기도 했지만 찬수의 행동이 생각할수록 어이가 없었기 때문이다. 시험을 치러보지도 않고 어떻게 자신을 낙오자로 내팽개쳐버릴 수가 있는지 이해가 되지 않았다.

찬수는 유년 적부터 힘들고 어렵다 싶은 일은 아무리 달래고 얼러쳐도 하지 않으려했고, 새어머니는 그런 행동을 예사롭게 받아들였다. 오히려 찬수가 원하는 것을 다 들어주는 것으로 그 습벽은 점점 더 심해졌다. 학교성적도 초등학교 때는 그런대로 중하위권은 되었고 새어머니의 잦은 학교출입으로 줄반장도 하였으나, 중 · 고교부터는 그녀의 학교방문과는 상관없이 하위권에서 돌고 있음을 알았지만, 이렇듯 대학 포기 상태로 놀고 있는 줄은 전혀 알지 못했던 것이다. 기가 막혔다.

괘종이 4시를 알리는 이른 새벽이 되자 새어머니가 먼저 마루로 나왔다. 담요로 온몸을 두른 채 웅크리고 앉아 있는 나를 보고도 못 본 척 주방으로 들어갔다. 지난밤에 아무리 언쟁이 있었다손 치더라도 마루에서 잤느냐, 안방에라도 들어가지 그랬느냐, 입에 발린 말조차도 한마디 없었다. 어릴 적에는 나에 대한 무시나 학대가 당연한 것인 양 세뇌되어 있어 별스럽게 느끼지 않았으나, 성인이 되어서도 면전에서 무시당하는 것은 참아내기가 쉽지 않았다. 그러나 한숨만 삼켰다.

그때 찬수가 허겁지겁 교복을 팔에 꿰며 방에서 나왔다. 두 눈을 제대로 뜨지도 못하고 바른 손에는 기방배낭의 줄을 끌고 있었다. 분명히 잠에서 덜 깬 상태였으나 여느 날 새벽보다 훨씬 이르게 학교에 가는 차림으로 나온 것이다.

"어디 가니?"

내가 자리에서 벌떡 일어나 허둥거리는 찬수에게 물었다.

"보믄 몰라?"

찬수가 짜증을 내며 반응했다.

"너, 나하고 이야기 좀 하자. 오늘은 학교에 가지 않는 게 좋겠어."

내가 찬수의 몸을 방안으로 떠밀었다.

"무슨 이야기? 비켜, 시간 늦었어. 학교 가야해…."

"너 학교 가는 게 아니잖아…. 이른 새벽 4시에 어디로 가는 거야? 아지트가 어디야.”

내가 버럭 소리를 질렀다. 새어머니가 주방에서 부르르 뛰어나오더니 찬수의 손을 끌었다.

“학교 가는 아이를 왜 이렇게 잡는 거야? 지난밤에 술 마시고 횡설수설한 것을 진짜로 알아들은 모양인데, 다 거짓말이라는 거야. 학교 늦어. 찬수야 어서 나가라. 도시락은 내가 학교로 갖다 줄테니까.”

찬수를 현관으로 밀어붙이는 새어머니의 서슬이 시퍼랬다. 히죽거리는 낯빛으로 현관으로 밀려나간 찬수가 돌아보면서 혀를 낼름 내밀었다. 그리고 문 밖으로 나가 버렸다.

나는 참으로 어이가 없어 새어머니를 경멸에 찬 시선으로 쏘아 보았다. 그리고 내뱉었다.

“도대체 이해할 수가 없네요? 찬수, 학교 가는 것 아니라구요. 술 깼을 때 자초지종을 들어보고 무슨 대책을 세워야 할 것 아니냐구요.”

그러자 그녀가 홱 돌아서면서 내 얼굴을 찌를 것처럼 손가락을 세워 삿대질을 했다.

“네가 뭔데, 찬수 걱정이야? 거짓말이라는 데 왜 아침부터 아이를 잡으려 들어? 형 노릇 안 해도 좋으니까 내버려두어. 형 노릇 합네 핑계대고 찬수 앞길 막으려는 네 놈 음흉한 속셈 내 모를 줄 알어? 할 말 있으면 나한테 해봐, 보복하려면 나한테 하란 말이다. 찬수한테 더 이상 뺨이라도 때려봐, 내가 네놈 감방에 처넣어 버릴 테니까….”

놀라웠다. 그녀의 눈빛이 푸른빛을 머금고 번쩍거렸다. 섬뜩한 느낌이 왔다. 상식적인 선에서의 상황판단을 그녀에게서 기대한다는 것은 무리라는 생각이 들었다.

나는 고개를 흔들면서 점퍼를 찾아 입었다.

“어디, 가려고?”

그녀가 내 앞을 막아섰다.

"내가 어디를 가든, 무슨 상관이요?"

턱 밑으로 마주 선 그녀를 비켜나가려 하자 또다시 앞을 막았다.

"찬수 잡으려 나가는 네놈 속, 모를 줄 알아? 안돼, 지금은 못 나간다. 나가려면 찬수 버스 타고 떠난 후에 나가."

"도대체, 철딱서니 없는 아이도 아니고 왜 이러는 거냐구요? 찬수는 새어머니 아들이기도 하지만 내 동생이기도 하다구요. 한번 물어 봅시다. 어젯밤 찬수 말이 다 사실이면, 어찌하실 겁니까?"

"거짓이든 사실이든 네가 걱정할 바 아니다. 내 아들이니 내가 알아서 한다."

내가 마주 선 그녀를 밀치고 비껴나자 그녀가 잽싸게 출입문으로 달려가 두 팔을 벌려 문을 막았다. 헛웃음이 나왔다. 그녀를 힘껏 옆으로 떠밀어 버릴 수도 있었지만 차마 그러지 못하고 고개만 외로 꼬았다. 아버지가 안방에서 마루로 나온 것은 그때였다.

"뭣들, 하는 거야?"

"어젯밤 찬수 말이 모두 거짓말이었다면서 찬수를 밖으로 내보냈어요. 뒤쫓아 가보려니까 저렇게 온몸으로 막습니다"

"찬수가, 벌써 나갔어? 어서 가서 데려와"

아버지가 놀라면서 언성을 높였다. 그러나 그녀는 문 앞에서 꿈쩍도 하지 않았다. 아랫입술을 지그시 악물고 있었다. 아버지가 그런 그녀의 팔을 앞으로 낚아챘다. 그러나 그녀는 현관 바닥에 털썩 주저앉으며 앙버텼다.

"허, 도대체 어미라는 게 왜 이 모양이지? 어서 나가서 찬수 데려와"

아버지는 나를 향해 거듭 소리를 내지르며 그녀의 팔을 거칠게 끌어내려 했다.

"안돼, 안돼 이놈들아…, 불쌍한 우리 찬수, 가만히 내버려 둬라. 학교 가는 아이를 왜 데려온단 말이냐, 이 ×할 노무 죽일 놈들아– 안 된다, 안돼―"

그녀는 숫제 좁은 현관바닥에 상체를 벌렁 눕히며 입에 게거품을 물 듯 아버지를 아울러 욕질을 했다. 아버지가 와락 그녀의 머리채를 움켜 잡고 사지를 버둥거리는 그녀를 출입문에서 질질 끌어냈다.

"이년이 드디어 본색을 드러내는구먼. 지금까지 키우고 살아온 것이 억울해서 참자 참자 혓바닥 물고 죽을힘으로 참아내고 있는데, 뭐가 어째, 죽일 놈들이라고? 이런 순, 배은망덕한 쌍년 같으니라구, 야 이년아 다시 아가리 놀려봐."

아버지는 그녀의 머리채를 마루바닥에 짓이기듯 처박으며 발길로 걷어찼다. 나는 반사적으로 아버지를 양팔로 끌어안았다. 오래 팽창해 있던 방둑이 급기야 터져 급물살을 쏟아내듯 분노를 터트리는 아버지의 흥분을 보고만 있을 수 없었던 것이다.

"아버지 참으세요, 말씀으로 하세요, 이러시면 안돼요."

"이것 놔라, 말로 통할 여자라야 말로 하지. 이 짓이 어미로서 할 수 있는 행동이냐, 남편에게 할 수 있는 욕질이냐, 걱정 말고 너는 어서 가서 찬수나 데려와―"

묘한 것은 새어머니의 행동이었다. 그토록 펄펄뛰듯 발악하던 그녀가 마루구석에 가서 머리를 두 팔로 싸안고 웅크린 채 가만히 있었다. 패악은커녕 고개도 제대로 들지 않았다. 좀 전의 모습과는 심히 대조적이었다. 아버지의 걷잡을 수 없어 뵈는 폭력 때문인지 어쨌거나 다행이라는 안도감이 들었다. 그렇게 보아선지 아버지의 격앙된 흥분도 조금은 가라앉는 것 같았다.

"어서 가서 찬수 데려오라니까."

아버지가 내 팔을 풀어내며 채근했다. 나는 갑자기 변한 분위기에 조금은 어리둥절해 하며 운동화를 발에 꿰었다.

"학교로, 가보겠습니다."

현관문을 밀고 밖으로 나갔다. 그녀는 여전히 움직이지 않았다. 나는 순식간에 조용해진 집안의 분위기가 차라리 생소하다는 느낌을 가지면서 출입문을 소리나게 닫곤, 얼마간 문에 기대어 서있었다. 내가 나온 후 아버지가 다시 폭력을 휘두를 수 있다는 염려도 없지 않고, 집안의 동정도 들을 겸 귀를 문에 바싹댔다.

아버지의 고함이 다시 터지고 있었다.

"야 이년아, 다시 욕질해봐, 죽일 놈들이라고? 네년이 감히 어따 대고 욕질이야, 어떤 놈의 씨알인지도 모를 사생아를 친자시 이상으로 내 뼛골 다해 빈 돈으로 키워주었더니, 새끼 놈도 날 배신하고, 뭐가 어째 ×할 놈에 죽일 놈들이라고? 네년 새끼 때문에 천금같은 내 자식 설움 받고 큰 것도 억울하기 짝이 없는데, 그 불쌍한 내 아들에게 네년이 욕질을 해?"

이어 퍽퍽 둔탁한 소리가 났다. 나는 아연하여 그 둔탁한 소리가 새어머니를 구타하는 아버지의 주먹질임을 알았지만 몸을 움직일 수가 없었다.

"네년 계속 이따위로 나오면, 내가 찬우 찬수에게 근본, 진실 다 밝히고 네년하고 끝내버리면 그만이야. 그래 어쩌자고 찬우에게 그토록 모질게 했단 말이야, 네년 세치 혓바닥만 믿고 불쌍한 내 새끼 굶주리고 헐벗고 혹사당하고 크는 줄 까맣게 몰랐던 내 속이, 지금 얼마나 원통하고 아픈지 네년이 알아? 내가 지금 얼마나 지그시 혀 깨물고 참는지 네년이 아느냐 말이야. 새끼 뱃속에 넣고 내 집에 와서 풀고, 내 친자식으로 호적에 올려 20년 가까이 키워온 정으로, 나는 단 한 번도 찬수가 내 자식 아니라는 생각 없이 내 정성을 쏟아 붓고 있는데, 내 피 빨아 먹는 흡혈귀 새끼로 키웠단 말이야? 이게 전부 네년이 잘못 키운 것임을 내 이제사 알겠는데, 그래도 형이랍시고 동생 바로 잡으려는 찬우를, 뭐가 어째 경찰에 고발하겠다고? 감방에 처넣겠다고? 야, 이 못된 년아 찬수도 네년도 다 싫다, 끝내자, 네년이 이집 나가라, 네년 눈에 억만금 같은 찬수 네 아들 데리고 어디로든 사라져버려-. 20년 쏟아 부은 내 모든 것 독사한테 물린 셈치고 보상받지 않을 테니 썩 나가. 뭐가 어째? 주객이 전도돼도 유분수지, 네가 찬우더러 어서 이집 나가 독립하라고? 찬수가 불편하다며 자나 깨나 찬우 쫓아낼 생각만 해? 지금까지 학대한 것도 모자라서 네년이 원 주인을 쫓아낼 생각까지 했더란 말이냐? 가관이구나, 나갈 사람은 바로 네년 모자야, 이 상식도 싸가지도 없는 나쁜 년아."

다시 퍽퍽 부딪치는 소리와 함께 그녀의 비명소리가 났다.

"나가, 이년아 끝내자 찬수 호적 당장 오늘 파 버릴테니, 이 집에서 썩 나가라, 이년아."

비로소 새어머니의 울먹이는 소리가 터지고 있었다.

"잘못했어요, 내가 잘못했어요, 이렇게 싹싹 빌께요. 찬수에게 아버지가 아니라는 말은 하지 말아요. 제발 그 말만은 하지 말아요, 찬수가 얼마나 기가 막히겠어요. 이제 와서 제 애비가 누군지도 모른다면 얼마나 충격을 받겠어요. 찬수가 당신을 친아버지로 알고 있잖아요. 찬우에게도 찬수에게도 그 말만은 하지 말아요. 이제는 잘 할게요. 찬우가 찬수를 윽박지르지만 말게 해주세요. 여보, 내가 욕한 거 잘못했어요, 다시는 절대로 안 그럴거예요. 찬수가 천애고아인 나에게 유일한 분신이고 생명이라는 사실 때문에, 내 머리가 순간적으로 돌았나봐요, 여보! 제발, 당신이 옛날 나를 구제해 주었듯이 한번만 더 봐주세요, 여보…."

그녀가 꺼이꺼이 소리 내어 울고 있었다. 얼마간 침묵이 흘렀다. 그녀의 울음소리가 더욱 청승스러워졌다.

"울음 그치지 못해? 방정스럽게 새벽부터 여편네가 곡소리야? 그래, 네년보다 찬수를 위해서 이번만은 내가 그냥 지나간다. 그러나 찬우와 내가 찬수문제를 어떻게 해결하든 네년 지금처럼 억지 부리고 말도 안되는 행동 계속하면 끝장인줄 알아. 찬수가 과외비, 학원비 받아 밖에서 어떻게 생활하고 있는지 알아내고, 제 녀석 바른 길 가도록 인도해야 되는데 방해하면 끝장이라는 말이다. 그리고 이 달부터는 내 월급 내가 운영한다. 쌀값, 가스값, 식비 전부 내가 지불한다. 너는 밥이나 하고 세탁기 빨래나 돌리고 청소나 해라. 돈 아쉬우면 찬우 말마따나 나가서 돈벌어. 간병인을 하던 파출부를 하던 일용 노동을 하던 일거리를 찾으면 얼마든지 있을 거다. 왜 두 눈 불끈 뜨고 쳐다보는 거야, 못하겠다는 거야 뭐야, 왜 대답이 없어."

"아, 알았어요…."

집안에서는 더 아무 말도 들려나오지 않았다.

나는 출입문에서 몸뚱이를 떼 내고 천천히 계단을 걸어 내려가기 시작했다. 머릿속이 빈 듯 멍했다. 심한 허탈감이 왔다. 어떻게, 어떻게 이럴 수가 있는가 싶었다.

찬수가 아버지의 자식이 아니라는 사실이 믿겨지지가 않았다. 임신을 한 채 아버지와 재혼을 한 그녀, 찬수의 친부(親父)가 누군지도 모른다면, 그녀의 남녀관계가 얼마나 복잡했는지는 짐작되는 바였다. 또한 그녀가 갑자기 패악을 멈추었던 것도 아버지의 "키워 주었더니…" 운운에서 찬수의 진실이 밝혀질까 두려웠기 때문임을 비로소 깨달았다.

뿐인가, "아버지가 구제를 했다"고 말했다. 나는 고개를 갸웃했다. 내가 지금까지 알고 있었던 그녀는 이혼녀였고 아버지와 재혼해서 찬수를 잉태하여 출산한 사람이었다. 만 스무 해를 그렇게 확신했고 당장도 그 인식은 박혀있는데 그녀는 자신을 천애고아라 했고 아버지는 그녀를 구제해 주었다고 했다. 뿐만 아니라, 찬수를 '사생아'라고 했다. 그렇다면 의지할 곳 없는 그녀가 사창가에서 살고 있는데 아버지가 몸값을 지불하고 임신 중인 그녀를 데려왔다는 것인지, 머릿속이 사뭇 혼란스러웠다.

그러나 아버지가 분명하게 가닥을 잡아 설명을 해주지 않는 한 나는 대충 짐작을 할 수 밖에 없었고, 실제 그녀의 과거 자체는 놀라울 따름이지 충격은 아니었다.

찬수에게 유난히 집착하는 그녀를 어느 부분에서는 이해되기도 하고 의외로 연민(憐憫) 같은 안쓰런 감정이 심층바닥에 일렁이는 것도 사실이었다. 다만 찬수가 아버지의 아들, 아버지의 피가 흐르는 내 동질의 형제가 아니라는 사실은, 엄청난 혼란이었다.

나는 비틀거리며 5층에서 아파트 광장으로 내려섰다. 어디로 가야 할 것인지 잠시 막막했다. 한동안 붙박인 듯 그 자리에 서있었다. 당장의 내 역할은 도망치듯 집을 나간 찬수를 데리러 가는 것이었지만 의욕이 일지 않았다. 우선 믿겨지지 않는 그러나 믿을 수밖에 없는 찬수의 핏줄에 대한, 내 나름대로의 머릿속 정리가 되어야 무슨 일이든 시작할 것 같았다.

거리는 비로소 동이 트고 있었다. 이른 새벽부터 동동걸음을 치는 사람들이 불어나고 있었다. 버스 정류소까지 서둘지 않고 걸었다. 광화문 통으로 가는 버스가 코앞에 섰다. 그냥 승차했다. 좌석에 앉자 느닷없이 졸음이 쏟아졌다. 머릿속은 온통 찬수가 나와 혈연이 아니라는 인정하기 힘든 혼란만이 범벅을 치는데, 몸뚱이는 긴장이 풀어져 전신의 근육이 이완된 사람처럼 흐물흐물 나른해 지더니 급기야 눈을 감고 말았다.

고개를 꺾고 얼마를 잤는지 기사의 큰 소리에 눈을 떴다.

"손님 내려요, 종점 다 왔어요."

나는 90도로 꺾고 있던 고개를 가까스로 들었다. 뒷덜미께가 뻐근했다.

"여기가…."

"종점이라니까요."

동네 이름을 물어보려던 나는 기사의 짜증 섞인 소리에 아무 말도 못하고 어슬렁어슬렁 버스에서 내렸다. 종점까지 왔으면 사오십 분은 족히 소모되었을 것이고 그렇다면 그 시간만큼은 잠을 잤으니 머리가 개운해야 할 텐데, 잠은 더욱 쏟아져 눈을 뜰 수가 없었다. 종점에서 발차하는 다른 버스에 몸을 실었다. 그리고 고개를 깊숙이 수그리고 다시 깊은 잠속으로 빠져들었다.

어느 지점에선지 또다시 폭죽을 터트리듯 하는 고함소리에 눈을 떴다.

운전기사가 차창 밖으로 고개를 빼고 침방울을 튀기며 소리를 지르는가 싶더니, 벌컥 운전석 문을 밀고 길바닥으로 뛰어내렸다. 접촉사고인 것 같았다. 택시기사와 버스기사가 거친 상소리와 삿대질로 시비가 붙고 버스 속, 사람들은 웅성거리기 시작했다.

창밖을 둘러보니 종로1가 종각부근이었다. 시비가 간단히 끝날 것 같지 않았다. 교통경찰이 달려오고 버스안 사람들은 출근시간이 늦으니 어서가자고 소리를 질러댔다.

나는 일단 버스에서 내렸다. 일정한 목적지나 방향을 정한 입장도 아니니 시간 늦을 일도 없었고 버텨 앉아 있을 일도 없었다. 교보문고 후문 쪽으로 천천히 걸어 내려갔다. 시간은 이미 7시가 넘어있었고 거리에는 더 많은 사람들이 쏟아져 나와 있었다. 청진동 뒷골목으로 접어들었다. 선지와 우거지가 어우러진 해장국 한 그릇을 사먹었다. 커피 한 잔도 뽑아 마셨다. 그리고 광화문 지하도의 계단을 내려 전철을 탔다. 찬수의 학교로 가보기 위해서다.

나는 찬수를 나에게서 떨쳐내지 않기로 마음을 다졌다. 떨쳐낼 생각을 떠올려 보지도 않았지만, 최악의 경우 내 마음에 변화가 생긴다 해도 절대로 떨쳐내어서는 안 된다는 생각이었던 것이다. 핏줄은 다르다 해도 그는 내 동생이었다. 내가 기저귀 채워주고 비틀거리며 업어서도 키운, 피와 살이 동일한 친형제보다 더 끈적이는 동생이었다. 비로소 고통스러운 혼란 속에서 원점으로 돌아온 기분이었다.

예상대로 찬수는 학교에 없었다. 담임의 얘기로는, 일주일에 한두 번은 학교에 나오고 두세 번은 등교하지 않는다고 했다. 학교가 정부의 방침에 따라 새벽 보충수업이나 자율학습이 없어진지는 한 달여 가까이 되었고, 그것이 있던 학기 초에도 찬수는 수업을 받은 적이 없다고 했다. 그래서 찬수의 어머니를 불러 몇 차례 상담도 했지만 진전이 없어 거의 포기했다는 투의, 무성의한 담임의 대답만 들었을 뿐이다.

현재의 찬수 태도나 성적으로서는 전국의 어느 4년제 대학이나 전문대학도 합격이 불가능하고, 고등학교만이라도 문제없이 순조롭게 졸업만 할 수 있어도 다행이라고 담임은 차갑게 거듭 못 박았다. 기계음처럼 삭막하고 메마른 담임선생의 말을 듣고 무책임하게 말을 뱉는다는 생각을 했지만, 따지거나 대꾸할 단계는 이미 지난 것 같아 그냥 교무실을 나왔다.

담임의 지적대로 고등학교 졸업만이라도 무사히 할 수 있게 도와 달라는 부탁만 하고서다.

매일 이른 아침마다 찬수가 가는 곳이 어디인지 실로 궁금했다. 그래도 일주일에 한두 번은 교실에 들어와 있다고 하니 교문 부근에서 찬수를 기다려 보기로 했다. 부모와 형을 속였음이 드러나고 따라서 집안에서 한바탕 소란을 피우고 나왔으니, 이날은 혹여 등교하지 않을까 싶어서다. 교문은 닫혀졌지만 30여분을 더 교문과 학교담장 부근에서 배회했다. 그러나 찬수는 나타나지 않았다. 학교에서 철수키로 했다. 몹시 궁금해 할 아버지에게 전화를 했다. 찬수가 학교에 나오지 않았음을 알리고 오후에 학원으로 가보겠다고 했다.

"찬수의 말이… 전부 사실인가 보구나…."

아버지는 그래도 일말의 희망을 가졌던 모양으로 음성에 힘이 없었다.

"아침은 먹었느냐?"

그 와중에서도 아버지는 내 조반 걱정을 했다. 나는 아버지에게 나에 대한 안쓰런 마음은 거두셔도 좋다고 했다. 지난 밤 문밖에서 엿들은 것이지만, 나에 대한 아버지의 아픈 마음을 충분히 읽을 수 있었기에 그를 편하게 해주고 싶어서였다. 겹친 찬수의 문제로 아버지의 심중은 연일 절망과 배신감으로 참담할 것이기 때문이었다.

"아버지, 저는 오히려 힘들게 컸기 때문에 많이 여물어졌다는 생각을 하고 있거든요!"

"그래… 고맙고, 미안하다…."

아버지도 내 마음을 헤아린 듯 더 이상 말을 잇지 못했다.

"찬수를, 이제부터라도 똑바로 잡아보자구요. 저도 아버지도 찬수한테 너무 무심했었나봐요. 아버지께도 천금같은 둘째아들이지만 저한테는 하나 밖에 없는 동생인데 말입니다. 모든게 사실로 드러나면 새어머니도 이제 무작정 찬수를 감싸거나 변호하거나 황당하게 나오지는 않을 겁니다."

"그래… 네가, 속이 깊구나…. 노력해 보자마는…."

"왜 그렇게 자신 없이 말씀하세요? 우리가 찬수를 잡아주지 않으면, 의지력 약한 찬수, 잘못되기 쉬워요. 지금보다 더 많은 관심과 애정으로 찬수를 바로 서게 해야 될 것 같아요."

나는 찬수와 나와의 진실을, 새 어머니의 과거를 전혀 모르는 것처럼 말했다. 그것은, 찬수를 향한 스스로에게의 마음다짐이기도 했다.

"알았다…."

아버지의 대답은 무거웠다.

그날 오후. 찬수가 등록했다는 학원에서도 그를 만날 수가 없었다. 학원에 나오다말다 하기 때문에 찬수의 이름을 정확히 아는 학원생들도 없었다. 난감했다. 다시 찬수의 학교로 가서 가까웠던 친구들을 찾아보았다. 함께 몰려다니는 두 명의 친구가 있음은 알아냈지만, 한 명도 만날 수는 없었다. 두 명의 친구 중 한 명은 바로 3주 전에 제적을 당했고, 1명은 무단결석을 하고 있다고 학급반장이 귀띔을 해주었다. 무단결석중인 학생의 전화번호만을 적었다. 과외는 누구에게 받는지 오리무중이라 찾아볼 수도 없었다.

이제는 찬수가 저녁에 귀가하는 것만을 기다릴 수밖에 없었다. 학교에 다녀왔다고 하든 과외나 학원에 들러 공부를 하고 왔다고 하든 그가 귀가하는 시간을 기다리는 방법 외는 없었다.

그런데 일은 점점 꼬여갔다.

찬수가 이날 밤에 집에 들어오지 않았고, 다음 날도 귀가하지 않았던 것이다. 예상치 않았던 바는 아니지만 가슴이 내려앉는 것 같았다. 새어머니는 두 눈이 붉게 충혈 된 채 찬수를 찾는답시고 밖에서 나돌았고 아버지는 밤마다 깊은 한숨을 뿜어내면서 술을 마셨다.

나는 찬수의 친구라는 학생의 집을 주소를 들고 찾아갔다. 전화를 수십 번 해도 신호만 갈 뿐 받지를 않기 때문이었다. 그 학생과 찬수가 어우러져 있을 것 같은 예감이었지만, 그러나 그것도 허사였다. 변두리 산비탈의 연립주택지에 있는 친구 집을 찾아내기는 어렵지 않았으나 출입문이 굳게 잠겨져 있었고, 이웃의 말로는 한 달여 집이 비어 있다고 했다.

나는 조금씩 불안해 지기 시작했다. 찬수가 어디에서 무엇을 하고 있는지 비슷한 아이들과 어울려 나쁜 일을 도모하고 있는 것은 아닌지, 가출 나흘째가 되는 날은 아침부터 심란하여 서성거렸다.

새어머니는 숫제 자리하고 드러누워 버렸다. 식음을 전폐하다시피 먹는 일에는 관심없이 "어히구 찬수야, 불쌍한 내 아들아, 이 어미를 두고 어디 갔니…"를 읊조리며 방바닥을 치고 있고, 아버지는 "고연 놈, 사람 안 될 놈 찾지도 말라"며 화를 내곤 했다.

나는 밥솥에 쌀을 앉혀 놓고 안방의 새어머니를 향해 찬수에게 이 달 과외비를 언제쯤 주었느냐고 물어 보았다. 그녀가 파르르 화를 냈다.

"아이가 없어졌는데, 너는 그것이 문제냐, 사람이 먼저지 돈이 먼저더냐 무슨 사고를 당했는지, 우쨌는지 가슴이 새까맣게 타는데, 너는 과외비가 문제야?"

"소리 지르지 말아요. 답답하기는 마찬가지니까. 손에 쥔 돈이 없으면 찬수가 연락해 올 테니까 묻는 겁니다. 연락이 오면 밖에서 새어머니 혼자 처리하지 마시고, 꼭 아버지나 저에게 알려야 합니다."

그녀는 더 이상 대답하지 않았다. 나는 다음날 파출소와 학교에 찬수의 가출을 신고하고 학원과 친구의 집에도 다시 가보았다. 찬수는 계속 학원에 나타나지 않았고, 친구 집은 여전히 굳게 닫혀져 있었다. 동네의 당구장과 호프집, 변두리 포장마차까지 혹여나 싶어 둘러보았으나 찬수의 행적은 알 길이 없었다.

마침 신문과 TV에는 인터넷 사이트에서 만난 세 청년의 자살사건이 보도되어 가슴을 놀라게 했다. 다행인 점은 찬수는 그 또래들 같지 않게 컴퓨터 게임이나 인터넷 채팅 등에 관심이 없는 편이어서 그 부분은 크게 신경을 쓰지 않았다.

사흘 후면 Q신문사에 출근을 해야 되었다. 하필이면 새롭게 시작하는 내 앞날의 목전에 이런 일이 터져 맘을 편치 못하도록 만드는가 싶어 야속스러웠다. 6개월의 견습기간 동안 일을 배운다고는 하지만 의학계를 전혀 알지 못하는 데다 학창 시절 학보사 기자 노릇도 해보지 못한 나는, 읽어 두어야할 서적이 많았다. 그러나 시간을 낼 수가 없었다.

다음 날. 나는 만사를 제치고 중앙 도서관으로 갔다. 이런저런 관계서적을 뽑아 읽어보면서 오로지 나만을 위한 시간으로 하루를 할애했다. 귀가하는 길에 목욕도 하고 이발도 했다. 색깔이 밝은 셔츠와 넥타이도 샀다. 마침 연희누나도 전화를 주었다. 첫 출근하는 날 아침은 자기 차로 함께 가자고 했다. 그녀 시간에 피해가 되지 않으면 나는 영광이라고 했다. 참으로 오랜만에 기분이 밝아졌다. 누나의 전화는 나를 활기차게 했다. 영약이라는 산삼을 먹으면 이토록 금방 힘이 솟구칠까 싶을 정도로 몸의 기운이 충천해졌다. 비로소 나를 찾은 가뿐하고 뿌듯한 마음이었다.

그간 알게 된 새어머니의 내력과 그녀의 황당한 언행과 찬수의 속임수와 가출로 심하게 분노하고 침체된 머릿속이 신기하게 개운해졌던 것이다. 세상을 긍정적으로 보기로 했다.

나는 조금은 들뜨고 흥분된 기분으로 귀가했다. 아버지는 귀가치 않았고 새어머니는 여전히 자리 보존하고 누워 인사를 해도 못들은 척 신음소리만 뱉어냈다. 저녁 때 먹은 밥상을 머리맡에 밀어 놓은 채. 나는 밥상을 주방으로 들어내고 빈 그릇들을 개수통에 넣었다. 그리고 우유 한 잔을 데워서 그녀 머리맡에 갖다 놓았다.

"오늘도 찬수에게서 아무런 전화가 없었어요?"

나는 다시 그녀에게 말을 걸었다. 그녀는 좀 전보다 더 큰 신음소리를 거듭 낼뿐 어깨를 움짓거려 숫제 돌아누워 버렸다. 내 목소리나 모습조차도 혐오스럽다는 태도였다.

"마음 끓인다고 도움 되는 거 없잖습니까. 평소에 찬수가 한 말 중에서 걔가 갈만한 곳이나 친했던 사람의 이야기가 없었는지 생각해 보십시오. 사고가 났다면 경찰에 신고가 되었을 것인데 그런 일은 없으니 조만간 찬수가 들어오거나 전화가 올 것입니다."

나는 위로랍시고 그 말을 하곤 내 방으로 들어와 버렸다. 그녀는 끝내 아무런 반응이 없었다. 그녀의 나를 무시하는 태도가 더러는 악다구니 쓰듯 모진 소리 할 때보다 편한 경우도 없지 않았는데 이날 밤도 그러했다.

내가 Q신문사에 첫 출근하는 날은 하늘이 눈부시도록 쾌청했다.

새어머니는 말할 것도 없고 아버지조차도 내 출근 날을 잊은 듯 반응이 없었다. 나는 여느 날 아침보다 서둘러 세탁소에서 찾아온 양복과 새 넥타이 등으로 정장을 했다.

그리고 마침 화장실을 다녀나오는 아버지에게 인사를 했다.

"다녀오겠습니다! 오늘부터 출근입니다."

아버지는 깜짝 놀라면서 내 어깨를 툭 쳤다.

"그렇구나! 잘해봐라! 그런데, 아침도 안 먹었잖니."

"찌개도 밥도 지금 끓고 있어요. 좀 일찍 나가봐야 하거든요."

아버지는 안방 쪽을 흘끔 돌아보면서 이맛살을 찌푸렸다.

"네가 주방에 들어가지 말아. 아무 말 안하니까 이것이 진짜 환자 노릇을 하려 든다. 뭘 잘했다고 저 꼴인지…. 가만있어, 내가 돈 줄 테니까 회사 부근에서 밥 사먹어라."

아버지가 방안으로 들어가려 했다.

나는 아버지의 팔을 붙들었다.

"저에게 돈 있어요. 그럼, 다녀오겠습니다!"

정말 밝고 쾌청한 날씨였다. 몸이 날아오를 것처럼 가뿐했다. 나는 성큼성큼 발자국을 길게 뗐다. 연희 누나와의 약속시간 보다 십분 전쯤이었지만 마음이 급했던 것이다.

"굿모닝!"

슈퍼마켓 앞에서 누나가 차문을 열고 나를 기다리고 있었다. 그녀의 어머니도 함께 나와 축하해 주었다. 그들 모녀의 환한 표정은 내 기분을 한껏 상승시켰다. 시작이 기차게 좋다는 느낌이었다. 나는 그녀의 옆자리에 들떴으나 긴장된 표정을 감추지 못하고 자세를 곧추 세우고 앉았다.

"찬우씨, 몸 풀어!"

그녀는 운전을 하다 말고 붉게 상기된 내 굳은 낯빛을 훔쳐보면서 미소를 머금었다.

Q신문사의 직원은 60명 남짓이라고 했다. 편집국이 30여명 총무, 업무, 광고부가 30여명으로 건물의 2개 층을 사용하고 있다고 했다. 편집국이 있는 10층에는 의사단체 사무실과 회의실, 사장실이 집결되어 있어 내근일 때는 몸가짐이 단정하고 신중해야 된다고도 했다.

10층의 엘리베이터 앞에서 그녀와 헤어졌다. 그녀는 의사단체 사무국 방향으로 몸을 돌리기 전에 바른손 주먹을 불끈 들어 보이며 "파이팅!" 했다. 나는 얼굴을 붉히고 고개만 꾸뻑 반응했다.

나는 스스로 '잘난 사내', '괜찮은 사내' 라는 나만의 정신세뇌법을 읊조리기 시작했다. 영광의 합격을 하여 첫 출근을 하는 날이니 보무도 당당하게 편집국으로 진입해도 좋을 것인데, 어쩔 수 없는 긴장감은 나를 또 그렇게 만들었다. 국장실은 넓은 편집국의 바른쪽 코너에 레이스 커튼이 처진 칸막이 안에 있었다. 코끝에 돋보기를 걸고 신문을 읽고 있던 편집국장이 주춤거리며 들어서는 나를 안경위로 쳐다보았다.

"공찬우입니다."

나는 90도로 허리를 굽혔다.

"누구요? 고옹찬우?"

"네 그렇습니다!"

"공… 찬우? 아, 아… 내 정신 좀 봐, 일찍 오셨네. 이리로 좀 앉아요. 편집회의 들어가기 전에 직원들에게 소개시킬 테니."

"국문학과 졸업입니다."

국장은 인터폰으로 총무부에 공찬우씨 서류를 가져오라고 지시했다. 나에 대한 예비정보를 얻고자 함인 듯싶었다. 여직원이 이력서를 포함한 졸업증명서와 기사작성 페이퍼, 토익점수표, 면접평가표 등이 연철된 서류를 가져오자 그는 후루루 건성으로 펼쳐보더니 회사 홈페이지 인력 란에 올리라고 지시했다.

아홉시가 되자 편집부와 취재부 직원들이 모두 출근했고, 나는 국장에 의해 그들에게 소개되어졌다. 한 층 아래의 광고, 업무, 총무부서도 두루 돌고 다시 10층으로 올라 의사단체 사무실에도 들어갔다. 연희누나의 활짝 웃는 모습이 제일 먼저 눈에 들어왔다. 많은 사람들과 거의 모두 악수를 했지만 누가 누군지 제대로 기억이 되지 않았다.

그러나 하나같이 잘해보라는 격려를 해주었고, 여직원 두 명이 "인상이 참 좋으시네요! 우리 친해 보실래요?" 하는 거침없는 농담을 해 얼굴을 붉히기도 했다. 공보이사와 사장은 출근 날이 아니므로 다음에 인사를 올리라고 했다. 그들은 현직 개업 의사들이어서 일주일에 두 번씩만 회사에 나올 뿐이며, 신문사의 편집국장과 의사단체의 사무국장이 매일 그들의 병원에 들러 결재를 받는다고 했다.

10시경이 되자 기자들이 담당 출입처로 취재를 나가기 시작했다. 의학 전문지라 취재영역도 한정되어있어 관계부처인 복지부와 식약청 의과대학과 부속병원 및 일반 종합병원 · 개인의원 · 보건단체가 주 취재원이라고 했다.

내가 일할 부서는 취재부(取材部)였다. 결원이 생겼던 부서는 편집부였지만 그것과는 상관없이, 나는 이날부터 전 지역 출입처 순회로 담당 기자를 따라 다니며 일을 배우라고 했다.

첫 방문 출입처는 S대학병원으로 담당 추경수 기자와 함께 나가게 되었다. 국장으로부터 견습기자증을 받고 감격을 누릴 틈도 없이 추 기자를 따라나섰다. 추기자는 대학병원으로 바로 가지 않고 건물 라운지의 카페로 나를 데려갔다. 일종의 오리엔테이션의 과정을 갖는 것 같았다. 그는 마주 앉는 나에게 어깨의 힘을 빼라며 웃었다. 그리고 수첩에서 당신의 명함을 꺼내 내밀면서 당년 35세이며 입사(入社)한지 6년차라고 했다. 이어 Q신문은 의사단체의 기관지이고 의사를 홍보하는 입장에서의 취재자세가 기본방침임을 말했다.

"아무리 기관지이지만, 홍보기사만 실리면 신문으로서의 매력은 덜할 것 같아요."

나는 시종 듣기만 하기가 뭣해서 조심스럽게 말을 거들어 보았다.

"의사들이 돈을 내서 자기들의 권익보호와 친목을 위해서 만드는 신문이니까 그럴 수밖에 없지요. 그러나 반대로 의사에게 불이익이 되는 잘못된 제도나 세금 등에는 그것의 개선을 위해 비판적인 기사를 얼마든지 다루지요. 대학병원에서의 취재종류는, 질환의 희귀케이스와 임상교수들의 새로운 연구업적, 그리고 첨단의 시술법 등이 될 수 있고, 전 회원들의 취미생활이나 외국병원 수련기, 회의 참관기 혹은 여행기 등을 다루기도 하지요. 일단 보관되어 있는 합본이나 인터넷에서 스스로 익히도록 노력해요. 6개월이라 하지만 2~3개월 지나면 파악이 될 테니까 걱정할 것은 없고, 한 번 자알 해봐요!"

추기자는 의욕에 차 있는 생기로운 내 표정을 응시하면서 격려도 해주었다. 뿐만 아니라 30여개의 의계(醫界) 전문지와 약계(藥界)전문지 중에서도 Q신문사는 비교적 급료가 높고 신분보장도 되어있는 편이라고 했다. 2년마다 단체의 회장(신문사 사장)이 바뀌고 그때마다 신문사와 의사회의 국장과 부장까지는 더불어 경질되지만 차장급과 기자들은 대체로 변화가 없다고 했다.

차를 마신 후 추 기자를 따라 S대학병원으로 나갔다. 그는 우선 병원의 조직이나 각 진료과의 특성을 설명해주고 각 과를 돌며 과장들에게 인사를 시켜주었다. 그리고 전문지 기자들이 집합하는 병원장의 비서실 외에 사적 '기자방' 이라 할 수 있는 비뇨기과 연구실로 가서 소탈한 인상의 K교수에게 인사도 시켰다. K교수가 신입기자 환영이라며 구내식당에서 점심을 샀다. 종일 추 기자를 쫓아 병원과 의과대학 연구실을 돌고 다섯 시경 다시 신문사로 귀사했다.

편집국장이 미소를 머금고 나를 국장실로 불러들였다.

"공찬우씨 첫 날이라 힘들지요? 지금처럼 5시에 회사에 들어오면 출입처에서 취재한 내용 중 중요한 것은 기사로 작성하여 데스크에 넘기고, 8시가 되면 퇴근해도 돼요. 일주일에 세 번은 이날처럼 출입처에서 취재하고, 두 번은 신문사에서 기사 마감하며, 토요일은 휴무이지요. 그리고 하루의 교통비와 점심 값을 포함한 6일간의 취재비가 월요일 아침에 한꺼번에 지급되는데, 견습기간 동안은 취재비 외에 월급이 없다는 것은 알고 있지요?"

1일 취재비의 금액도 말해주었다. 노동인건비의 일당보다 낮았지만 취재를 하지 않는 토요일까지 하루도 빠짐없이 일시불로 지급되는 금액이라 적은 돈이 아니라는 생각이 들었다. 실제 취재비가 얼마나 사용될지는 알 수 없었지만.

첫 출근 날, 집에 돌아온 시간은 저녁 아홉시가 넘어서였다. 일주일에 두 번 있다는 기사 마감 날은 6시 퇴근이라 했지만 취재가 있는 3일은 정상대로 귀가해도 9시 전후일 것 같았다. 하루 종일 긴장했던 탓인지 많이 피곤했다. 매일 밤 10시가 넘어야 귀가하는 아버지가 이날은 먼저 들어와 웃음으로 맞이해주었다.

"첫 날이라 힘들었겠구나?"

"예 이비지, 조금 피곤해요. 찬수는, 여전히 연락이 없었답니까?"

"이제 그놈 생각은 하지마라. 생각 할수록 이가 갈린다."

"아버지…."

"알았다. 저녁은 어찌했나?"

"제가 찾아 먹을게요. 아버지는 드셨어요?"

인원이 모자라 한 달이면 보름쯤 저녁 작업반에 동원되는 아버지는 사무실 구내식당이나 포장마차 등에서 간단한 저녁요기를 하는 편이었지만 아닐 경우도 있어 물어본 것이다.

"여편네라는 여자가 꼴값 떠느라고 드러누워서 물어보지도 않는다. 밥 없으면 라면 끓여라."

나는 일단 안방 문을 열고 새어머니에게 다녀왔다는 인사를 했다. 방문을 등지고 누워있던 그녀는 물론 돌아보지도 않았다.

"인사할 것도 없다. 서방도 나 몰라라 하고 자식도 제 속으로 나온 것이 아니라고 관심도 없는 모양이다."

밥통 속에는 한 그릇 남짓의 밥이 남아 있었다. 아침에 내가 밥을 지은 양(量)으로는 새어머니가 점심 저녁을 양껏 먹어도 두세 그릇은 남아 있어야 하는데 그렇지 않았다. 아버지는 더 말없이 식사를 달게 끝냈다.

"집안에 뭐 필요한 게 있으면 나한테 말해라. 살림운영은 이제 내가 할 것이다. 지금까지 밑 없는 독에 물붓기로 봉투째로 주었더니, 사람 하나만 버려놓은 것 같다. 집안질서 잡힐 때 까지 내가 관리 하겠으니 다른 말은 하지마라."

"아버지 알아서 하십시오."

나는 아버지의 뜻을 거역하지 않았다. 반대할 마음이 아니었던 것이다.

다음 날 아침도 그 다음 날도 새어머니는 일어나서 조반을 지으려들지 않았다. 나와 아버지가 보는 앞에서는 식사를 하지 않았지만 나는 그녀가 우리가 출근하고 난 후 끼니마다 식사를 거르지 않음을 알고 있었다. 다만 아픈 척 계속 자리하고 누워 평소에 하던 밥 짓기조차 손놓고 있는 것은, 월급을 맡기지 않겠다는 아버지에 대한 저항과 시위가 함께 버무려져 저러는 것이리라 짐작했다. 하지만 나는 찬수와 그녀에게 계속 신경을 쓸 수는 없었다.

수습(修習)이긴 해도 기사 마감 날에는 병원게시판에 붙여진 월례집담회 기사라도 베껴내야 하고, 어설픈 대로 인터뷰기사도 적어 데스크에 넘겨야 했으므로 거의 매일 스트레스를 받고 있기 때문이었다. 취재도 매번 바뀌는 중견기자를 따라 다니면서 출입처마다의 성향을 나름대로 파악해야 되었고, 서울 구석구석에 모래알처럼 박혀있는 개업의원도 방문해보아야 했다. 뿐만이 아니었다. 수십 개의 의약관계 협회도 다니며 겉핥기 정도라도 파악해야 되었고, 복지부를 비롯 산하의 조직단체들도 다녀보아야 했다. 전문지여서 활동범위가 한정적이라 생각했던 것은 오산이었다. 일을 제대로 하려들면 범위가 오히려 광범위한 분야임을 새삼 깨달았다.

출근한지 10일째가 되는 날 저녁, 편집국의 정례적인 회식이 있는 날이었다. 편집국장은 이날의 회식을 공찬우를 위한 '환영연' 이라고 이름을 붙였다. 좀 늦은 감이 없지 않지만 대신 거하게 차려주겠다는 말로 분위기를 띄웠다. 시종 2주간이나 소식 없이 들어오지 않는 찬수와 새로운 일 배우기에 여념이 없던 나는 그런 여유 있는 '환영연' 운운이 생경스러웠지만 그러나 기분 좋은 낯빛으로 반응했다.

저녁 6시경, 출입처에 나갔던 기자들이 속속 귀사하자 일행은 모두 빌딩부근의 갈빗집으로 몰려갔다. 푸짐한 돼지갈비와 소주로 서로들 피로를 풀기 시작했다. 술이 몇 순배 돌았다. 환영연이라 덧붙인 명칭답게 술잔이 적잖이 나에게 왔고 나는 별로 주저함 없이 받아마셨다.

"공찬우씨, 만만찮은 욕심장이더라구! 그런데, 의욕은 좋지만 한 번에 다하려고 애쓰지 말아요. 어설플 때 두드러지면 징을 맞고, 또한 금방 싫증이 나니까."

보건단체 출입기자인 박준혁씨의 한마디였다. 바로 어저께 그를 따라 복지부와 유관한 어느 협회에 들렀을 때, 그 곳의 약점이라고 볼 수 있는 부분을 협회장에게 집중적으로 따졌던 사실을 꼬집는 것 같았다.

"공찬우씨 인상이 좋아서인지 여의사들과 간호사, 물리치료사들에게 인기가 있더라구. 그럴수록 신중에 신중을 기하여 몸조심을 해야 상처를 아니 받지."

S대학병원 출입의 추경수 기자도 술잔을 건네며 말했다.

"무슨 말씀이신지 얼른 이해가 되지 않습니다. 상처를 받다니요?"

"무슨 말이냐 하면, 병원의 공주님들이 직업인으로 전문지 기자들을 별로 매력 없어 하거든. 친절하게 대해준다고 나 홀로 흠모하면 상처를 받는다 이 말씀이지."

추기자의 말이 떨어지자 그렇게 생각해선지 좌중의 분위기가 갑자기 가라앉는 것 같았다.

"염려 마십시요, 제가 여자에게는 냉혈한이거든요."

나는 술기운으로 희떠운 소리를 지절거렸다. 그러다 문득 단비를 떠올렸다. 그녀를 만나지 못한 것이 꽤나 오래된 것 같았다. 전화도 서로 없었다. 다른 때는 언짢게 헤어져도 24시간을 넘기지 못하고 전화를 주고받았는데 이번에는 가장 긴 이별의 시간을 갖는 셈이었다. 이런 현상은 두 사람 모두 서로에게 화가 많이 나있다는 증거였다. 그녀에게 신경을 쓰지 않기로 했다. 그녀의 배려 없는 거친 매너를 떠올리면 이대로 끝나도 좋다는 극단적인 생각도 들었던 것이다. 물론 내 상황이 전처럼 할 일이 없어 방황하는 상태가 아닌 탓일 수도 있었다. 혐오감을 가질 만큼 그녀를 미워하는 정도는 아니면서도 이쯤에서 뭔가 자신을 한번 점검해볼 기회를 갖는 것이 좋겠다는 생각이기도 했다.

직원회식은 식당에서 끝나지 않고 2차로 노래방까지 이어졌다. 나는 술을 적지 않게 마셨으나 흐트러지지 않으려 노력했고, 나름대로 끝까지 잘 버텨냈다.

그리고 12시가 다되어 귀가했다. 아파트 입구의 계단에 서자 머리가 휭 돌았다. 집에 다 왔다는 안도감 때문인지 취기가 급작히 올랐던 것이다. 간신히 계단을 걸어올라 5층의 3호실 앞에 섰다. 열쇠를 꺼냈으나 구멍을 맞출 수가 없어 벨을 눌렀다. 아버지가 기다리고 있었던 모양으로 재빨리 문을 열어 주었다.

"오늘, 환영회가 있어서 좀 늦었습니다."

나는 몸을 꼿꼿이 세우고 그러나 고개를 숙인 채 말했다.

"술을, 많이 마셨구나. 얼굴에 찬물 좀 끼얹고 나오너라."

아버지의 목소리가 침통스럽고, 뜻밖에도 새어머니가 시위를 겸한 꾀병 자리를 털고 일어난 듯 내가 들어가려는 방문을 막고 서있기에, 뭔가 심상찮은 일이 있음을 직감했다.

"아버지 저 그냥 바로 잘래요. 좀 취했거든요…. 하실 말씀 있으시면 내일 아침에 하시고요…."

나는 앞을 가로막은 새어머니를 몸으로 밀며 방문을 열었다.

"어…."

나는 내 눈을 의심하며 끔벅거렸다. 찬수가 엉거주춤 눈앞에 서 있었던 것이다. 나는 반가움과 분노에 반사적으로 바른손을 치켜올려 찬수의 뺨을 치려다가, 팔목이 찬수의 완강한 손아귀에 잡혀 멈추어졌다. 그러나 찬수가 내 손목을 잡은 사실이 중요한 것이 아니라 방안에 강보에 싸인 아기 하나와 빨강머리의 여자애가 함께 있는 사실이 나를 경악하게 만들었다. 나는 머리를 흔들며 두 눈을 부릅떠 보았다. 잘못 보았나 싶어서다.

"누, 누구…."

나는 입술을 우물거리며 엉거주춤 앉아 있는 여자애와 방바닥의 아기를 내려다보았다.

"형, 술 많이 마셨네. 마루로 나가요, 내가 말할게."

찬수가 내 상체를 문 밖으로 밀어냈다.

"놔, 임마…."

정신이 번쩍 드는 것을 느꼈지만 그러나 몸뚱이는 내 맘대로 움직여지지 않았다. 나는 찬수를 뿌리치고 화장실로 들어갔다. 두 손가락을 목 안 깊숙이 집어넣어 뱃속 가득 차 있는 술과 고기를 토해냈다. 위장을 식도로 당겨 올리듯 밥통 속의 바닥찌꺼기까지 끌어올려 토해냈다. 그리고 입안을 소금물로 몇 번이나 헹구어내고 방광에 꽉 차있던 소변도 시원하게 배설했다. 이어 찬물 물바가지를 머리서부터 뒤집어썼다. 두 번 세 번 연달아 머리와 얼굴로 끼얹었다.

여자애와 아기를 본 순간부터 심하게 벌렁거리던 심장이 조금은 가라앉으면서 그러나 전신은 긴장감으로 경직되어졌다. 나는 얼굴을 대충 닦고 마루로 나왔다. 그리고 찬수의 뺨을 불이 나게 두 차례 후려쳤다. 찬수가 비틀거렸다.

"하이구, 부자가 내 아들잡네-."

새어머니가 파르르 찬수 앞을 막아섰다.

"어떻게 된 거야, 어서 말해봐. 이 새끼야…."

나는 그야말로 벼락같이 고함을 쳤다. 아버지가 주방으로 들어가더니 냉수 그릇에 설탕 한 숟갈을 넣어서 들고 나왔다.

"우선 이거 마셔라. 토해낸 위속을 가라앉혀야 한다. 이걸 마시고 전부 안방으로 들어오너라."

나는 아버지가 건네주는 설탕물을 벌컥벌컥 마셨다. 그리고 미적거리는 찬수를 거칠게 떠밀어 안방으로 들어가게 했다.

"아버지, 도대체 저 방의 여자와 아기는 누구입니까? 이 새끼가 데리고 들어왔어요?"

그때 새어머니가 나섰다.

"애 아범이 된 사람을 이 새끼 저 새끼 하지마라…."

나는 뒤통수를 둔탁한 쇠둔기로 크게 한방 얻어맞은 기분으로 입을 벌렸다. 강보에 싸인 아기를 본 순간 머리를 스쳤던 예감이 그대로 들어맞았기 때문이다.

"뭐가, 뭐가 어째요? 찬수야, 말해봐라, 저 방의 아기가 네 자식이란 말이냐?"

찬수가 고개를 끄덕거렸다.

"허…."

나는 방벽에 등짝을 붙인 채 서서히 허무러져 방바닥에 주저앉았다. 심장은 다시 벌렁거리고 어떻게 이런 일이 있을 수 있는지 어안이 벙벙했다. 찬수도 볼을 싼 채 방바닥에 함께 앉았다.

"상세하게, 조금도 거짓말 하지 말고 다 말해봐라. 지금까지 너는 어디에 있었던 거냐?"

나는 걷잡을 수 없는 흥분과 절망감 속에서 정신을 가다듬고 차분한 소리로 물어 보았다.

"수경이랑 여인숙에 있다가, 걔가 아기를 낳는 바람에, 병원에 3일 더 있다가… 오늘 퇴원하고…."

찬수는 말끝을 아무리지 못하고 흘렸다. 술이 말짱 다 깬 듯한 내 위압적인 기세에 위축된 것 같았다.

"저 여자애는 누구냐? 학원에서 만난 여학생이냐?"

"학생은 아니고… 작년 봄에 인천에서 친구 소개로 만나서…."

"지금 무슨 일을 하고 있는데?"

"카페에서 일하다가, 배불러지면서 아무 것도 못하고…."

"몇 살이냐?"

"열일곱 살…."

"집은 어디고 부모는 다 계시냐?"

"집은 서울이라는데…, 부모는 이혼하고 두 사람 다 재혼했는데 자기는 양쪽집을 들락거리며 살다가, 중학교 때 그냥 집을 나왔대나 봐…."

"네 아이 확실하냐? 친자감별 해보지 않아도 자신있게 네 자식이라 말할 수 있냐?"

찬수가 긴장감을 풀며 입귀에 빙긋 웃음끼를 머금었다. 내 세세한 질문에 별 쓸데없는 의심을 다 한다는 투의 낯빛이었다.

"세상에. 무슨 범인 취조하듯 아이를 달달 볶네? 지 새끼 아닌 것을 자식이라고 집에까지 데려왔을까 봐…."

새어머니가 끼어들었다. 나는 그녀를 쏘아보면서 소리를 질렀다.

"가만히 계세요, 무슨 할 말이 있다고 끼어들어요? 아까는 아범 운운하더니 이제는 아이입니까? 이렇게 물어보지 않으면 제 놈이 먼저 샅샅이 말해야 될 것 아닙니까, 말해봐, 진짜 네 자식 맞아?"

"그야, 나와 사귀면서 임신 했으니까, 내 아이지…."

"저 여자애가 남자를 너 혼자만 사귀었어? 자신 있어?"

"그야 처음에는 내 친구 애인이다가 나를 만났고 카페 손님들하고 사귀기는 했겠지만, 수경이가 나하고만 잤다하고 내 아이라고 하니까 내 자식인거지."

"아기 얼굴이 찬수 그대로 닮아 뺐어."

새어머니가 끼어들었다. 나는 경멸에 가득 찬 눈빛으로 그녀를 또 한 번 노려보았다. 아버지는 벽에 등을 기댄 채 담배만 뿜어내고 있었다.

"그래, 그럼 이제 어찌할 것이냐?"

"어찌하긴요? 내 아기고 내 여자니까 우리 집에서 함께 살아야지. 결혼식 하는데 돈 안들이고 혼수로 손자까지 낳아왔으니 아빠나 엄마 그리고 형, 복 터진 거 아니요?"

찬수의 말에 빙글빙글 장난끼가 묻어 나오고 있었다. 나는 급기야 찬수의 뺨을 또 한 번 후려쳤다. 벌떡 몸뚱이를 일으켜 발길로 찬수의 허벅지며 허리께를 걷어찼다.

"이 자식이 지금 누구 앞에서 빈정거리고 있어? 야 이 새끼야, 네가 지금 몇 살이야, 머리빡에 쇠똥도 안 벗겨진 놈이 어느 놈의 씨앗인지도 모를 어린 것을 집으로 끌어와선, 뭐가 어쩌고 어째? 그래 이 새끼야, 네 처자식이면 네가 벌어 먹여야지 이 집에는 왜 끌고 들어 왔어. 이 배은망덕한 놈의 자식아. 아버지 뼈골 빠진 돈 다 긁어가선 하라는 공부는 안하고 속이고 논 것만도 억장이 무너질 판인데, 거기에 철딱서니 없는 계집애가 싸지른 주인도 모르는 핏덩이까지 끌고 들어와? 야 이 새끼야, 차라리 불쌍한 아버지 피를 빨아먹어라, 이 철딱서니 없고 천치 바보 같은 나쁜 자식아."

내 서슬이 워낙 거칠어선지 새어머니도 찬수의 앞만 막아설 뿐 입도 벙긋하지 못했다. 찬수의 코에서 코피가 터지고 있었다. 손등과 옷자락에 핏방울이 떨어지자 찬수가 울먹이며 소리를 내질렀다.

"분가시켜 주면 될 거 아니야. 내가 새장 같은 이 집구석에 들어오고 싶어서 들어온 줄 알아? 엄마가, 아빠가 돈을 주지 않는다고 수경이 퇴원하면 아기와 집으로 들어오라 했단 말이야. 나 보기 싫으면, 방 얻어서 분가시켜 달란 말이야."

나는 허탈한 기분인채 새어머니를 바라보았다. 아침에 밥솥 가득 밥을 지어놓고 저녁에 와서 보면 밥통속의 밥이 거의 바닥이 나있는 경우가 여러 번 되었음을 상기하면서, 낮 동안 누군가 다녀가는가 했는데, 바로 찬수가 들락거렸던 모양이었다.

아버지가 불같이 언성을 높였다.

"이게, 무슨 소리야? 그럼, 네 엄마는 지금까지 네가 어디 있는지를 알고 있었단 말이야?"

"그거야 당연하죠. 아기를 낳은 동네 병원도 엄마가 여인숙에 와서 우리를 데려다 주었는데요."

찬수가 거침없이 대답했다. 모자가 미처 말을 맞추지 못했던 모양이었다. 새어머니가 눈에 띄게 당황해하는 낯빛이 되었다.

"허허… 우째 이런 일이…, 아니, 그러니까 몇날 며칠을 찬수가 밥을 굶는지 먹는지 모르겠다고 눈물 짜며 징징거리고, 몸 아프다고 누워있었던 것이 다 연극이었어? 이것들이 도대체…"

"……"

새어머니가 미처 둘러댈 말을 준비하지 못하고 머뭇거렸다.

"말해봐, 무슨 꿍꿍이 속이었어? 애를 낳아 집으로 차고 들어오면 내가 암말 못하고 받아 줄 거라 생각했어? 그래서, 계집애가 몸을 풀 때까지 입 다물고 기다렸던 거야? 이 나쁜 년아－"

이제는 아버지가 새어머니의 상의를 움켜잡았다. 그러자 찬수가 두 눈이 둥그레지면서 아버지 앞을 가로 막았다.

"아빠, 왜 그래요? 아빠는 진짜로 손자가 싫으세요? 일찍 낳았지만 이 집 핏줄인데, 아빠의 손자인데, 어처구니는 없지만 즐거우실 텐데, 왜 화를 내세요? 엄마가 아빠 놀라게 해드리려고, 손자를 바로 면대 시켜주려고, 말을 안했겠지요. 그게 뭐가 잘못됐어요? 아빠, 아빠, 아빠의 친손자라구요."

"어히구우, 어히구…."

아버지가 당신 가슴을 주먹으로 퍽퍽 쳤다.

"아빠, 손자 싫으시면 방 얻어서 내보내 달라구요. 그리고 제가 고등학교 졸업할 때까지만 생활비하고 양육비 좀 도와주세요. 형도 취직했다니까 아빠 도와줄 거 아녜요. 제가 졸업하고나면 무슨 짓을 해서든 제 자식은 제가 키울 테니까 걱정마시구요."

찬수가 마치 해결책이라도 제시하듯 흥분하여 거듭 지절거렸다. 내가 찬수의 말을 잘랐다.

"주둥이 닫아, 이 새끼야. 적반하장도 유분수지 무슨 장한 일 치르고 온 놈처럼 말도 안되는 소리를 멋대로 지껄여대고 있어. 내일 당장 친자감별 해보자. 우선 네 자식인지 아닌지 그것부터 확인해봐야 한다."

"형, 도대체 왜 그래? 왜 사람을 자꾸 우습게 보는 거야. 내 아이란 말이야. 내 자식이란 말이야."

이제는 찬수가 답답하다는 듯 두 주먹으로 제 가슴을 두드렸다.

아버지가 고개를 설레설레 내저었다. 그리고 무겁게 입을 열었다.

"친자감별이고 뭐고 다 필요 없다. 날이 새면 당장 네 자식은 네가 데리고 나가서 키워라. 자식은 지 애비에미가 키우는 거다. 나는 손자도 자식도 다 필요 없다."

"아빠, 제가 무슨 돈이 있어요. 어디 가서 뭘 먹고살라구요? 수경이도 아기 낳고 오늘 사흘짼데 산후조리해야 된다구요. 아직 움직이기도 힘든데 어디로 나가란 말입니까요. 아빠, 제가 잘못했어요. 이제 학교 착실히 나가서 고등학교는 졸업할게요. 졸업하고 돈 벌 때까지만 손자 좀 도와주세요. 아니면, 월세방이라도 하나 얻어주시라구요!"

"시끄럽다. 네 놈이 나한테 돈 맡겨두었더냐. 먹고 죽을래도 네놈이 내 돈 다 써버려서 없다. 네가 학교를 다니든 말든 나는 이제 알 바 없다."

"아빠…"

아버지의 얼굴은 참담했다. 엄포만은 아닌 듯 했다.

"찬우야, 못된 인종들 때문에 네가 당장 잠잘 곳이 없어졌구나. 나하고 둘이서 이 방에서 자자. 찬우만 남고 다 나가거라. 꼴 보기 싫어. 어서들 나가."

아버지는 방바닥에 그냥 사지를 뻗고 드러누워버렸다. 격심한 배신감과 허탈감 때문인지 탈진이 된 쇠약한 모습이었다. 나는 이부자리를 꺼내 펼치고 아버지를 그 위에 눕게 했다.

그때, 옆방에서 아기 우는 소리가 났다. 실낱처럼 가녀리고 여린 울음소리가 비명처럼 소리를 내지르고 있었다. 방안이 순간 숨을 멈춘 듯 조용해졌다. 어린 생명의 포효처럼 그 울음이 아리게 가슴을 파고들었다.

"왜 저렇게 울리는 거야?"

찬수가 투덜거리며 방을 나가고 "젖을 물려야지. 배가 고파 저러는 거야"라며 새어머니가 뒤따라 나갔다. 나도 아버지 옆에 드러누웠다. 젖을 물렸는지 울음소리가 그쳤다. 이어 주방에서 덜컥거리는 소리가 났다. 산모를 위해 미역국을 퍼가는 것 같았다. 집안에 들어설 때 콧속으로 스며들었던 구수한 냄새가 바로 미역국 냄새임을 새삼 떠올린다.

"방문을 잠그고, 불을 꺼라."

아버지가 힘없는 어조로 말했다.

나는 거역 없이 아버지가 지시하는 대로 따르곤 자리에 누웠다. 그러나 나도 아버지도 쉽게 잠이 들지 못했다. 난감했다.

"이 일을, 어찌하면 좋단 말이냐…."

아버지가 가슴이 저려드는 듯 깊은 한숨을 내쉬었다.

"쉽게 대책이 서지 않습니다. 친자감별을 한다 해도 태어난 지 사흘밖에 안 됐다는 아기에게 가혹한 것 같고…, 갈 데도 없는 것들을 무작정 쫓아낼 수도 없는 일이고…."

"어디, 입양을 시키면 안 될까…."

"찬수나 여자애가 그렇게 동의할까요? 좀 더 생각해보아야 될 문제인 것 같습니다."

나는 아버지에게 어떻게 손자를 남에게 줄 생각을 하느냐는 말은 하지 않았다. 아버지는 내가 찬수의 진실을 모르는 것으로 알고 있지만 나는 그 사실을 알고 있었으므로 아버지의 속마음을 헤아리고 있었던 것이다. 아버지는 지금 강보 속의 아기는 말 할 것도 없고 찬수나 새어머니까지도 부담스러워 하고 있음을 느낄 수 있었다.

"당분간, 며칠만 그대로 두어 보지요. 산모가 몸이 회복되고 아기가 좀 더 자라면 친자감별부터 해보고…, 그리고 산모의 생각이 어떠한지 또한 그 애의 부모를 찾아보든지 어떻게 방도가 생길 겁니다."

"열일곱 살, 열아홉 살의 미성년자들이 무슨 계획이 있겠느냐…. 친자감별도 해보나 마나다. 찬수의 자식이든 아니든 나는 관심 없다. 휴…."

"그래도 아버지…. 찬수는 우리 가족이잖습니까. 그나마 저 녀석이 고등학교는 졸업하겠다고 말하니 졸업은 시키고, 노동을 하든 기술을 배우든…."

"너는 마음도 넓구나. 나는… 도무지 용납이 안 된다…."

"하지만, 당장은 달리 방법이 없습니다."

"새벽 두시다. 잠이나 자자. 너도 새 직장에서 일 배우느라 엄청 스트레스를 받을 텐데, 집안일까지 겹쳤으니 얼마나 심란하겠느냐."

"제 걱정은 마십시요. 주무세요…."

희한한 것은 몸의 상태였다. 아파트 입구에 들어설 때 머리가 휘둘릴 정도로 취기가 올랐는데 화장실에서 손가락을 넣어 위벽의 쓴물까지 모두 토해내긴 했지만 술을 마시지 않은 사람처럼 몸이 말짱했던 것이다. 머릿속도 점점 투명해졌다. 몸을 뒤채며 두 눈을 지그시 감아보았다. 쉽사리 잠이 들지 않았다. 점입가경이라더니 갈수록 덩치가 눈 덩이처럼 불어나는 찬수의 일에 기가 질릴 지경이었다. 결국 아버지의 짐이 될 수

밖에 없는 산모와 아기를 절대로 그렇게 되어서는 안 된다는 생각이었지만 달리 뾰족한 수가 떠오르지 않아 답답했다.

다음날 아침.

새어머니가 주방에서 달그락거리고 있었다. 찬수가 집나가고 보름여 방안에 누워 아픈 척 꼼짝 않고 나에게 밥을 짓게 하던 그녀가 이 상황에 차마 드러누워 있을 수 없었던 모양이었다. 지난밤 내가 찬수의 뺨을 때리고 발길질을 했을 때도 경찰에 신고한다느니 진단서를 끊겠다느니 독설을 퍼붓지 못했던 것도 일말의 양심 때문이려니 싶었다. 그러나 그동안 친수와 반나 놀라운 일을 벌이고 있었으면서도 그렇듯 시침을 떼었던 그녀에게 소름이 끼치고 넌더리가 쳐졌다. 그녀의 목적이 어디에 있는지 또한 어디까지 갈 것인지 불안했다.

아버지가 먼저 자리에서 일어났다.

나도 함께 일어났다. 나는 잠시 머뭇거리다가 아버지에게 말했다.

"아버지, 아파트 문서나 혹시 귀중품 같은 것이 있으면, 회사나 다른 장소에 옮겨 놓음이 어떨까 싶네요. 인감 도장도…."

아버지가 침울한 얼굴로 나를 쳐다보았다.

"새어머니가… 찬수를 위해서라면 물불을 안 가리는 성향이 있어서요…."

"그려… 집문서 밖에 더 있나마는, 알았다."

개간하는 마음으로

입사한지 6주째로 접어들면서 신문사 일에 조금씩 적응이 되기 시작했다. 사흘 취재하고 이틀 마감하고 그러니까 출입처로 나가는 날과 사무실에서 기사를 쓰는 날의 일상이 어느 정도 익숙해지면서 비로소 주변으로 시선을 돌리게 되었다. 빌딩을 둘러싼 과수정원이 다시 눈 안에 들어오고 바로 옆방 의사회사무실의 연희누나도 의식 속에 들어왔다.

정원은 늦봄으로 접어들고 있었다. 좀 더 정확히는 초여름이라고 할 수도 있었다. 연초록 잎사귀들이 지난밤에 내린 비로 선명했다. 노란 아침 햇살이 잎사귀 위에 금싸라기로 부서져 내리면서 잎들이 기름을 바른 듯 윤기로웠다.

마침 혼자 취재를 나가는 날 아침이었다. 예정된 계획은 박선배의 출입처인 경찰병원과 원호병원으로 취재일정이 잡혀있는 날이었으나, 박기자가 집안사정으로 결근을 하여 이날은 나 혼자 S대학병원으로 나가볼 생각이었다.

잠시 과수정원을 한바퀴 돌았다. 감나무 잎사귀들이 사뭇 눈이 부실만큼 윤기를 머금고 반짝거렸다. 노란 감꽃이 촘촘히 매달려 나를 반기듯 옹기종기 내려다보고 있는가 하면, 살구와 매화열매 또한 흐드러지게 열려 있었다. 뿐인가, 자두나무도 휘늘어진 가지에 앙징스런 모양의 자두를 촘촘히 달고 있고 복숭아나무도 모두 푸른 잎과 함께 어리디어린 풋

과일을 매달고 있었다. 가슴이 뿌듯했다. 벅찬 기분이었다.

미묘하고 달큰한 향기가 과수정원을 에워싸고 있었다. 두 그루의 늙은 아카시아나무에 막물의 꽃송아리가 아직도 매달려 있고 열 그루도 넘어 뵈는 밤나무가 일제히 흰 강아지풀 모양의 꽃을 주절이 달고 있음이 한 눈에 들어왔다.

"아카시아가 먼저 피고 밤꽃이 뒤에 피어야하는데, 이상기온 탓인가…. 어째 동시에 피면서 이토록 황홀한 냄새를 피우는 것일까…."

나는 벌름거리는 가슴을 심호흡으로 길게 향기를 들이마시면서 콧속을 큼큼거렸다.

"역시, 찬우씨였구나!"

그때 밝은 목소리가 등 뒤에서 났다.

연희누나였다. 눈이 부셨다. 소매 없는 연두색 티셔츠에 청바지를 받쳐 입은 그녀의 모습이 갓 스무살쯤 넘은 발랄한 규수 같았다.

"누나…."

나는 반가움과 그간 못 찾아본 미안스럼에 황망히 고개를 숙여보이곤 환하게 웃었다.

"행사장을 둘러보고 오느라 이제사 출근인데, 주차장으로 들어가다 말고 얼핏 정원 켠을 보았더니 뒷모습이 찬우씨 같잖아! 오랜만이야! 어떻게, 할만해요?"

"미안해요, 누나! 옆방 사무실인데도 천리밖 거리인양 이제사, 그것도 누나가 찾아서야 보게 되었으니…. 정신적인 여유가 없었어요."

"아직 두세달은 더 그럴걸. 저녁에 함께 퇴근할까? 구의사회 골프대회 준비 때문에 나도 8시가 넘어야 퇴근할 것 같거든."

"좋아요, 제가 저녁 사겠습니다!"

"집에 차 갖다 두고 동네에서 맥주 마시자. 그간 고생했던 얘기 다 들어줄게. 취재… 나가는 길인가봐?"

"그렇습니다! 초록 숲이 너무 싱그럽고 향기가 기가 막혀서 잠시 산책했습니다!"

"음… 이 밤꽃 향기… 과부들이 좋아하는 냄새라든가? 나, 올라간다, 저녁에 전화할게."

그녀는 하얗게 고른 이를 한껏 드러내어 활짝 웃으면서 돌아서갔다.

어깨 위로 출렁이는 긴 머리와 배꼽티의 짧은 티셔츠와, 노브라 가슴과 몸에 꽉 끼는 청바지 차림의 그녀가 사뭇 다른 사람 같아 나는 잠시 멍한 상태로 서있었다. 이날 아침녘의 그녀는 솔직히 심장을 두근거리게 했다.

의사들의 정례행사인 골프대회 준비로 교외의 골프장을 다녀오느라 저런 스포티한 차림이겠거니 생각하면서도 '과부들이 좋아하는 밤꽃 냄새' 운운의 대담한 발언에서는 그저 경이로울 뿐이었다. 나이가 많긴 해도 밤꽃 냄새가 남성의 정액냄새와 유사하다는 사실을 그녀가 알고 있다는 점이 왠지 민망스럽기도 하고 쑥스럽기도 했던 것이다.

젊고 매혹적이며 열정적인 여인으로 갑자기 클로즈업 되어오는 그녀의 새로운 이미지에 나는 당황하여 머리를 저으면서, 서둘러 과수정원을 빠져나갔다.

취재 첫날, 추기자와 들렀던 S대학병원에 이 날 혼자 찾아간 나는 당장 어느 방부터 먼저 들러야 할지 판단이 서지 않아 머뭇거렸다. 취재해야 될 계획적인 기사가 있는 것도 아니고 그렇다고 공지사항을 옮기기 위해 병원 의국의 게시판을 찾고 싶지도 않았다.

일단 기자실이라는 병원장 비서실로 들어갔다. 이른 시간이어선지 나와있는 기자들이 없었다. 두 명의 여자비서와 비서실장인 남자만 얼굴을 들어 쳐다보았다. 나는 미소와 목례로 먼저 인사를 했으나 그들 중 어느 누구도 나를 기억하는 것 같지 않았다.

"어디서, 무슨 일로 오셨어요?"

노트북을 두드리고 있던 여자비서가 시선을 컴퓨터 화면에 둔 채 건성으로 물어왔다.

"Q신문사 공찬우입니다."

비서실 안의 세 사람이 동시에 내 얼굴을 다시 쳐다보았다.

"아, 몇 주 전에 추기자님과 함께 오셨댔지요?"

또 다른 여자비서가 아는 척을 했다. 그러나 그것뿐으로 그들은 다시 자기 일들로 돌아갔고 나는 머쓱하여 주춤거리다가 병원장의 부재여부를 물어보았다.

"계십니다. 만나시겠어요?"

노트북 여비서가 이번에는 고개를 들어 나를 주시했다. 나는 원장을 만나겠다고 했다. 여비서가 인터폰으로 Q신문사 공찬우 기자가 뵙기를 원한다는 말을 했고 병원장의 들어오라는 지시가 떨어졌다.

처음 추기자와 병원에 들렀을 때 원장을 만나지 못했던 터라 명함으로 인사나 올리고 돌아가려니 했다.

그러나 병원장은 내가 자리에 앉자마자 용건이 무엇이냐고 분명하게 물어왔다. 사람을 만나고자 하는 데는 어떤 내용이든 용건이 따름은 너무나 상식적인 것이거늘 내가 안이하게 생각했음을 깨달았으나 이미 늦고 말았다. 무슨 말이든 해야 되었다.

"외람된 청탁인지는 모르겠습니다만 원장님의 에세이 한편을 부탁드리러 왔습니다!"

나는 불쑥 이 말을 뱉어놓고 얼굴을 붉혔다. 신문 끝 면에 '닥터칼럼'란이 있어 순간적으로 문득 떠올라 말한 것이지만 그 정도야 비서실에 청탁서를 제출하면 될 것을, 바쁜 오전녘에 시간 얻기 금쪽같이 어려운 병원장을 마주하고 내밀 용건인가 싶어서다.

그러나 의외의 반응을 병원장이 보였다. 만면에 웃음을 퍼뜨리면서 뜻밖의 청탁을 해주어 고맙다고 했다. 일반 매스컴에서 의료계 흠집내기가 다반사로 되어있는 현실에다 인술(仁術) 부재라고 아우성인데, 현대의 인술이 어떤 것인지를 좀 적어야 하겠다며 그는 나름대로 주제 선정까지 했다. 나는 시의에 아주 적절한 내용이라면서 가능한 빠른 시일 안에 집필하여 주기를 부탁했다.

병원장실을 벗어나면서 긴장감을 풀어냈다. 선배기자 없이 혼자 출입처로 나와 뭔가 한건을 한 것 같은 자부심도 일면 있었지만 계획없이 무턱대고 원장을 만나자고 했던 내 무모함에 놀라기도 했다.

다음은 비뇨기과로 갔다. 그 곳이 제2 '기자실'이라고 했었기 때문이다. 또한 비뇨기과 K교수가 환영점심까지 대접해준 사실이 따뜻한 기억으로 남아 그곳으로 가는 데는 마음쓰임이 덜했다. 예상대로 K교수는 친절하면서도 편안하게 대해주었다. 그는 마침 외래환자를 보는 날이 아니었던 모양으로 연구실에서 현미경을 조작하며 간호사에게 무엇인가를 지시하다가 활짝 웃는 얼굴로 손을 들어보였다.

"이봐요, 공기자! 당신 씨종자 구경한 적 있어?"

그가 대뜸 반말에다 큰소리로 그렇게 물어왔다. 나는 그의 말이 무슨 뜻인지를 잘 몰라 그를 바라보기만 했다.

"이런, 의학전문지 기자가 우리말도 못 알아들으니 보통 일이 아니구먼. 이 속에 든 당신 씨종자 말이야!"

그가 그들 옆으로 다가선, 내 사타구니 쪽으로 거침없이 팔을 뻗쳐 툭 치면서 말했다.

나는 그제사 얼굴을 붉히곤 고개를 흔들었다.

"지금 화장실 가서 시험관에 뜨물(정액)받아오면 바로 볼 수 있지! 얼마나 힘이 있고 운동성이 좋은지 금방 알 수 있거든. 지금, 받아오겠소?"

나는 손사래를 치며 고개를 흔들었다.

"다, 다음에요, 교수님…."

"내 시간이 항상 여유 있는 것은 아니거든. 어이 오선생, 시험관 하나 공기자 주어요. 어서 가서 받아오라구!"

오선생이라는 나이든 간호사가 빙긋거리며 시험관 하나를 내밀며 "받아 오세요" 했다. 나는 어찌할 바를 몰라 쭈빗거리다가 시험관을 받았다. K교수가 내 등을 문 쪽으로 떠밀었다. "삼삼한 여인 떠올리고, 손 섹스 하는거지 뭐!"

나는 목덜미께까지 새빨갛게 붉히곤 화장실로 들어갔다. 어쩌다 느닷없이 이런 상황에 처하게 되었는가 싶어 차라리 웃음이 나왔다. 문을 안으로 잠그고 단비를 떠올렸다. 아무런 감정이 오르지 않았다. 그녀의 볼륨 있는 니신(裸身)을 떠올렸다. 우유빛 탄력 있는 가슴이며 유난히 무성한 거웃 속의 형상이며 절정에 오를 때의 꿈틀거리던 모습을 떠올렸다. 그러나 얼굴만 상기될 뿐 몸은 뜨거워지지 않았다.

그런데 어쩐 영문인지 스스로도 알 수가 없었다. 몇 시간 전 회사 정원에서 만난 연희누나의 긴 머리와 하얀 팔뚝과 연두색 티셔츠 속의 노브라 가슴이 홀연히 떠올랐다. 너무나 민망스럽고 죄송했지만 나는 떨리는 몸으로 그녀의 벗은 몸을 으스러지게 안았고, 그리고 단말마적 신음을 삼켰다.

나는, 그야말로 벌겋게 달구어진 얼굴로 화장실을 나와 정액(精液)이 든 시험관을 오간호사에게 넘겼다. 불시에 행하여진 일이긴 해도 내 종자에 대한 관심이 없는 것은 아니었다. 내심 흥미롭기도 했다.

"허, 벼락에 콩구어 먹듯 금방 쏘셨군! 그런데 소년도 아니면서 얼굴이 왜 저리도 붉은 단풍인가? 오선생, 준비해 주어요, 한번 봅시다."

K교수가 벙글거리며 현미경 앞으로 다가 앉았다.

오간호사가 시험관 속의 정액을 플라스틱 면봉 같은 기구로 한 점 찍어내어 현미경의 유리판 위에 놓았다. 육안으로는 뿌연 뜨물 한 점 유리판에 찍어 놓은 것 이상으로는 보이지 않았다.

"오… 힘 좋으시구만! 건강한 대한의 사나이답게 우수한 씨종자를 가졌어! 자, 여기 와서 당신의 생명들을 보아요.”

나는 그가 비켜주는 자리에 앉아 현미경 속을 들여다보았다. 경이로운 현상이 눈 아래 펼쳐져 있었다. 일렁이는 물속에 올챙이 모양의 정자(精子)들이 와글와글 요동치고 있었다.

나는 놀라서 눈을 떼고 육안으로 유리판 위의 뿌연 한 점 물을 본 후, 다시 현미경 속으로 눈을 박았다. 신기하기 그지없었다. TV화면 등에서 정충의 활발한 유영을 본 적은 있었지만 몇 백배로 확대된 내 몸속의 생명들을 내 눈으로 목격한다는 사실은, 감동 그 자체였다. 뿌연 액체 한 점 유리판에 찍혀져 있을 뿐인데, 타원형 대가리와 긴 꼬리를 가진 정자들이 한바다처럼 출렁이는 정액 속에서 힘차게 헤엄치고 있었다.

“자신의 씨종자를 상면하는 기분이 어떠신가?”

K교수가 현미경에서 얼굴을 떼지 못하는 내 어깨를 치며 말했다.

“신비스럽고… 감동입니다! 건강한 것입니까?”

“아주 건강해요! 요즘은 대기오염이며 과도한 흡연이며 음주 따위로 부실해진 씨종자가 대다수인데, 공기자는 싱그러울 만큼 튼실해요! 이것 한번 보겠소? 결혼 4년차 32세 남성의 것인데, 들여다봐요, 어떤 상태인가….”

나는 그가 가리키는 옆의 현미경으로 시선을 옮겼다. 육안으로 볼 수 있는 유리판 위에 찍혀진 한 점 물은 내 것과 다름이 없었다. 그러나 현미경 속의 실상은 많이 달랐다. 정액은 여전히 큰 바다의 물결처럼 출렁거렸으나 뜻밖에도 정충(정자)들의 숫자가 많지 않았다. 눈으로 셀 수 있을 정도였다. 그나마 활발한 유영이 없고 움직임이 느렸다. 모양도 차이가 있었다. 타원형 대가리가 두개로 붙은 기형의 정충이 있는가 하면 머리와 꼬리가 구분이 되지 않을 만큼 상하가 두루뭉술한 것도 있고, 몸통의 크기도 한결같지가 않았다.

“어때요, 공기자 것과는 아주 대조적이지요? 불임(不姙)남자의 것입니다. 중금속 오염이 많은 공장에서 일하면서 과도한 흡연과 음주를 즐기는 사람이에요. 이런 조건이 아니더라도 요즘은 극심한 대기오염 등으로 정자의 생성에 방해를 받고 DNA변화를 몰고 오는 판인데, 사람들이 자기 몸 관리에 너무 소홀한 것 같단 말입니다."

나는 고개를 들어 호기심에 가득 찬 표정으로 그의 이어지는 설명을 들었다.

"한번 사출(射出)하는 티스푼 하나 정도의 정액에 약 3억 마리의 정자가 득시글거려야 정상인데, 이 사람은 몇 십 마리도 안된다는 거지. 그나마 보시다시피 서렇듯 기운이 없어 달리지도 못하니 난관속의 도도한 난자(卵子)를 만날 수가 없다는 것이지. 하지만, 공기자는 됐어요! 대학병원 특히 비뇨기과에 출입할 자격이 충분히 있어, 합격이야! 씨종자 비실거리는 사내는 나는 딱 질색이거든."

오간호사는 내 정액이 그대로 남아 있는 시험관에 이름 자를 써붙이고 뚜껑 부분을 조작하더니 그것을 질소통 속으로 집어넣었다.

나는 의아한 얼굴로 그녀를 쳐다보았다.

"냉동시켜 둘테니 필요하시면 찾아가셔도 돼요."

오간호사가 미소를 머금고 나를 지그시 바라보면서 말했다. 나는, 내가 살아 있어 연일 씨종자를 생산하고 있는데 냉동예치가 왜 필요하냐는 말을 하고 싶었으나 그냥 웃고 말았다. 사람의 씨종자를 함부로 다루지 않는 그들의 자세에 오히려 신뢰감이 생겼다.

"그럼, 질소통이 바로 정자은행 이겠군요? 예치가 많이 되어 있습니까?"

"예치정자는 넘칠 정도인데 수요자가 점점 줄어드는 현상을 보이고 있어요. 결혼을 필수가 아닌 선택화하려는 사람들과, 결혼을 해도 아기를 갖지 않겠다는 사람들이 점점 많아지는 탓일 수 있지…."

불임(不姙)클리닉의 현황을 더욱 상세히 파악하기 위해 여러 가지 궁금증을 질의하기 시작했다. 그러나 K교수는 바로 강의에 들어가야 한다며 서가에서 관계자료 책자를 한권 뽑아 주었다. 전국의 불임클리닉 자료가 다 들어 있으니 읽어 보라고 했다.

그가 강의에 들어간다면 내가 비뇨기과에 더 머물 이유가 없었다. 그를 뒤따라 함께 연구실을 나섰다. 두 번째 만나는 그가 왠지 따뜻하게 느껴졌다. 희귀질환 케이스라도 한건 취재해야겠는데 막막하다고, 그를 쳐다보며 말했다. 그가 돌아보았다.

"성형외과에서 무질(無膣) 성형수술이 있다고 들었는데, 흔한 요법은 아닐테니 한번 찾아가보시지."

나는 눈이 번쩍 뜨여져 그를 쳐다보며 고개를 끄덕였다. 의사가 흔한 요법이 아닐 것이라 했으니 기사감은 되는 것 같았으나, 그러나 무슨 내용인지 그의 말이 얼른 와 닿지가 않았다.

"무질 환자라면…성기…가 없는 여성환자를 말하는 것입니까?"

"그렇지요."

"그런 여성도… 있습니까?"

"기형인데 여성 1만 명에 1명 정도 있다고 보면 될까. 성형외과로 가서 직접 취재해 보시라구."

"고맙습니다, 교수님. 아무 것도 모르는 저에게 여러 가지로 배려해 주셔서요!"

"고맙긴…."

그가 손을 들어보이곤 의과대학 건물이 있는 방향으로 꺾어 돌았다. 실제 그가 고마웠다. 겨우 두 번째 보는 사람에게 소탈하면서도 격의 없이 대해주고 더욱이 불시에 정액을 받게 하여 건강체크까지 해준 그가 따뜻하게 느껴졌다. 나는 서둘러 성형외과 연구실로 찾아갔다. 추선배가 먼저 취재를 했을 수도 있겠다는 생각을 했으나 직접 가서 확인해 보면 될 것이었다. 성형외과 연구실의 여자 직원에게 명함을 내밀고 과장을 뵙고 싶다고 했다.

"과장님은 지금 수술 중이세요."

여직원이 명함과 내 얼굴을 번갈아 쳐다보며 말했다.

"무질 환자의 질 형성 수술입니까?"

"네."

여직원은 간단하게 대답했다.

"수술이 몇시에 끝납니까? 언제쯤 과장님을 뵐 수 있을까요?"

"오후 3시부터는 과 집담회가 있기 때문에 점심시간 직후가 좋을 거예요. 하지만 과장님과 약속이 먼저 되셔야 할텐데요?"

약속을 하지는 않았지만 2시에 과장님을 뵈러 오겠다며 성형외과를 벗어났다. 이날따라 S대학병원에는 전문지 기자들이 보이지 않았다. 나보다 일찍 출입처로 나간 추선배도 이 날은 H대학병원이나 K의료원 등 또 다른 자기 출입처로 취재를 나간 것 같았다. 항상 선배기자들의 뒤를 쫓다가 혼자 돌아치려니 조금은 막막한 기분이 되기도 했다.

견습기간이 끝나면 내 전담의 출입처가 할당이 될 것이지만 수습기간 중에는 Q신문사의 전 취재원이 내 출입처일수가 있어 내가 어디에서 단독취재를 하더라도 문제가 될 것은 없었다. 그러나 짧은 경험으로 취재요령도 모르고 전문분야의 지식을 아직 터득하지 못한 입장인데다 더욱 큰 문제는 미개척의 인간관계였다.

특히 의사단체 기관지의 기자 역할은 출입처의 수많은 의사들과 좋은 관계를 유지하고 있어야 함이 기본이었다. 그들이 단체의 회원들이기 때문에 엄밀하게 따져들면 취재원이 바로 신문의 주인일 수 있는 입장이라 기자들의 언행이 조심스러워야 함은 말할 것도 없었다. 출입처에서의 유별스런 행동은 즉각 신문사의 집행부에 전달되고 여차하면 인사문제까지 거론되는 것이 단체기관지 기자들의 애환이기도 했다. 물론 그런 점을 유념할 당금의 내 입장은 아니었지만 그러나 취재를 앞두고 관계자들을 잘 알지 못하는 처지라 마음이 편치 못함은 사실이었다.

2시경, 성형외과 과장실을 찾아갔다.

의외로 젊은 의사였다. 과장급 정교수는 대체적으로 50대 중반 전후의 연령층임에 비해 성형외과 명진(明鎭)과장은 10여년 아래인 40대 중반의 조교수급으로 과장보직을 맡고 있었다. 그는 또한 교수 직책의 의사들에게서 흔히 볼 수 없는 헤어스타일을 하고 있었다. 스포츠형 머리보다 더 짧게 깎아 얼핏 보면 막 밀어버린 머리형을 하고 있어 개성적이었다.

나는 그에 대한 사전지식이 전혀 없었으므로 병원재단에 큰 빽줄이 있는 유별난 사람이려니 생각했다. 그러나 명문 S대학의 자존심이나 날카로운 학생들의 시선 때문에 그런 구시대적 빽줄 사람이 아닐 수도 있다는 생각도 했다.

그는 오수(午睡)를 즐기고 있었다. 소파에 엉덩이를 푹 파묻은 채 두 다리를 책상위에 올리고 깊은 잠에 빠져있었는데, 여직원이 무턱대고 과장실로 들어서는 내 팔을 끌어냈다.

"약속도 안하신 분이 이러시면 안 되지요. 10분 후면 일어나실 거예요. 언제나 식후에 30분 쯤 쉬시는데 오늘은 힘든 수술 때문인지 1시간 후에 깨우시라고 하셨어요."

나는 말없이 과장실을 나가 복도에서 10분 정도 더 기다렸다. 그리고 정확히 10분 후에 다시 과장실로 들어갔다. 과장은 잠에서 깨어나 연구실 귀퉁이의 세면대에서 얼굴에 물을 끼얹고 있었다. 그러다 나를 흘끔 바라보더니 소파에 앉으라는 손짓을 했다.

"Q신문사 공찬우 기자시라구요? 제 시간은 10분 정도 밖에 없습니다. 용건이 무엇이죠?"

"오늘 수술하신 무질(無膣)환자에 대해 말씀을 듣고 싶어서요. 새로운 수술법을 시도하셨다고 들었거든요."

새로운 수술법을 시도했다는 말을 구체적으로 들은 적은 없었다. 다만 비뇨기과 K교수에게서 희귀질환이니 흔한 요법은 아닐 것이라는 말을 들었을 뿐이었다. 그러나 그가 나에게 시간을 내줄 수 있는 이유를 찾다 보니 그 말이 그냥 튀어나왔다. 그런데, 그것이 틀리지 않은 내용인 것 같았다.

"새로운 수술법? 그럴지도 모르겠네요, 아직 국내에서 그 시술법이 보고 된 케이스는 없으니까"

"수술환자의 병력과 발병기전 등의 자초지종과 수술요법 등을 좀 상세히 일러주실 수 있겠습니까?"

"시간은 넉넉하지 못한데 한꺼번에 전부 다 설명하라면 곤란하지요."

"왜, 무질증 환자가 생기는 거지요?"

"원인은 밝혀진 바 없습니다. 뱃속 태생기에서부터 만들어진 선천적 기형이지요. 질이 있을 자리에 비슷한 흔적만 갖고 태어나지요. 1만 명의 여인 중에 1명 있을까 말까한 흔치않은 사례이지요."

"오늘 수술 받은 환자는 몇 살이며 어떻게 자신의 무질증을 발견했는지, 또한 유전적 병력을 갖고 있습니까?"

"스무 네 살의 은행원인데 자기 몸의 이상을 감지한 것은 고등학교 때였나 봐요. 다른 친구들은 빠르면 초등학교 중학교 때 월경을 시작하는데 본인은 그것이 없어 좀 늦나보다 하다가, 결혼을 앞두고 아무래도 몸이 이상하다는 느낌으로 산부인과를 찾았다는 겁니다. 그곳에서 무질증 진단을 받고 성형외과로 넘어온 거지요. 특별한 유전적 병력은 없었어요."

"믿겨지지가 않습니다. 성년의 나이가 넘도록 자기 신체의 이상을 몰랐다는 사실이요."

"의외로 자기 생식기에 대해 무지한 여성들이 많아요. 성관계를 가질 기회가 없었던 것이 이상을 알지 못한 가장 큰 원인이지만 특히 여성들은 요도구(尿道口)가 성기인 줄 알고 있는 사람들이 많아요. 이번 환자는 벽지의 분교에서 초등학교를 다녀 생식기에 대한 성교육을 전혀 받은 적이 없었고 더욱이 홀아버지 밑에서 성장하여 마음 놓고 의논할 상대도 없었더군요."

"수술요법은 어떤 방법입니까? 어떻게 없는 질을 인공적으로 만들 수 있지요? 아기는 낳을 수 있나요?"

"무질환자는 자궁도 없는 것이 특징이지요. 조물주가 깜빡 졸다가 그렇게 미완성으로 만들었는지 아무튼 인간의 본성 중의 하나인 섹스와 종(種)을 잇는 기구 시설을 그만 빠트려버린 겁니다. 어떤 수술방법으로도 인공자궁까지는 만들지 못하므로 아기는 당연히 낳을 수 없지요. 최초의 인공질 형성수술은, 환자 본인의 엉덩이께 살이나 대퇴부 살을 떼내어 터널처럼 둘둘 말아서 질이 있을 위치를 뚫고(절개) 삽입하여 인공질강을 만들었던 것이지만, 그러나 그 질을 자주 활용하여 질강의 공간을 넓혀두지 않으면 오그라들거나 말라버리는 큰 결점이 있었지요. 그런데 이번에 시도한 수술은 본인의 십이지장을 질의 길이만큼 잘라내어 터널을 만든 것입니다. 십이지장 원래의 기능대로 잘 마르지 않는 이점이 있기 때문이지요."

"그렇다면 이 수술의 목적은, 인공자궁은 만들 수 없으니 임신은 불가능하고 오로지 섹스를 하기 위해 시술을 하는 것이군요?"

"당연하지요."

"수술의 결과는 언제 알 수 있나요?"

"10일 후면 인공페니스로 시험해 볼 수 있지요. 결혼 직전에 수술을 하면 배우자 음경으로 직접 시험해 볼 수도 있고. 외국에서 경험한 바로는 결과가 좋았어요. 결혼생활을 무난히 하는 것을 보았거든요."

"영구적인 수술 방법이랄 수 있습니까?"

"글쎄요, 이 세상에서 영구적인 것이 얼마나 될까요? 천연의 질이 아닌 인공적인 것인데 관리가 부실하면 이상이 생기겠지요. 외국에서 수술한 케이스를 5년 이상 추적해보지 못해 확답을 드릴 수가 없군요."

명교수는 일어날 준비를 했다. 구체적인 수술법은 이날 과(科) 집담회에서 그 내용이 다루어지니 참석해서 경청하라고 했다. 물론 나는 관계과 의사들만 모여 전문 용어로 이루어지는 심포지엄에 참여할 생각까지는 없었다. 지금의 내 실력으로는 알아들을 수도 없었기 때문이다.

"잠깐만요 교수님. 십이지장 원래의 기능 때문에 오늘 시술하신 술법이 새로운 것이라 들었습니다만, 원래의 기능은 무엇을 말하는 것입니까?"

"십이지장이 무엇입니까. 위의 유문에서 공장(空腸)으로 이어지는 말발굽 모양의 소장으로, 쓸개와 췌장으로부터 소화액을 받아 음식을 소화시켜주는 기능을 맡고 있지 않습니까. 그래서 십이지장은 소화액으로 항상 젖어있지요. 조직이 마르지 않는 점이 인공 질을 형성하는데 우선 장점이지요. 또한 소장 자체의 터널형 모양 때문에 질강을 만드는데 도움이 되는 것도 장점이구요."

"그러나 십이지장이 원래의 제자리에서 위치가 옮겨졌는데 항상 젖어있을 지는 의문이군요?"

명교수가 시간을 체크하며 연구실 문을 나섰다. 나는 바쁘게 그를 뒤따랐다.

"자리가 옮겨져도 자기의 기능을 지속합니다. 예를 들어 볼까요? 사람의 대머리에 돼지피부를 이식하면 꼬불꼬불 새까만 돼지털이 솟고, 음모가 없는 사람에게 머리피부를 이식하면 그곳에 길숨길숨한 머리털이 솟는 이치와 마찬가지로, 십이지장을 절편하여 질을 만들면 음식만 보아도 분비물이 나올 것이니 말라서 졸아드는 경우는 드물지 않겠어요?"

"그…, 그렇습니까?"

"그러나 중요한 것은 앞서도 잠깐 언급했지만 조물주가 섬세하게 창조한 천연의 질이 아니므로 영구적일 수는 없을 겁니다. 가능한 오래도록 원활하게 활용하려면 파트너인 남편이나 애인이 적극적으로 도와주어야 하고 주인공이 바람둥이 소리를 듣더라도 자주 질을 사용해야 되는 큰 문제가 있지요."

연구실을 벗어난 명교수는 바쁘게 걸었다.

"교수님, 한 가지만 더요, 인공질로도 성욕을 느낄 수 있습니까?"

"여성은 육체의 접촉 이상으로 상대가 진정 사랑하는 사람이라면 정신적인 면에서 쾌감을 느끼는 경우가 많으니까 가능하겠지요. 뿐만 아니라 난소는 있어 젖가슴도 있고 요도구 주변의 음핵과 소음순도 있으니 성감대 역할이 되지요. 그런 문제보다 당사자인 환자는 젊은 여성으로 더욱 가깝게 '인간' 으로서 남 다하는 기능을 자기도 할 수 있다는 사실에 더 중요한 의미를 둘 겁니다."

"고맙습니다. 그럼…."

다음에 다시 뵙겠다는 인사로 그의 뒤에 처졌다. 나는 더 이상 취재를 위해 다른 과로 돌아다니고 싶지 않았다. 사람을 만난다는 일이 결코 쉽지 않음을 새삼 느꼈다. 선배들을 쫓아다닐 때는 책임감이 없어 신경소모가 크지 않았으나 혼자 사람들을 만나자니 몇 십 배의 긴장과 스트레스가 왔던 것이다. 그러나 어떻든 이날은 수확이 있었다는 뿌듯함이 있었다. 건강한 내 씨종자를 상면한 일이 무엇보다 의미 있었고 병원장의 칼럼 청탁과 무질증환자 케이스의 취재도 나로선 수확이었다.

신문사에 귀사하기는 좀 이른 시간이었다. 병원도서관을 찾았다. 비뇨기과의 K교수가 건네준 비뇨생식기(泌尿生殖器)학에 관한 책을 읽기 위해서였다. 우선 씨종자의 정체를 알아보기 위해 '정액' 란을 들췄다.

정낭(고환)에서 만들어진 정자세포의 모양새는 타원형 머리부분과 꼬리로 구성되어 있고 진한 밤꽃향기를 가지며 크기는 1㎜의 약 20분의 1(60마이크로, 0.02인치, 육안으로는 보이지 않는다)이라고 했다. 1회 사정(射精)으로 분출되는 정액의 사출량은 대략 3cc내외로 티스푼 하나가 채 못 되고, 건강한 남성이 일생 동안 치를 수 있는 성교의 회수가 3, 4천회로 가정할 때 정액의 총생산량은 1만2천cc가 된다고 했다.

인간이 평생 생산할 수 있는 정액의 용량을 두고 성의학 칼럼니스트 곽대희(郭大熙)박사는 '맥주병으로 환산하여 서른다섯 병' 이 된다고 했다. 뿐만 아니라 1회 사출량 3cc 안에 정자가 3억 내지 5억 마리가 들어 있으니 일생동안의 생산량은 1조 4천억에 이르며 그중에서 난자를 만나는 경우는 최고 12번 평균 2~3번, 그나마 아기를 갖지 않으려는 현대에는 1회 정도 만나는 것으로, 실제 정자가 난자 만나기가 하늘에 별따기보다 더 어려운 상황임을 알 수 있었다.

나는 다시 여성이 가진 원천적 씨종자인 난자(卵子)세포 페이지를 펼쳐 보았다.

난자는 난소에서 만들어져 한달에 하나씩 양쪽 나팔관에 번갈아 나타나는(배란) 것으로, 크기는 육안으로도 볼 수 있는 가장 작은 점 크기 0.13㎜였다. 여성이 폐경되기까지의 30~40년간 약 400개의 난자가 만들어지지만 실제 정자와 도킹되어 인간생명체로 태어나는 숫자는 정자세포와 마찬가지였다.

또한 남녀가 지닌 반쪽 씨종자, 정자와 난자가 도킹하여 수정을 하려면 정액이 질강에 사출되고 그 속의 무수한 정자들이 질강과 자궁을 지나 나팔관까지의 15~18㎝ 거리를 6시간 가까이 헤엄쳐 올라 제일 먼저 난자와 만나야 드디어 이루어지게 되어 있었다.

새삼 감동과 경이로움을 금치 못했다. 정자와 난자, 특히 정자의 천문학적인 생성에 비해 드디어 수정되어 인간으로 태어나는 숫자가 너무나 희소했기 때문이다. 일생을 통해 몇 천억 마리의 동료정자를 대표하여 나 또한 드디어 인간으로 세상에 태어났다는 사실이 실감은 되지 않았다.

정액이 질속에 사출되면 3억여 마리의 정자들이 나팔관에 도사리고 있는 난자를 만나기 위해 마라톤 질주를 하듯 질강과 자궁구를 지나 자궁체부를 6시간여 헤엄쳐(곽박사는 질벽에서 나팔관까지의 거리를 인간이 2만m를 달리는 것과 같다고 했다)올라, 드디어 1등을 해야만 난자와 만나 인간이 될 수 있다는 사실은 자긍심을 갖게했다. 하물며 0.02인치 체장밖에 되지 않는 정자들이 질 속에서 자궁경부(입구)의 문턱을 넘지도 못하고 또한 광활한 자궁 속의 중간에서 낙오되고 드디어 나팔관 진입로를 들어서는 숫자는 전체의 1%도 되지 않는다고 했으니…

그나마 사람들은 배란할 때만 섹스를 하는 것이 아니어서 아무리 힘좋은 정자가 죽을 둥 살 둥 헤엄쳐 올라가도 난자가 없는 날이 부지기수여서 허탕을 쳤을 테니, 인간되기가 얼마나 힘든 것인지를 새삼 깨달을 수 있었다.

"그래! 세상에 사람은 많지만 그들 모두 수천억 정자세포 중 가장 우수한 엘리트 종자들로 행운의 인간이 된 사람들이야! 나 역시 내 아버지의 정자 중 가장 힘 있고 운동성 좋은 종자였어! 수천억의 동료들과 경쟁하여 내가 당당히 1등을 한 것이야! 위대한 생명으로 신의 축복을 받은 것이야!"

나는 혼자 들떠서 중얼거렸다.

내 감동은 그것에서 끝나지 않았다. 인간을 만든 조물주(造物主)의 치밀하면서도 섬세한 배려가 곳곳에서 돋보였기 때문이다.

인간 신체의 부위(部位) 마다 '조물주' 란 신(神)만이 할 수 있는, 빈틈없는 용도의 구조와, 운영에 있어 합리적인 면밀함은 이미 아는 사실이다. 특히 남성의 생식기에서 요로(尿路)와 정로(精路)를 한 터널에 두되 정자가 사출될 때는 요도구의 문을 차단하고 소변이 사출될 때는 정로의 문을 차단시켜 서로 어우러지지 못하게 함은 걸작이라는 생각이 들었다.

남성의 성기구조에 비해 인간생명의 알을 품는 여성의 구조는 요로 · 정로를 분명히 구분함도 그러했고,(곽박사는 여성생식기의 구조를 '고급적' 이라 했고, P박사는 여왕이 기거하는 섬세한 '궁전' 이라고도 표현했다), 여성의 질속 근육을 무감각(無感覺)하게 구성해 놓아 아기를 분만할 때의 고통을 없애게 해준 점도 그러했다.

그러나 뭐니뭐니 해도 조물주는 가족계획의 명수임을 절감케 했다. 천문학적인 정자세포를 만들었어도 그중 단 한 마리만 우승열패(優勝劣敗)의 자유경쟁 법칙에 따라 난자세포를 만나게 하여 영장의 인간으로 탄생시켰기 때문이다.

나는 이날 정색을 하고 주변의 사람들을 둘러보았다.

코앞에 부딪치는 사람마다 수억 수천의 동료를 사멸시키고 우뚝 인간으로 태어난 '엘리트' 임을 생각하자 돋보여졌다. 나름대로의 특성이나 장점을 지닌 우수한 인간들로 언제 잠재된 자신의 특기를 살려내어 주변을 놀라게 할 것인지 긴장되기도 했다. 태초의 세포 씨종자때부터 치열한 자유경쟁으로 인간이 되었듯이, 그 뛰어난 인간들로 구성된 세상 밖의 삶 또한 경쟁으로 이루어질 수밖에 없다는, 당위성을 느끼게 했던 것이다.

7시10분경 신문사로 귀사했다.

"공기자, S대학병원에 취재 갔었어요?"

먼저 들어와 있던 추경수 선배가 웃음을 머금고 말했다.

"예. 어떻게 아셨습니까? 병원에 오셨댔어요?"

"비뇨기과 고(高)실장(K교수를 기자실장이라 호칭)께 전화 드렸더니, 혼자 다녀갔다고 하더군. 오늘, 신고식 했다구?"

"무슨 말씀이신지?"

"씨종자 체크가 신고식이거든!"

"아, 그렇습니까!"

"좀 빨랐어, 그곳 출입기자로 확정된 기자에게만 하는 의식인데…."

"제가, 운이 좋았군요!"

"그런 것 같애. 아주 건강한 종자를 가졌다고 하던데, 축하해요!"

"고맙습니다만, 건강치 못한 젊은 씨종자 주인도 있습니까?"

나는 병원에서 부실 씨종자의 모양새를 현미경으로 구경도 했었지만 겸손을 보이느라 그렇게 말했다.

"이 친구 봐, 의학전문지 기자가 이리도 무지하면 안되지. 청년 10명 중 4명이 부실정자의 소유자라구. 요즘 불임증 커플들 걸핏하면 불임의 원인을 혼전 유산이나 문란한 성생활로 여성들에게 책임을 지우지만, 현재는 30% 이상이 남성에게 원인이 있다는 거야. 고실장은 첫 신고식에서 기자의 종자가 부실함이 드러나면 제반 면에서도 함께 부실한 사람으로 신뢰감을 갖지 않는 냉정한 분이지."

"그런 비슷한 말씀을 하시더라구요."

"그러면서도 치료할 수 있도록 성심껏 도와주기도 하지만."

나는 추선배에게 무질증 환자 취재와 병원장에게의 원고청탁을 먼저 보고했다. 그가 놀라는 눈빛이 되었다. 정말 의외라는 생각인 모양이었다. 그렇게 생각해서인지 표정까지 굳어지는 것 같았다. 여간 조심스럽지 않았다.

"추선배님 가르쳐 주신대로 병원에 들르자마자 병원장실로 먼저 갔습니다. 원장님께 제 인사만 드리고 나오려다가 끝면의 칼럼 생각이 나서 한번 부탁을 드려 봤는데 응해 주셨습니다."

나는 스치듯 굳어지는 추선배의 표정에서 마치 남의 밭에 들어가 주인의 허락도 없이 물건을 가져나온 것 같은 기분에 휩싸였다.

"잘했어요. S대학병원장 원고 받기가 얼마나 힘든데, 수락을 했다니 놀랍네! 그리고 성형외과 명진 교수, 드디어 실력발휘를 하시는구먼. 그 양반 미국에서 스카우트 되어온지 4개월이 지났는데 그간 기대했던 만큼의 실력을 발휘하지 못해 원로들의 따가운 시선을 받고 있었거든. 그런데 공기자! 앞으로는 어떤 취재원에서든 취재할 내용이 있으면, 그곳 출입기자에게 먼저 상의해 보는 것이 좋을 거야. 주 출입기자가 모르는 기사가 데스크에 넘어가면 몰골이 말이 아니거든…. 책임추궁 당할 수도 있고…."

"알겠습니다. 그래서 먼저 보고 드리고 선배님 지시대로 따를 생각이었습니다."

"일단 기사를 작성하세요. 공기자가 처음 취재한 희귀질환 케이스인데 놓치기 아깝잖아요."

"작성해서 올리겠습니다. 아쉬운 것은 수술방법의 모형도나 도표 혹은 관계사진이 곁들여졌으면 좋겠는데 아무 자료도 없어요. 명교수님께 다시 한 번 부탁을 해볼까요? 젊은 분이시더라구요."

"개성이 강하고 사고가 자유스런 분이라 쉽게 들어줄 수도 있지만, 자기 입장에서 그렇게 떠벌릴 기사감이 아니라고 생각할 수도 있겠지. 일단 기사 먼저 작성해요."

"알겠습니다."

나는 이날의 취재 보고서와 무질증 수술환자의 기사를 작성하여 데스크와 추경수 선배에게 넘겼다. 때맞추어 휴대폰이 울렸다. 옆 사무실의 연희누나였다.

"찬우씨! 다 끝났어요?"

나는 주변을 둘러보며 음성을 낮추어 아직 30여분은 더 경과되어야 함을 말했다. 퇴근시간은 이미 넘어 있었지만 언제나 그러했듯 올챙이 견습기자 입장에 데스크와 선배기자들이 먼저 퇴근을 해야 나갈 수 있었으므로 머뭇거릴 수밖에 없었다.

"그럼, 끝나는 대로 전화해요."

연희누나는 밝은 음성으로 전화를 먼저 끊었다. 나는 혼자 얼굴을 붉혔다. 낮의 병원화장실에서 그녀를 떠올려 정액을 받았음이 되살아났던 것이다.

"공기자, 왜 그렇게 혼자 벙긋벙긋 얼굴을 붉히고 있지? 애인 전화인가 보다?"

데스크의 취재부장이 흘끔흘끔 내 얼굴을 바라보며 한마디 건넸다. 이어 그는 이날의 내 취재 보고서에 대해서도 언급했다.

"원고청탁과 희귀질환 취재라, 수고했어요."

"고맙습니다. 추선배님 지시대로 했습니다."

지하 주차장에서 연희누나의 차를 탄 시간은 정확히 8시 40분이었다. 나는 그녀가 자기 일이 끝나고도 50여분을 더 기다려 준 것을 알고 있었다.

"미안해요!"

"천만에, 찬우씨 팔자를 내가 잘 아는데 뭘. 차 집에 갖다 두고 맥주 마실까 했는데 그냥 저녁먹자. 내일 새벽에 현장을 또 가봐야 할 일이 생겼거든."

"저는 아무래도 좋습니다."

"광화문쪽에 내가 잘 아는 쌈밥집이 있어. 삶은 돼지고기도 부드럽고…."

"좋아요!"

나는 등받이에 상체를 파묻으면서 만면에 미소를 머금은 채 그녀의 옆모습을 바라보았다. 왠지 편안하면서 가슴이 할랑거렸다. 병원 화장실에서의 상상이 또다시 떠오르고 얼굴로 열기가 솟구쳤다. 마치 실제 그녀와 화끈한 '썸싱'을 가졌던 것처럼 다정하게 느껴지니 요상한 심사이기도 했다. 그녀의 옷차림을 다시 훔쳐보았다. 아침녘의 노브라 티셔츠 차림이 아니었다. 그 셔츠 위에 점퍼 스타일의 하얀 상의를 겹쳐 입고 있었고, 어깨 위에 출렁거리던 긴머리도 얌전하게 뒤로 묶여져 있었다. 몸매가 헐렁한 점퍼 속에 덮씌워져 있어도 아침녘의 그녀 모습은 가슴에 각인되듯 생생했다.

광화문 세종문화회관 후미 켠에 아늑한 쌈밥집이 있었다. 그녀와 마주 앉았다.

"뭐 기분 좋은 일 있어? 시종 벙글거리네?"

"아, 아닙니다…."

나는 또 얼굴을 붉혔다. 음식을 주문하느라 그녀는 민망스러워 하는 내 표정이나 눈에 드러나게 붉어진 얼굴을 감지하지 못하는 것 같았다. 푸짐한 쌈밥 한 상이 차려지고 나를 위한 소주도 곁들여져 나왔다.

"입사한지 벌써 달 반이 넘었네! 고생이 이만저만이 아닐 거야. 그래도 찬우씨 평은 나쁘지 않더라?"

"고맙습니다."

그녀는 내 소주잔에 술을 따뤄주고 자신은 엽차를 들어 올리며 잔을 부딪쳤다. 나는 어떻세노 표현하기 어려운 다감한 기분에 점점 잦아들면서 상추와 깻잎과 신선초를 겹쳐 펴고 그 위에 기름이 붙지 않은 고기를 싸서 그녀에게 건넸다.

"왜 이래? 연인들처럼?"

그녀가 놀란 얼굴로 말했다.

"그냥 이렇게 해드리고 싶어요!"

"고마워. 하지만 이러지마. 내가 부끄럽다…."

그녀는 내 손바닥 안의 쌈을 손으로 건네받아 입안으로 옮겼다.

"공짜가 없다는데, 나도 갚아야지."

그녀 또한 상추며 겨자잎이며 무잎에 큰 고기 한점을 둘둘 말아 내밀었다. 나는 얼른 목과 턱을 앞으로 내밀어 입을 벌렸다.

"이런…."

그녀는 당연히 쌈밥을 입에까지 넣어줄 생각은 아니었던 듯 당황스러워하면서 그러나 더 머뭇거리지 않고 거칠게 내 입속으로 넣어주었다. 워낙 크게 싼 쌈뭉치라 나는 양 볼이 미어지도록 우물거렸다. 그녀가 까르르 웃었다.

그때 누나의 휴대폰이 울렸다. 그녀의 얼굴이 갑자기 굳어지는 것 같았다. 그녀는 천천히 전화기를 귀에 댔다. 남자의 굵은 음성이 내 귀에까지 전해져 왔다. 그녀는 친구와 만나고 있으므로 갈 수 없다는 말을 하고 있었다. 그녀는 갈 수 없음에 못을 박듯 분명하게 거듭 말하면서 휴대폰을 꺼버렸다.

"혹시, 선약이 있으셨던 것 아닙니까?"

나는 미안한 마음과 전화를 한 남자에게의 궁금증을 아우르는 심정으로 물어 보았다.

"일방적으로 만나자는 전화니까 신경 쓸 거 없어."

"밤 아홉시가 넘은 시간인데 당장 만나시기를 원하는 것 보니까… 남자친구이신가 봐요?"

그녀가 웃었다.

"맞아요. 남자친구인데 자기 일이 이제야 끝나니까 만나자는 거지. 사람들은 대개 자기중심적이니까."

"결혼하실… 분이세요?"

"그럴 입장들은 아니고…. 아, 뭘 꼬치꼬치 계속 캐물어? 어서 고기 들면서 취재현장에서의 힘들었던 일이나 얘기해 봐요."

결혼할 입장이 아닌 남자친구라면 상대가 유부남일 수도 있고 독신주의자 일수도 있었다. 그녀가 다시 커다란 쌈뭉치를 만들어 이번에는 팔을 뻗쳐 아예 내 입 앞으로 내밀었다.

"뭘하냐구?"

"아, 예…."

나는 이번에는 그녀로부터 쌈을 두 손으로 받아 입안으로 쓸어 넣었다. 순간적으로 잦아드는 묘한 감정의 일렁임이 쌈 맛을 느끼지 못하게 했다. 늦은 시각에 그녀를 만나기를 원하는 굵은 전화음성의 남자가 왜 신경을 모두어 잡는지 알 수가 없었다. 이러는 자신이 가소롭고 엉뚱스럽다는 자조(自嘲)를 머금으면서도 한쪽으로만 몰려지는 감정을 어쩔 수가 없었다.

"찬우씨, 오늘 감정변화가 심한 것 같다? 출입처에서 무슨 일 있었어요? 만날 때부터 계속 희색만면의 밝은 얼굴이더니, 갑자기 또 우울해지는 것 같거든."

"아, 아닙니다. 잠시, 딴 생각을 하느라구요."

"찬우씨, 여자친구 있어?"

그녀는 장난스런 얼굴을 만들며 나를 빤히 쳐다보았다.

"나한테 물었으니 자기 이야기도 해주어야지. 말놀음에도 공짜는 없거든."

나는 단비를 떠올렸다. 그런데, 뭔가 단비와는 인연이 다한 것 같은 느낌이 들었다. 나 역시 연락을 하지 않았지만 그녀 역시 한달이 넘도록 일체 연락을 두절하는 폼이 나와 비슷한 감정상태가 아닌가 싶었다.

"왜 대답이 없지?"

"친구, 있습니다."

나는 떠밀리듯 서둘러 대답했다.

"그렇겠지. 찬우씨에게 여자친구가 없다면 거짓말이겠지. 미인…일거야. 일주일에 두세 번씩 만나요?"

나는 웃었다. 취직되고 난 후, 아니 그보다 더 열흘 전 쯤서부터 여자친구와 소식을 두절하고 있다는 설명은 하지 않았다.

"그렇게 만나지 못해요. 누나는, 그분 친구랑 매일 밤 만나십니까?"

"처음 연정이 싹틀 때는 그랬지… 매일 만나지 않으면 서로가 불안했으니까. 지금은 열정이 가라앉아 일주일에 한 번, 어떨 때는 2주에 한 번도 만나고…."

"교제 기간이 얼마나 되시는데요?"

"햇수로는 5년 7개월…."

"짧지 않은 기간인데, 왜 결혼을 하시지 않았어요?"

"결혼을 목적으로 사귄 남자는 아니었거든."

"사랑하면 함께 살고 싶은 것이 상식일 것 같은데…."

"그렇지 않을 수도 있어…."

"누나는 독신주의자세요?"

"현재로는 그래요. 자, 그만 궁금해하고, 어서 잔 비워요."

그 날 누나와의 대화는 서로 이성친구가 있느냐 확인하는 선에서 끝나는 정도였다. 그녀는 취재현장에서의 내 고통도 아울러 듣고 싶어 했지만 특별히 어려운 점도 없었을 뿐더러 시시콜콜 잔 이야기를 하고 싶지도 않았다. 그러나 이날 S대학 병원에서 취재한 무질증(無膣症) 환자 케이스를 말해주었고 그녀는 예상외로 흥미로워했다. 수술결과와 환자 추적취재를 하게 되면 그 뒷얘기를 잊지 말고 들려 달라고 했다.

이날 쌈밥 값은 기어이 내가 지불하여 그녀에게 진 빚의 일부분이나마 갚는 흉내를 내었다.

그녀의 승용차를 타고 동네까지 오는 동안 내 머릿속에는 그녀의 친구라는 굵은 음성의 남자와 단비의 오기스런 무관심이 범벅되어 자못 혼란스러웠다. 단비의 소식두절이 예사롭지 않은 느낌으로 다가드는가 하면, 연희누나의 혼신을 휘감고 있는 듯한 남자친구의 정체 또한 무거운 돌추처럼 끈적하게 머리에 박혀 가라앉는 기분이 되게 했다.

나는 두 가닥의 생각 중 누나의 남자친구 부분을 털어내려 했다. 그녀를 언제부터 마음에 품었다고 언감생심 염치가 없다는 자책 때문이었다.

단비의 무소식이 그대로 굳어졌으면 생각을 할 때도 있었지만 그러나 두 달 가까이 완벽하게 소식을 끊는다는 것은 예삿일이 아니라는 느낌이 없지 않았다. 내가 그녀를 면박 주었다 해도 그 정도의 내용으로 절교를 선언할 단비가 아니라는 것과, 또한 소식을 두절해 버린 나를 그대로 내버려둘 성격도 아니라는 점을 떠올리자, 갑자기 그녀 주변에 피치 못할 무슨 일이 발생했을 것이라는 예감이.들었다.

수일 내로 단비에게 전화를 걸어 보아야 하겠다는 생각을 굳혔다. 설령 단비가 어떤 잘난 남자를 만나는 사건이 있었다 해도, 일단 그녀의 소식은 알아야 할 것 같았다.

"무슨 생각에 이리도 골똘하실까? 도무지 오늘 공찬우씨는 변화무쌍하시단 말이야! 아, 그런데 찬우씨 집에 아기가 있나봐? 새어머니가 슈퍼에서 분유며 아기 젖병이며를 사갔다던데? 입양을 했다든가, 그렇게 들었던 것 같으네?"

나는 흠칫 놀라며 그녀를 돌아보았다. 찬수의 아기 소문이 끝내 동네 전체로 퍼지는가 싶어서다. 아파트의 옆집과 위 · 아래층에서 왼 갓난아기 울음소리냐는 물음에 "부모님이 아들 아기를 입양(入養)했다"고 찬수가 떠벌였다는 것을 아래층 아주머니를 통해 들었지만, 새어머니 역시 공개적으로 행세하는 모양이었다.

"예, 아기가… 있습니다."

나는 쓰디쓴 표정인 채 내뱉듯 말했다.

"사실이구나! 아니 큰 아드님 취직도 했겠다 장가보내서 손자 보시면 되지, 두 아들을 두고 힘드시게 입양을 하셨을까?"

그녀가 의아한 표정으로 나를 돌아보았다. 나는 입귀를 실그러트리고 웃기만 했다.

"나는, 혹시 찬우씨의 아들이 아닌가 속으로 생각했지?"

그녀의 궁금증이 이제 나를 조이기 시작했다. 운전대를 잡은 채 정색한 표정으로 나를 계속 돌아보는 그녀의 눈빛이 유난히 반짝였다. 나는 어떻게 대답해 주어야 할 것인지를 생각했다. 찬수나 새어머니처럼 거짓을 말하고 싶지는 않았다. 그렇다고 무슨 자랑이라고 있는 그대로 떠벌이기도 수치스러웠다.

"내가, 공연한 말을 꺼냈나 보다, 얘기하고 싶지 않으면 안 해도 돼."

그녀는 내 굳어진 낯빛이 부담스러운지 말을 거두어들이려 했다.

"누나한테 제가 무슨 못할 이야기가 있겠어요. 찬수가, 제 아기라면서 몸을 푼 여자애와 함께 집으로 데려왔어요."

차라리 담담한 음성으로 들려주었다.

"어머, 저걸 어째… 찬수는, 고등학생 아닌가?"

"고3입니다."

"어쩜 좋아…. 그 집에 난리 났구나! 산모도… 학생이겠네?"

"중학교 때 가출한 17세 소녀랍니다."

"오, 저런. 이 일을 어쩐담…. 쉽지 않은 이야기를, 나에게 들려줘 고마워."

나는 그녀를 바라보며 고개를 끄덕였다.

"그 좁은 집에 여섯 식구가 어떻게 살아가나, 방이 두 개 뿐일텐데…."

"이제, 여름 아닙니까. 제가 마루에서 잡니다."

그녀와 너 이상 구차스런 이야기를 나누고 싶지 않았다. 마침 자동차는 동네에 접어들어 있었고 그녀는 슈퍼마켓 뒤편의 차고에 도착해서야 나를 내리게 했다.

"덕분에, 편하게 왔습니다!"

나는 그녀를 돌아보며 조용히 웃었다.

안전띠를 풀고 난 그녀가 팔을 뻗어 내 손을 잡았다.

"힘내요, 찬우씨! 집안일이나 회사일로 기분 언짢거나 힘들 때면 나에게 전화해. 내가 속엣말 다 들어주고 약주도 사줄 테니까."

"누나…."

나는 그녀의 희고 가녀린 작은 손을 두 손으로 모두어 잡았다. 왠지 울컥 솟구치는 격정으로 그녀를 와락 끌어안고 싶은 충동을 느꼈으나, 차마 그러지는 못했다.

그날로부터 이틀 후.

이른 새벽이었다.

잠결에 현관문 여닫히는 소리에 눈을 떴다. 찬수가 학교에 가는 것이려니 생각했다.

마루에서 잠자기 닷새째가 되는 날이기도 했다. 아버지는 굳이 당신과 함께 안방에서 잠을 자도록 했지만 그럴 수가 없었다. 새어머니는 내 잠자리에 관해 일체의 언급 없이 찬수와 산모와 아기가 거처하는 건넌방을 들락거리면서 미역국 수발과 아기를 돌보았다. 새벽녘이면 조심성 없는 이들의 화장실 들락거림이며 주방의 들락거림으로 좁은 마루바닥에 더 누워있을 수가 없어 일어나야 했고, 조반을 먹는 둥 마는 둥 출근해 버리곤 했다. 아버지는 나의 이러한 상황을 안쓰러워하다 못해 한사코 내 침구를 안방에 깔아 놓기도 하고 새어머니와 찬수에게 끊임없이 분노를 터트렸지만 당장은 달리 방법이 없었다.

산모인 여자애의 부모를 찾아보려고 사방으로 노력해 보았으나 찾을 수가 없었다. 여자애가 일러주는 주소와 부모의 이름을 움켜쥐고 샅샅이 수소문해 보았지만 그런 딸자식이 없다고 했다. 놀라운 사실은, 여자애의 주민등록조차 불확실한 상태였다. 2학년까지 다녔다는 중학교에 찾아가 학적부를 조회하고 그곳에 기재된 주소를 추적했지만 역시 그러한 주소지가 없다는 것이었다.

나는 처음부터 아기가 찬수의 자식이 아닐 확률이 높다고 생각했지만, 그녀의 일관성 없는 횡설수설과 주거불명의 불확실, 문란한 성생활(여자애가 근무하던 카페에서 알아냈다)로 찬수의 핏줄이 아님을 더욱 믿게 되었다. 그러나 산후부종으로 통통 부어있는 어린 그녀에게 어떤 닦달도 할 수 없어 하루하루를 보내며 산모가 하루속히 회복되기만을 기다리고 있었다.

마루의 괘종시계가 네 번을 쳤다.

"이 시간에… 찬수가… 학교로 갔단 말인가…."

현관문 여닫힌 소리를 떠올리며 나는 눈을 감은 채 속으로 중얼거렸다. 그리고 다시 잠을 들이려고 했다. 그런데 아기가 울기 시작했다. 나는 홑이불을 머리 위로 뒤집어썼다. 아직 한 시간은 더 자야 하는데 아기까지 울어대면 잠을 놓치기 때문이었다. 어서 아기의 울음이 그치기를 바랐다. 그러나 울음소리가 더 커진다 싶더니 찬수가 큰소리로 산모의 이름을 불러대기 시작했다.

"수경아, 빨리 아기 젖 먹여."

산모가 화장실이나 주방에 간 것으로 아는 모양이었다.

순간, 불길한 예감이 머릿속을 섬광처럼 스쳐갔다. 나는 눈을 부릅떴다. 아기가 계속 울어대자 찬수가 방문을 열고 마루로 나오더니 주방과 화장실을 기웃거리며 산모의 이름을 계속 불러댔다. 새어머니가 안방에서 나오며 무슨 일이냐고 찬수에게 되묻고 있었다.

"엄마, 수경이가 어디 갔지? 방에 없어…."

"화장실 갔겠지…."

"아니야, 아무 데도 없어…."

새어머니가 아기가 울고 있는 건넌방으로 들어가고 이어 비명을 지르듯 소리를 쳤다.

"찬, 찬수야 이, 이년이 도망쳤어."

소란 통에 잠이 깬 아버지를 비롯 나도 찬수도 방안으로 들어갔다. 새어머니가 백지 한 장을 들고 부들부들 떨고 있었다. 아버지가 그 종이를 뺏어 훑어보곤 나에게 건넸다. 백지에는 간신히 알아 볼 수 있는 날림글씨가 휘갈겨져 있었다.

'이 집 귀한 손자, 잘 키우세요. 나는 아기를 키울 자신도 없고, 찬수씨가 돈 벌 때까지 기다릴 수도 없어 이 집을 나갑니다. 죄송합니다 - 수경이가.'

찬수가 종이를 빼앗아갔다.

"꼬올 좋다… 내 요럴 줄 알았어, 고년이 어떤 씨앗인지도 모르는 종자를 등신 같은 찬수한테 떠맡기고, 제년 몸 웬만큼 회복되자 줄행랑 친

거야. 꼬올 조오타, 등신들…."

아버지가 혀를 끌끌 찼다.

그때 찬수가 후다닥 현관문을 밀치고 뛰어나갔다.

"언제 귀신처럼 빠져나갔는 지도 모르는데, 잡을 것 같은 모양이지, 못난 놈 같으니라구."

아기는 제 어미가 달아난 사실을 아는 것처럼 새파랗게 질리도록 울어댔다. 그 와중에서도 새어머니가 화난 얼굴로 나를 돌아보며 핀잔을 주었다.

"너는 미루에 자면서 수경이가 나가는 것도 몰랐더냐? 신경 좀 썼으면 도망 못 가게 잡았을거 아냐-"

내가 미처 대답도 하기 전에 아버지가 벽력같이 소리를 높였다.

"뭐가 어째? 이 철면피 같은 년이 누구보고 신경쓰라 마라 탓이야. 네년이 자식 그따위로 키워서 죄 없는 형이며 아비를 끊임없이 고통 받게 하고, 잠자리까지 뺏고 마루바닥으로 쫓아냈으면서, 고것도 모자라 뭐가 어쩌고 어째? 네년 눈에는 찬우가 네년 모자 종놈으로 보이느냐? 찬수고 새끼고 네년이 몽땅 데리고 지금 당장 내 집에서 썩 나가라, 이 못된 년아."

그녀는 아버지를 노려보았으나 말대꾸는 하지 않았다. 서슬이 시퍼렇게 화가 난 아버지가 내 앞에서 뱉지 말아야 할 말이라도 쏟아낼까 걱정하는 것 같았다.

무엇보다 이른 새벽에, 불에 덴 듯 자지러지는 아기의 울음소리가 그녀를 여유 없게 만드는 듯 했다. 그녀는 허둥거리며 아기를 안고 얼렀다. 그러나 아기는 울음을 그치지 않았다. 나는 부엌으로 들어가 분유와 젖병을 찾았다. 분량을 알 수 없었지만 젖병에 적당한 양의 분유를 타서 잘 녹아들게 흔들었다. 그리고 아기를 안고 있는 그녀에게 젖병을 건네주었고 아기는 금방 울음을 그쳤다.

"차라리 잘됐다. 날 새면 핏덩이를 경찰서로 데려다 주든 고아원으로 보내든 해야겠다. 어떤 놈의 종자인지도 모르는 것을 그나마 어미도 없는 것을 누가 키운단 말이냐."

아버지가 음성을 가라앉히곤 말했다. 새어머니가 두눈을 치떠 아버지를 무섭게 노려보았다.

"찬수 아들이 분명한데, 어디로 보낸단 말이요, 애비와 할미가 있는데, 어린 내 핏줄을 어디로 보내라구요, 안돼요. 내가 키웁니다. 어미를 못 찾아도 내가 키웁니다."

"갈수록 태산이구만, 네년 마음대로 돌아갈 것 같애? 내가 자선사업가인줄 알아? 내 핏줄도 아닌 것들을 줄줄이 벌어먹이게?"

새어머니가 채머리를 흔들며 소리쳤다.

"찬수아버지, 그렇게 말하믄 안되지요. 내가 이집에 들어와서 20년인데, 호적상 당신 아내로 스무핸데, 나를 봐서라도 그렇게 말해서는 안 되지요."

"오냐, 말 잘했다. 네년이 스무 해 동안 나와 찬우를 위해서 살았더냐? 오로지 네년과 네 자식 찬수위해 내 등골 빼먹고 살았지-"

"아버지, 그만 하십시오. 제발 두 분 소리 좀 낮추시라구요. 이웃에 미안하지도 부끄럽지도 않으세요?"

나는 아버지가 자칫 찬수의 근본까지 들추어낼 것 같아 앞질러 그의 말을 막았다.

새어머니에 대한 아버지의 불신은 이미 극한상황까지 도달해 있는 것 같았다. 20년간 만족하지 못한 대로 나를 키워준다는 믿음 하나에 의지하며 동거하여 왔던 것이나, 실제는 보살펴 키워준 것이 아니라 온갖 궂은 일 다시키고 헐벗기듯 굶기듯 냉대하여 설움에 받쳐 혼자 커왔다는 사실을 알고 난 후부터, 또한 밑 없는 독에 물 붓듯 여자와 찬수 밑으로 들어간 당신의 월급이며, 노동의 댓가인 그 돈을 매월 유흥비로 다 날리고 근본도 모르는 여자애와 아기까지 집으로 들여온 그들 모자에 대해, 마음이 완전히 돌아선 것 같았다.

핍박해진 아버지의 마음상태로 찬수의 근본인, 아버지의 친자가 아니라는 사실이 공개되는 것은 시간차일 것 같았다. 현재 처해진 아버지의 힘든 상황만큼 내 감정 역시 아버지와 다를 바 없었지만(반성할 줄 모르는 새어머니의 이기심 때문에 더 경직되었다), 그러나 찬수에게 자기 태생의 진실을 알게 한다는 것은 만류하고 싶었다.

아버지를 친부(親父)로 알고 순억지 속에서도 응석까지 부리는 찬수에게(아기를 데려온 이후 그는 아버지의 눈치를 많이 살폈다), 그 사실을 알림은 가혹한 처사이며 충격을 받은 찬수가 어떻게 절망을 이겨낼지도 심히 염려스런 것이었다. 뿐만 아니라 지금은 제멋대로 행동하고 있지만 갓난아기 때부터 똥오줌 기저귀 갈아주고 업어서도 키운 정 때문인지 나 역시 찬수가 동생이란 인식에는, 진실을 알고 난 후에 조차도 변함이 없었다. 그를 향한 밑정이 있었던 것이다.

새어머니에 대한 아버지의 분노는 쉽게 풀릴 것 같지 않았다. 20년 운운의 발언에 '너 말 잘했다' 며 그녀 앞으로 다가섰다.

"나, 지난 20년 네년 안 만났으면 지금 보다는 살림이 폈을거다. 20년 전에 갖고 있던 이 열세평 아파트 보다는 어떤 형태로든 좀 폈을거야. 내 동료들을 보면 알 수 있어. 똑같은 월급이고 자식도 나보다 더 많은데 20년 동안 집도 사고 늘리고 구멍가게도 마련하더라. 네년은 어떻게 살림을 살았기에 내 아들 학비며 용돈 한 푼 안주면서 매달 돈 모자란다 아우성이었더냐, 어디다 꿍쳐 박아두는 데가 있었더냐? 그래 지나간 일 접어 둔다 치자, 이제는 아니다, 아까도 말했지만 어미도 도망가 버린 저 핏덩이 네년이 키울 작정이면, 그 새끼 안고 찬수와 이 집을 나가라. 나가서 키우든 핥든 네 맘대로 해. 내 집에서는 안 된다, 절대로 안돼."

그때 찬수가 현관문을 밀고 집안으로 뛰어들었다. 문밖에서 아버지의 말을 들었던 모양이었다. 마루바닥에 털썩 주저앉으며 아버지의 바지가랑이를 끌어 안았다.

"아빠, 아빠, 저 아기 내 자식 아버지의 손자라구요! 좀 믿어달라구요. 엄마랑 제가 어디로 나가란 말입니까? 제가 학교는 졸업해야 뭐든 할 것 아닙니까요. 방 하나 얻어주시고 생활비 주시면 엄마랑 나갈게요, 엄마가 아기 키우면 되니까요."

아버지는 다리를 흔들어 찬수의 몸체를 거칠게 떼 내어 버렸다.

"네 새끼든 아니든 나는 알 바 없다, 네 놈이 내 자식으로 이 집에 남고 싶거든 네놈 손으로 저 핏덩이 고아원이든 경찰서든 데려다 주거라. 그러지 않으려면 모두 이집 나가거라. 나는 이제 정말 힘에 겨워 내 몸뚱이 하나도 건사하기 힘들다."

아버지는 그 말을 끝으로 방안으로 들어가 비렸다. 바짝 마른 몸매며 처진 어깨의 뒷모습이 몹시 초라해 보였다.

"형, 아버지 어떻게 좀 해봐…. 저 아기 내 자식이란 말이야."

찬수가 울듯한 낯빛으로 나를 쳐다보았다.

"네 자식이란 근거가 어디에 있니? 내가 알아본 그 여자애는 너를 사귀는 중에도 잠자는 남자들이 여럿 있었고, 일찌감치 원조교제로 그 바닥에 이미 소문이 터 있었어."

그때 방안에서 아기에게 젖병을 물리고 있던 새어머니가 표독스런 낯빛을 하고 나를 쏘아보았다.

"나와 찬수가 아무리 밉기로 젊은 놈이 그러는 거 아니다. 수경이가 그렇다는 말은 네놈이 중상모략으로 만들어 하는 말이지, 어디를 봐도 이 아기는 찬수를 그대로 빼닮았어, 내 손자야. 엉뚱한 수작 벌이면 내가 네 놈을 가만두지 않을거다."

"이놈 저놈 동네 강아지 부르듯 욕질하지 말아요. 그럼 내 말이 사실이면, 어찌할 것이요? 믿지 못하겠으면, 그 여자애가 다니던 직장이나 그

주변에 가서 확인해 보면 될거 아니요. 정말 한심스럽네, 그 아기가 찬수를 닮았어요? 참말로 그렇게 보입니까? 시력에 이상이 있는 거 아니예요? 전혀 닮지 않았어요. 그 아기의 거무스레한 피부며 심한 곱슬머리며 짧은 턱이며 유난히 크고 동그란 눈을 보십시요. 찬수 어릴 적 얼굴이 아니잖아요. 육안으로 스쳐보아도 찬수의 모습이 아님은 어린아이라도 분별할 것 같은데, 닮은 것으로 보입니까?"

찬수가 아기를 새삼 유심히 내려다보더니 내 말에 맞장구를 쳤다.

"정말 그러네! 엄마, 형 말이 맞는 것 같애! 귀도 좀봐, 내 귀는 귓불이 부처님 귀처럼 길고 볼록한데, 얘는 짧고 귓밥이 숫제 없어…."

"시끄럽다. 아기가 너만 닮는다더냐. 제 어미며 양쪽 조상들도 다 닮는 법인데 너하고 다르다고 네 자식 아니라는 말은 못한다."

"그것도 그러네…. 뭣보다 수경이가 섹스는 나하고만 한다고 했어. 그리고 쪽지에 이 집 귀한 손자라고 썼잖아."

"제 핏덩이를 너한테 떠넘기면서 남의 자식이라 말할 것 같으냐. 긴말 필요없어 친자감별을 해보면 될거 아니냐."

천진하리만큼 어리숙해 뵈는 찬수를 바라보면서 답답한 마음에 한숨과 함께 내뱉듯 말했다.

"친자감별을 어떻게 하는데? 아프지 않아?"

찬수가 찡그린 표정으로 나를 쳐다보았다.

가만히 듣고 있을 새어머니가 아니었다.

"말 같잖은 소리들 지절대지 마라. 친자감별은 무슨 얼어 죽을 친자감별이야. 찬수 네 자식이고 이 엄마의 손자니까 걱정 말어. 어서 수경이나 찾아 -"

"이 가시나가 어디로 날랐는지 버스 정류장에도 어디에도 없어…엄마, 어떡하면 좋아?"

"어떡하긴? 이빨 없으면 잇몸으로도 산다, 걱정마라…."

새어머니는 의외로 여유가 있었다.

당장 시설로 데려다 주라는 아버지의 분노에 찬 말을 듣고도 변화를 갖지 않는 모습이 뭔가 다른 의도가 있는 것이 아닌가 의심을 품게 했다. 나름대로 아버지의 성격을 알고 있는 그녀여서 '저러다 수그러들 것' 으로 믿었기 때문인지, 아니면 혼자 분노에 받쳐 큰 병(病)이 생기든가, 아니면 성급함에 차라리 아버지 당신이 집을 나가버릴 수도 있는 점을 노리는 것이 아닌가 엉뚱한 생각까지 떠오르게 했다.

내 생각이 비약하고 허황된 것만이 아님은, 며칠 전 술에 취한 아버지가 "건넌방의 인종들 전부 다 나가라"고 소리쳤을 때, 그녀는 "답답한 사람이 나가면 될거 아냐" 하고 중얼거린 적이 있었던 것이다. 또 언젠가는 술 취한 아버지를 눈 흘겨보며 "저렇게 매일 밤 퍼마시는데도 병이 안나냐…" 어쩌고 푸념처럼 떠벌일 때도 있었기 때문이다.

산모가 도망친 시간은 4시경. 소란 속에서 날이 거의 밝아 여섯시가 훨씬 넘어 있었다. 아침밥을 지을 시간이 늦었지만 새어머니는 아기만 끌어안고 주방으로 나오지 않았다. 나는 그녀의 속셈을 헤아렸지만 아버지를 위해 부엌으로 들어가 쌀을 씻어 밥을 앉혔다. 그리고 된장에 멸치를 넣고 물을 부어 가스 불 위에 얹어놓고 식탁에 수저를 놓았다.

그때 아버지가 초췌한 낯빛으로 방에서 나오다가 주방에 있는 나를 보곤, 두 눈을 부릅떴다. 아버지는 거친 몸짓으로 건넌방 문을 열어 젖혔다. 그리고 아기 옆에 말똥말똥 눈을 뜬 채 천정을 쳐다보고 누워 있는 새어머니의 멱살을 움켜쥐고 마루로 끌어냈다.

"그래, 네년이 이제는 핏덩이 어미노릇까지 하겠다고? 그래서 서방이나 자식들 밥해줄 생각도 안하고 다 큰 전처 아들을 계속 부려먹겠다? 이게 뭘 믿고 어깃장을 놓는 거야, 도대체 뭘 믿고 갈수록 태산이냐구—"

아버지의 숨이 턱에 닿았다. 찬수가 아버지의 손에 멱살이 잡힌 제 어머니를 떼어내며, 아버지는 어머니를 왜 이리도 미워하고 증오하느냐고 원망했다.

"네놈도 보았지? 네 어미, 이제 핏덩이 핑계로 부엌 손떼겠다는 작정인 모양인디, 그렇담 찬수 네놈이 이제는 밥 하거라. 찬우는 당장 이리 나와라, 너 다시 부엌에 들어가면 내가 이 집 불살라 버릴 거다, 찬수가 밥해주는 거 한번 먹어보자."

아버지가 찬수의 등짝을 주방으로 떠밀었다. 찬수가 비틀거리며 주방 가운데로 밀려들어갔다.

"나, 나는 밥 할줄 몰라요."

"네 형은 열실도 안돼서부터 밥, 빨래까지 다했다. 네놈까지 업어주고 키웠어. 새끼까지 두었다는 놈이 밥 정도도 못해서야 되겄냐, 어서 식탁에 반찬 올려."

새어머니가 움켜잡혔던 잠옷 목덜미께를 바로 잡으면서 천천히 주방으로 들어갔다. 어떤 대꾸도 하지 않았지만 나는 그녀의 입귀로 흘러내리는 진한 냉소를 보았다.

"그래, 엄마가 해…. 난 못해…."

찬수가 아버지의 눈치를 살피며 건넌방으로 슬쩍 들어가 버리고, 아버지는 고개를 슬슬 내저으며 현관문을 열고 밖으로 나갔다. 바람을 쐴 생각인 모양이었다.

나는 화장실을 들러 출근준비를 했다. 양복을 입고 가방을 챙기며 돌아서는데 새어머니가 주방에서 눈에 독기를 품은 채 나를 노려보고 있었다. 가슴이 서늘해졌다.

"왜 그렇게, 쏘아 보십니까?"

나는 긴장하면서 거침없이 반응했다.

"젊은 놈이, 그러는 게 아니야…."

밑도 끝도 없이 그녀가 내뱉었다.

"내가 뭘, 어쨌는데요?"

"키워준 은공도 모르고…. 나쁜 자식…."

"허, 출근길 아침부터 또 욕질이시네? 말은, 바로 합시다. 나를 키워준 것이 아니라 당신의 어린 종놈으로, 나를 학대했잖아요?"

"뭐가 어째? 당신이? 이 새끼가…."

순간 그녀는 싱크대 위에 있는 플라스틱 바가지를 나를 향해 던졌다. 바가지는 고개를 젖힌 내 머리를 맞추지 못하고 벽에 요란한 소리를 내며 부딪쳤다. 그러자 방안에서 찬수가 놀란 눈으로 뛰어나왔다.

"찬수야. 네 어머니가 나한테 왜 저러시는지 모르겠다. 무작정 나쁜 자식이라며 바가지를 던진다. 네가, 이유 좀 물어볼래?"

나는 얼굴을 붉히고 뛰어나온 찬수에게 이죽거렸다.

"형, '네 어머니'란 말이, 좀 그렇다. 도대체 왜들 그래."

"네 어머니가, 나를 자식대접을 안 해준다. 영문을 모르겠다. 왜 내가 아침부터 네 어머니로부터 욕을 얻어먹고 바가지 폭력세례까지 받아야 하는지를 말이야."

"이 교활하고 나쁜 자식아, 네놈이 무슨 짓거리를 했는지 생각해 보면 알거 아냐."

그녀는 또다시 다른 물건, 손잡이가 달린 남비를 움켜쥐었다. 찬수가 그릇을 낚아채며 제 어머니의 행동을 만류했다.

"형, 그냥 출근해, 저녁에 얘기하면 될 거 아냐."

"그래, 그럴 수밖에 없겠네. 어렵게 들어간 회사인데 뺄탕같은 집구석 일로 지각이나 결근을 하면 안 되니까. 그런데 찬수야, 내가 네 어머니의 입장이라면 말이야, 좀 부끄러워하거나 근신하는 태도를 보이는 것이 상식일 것 같은데, 되레 아버지나 나를 잡으려 든다? 네가 말 좀 잘해봐라."

나는 경멸에 가득 찬 시선으로 그녀를 노려보며 시종 빈정거리는 말투로 이죽거렸다. 그리고 현관문을 부서져라 쳐 닫고 밖으로 나갔다.

너무나 불쾌하여 머리가 휭휭 휘둘려졌다. 빈혈이 일어나려 했다. 어릴 적부터 그녀에게서 이놈 · 저놈 · 이새끼 · 저새끼 상소리를 내 이름처럼 예사로 들어오긴 했어도, 군 제대하고 명실공히 사회인이 된 전처 자식에게 아직도 그 근성을 버리지 못하는 그녀가 전신이 떨릴 만큼 혐오스러웠다. 나 역시 면전에서 부모 대접함을 거두어 버리기도 했지만 그것으로 화가 사그라들지 않았다. 심호흡으로 머리속의 분노를 조절하며 아파트 건물을 벗어났다. 버스정류소로 향했다. 한 시간여나 일찌감치 출근하여 할 일은 없었지만 회사 건물의 과수정원에서 머리를 식히며 마음을 정리해보리라 생각했다.

그런데 나보다 먼저 아파트를 벗어났던 아버지가 버스정류소의 간이 의자에 혼자 앉아 담배를 피우고 있었다. 동네에 마땅히 산책할 곳도 없기는 했지만 그러나 대로변의 먼지 많은 버스정류장에 앉아 있을 것이라곤 생각지 못했던 터라 놀란 마음이었다.

"아버지! 여기 계셨댔어요?"

아버지가 엉거주춤 돌아보았다.

"조반도 먹지 못하고 나가는 구나…. 나하고 어디 해장국이라도 먹으러 가자."

"그러세요."

아버지가 앞장서 걸었다. 동네 주변에 가끔 들르는 곳이 있는 것 같았다.

"콩나물 국밥집인데, 그런대로 괜찮아."

버스정류장에서 멀지 않은 곳의 골목 안에 그 집은 있었다. 이른 아침인데도 빈자리가 많지 않을 정도로 사람들이 북적거렸다. 구석의 빈자리를 찾아 앉자마자 때 절은 앞치마를 두른 할머니가 주문도 받지 않고 깍두기 한 접시와 국밥 두 그릇을 식탁 위에 갖다 놓았다. 다른 메뉴의 음식도 없을뿐더러 누구에게나 그렇게 응대하는 것이 이 집의 특징인 것 같았다.

"먹어, 맛은 괜찮아."

아버지가 먼저 숟가락을 들며 권했다. 아버지도 나도 집안 건에 관해서는 어떤 말도 나누지 않았다. 먹는 일에만 신경을 모았다.

식사가 끝나자 아버지는 다시 담배를 뽑아 물었다. 뱃속 깊숙이 빨아들이곤 길게 뿜어냈다. 바른손 무명지와 장지의 옆 살이 노랗게 절어있고 앞니 대여섯 개가 숫제 니코틴으로 검고 누렇게 퇴색되어 있었지만, 하루 두 갑의 담배 양을 줄이지 못하는 것 같았다.

나이보다 10년은 더 늙어 뵈는 주름진 얼굴과 검게 그을린 얼굴 그리고 바짝 야윈 몸매가 가슴 안으로 다가들면서 심층께가 뻐근해져 왔다. 급하고 다혈질의 마른 성품과 젊었을 때부터 흡사 '피골이 상접한 근육질' 인 양 살점이 없는 몸매이긴 했어도, 거기에 주름이 더께를 얹으니 보기가 민망스럴 지경으로 초췌하고 초라해 보였다.

"담배가…. 조금도, 조절이 안 되십니까? 몸이 더 안 좋아 보이세요…."

아버지가 고개를 끄덕였다. 긍정한다는 뜻이었다.

"술도 담배도 이제는 완전히 중독 상태이신 것 같은데, 아버지! 이대로 계속하시면 돌이킬 수 없게 되세요…."

"알고 있다. 알고 있으면서 줄여보려 하는데, 도무지 실천이 안 된다. 이것들이 없으면 몸과 마음이 중심을 잡을 수가 없고…. 머리가 폭발할 것처럼 불안과 두려움에 잡혀 내 정신이 아니다. 육신은 뒷전이고 온갖 분노와 아픔과 증오의 감정으로 범벅되어 지랄치는 정신부터 붙잡으려고, 허겁지겁 이것들을 손에서 떼지 못한다…."

앙상한 손가락에 끼워진 담배는 서너 번의 강한 흡입으로 이미 꽁초가 되어 길다란 재를 달고 있고, 입술로 가져가는 그의 손가락은 경미한 수전증(手顫症)으로 잿가루를 흘렸다.

그런 아버지를 바라보는 내 심경은 피할 수 없는 어떤 위기감으로 긴장이 되었다.

"아버지! 우리, 생각을 한번 바꾸어 보면 어떨까요?"

아버지가 무슨 소리냐는 듯 내 얼굴을 바라보았다.

"찬수 모자나 그 핏덩이가 아버지나 저의 도움이 없이는 세상을 살아내기 어려운 장애자들이라는 생각을요. 우리가 그들을 용서하고 품어주어야 한다는 측은지심으로, 전생의 어떤 업보로 하여 우리에게 운명적으로 안겨진 인연들로, 생각을 바꾸어 보면 어떨까 하구요…."

이 말은 나 자신을 향한 화두이기도 했다. 아버지의 고통이나 내 고통이 동질의 것이기도 해서였지만, 눈앞의 내 유일한 핏줄이며 의지인 아버지의 피폐된 모습은, 문득 이런 생각을 떠올리게 했던 것이다. 이전에는 한 번도 떠올려 보지 못한 '사고(思考)의 전향' 이었다.

아버지는 조금은 어리둥절한 표정이다가 고개를 흔들었다.

"네 비슷한 생각을 나도 해 본적이 있었다. 찬수나 핏덩이는 천진하여 우리가 품으면 다소곳할 수도 있지만 찬수 어미는 안 된다. 함께 할수록 우리를 망하게 할 여자다. 네 걱정처럼 집문서나 인감 등을 회사에 갖다 두지 않았으면 없어질 뻔 했었다. 그것이 들어있던 궤짝속의 상자를 뜯어 뒤집어놓고, 입지도 않는 내 옷들의 주머니와 사진첩, 내 용품의 물건들이 죄다 까발려져 있었다. 뿐만 아니라, 동네 복덕방에 들러 인감이나 집문서가 없으면 아파트를 팔수가 없느냐고 물어보고 다닌 모양이더라. 네 머리 시끄러울까봐 말하지 않았다만."

아버지의 말은 이어졌다.

"찬수어미에게 그것을 따졌더니 도둑이 들었었다고 거짓말을 하면서 오히려 그 상자 속에 뭐가 들어있었느냐, 무슨 귀중품이 다 없어졌느냐, 아니면 잘난 아들이 그 속의 귀중품을 어디에 감추어 두라고 하더냐, 횡설수설했었다."

집히는 부분이 있었다. 바로 좀 전, 바가지를 집어던지며 '나쁜 자식' 이라고 저주하던 그녀의 행위가 그 내용과 연관된 것임을 직감했다.

"진작 잘 옮겨 놓았던 것 같습니다. 통째로 주던 월급봉투를 중단하니까 수단방법을 가리지 않는 모양입니다만, 차라리 생활비는 필수적인 항

목만 몰아서 떼어주는 것이 어떨까도 싶습니다. 현재의 상황으로는 아버지께서 이혼을 요구한다 해도 들어줄 것 같지 않고, 아버지도 저도 돈이 없으니 그들이 요구하는 방을 얻어줄 수도 없고….”

아버지가 내 말을 잘랐다.

“뭐라는 줄 아느냐? 이혼 하잤더니 원하던 바라면서 나와 네가 이 집을 나가면 해주겠다는 거야. 월급을 차압하거나 위자료를 따로 요구하지 않을 테니 아파트만 주고 나가란다. 뿐인줄 아느냐? 그것도 못하겠으면 내가 죽은 후 배우자한테 돌아갈 상속분을 미리 달란다. 이 아파트를 팔아서 절반이라도 우선 지불해주고 그러고도 내가 죽을 때까지 저들 생활비를 대주면 찬수가족과 따로 나가서 살아 주겠단다. 이게, 도대체 말이 되는 소리냐? 순 억지를 부리면서도 그년은 말이 된다고 생떼를 쓰고 있는 것이다. 그년의 목적은, 나와 네가 그들에게 질려서 이 집을 스스로 걸어나가거나 나를 더욱 기를 채워서 내가 어서 죽기만을 바라고 있는 것 같다.”

침통한 표정에 허탈한 냉소를 얼굴 가득 머금은 아버지로부터, 그간 두 사람 사이에 있었던 내용을 들으면서 입술을 벌그러뜨렸다. 내가 혼자 떠올렸던 여러가지 의혹들과 내용이 거의 일치했기 때문이다.

“저도 그 여자가 그런 생각을 갖고 있는 듯한 느낌을 받았는데, 실제 말 같지도 않은 말을 했군요. 정말 기가 질립니다. 벼룩의 간을 내먹지 오십 평생 살아 겨우 열세평의 몸 누일 오두막 하나 있는 그것마저 뺏겠다는 거군요….”

“흡혈귀가 따로 없다. 나하고 무슨 악연이 져서 20년 내 등골 빼 돈 모자가 다 빨아먹고 이제는 월급 갖다 바치지 않으니까 집이나 내놓고 나가라는 거다. 그리고… 내가 지금까지, 너한테 한 가지 말하지 못한 부분이 있다만….”

아버지는 잠시 말을 끊고 깊은 한숨과 함께 담배를 길게 빨아들였다.

나는 아버지의 부담을 덜어주기 위해 먼저 말을 꺼냈다. 그가 무슨 내용을 밝히려 하는지 알고 있었던 것이다.

"찬수가, 아버지의 혈육이 아니라는 사실은, 제가 두 분의 싸움을 엿들어 이미 알고 있으므로 말씀해 주실 필요는 없으십니다. 하오니 아버지, 대책을 한번 생각해보자구요. 어쨓든 그들은 아버지의 호적에 배우자와 아들로 올려져 있습니다. 현실을, 일단 인정하셔야 됩니다. 외형적으로 제기될 수 있는 문제점은, 찬수가 미성년의 나이에 아기를 낳았다는 사실 그것뿐입니다."

나는 잠시 숨을 고르고 다시 정색을 하며 아버지를 바라보았다.

"그 여자가 전처 아들을 학대했고, 아버지의 월급을 찬수의 학비와 자기 치장에 전액 낭비했고, 또한 찬수가 아버지의 아들이 아니고, 핏덩이도 찬수의 자식이 아니라는 이런 문제들은 실제 파경의 중요한 이유이지만 겉으로 드러날 성질의 것은 아니라는 점입니다. 남들은 속 내용 아무것도 모르면서 '고등학생이 자식을 낳아 와서' 아내와 이혼하려 한다면, 자식교육은 어머니에게만 책임이 있는가 아버지에게도 있다, 월급 또한 생활비와 학비로 들어가는 건 당연하지 않은가, 또한 전처 아들 학대했다지만 증거가 없는 한 그녀도 인간인데 어찌 친자식처럼 예뻐보이기만 하겠는가, 이렇게도 본다 이겁니다. 이혼소송을 해도 비슷한 결과로 판단할 것이란 말입니다. 그 여자가 이런 여러 가지 생각들을 머리로 굴리면서 막나오고 있는 거라구요. 그러니 아버지! 우리가 생각을 확 바꾸어 버리면 어떨까요? 기본적인 생활비는 조목별로 따져서 월마다 한꺼번에 지불해주고, 현 상황을 그대로 받아들여 보자구요!"

"그 핏덩이까지 받아들이자는 말이냐? 우유값이며 양육비도 수월찮게 들어갈 텐데, 우리집이 무슨 고아원인줄 아느냐? 내 입장에서 보면, 너를 제외하곤 전부가 다 고아들이다. 찬수어미 고아출신에 어떤 놈의 자식인지도 모를 찬수, 그리고 제 놈 새끼라고 고집하는 핏덩이 등…."

"아버지, 어떤 상황에 처해지더라도 찬수가 아버지 혈육이 아니라는 말씀은 찬수에게 알리지 마십시요. 찬수엄마가 임신해서 아버지에게 왔더라도 일단 우리집에 와서 낳았고, 그리고 우리가 기르지 않았습니까. 찬수가 중년나이쯤 되어서 진실을 알게 되는 한이 있더라도, 지금은 절대로 밝힐 때가 아닌 것 같아요."

"찬수 어미년 하는 짓을 보면, 그년이 그것을 밝히는 것을 가장 두려워하니까 그만 까뒤집어버리고 싶을 때도 없지 않다만은, 나 또한 왜 기른 정이 없겠느냐. 공들여 그만큼 키워 놓은 것 지금 와서 포기한다면 누구보다 내가 억울하지. 그러나 때로는 싹수부터 알아본다고, 저것이 앞으로 얼마나 더 나와 네속을 썩히고 힘들게 할 것인가 생각하면 만정이 떨어진다."

"그래도 지금은 밝힐 때가 아닙니다. 찬수가 아직도 정신적으로 많이 미숙하기 때문에 그 사실을 알게되면 적지 않은 충격을 받아 지금보다 더 나빠질 수도 있을 것이고, 찬수 엄마도 이판사판으로 더 억지 생떼를 쓸 것입니다. 지금 찬수 근본 문제의 약점을 갖고도 저렇듯 패악을 떨고 있는데, 감출 것이 없게 되면 어떤 행패를 부릴지 눈에 선합니다. 그렇게 되면 결국 아버지의 건강은 더 악화되어 지병인 위염도 어떤 상태로 진전될지 모른다구요. 제 걱정은 오로지 아버지의 건강입니다. 독극물이나 다름없는 술 · 담배에 푹 절여져야 정신적으로 버텨내는 아버지의 상황이 너무 불안하다구요. 생각을 바꾸어서 자유로워지자구요! 세 사람 다 받아들이자구요. 아기의 우유값은 제가 맡을게요! 그렇게 살아가다보면, 찬수 모자에게 어떤 변화가 일어날 겁니다. 틀림없이 어떤 형태로든 변화가 생길 것입니다."

"네 말도 일리는 있다. 생각해 보자. 네 시간 좀 보아라, 이러다 지각하면 어쩌느냐, 어서 출근해라."

"예, 아버지!"

다행히 아버지는 내 뜻을 수긍해주는 모습을 보여 안도감을 갖기는 했다. 달리 명쾌한 방법도 없었지만, 나도 아버지도 끊임없이 피닳이듯 반복되는 뺄탕같은 집안문제에서 벗어나고 싶었던 것인지도 모른다. 더욱 깊숙이 마음 언저리를 분석해 보면, 고통속에서의 도피성향도 없지 않았지만 그러나 삶의 지혜일 수 있다는 생각도 했다.

나는 서둘러 콩나물국밥집을 나와 버스를 탔다. 어느새 시간이 많이 흘러 마음이 졸여졌다. 다행히 출근시간 직전에 신문사에 도착할 수는 있었다.

아기어미인 여자애가 도망을 치고 닷새가 지나갔다. 찬수는 천방지축 허둥대며 여자애를 찾아다니더니 포기한 듯 다시 학교에 나가기 시작했다. 여자애가 도망친 그날로 당장 아기를 시설에 데려다 주겠다던 아버지도 그것을 실천에 옮기지 않았다.

내 뜻을 받아들인 것 같았다. 그렇다고 갑자기 태도를 바꾸는 표정은 아니었고, 다만 침묵인 채 아기를 그대로 집안에 두게 하고 있을 뿐이었다. 찬수는 그런 아버지의 눈치를 살피면서 굽신거렸지만 새어머니는 당신의 태도를 바꾸지 않았다. 여전히 조반을 지을 생각을 하지 않았다. 여자애가 도망친 첫날밤부터 아기 옆에 숫제 잠자리를 같이 하면서 찬수의 요구와 재촉이 있었음에도 움직이지 않았다.

아버지는 내 부엌 출입을 즉각 저지시켰다. 나 역시 스스로 중지했다. 찬수만 부엌에서 쌀바가지를 들고 우왕좌왕했다. 나는 찬수에게 밥 짓는 법과 찌개 끓이는 과정을 가르쳐 주었다.

둘째 날에는 아버지와 내가 끝내 찬수가 지은 어설픈 밥과 찌개로 식사를 하고 사흘째와 나흘째 되는 날도 의도적으로 찬수가 끓여놓은 음식을 먹었다. 닷새째 되는 아침에는 그래도 그녀가 부엌으로 나올 것이라 예상했다. 부엌에서 쩔쩔 매는, 당신에게 금쪽같은 찬수를 생각해서 아기 옆을 떨치고 나올 것이라 거의 확신했는데 마찬가지였다. 이유를 나름대로 생각해 보았다.

첫째는 아버지가 아기를 강제로 시설에 데려갈까 봐 방어가 목적인 듯싶었고, 두 번째는 여전히 당신 뜻대로 돌아가지 않는 나와 아버지 골 맥이기와 염장지르기 작전인 듯싶었다.

아버지는 아기를 시설로 데려다 주지 않는 반면 그런 그녀를 무시해 버리기 시작했다. 필요한 생활용품을 당신이 직접 사들이기 시작한 것이다. 월급을 통째로 주지 않고 그때그때 필요한 식품비와 아파트 관리비 등을 건건마다 각각 지불하던 것을, 그것마저 중단해 버린 것이다.

아버지가 쌀도 사오고, 배추도 고춧가루도 마늘도 직접 사왔다.

"제 년이 여편네 노릇을 안 하겠다고 하면 그만두라고 혀. 내가 먹거리 직접 구하고 찬수가 만들면 될 테니까. 찬수야 배추 깨끗이 씻어서 소금 절여 놔라. 저녁에 퇴근해서 김치 담그는 것 가르쳐 줄 테니까…."

"제년이 주부노릇을 하겠다면 네 말대로 생활비를 조목별로 따로 떼어줄 생각이었다만, 저렇게 나오면 싹 무시해버리는 것이 오히려 효과적일 거다. 수중에 돈 한 푼 없어지면 사람은 기가 빠지게 마련이니까."

아버지는 그렇게 말했다. 그의 계획은 놀랍게도 빠른 시일 안에 반응이 보이기 시작했다. 새어머니가 아버지의 작전이 바뀌어진 날부터 일주일째가 되는 아침녘에 부엌으로 나왔던 것이다. 아기를 시설에 데려다 주지 않을 것이라는 확신감이 그녀를 주방으로 다시 나오게 했으리라 믿었지만, 그보다도 일체의 돈줄을 끊어버리는 아버지의 행위며 또한 주방에서 쩔쩔매는 찬수의 모습 등이 그녀를 움직이게 한 요인이 될 수도 있었다.

아버지의 표정은 한결 밝아져 가고 있었다. 내 부탁대로 생각을 달리하려 노력하는 모습이더니 점차 적극적인 자세를 보였다. 밤마다 마시던 술도 줄이면서 줄담배도 식사 후에만 태우는 것으로 변화되어 갔다.

나는 아버지의 구체적인 변화가 반갑고 고마워서 눈물이 머금어질 정도였다. 아버지의 변화에 따라 내 기분 또한 상승되어 나는 오랜만에 안정된 마음을 가질 수 있었다.

일요일 같은 날, 새어머니가 화장실에 가거나 주방에 있을 때면 나는 슬쩍 건넌방으로 들어가 아기를 들여다보았다. 하루가 다르게 이목구비가 선명해지고 하는 짓이 달라 보여 신기했다.

남성이 일평생 사출하는 정자(精子)의 숫자가 1조4천억 마리에 여성이 만들어 내는 난자(卵子) 400여개, 그중에서 드디어 인간으로 태어난 출중한 생명임을 떠올리면 아기의 존재는 참으로 희귀하고 소중했다. 사랑과 종족보존을 아우르는 섹스가 아니었다 해도 천문학적인 동료와 경쟁해서 인간으로 형성된 생명은 존귀한 것이었다.

아기는 마치 나를 알아보기나 하는 듯 눈을 맞추었다. 신통한 사실은 공중에 둥둥 떠버린 제 운명을 아는 것처럼 어미가 도망치고 모유가 우유로 대치되어도 별다른 칭얼거림 없이 잘 먹고 잘 잔다는 점이었다.

내가 아기를 들여다보고 있으면 찬수는 벙글거리며 들락거렸다.

"형, 내 아들 잘 생겼지? 그지? 날이 갈수록 나를 빼닮았지? 작은 판박이 같잖아, 그지?" 나는 그러는 찬수를 바라보곤 고개를 저었다. 그리고 대답해 주었다.

"너를 조금도 닮지는 않았지만, 네가 자식이라고 마음에 담아 키우면 네 자식이 되겠지."

"무슨 소리야? 못 알아듣겠어…."

"한국말도 못 알아듣니? 핏줄로는 네 자식이 아니지만 이 아기를 사랑으로 '내 자식이다' 생각하고 키우면, 네 자식이 된다는 말이다."

"핏줄 의심하지 않아도 돼. 틀림없는 내 자식이니까."

나는 찬수와 더 승강이를 하지 않았다. 말없이 아기가 먹을 양식인 분유통을 내밀어 주기도 했다. 찬수는 튀어오르듯이 기뻐했다. 이왕 지원해줄 생각이면 일회용 아기기저귀도 듬뿍, 땀띠약도, 아기목욕 비누도 사달라고 했다. 나는 그의 요구를 다 들어 주었다.

아버지의 변화는 눈에 두드러지게 나날이 고조되었다. 검고 주름투성이 얼굴에 언제나 찌푸린 표정으로 어둡던 모습이, 온화한 표정으로 변하면서 미소 머금는 날이 많아지고 있었다. 핀잔주듯 면박 주듯 퉁명스럽던 말씨도 부드러워지기 시작했다.

마지못한 듯 부업에 나가기 시작한 새어머니에게 생활비 일부와 가계부를 함께 건네어 주기도 했다. 그녀는 시큰둥한 낯빛으로 그것들을 받아 싱크대 찻장 속에 던져버렸지만, 집안은 그런대로 다시 자리를 잡아가는 것 같았다.

종합병원은 또 하나의 세상

7월로 접이들었다.

과수정원의 나무들은 짙푸른 신록으로 어우러져 보는 이를 싱그럽게 하고 사과 · 자두 · 매화나무에 주렁주렁 매달린 과일들이 입안으로 침이 모아지게 했다. 살구와 매실은 노랗게 익어 흙바닥에 흩어져 있고 자두도 피멍이 든 것처럼 속으로 붉게 익어가고 있었다.

나는 낙과된 살구를 대여섯 개 주워 먹곤 또 크고 잘 익은 몇 개를 주워 사무실로 가져갔다. 몇 군데 남의 출입처를 돌아치다가 귀사하는 중이었다. 편집국으로 바로 들어가지 않았다. 옆방의 의사회 사무실로 갔다.

마침 연희누나는 퇴근준비를 하고 있었다.

"이거, 드시라구요! 정원에서 줏었거든요!"

나는 벙글거리며 열개 남짓한 노란 살구를 내밀었다.

"어쩜, 맛있겠네!"

그녀가 자지러지게 반가워했다. 그러자 사무실 안의 너댓 명 직원들이 너도 나도 입맛들을 다시며 그녀 옆으로 모여 들었다.

"공기자님, 은근히 우리 차장님 뫼시더라? 지난번에는 출입처 행사장에서 꿀떡까지 얻어와 바치더니…."

여직원 하나가 살구 한 개를 잽싸게 집더니 말했다.

"예, 제 누님이시거든요."

나는 어색치 않게 댓구질을 했으나 문제는 얼굴이었다. 감정의 조그만 한 변화에도 단번에 홍조를 띠는 남다른 살갗 때문에 누명을 써야 했다.

"어머머, 그런데 왜 얼굴이 붉어지실까? 수상쩍은데?"

"공기자는 바람만 불어도 얼굴이 붉어지던걸. 강수민, 너 이죽거리다가는 다음부터 국물도 없어."

"아, 아니예요. 차장님 제 말 취소예요. 제가 공기자님께 관심이 있어서 그랬어요. 어머머머, 이걸 어째, 공기자님 얼굴이 숫제 홍당무가 되시네!"

"통째로 갖고들 노십시요."

나는 몸을 돌려 의사회 사무실을 성큼성큼 걸어 나왔다. 낭랑한 웃음소리가 폭죽이 터지듯 터뜨려졌다.

내가 단비에게 두 달여만에 전화를 한 것은 이날 편집국에서 세 편의 기사를 작성하여 데스크에 넘긴 후 늦은 퇴근을 하면서였다. 하도 오랜만이라 긴장이 되었다. 미안한 마음도 없지 않았다. 그러나 당시 백수에서 직장인이 되어 있는 지금의 상황이 전화가 늦어진 이유 중의 하나도 된다는 나름의 변명거리를 생각해보면서, 입력번호를 찍었다. 신호음이 거의 끝나갈 무렵, 가라앉은 듯한 단비의 음성이 나왔다.

"단비? 나야! 오랜만이다…."

"…."

단비는 얼른 반응을 보이지 않았다.

"미안하다…. 오래도록 전화하지 못해서…."

"괜찮아."

그녀는 짧게 대답했다. 그리곤 침묵을 지켰다. 옛날의 그녀답지가 않았으나 그간의 소식두절로 피차 조금은 소원해졌기 때문이라 생각했다.

"만날까?"

"…."

단비는 또다시 대답하지 않았다.

"내일, 내가 다시 전화할까?"

나는 조금은 당황하며 말을 더듬었다.

"그럴 필요 없어."

그녀는 낮게 그러나 분명하게 말했다. 나는 숨을 잠시 멈췄다가 길게 몰아쉬었다.

"나, 결혼했어."

그녀가 다시 또박또박 분명한 음성으로 말했다.

이번에는 내 말문이 막혀지고 말았다. 그러나 곧이어 "축하한다"고 말해주었다. 그러고는 전화를 끊어버렸다.

진정 놀라운 소식이었다. 그녀에게, 그렇게도 큰 일이 두 달여 동안에 벌어져 있었을 줄은 상상도 하지 못했다. 나는 뒤통수를 크게 한대 얻어맞은 멍한 기분인 채 거리에 잠시 서 있었다. 결혼을 약속하고 사귄 것은 아니었다 해도 그래도 너무 간단히 너무 쉽게 배반한다는 사실에 아뜩한 기분이 되었던 것이다.

그녀에게의 애정이 완전히 가신 것은 아니었다. 그러나 소식 없는 채로 끝나버려도 좋다는 생각을 한 적은 있었다. 하지만 2년여 사랑했던 친구로부터 이렇게 간단히 처리되어져도 되는 것인가 싶었다. 나는 다시 휴대폰의 플립을 열었다.

전신으로 후끈후끈한 열기가 엄습하면서 너무 아무렇게나 그녀로부터 취급당한 것 같음에 자존심이 심하게 상했다. 하지만 천천히 고개를 내젓곤 휴대폰의 플립을 다시 닫아 버렸다. 당하려면 차라리 군더더기 없이 당하리라 애써 생각을 바꾸었다.

그런데 단비에게서 전화가 걸려왔다.

"내가, 떠나주어서 시원하니? 그래서 그렇게 단숨에 기다렸다는 듯이 '축하한다' 고 말하는 거야?"

내 반응이 마음에 들지 않은 모양이었다.

"내가 뭐라고 해야 되겠니? 네가 나를 배신했다고 펄펄 뛰면서 '저주한다' 고 말해줄까? 말해봐, 어떤 대답을 기다리는 거야?"

"지금, 만나자."

"결혼했다며?"

"그래도 만나야겠어."

"무슨, 용건으로?"

"마지막 이별파티 해야 되지 않겠어? 지금, 쎄실로 나와."

저녁 9시가 넘은 시간이었다.

"신혼 중의 여사가, 늦은 시간에 옛날 남자친구 만나러 나오겠다? 그러면 못써, 네 남편 모욕하는 거야."

"잡소리 거둬, 지금 당장 쎄실로 나와–."

단비는 그 말로 전화를 끊어 버렸다. 그녀는 어느새 예전의 모습으로 돌아가 일방적으로 행동하고 있었다.

쎄실 카페라면 내가 걷고 있는 곳에서 멀지 않은 거리에 위치해 있었다. 어쩔 것인가를 생각해보았다. 일단 한번은 만나야 할 것 같았다. 배신당한 기분으로서는 그녀의 말을 일체 무시해 버리고 싶었지만, 원수로 남을 생각이 아니라면 차라리 담담하게 받아들이는 편이 그녀를 보복하는 방법도 될 것 같았다.

내가 기암하듯 놀라거나 충격받지 않고 '축하한다' 는 말에 튀어 오른 그녀였으니 계속 차분하게 응대해주리라 생각했다. 솔직히 심층 일면에는 그녀가 스스로 떠나준 사실에 대해 안도감 같은 느낌도 없지는 않았다. 나를 향한 그녀의 거칠은 매너며 배려 없는 이기성이며 손가락 끝으로 조종하려드는 그녀 중심의 성격에 2년여 적잖이 시달려 온 부분이 은연중에 상처로 쌓였던 것인지도 모른다.

물론 그녀가 다른 친구들에 비해 나에게 유독 그런 성정을 발휘한 것은 나와 은밀한 관계로 친하다는 뜻의, 그녀 나름의 표현일 수도 있었다.

어떻든 그녀를 결혼의 대상으로는 버거운 존재로 느낀적도 있었기에 급작스런 결혼통고에 휘청거릴 정도는 아니었다. 다만 지금까지의 교제를 어떤 형태로든 서로 합의하에 정리를 하는 단계를 거쳐야 함이 그간 사귀어온 좋은 관계의 좋은 매듭이 되는 것이 아닌가 생각했다.

하지만, 동정(童貞)을 나눈 첫 여자로 단비는 잊지 못할 대상이기도 했다. 건건마다 나를 리드하며 사랑행위에서도 자기욕망 우선이었지만, 빼어난 몸매에 참으로 열정적이고 뜨거운 여인으로 오래도록 잊혀지지 않을 사람이기는 했다.

카페 쎄실에는 한 커플이 어깨를 껴안고 나란히 앉았을 뿐 한적할 만큼 손님이 없었다. 나는 출입문을 마주보는 자리에 털썩 주저앉았다. 그녀와 함께 앉던 창켠의 자리에는 앉고 싶지도 않았다.

그녀의 신혼집이 어디쯤인지 모르지만 쎄실까지 나오려면 30여분은 더 기다려야 할 것 같았다. 나는 의자의 등받이에 상체를 기대고 그녀와 함께한 그간의 세월들을 나름대로 정리해 보기 위해 눈을 감았다.

내 힘들었던 청춘시기의 가장 큰 사건이자 아름다운 추억으로 그녀와의 관계를 꼽을 수 있을 것 같았다. 엄밀하게 따져보면 그녀로 하여 상처를 받았던 부분보다 위로를 받았던 적이 훨씬 많게 생각되면서 그녀를 향한 섭한 감정이 차츰 희석되어지기도 했다.

그때였다.

"어쭈! 어쩐 정장이실까? 티셔츠와 청바지가 공찬우씨 정복인데."

눈을 떴다. 단비였다. 30여분쯤 소모되리라 생각했던 것은 오산이었다.

눈을 감고 느긋하게 앉은 지 10분도 되지 않았는데, 그녀가 눈앞에 서 있는 것이다.

"오랜만이다! 앉아라."

"왜 여기에 앉았어? 우리 전용좌석으로 가자."

그녀가 대뜸 내 손을 잡아끌었다. 서두는 품이 예전과 조금도 다르지 않았다.

"아무 자리면 어때서…."

나는 어쩌고 중얼거리면서 그녀에게 끌려 둘이 자주 앉던 창켠의 자리로 옮겨 앉았다. 정확히 두 달 열흘만에 보는 단비의 얼굴은 화사했다. 가슴이 반쯤 드러나는 배꼽티에 자못 음부의 곡선까지 도드라져 보이는 쫄바지 차림의 그녀는, 관능적이고 풍만했다. 언제나 육감적인 자신의 육체를 타이트한 의상으로 유감없이 발휘하는 편이었지만, 이날 밤은 많이 야하다는 느낌이었다. 몸매가 전체적으로 좀 불려진 것 같기도 하고.

단비는 마주앉자마자 내 얼굴을 빤히 건너다보았다. 눈동자를 굴려 내 차림까지 훑었다.

"뭘 그렇게 째려보니? 너는, 좋아 보인다? 네 남편에게 뭐라 말하고 이 밤에 나왔니?"

나는 약간 빈정거리듯 말했다.

"너, 왜 전화하지 않았는데?"

그녀는 내 말에는 대꾸 없이 왜 지금까지 자기에게 전화를 하지 않았느냐고 물었다.

"서로 좀 생각해볼 시간을 갖는 것이 좋을 듯해서. 그러는 너는 결혼하느라고 전화를 못했던 모양이다?"

"넌, 내가 싫어졌니?"

그녀는 또다시 제 말만 했다.

"글쎄다! 너하고 비슷한 심정이었지 않나 싶다. 남편, 좋은 사람이니? 내가, 아는 사람이야?"

그녀는 또 딴전을 피웠다.

"너 옷차림이 상당히 세련되어졌다? 어디 취직이라도 했니?"

"그래, 전문지 견습기자로 들어갔다. 두 달 정도 됐어."

"세상에…. 백수를 면했구나? 축하한다! 그래서 전화를 못했구나?"

나는 말없이 그녀를 바라보기만 했다.

"우리, 오랜만에 술 마시자!"

그녀는 종업원을 불러 맥주 두 병에 소주 한 병 마른안주를 주문한다.

"죄송하지만, 10시에 문을 닫거든요…."

낯이 익은 종업원이 시계를 내려다보며 걱정을 했다.

"알았어요, 우리도 빨리 가야 하니까, 어서 갖다 주어요."

10시까지는 15분정도 남아 있었다.

다른 좌석의 커플은 홀을 나가고 있었다.

"아, 술과 안주를 그냥 포장해 주어요. 밖에서 마실 테니까."

종업원은 술과 안주를 순식간에 포장하여 단비에게 건넸다.

"나가자."

그녀가 다시 내 팔을 끌었다.

"지금, 늦은 시각이야. 신랑 기다리게 하면 안되지."

"잔소리 하지 말고 따라와."

그녀는 사뭇 명령조였다. 나는 그녀의 손에 끌려 지하도를 건너서 프레스센터 옆의 넓은 정원형 공간으로 갔다. 그곳에는 띄엄띄엄 벤치가 두서너 개 놓여 있고 그중 한곳에 자리를 잡았다. 단비는 맥주병의 뚜껑을 벤치의 모서리에 대고 익숙하게 따내더니 병째 입으로 가져갔다. 술잔이 없기도 했지만 그녀는 곧잘 병 주둥이로 나발 불듯 마셨기 때문에 그러려니 했다.

"여자, 생겼니?"

술병을 연거푸 입으로 가져가던 단비가 뜬금없이 그렇게 물어왔다.

"무슨, 소리야?"

"너 같지 않단 말이야. 두 달 열흘 만에 만났는데도 전혀 반가운 얼굴이 아니잖아. 느낌이 예전의 네가 아니란 말이야."

하긴, 사귀던 남자친구를 배반하고 결혼을 했다는 그녀는 예전의 성정을 그대로 구사하고 있기는 했다.

"한밤에, 유부녀를 만나고 있는 내가, 예전 같기를 바랬니? 어디서 네 신랑이 불쑥 나타나 내 턱이라도 받아칠 것 같아 불안한데."

"더 스릴 있잖아!"

"어떤 사람이냐, 널 무조건 사랑해 주는 왕자형의 로맨티스트냐? 너 그런 사람 좋아했잖아."

"괜찮은 남자야. 자 어서 마시고 우리 둘만의 공간으로 가자!"

그녀의 술병은 이미 바닥이 나 있었다.

"너, 정말 못쓰겠구나? 너는, 이제 임자 있는 사람이야. 우리 둘은 네 결혼과 더불어 연인 사이는 아닌거야."

"이런 쫌생이, 너 도덕군자냐? 넌, 나한테 2년여 길들여진 사낸데, 날 사랑하지 않고 배길 수 있을 것 같애?"

그 말이 끝나기도 전에 그녀가 내 입술을 덮쳤다.

나는 반사적으로 고개를 뒤로 뺐다. 결혼하여 남편이 있는 여자와 이래서는 안 된다는 강한 인식이 그녀를 완강하게 거부토록 했다. 그러나 그녀의 열손가락이 깍지 낀 채 내 목을 끌어안았고 피할 사이도 없이 뜨거운, 점막질의 그녀 혓바닥이 내 입술을 후벼 파고 있었다. 내 얼굴을 해면체로 철벅이듯 온통 핥고 있었다. 내 혓바닥은 기어이 용암 같은 그녀의 입속으로 빨려 녹아들고, 뻗질러진 내 열기는 입안에 가득 찬 느물거리는 이물을 난자질했다. 그녀의 바른손 하나가 바지춤 속으로 쑥 내려오더니 염치없이 분노탱천해 있는 그것을 움켜잡았다.

나는 숨을 컥 멈추었다. 절대로, 이래서는 안 되는 것이었다. 내 이성(理性)은 원초적 욕망으로 벌겋게 달구어져 있는 몸뚱이를 억제시켜야 하는데, 그래야 한다는 의식만은 투명한데 숨은 턱에 닿아 질식할 것 같았다. 나는 눈을 질끈 감았다. 어깨에 힘을 불끈 주며 그녀를 뿌리치고 벤치에서 벌떡 일어났다.

"너 이러면 못써. 네 남편을 생각해봐. 네 남편을 모독하는 행위야. 너는 이제 결혼한 여자란 말이야. 나, 남편 있는 너하고 절대로 상관하고 싶지 않아. 잘 살아."

나는 홱 돌아서 성큼성큼 걸었다. 그러자 그녀의 비명 같은 소리가 늦은 밤공기를 갈랐다.

"이 멍청아, 바보야. 새끼야, 내가 이팔청춘에 왜 시집을 가냐, 구만리 같은 내 청춘 미쳤다고 벌써 무덤을 파냐, 네놈 쏙 뒤집을라꼬, 샛빨간 거짓말을 했단 말이다, 이 천치 만치 백치같은 쌔끼야."

나는 귀를 의심하며 걸음을 멈추었다. 미처 돌아서기도 전에 그녀가 달려와 내 등짝이며 가슴이며 온몸을 주먹으로 난타질을 했다.

"이 나쁜 자식아. 내 인내심 알아보려고 전화 안했냐? 내 쏙 새카맣게 타라고 일부러 소식 끊었냐? 그래, 이 새끼야, 무소식으로 석 달 꽉 채우면 나 네놈 걷어차 버릴 생각이었어. 뭐가 어째, 결혼을 했다니까 기다렸다는 듯이 '축하한다'고? 그런 말이 그냥 담담하게 나오대? 배반했다고 칼 들고 쫓아올 줄 알았더니 축하 운운 지껄여? 지금은 또 뭐야, 마치 정리를 다한 얼굴이잖아. 너 나와 진짜 헤어질 수 있어? 너 조물주에게 받은 태초의 동정, 내가 가졌어. 너는 완벽한 내 소유라구, 내가 너를 버려도 너는 나를 버릴 수 없단 말이야. 그런데, 그런데, 지금 너는 나를 거부했어. 결혼한 것이 진짜라 하더라도, 내가 피치 못할 어떤 상황에 처해있는 여자라 하더라도, 너는 나를 외면하면 안 되는 거야. 왜냐구? 너는 내 포로니까, 아직은 내가 너를 놓아버리고 싶지 않으니까, 이 나쁜 놈아, 찬우야, 으흐흐흐…."

나는 땅속으로 잦아 내리는 허탈감 속에서 또한 그녀의 간단없는 주먹질 속에서 휘청거렸다. 그녀는 내 가슴을 때리다 끌어안다 몸부림을 치며 엉엉 소리 내어 오열했다.

세종로 대로변에는 간간이 차들이 오갈뿐 인가(人家)가 없는 빌딩 앞 정원에는 우리 둘 외는 누구도 있지 않았다. 칙칙한 어둠만이 사방으로 시커멓게 내려져 있을 뿐이었다. 나는 그녀를 끌어안았다. 커다란 쇠뭉치로 뒤통수를 얻어맞은 것 같은 내 충격보다 오열하는 그녀를 안정시킴이 우선이어서다. 지그시 힘주어 끌어안고, 등을 토닥거려 주었다. 거짓말처럼 그녀는 조용해졌다. 그녀를 이끌어 다시 벤치에 앉히곤 그녀의 젖은 입술위에 입술을 댔다. 눈물로 범벅된 눈두덩과 볼에도 입술을 댔다. 그녀의 젖가슴에도 입술을 댔다. 그녀의 심장 뛰는 소리가 쿵쾅쿵쾅 내 귀를 때렸다. 그녀의 몸은 여전히 뜨거웠다. 언제 소란을 피웠더냐 싶게 그녀는 내 품안에 몸을 맡긴 채 죽은 듯 안겨 있을 뿐 말이 없었다.

"가자…. 어디든…."

나는 그녀의 머릿결을 쓰다듬으며 낮게 말했다.

그녀가 내 가슴에서 머리를 들었다.

"아냐… 오늘은, 이대로 헤어지자…."

나는 그녀를 내려다보기만 했다. 그녀의 변화무쌍한 기분이며 감정을 다 소화할 수가 없어 그냥 가만히 있었다.

"미안해…, 내가 생떼를 써서… 너무 반갑고 그립고 원망스럽고 증오스러워서 한바탕 광란을 친 것 같다… 그간 취직이 된 줄도 모르고… 정말 축하한다! 이번 주말에 교외로 나가자!"

"너, 너무 심했어… 연기를 했으면 명배우되었겠어! 어떻게 그런 엄청난 거짓말을 분위기까지 피워내며 구사할 수 있지?"

내가 어깨를 처뜨리고 고개를 설레설레 저었다.

"나도 알아. 하지만 너도 잔인했어… 어떻게 거의 매일 전화하던 사람이 두 달 열흘 동안 소식을 끊어버리냐? 내 속이 숯검덩이가 됐어…."

"술상 엎어버리듯 휘젓고 나간 그날 네 행동, 생각해 본 적 있어?"

"그래서 벌 받았잖아. 나도 반성 많이 했어. 네가 또 다른 나인 것처럼, 혈연처럼 만만해서 엉석을 부렸던 거야. 맞아! 어리광이었어! 다시는 까불지 않을게… 우리 사이, 이상 없는 거지?"

나는 대답 대신 어두운 밤하늘을 올려다보았다. 끝없이 허탈스럽기만 했다. 여자의 복잡 미묘하고 변화무쌍한 감정과 황당하고 엉뚱한 담대성이 서늘하게 느껴져 긴 숨만 뿜어냈다.

다음날 아침, 복도 휴게소에서 커피를 뽑다가 연희누나를 만났다.

나는 먼저 뽑은 커피를 그녀에게 권하고, 다시 한잔을 뽑았다.

"어젯밤 술 미셨나보다? 눈이 충혈 되고 얼굴이 안 좋은데…."

그녀가 내 얼굴을 바라보며 걱정스런 낯빛으로 말했다.

"잠을 잘 못 잤어요."

"아기 때문에?"

"아, 예…."

나는 얼버무리고 말았다. 실은 단비와 헤어져 새벽 1시 경에 귀가를 하고 그녀의 거짓말에 짧은 시간이나마 정신없이 휘둘렸던 자신의 우매함과 또한 나를 향한 그녀의 집요함과 그녀를 향한 나의 어정쩡한 심경 등, 잡다한 생각들로 잠을 설쳤던 것이지만 설명하지 않았다.

"여름이긴 하지만, 언제까지 마루에서 잠자고 산담…."

그녀는 지난 번 만남에서 들려준 말을 기억하고 있었던 것 같았다.

"젊은 놈인데요 뭐. 지낼 만 합니다."

커피를 마시고도 나는 휴게실 창문을 활짝 열고 담배 한가치를 뽑아 물었다. 그녀와 잠시라도 함께 더 있고 싶어서다. 그녀 또한 나와 비슷한 생각인지 차를 다 마시고도 머뭇거렸다. 그러다 낮은 음성으로 뜻밖의 말을 했다.

"내가 사놓은 오피스텔이 하나 있는데, 집을 나와서 그곳에 있겠으면 빌려 줄 수 있는데…. 물론 공짜는 아니고, 견습 떨어지고 정식 월급 받게 되면 월세는 내야 되고…. 한번 생각해 보아요!"

그녀는 그 말을 끝으로 먼저 판매기 앞을 벗어났다. 나는 너무나 예상 밖의 제의에 얼떨떨하여 사무실로 향하는 그녀의 뒷모습을 바라보기만 했다. 그녀가 돌아서며 활짝 웃었다.

"주말쯤에 대답을 해주라, S대학병원 무질증 환자의 추후결과도 듣고 싶거든."

나는 큰소리로 "예, 누나!" 했다. 갑자기 기분이 상승되기 시작했다. 나에 대한 그녀의 적극적인 관심 때문이었다. 내가 아무리 궁핍스런 처지에 놓였다 해도 집을 떠날 입장은 아니었지만 그러나 그런 내용의 권유는 아무에게나 하는 것이 아니라는 생각이 들면서 마음이 흐뭇해졌다. 무질증(無膣症)환자에 대한 그녀의 관심 또한 고마웠다. 사실은 이날쯤 S대학병원 성형외과에 들러 그 환자의 수술 후 결과에 대해 알아보려 했던 것인데 때맞춰 그녀가 다시 상기시켜 준 셈이 되었다.

나는 출입기자인 추선배에게 그 환자의 결과를 듣기 위해 이날 병원에 들를 생각이라고 했다. 지난 번 그와의 사전 상의 없이 그 건을 취재했을 때 조금은 언짢아하는 기색을 읽었기 때문이다.

"기사는 이미 성공적인 수술이라고 나갔는데, 만약 예후가 좋지 않았다면 또 번복하여 기사를 쓸 생각인가. 굳이 취재를 할 필요가 있을까요?"

"희귀케이스라 개인적인 궁금증이 더 많았어요."

"개인적인 궁금증 때문에 취재를 한다? 그럴 수도 있겠지. 어떻든, 내용을 듣게 되면 일단 나에게 먼저 말해 주어요."

"알겠습니다. 선배님! 오늘 S대학병원으로 가시면 제가 점심 살까 하는데요."

"아뇨, 오늘은 H의료원에 갑니다."

추선배의 음성은 선명하고 군더더기가 없었다. 냉랭함이 풍겨졌다. 일정한 전용출입처가 없는 견습기자에게는 모든 출입처가 취재영역으로 되어 있었지만 그러나 주 출입기자를 뒤좇아 보조적 역할에만 머물기를 선배들은 바라는 것 같았다. 독립적인 기사취재에 은근히 제동을 걸고 취재한 내용을 사전에 의논하면 취재자료를 요구해서 자신의 기사로 만드는 선배도 있었다.

유일한 견습생인 나를 다루는 그들의 성향과 목적은 비슷했다. 취재방법을 가르치고, 특별히 그들이 지시하는 부분만의 취재보조를 하고, 혹은 그것의 기사를 써서 그들에게 제출하면 다시 수정하거나 대충 읽어서 당신의 기사나 특종으로 데스크에 올려지는 과정만을, 그들은 선호하고 요구했다.

자기 담당의 출입처, 곧 자기 명의의 밭에서 누구든 직접 농사를 짓거나 그 땅의 찰흙을 떠내는 것을 결코 원치 않았다. 그러나 데스크에서는 나에게 전 출입처를 종횡무진으로 돌며 독립적인 취재를 하여 기사를 작성해 올리기를 원했다. 그리고 선배 기자들에게 견습기자가 홀로 설 수 있도록 도와주라고 했지만, 그들은 고개를 끄덕이면서도 자기 출입처에서 견습기자가 독립기사를 쓰는 것은 결코 원치 않았던 것이다.

따라서 두 달 여동안 주요 출입처의 성향을 대체적으로 파악한 셈이고 취재요령의 기본도 익힌 지 오래 되었다는 나름대로의 자신감도 갖고 있었지만, 나는 조심스러울 수밖에 없었다. 이날 추기자의 냉랭함도 그런 여러 가지 문제들과 유관된 것이기는 했지만, 그러나 그는 여느 기자들에 비해 그래도 교양 있고 샤프한 편이었다.

S대학병원 성형외과를 예고 없이 찾아갔다.

가는 날이 장날이라는 말은 마치 이날의 경우를 두고 이름이 아닌가 싶었다. 바로 짧은 스포츠 머리형의 명(明)과장과 무질증 환자의 상담이 그의 연구실에서 이루어지고 있었기 때문이다. 시간예약을 하지 않고 불쑥 찾아들었지만 과장은 냉대하지 않았다. 손짓으로 기다리라고 했다. 칸막이 밖의 간이의자에 앉았다. 내가 무질증 환자와 직접 만날 수는 없었지만 그녀의 주치의사 상담 내용을 바로 옆에서 들을 수 있는 좋은 기회였다.

예상했던 대로 무질증 성형 환자의 음성을 들을 수 있었다. 칸막이라는 것이 출입문과 내실의 중간쯤에 드리워진 천으로 된 가리개 정도이고 의외로 여인의 음성이 거침이 없어서 좁은 방은 아니었지만 모두 들을 수 있었다.

"사필귀정이에요. 그이를 조금도 탓할 수 없고 원망할 수도 없어요. 입장 바꿔놓고 보면, 내 남동생이 저 같은 무질증 여자와 결혼하려 들면 저 역시 완강히 반대할 것 같거든요. 이런 몸으로 결혼을 하려고 생각했던 저에게 무리가 있었던 거예요…."

짐작컨대 여인의 결혼이 어렵게 된 것 같았다.

"어쨌거나 결혼 전에 사실을 밝힌 건 잘한 겁니다!"

명과장이 말하고 있었다.

"이제 와서 제가 선생님께 무엇을 숨기겠어요. 사실은 그이와 혼전에 한번 통정해 보고 그가 말없이 그냥 넘어가 주면 결혼까지 가보고 싶었어요. 아기가 없는 부분은 차후에 어떻게 되겠거니, 그이의 정자와 나의 난자로 인공수정하거나, 최악의 경우 입양시키는 한이 있더라도 그와 삶을 함께 하고 싶었어요. 저보다 그 사람이 저를 더 사랑한다고 생각했기 때문에 제 약점을 포용해 줄 것이라 믿었거든요. 저는 그 사람의 지극한 사랑을 밑천으로, 보통 여자들처럼 보통 인간처럼 살고 싶었던 거예요. 그런데…. 오로지, 제 중심으로만 생각을 했던 것이지요…."

여인의 한숨 소리가 땅속으로 꺼지듯 길게 이어졌다.

"사랑이란 미묘한 감정은 함께 하는 날이 많을수록 점차 희석되어, 끝내 마취에서 깨어나듯 본얼굴이 드러나게 마련인데, 진실을 자알 말했어요."

스포츠형 머리의 명과장이 이날은 시간에 여유가 있는 듯 말에 색깔과 윤기가 묻어 있었다.

"수술하고 퇴원하던 날 저녁에 그이와 만났거든요. 사실은, 당장 그날 밤에 그 사람과 시험해 보고 싶었어요. 그런데, 그의 얼굴이 여느 때와는 좀 달랐어요. 수술 · 입원으로 며칠동안 휴대폰도 꺼놓고 몸이 좀 아프다는 핑계로 만나주지 않았더니, 뭔가 이상한 낌새를 챘는지 그간 어디가 어떻게 아팠느냐고 따지고 묻는 거예요. 그러면서 불쑥 자기의 건강진단서를 내미는 겁니다. 우리의 결혼조건으로 진단서를 서로 나누자고 하면서요. 너무 놀라서 입이 다물어지지 않더라구요. 그러나 당당하게 그러자고 했어요. 저는 피검사나 폐결핵, X레이 사진 정도 끊어서 주면되려니 생각했거든요."

여인이 차를 마시는 모양이었다. 찻잔을 접시 받침위에 놓는 소리가 유난히 크게 들렸다.

"그런데 느닷없이 '발자크' 라는 외국 소설가가 '남자는 여성의 신체해부를 공부하지 않고 결혼해서는 안 된다' 는 극단적인 글을 썼다며, 그 말을 힘주어 뇌는 거예요. 결혼을 앞둔 사람들은 상대측의 성에 대한 이해를 돕기 위해 생물학이나 섹스테크닉에 관한 책을 읽게 되는데, 요즘 자기는 벌써 여러 권의 책과 비디오를 보며 연구하고 있다고 말하더라구요. 그렇게 생각해선지 그이의 눈동자가 말을 하면서도 찌를 듯이 나를 응시하더라구요. 그래서 제가 불쑥, 간접적으로 책을 읽고 연구만 하는 것보다 직접 시도해 보는 것도 좋은 방법이 아니겠느냐고 슬쩍 말해 보았어요."

"용감하셨군!"

과장이 적당히 대꾸해 주고 있었다.

"사실, 수술 후에 제가 성격이 달라졌어요. 이전에는 선생님 겪으셨다시피 남 앞에서 말도 제대로 못하던 숙맥이었어요. 그런데, 수술을 받고 나니 기운이 솟는 거예요. 정상의 건강한 사람이 된 것처럼 당당해지는 거예요. 그런데 선생님! 제 말을 들은 그이가, 오히려 얼굴을 붉히는 겁니다. 제가 많이 변했다고 하면서요. 손만 잡아도 온몸이 굳어지던 사람이 어떻게 그런 생각을 다 했느냐는 거예요. 하지만 지금껏 잘 지켜온 순결을, 결혼 그 날까지 깨끗하게 간수하자고 말하더라구요."

여인의 말이 길어지고 있었다. 나는 여비서에게 과장님의 다음 스케줄이 어떻게 되느냐고 작은 소리로 물어보았다. 비서가 나를 향해 조용해 달라는 손짓을 했다.

"쉿, 지금 환자의 말을 녹음하고 있어요. 오늘은 교수님 강의도 없고 외래환자도 보시지 않는 날이에요. 중요환자 인터뷰하는 날이에요."

가리개 안 무질증 환자의 말이 이어지고 있었다.

"낭패 났다는 생각이 들더라구요. 실제의 페니스로 시험해 볼 유일한 상대이며 기회였는데, 당사자가 마다하니 말입니다. 창피스럼과 낭패감에 제 얼굴이 사뭇 홍당무가 되었나봐요. 그러니 더 이상 어떤 말도 할 수가 없었어요. 그 날은 저녁만 함께 먹고, 그렇게 어설프게 헤어졌어요. 그런데 집에 돌아와 그가 안겨준 진단서를 보았더니 신체 전 기관은 말할 것도 없고, 정액(精液)검사까지 받아 정자의 활동성이며 마리 수까지 기재해 놓았더라구요! 그것이 무엇을 말하는 것이겠어요. 결국, 저에게도 자기와 동일한 진단서를 요구하는 것임을 알곤, 허탈감에 빠져 버렸어요. 피검사나 X－레이 폐 사진 정도로 넘어가려던 제가 얼마나 어리석었던 지요…."

"그래서, 바로 다음 날, 약혼자에게 진실을 다 밝혀버렸군요?"

"그랬어요. 그날 밤을 잠 한 숨 못자고 하얗게 새웠어요. 날이 새자마자 중요한 할 말이 있다며, 그를 다시 불러냈어요. 마시지 못하는 술이었지만 그에게 한 잔 사달라고 했어요. 소주 두 잔을 마셨더니 세상에 무서워지는 게 없더라구요. 자초지종을 다 말했어요. 그가 무슨 소설 이야기를 하고 있느냐고 처음에는 믿지 않았어요. 그래서 만나지 못했던 지난 열흘 가까이의 행적을 말하고 진료카드를 내보이기까지 했지요. 그런데도 그는 제가 만성지병이나 불치의 유전병을 갖고 있어 그것을 숨기기 위해 말도 안 되는 거짓말을 하고 있다고 믿는 것 같았어요. 그러나 머리가 혼란스러운지 다음 날 다시 만나자고 했어요. 그리고…우리는, 헤어졌어요."

"오 그래서 다음 날 아침녘에 청년이 병원으로 찾아와 그 사실을 확인한 것이었군! 환자가 이미 사실을 밝혀 알고 왔으니 숨길 이유도 없어서, 결혼생활에 지장은 없을 것이라고 설명을 해주었지."

"선생님, 여자란, 아니요 어디 여자라고 다 저 같겠어요? 저는 다음 날 그를 만나기 직전까지도 그가 설마 결별을 선언할 것이라고는 생각지 않았어요. 무척, 무척 고민할 것이라고만 생각을 했어요. 얼마나 제 스스로가 어리석고 이기적인지를 다음 날 그의 선명한 결별선언을 듣고서야 깨달았지요. 깨달았으면, 지금까지 밝히지 못한 이유를 나 스스로도 생식기의 기형을 알지 못했기 때문임을 말하고, 미련 없이 선선히 돌아섰어야 했는데, 선생님…."

여인의 음성이 꺽 쉬어지고 있었다. 감정이 북받쳐 올라서인지 한동안 침묵이 이어졌다.

과장도 아무런 반응을 보이지 않고 있었다.

"제가요… 선생님… 나를 떠나도 좋으니, 나를 한번만 사랑해봐 달라고…, 간절한 시선으로 부탁을 했어요! 오로지 저만을 생각하면서… 쉽지 않은 질 성형수술로 새로운 여자로 태어났으니, 나를 한번 시험해봐 달라고… 그렇게 말했어요. 선생님은… 끝없이 비굴해져버린 저를, 이해하시겠지요? 제가 언제 또 누구를 사랑하게 되어, 실제 활용을 해 볼 수 있겠냐구요…. 평생, 질강의 위축을 막기 위해 끊임없이 인조 페니스로 길을 닦아야하는 제 처지가 순간 너무 절박하고 다급해서, 그런 부탁을 했던겁니다…."

여인의 말이 잠시 끊어졌다가 무겁게 다시 이어졌다.

"그런데, 선생님… 그가 조용히 앉은 자리에서 일어나며 '그러고 싶지 않다' 고 분명하게 말하더라구요. 나를 진정으로 사랑했지만 인연은 아닌 것 같다고, 혼전에 모든 것을 말해주어서 고맙다며, 그냥 돌아서 가더라구요. 뚜벅뚜벅 한 번도 돌아보지 않고 홀을 나가더라구요. 만신창이 된 참담한 제 몰골 따위는 관심조차 없더라구요…. 그렇게, 끝났어요…."

여인의 말은 거의 끝난 것 같았다. 그러나 그녀는 말을 이었다.

"잠을 도무지 잘 수가 없어요. 온갖 잡념이 머릿속을 터뜨려버릴 듯 옥죄어들고, 만사가 귀찮아지는 거예요. 이성을 사귐에 육체적 관계라는 것이 원초적 기본이 되고 누구나 자기 자식을 가지려한다는 엄연한 사실을, 등신처럼 이제야 절감하면서, 허구한 날 인조 페니스로 그곳을 넓혀놓아야 언젠가 사람과의 관계가 가능하다는 제 처지가 어처구니없는 거예요. 다 팽개치고 싶어요. 차라리 비구니나 수녀가 되어 나머지 삶을 꾸려가고 싶어요. 생으로 목숨을 끊을 수는 없잖아요…."

과장이 그녀의 말을 잘랐다.

"바보 같은 생각은 하지 말아요. 직장도 있지만 더 일을 가져요. 가능한 몸을 움직이는 일을 찾으십시요. 새로운 연인이 또 나타날 것입니다. 섹스는 인간의 본성이긴 하지만 전부는 아닌데, 그것 때문에 축복받은 생명을 포기코자 함은 그야말로 어리석은 짓입니다. 자위행위 하듯 인조 페니스로 매일 한 번씩은 활용하시고 중단하면 안돼요. 그렇게 1년 정도 하면 완전히 본인의 것으로, 천연의 질강처럼 환자의 몸에 적응이 되니까요, 자 그럼 오늘은 이만 상담하고…."

명과장이 의자에서 일어서는 모양이었다.

"아, 아녜요 선생님! 제일 중요한 말씀을 아직 드리지 못했어요. 제가 얼마나 절박하다는 사실은 선생님께 누차 말씀드려 누구보다 잘 아실 거예요. 선생님께서, 치료 목적으로 저를 시험해보시면 안될까요? 처녀와 불륜의 섹스를 하는 것이 아니라 선생님께서 혼신을 다해 만들어준 인공

질강이 장차 제 구실을 할 수 있는 것인지, 아니면 완벽한 기능을 갖출 수 있게끔 훈련시켜 주시면 안 될까요? 선생님의 의무라고 생각되기도 하는데요."

나는 두 눈을 활짝 벌려 떴다. 맞은편 여비서의 두 눈도 벌려졌다.

바짝 긴장하며 과장의 반응을 기다렸다. 두 귀를 가리개를 향해 벌렸다. 그러나 과장은 어떤 반응도 보이지 않았다.

"선생님! 제발 거절하시지 말아주세요! 제가 지금 얼마나 사람 구실을 할 수 있는 지에 대해 사생결단의 상태인지 선생님은 아시잖아요! 차라리 목숨을 끊을 바에는, 길가는 남자들 아무나 붙들고 '나 좀 사랑해 봐 달라' 애걸하여 시험도 해보고, 그것도 안 되면 매춘부로 나서서 남자를 구하고 싶다는 생각도 했었어요. 선생님! 윤리 도덕 따위 제 문제와는 상관이 없잖아요? 선생님이 만들어 놓은 작품, 그것의 성공여부는 선생님께서 직접 체크해 보셔야 되는 것 아니냐구요, 선생님의 의무이시구요."

여인의 끝말은 거의 울음에 가까웠다. 듣기만도 민망할 지경이었다.

"왜, 대답을 안 하셔요? 결국 선생님이 만들어낸 질강에 자신감을 못 가지시는 거지요? 그렇지 않다면 왜 치료과정의 일부인 인체실험을 주저하시느냐구요. 인조 페니스로 아무리 노력해보아도 쾌감은커녕 힘만 들어요. 인체실험을 해보아야 알겠다구요, 인공질강으로 저도 무엇을 느낄 수 있는지, 실험해보아야 하겠다구요!"

그때 과장이 그녀의 말을 막았다.

"그만해요. 충분히 알아들었으니까. 생각해 봅시다. 자, 나도 손님이 기다리고 있으니까, 오늘은 이만 상담을 합시다. 내가 다시 연락을 할 테니까 돌아가서 기다려요."

"선생님만 믿고 가겠어요. 연락주시지 않으면, 선생님이 약속을 해주시지 않아도 제가 일방적으로 올 것입니다."

여인의 음성은 많이 경직되어 있었다. 자신이 원하는 대로 이루어지지 않는 현실이 고통스럽고 주치의사도 원망스런 모양이었다.

여인이 가리개 안에서 몸을 드러냈다. 나는 숨을 꿀꺽 삼켰다. 속으로 탄성을 내질렀다.

눈이 부실만큼 아름다운 여인이었기 때문이다. 백옥 같은 흰 살결에 반듯한 이마와 오뚝한 콧날, 쌍꺼풀진 큰 눈과 선홍색 아담한 입술이 한 눈에 들어왔다. 훤칠한 키와 봉긋한 두 가슴 아래로 잘룩한 허리선이 사뭇 선정적으로 다가와 숨이 막히는 것 같았다.

그녀의 뺨은 붉게 상기되어 있고 짙은 우수가 깃들어 있었다. 그녀는 곁눈질 한번으로도 나를 보지 않고 연구실 문을 열고 또박또박 걸어 나가버렸다.

"뭘 그렇게 홀린 듯 바라보는 거요?"

명과장이 나를 향해 말했다. 나는 명 과장의 말을 듣고도 여인이 나간 문 쪽에서 얼른 시선을 떼지 못했다.

"환자의 미모에 혼을 뺏긴 모양이군! 하긴 피 끓는 젊은이의 눈에 저런 여인의 분위기도 흔치 않을 테지…."

"박사님! 저는 태어나서 저토록 아름다운 여인을 처음 보았습니다…, 대단하네요! 도청하려고, 일부러 그런 것은 아닙니다만, 그녀의 전후사정도 다 듣게 되었습니다."

"다 들으라고 공기자를 연구실에서 기다리게 한 겁니다. 위법인 환자의 개인신상까지 시시콜콜 전부 다 들으셨으니 나에게 질문할 것은 없겠지요. 나는 시간을 벌어서 좋구요!"

그는 여비서에게 특진병동으로 간다는 말을 남기고 그냥 연구실을 나가려했다.

"자, 잠깐만요. 박사님, 박사님께서 저 여인의 인공 질을 그녀의 부탁대로 직접 시험하실 건가요?"

"역시 그것이 궁금하시겠군! 지금부터 그 문제를 생각해보아야 하겠어요. 그런 사례는 아직 없었거든요."

"얼핏 보니 가슴은 발달해 있던데. 자궁과 질이 없어도 상체는 여성스러움이 농후하더라구요?"

"난소가 있어 여성 호르몬도 만들어지고 난자도 생성시키고 있으니 여성스러움은 당연하지요. 다만 자궁과 질이 없을 뿐이지요."

"너무 절륜한 미인이었어요.…"

"글쎄, 조물주가 인간을 창조할 때 고루 균등하게 장단점을 배분한다더니, 그 환자에게는 남다른 특출한 아름다움을 주면서 대신 향기를 없게 만들지 않았나 싶어요. 저런 미모에다 원천적인 향기까지 주었다면 균등하지 못하거든…."

과장은 연구실을 벗어나 특진병동으로 향하는 복도로 꺾어 돌았다. 나는 부지런히 그의 뒤를 쫓았다.

"무질증 환자는 다 저렇게 미인입니까?"

"국내에서는 그 여인이 첫 환자이고 외국에서는 세 케이스를 경험했는데 이상하게 모두 굉장한 미인이더라구요. 무질증 환자가 반드시 미인이라는 과학적 근거는 없지만, 우연의 일치인지 내가 경험한 환자들은 다 빼어난 사람들이었어요. 공기자님, 부탁인데요. 물론 그 정도의 상식을 가졌을 거라 믿어 도청을 방치한 것이지만 환자의 사생활은 절대로 건드리지 마십시오. 오늘 그 환자의 내용은 철저히 그녀의 사생활이지 수술 후의 임상적 추후결과는 아니거든요. 파혼을 당한 것은 그녀가 무질증 여인이었기 때문이지 수술이 근원은 아니니까요. 다만, 집도한 의사가 자신이 만든 인공 질을 자신의 페니스로 직접 시험했다면, 가십거리는 되겠지요? 그러나 그것도 아직은 미지수이니 다룰 형편은 아니고…. 그러고 보니, 오늘은 손에 잡힌 수확이 없지요? 자, 다음에 또 봅시다."

특진병동으로 오르는 계단 앞에서 명진 과장은 손을 번쩍 들어 보이고 나를 떨구어버렸다.

나는 그의 뒷모습을 향해 허리를 꾸뻑 숙여보였다. 그리고 돌아서 휘적휘적 걸었다. 뭐라고 한마디로 표현하기 어려운 여인의 도드라진 모습 때문이었다. 뺨이 상기되고 시선을 깐 채 내 앞을 스치듯 지나갔지만 그녀가 남긴 여운은 길었다. 왠지 가슴이 저려들고 서러운 감이 느껴지면서 명치께가 아파왔다.

밖에서 그녀의 음성만을 들을 때는 발랄한 성품과 큼직큼직 서구적 용모의 여성이리라 예상했었다. 그러나 정작 모습을 드러낸 여인은 동서양의 분위기를 아우르는 얼굴과 몸매의 구조이면서, 동양적인 신비스런 묘한 기운을 뿜어내고 있었다.

적어도 내 눈에는 여인이 예사스럽게 보이지 않았다. 유별한 기분을 느끼게 했다. 그런 여인에게 결별을 선언하고 마지막 간절한 소원까지 무시해버린 그녀의 약혼자에 대한 증오가 스멀스멀 피어오르기도 했다. 내가 약혼자의 입장이라도 신중해질 수밖에 없을 것이라는 이해를 하면서도, 왠지 분노까지 솟구치려했다. 나는 이러는 자신이 조금은 어처구니가 없어 혼자 웃었다. 그녀의 빼어난 미모와 특이한 분위기에 몰입된 자신의 감정이 바보스럽게 생각되어졌지만 그렇다고 자조(自嘲)하지는 않았다.

이어 비뇨기과 K교수의 연구실을 찾았다. K교수 역시 환자상담을 하고 있었다. 나는 연구실 밖 외래에서 그의 상담이 끝나기를 기다렸다. 특별한 용건이 있는 것은 아니었지만 그러나 S대학병원에 들리면 의무적으로 그를 만나야 할 것 같았다.

"차 한 잔 뽑아드릴까요?"

낯이 익은 간호사였다. 지난번 정액검사 때 도와준 여인 같았다. 연구실 팀장을 찾아온 손님에게의 의례적인 인사말 같지는 않고, 미소와 함께 내 얼굴을 다정하게 바라보고 있는 것 같았다. '다정하게' 라는 말은 물론 내 일방적인 표현일지 모른다. 그런데, 무질증 환자의 첫인상에서 받은 달큰하고 아픈 여운 때문인지 그냥 그렇게 느껴졌다.

간호사가 율무차 한 잔을 내밀었다.

그때 K교수의 연구실 문이 열리며 구척장신의 근육질 사나이가 어깨를 흔들며 나오고, K교수가 뒤따라 나왔다. 사나이가 복도로 나가는 출구에서 K교수에게 90도로 허리를 꺾어 인사를 하고 K교수가 그의 등을 토닥거려주며 말했다.

"조금도 걱정하지 마시고, 당당히 즐기시오!"

"예, 박사님! 감사합니다!"

사나이를 배웅한 K교수가 스태프들에게 무엇인가를 지시한 후에 나를 연구실로 불러들였다.

"교수님, 좀 전 어깨를 거들먹거리며 위압적이던 그 사내가 박사님 앞에서는 껍벅 죽는 시늉을 하던데요? 환자 같지는 않던데 특별한 사연이 있나보지요?"

첫날 이 병원에 들렀을 때 환영 점심을 사주고 두 번째 날 정액검사로 '건강한 사내' 판정을 해준 그가, 마치 큰 형님처럼 믿음직스럽고 만만해서 대뜸 근육질 사내의 정체부터 물어보았다. 그가 웃었다.

"공기자! 이제는 기자근성 같은 것이 몸에 배었네? 첫날은 산골에서 내려온 수줍은 총각 같더니…. 그 사람, 어깨를 거들먹거리고 힘을 주는 것이 아니라 보통 걸음새가 그 모양이야. 원래 넓은 어깨에다 운동으로 다져진 근육들이 다소곳이 걸으려 해도 그렇게 안 되나봐. 그래, 무슨 병으로 왔을 것 같아? 어디 알아 맞혀봐요."

그가 웃었다. 그는 사람을 편안하게 해주는 강점이 있었다.

"글쎄요… 환자 같지는 않아요."

"맞아요, 환자가 아니지."

나는 그를 쳐다보기만 했다.

"'스몰 페니스 콤플렉스' 환자. 아니, 환자라고 말할 정도는 아니고."

나는 의아로운 표정으로 K교수를 바라보며 어이없다는 듯 웃었다.

"작은 고추 열등감…, 아니 조금 전 그 분이, 그런 내용으로 교수님과 상담하신 것입니까?"

그가 고개를 끄덕였다. 그리고 말을 이었다.

"지구상에 존재하는 남성의 절반 이상이 정도 차이는 있지만 성기 콤플렉스를 갖고 있다고 보면 될 거야. 세계적인 심리학자 '아들러' 가 뭐라고 말했는지 알아요? 성기가 남보다 작거나 혹은 성적무능으로 성생활이 원만치 못할 때, 그 욕구불만이 엄청난 화(禍)를 불러일으키고, 죄 없는 수많은 사람들이 피해를 본다고 했지. 그 예로 '히틀러', '나폴레옹', '무솔리니', '스탈린', '네로' 등이 성기 열등의식의 소유자로 그들에 의해 세계가 흔들리고 죄 없는 인간들이 죽임을 당했다고 했어. 성적무능과 스몰 페니스 콤플렉스가 원인 전부가 아닐 수도 있겠지만 그것이 원천이었다는 '아들러' 의 해석이었지."

나는 자신도 모르는 사이에 K교수의 말을 수첩에 기재하고 있었다. 세계의 역사를 뒤흔든 잔혹한 정복자들이 하나같이 작은 성기와 성적 불능자들이었다는 말은, 근거 자료를 본 적은 없었지만 놀라운 정보라는 생각에서였다.

"그들 정복자들이 성적 무능자였는지 또한 체구들이 어떠했는지는 알 수 없지만, 조금 전의 그 구척장신이 '스몰 페니스 콤플렉스' 를 가졌다는 것은 이해가 되지 않는데요?"

"큰 체구라고, 운동으로 단련된 근육질 몸이라고 거근(巨根)을 갖는 것은 아니지. 체질에 따라 가족력에 따라 키 작은 남자의 거대 페니스 소유자도 많고, 키 큰 남자의 단소한 물건의 소유자도 많으니까. 그런데, 비뇨기과를 찾는 우리 환자들 중에는 의외로 콤플렉스를 가진 멀쩡한 사람들이 많아요. 검진해 보면 99.9%가 정상이고 기능면으로도 우수한데, 공연한 노이로제에 걸려 혼자 전전긍긍 하거든."

"포르노 사진이나 비디오를 보면, 주인공들의 그것이 자기 것보다 훨씬 거대해 보이니까 그렇게 느끼는지도 모르지요."

중학교 때 부모가 출타한 친구 집 빈방에서 혹은 친구에게 끌려 들어간 비디오방에서 검은 커튼을 내리고 훔쳐본 영상속의 페니스는 입이 벌어질 만큼 실제 거대해 보였던 것이다.

"공기자도, 그렇게 느꼈구나?"

"정곡을 찌르시는군요! 박사님은요?"

"의과대학 재학시절에 생식기에 관해 남다른 많은 지식과 관심을 갖고 있으면서도 항상 남보다 내 것이 작게 느껴져서 수영장이나 대중탕에 가면 남의 것 흘끔거리며 내 것과 비교했지. 그런데 정통 비뇨기과학을 전공하면서 조물주가 사람마다에게 절묘할 만큼 적정한 물건을 만들어 준다는 사실을 알아냈지. 숫제 아차 실수하여 무질증이나 여자도 남자도 아닌 중성적 기형의 미완성 물건을 만들기도 하지만, 그러나 일단 달거나 뚫었다하면 그 사람의 전체와 조화를 잘 시켜 섹스와 종(種)을 이루는데 조금도 하자가 없게 창조했음을 알아낸 것이지."

"교수님, 오늘 저에게 남근에 관한 상식을 좀 구체적으로 가르쳐 주십시요. 명색이 의학전문지 기자라고 하면서 사실은 아는 것이 너무 없거든요. 한국인의 스탠더드 사이즈는 어느 정도를 말하는 것입니까?"

"대개 치골에서 귀두 끝에 이르는 배면의 길이가 최대 11cm 최소 4.6cm 평균 7.5cm로 보통 가운데 손가락 크기로 보면 되지. 이것이 발기를 하면 40프로 정도 확대되어 실측에서 3~4cm 정도 증가된다고 보면 되고. 그러나 동서양 할 것 없이 발기 전후의 길이나 둘레 등은 개인차가 많아 일률적으로 똑같다고는 할 수 없어요."

"그렇다면, 실제로 페니스의 크기와 성생활과 관계가 깊은 것입니까?"

"가장 중요하면서도 궁금한 내용을 물어보는군. 많은 사람들이 남근이 장대해야 성적 효력이 크고 능력이 탁월한 것으로 생각하는데, 전혀 상관이 없어요. 오히려 거근(巨根)은 기능면에서 여성을 고통스럽게 하고 불감증을 만들지요. 가장 정상적인 남근은 정자(精子)를 여성의 질 속에 옮겨줄 수 있는(질강 3분의 1지점) 사이즈면 건강한 심벌이고, 특히 여성의 쾌감 구조는 남성과 달라 섬세한 애무와 기교와 사랑하는 마음으로 절정이 이루어지기 때문에, 무신경하고 자만심에 가득 찬 거근 소유자보다 다정다감한 경량급 소근(小根)의 남성을 더 좋아하는 편이지. 우리 공기자님도 동정은 아닐테니 그 정도 상식쯤은 갖고 있을 것 같은데, 새삼 눈빛을 반짝이고 있구먼."

"동정은 아닌데, 구체적이고 세밀한 상식은 없거든요. 군대 친구들 중에 무조건 큰 것이 좋은 줄 알고 그것을 인공적으로 만든 사람도 있었어요."

"오가노겐 주입으로 인공 거근을 만드는 어리석은 사람들도 있어요. 그러나 피하에 주입된 오가노겐은 이물 작용을 일으키기 때문에 다시 제거 수술을 받아야 하는데, 그렇게 되면 그나마 오리지널보다 더 작아질 수 도 있음을 모르니 안타깝지. 규방의 화목은 '헤비' 급보다 '밴텀 '급이 혹은 '콘트라베이스' 보다 '바이올린' 이 갖은 기교를 구사하고 훨씬 고운 음률을 낸다는 사실을 다들 모른단 말씀이지."

그때 내 휴대폰이 울렸다. 때 맞춰 K교수 책상위의 전화벨도 자지러졌다. 나는 휴대폰을 들고 연구실 밖으로 나갔다.

단비였다. 그녀의 음성은 낮고 부드러웠다. 의외였다.

"지금 뭘 해? 기사 쓰고 있는 거야? 취재 중이야? 일 잘하고 있어?"

마치 피붙이 친척이나 친구 혹은 가족이 첫 직장을 얻었을 때 축하 반 걱정 반으로 현장에 전화를 걸어보듯 그녀의 음성은 밝고 다정했다.

"그래, 대학병원에 나와 있어…."

"그렇구나! 그곳에서 취재를 하는 것이구나?"

"무슨, 일이지?"

"무슨 일이라니? 보고싶어 전화했지! 몇 시쯤 퇴근하는 거야? 나중에 쎄실에서 기다릴게!"

"내 퇴근은 빨라야 8시, 일이 밀리면 10시야…."

솔직히 나는 저녁에 그녀를 만나고 싶지 않았다. 지난밤에 우리는 2개월여 만에 만났고 그녀에게 휘둘리며 '깜짝쇼'를 보고 결국 화해를 한 셈이었지만, 선뜻 만나고 싶은 마음이 아니었다. 단비의 입장으로는 그녀가 내 취업을 알게 된 것이 바로 어제 저녁이니 그간의 단절을 이해하고 '일 잘하고 있느냐'의 들뜬 안부를 할 수 있는 일이었다. 그러나 그간의 공백을 없었던 것으로 예전의 상대로 다시 돌아살 것처럼 구사하는 그녀의 분위기는, 조금은 생각해 볼 문제라는 심정이었다.

"기다릴게. 나는 6시 퇴근이니까 두세 시간 정도 게임 방에 가 있거나 아니면 그 시간을 활용해서 나도 뭘 좀 배울까봐."

"배우는 것은 좋은데, 우리가 굳이 매일 밤 만나야 할까?"

"하긴, 그것도 그래. 찬우도 이제는 직장을 가졌으니까. 전에사 네가 백수였으니 거의 매일이다시피 내 퇴근시간을 맞추어 기다려 주었겠지만, 이제는 내가 갚아주려 했는데…. 그럼 이틀에 한 번씩 만날까?"

"단비야, 내가 시간이 여유 있지 못하다. 견습기자 노릇이라는 게 만만치 않거든…."

"그럼 사흘에 한번? 아니면 일주일에 한번?"

"기간을 정하지 말고 서로의 상황에 맞추어 만나는 것이 어떨까?"

내 말이 끝날 때 쯤, K교수가 병동에 간다면서 차트를 들어 보이며 내 앞을 지나갔다. 나는 휴대폰을 귀에 댄 채 허리를 정중하게 숙여 보였다.

"공찬우…. 너 정말, 좀 변한 것 같다?"

전화 속 단비의 음성이 가라앉으면서 말이 꼬여지고 있었다.

"상황이, 변할 수밖에 없지 않냐. 일단은 어렵게 잡은 밥줄에 혼신을 쏟아야 하니까."

"그런… 뜻이… 아니고."

"나, 지금 인터뷰 중이거든. 다시 전화하자."

나는 휴대폰을 일방적으로 꺼버렸다. K교수가 병동으로 가버렸으니 남근 강의는 중단되고 바쁠 것도 없었지만 그렇게 말하고 말았다.

지난 밤, 우리는 두 달여 만에 만나 분명히 화해를 한 것이었지만 또한 단비의 엉뚱한 거짓말로 그녀의 나에 대한 원망이나 관심의 척도를 헤아릴 수는 있었지만, 우리는 둘 다 변하고 있었음을 감지했는지도 모른다. 마음이 멀어져 있음이 눈으로든 귀로든 보이지도 들리지도 않았지만 그것은 느낌으로 알 수 있었다. 뭔가 서로를 배신하지 않았다는 책임회피의 몸짓들을 하고 있는 것이라는 생각도 들었다. 물론 이러한 생각들이 내 중심의 비약일 수도 있었다. 그러나 그 방향으로만 마음이 모두어짐을 어찌할 수가 없었다.

"친구 정도로 남아도 좋을 사람…."

나는 단비를 두고 그렇게 말하고 싶었다. 그러면서 심층 바닥에 겹으로 도사린 내 이기성에 스스로 놀라고 있었다. 그런데 또다시 휴대폰이 울렸다. 격앙된 단비의 음성이 귓속을 찔렀다.

"아무리 취재 중이라도 일방적으로 전화를 끊으면 내가 섭섭하잖아- 알았어. 그러면 내가 주말 아침에 전화할게. 어젯밤 약속처럼 교외로 나가서 취업 축하 턱 크게 한번 쏠게. 기대하고 있어."

그리고 그녀는 전화를 끊어 버렸다.

그날 오후 여섯 시경. S대학병원에 이어 J·B대학병원 등 두 곳을 더 들른 후에 귀사했다. 추기자가 손짓으로 나를 불러 무질증 환자의 수술 후 예후를 취재했느냐고 물어왔다. 인조 남근으로만 시험을 했을 뿐 인체활용은 아직 경험하지 못해 완전한 성공여부는 알지 못한다고 나는 결론부터 대답했다. 그리고 환자의 사생활에 속하는 일이지만, 무질증으로 하여 약혼자가 파혼선언을 하여 환자가 충격을 받고 있다고 했다.

"그렇다면 기사화될 내용은 아니군. 환자의 사생활은 우리의 영역이 아니니까."

그가 다행이라는 표정을 지으며 말했다. 그가 안도감을 갖는다고 생각하는 것은 내 일방적인 판단일 수도 있었지만 분명히 그의 표정은 느슨히 풀려지면서 밝아지고 있었다.

"환자가 집도 의사에게 직접 시험을 해봐달라고 요청했다는 말을 들었습니다. 파혼을 당하고 인체시험 대상을 찾지 못한 환자의 절박한 심리상태는 후유증으로 유의할 점인 듯 싶었습니다."

"국내보고가 없는 단 한 건의 케이스에서 부작용이나 후유증은 말할 수 없지요. 한마디로 기사감은 못 된다는 말이지."

"저는 유별한 부위의 희귀 케이스이기 때문에, 수술 후 환자의 정신분석은 의미가 있을 것이라 생각했습니다만…. 그런데, 환자요구에 대한 집도의사의 입장은, 화제가 될만하지 않겠습니까? 윤리와 도덕적인 측면에서는 문제가 있겠지만 그러나 집도의사의 수술에 대한 책임감이랄까 완벽한 수술성공을 위한 과정이라는 점에서는 환자에게의 직접 시험이 용납될 것도 같은 생각이거든요. 목적이 분명하므로 집도의사의 행동이 죄가 될 것 같지 않다는 말씀이지요."

"이봐요, 공기자, 집도의사가 어떻게 결정할지는 순전히 명과장 개인의 문제이므로 우리는 관심을 가질 필요가 없다고 봐요. 그런 내용을 기사로 잘못 다루면 사회적으로도 큰 반향을 일으킬 수 있다는 것, 또한 자칫 우리의 회원인 의사를 명예훼손도 시킬 수 있다는 것, 유념해야 돼요."

"알고 있습니다. 일간지 과학부 기자들이 우리 전문지 기사내용을 취재원으로 삼는다는 말을 들은 적은 있습니다. 하지만 명과장의 결정이 어떻게 날지는 심히 궁금해요."

"공기자, 그 건에 관해서는 공찬우씨 개인 관심 정도로 그쳤으면 해요. 명과장이 설령 무질증 환자의 인체실험 파트너로 행세했더라도, 우리는 지켜보기만 해야 된다구요. 그것이 우리 의사단체 기관지 기자들의 기본 매너라는 것, 잊지 말아요. 전문지 중에서도 단체 기관지가 아닌 B신문, E신문, H신문 등에서는 다룰 수 있는 내용을, 우리는 할 수 없다는 것, 궁극적으로 우리의 회원인 의사를 보호해야 하는 것이 협회 기관지 기자들의 역할이라는 것 잊지말라구요."

"알겠습니다…."

추기자는 내가 앞뒤 재지도 않고 천방지축 기사를 작성하지 않을까 끝까지 경계했다. 자기 출입처의 기사를 내가 또다시 쓰는 것을 싫어하는 그의 감춰진 내심을 알고 있는 나는, 그를 더 불편하게 만들고 싶지 않아서 그가 원하는 대답을 했다. 그러나 그가 겉으로 내거는 이유대로 보자면 오히려 이 건은 명과장을 화제의 인물로 만들 수도, 엘리트 '젊은 명의' 로 클로즈업 시킬 수도 있다는 생각을 혼자 속으로만 했다.

"다른 취재 건도 있어요?"

무질증 환자 건 외에 S대학병원에서 다른 무엇을 취재한 것이 있느냐고 그가 다시 물어왔다.

"오늘 비뇨기과 K교수님에게서 남근에 대한 말씀을 좀 들었어요. 의외로 우리나라에는 스몰 페니스 콤플렉스 환자들이 많다고 하더라구요!"

그가 대뜸 그냥 크르륵 웃었다. 내 입에서 나오는 말이 하나같이 생식기에 관한 것이어선지 좀 어처구니없다는 표정이기도 했다.

"하긴, 나도 대학병원에 처음 출입을 하면서 산부인과, 비뇨기과, 시체저장실을 관리하는 해부학교실 등을 제일 많이 들락거렸지. 흥미로운 진료과에 내 임의로 무상출입을 할 수 있다는 것이 스스로도 대견했거든. 실제 처음 현장들을 직접 목격하면서 받은 충격이 여간 아니었는데, 몇 년 거듭 익히다 보니까 그것들도 다 별것 아니더라구. K교수님은 참 좋은 분이셔! 우리가 기자실장님이라고 부르기도 하지만, 당신의 전공분야를 우리한테 자진하여 보여주고 가르쳐주기도 하고, 출입기자 신고식처럼 정액검사까지 해주시는 분이지."

그는 더 이상 물어볼 것이 없다는 듯 밝은 표정으로 나를 풀어주었다. 나는 수석기자인 그의 책상 앞에서 말단의 끝자리로 돌아갔다.

'스몰 페니스 콤플렉스' 증에 대한 내용은 그의 관심거리도 더더구나 기사감은 안 된다는 듯, 더 이상 물어보지도 않았다. 나는 S대학병원 외에 두 곳 대학병원의 비뇨기과와 성형외과에서 취재한 내용을 취합하여 기사를 만들 생각을 하고 있었지만, 더 이상 말하지는 않았다. '스몰 페니스 콤플렉스'가 세계만방 모든 남성들의 공통된 증상이라 하더라도 최근에 그 환자가 더욱 증가한 냥, 또한 그것의 원인을, 남성들의 여성화 현상의 소심증이나 자신감 상실의 정신적 나약성이 일차적 문제임을 지적하고, 근거로 여성으로의 성전환 수술 환자와 거대 페니스 성형수술 환자의 증가 추세를 예로 들어보리라 머리를 굴렸다. 다행히 흡족한 통계숫자는 아니었지만, 그런 환자들이 예년에 비해 늘고 있다는 추세는 3개 대학병원의 임상 케이스로 파악할 수가 있었다.

다음 날, 기사마감이 끝나기 전에 나는 그 내용을 혼신을 다해 작성하여 데스크에 제출했다. 역동적인 연구자료를 바탕으로 하지 않고 또한 화제가 되는 실제 현상을 다루기보다 소위 만든 창작기사에 가까워서 그것이 신문에 게재될지는 알 수 없는 일이었지만, 나름대로 내가 노력하고 있음을 데스크에 보여주고는 싶었던 것이다.

그런데 그 기사가 학술면의 중톱 박스기사로 게재가 되었다. 기사에 관련된 S · J · B 3개 대학병원 출입기자들이 자기 출입처가 취재원으로 거론됨으로써 먼저 그 기사를 읽었다.

그러나 작은 데이터를 바탕으로 추정하여 만든 기사임을 한 눈에 알아본 그들은 이어진 편집회의에서 '견습기자가 너무 일찍 기사를 창작하지 않느냐' 고 거침없이 힐난했다. 견습 딱지를 떼고도 몇 년을 더 뛰어야, 그리고 기사가 바닥이 났을 때나 응급조치로 지면(紙面) 메꾸기 상황이 되었을 때 만들어야 하는 것을, 훈련 중인 견습 때부터 이런 추정기사를 써서야 되겠느냐고 비난했다.

J대학, B대학병원 출입기자들이 그간 별러왔던 것처럼 연속적으로 나에게 대한 불평을 토로했다. 그들의 공격이 지나치게 일방적이라는 생각은 했지만 나는 그냥 입을 닫고 있었다. 속으로만 성전환 수술자와 성기확대 수술자들의 수치가 매년 조금씩 증가함을 3개 대학병원에서 자료를 뽑아내어 제시했으므로 허무맹랑한 조작기사가 아니라는 말만 되뇌었을 뿐, 그들의 격앙된 서슬에 조용히 듣고 있기만 했다. 그들의 언짢은 감정이 기사 그 자체에만 있지 않음을 알고 있었기 때문이다.

그런데 왕초 데스크 편집국장과 취재부장은 해당 대학병원 출입기자들의 발언을 반박했다.

그 기사의 어디가 맹점인지 조항별로 지적을 해보라고 했다. 성전환 수술자와 성기확대 수술자가 매년 증가하는 자료가 충분하지 못하지만 제시되어 있고, 그러한 경향들로 스몰 페니스 콤플렉스 환자가 늘어나는 추세이며, 또한 이런 현상의 원인분석과 관계 교수들의 코멘트 등, 오히려 설득력 있고 읽히는 기사인데 무엇이 문제냐고 되받았다. 숫자에만 의지하는 판에 박은 기사에만 매달리지 말고 적극적이고 창의력 있는 기사취재를 해달라고, 국장은 기자들에게 일장 훈시까지 했다. 나는 지은 죄 없이 죄인 같은 기분이 들어 어깨를 빠트리고 앉아 있었다.

취재부장이 이어 큰소리로 나를 불렀다. 그는 어저께 저물녘, 내가 추기자 앞에 가서 일일보고를 하듯 정중하게 말하는 것을 흘깃 보면서 찡긋 웃었던 사람이었다.

“공기자 기사 잘 썼어요. 견습기간동안 전 출입처를 고루고루 다니면서 문제될 만한 것들을 다 다루어 보아요. 신문에 게재되든 아니 되든 그것은 데스크에서 결정할 것이니 염려말고 일단 취재하여 써 내도록 해요. 그리고 선배인 출입기자에게 자문을 얻을 것은 얻되, 일일이 사전사

후 보고하고 허락받고 기사를 쓰는 과정은 피해도 돼요. 자유롭지 못하면 제대로 된 기사가 나오지 않기 때문입니다. 내 말, 알아들었어요?"

부장은 내게 굳이 대답하기를 강요했다. 나는 어깨를 움짓거리며 작은 소리로 대답을 했다. 국장이 부장의 말을 이었다.

"말 나온 김에 내가 한마디 더 하겠어요. 공기자를 칭찬하고 싶어요! 기사 작성을 거의 완벽하게 쓰고 있어요. 적절한 단어 선택이나 문장이 아주 선명하고 세련되어서 읽는 이들을 편하게 해주고 있어요. 이대로 계속 분발하면 정해진 기간보다 앞서 견습딱지 떨어질 수도 있어요. 잘 해봐요."

나는 몸 둘 바를 모를 정도로 민망했다. 얼굴만 붉힌 채 답례인사도 제대로 하지 못했다. 나로 하여 S · J · B 대학병원 출입기자들이 간접 면박을 당하고 있는 터에, 칭찬까지 받으니 이러다 선배기자들로부터 미움을 사고 끝내는 소외를 당하는 것이 아닐까 염려도 되었다. 그런데, J · B 대학병원 출입의 두 사람을 제외한 모든 선배기자들이 국장의 말끝에 박수를 쳤다. 추기자도 입귀에 웃음을 머금은 채 손뼉을 치고 있었다. 물론 나 개인을 의식해서보다 견습딱지를 빨리 뗄 수도 있다는 국장의 의도에 보조를 맞추는 것임을 알고 있었지만, 내 입장은 조금도 편하지가 않았다. 와중에서도 의아로운 점은, 편집국장의 나에 대한 관심이었다. 관심이라기보다 나를 불씨로 만성 안일주의에 빠져있는 기자들의 군기를 잡으려는 속셈 같았지만 나로서는 놀라울 뿐이었다.

듣기로 편집국장은 의사단체장이자 신문사 사장인 최수걸 회장의 장질(長姪)이라고 했다. 관례가 국장, 부장은 의사단체장의 임기동안 당신의 오른손 역할을 담당하는 존재이고 그 세(勢)가 보통이 아니라고 했다. 이들은 단체장이 자리에서 물러나면 함께 퇴진하는 존재들로 그래서인지 자기 임기동안의 역할은 철저하게 행세하는 편인데, 특히 편집국장은 유수 일간지의 과학부장을 지낸 신문사 정통파로 기자들이 조심스러워

함을 듣고는 있었다.

이날따라 국장의 말은 길고 가시가 박혀 있었다.

"우리 취재부 기자들, 너무 안일한 취재태도를 보이고 있어요. 태평성대를 누리는 한량들처럼 기사취재에 순발력과 적극성을 보이지 않는다구요. 취재비 받아 출입처에 놀러 다니는 것 아니잖아요. 출입처에서 나에게 기사를 안겨주는 것도 아니잖아요. 내가 금강석을 캐내야지요. 아무리 '기자두뇌 3년 한계' 라는 말이 있다지만, 뭐가 제대로 된 게 나와야 신문을 만들 것이 아니냐구요. 아, 그리고 편집회의에서 발표할 내용은 아닌 것 같지만, 바로 어저께 협회 이사회에서 결정된 사항이니 알아두시는 게 좋을 것 같군요. 내년부터 신문사와 의사회 전 직원을 1년 계약제로 고용하는 형식을 취하기로 했다는 것, 알아두십시오. 오늘 회의는 이것으로 끝냅시다."

일방적이고 사뭇 고압적인 국장의 태도였다. 기사를 쓰든 안 쓰든 신분보장만큼은 철저히 되어있던 직원들에게 이날 국장의 마지막 말은 시한폭탄과도 같은 내용이었다. 갑자기 얼음냉수를 끼얹는 형상으로 기자들은 서로의 얼굴을 바라보며 멍한 표정들이 되었다. 국장이 천천히 의자에서 일어나 직원들을 한 번 둘러보곤 회의실을 나가고, 취재부장 편집부장도 뒤따라 나갔다.

기자들은 그대로들 앉아있었다.

국장의 1년 계약제 고용 발언은 바로 몇 달 후에 그 제도가 실시된다는 것이고, 그렇다면 자신들의 거취가 어떻게 될지 알 수 없는 상황이 펼쳐지는 것이었다. 기자들은 곧바로 의사회 담당기자에게 사실여부를 확인했고, 담당기자는 틀림없는 법정 이사회 결정사항임을 재차 밝혔다. 이유는 의사회 예산이 감액되어 협회 사무국과 신문사 직원들을 3분의 1로 줄이고, 능력 있는 인물의 신규채용의 폭을 넓히기 위해 계약제 고용제도를 택했다는 것이었다.

"공찬우씨는 따 놓은 당상일세? 왕초 데스크부터 그 신뢰가 대단하니 말씀이야. 곧 견습딱지도 떨어질 것 같던데?"

B대학병원의 강기자가 벌떡 일어나더니 내가 앉은 등 뒤로 일부러 돌아 문켠으로 나가면서 큰 소리로 말했다. 다분히 비양거림이 묻어있었다. S대학병원의 추기자도 일어나며 내 어깨를 두드렸다.

"공기자, 어떻든 축하해요. 스몰 페니스 콤플렉스를 가지고 그렇게 만들 수 있는 것은 확실히 공기자의 수완이고 능력이야! 다만, 그렇게 쓸 것이라는 말을 해주었으면 나도 좀 도울 수 있었을 텐데…."

그의 끝말은 나에 대한 섭한 감정을 드러내는 부분이었다. 그저께의 보고에서 가볍게 들어 넘기던 그에게 굳이 기사화 할 것이란 말을 했어야 하는지, 어깨의 힘살이 아래로 흘러내리는 기분이었다.

"잘난 사람이, 태평성대의 한량들 따위가 어디 선배 어른으로 보이겠어? 제 쓰고 싶은 대로 쓰면 되지…."

J대학병원 문기자의 비양거림도 이어졌다. 나머지 기자들은 누구도 더 말이 없었다. 그들은 한숨과 함께 그러나 뭔가 올 것이 왔다는 나름대로의 표정들로 하나 둘씩 회의실을 빠져나갔다.

나는 끝까지 침묵을 지킨 채 혼자 회의실에 그대로 앉아있었다. 선배들의 곱지 않은 시선이 전신으로 꽂혀짐을 느꼈으나 이렇다 할 반응은 보이지 않았다. 다소곳한 태도를 시종했다. 잘못한 것 없으니 잘못했다는 말을 할 수도 없고 칭찬을 들었다고 기쁜 표정을 지을 수도 없었다.

이 날은 여느 때 같으면 기자들 모두에게 정신적으로 조금은 여유가 있는 날이었다. 신문이 나오고 편집회의가 끝나면 일의 순서로는 취재를 나가야하는 시간이지만 다음날 하루 더 취재할 수 있는 시간이 있으므로 출입처에 갈 사람은 나가고 사무실에서 일을 볼 사람은 보는 등 비교적 자유스런 날이었다.

나는 담배생각이 간절하여 건물을 벗어나 과수정원으로 나갔다. 신선한 공기가 왈칵 엄습하면서 가슴이 탁 트이는 느낌이었다. 바람을 동반한 장맛비 탓인지 노랗게 익은 살구는 바닥에 흩어져 어지럽고, 물을 흠뻑 먹은 알맹이는 거의가 트고 갈라져 성한 것이 없었다. 토종 자두는 가지가 휘어지게 총총히 매달려 아직도 시퍼렇고, 알갱이가 잘디잔 올자두는 검붉게 물들어 입안의 침을 모으게 했다. 복숭아도 붉은 색을 머금기 시작하고 포도의 송아리도 보라빛 색깔로 굵어지고 있었다.

평소에 잘 피지 않는 담배가 이 날처럼 기분이 심하게 저조할 때는 한결 위안이 되었다. 나는 두 가치를 연거푸 달게 피우고 다시 사무실로 올라갔다. 놀랍게도 기자들이 편집국에 한 명도 남아있지 않았다. 모두들 출입처로 나갔다고 편집부 디자인 담당의 여직원이 말해 주었다. 그러나 그녀의 말처럼 모두들 서둘러 출입처로 나갔다고는 생각이 들지 않았다. 찻집으로 몰려들 갔겠거니 짐작했다.

그 곳이 어디인지 알지를 못했다. 알았다고 해도 의도적으로 나를 떼어놓고 갔을 수도 있는데 찾아간다고 반겨 줄 것 같지도 않았다. 물론 그들이 함께 몰려 카페나 찻집으로 갔다 해도 나에 대한 성토 때문은 아닐 것이라는 믿음은 있었다. 편집국장의 폭탄 같은 선언에 자신의 거취에 위기감을 느낀 그들이 나름대로의 대책강구와 상호간의 위로가 당장은 필요할 수도 있으리라 충분히 이해가 되었다. 나를 동반하지 않음은 입사한지 3개월 남짓한 견습기자인데다, 더욱이 데스크에서 넘칠 만큼 신뢰하는(?) 직원으로, 탈락대상이 아닐것이라는 판단 때문이겠거니 나름대로 혼자 자위했다.

실제 10명의 기자들 중 3분의 2가 10년 15년 이상의 근무자들이었고 3명만 7년 정도여서 협회 기관지 규모로는 인사변동이 거의 없었던 셈이었다. 다만 부장 국장만 단체장인 사장의 임기 따라 퇴진할 뿐 취재 · 편집차장은 15년 근무자들로 50대에 접어드는 연령층이었다.

타 전문지의 잦은 인사개편에 비하면 실제 Q신문사는 평생직업인냥 정체되어 있는 곳이어서 특별한 발전도 퇴보도 없는 고인 물 같은 분위기였다. 국장이 기사마감 때마다 곧잘 한숨을 섞어 '답답하다' 는 말을 뱉었는데, 이번에 기어이 앞장서 물갈이를 할 모양이었다.

혼자 신문사 건물을 벗어나 대로변에 잠시 멍하니 서 있었다. 어느 곳으로 갈 것인지 얼른 결정이 서지 않아서였다. 복지부 산하의 협회 쪽으로 가 볼 것인지 아직 미답이나 다름없는 위생연구기관이나 보건대학원으로 방향을 잡을 것인지 마음이 어수선하기만 했다. 익숙지 않은 협회 쪽보다 내 취향에 맞는 대학병원들이 우선 떠올랐지만, 예민해져 있는 대학병인 출입기자들의 얼굴이 덮씌우듯 다가와 머뭇거렸다.

그러나 결국 B대학병원으로 방향을 잡았다.

회의실에서 '따 놓은 당상' 이라고 빈정거리던 출입담당 강기자의 사각진 얼굴과 위로 찢어진 날카로운 눈매가 담박에 떠올랐다. 그러나 그저께 그 곳 중환자실 복도에서 엿들었던 여자들의 언쟁이 마음을 잡고 있어 스쳐버릴 수가 없었다.

전철을 탔다.

장마 탓인지 차 속은 눅눅했다. 냉방은 되어 있었지만 사람들의 얼굴은 밝지가 못했다. 마치 건드리면 터지기라도 할 것처럼 이맛살을 심하게 찡그리고 있는 사람들이 적지 않았다. 등받이에 어깨를 기대고 눈을 감았다.

그저께 저물녘, B대학병원 중환자실 복도를 지나갈 때였다. 생사를 넘나드는 중환자들의 보호자인 듯 싶은 소녀 하나가 화려한 옷으로 성장한 젊은 여인과 복도에서 언성을 높이고 있었다.

"도대체, 넌 왜 이렇게 고집이 센 거니, 아버지가 나한테 당신 속엣 말을 많이 했겠니 어린 너한테 많이 했겠니, 길가는 사람 세워놓고 물어봐라."

"아빠는 그런 말씀 하신 적 없어요. 자기 죽음을 미리 생각해 볼 만큼 여유 있는 분이 아니셨고 자기 소유에 애착이 많으셨던 분이세요. 꿈에라도 당신 장기를 주시겠다고 말씀하실 분이 아니시라구요. 당신 스스로 장기를 기증하겠다는 각서나 서명을 하신 것도 아닌데, 왜 자꾸 그런 말씀을 하시느냐구요."

어린 소녀의 말이 어른스러웠다. 목소리 또한 또랑또랑 맑았다.

나는 주춤거리며 그들 주변의 의자에 앉았다. 마치 중환자실에 면회할 환자가 있어 시간을 기다리는 것처럼, 사실은 그녀들의 언쟁을 들어보기 위해서였다.

"까불지 말어, 유족대표는 나야, 내가 장기를 기증하라면 할 수도 있어."

젊은 여인이 소리를 낮추면서 소녀를 노려보았다. 그러나 소녀는 위축되기는커녕 더욱 큰 소리로 여인에게 맞섰다.

"말씀 삼가세요, 유족 대표라니, 우리 아빠가 죽었어요? 아직 식물인간인지 뇌사상태인지 정확히 알지도 못하는데, 유족 대표라는 말은 너무 심하잖아요. 우리 아빠는 아직 돌아가시지 않았다구요."

"나오는 대로 지껄이지 마, 의사들이 뇌사라고 그랬어. 사망한 것이나 다름없어. 장기이식은 뇌사상태서 해야 받는 사람에게 효과가 있는 거야. 나는 생전의 네 아버지 큰 뜻을 실천하려는 거야."

"거짓말 말아요. 지금, 우리 아빤 뇌사 아니예요. 식물인간이라구요. 장기 떼 내면 그대로 사망한다구요 , 나는 아빠의 유일한 핏줄이에요, 절대로 아빠의 장기기증을 반대 한다구요. 당신이 우리 아빠를 빨리 죽이려는 거지요. 장기기증으로 다른 사람 살린다는 핑계로 우리 아빠를 하루빨리 죽이려는 거잖아요. 절대로 중환자실에서 우리 아빠를 데려나가지 못해요, 내가 막을 거예요."

소녀가 몸을 돌리면서 중환자실 문을 두 팔을 벌리고 막아섰다.

"아니, 이 못된 것이…."

젊은 여인이 입술을 반쯤 벌리면서 소녀의 팔을 나꿔채다가 휴대폰을 꺼내 누구에겐가 다급하게 전화를 걸었다.

"만약 당신이 의사들과 짜고 힘으로 내 아빠를 싣고 가서 콩팥과 심장을 떼 내면, 나는 당신과 의사들을 모두 살인죄로 고발할거야."

소녀의 음성이 쨍하고 찢어지듯 날카로워졌다. 젊은 여인이 눈에 띄게 당황해하는 것 같았다. 그때 중환자실의 문이 열리며 간호사가 밖으로 나와 조용히 하라고 주의를 주었다.

그런데, 때 맞춰 복도 끝으로 검정색 점퍼를 입은 남자 하나가 서둘러 달려오더니 작고 여윈 소녀를 담싹 안고 돌아섰다. 소녀가 발버둥을 치며 비명을 지르자 남자의 손이 소녀의 입을 막았다. 젊은 여인이 남자를 향해 화를 터트렸다.

"정신병원에서 퇴원한지 하루도 안 된 아이를 잘 지키라고 했더니 왜 놓쳤어? 어서 데려가."

결사적으로 발버둥을 치던 소녀가 비명을 내질렀다.

"나 안 미쳤단 말이야. 당신 불구덩 지옥 갈 거야. 전처 딸 정신병원에 강제 입원시켜 미친년 만들고, 교통사고 난 내 아빠 뇌사도 아닌데 죽일려고 장기기증 헛소리 지껄이고…, 당신 내 아빠 재산 다 뺏을려고 으, 읍…, 사람 살려요 나, 나 미치지 않았어요… 으, 읍…, 우리 아빠 죽이면 안돼요. 우, 으…."

소녀는 입을 막은 남자의 손을 뜯어내다 소리치다 끝내 주차장으로 내려가는 엘리베이터 속으로 밀려들고, 젊은 여인은 나를 비롯한 면회를 기다리는 주변의 사람들에게 "소란 피워서 미안합니다. 제 딸년인데 정신이 맑지 못해서요…" 했다.

그리곤 돌아서 하이힐 소리를 유난히 또각거리면서 중환자실 복도를 나가버렸다. 순식간에 일어난 해프닝이었지만, 주변에 앉아있던 7 · 8명의 환자 보호자들은 모두 멍한 낯빛들로 서로의 얼굴을 바라보았다. 지친 표정의 중년부인 하나가 혼잣말처럼 중얼거렸다.

"새 엄마와 전처 딸 같은데…, 세상이 하도 요상하니까 여식아이의 소리가 예사롭게 들리지 않네…."

그러나 비슷한 나이의 또 한 여자가 "딸이 정신병자라고 하는 것 같구먼…. 새파랗게 젊은 아이가 어쩌다가…" 했다. 그러자 바로 옆에 앉았던 30대 후반쯤의 남자가 "새엄마가 나쁜 여자면 멀쩡한 딸을 정신병자로 만들 수도 있겠지요. 돈으로 안 되는 것이 없는 세상이니…" 했다.

"아무리 법도 도덕도 쓰레기 같은 황금만능의 세상이라지만 그렇기야 할라구요. 하긴, 소녀의 말이 뭔가 이가 딱딱 맞는단 말입니다. 악을 쓰면서 소리를 지르는 폼이 마치 우리들한테 구원을 요청하는 것 같은 감이 들지 않았어요?"

또 한 남자가 30대 후반 남자의 말끝에 반응을 보이며 우리들을 돌아보았다. 나를 비롯한 주변 사람들이 모두 '그러게요' 하는 표정으로 남자의 얼굴을 마주보며 고개들을 끄덕이기도 했다. 그때, 중환자실의 출입문에 '면회시간' 이라는 팻말이 걸려졌다.

사람들은 지금까지 무슨 이야기를 했더냐 싶게 다투어 중환자실의 자기 환자를 찾아가느라 부산했다. 복도에는 나 혼자만 남게 되었다. 나 또한 신문사에 귀사 할 시간이 다 되어있었다. 그러나 뭔가 그냥 그 자리를 떠나서는 안 될 것 같은 강한 느낌을 가졌으나 그대로 앉아있을 수도 없었다. 터덜터덜 중환자실 복도를 벗어났다. 병원을 빠져나와 신문사로 향하는 전철을 타고서도 나는 소녀의 절규 같던 비명소리를 생각했었다.

그저께의 일이었다.

사실 이 날 아침 편집회의의 분위기가 여느 때처럼 별일 없이 지나갔으면, 나는 대학병원 출입기자들에게 장기이식이나 뇌사에 관한 자문을 구해보려고 했었다. 그러나 아무런 사전지식도 얻지 못한 채, 또한 어떤 구체적인 취재계획도 없이 나는 소녀의 비명소리와 출입담당 강기자의 비양거림을 떠올리면서 B대학병원을 다시 찾아갔다.

B대학병원은 S대학병원 못지않게 큰 규모의 메디컬센터였으나 병원 홍보 분야에 관심이 없는 편이었다. 기자실도 따로 두지 않았고 의사들이 쉽게 시간을 내주지도 않았다. 또한 담당인 강기자가 두 번이나 동행을 했어도 나에게 제대로 과별 의사나 하물며 병원장까지도 인사를 시켜준 적이 없어 나로서는 미답의 불모지나 다름없었다. '스몰 페니스 콤플렉스' 현황을 보충취재 할 때도 비뇨기과와 성형외과의 주임교수나 팀장닥터는 만나보지도 못하고 수련의급 스태프들에게서 그나마 도움말을 얻어낸 것이었다.

나는 병원에 도착하사 일단 중환자실 복도로 먼저 갔다. 30여분 후면 중환자실 면회시간이어서 그저께의 그 모녀를 다시 볼 수도 있을 것이라는 기대를 갖고서였다. 그러나 복도에는 면회시간을 기다리는 보호자들은 그저께보다 두 세 사람 더 많은 것 같았지만 그들 모녀는 보이지 않았다.

그날 바른소리를 한다싶던 30대 후반의 남자가 마침 신문을 읽고 있기에 가까이 다가갔다.

"안녕하세요. 장기기증으로 언쟁을 벌이던 그저께의 모녀가 오늘은 오지 않았나봐요?"

내가 공손하게 먼저 말을 건네자 고개를 들어 흘끔 쳐다보던 남자가 금방 나를 알아보았다.

"중환자실의 그 교통사고환자, 그날 저녁에 바로 실려 나갔어요… 다, 끝난 것이지요."

남자가 입가에 의미심장한 미소를 머금고 말했다.

"장기를… 절제당한… 모양이지요?"

나는 왠지 가슴이 철렁 내려앉는 감을 느끼면서 떠듬거리듯 뇌었다.

"당연하지요."

"소녀는, 그것을 보지도 못했겠군요…."

"젊은 여자도 없었어요. 의사 한 명과 남자 간호 보조사 두 명이 와서 모든 생명줄 그대로 단 채, 밀고 갔어요."

나는 남자를 가만히 바라보기만 했다. 소녀의 하얗게 질린 얼굴이 클로즈업되고 울부짖던 소리들이 방망이 되어 뒷머리를 치는 것 같았다.

"어쩐지… 소녀의 말이 마음에 걸려서… 와 본 것인데…. 하긴, 특별병동으로 환자를 옮긴 것일 수도 있겠군요!"

나는 흡사 구원을 청하는 기분으로 남자를 바라보았다.

"아니요. 중환자실 간호사에게 물어보았어요. 했더니, 보호자의 승낙으로 그 날 바로 콩팥, 심장, 안구까지 떼내어 이식 수술을 했다는 겁니다. 나 역시 소녀의 말이 걸려서 환자가 식물인간이었냐 뇌사였느냐 물어봤더니 당연히 뇌사상태라고 하더라구요… 짜고 맞추면, 무엇이든 가능하지요…."

남자가 입귀로 다시 빙긋 웃었다.

"소녀는… 정말, 정신병자였을까요?"

"그 아이의 말이 어느 한군데 엉성한 곳이 있습디까? 내가 보기에 그 아이, 조금도 미치지 않았어요."

나도 남자도 더 이상 말을 나누지 못했다. 현재상황에서 어떤 말도 소녀에게 위로가 되지 못한다는 생각 때문이었다. 다만 두 번째 만나는 이 낯선 남자와 내가 소녀의 절규를 전적으로 사실로 받아들이고 있다는 확신만은 분명했다.

"환자 보호자는 아니신 것 같고… 누구시지요?"

30대 후반의 남자가 새삼 내 얼굴을 주시하며 물어왔다.

"아, 예 공찬우라고 합니다. 제약회사 세일즈맨입니다."

나는 떠오르는 대로 내 직업을 말했다. 전문지든 일간지든 기자라는 직업을 바로 대면 그가 경계할 것 같았기 때문이었다.

"아, 그렇군요!"

남자가 새삼 내 반듯한 정장 차림이며 들고 있는 검정가방을 한번 빠르게 훑어보더니 신뢰가 가는지 지갑 속의 명함을 꺼내 내밀었다.

"아내가 중환자실에 있어 면회시간마다 이곳에 옵니다."

남자의 명함에는 곽건일(郭健一), 삼경무역 업무부장이라 찍혀있었다. 나는 마침 명함이 떨어져 드릴 수 없다고 했다. 그는 스스럼없이 저녁에 한 잔 할 수 있겠냐고 했다. 나는 좋다고 했다. 그러나 시간이 8시 이후에나 가능하다 말했고 남자 역시 9시 전후가 좋겠다고 했다. 우리는 청진동 뒷골목의 소문난 집 '반상촌'으로 약속을 정하고 헤어졌다. 생면부지의 남자와 '술 한 잔' 약속을 하고 돌아서는 자신에게 놀라움을 금치 못했다. 소녀문제로 인한 의기투합이랄까 두 사람 속에 고여 있는 울분을 발산하는데 만남의 목적이 있겠지만, 나름대로 내 삶의 반경이 예전보다 넓어진 듯한 느낌을 받았기 때문이다. 달리 표현하면 내 마음의 반경이 확대 되었다는 긍정적인 느낌이었다.

새어머니와 찬수, 단비 등 가장 가까운 사람들로부터 받은 여러 복합적인 감정과 체험, 그리고 새로운 세계 속을 겁 없이 뛰어들어 나름대로 개척하는 직업인으로서 자신의 모습이, 살아온 연륜에 비해 넘친다는 느낌이 새삼 가슴을 채우며 덥혀왔다.

"이렇게 부딪치면서… 나름대로 성숙해 가는 것이겠지…, 삶의 중심부로 서서히 도입해 들어가는 거야… 그럼…"

이날따라 마음이 가라앉고 자신에게 시선이 돌려지는 것은 대학병원 출입기자들의 나에 대한 원망과 미움이 마음에 걸리면서 동시에 데스크의 유별한 격려에 힘입어지는 상반된 마음도 작용하기 때문이었다. 그리고 무엇보다 소녀를 동정하는 아픈 마음과 그것으로 연유한 낯선 남자와의 약속 등으로 마음이 심란해진 탓이기도 했다.

중환자실을 벗어나 장기이식 센터를 찾아갔다. 장기 공급자와 수급자의 운용을 제대로 할 수 있는, 이식 분야에 특별히 관심을 가진 병원에서만 이식센터가 시설되어 있음을 알고 있기에 이곳에서 많은 정보를 얻을 수 있을 것이라 믿었다.

그러나 이식센터에는 아르바이트 학생 분위기의 소녀 하나가 사무실을 지키고 있을 뿐, 담당 의사나 사무직원은 없었다. 담당의사는 현재 수술 중이고 사무직원은 휴가 중이라고 소녀는 말했다. 나는 소녀가 무엇을 알기나 할까 싶어 머뭇거리다가, "유족대표가 뇌사자의 장기기증을 수락하면 뇌사자에게서 장기를 떼어낼 수 있느냐"고 물어보았다. 뜻밖에도 어린 소녀가 고개를 끄덕이며 '그렇다'고 선명하게 대답했다.

뇌사자가 생전에 이식협회에 장기를 기증하겠다는 서명을 하지도 않았고, 그럴 뜻이 없는데도, 환자 보호자나 유족이 당신들 마음대로 장기절제를 허락할 수 있느냐고 거듭 물어보자, 그녀는 나를 빤히 쳐다보면서 "선생님은 누구시냐?"고 물었다.

나는 어차피 다시 들를 곳이라 신분을 숨길 수도 없어 Q신문사 공찬우 기자라고 말했다.

"제가 듣기로는, 뇌사자가 직접 서명은 하지 않았어도 가족들에게 생전에 그런 뜻을 말해온 사람만, 유족들이 장기기증을 허락하는 것으로 알고 있어요. 하지만 좀 더 정확한 것은 팀장 선생님께 직접 여쭤보시면 좋겠어요. 저는 더 이상은 모르거든요."

깜찍한 소녀라는 생각이 들었다. 내가 기자라는 신분을 밝히자 갑자기 표정과 행동이 경직되면서 더 이상의 질문을 막았다.

그리고 자기가 하던 일로 돌아가 나에게 일체 신경을 쓰지 않는 태도를 보였다. 내가 사무실에 있든 말든 완전히 무시하는 태도를 시종했다. 임시직 아르바이트 학생으로만 보았던 그녀의 야무진 모습에 나는 잠시 머뭇거리다가 그 곳을 나왔다.

구원하여 달라던 소녀의 아픈 절규가 계속 머릿속에 엉기어 편치 않은데다 그나마 이미 끝나버린 일에 낭패감까지 어우러져 뭔가 장기이식 분야의 현황만이라도 파악해야 될 것 같은 초조감에 휩싸였으나, 그냥 B대학병원을 나서고 말았다. 선배기자들에게 혹은 이식협회나 학회 담당 기자들에게 겉핥기의 지식이라도 먼저 확인한 이후에 본격취재를 해보리라 생각했던 것이다.

오후에는 결핵협회와 기생충박멸협회 등 두 곳을 더 돌고 다섯 시 경에 귀사했다. 이렇다 할 수확은 없었지만 협회장들의 동정과 '효과적인 여름 피서법' 혹은 '여름이면 생각나는 것' 에 대한 회원들의 에세이 청탁을 내 임의대로 하고서다.

평소에 Q신문의 취약점이, 협회 기관지이면서도 회원인 의사들의 개인취향과 원고를 받는 일에 무관심한 편집구성이라 생각해온 나는, 어느 출입처에서든 회원들의 특기 부분을 알아보는데 신경을 썼다. 문학에 대한 소양을 가진 회원에게는 일단 원고청탁을 해놓고 편집회의에서 강조하여 신문의 끝 면을 임시 '문화란' 으로 만들기도 했었다.

따라서 나는 마치 회원들의 원고를 받아오고 싣는 것이 전담처럼 문화란의 담당자인 냥 나름대로 테마를 정하면서 임의대로 청탁을 했던 것이다.

이 부분에서는 선배기자들의 간섭이 없었다. 특이하게도 기자 10명 중 문화나 문학 방면에 관심을 가진 사람이 나 한 사람 정도로 대부분이 예기(藝技)쪽 성향은 아니었던 것이다.

저물녘, 놀랍게도 신문사 편집국에는 기자들이 거의 다 들어와 있었다.

예전과는 분명히 다른 현상이었다. '다섯 시 귀사' 라는 정해진 시간이 있었지만 대개 일곱 시 혹은 특별히 보고할 것이 없거나 개인 볼일이 있는 기자들은 귀사하지 않는 수도 많아 전원이 다 모이기란 쉽지 않은데, 이 날은 모두 들어와 있었던 것이다.

국장은 부재중이었지만 기자들은 뭔가 나름대로 기사도 쓰고 있고 부장에게 보고도 하고 있었다. 편집부장이 맞은편 당신 자리에서 이런 기자들의 모습을 흘끔거려 보며 빙긋이 웃고 있었다. 속을 짐작하겠다는 뜻인 것 같았다.

다섯 시 귀사를 지켜온 내 입장에서는 이 날이라고 별다른 변화가 없었다. 그런데 B 대학병원의 강기자가 나를 흘끔 쳐다보더니 "5분이 늦었군, 내가 견습일 때는 분초도 늦지 않았는데" 했다.

나는 목례만 해보이고 내 자리로 가서 앉았다.

"5분 늦는 거사 칼같이 들어온 건데 뭘 그래. 공기자, 오늘 S대학병원에 갔었어요?"

추기자가 강기자의 말에 면박을 주면서 S대학병원에 들렀느냐고 물었다. 혹여 당신 출입처에서 이 날 취재한 것이 있으면 빠트리지 말고 보고를 하라는 뜻이었다.

"들르지 못했습니다…."

그런데 미처 내 대답이 끝나기도 전에, 취재부장이 데스크에서 소리를 높였다.

"공기자 취재보고서 적어 내십시요. 보고서에 오늘 들른 출입처며 취재내용을 시간별로 분류하여 적어 내십시요. 다른 기자분들도 모두 그렇게 해주시기 바랍니다."

"알겠습니다."

나는 전에 없이 책상마다 놓여진 인쇄된 취재보고서 용지를 앞으로 끌어당기며 대답했다. 부장이 추기자와 나 사이의 말을 자르듯 끼어듬은, 내가 각 출입기자들에게 개인별로 일일이 보고할 필요가 없다는 것을 암시하는 것 같았고, 또한 모든 기자들이 구체적인 취재일정을 써내라는 요구를 만만한 나를 통해 강조하는 것도 같았다.

"시간별로 분류하라는 뜻을, 이해하지 못하겠는데요?"

강기자가 취재부장을 향해 심히 못마땅한 낯빛이 되어 말했다.

"취재보고서 작성인데 어째 그 말이 이해가 안 되지요? 오전에 어느 출입처의 누구와 오후에는 어느 출입처의 누구와 어떤 내용의 취재를 했느냐를 묻는 겁니다. 아직도 이해가 되지 않습니까?"

"베테랑 기자들이 유치원생도 아니고…, 견습기자에게나 가능한 요구를 어찌 모두에게 하시는가 싶어 물어보는 것입니다."

"그렇게 하라는 상부의 지시입니다."

취재부장은 그 말 외는 더 하지 않았다. 의사회장 곧 신문사 사장의 부임에 따라 국장과 함께 입사한 취재부장은 강기자보다 세 살이나 아래인 38세의 출판계 출신의 중견 언론인이었다. 그는 자기 나이와 비슷하거나 두세 살 연상의 사람이 네 명이나 되는 기자들에게 비교적 조심스런 매너를 취하는 편이었다. 그러나 데스크로서의 자기 역할이나 책임감은 강한 사람이었다.

"내년 계약제 고용을 위해서 기자들 성적평가를 하는 것입니까?"

강기자는 거침없이 또다시 부장을 향해 내쏘듯 말했다.

"그럴지도 모르지요. 그러나 취재보고서 작성이야 편집국 규정으로 종전부터 해오던 것 아닙니까? 여러분들이 일방적으로 생략해버렸던 것이지요. 그런데, 요즈음 출입처에 나가지 않는 기자들이 많다는 보고가 들어오고 있거든요. 신문사에서는 출입처에 분명히 취재하러 나갔는데, 적당히 전화로 몇 마디 건네고는 자기들 볼일 보는 사람, 집으로 곧장 들어갔다가 오후 귀사시간에나 신문사에 맞추어 나온다는 정보도 들어오기 때문이지요."

부장의 말은 기자들의 아픈 곳을 찌르는 셈이었다. 근무연한이 오래된 기자일수록 그런 경우가 많다는 것을 나도 편집부 기자들에게서 들은 적이 있었다. 강기자는 단박에 대꾸를 하지 못했다. 그러나 납득할 수 없다는 못마땅한 낯빛으로 고개를 외로 꼬더니 갑자기 내 이름을 불렀다.

"공기자, 나 음료수 하나 뽑아 주겠어? 스트레스를 받으니 목이 바싹 타는구먼. 그런데 부장님, 내 생각은요, 어떤 방법으로 취재를 하든, 그러니까 현장에 가든 아니가든 살아있는 기사만 적어내면, 그것은 그 기자의 수완이고 능력이지 않겠어요? 기사만 써내면 되지 않느냐구요오."

강 기자의 말끝 억양에 장난끼와 비양거림이 묻어나기 시작했다.

"기사가 나오지 않으니까 문제지요, 어떻든 신문사의 요구인 기본적인 원칙을 여러분들은 따라 주시기를 바랍니다. 그것이 여러분들의 직분이고 의무이니까요."

나는 음료수를 뽑으러 편집국 밖으로 나가다가 부장의 매듭짓는 끝말을 들었다. 찬 음료수 캔 한 개를 뽑아 강 기자에게 건네었다. 강 기자는 고맙다는 인사말 한마디 없이 신경질적으로 뚜껑을 따더니 단숨에 마셔버리곤 빈 캔을 바른손으로 와지직 구겨버렸다.

6시경. 시종 굳은 표정인 채 마지 못한 듯 취재 보고서를 적어 데스크에 집어던진 강 기자가 자리에서 먼저 일어났다. 보고서의 내용을 검토한 데스크와 취재방향을 토의하거나, 또한 미처 끝내지 못한 취재부분을 전화로 보완하거나, 기획기사 혹은 중요기사는 미리 적어놓고 가는 등, 7시는 넘어야 대부분 퇴근하게 되는데 그는 그냥 일어서 버렸다.

더욱이 편집국장도 귀사하기 전이었다. 어쩌다 부재중인 국장도 최소한 6시 30분까지는 귀사하여 기자들의 보고를 듣는 등 그날의 마무리에 참여하는 편인데 강 기자는 무시해 버렸다. 그런데 추 기자도 백 기자도 문기자도 취재보고서만 넘겨놓고 잇따라 일어났다.

"아직 국장님도 들어오시지 않았는데요. 귀사중이시라니까 좀 기다리는 게 좋을 것 같은데요."

부장이 고참 기자들의 조기 퇴근을 만류했다.

"모범을 보이셔야 할 국장께서 5시가 넘도록 들어오시지 않으니 기자들이 모두 자유롭지요. 보고서 적어내고 쓸 기사 없으면 퇴근하는 것도 원칙이지 않겠습니까? 기본원칙대로 하자면서요? 그렇게 한다구요."

역시 강기자가 부장의 만류에 치기스런 반응을 보이면서 편집국 문을 거칠게 열고 나가고 추기자와 백기자도 이어 나갔다. 그러자 보건 협회와 각 연구기관, 제약회사, 개업의원 출입처의 기자들도 들썩거리더니 연달아 나가고 차장까지 퇴근해 버렸다. 취재부에는 부장과 나 그리고 5년차인 선우 기자 등 세 명만 남게 되었다.

국장은 정확히 6시30분에 귀사했다. 의사회 사무국장과 임원회의에 다녀오는 듯, 함께 들어왔다.

"아니, 아침에 경고를 주었는데도 이렇게 안들어 왔단 말입니까?"

국장은 들어서면서부터 취재부의 빈 책상들을 둘러보며 말했다. 기자들이 들어오지 않은 것으로 짐작하는 것 같았다. 부장이 머뭇거리며 말했다.

"들어왔다가 퇴근들 했습니나."

"퇴근이요? 무슨 소립니까? 보고서도 기사들도 쓰지 않고, 국장도 들어오지 않았는데 그냥들 나갔단 말입니까?"

"보고서를 적어내 놓고, 원칙대로 하자면서 퇴근들 했습니다."

"원칙대로?"

"국장님 말씀대로 보고서에 취재 시간까지 구체적으로 적으라 하고 그것이 기본원칙임을 강조했더니, 그렇게 되었습니다."

"그래요? 하긴 자기 할 일 분명히 하고 다닌다면야 퇴근시간이야 빠를 수도 있지. 어떻든, 오늘은 다 들어 왔었단 말이지요?"

"그렇습니다."

"당장은 기강 잡기가 쉽지 않겠지만 점차 나아지겠지. 사람들이 말이야, 어떻게 4일간의 취재기간 동안에 하루정도 출입처에 나가는 것으로 공밥을 먹으려 드느냐 이거지."

나와 함께 취재부에 남아있던 5년차 선우 기자의 휴대폰이 요란하게 울렸다.

"알았습니다, 나가겠습니다."

나는 직감적으로 앞서 나간 기자들이 한 곳에 집결하여 선우 기자를 불러냄을 알 수 있었다. 그는 책상위에 벌려 놓았던 자료들을 거두어 정리하곤 부장에게 꾸벅 머리를 숙여 보이곤 나가버렸다. 물론 나에게는 누구도 전화를 걸어주지 않았다. 아무리 견습의 올챙이 기자라 해도 행동을 같이하는 일에는 끼워 줄 법도 할 것 같은데, 완전히 미운털 박힌 오리 신세가 된 기분이었다. 쓸쓸했으나 그렇다고 마음이 상할 정도는 아니었다. 나 또한 이날은 여느 때보다 30분 정도 이른 시간인 7시 30분경에 사무실을 벗어났다.

청진동의 소문난 집 '반상촌' 에서 곽건일씨를 만난 것은 8시30분경이었다. 그는 예상한대로 30대 후반이라 했다. 그러나 가까이서 마주본 그의 얼굴은 40대 중반 쯤이라 할 만큼 주름이 많고 겉늙어 있었다.

"공찬우씨, 공형이라고 했지요? 나보다는 5, 6년은 젊어 보이는데… 올해 얼맙니까?"

그는 술탁을 마주하고 앉자마자 내 나이부터 따졌다.

"제대로 보셨습니다. 30대 초반입니다."

나는 실제 그보다 십여년이나 아래였지만 숫보기로 보이고 싶지 않아 다르게 대답했다.

"결혼 했어요?"

"아직이요."

"무슨 제약회사라 했지요?"

나는 그에게 제약회사 세일즈맨이라 했지 회사이름을 밝힌 적은 없었는데 그는 들었던 것으로 기억하는 것 같았다. 나는 거짓말을 더 이을 수가 없었다. 미안했던 것이다.

"사실은 전문지 기자입니다. 기자라고 하면 경계하실 것 같아서 거짓말을 했습니다."

"지금은, 경계할 것이라 생각되지 않아요?"

남자는 어떤 표정의 변화도 없이 그렇게 반응했다.

"그렇습니다."

그는 소주와 족발을 주문하고는 나에게 담배부터 권했다.

"공형이 어떤 직업이든 나는 개의치 않아요. 다만 공형의 인상이 선량해 보이고 그 소녀의 말을 나처럼 사실로 믿고 있다는 그 점이 반가웠을 뿐이니까."

"동감입니다. 소녀는, 다시 정신병원에 강제 입원이 되었겠지요?"

"아마 그럴 겁니다. 새엄마라는 여자는 장례를 치르면서도 재산 상속을 자기 앞으로 몽땅 옮기는 머리만 굴리고 있겠지요. 소녀가 정신이상자로 진단되어 있으면 자녀에게의 상속분도 일단은 보호라는 측면에서 자기가 관리할 테니까. 결국 전처 아이를 정신병원에 강제 입원시키면서 여자는 꿩 먹고 알 먹고 팔자가 늘어지게 되겠지."

술과 안주가 들어오고 내가 먼저 그에게 술을 부어 올려 연장자의 예를 치르는데도 그는 건성으로 술잔을 받으면서 말을 중단하지 않았다.

"소녀의 인생…, 여리디 여린 새순은 피어나지도 못하고 된서리를 맞아 비틀거리게 된 거지. 소녀가 가엾어서, 아이의 비명소리가 내 가슴을 찢더라구. 그런데, 그런데 어떻게 그 아이를 구원해 주느냐 이거지. 이봐요, 공형! 당신이 기자라면 그 병원 중환자실 기록을 알아볼 수 없을까? 소녀의 주소를 찾아서 어느 정신병원에 입원시켰는지, 그 소녀가 미치지 않았음을 어떻게 증명해낼 수 없을까? 우리가 그 아이를 살려 줄 수가 없을까? 새엄마의 농간에 공모한 의료진과 젊은 년을 벌 줄 수는 없을까?"

남자는 사뭇 흥분상태로 접어들고 있었다.

"나에게도 한잔 주셔야지요?"

남자는 내가 건네는 소주병을 받아들고 또한 내가 내미는 술잔에 술을 따라주기는 하면서도 마음은 그 행위에 있지 않았다.

"맞아! 공형이 기자라니 정말 가능하겠네! 당신이 맘만 먹으면 그 소녀를 구할 수가 있겠어. 그렇지, 내가 후면에서 당신을 적극 도울 테니까 한번 앞장서 봐요. 적어도 이 사회에 정의가 살아있다는 것을 우리가 보여주자구, 우리가….”

“술부터 한잔 하십시다.”

첫 만남에서 첫 술잔이니 형식적이나마 서로 한번 부딪치고 마셨으면 했으나 남자는 당신의 말속에 갇혀 술을 함께 나누는 과정 자체에는 전혀 관심이 없었다. 나는 첫잔을 마신 후 연거푸 두세 잔을 자작으로 부어 마셨다. 그는 ‘가정 파경의 위기’ 에서 점차 ‘사회의 정의’ 니 ‘썩은 정치판’ 이니 ‘정부의 부패’ 로 끊임없이 자신의 논조를 변화시키면서 그나마 지극히 상식적인 내용을 힘주어 역설하느라, 상대와 대화를 나누는 부분에는 여전히 관심이 없었다. 놀랍게도 끝없이 당신의 말만 펼치고 있었다. 나는 흡사 그의 쌓인 말의 배설을 받아주기 위해 자리를 같이한 사람처럼 숫제 끼어들 것을 포기하고 혼자 술을 마시고 안주를 포식했다. 술과 안주로 시장기를 면한 나는 사실 그의 말을 제대로 경청하고 있지는 않았다. 다만 진작부터 생각해온 소녀의 정신병원 입원여부는 필히 알아보아야 되겠다는 다짐은 했다.

남자의 말은 계속 이어지고 나는 서서히 피곤해지기 시작했다. 교감이 없는 일방적인 언변에 가끔씩 반응을 보여주자니 적잖이 힘들어지면서 짜증도 끓어오르기 시작했다. 구름 속에 달 가듯이 쉴 새 없이 이어지는 남자의 언변은 몸에 밴 습관인 듯했다. 테마가 수시로 바뀌어졌다. ‘지난 군대생활’ 이야기가 진행된다 싶더니 ‘북핵문제’ 로 옮겨와 있고 어느새 ‘촛불시위’ 에서 ‘독도문제’ 로 이어졌다.

한 시간여가 흘렀다. 나는 담배만 피우며 듣는 척 해주다가 먼저 일어날 생각을 했다. 대화를 할 수 있는 성격의 소유자가 아님을 깨달았기 때문이다. 상대에 대한 배려나 기본적인 예의가 갖춰져 있지 않은 사람으로 비로소 판단되었던 것이다. 나는 조금은 퉁명스러운 음성으로 그의 말을 잘랐다.

“부인이 중환자실에 계신다면서요? 이제 병원에 가 보셔야 할 시간이 아닌가요?"

그가 순간 머쓱해하는 표정이 되더니 "아, 괜찮아요. 깨어났어요. 내일이면 일반 환자실로 옮긴다구, 후후… 이봐요, 공형, 아직 당신은 결혼을 안했다니 그런 고통은 겪지 않겠지만…" 하면서 침을 꿀꺽 삼켰다. 그리고 손짓까지 아우르며 빠르게 말을 이었다.

"나는 요즘 살판났다구! 아내가 교통사고로 한 사흘간 의식을 잃었다가 이제 깨어났지만, 아직도 일주일가량은 병원에 있어야 한다니 편한 시간을 더 벌었다는 거지! 여자가 웬만한 음녀라야말이지, 당신 색골이라는 말 들어봤이? 색에 걸신들린 여자, 우리 집 여자가 그렇다구, 밤마다 사람을 달달 볶아, 잠을 안 재워. 밤이 지옥 같다는 말 믿겨져? 당신나 좀 자세히 봐, 껍데기뿐이지. 밤마다 잠 못 자고 골수 다 뽑히니 10년은 더 늙었다구. 차라리 홍등가 직업여자로 나섰으면 자기 갈증은 풀렸을지 몰라, 선천적으로 뜨거운 몸 타고나서 나 하나만 쳐다보는 여염집 주부로만 살자니 본인도 기가 막힐 거야. 병적이라구. 거기다 내가 조루거든, 그래서 처음에는 절정을 못 느껴서 그런가보다라고 맞춰주려 애썼는데 그게 아니야. 매번 짧은 순간에도 혼자 오르가즘에 오른다구. 껄떡숨넘어가는 가사(假死) 상태로 얼굴이 하얘지는 거야…. 히히, 이 친구봐, 흥미 있는 모양이네? 갑자기 동공이 확대되는 걸 보니. 더 들어보라구, '오르가즘' 이란 게 바로 최고의 경직상태가 되는 것이라고 성의학 박사가 말하더라구. 전신의 근육이 최고로 경직되는 상태라 운 나쁘면 뱃속의 장기에 병변이 생겨서 죽는 수도 있다고 하더란 말이지. 남자의 복상사가 바로 모델감이지. 그런데, 여자도 오르가슴 상태로 죽는 수가 있다는 거야. 우리 집사람 매번 그렇게 숨 꺽꺽 넘기면서 얼굴이 하얘지면 나는 그만 가슴이 철렁 내려앉아, 히히… 그런데…."

그는 그야말로 숨도 쉬지 않는 듯 키들거리기조차 하며 계속 떠벌였지만, 나는 웃음 머금은 얼굴로 또 다시 그의 말을 잘랐다.

"곽선생님, 안방 내밀한 이야기를 마구 이렇게 말씀하셔도 됩니까? 이제는 정말 병원에 가보셔야지요. 나도 그만 일어나야 되겠습니다."

내가 자리에서 기어이 일어날 자세를 취하자 그가 팔을 뻗어 내 손목을 붙잡았다.

"이제 10시 좀 넘었는데 뭘 그래, 10분만, 아니 20분만 더 앉아요. 아니, 내 아내 이야기라 해서 공형이 내 아내를 아는 것도 아니고 만날 일도 없는데 뭘 그래. 내가 오죽하면 미친놈처럼 이렇게 떠들어댈까? 나도 병적인거 알아, 하지만 나는 이렇게 쌓인 말을 주기적으로 뱉어내지 않으면 머리가 터질 것 같거든. 아무도 내 말을 들으려 하지 않아, 자식도 친척도 동료들도 다 그래, 그렇다고 하늘보고 면벽하고 혼자 떠들 수는 없잖아. 콩팥이 기능을 못해서 몸에 독소가 쌓여 혈액투석으로 독을 뽑아내지 않으면 위험한 것처럼, 나도 머리 속에 가득 쌓여 암덩어리로 결석화 되는 내 생각의 편린들을 쏟아내야 한다구. 당신이 운 나빠서 그만 내 말을 들어주는 대상이 되어 미안한데, 듣다보면 유익한 부분이 있을지도 몰라. 색골 아니, 색마, 내 아내 말이요. 178센티에 95킬로였던 헤비급 내 몸뚱이를, 보시는 바와 같이 결혼 15년 동안에 60킬로의 말라깽이로 만들어놨어. 요즘, 내 속셈이 뭔지 알아? 아내가 내 곁을 떠나주는 거라구. 차라리 바람을 피워주면 손뼉을 칠 것 같은데 오로지 나뿐이야…. 기어이 내 피를 말려버릴 작정인 것 같아. 나를 너무 사랑하여 숫제 흡입해 버리고 싶대, 밤마다 그래…, 무서워…."

남자가 잠시 말을 끊고 손끝을 떨며 담배에 불을 붙여 물었다. 수전증인가 했는데 실제 마음이 두려운 모양이었다. 소주도 한 잔 단숨에 들이켰다. 남자의 상태가 가볍게 보아 넘길 증상이 아니라는 느낌이 들었다. 정신과 의사를 찾아야 할 사람은 바로 이 사내여야 할 것 같았다. 좀 어처구니가 없는 기분이기도 했지만, 그러나 간절한 눈빛으로 나를 응시하는 남자의 분위기에 발목이 잡힌 듯 어떻게도 당장 행동을 할 수가 없어 멈칫거렸다.

"솔직히 내 속이, 내 은밀한 심층바닥의 음모가 무어였는지 알아? 그 소녀의 계모처럼 나야말로 내 아내가 의식불명 상태에서 영원히 깨어나지 않기를 바랐어, 간절히… 깨어나지 말라구 빌었지, 내가 죽일 놈이지… 그녀로부터 해방되고 싶었거든. 음녀의 바닥없는 늪에서 헤어나고 싶었다구… 진심이었어…."

남자가 내 눈 속을 뚫어져라 주시하면서 울 듯한 표정으로 말했다. '진심이었다'는 끝말에서는 실제 울음을 참는 아이처럼 입귀를 비죽였다.

"내가 언젠가 이느 술사리에서 밤마다 나를 너무 좋아하는 아내 때문에 이혼하고 싶다고 했더니, 옆에 있던 사람들이 호강에 쩌죽을 미친놈이라고 하더군. 복에 겨워서 돌아버린 놈이라구. 내용도 알지 못하면서 일축해 버리더라구…. 그때부터 사내들에 대한 의문점 하나가 내 머리를 또 죄는 거야. 진정 음녀 아내를 남편들은 선호하는 것인가 하고 말이야. 그런데 공형! 지금 내 속에서 용암처럼 뜨겁게 달구어지는 음모가… 무언지 알아? 아내를…, 은밀히 살해하고 싶다는 거지…."

남자의 소리는 자신도 의식 못하는 듯 갑자기 높아지고 있었다. 보통 남자라면 음성을 낮추어야 할 부분에 높이고 있는 것이었다. 옆 술탁의 중년 남자들이 우리 쪽을 향해 고개를 돌렸다. 진작부터 남자의 말을 흘금흘금 엿듣고 있었던 듯 너댓 사내들의 얼굴에 장난스런 웃음기가 넘치고 있었다.

"허, 거기에 나 같은 사람 또 있네!"

술기운 탓일 터였다. 그들 중 나이가 꽤 들어 보이는 구레나룻의 남자 하나가 말을 받았다. 그러자 곽건일이 십년지기라도 만난 듯 손을 번쩍 들어 보이며 "동지여!" 하고 소리쳤다. 옆 술탁의 구레나룻 남자도 손을 들어 화답했다. 곽건일은 술잔을 들고 옆자리로 엉덩이를 밀고 갔다. 상대가 합석을 원하는지 여부는 아랑곳없이 그냥 엉덩이를 밀고 갔고 그들은 조금씩 몸을 비껴 자리를 만들어 주었다.

"나 먼저 가겠습니다. 계산은 하고 나갑니다."

그가 나를 초청했으니 술값은 그에게 미루고 술집을 나올 수도 있었지만 언변을 펼치느라 술도 안주도 제대로 들지도 않은 그에게 넘길 수도 없어 내가 값을 치렀다. 뭔가 많이 허전한 기분이었다. 턱없이 시간과 에너지를 소모한 것 같고 뭔가 내가 알지 못하는 분야의 간접체험을 한 것 같기도 했다.

내가 집에 도착했을 때는 11시에 가까웠다.

가장 늦게 귀가하는 아버지의 낡은 구두가 현관에 놓여있음을 보고 출입문을 잠갔다. 그리고 곧장 화장실로 들어가 바가지로 찬 물을 뒤집어썼다. 양변기와 세면기, 거기다 작은 세탁기까지 들어있어 혼자 서있어도 꽉 차는 좁은 화장실이지만 그래도 벽면에 샤워기 한 대는 달아야 하겠다는 생각을 한다. 이 작은 아파트에서 20여년을 살았건만 이날따라 플라스틱 바가지로 물을 뒤집어쓰려니 처량한 생각이 들었다. 사실은 이날만 그런 것이 아니라 이즘 들어 시설 좋은 직장건물과 규모 큰 병원 등을 돌아치다 보니 몸이 편한 것에 적응이 되면서 느끼는 불편함 때문이었다.

마루에 군용요판을 깔았다. 한 낮에는 30도를 오르내리는 기온이 밤이어선지 활짝 열어놓은 베란다 창으로 그나마 감질 맛 나는 바람이 들어왔다. 그런데 이상하게 집안이 조용하다는 느낌이 들었다. 모두가 깊이 잠든 탓이겠거니 생각했다.

요판에 네 활개를 벌리고 드러누워 이날 하루의 일을 떠올려보기 시작했다. 찜찜한 것은 기자들의 나에 대한 견제와 소외행위였다. 그러나 끝까지 자신하는 것은 그들에게 내가 잘못한 행위가 없다는 점이고, 다만 신문사의 제도가 바뀌어지는 시점과 내 직급이 어울려 데스크가 만만한 나를 이용하는 통에 오해가 생기는 것이라고 생각했다. 그리고 또 한 가지, 멀쩡한 소녀가 정신병동의 두꺼운 쇠창살 속에서 억울하고 원통함에 실제 정신에 이상을 일으키는 것은 아닌지, 가슴이 아파지는 것이었다.

잠이 쉬 들것 같지 않았다. 벌떡 일어나 주방에서 물 한 컵을 따루어 마셨다.

"정말 왜 이렇게 조용하지?"

다른 날 이 시간쯤이면 식구 한두 명 쯤은 화장실을 들락거리거나 아기의 칭얼거림 등이 있어야 했으나 자정이 가깝도록 인기척이 없었던 것이다. 나는 안방 문을 살그머니 열어보았다. 아버지는 깊은 잠에 들어있었고 뜻밖에도 새어머니가 장롱 한쪽에 웅크려 자고 있었다. 아기 때문에 건넌방에 기거한지 꽤 되었지만 어쨌거나 아버지와 화해가 된 것이려니 싶어 방문을 소리 내지 않고 닫았다.

이어 건넌방 문을 열어 보았다. 찬수가 네 활개를 펴고 코를 유난히 골며 자고 있고, 놀랍게도 아기가 없었다. 가슴이 철렁 내려앉았다. 방으로 들어가 찬수를 흔들어 깨웠다. 찬수가 얼굴을 찌푸리며 돌아누웠다.

"야, 아기 어디 갔어?"

"으음… 보냈어, 보냈어…."

"보내다니? 아기 엄마가 데려갔어? 정신 차리고 제대로 말해봐."

찬수의 어깨를 힘주어 흔들면서 상체를 억지로 일으켜 앉혔다.

"… 입양 보냈어…."

"……"

나는 대꾸를 하지 못하고 찬수의 얼굴만 주시했다.

"…형이 내 자식 아니라고 했잖아, 근데 정말 갈수록 나를 닮지 않았잖아, 거무티티한 피부와 왕방울만한 큰 눈과 납작한 코 흑인머리처럼 살갗에 꼬불꼬불 달라붙은 곱슬머리 등이, 내 얼굴이 영 아니잖아, 그래서 입양시설에 데려다 주었어…."

나는 여전히 아무 말도 하지 못했다.

"왜 암 말 안 해? 형이 원하는 대로 했는데 칭찬해야지. 형 말이 다 옳았어, 진작 보내버릴 걸 괜스레 우유 먹이고 밤 잠 못자고 똥 기저귀 갈아주고, 돈과 힘만 들었어…. 나, 잘 거야…."

찬수는 다시 자리에 드러누워버렸다. 왜 명치께에 찢어지듯 통증이 오는지 알 수가 없었다. 맑고 천진한 큰 눈과 곱슬머리와 가무잡잡한 살갗과, 눈이 마주치면 방긋대던 아기의 모습이 클로즈업 되어 오면서 가슴이 계속 쩌엉하니 저려왔다.

친부모가 데려가지 않는 한 어디에서 키우든 입양아임에는 틀림없지만 그러나 친손자 친자식이라 믿고 있는 사람들에게서의 양육이 좀 더 따뜻할 수 있을 것이라는 생각은 했다. 하지만 친 혈육이 아님을 알고 난 이후의 그들 모자의 양육방법을 짐작해서는, 차라리 하루빨리 시설로 보내어짐이 아기를 위해서도 나은 일이라 생각되었다.

다음날 이른 아침. 식구들이 화장실을 들락거릴 시간이었다.

나는 다른 날보다 일찍 일어나 마루바닥에 깔고 잔 군용요판을 베란다에서 털고 있었다.

화장실을 다녀나오던 새어머니가 대뜸 내 뒤통수에 대고 "네 속이 시원하겠구나? 혹덩어리가 없어져서" 했다. 시설로 데려다 준 아기를 두고 하는 말 같았다. 그러나 오는 말이 곱지 않아서 그 사실을 전혀 알지 못하는 척 했다.

"무슨 말입니까?"

"몰라서 물어? 네가 찬수자식 아니라고 그토록 입방아 찧던 핏덩이를 입양시설에 갖다 주었으니, 시원할거다 이 말이지."

"그래요? 잘 하셨네요. 진작 데려다 주었어야죠."

"그러는 거 아니다, 너는 자식 안 놓고 살 것이냐."

그녀의 소리가 계속 비윗장을 긁었다.

"당연히 장가들면 나도 자식을 낳지요. 그런데, 무슨 말이 그래요? 그 아기 나 때문에 보냈어요, 찬수자식 아니니까 보낸 거 아닌가요?"

"자식인지 아닌지 어떻게 알아, 검사도 안 해봤는데."

"친자감별 해보지 그랬어요? 피검사 한 가지만 해봐도 금방 드러날 것인데, 해보나 마나였던 모양이지요? 내가 새어머니 입장이라면요, 아버지나 나에게 죄송하고 미안해서 사과라도 먼저 하겠건만, 마치 나 때문에 아기를 보낸 것처럼, 그렇게 덮어씌우면 안 되지요."

그때 아버지가 안방에서 나왔다. 나와 새어머니를 번갈아 보면서 아침부터 무슨 일이냐고 했다.

"핏덩이 보냈다고 하니까, 저렇게 잘난척 말이 많네요."

새어머니가 그렇게 대꾸하면서 주방으로 들어가 버렸다. 나는 어이가 없는 눈빛으로 그녀가 들어간 주방 쪽을 멀거니 바라보았다. 아버지가 눈짓을 했다. 따지지 말라는 사인이었다.

새어머니가 마루에다 둘레상을 놓았다. 찬수가 학교를 핑계로 언제나 제일 먼저 조반을 먹는 편인데, 이날 아침 유별하게 마루에다 둘레상을 놓는 것은 다 함께 식사를 하자는 뜻인 것 같았다. 나는 그녀를 마주보면 밥이 제대로 넘어갈 것 같지 않았지만, 함께 앉았다. 그런데 아버지가 마지막으로 자리에 앉자마자 새어머니가 목청에 힘을 주며 말을 꺼냈다.

"이제 당신들 소원대로 핏덩이도 보냈으니까, 옛날같이 월급봉투는 나에게 넘기세요."

아버지와 내가 고개를 들고 그녀를 쳐다보았다. 서둘러 마루에 둘레상을 놓은 이유를 알 수 있었다. 아버지가 들었던 수저를 밥상 위에 탁 놓아 버렸다.

"그렇게 못하겠어. 가정 운영은 내가 한다. 지금처럼 필요한 생활비만 적어 내."

새어머니가 이맛살을 왈칵 찌푸렸다.

"감질나서 못쓰겠어. 어떤 집이고 주부가 가정을 운영하지, 남자가 하는 집 없어요."

그러자 찬수가 제 엄마의 역성을 들었다.

"그럼요, 아빠, 아빠가 쪼잔하게 왜 그래요. 엄마에게 전부 맡기세요. 과외 · 학원 안하니까 안나갈 것이고."

"너는, 입 닥치고 있어"

내가 화를 내며 찬수의 말을 막았다.

아버지가 찬수와 새어머니를 새삼 응시하며 목소리에 힘을 주었다.

"잘 들어. 그래, 그동안 나를 속이고 나와 찬우에게 엄청난 피해를 끼친 과거, 너희 모자 하는 것 봐가며 접도록 노력하마. 이제 다 함께 새로 시작해보는 거다. 찬수는 학교 끝나면 기술학원을 나가도록 해라. 어떤 기술이든 네가 평생 밥 벌어먹고 살 수 있는 기술을 배우도록 해라."

그때 새어머니가 아버지를 노려보며 말했다.

"그러는 게 아닙니다. 젊디젊은 아이를 재수도 안 시켜보고 기술자로 만들어 버리면 안 되지요. 내년 한 해 재수시켜서 전문대학이라도 보내야지요."

"꿈도 크다. 아직 정신을 못 차렸군. 기술자가 어때서, 제대로 기술 한 가지라도 가질 수 있을지 그것도 불확실한 판에 대학을 보내겠다구? 허영과 탐욕 접어. 적성과 능력대로 살아야지 안 될 일 물고 늘어지면 시간 낭비에 돈만 버려, 사람까지 병신 만들어. 사내가 기술 한 가지만 가지면 더 이상의 재산이 없는 거야."

찬수가 나섰다.

"아빠 말씀 맞아요. 대학 가라면 나는 또 집 나갈 겁니다. 공부의 '공' 자만 들어도 멀미가 나고 구역질이 나거든요."

새어머니가 찬수의 얼굴을 찌를 듯 쏘아보면서 혀를 찼다. 아버지가 다시 음성에 힘을 주었다.

"내 말 아직 끝나지 않았어. 찬수엄마는 더 늙기 전에 나가서 일을 해

라. 내 월급 눈독 들이지 말고 무슨 일이든 해서 돈을 벌어. 노후를 위해서 한 살이라도 젊었을 때 벌어두어야 늙어서 굶지 않아. 꿈에라도 내 도움 바라지 마라. 어떤 등신이 밑 없는 독에 물 붓기 식인 당신 같은 여자에게 계속 돈을 주겠어. 물론 기본적인 생활비는 지금처럼 품목별로 내가 지급한다. 가장인 도리는 할 것이니까."

"남편이 멀쩡하게 살아있는데 내가 왜 나가서 돈을 벌어? 남편 얼굴에 똥칠하는 일이지. 그리고 나는 절대로 노동은 안해. 나는 이집의 가정부가 아니고 주부고 아내이니까 가정 운영권은 당연히 내가 가져야 하고 이달부터 월급은 다시 나에게 넘겨야 해. 그것이 순리니까."

아버지가 새어머니의 말을 듣고 그냥 웃어버린다.

"이것 봐. 꿈 깨라. 너는 주부로서도 어미로서도 아내로서도 이미 자격상실이 된 여자야. 자기자리 찾고 싶으면 몇 십배, 몇 백배로 노력을 해야지. 너보다 10년, 20년 연상의 사람들도 청소부 · 간병인 · 파출부로 일하는 사람 많아. 남편 얼굴에 똥칠? 핑계대지 마라. 나 전혀 아무렇지 않으니까 길다란 손톱 잘라내고 일터로 나가. 허구한 날 얼굴에 떡칠하듯 화장하고 손톱 다듬고 화투치고 수다 떨며 동네방네 돌아치고 다니는 것이, 바로 남편 얼굴에 똥칠하는 거야? 명심하고 일자리나 구해."

나는 새삼 아버지를 쳐다보았다. 아버지의 기강잡기 대처가 마음에 들었지만 반응을 보이지는 않았다.

그렇게 보아서인지 이즈음 아버지의 얼굴은 많이 밝아지고 혈색도 좋았다. 체중도 조금은 늘어난 것처럼 보였다. 생각을 달리 하기 시작하면서 확실히 마음도 몸도 여유로워진 것 같았다.

"찬우도 이제는 건넌방으로 들어가거라. 마루에서 그간 고생이 많았다!"

아버지가 나를 향해 말했다.

"여름에는 마루에서도 견딜만해요."

내가 겸손의 말을 하자 찬수가 끼어들었다.

"형 말이 맞아요. 아빠, 건넌방은 작아서 사실 저 혼자 자도 꽉 찬다구요."

"그래서, 너 혼자 건넌방을 사용하겠다는 것이냐? 그래, 여름에는 너하고 형하고 번갈아 방과 마루를 이용하면 되겠구나, 오늘부터는 찬수가 마루에서 자거라."

"안돼요 아빠, 제가 어떻게 마루에서 생활해요?"

"네 형은 네 놈 때문에 지금까지 마루에서 생활했다. 너는 형에게 미안하지도 않으냐? 어떻게 니들 모자는 철면피처럼 철저하게 자기들 중심이고 이기적인지, 그리고 도무지 반성하는 점이 없는지 딱하다. 계속 가족으로 함께 얽혀 살아볼 생각들이면, 무엇이든 내가 하자는 대로 해."

아버지는 더 이상 말을 하지 않겠다는 듯 수저를 들었다.

"아빠, 내가 아빠의 자식이고, 우리는 어쩔 수 없이 가족인데 마치 내가 남인 것처럼 왜 그렇게 자꾸 섭한 말씀을 하세요…."

찬수가 따지듯 볼멘 목소리로 아버지를 쳐다보았다. 내가 나섰다.

"네가, 이 집 가족답게 학생답게 살았느냐? 가족이란 생각이면, 이제는 너도 새어머니도 아버지와 나를 속일 생각은 두 번 다시 하지마라. 지금 아버지는 너와 새어머니에게 배신을 당하시고서도 배전의 노력을 하면 다시 가족으로 받아들이시겠다는 뜻을 말씀하시는 거야."

그때 새어머니가 발끈했다.

"네 놈은 갈수록 건방지기 짝이 없구나, 네 놈이 감히 나를, 부모인 나를 단죄하듯 말할 수 있단 말이냐?"

"이놈 저놈 하지 말아요. 내가 아버지를 생각해서 아직은 대접을 하고 있다는 사실을 아셔야 합니다."

"도대체, 엄마하고 형은 왜 그래? 왜 서로가 죽어라 미워하는 거지…. 엄마는 형이 왜 그렇게 미운데? 형만 보면 왜 먹은 것이 올라오고, 닭살이 오르고, 머리가 어지럽고, 밥이 소화가 안 되는데?"

"시끄러-"

새어머니가 찢어지는 소리를 질렀다.

나는 입귀를 일그러뜨리고 웃고 말았다. 나 역시 그것 이상이라는 말은 하지 않았다. 자신이 아버지의 혈육이라는 점을 조금도 의심하지 않는 찬수는 마치 어리광을 부리듯 가족들 속에서 화해의 제스처를 썼다. 아버지는 더 말이 없었고 나도 입을 닫았다.

연희 누나를 떠올렸다. 오피스텔 문제에 대해 주말까지 대답을 해 달라던 말을 새삼 상기했다. 누나를 만나보아야 하겠다는 생각을 굳혔다. 뭔가 차제에 이쯤에서 변신을 해야 되겠다는, 나름대로의 생각을 굴려본 것이다. 그러나 현실적으로는 막막했다.

그런데 이 날 아침, 함께 출근길에 나선 아버지로부터 뜻밖의 말을 들었다.

"찬우야, 어디 변두리에 전세방 하나 구해보아라. 오피스텔인가 그런 것도 월세가 있다던데…, 너라도 우선 마음 좀 편하게 해주고 싶구나."

나는 두 눈이 번쩍 뜨여 아버지를 쳐다보았다. 마치 내 속마음이 들켜버린 것처럼 뜨끔했다.

"아버지… 무슨, 돈으로요?"

"아파트를 저당 잡히고 대부를 받으면 될 것이다. 월세를 얻게 되면, 네가 정식 월급을 받을 때까지 내가 대신 월세를 내주면 되지 않겠냐. 진작부터 나 혼자 생각했던 것인데 더 미룰 필요가 없겠다. 내가 월급관리를 하니까 여유가 생긴다. 세상에… 그동안 참 헛살았다…. 내가 너무 바보였어, 밑 없는 독에 물 붓기로 찬수 모자에게 그냥 들이부었으니…. 없어진 돈 원통하고 억울해도 방법이 없지만, 이제라도 내가 알았으니 그나마 다행이라는 생각이다. 한 번 생각해보아라."

"아버지 종합검진부터 받으세요. 미뤄온 치아 치료도 하시고요…."

"천천히 할 것이다. 요즘은 네 말대로 마음을 비우고 생각을 바꾸어선지 소화도 잘되고 체중도 조금 늘었다. 내 얼굴 좀 나아지지 않았냐?"

"밝아지긴 하셨어요!"

"찬수 모자, 저 인간들 어찌 하겠느냐, 혈육에 대한 진실을 모르는 찬수도 어찌 보면 불쌍하고…. 그 어미, 절대로 이혼 해 줄 여자 아니다. 지금까지 등신 같아 보이는 나를 움켜쥐고 내 월급 통째로 가로채고 그 잘난 아파트를 제 것으로 만들려다가 뜻을 못 이루었지만, 또 하나 나한테서 노리는 것이 있기 때문에 그냥은 절대로 물러날 여자 아니다. 내가 비실거리다가 큰 병 생겨 죽고 나면 내 퇴직금을 가로채거나 연금으로 돌려서 배우자인 제 년이 죽을때까지 타내겠다는 계산을 갖고 있는 것이다."

나는 무슨 내용인지 알 수가 없어 발걸음을 멈추고 아버지를 바라보았다.

"내가 기능직 공무원으로 20년이 넘었으니 정년 때 연금으로 만들면, 제 년이 배우자로 있는 한 월 지급액의 70%는 받을 수 있기 때문이다. 물론 내가 그리 쉽게 죽지 않을 것이고 또한 정년이 되어 퇴직금을 일시불로 지급받아버리면 그만이지만, 찬수 어미는 그것을 노리고 있는 거야."

"제가 집을 나가도, 아버지 혼자 괜찮으시겠어요?"

"괜찮다마다, 내가 찬수어미의 실상을 완전히 파악했는데 또 속겠느냐. 이제는 찬수어미가 콩을 콩이라 해도 내가 믿지 않을 정도다. 더구나 그년의 약점이며 속계산을 손바닥 드려다 보듯 환하게 읽고 있는데 내가 또 당할 것 같으냐."

"그래도 너무 심하게 다루지는 마세요. 마음만 바로 잡으면 늙어서는 아버지 친구가 될 수 도 있을 텐데요…."

"아서라, 20년 가까운 세월동안 네가 모르는 흉한 일들도 많았다. 너 하나 제대로 키워주기를 바라는 간절한 마음 때문에 참고 눈감아온 일이 한두 가지가 아니다. 실상을 다 알아버린 지금에사 찬수어미가 제 발로 걸어 나가기를 바랄뿐이지만 그래도 잘못을 각성하고 노력하면 넘어갈

까도 했는데, 봐라. 핏덩이 보냈으니 월급 다시 넘기라 하지 않더냐. 섬뜩했다. 어쨌거나 내 걱정은 조금도 하지마라. 지금 내 소원은 평생 상처만 받아온 네가 하루라도 마음 편하게 사는 것을 보는 일이다."

아버지는 새어머니를 완전히 포기한 상태인 것 같았다. 내가 모르는 흉한 일들이 무엇이었는지 진저리를 치듯 하던 아버지의 표정으로 미루어 가벼운 사건들은 아닌 것 같았다.그러나 그 내용을 조금도 알고 싶지는 않았다. 다만, 이미 아버지가 포기한 상태라면 오히려 그녀를 더 조심해야 할 것이란 생각이 들었다.

"시간 나는 데로 오늘 당장이라도 방을 알아보아라."

"알겠습니다. 하지만, 제반사에 조심하셔야 됩니다. 지난 일은 이미 과거사라 하더라도 그 여자가 아버지의 퇴직금을 구체적으로 노리고 있다면, 음식도 음료수도 조심하셔야 될 것입니다."

"글쎄다, 만만치 않은 네가 집에 없고 자기 혼자일 때 무슨 일이든 만들 수 있는 여자라는 점은 나도 안다. 그러나 찬수에게 아비가 없는 것 보다 있는 편이 나을 것이라는 판단과 또한 찬수가 사생아임을 알게 될까 두려워하고는 있으니 두고 볼 일이다. 네 말을 유념할 테니 내 걱정은 말거라."

애증, 별리, 가출

도시가 온통 찜통으로 후끈거렸다. 한낮의 햇살 속으로 나서기가 몹시 힘든 날이었다. 다행히 근무 주말인 이날 오전은 기사마감 시간이라 냉방이 잘된 사무실 안에서 보낼 수 있었다.

소나기가 한바탕 쏟아졌다.

나는 복도 끝 휴게실 창문을 활짝 열어놓고 담배연기를 뿜어내고 있었다.

빗살이 후두둑 바람과 함께 창안으로 몰려들었다. 신문사 일은 이미 종료된 후라 시간적인 여유는 있었지만 정신적으로 편한 상태는 아니었다. 30여분 전, 기사가 마감되자 기자들이 약속이나 한 듯 동시에 일어나 퇴근들을 했다. 역시 여느 때와 다른 일사불란한 행동들이었다. 마감 벨이 1시경에 울렸으니 늦은 점심시간이었다. 이 날도 한 장소에서 모이기로 되어있는 것 같았다. 물론 누구도 나에게 함께 동참하기를 권하지 않았지만, 나는 그들이 엘리베이터 앞에 집결하여 있을 때 슬그머니 끼어들었다. 어쨌거나 점심을 해결해야 될 시간이어서 특별히 그들의 눈치를 살필 것도 없이 자연스럽게 휩쓸렸던 것이다.

"견습기자가 땡 한다고 곧장 나가면 곤란하지 않은가?"

강기자가 그들 속에 끼어든 내 몸체를 새삼 훑어보며 그냥 넘어가지 않았다.

"배가 너무 고파서요…."

나는 미소를 머금고 강기자를 쳐다보았다.

"하긴, 병원 인턴이나 신문사 견습기자 팔자는 비슷하지. 일하는 데는 등신, 먹는 데는 걸신, 눈치 보는 데는 귀신, 3신의 팔자지…."

다른 기자들이 고개들을 끄덕이며 키득거렸다.

"선배님들, 어느 음식점으로 식사 가시는지 저도 따라가면 안 됩니까?"

나는 여전히 미소를 머금고 어리광을 부리듯 말해 보았다.

"그건 곤란하지."

역시 강기자가 거침없이 대꾸했다. 나는 원망스런 표정으로 강기자를 바라보았다.

"왜냐고 묻지 마, 그건 공기자가 더 잘 알테니까."

강기자가 내 얼굴 앞으로 자기 얼굴을 바싹 들이대며 마치 약 올리듯 말했다. 냉소까지 달고 있었다.

"글쎄요, 다른 이유는 도무지 알 수가 없고… 제가 3신의 존재라 그런 모양이지요…."

나는 체념하듯 혼자 소리처럼 중얼거렸다. 그들은 아무도 더는 반응이 없었다. 그리고 건물의 1층 로비에서 그들은 우르르 모두 내렸다.

"안녕히 가십시요!"

나는 그들의 뒷등을 향해 큰 소리로 인사를 했다. 추기자만 잠시 손을 들어 보일뿐 다른 기자들은 돌아보지도 않았다. 한숨과 함께 지하 2층의 콩국수 집으로 갔다. 혼자 그야말로 걸신들린 사람처럼 콩국수 한 그릇을 먹고 복도 끝 휴게실로 되올라왔던 것이다.

연희 누나에게 전화를 하기위해 휴대폰을 꺼냈다. 그런데 마침 복도 끝에서 누나가 커피 자판기를 향해 걸어오고 있었다. 소매가 없는 흰 원피스를 입어서인지 복도 끝으로 상큼상큼 걸어오는 그녀의 모습이 한 송이 백합처럼 보였다. 나는 얼른 커피를 한 잔 뽑아 다가온 그녀에게 건넸다.

"이제 막 누나께 전화를 드리려던 참이었어요! 오늘 오후 시간이 괜찮으시겠어요?"

"그럼, 연락 오기를 목을 늘여 기다리고 있었는걸. 편집국에 들렀더니 부재중이기에 바람 맞는가 했지. 정확히 10분 후에 주차장으로 내려와요. 매미소리도 들을 겸 교외로 나가자구!"

"좋습니다!"

그때 마침 내 휴대폰이 자지러졌다. 단비였다. 신문사 부근에 와 있다고 했다. 나는 당황스러워 하며 약속을 한 적이 없지 않느냐고 했다. 그러자 그녀는 주말에 취직턱을 내겠다고 말하지 않았느냐고 했다.

"일방적인 네 말이었지 약속을 했던 것은 아니잖아. 선약이 있어 만날 수가 없어."

나는 메마른 음성으로 잘라 말했다. 잠시 침묵을 지키던 단비가 "그럼 내일은 어떠냐"고 했다. 곤란하다고 대답했다. 단비가 전화를 끊어버렸다.

"여자친구?"

연희 누나가 커피 잔을 든 채 내 얼굴을 빤히 쳐다보며 물었다.

"예."

"그럼 10분 후에 주차장으로."

누나는 더 이상 궁금해 하지 않고 앞서 또박또박 다시 복도를 걸어가 버렸다. 그렇게 생각해서인지 그녀의 태도가 갑자기 칼로 자른 것처럼 명료하고 반듯하게 느껴졌다.

다시 들른 편집국은 썰렁하니 비어있었다. 데스크도 이미 퇴근한 듯 업무부 직원만 두 명 남아있을 뿐이었다. 나는 책상을 정리하고 지하 주차장으로 내려갔다. 회사 부근에 나와 있다는 단비의 전화가 마음에 걸렸으나, 그러나 당금의 나에게 중요한 일은 연희 누나에게서 오피스텔에 관한 내용을 듣는 일이었다.

"내가 조금 미안하다…."

연희 누나가 차에 시동을 걸면서 낮은 음성으로 말했다.

"무슨 말씀이십니까?"

"찬우씨 여자 친구의 시간을, 내가 뺏는 것 같아서."

"그렇지 않습니다. 그 친구는 언제나 일방적이어서 이런 경우가 잦습니다."

"뜨거운… 관계인가 봐…."

나는 그냥 미소만 머금고 말았다.

"미인… 일 것 같다?"

나는 그녀가 단비에게 유별스레 관심을 갖는다는 생각을 했다.

"본인은 그렇게 생각하고 있는 것 같아요."

"사귄지 얼마나 됐어요?"

"제대하고 다시 복학해서 부터이니 햇수로 3년째입니다."

그녀는 잠시 침묵을 지켰다. 나는 새삼 차창 밖의 하늘을 쳐다보았다. 한 줄기 소나기가 지나간 탓인지 하늘이 투명하리만큼 맑았다.

"그 여자친구와 결혼할 생각인가?"

그녀의 관심은 여전히 단비에게 있었다. 나는 그녀의 얼굴이 부드럽지 않음을 느끼고 있었다. 그렇다고 화를 내는 것은 아니지만 어떻든 가벼운 분위기는 아니었다.

"그럴 생각은 아닙니다."

내 대답은 명료했다. 그런데 마치 그 대답에 반응이라도 보이듯 휴대폰 벨이 자지러졌다. 단비였다.

"나 지금 너 회사 건물 로비에 와 있어. 잠깐 얼굴이라도 좀 봐."

"단비야, 나는 약속 때문에 밖에 나와 있어. 약속을 했어야지, 무턱대고 사무실로 나오면 어떡해."

단비가 음성을 깔았다.

"확실히 달라졌구나… 여자랑, 만나는 거니?"

"그래. 다음에 연락하자."

나는 휴대폰을 꺼버렸다. 차 속은 또 다시 침묵이 흘렀다. 왠지 계속 마음이 편치가 않았다.

"…이름이… 참 예쁘다…."

연희 누나가 말했다. 나는 대답을 하지 않았다. 그녀가 단비에게의 관심을 접어주었으면 싶었으나 그럴 생각이 아닌 것 같았다.

"한자로는 어떻게 되지? 순 우리말 이름인가?"

"감우(甘雨)라고 하나 봐요. 가뭄이 지속되던 해에 태어났는데, 태어나자마자 단비가 내렸다고, 그녀의 할아버지가 즉흥적으로 그렇게 지었다고 하더군요."

"할아버지가 멋진 분이시네! 보담도 단비씨가 행운을 가져 올 여인 같으다."

"글쎄요…."

나는 단비의 화끈하면서 활달하고 성급한 성품이 갑자기 쏟아지는 소낙비와 흡사한 부분은 있지만, 자기중심의 거칠고 일방적인 행동은 행운을 몰고 오는 분위기와는 거리가 멀다고 생각했다.

차는 양평 쪽으로 향하고 있었다. 내 입장에서야 그녀가 어디로 가든 맡겨버릴 수밖에 없었지만 가깝지 않은 거리라는 생각이 들었다.

"용문사 부근의 계곡에 아주 운치 있는 집이 있어!"

"좀 먼 거리인데, 힘드시지 않겠어요?"

"조금도…. 사실은 일영이나 장흥으로 갈까 했는데, 금방 장소를 바꾸었어!"

그녀가 약간은 흥분한 표정으로 나를 돌아보며 활짝 웃었다. 서울 근교로 데이트 장소를 물색하다가 왜 불현듯 양평으로 장소를 옮길 생각을 했는지 이유는 알 수가 없었지만, 나도 덩달아 웃었다. 다행히 길은 막히지 않았다. 그녀가 차의 속도를 높였다. 호수가 많은 도로 주변의 숲들이 유난히 햇살에 반짝임에 감탄사가 절로 터졌다. 한바탕 쏟아진 소나기로 폭염에 절은 잎들이 말끔히 씻겨진 탓일 것이었다.

용문사를 바른 쪽으로 낀 계곡의 한 자락에 깊숙이 위치한 산막 같은 집에 도착했다. 그 집은 골짜기의 가장 막바지에 엎드려 있어 더 이상은 찻길이 닦여져 있지 않았다. 그 곳에서 800m 위쪽에 군부대가 있다고 누나가 설명했다.

주인으로 보이는 푸근한 인상의 할머니가 차에서 내리는 연희 누나를 반겼다. 그리고 함께 들어서는 나를 보고 "하이구, 잘도 생기셨네! 어떻게 올 해에는 우리 연희아기씨 국수를 주시려나?" 했다. 노인의 호들갑스런 환영에 나는 얼결에 얼굴을 붉히곤 꿉벅 목례를 했다. 그리고 연희 누나가 나를 동생이라고 맞받아 소개를 할 것으로 알았다. 그러나 그녀는 노인을 향해 "잘 생겼지요? 노력하고 있어요!" 할 뿐, 따로이 나를 소개하지 않았다. 노인은 나와 연희 누나를 번갈아 바라보면서 "참 잘 어울리는 한 쌍"이라며 두세 번 거듭 고개를 주억거렸다. 연희 누나는 노인에게 작년의 그 장소를 치워주고 닭도리탕과 더덕구이 도토리묵을 만들어 달라고 했다.

인적 없는 골짜기에 물소리와 매미소리와 이름 모를 새소리가 가득 넘치고 있었다. 노인이 빗자루와 쓰레받기를 들고 집 뒤란의 숲이 우거진 오솔길로 들어서고 누나와 나는 뒤따랐다. 노인이 멈춘 곳은 자연수림이 울창한 물가였다. 밝은 햇살과 청량한 물과 바위와 푸른 숲이 마치 신선들이 노닐던 곳 같은 아름다운 장소가 눈앞에 펼쳐졌다. 몇 십 년은 되어 보임직한 머루나무와 달래나무 넝쿨이 얼크러져 하늘이 보이지 않는 곳에, 상판 같은 널따란 반석이 놓여있고, 그 위에 앉은뱅이 대평상이 얹혀진 장소로 우리는 안내되었다. 시원한 대평상 위에 나뭇잎이 떨어져 있고 노인은 빗자루로 그것을 쓸어냈다. 나는 노인에게서 빗자루를 건네받아 평상 위를 깨끗이 쓸어낸 후에 마른걸레질을 하고 연희 누나를 앉게 했다.

"이 집은 드러내놓고 식당을 하는 집이 아니고, 몇몇 단골들만 친척처럼 가장하여 가끔 찾아오는 산막이야. 여자 친구들과 매년 한 번씩 찾아왔던 것인데, 올 해는 남자와 함께 오니까 할머니가 놀라신 모양이야!"

"정말 아늑하고 아름다운 곳입니다! 인적 없는 깊은 산 속의 계곡, 더 이상의 피서가 없을 것 같은데요!"

내 말에는 가감이 없었다. 짙은 숲 그늘 속에서 온갖 새 울음소리와 청량한 바람과 맑은 물 그리고 좋은 사람과 술 한 잔이라니, 나는 내가 이런 호강을 누려도 좋은 것인지 조심스러워졌다.

"3시가 넘었네! 한참 뜨거운 시간이다. 공기자, 여기서 멱 감아도 돼. 정말, 우리 속옷 입은 채로 같이 멱 감을까?"

"좋아요!"

나는 윗옷과 바지 와이셔츠와 런닝까지 순식간에 벗어버리고 팬티 바람으로 물속에 텀벙 뛰어들었다.

뼛속까지 시릴 만큼 물이 차가왔다. 땀범벅인 머리를 물속으로 디밀고 흔들었다. 시원함은 말 할 것도 없고 정신이 얼음알처럼 투명해졌다.

"어쩜, 말 끝나기도 전에 뛰어 드네… 가만, 수건 비누 얻어올게!"

그녀는 산막이 있는 쪽으로 달려 내려가고 나는 전신에 절여진 흥분과 열기를 털어냈다.

"어서, 물속으로 들어와요!"

수건과 비누를 안고 온 그녀에게 나는 소리를 쳤다. 그러나 그녀는 고개를 흔들었다.

"아무래도 물이 너무 차가울 것 같어… 그냥 발만 담글래…."

그녀는 샌들을 벗고 물에 발을 담그는 정도로, 그러다 이 바위 저 바위를 건너뛰면서 소녀처럼 깔깔댔다.

"물이 차갑긴 해요. 하지만, 금방 찬기가 가시기는 합니다만…."

나는 배꼽까지 차는 물속에 우뚝 선채 그녀를 눈부시게 바라보기만 했다. 그녀의 볼에 보조개가 만들어진다는 사실을 나는 이날 처음으로 발견했다. 사랑스러웠다.

"찬우씨… 산속에서 금방 튀어나온 산 사내 같으다! 싱그럽다!"

물속의 나를 마주 바라보던 그녀의 눈빛이 형형스러울만큼 빛났다. 그녀와 나는 그렇게 한동안 찌를 듯 서로를 바라만 보았다. 형체 없으나마 윤기 머금은 마음의 교류가 푸른 공간 속을 누벼 서로에게 닿는 순간이기도 했다.

나는 다시 물속으로 잠입했다. 술 한 잔도 입에 대지 않았건만 마치 흠뻑 취한 것처럼 정신이 얼얼했다.

맨발로 바위를 건너뛰던 그녀가 반석에 앉아 발을 물속에 담근 채 소월의 시 '산유화' 를 노래 부르기 시작했다.

의외로 미성이었다. 가슴에 촉촉히 젖어 들어왔다.

나는 그녀가 앉은 반석 앞으로 다가갔다. 마침 물이 깊지 않은 곳이어서 그녀 앞에 주저앉아 물속에서 퐁당거리는 그녀의 두 발을 잡았다.

"안돼, 물속으로 끌어내리려고?"

그녀가 반사적으로 발을 바위 위로 거두어들이려고 했다.

"아니요, 발 마사지 해드릴게요!"

"어머, 그런 것도 할 줄 알아?"

그녀가 환하게 웃으면서 내 손 안에 잡힌 두 발을 내버려두었다.

"특별한 기술은 없어요. 다만, 높은 구두에 시달린 발바닥을 손끝으로 좀 눌러줄게요."

나는 그녀의 작은 발을 어루만지며 혈을 찾아 손바닥 혹은 손끝으로 지압하기 시작했다.

"정말 시원하다! 그런데, 너무 아파… 내 발, 참 못생겼지?"

그녀는 내 손끝의 힘이 주어질 때마다 비명을 지르고 얼굴을 찌푸리면서도 자기 발의 모양새에 신경을 썼다.

“발을 많이 혹사 시켰네요… 구두의 좁은 볼에 발가락 다섯 개가 한쪽으로 쏠려지고, 높은 굽 때문에 발바닥 앞부분이 심하게 굳어졌어요….”

“1m 58㎝밖에 안 되는 신장이라 어거지로 폭이 좁은 높은 구두만 신었더니 기형이 된 거야…. 아, 정말 시원하다!”

나는 두 손으로 정성껏 그녀의 발을 마사지와 지압으로 다스렸다. 발목 윗부분까지 고루 힘주어 주물러 하얀 종아리 부분에 내 손자국이 생기기도 했다. 나를 취업케 해준 그녀에 대한 고마운 마음과 흠모의 정까지 어우러져 내 혼신의 힘이 손끝으로 모아졌다.

“힘들겠다, 그만해… 이마에서 땀이 흘러….”

그녀가 팔을 뻗어 작은 손바닥으로 내 이마의 땀을 닦았다.

“힘들지 않아요….”

나는 부드러운 미소로 그녀의 눈 속을 응시하며 말했다. 그 때 노인이 나타났다.

“도토리 무침과 더덕구이를 먼저 내 왔수!”

“잘하셨어요! 할머니, 산 매실주 있지요? 그것도 한 항아리 주세요. 이 집 더덕구이 기가 막혀! 자, 어서 나와.”

그녀가 내 손에서 발을 빼내며 내 팔을 잡아끌었다. 나는 다시 물속으로 잠입했다가 일어났다. 그녀가 건네는 수건으로 대충 몸을 닦고 음식상이 놓여진 머루넝쿨 그늘 속으로 들어갔다.

“갈아입을 속옷이 없어 어쩌나….”

그녀는 몸에 꽉 끼는 내 삼각팬티에서 다리로 흘러내리는 물을 쳐다보면서 어쩔 줄을 몰라 했다.

“왜 바꿔 입습니까, 또 물속에 들어갈 텐데요. 시원하고 좋습니다!”

나는 젖은 속옷 그대로 대평상에 퍼질러 앉으며 활짝 웃었다. 수건으로 팬티부분의 하반신만 가렸다.

“하긴….”

그녀도 웃었다.

야생의 산 매실을 따다 술을 담갔다는 매실주의 향이 강했다. 달지도 시지도 않으면서 매화의 향기만 진하게 고인 술을 나는 단숨에 석 잔이나 마셨다. 그녀는 운전 때문에 한 잔만 마시겠다고 굳이 사양을 했다.

나는 내가 신선놀음을 하고 있다고 생각했다. 내 삶의 절정을 누리고 있다는 느낌이었다. 잔이 비워지기 무섭게 그녀는 술을 채워주었다. 그런가하면 더덕구이를 젓가락으로 집어 내 입안으로 넣어주기도 했다. 나는 그러지 말라고 했다. 그녀는 당신의 발을 정성껏 마사지해준 보답이라고 했다. 희한스럽게 몸이 날것처럼 가볍다고 했다. 온 몸의 기와 혈액이, 힘찬 발바닥 지압으로 소통이 되어 몸속을 쉬잉쉬잉 콸콸 소리를 내며 힘차게 도는 것 같다고도 했다.

이어 노인이 닭도리탕을 냄비채로 채반에 담아 내왔다. 토종닭이라 맛이 확연히 다를 것이라고 했다. 노인은 매실주 몇 잔에 벗은 상체까지 붉게 물들어 있는 내 모습을 한 번 훑어보더니, 곧바로 누나에게 "혼삿날은 잡았느냐?"고 구체적으로 물었다.

나는 반사적으로 노인에게 우리는 그런 사이가 아님을 말하려고 했다. 그러나 누나가 내 말을 앞질렀다. "올 해는 힘들고, 내년쯤에 생각하고 있어요!"라고. 그러자 노인이 "자식을 볼려면… 하루라도 빠른 것이 좋은데…"라며, 누나의 나이를 염두에 두는 듯한 말을 했다. 나는 도리 없이 그녀의 약혼자로, 노인에게 또 다시 확실시되고 말았다.

"이런 은밀한 곳에, 누나 동생 둘이서만 놀러 온다는 것이 오히려 부적절하지 않을까? 할머니로부터 좀 자유스러워지고 싶어서 그래… 이해하지?"

그녀가 나에게 양해를 구한다는듯한 표정을 지었다.

"나는 아직 꼭지가 많이 덜 떨어졌나 봐요… 누나의 말들이 바로 누나의 진심인 줄 알고… 언감생심 황망해서 부웅 들떴잖아요…."

"들떴다는 것은…, 나에게 이성으로서의 관심이 있었다는 말로 해석하면 될까?"

그녀가 내 얼굴을 빤히 쳐다보며 따지듯 물었다.

"외람되게도 그렇습니다!"

나는 거침없이 대답했다. 화끈한 열기가 얼굴로 솟구쳤으나 이미 붉어져있는 몸뚱이라 더 열꽃이 피어오를 곳도 없었다. 그녀는 더 이상 아무말도 하지 않았다. 지금까지의 분위기대로면 그녀는 농담처럼이라도 한마디 받아넘길 것 같은데, 침묵을 지킨 채 술잔을 들었다. 내 말을 의외로 무겁게 받아들이는 것 같았다.

단숨에 술잔을 비운 그녀가 다시 빈 잔을 내 앞으로 내밀었다.

"한 잔만 마시겠다고 하셨는데, 괜찮겠습니까?"

나는 매실주를 담은 백자 주전자를 손에 잡은 채 그녀를 걱정스런 표정으로 바라보았다.

"간접적인 프로포즈를 받았는데…, 나 역시 부웅 들떠서 마시지 않고는 못 배기겠는걸! 어서 부어요!"

"그러십시요!"

나는 그녀 잔에 술을 넘치게 따루었다. 물가이니 술이 빨리 깰 것 같았고 보담도 그녀의 기분을 맞추어주고 싶었다.

새 울음소리가 참으로 각양각색이었다. 온 몸을 간지럽히듯 물바람 숲바람이 머루나무 그늘 속으로 몰려들었다. 시원했다. 집안일이며 신문사내의 갈등이며 가슴을 아리게 하는 소녀의 절규며 아무것도 생각하고 싶지 않았다. 그냥 모든 것을 잊고 쉬고 싶었다. 오로지 이 소중한 순간만을 즐기고 싶었다.

그녀가 닭도리탕의 부드러운 살을 골라 내 입에 넣어주었다. 그녀의 얼굴은 선홍색으로 물들어 있고 쌍꺼풀진 큰 눈이 풀려있었다. 어림짐작으로 대여섯 잔 마신 것 같은데, 술의 양에 비해 많이 취한 것 같았다. 점점 말 수도 줄어졌다. 술을 마실수록 말이 많아지는 대부분의 사람들에 비해 그녀는 반대인 것 같았다. 오로지 나에게 신경을 모두어 술안주를 챙겨주다가 턱을 괸 채 내 얼굴을 그윽히 바라보기도 하고, 졸음이 오는 듯 그런 상태로 눈을 감기도 했다.

나는 물속으로 뛰어 들었다. 그녀를 마주하고 앉아있자니 덩달아 졸음이 밀려왔기 때문이다. 물속으로 머리를 잠수하며 정신을 모두었다. 놀라운 현상이 일어났다. 술에 취해 앉은 채 졸듯하던 누나가 입은 옷 그대로 물 속으로 뛰어든 것이다.

소매 없는 하얀 레이스의 원피스가 흠뻑 섲어 몸에 찰싹 달라붙고 뒤로 묶었던 긴 머리가 물 속에서 풀어져 등으로 흘러 내렸다.

"아니, 아니…."

나는 너무나 놀라 두 눈을 부릅뜨곤 비틀거리는 그녀를 날쌔게 부축했다.

"아 좋다! 시원하다! 찬우씨만 멱 감으란 법 없잖아."

"그래도 겉옷은 벗으셔야지, 이걸 어떡해요? 가만, 이 원피스는 벗어요, 바로 말리자구요."

나는 그녀를 돌려세워 원피스의 지퍼를 서둘러 밀어내리고 겉옷을 억지로 벗겼다. 그리고 그 옷을 뜨거운 햇살 속의 나뭇가지에 끼워 걸었다. 물이 치마 끝으로 주르르 흘러내렸으나 손으로 비틀어 짜지는 않았다. 구겨질 것 같아서다.

"금방 마를 겁니다…."

나는 그녀를 돌아보다 숨을 멎듯 말을 삼키고 말았다. 몸에 찰싹 달라붙은 슈미즈 바람의 그녀가 두 팔로 내 목을 끌어안았기 때문이다. 너무나 순식간에 급습을 하듯 몸을 던지는 서슬에 나는 자칫 넘어질 뻔 휘청거리다가 그녀의 허리를 죄어 안고 곧추섰다.

"아…."

나는 혼란 속으로 빠져들었다. 그러나 내 목을 두 팔로 끌어 당기며 쳐다보는 그녀의 얼굴에 내 입술을 얹었다. 매실 향으로 절여진 그녀의 혀가 내 입속 가득히 들어왔다.

"하늘과 숲과… 햇살과 산새들이 지켜보는 속에서… 우리는 입맞춤을 했다…."

그녀가 내 가슴에 전신을 실은 채 소녀처럼 읊조렸다. 이성을 잃게 하는 술기운 탓이려니 생각하면서도 큰일을 저지른 것 같은 낭패감과, 마음과는 또 다른 뜨거운 내 몸의 증상에 나는 진땀을 흘렸다. 그녀를 으스러져라 껴안았다. 젖은 입술과 귓볼 목덜미 할 것 없이 열화 같은 입맞춤을 했다. 내 벗은 맨가슴에 닿은 그녀 가슴의 탄력이며 하반신에 밀착된 그녀 하복부의 감각이 눈앞을 어지럽게 했다. 그녀의 호흡 또한 열기로 후끈거렸다.

뒷덜미께에 서늘함이 느껴졌다. 고개를 돌려보았다. 숲만 있을 뿐 아무도 없었다. 노인이 언제 또 다시 나타날지 알 수 없고, 훈련 나온 윗부대의 군인들이 어느 곳에선가 숨어 구경하며 키득거리고 있을 것도 같았다. 골짜기의 막바지에 위치한 계곡이라해도 오지의 깊은 산이 아니어서 마음이 편치 않았던 것이다.

나는 그녀를 번쩍 안아 널따란 반석 위에 앉혔다. 비누와 수건을 안겨주며 물에 젖고 내 입술에 밀리어 화장이 얼룩진 얼굴을 씻게 했다. 그녀는 말 잘 듣는 아이처럼 고분고분 내 지시대로 따랐다. 화장 벗겨진 맨 얼굴의 그녀는 화장으로 덧씌운 얼굴보다 훨씬 맑고 아름다웠다. 차라리 순진하고 천진스러워 보였다. 나보다 여섯 해나 연상(年上)이라는 나이를 조금도 믿을 수 없을 만큼 앳되어 보였다.

"화장하지 않은 누나의 얼굴이… 황홀할 만큼 아름다워요!"

나는 그녀의 뺨을 바른 손으로 어루만지며 말했다.

'누나' 라고 호칭한 내 말 탓일까, 갑자기 그녀의 얼굴이 굳어졌다. 술이 왈칵 깨는 듯 두 눈에 힘을 주었다.

"우리가, 지금 무얼 했지?"

"입맞춤이요…."

"누나와 동생이… 농염한 키스를 하다니…, 이래도 되는 거야?"

"좋아하니까…."

그녀는 내 눈 속을 천착하듯 응시해왔다. 마주 보았다. 그녀의 속눈썹이 부신 듯 떨었다. 나는 그녀를 다시 번쩍 안아들고 머루나무 그늘의 대평상 위로 옮겼다. 이어 수건으로 그녀의 상체를 대충 닦아주며 냉수를 마시게 했다.

그녀와 갑자기 친해진 느낌을 가졌다. 그녀의 전부를 소유한 것 같은 유치한 기분에까지 젖어 들었다. 그러나 더 이상 무례를 저질러서는 안 된다는 다짐을 스스로에게 했다.

나는 다시 음식과 술을 마시기 시작했으나 그녀는 더 이상 술잔에는 손을 대지 않았다. 더는 마시지 않기로 작심을 한 것 같았다. 계속 졸리운 눈빛으로 나를 바라보기만 했다.

"잠시만, 눈 좀 붙이십시오…."

나는 그녀의 머리 밑으로 타올을 접어 받쳐주며 한 시간 정도만 쉬라고 했다. 그녀는 말끝나기 무섭게 고개를 끄덕이며 그냥 그 자리에 허물어져 버렸다.

"가만요, 기온이 내려가면 감기 들 수도 있으니까…."

나는 그녀의 몸에 들러붙어 있는 화학 섬유질의 슈미즈를 벗겨내려 했다. 그녀는 잠시 움칠했으나 순순히 팔을 쳐들어 그것을 벗는 일을 도와주었다.

선홍색 꽃브래지어와, 같은 무늬의 하의만 입혀진 몸이 숲 그늘 속에 드러났다. 살아있는 예술조각품 같다는 생각이 순간적으로 뇌리를 쳤다. 뽀얀 살결위에 얹혀진 꽃송이 모양의 브래지어와 잎새 모양의 팬티가 생화처럼 색깔이 선명하여 고혹적이었던 것이다.

"아, 허전해…."

슈미즈를 벗겨내자 그녀는 두 팔로 자기 가슴을 감싸 안으며 옆으로 돌아누웠다. 나는 수건으로 다시 한 번 그녀의 허리께며 등 쪽을 닦아내곤 나무에 걸쳐둔 내 셔츠를 벗겨 그녀 몸 위에 덮어주었다.

"과일주 대여섯 잔에 이렇게 맥도 못 추면서 무슨 한 항아리 가져오라고 큰 소리만 치고…. 제가 지켜드릴테니 한숨 푹 주무시라고요…."

나는 그녀의 슈미즈를 한 번 헹구어 툭툭 털어 역시 나뭇가지에 걸었다.

"음… 내 탓이 아니고… 야생의 매실 술이… 독한거야… 술에 취하고… 사람에 취하고… 나, 잔다…."

그녀는 그렇게 잠 속으로 빠져들었다.

해가 설핏설핏 기울려 하고 있었다.

나는 혼자 술을 두세 잔 더 따뤄 마시곤 또 다시 물속으로 들어갔다. 간간이 산바람이 있었지만 술을 마셔서인지 몸은 여전히 뜨겁고 무더웠던 것이다. 보담도 언제 또 이런 인적 없는 아름다운 자연 속에서 신선처럼 물놀이를 할 수 있을 것인가 싶어 주어진 시간을 만끽하고 싶었다.

해는 이미 산을 넘어간 이후였고 숲에 어스름이 내릴 즈음이었다. 그동안 노인이 두어 번쯤 더 필요한 것이 없는가 궁금하다며 다녀갔을 뿐, 주말 오후인데도 끝내 사람의 기척은 없었다. 연희 누나가 눈을 떴다.

"어머, 해가 졌어! 내가 많이 잤나봐."

자리에서 몸을 일으키던 그녀가 당황스러워하는 표정을 지었다.

"두어 시간 정도, 달게 주무셨어요! 이젠 어지럽거나 졸립지 않으십니까?"

"말짱해, 아무렇지도 않아. 산 매실주가 좋은 건 이렇게 뒤끝이 깨끗하기 때문인 것 같애!"

그녀의 눈빛은 총기를 되찾았고 음성은 맑고 명쾌했다. 마치 술맛에 대해 일가견이나 가진 사람처럼 매실주의 뒷맛을 논했다. 나는 웃었다.

"콩알 같은 사기잔에 겨우 대여섯 잔 마시고 모래성처럼 무너지면서, 말씀은 크시네요!"

"오늘은 정말 이상했어! 발 마사지 덕분인지 몸이 날 것처럼 가벼워지면서 갑자기 술이 오르고 졸음이 정신없이 쏟아지더라구. 술과 더위와 사람을 한꺼번에 마셔서 그랬나봐!"

나는 햇살에 바싹 말라있는 그녀의 레이스 원피스와 슈미즈를 걷어 건네고 나도 셔츠를 받아 입었다.

"어쩜, 구김 한 점 없이 잘 말랐네! 찬우씨, 보통 용의주도한 사람이 아닌 것 같애! 든든하고… 다정하고… 고마워!"

"벌써 7시 입니다. 이제 떠날 준비를 하셔야지요."

"나, 오늘 찬우씨한테, 많이 부끄럽다…."

그녀가 옷을 챙겨 입고 풀어 내린 긴 머리를 다시 뒤로 묶으면서 홍조를 띤 채 나를 쳐다보았다.

"누나가 그렇게 말씀 하시면, 저도 그렇지요…."

"나, 찬우씨 좋아…."

"저도, 그래요…."

나는 그녀의 입술에 가볍게 입맞춤을 하곤 웃었다.

"운전, 괜찮겠어요?"

"그럼! 아주 상쾌해요!"

"술 항아리 바닥을 비웠더니, 저는 아직 취기가 있거든요. 오늘 누나 덕분에 환상적인 피서를 했어요! 잊지 못할 것 같습니다!"

그때 노인이 뽀얗게 김이 오르는 삶은 감자와 찐 옥수수 한 바구니를 들고 왔다.

"텃밭에서 금방 옥수수 따고 감자 캐서 삶았은께 드셔보시우! 두 사람 국수 먹는 날, 나 꼭 불러야 하우. 내가 못가면 옥희 어멈이라도 보낼 테니까. 그 신랑감 볼수록 훤출하고 잘 생기셨네!"

노인이 또 결혼 말을 꺼냈다. 연희 누나가 까르르 웃으면서 노인에게 필히 국수를 드리겠다고 대답했다. 노인이 평상의 윗쪽으로 밀어진 술상 위의 그릇을 챙기려고 했다. 나는 노인을 대신하여 술상을 성큼 들어서 산막으로 옮겨 주었다. 다시 숲 그늘로 돌아 왔을 때 누나는 노인에게 돈을 내밀고 있었고, 어찌된 영문인지 노인은 한사코 돈을 사양하고 있었다.

내가 가까이 다가가자 노인은 얼른 몸을 일으키며 서둘러 숲그늘을 벗어나려 했다.

"그럼, 옥수수와 찐 감자나 천천히 잡수시라구요."

따끈한 삶은 감자는 분이 흐를 것처럼 파근하고 고소했다. 껍질째 삶긴 찰옥수수 또한 부드럽고 향기로웠다. 골짜기에 어둠은 내리고 있는데, 연희 누나는 조금도 서두르거나 초조로워 하지 않았다. 감자와 열무김치를 숟가락에 얹어 내 입으로 넣어주기도 하고 옥수수의 겉껍질을 벗겨주기도 하면서 끊임없이 나에게만 신경을 썼다.

"제발, 누나, 그만요…."

우리가 숲 그늘의 평상에서 일어난 시간은 8시가 넘어서였다. 노인은 날감자 한 자루와 호박, 가지, 풋고추, 깻잎, 생옥수수 등 채소 한 보퉁이를 연희누나의 차 트렁크에 실었다. 누나에 대한 노인의 유별한 정성으로 미루어 그들은 예사스런 관계가 아닌 듯싶었다.

노인은 우리가 산막을 벗어날 때 차창을 들여다보며 거듭 청첩장을 보내라고 부탁했다. 차가 계곡의 언덕길을 거의 내려왔을 때 나는 노인이 누나의 가까운 친척이냐고 물어 보았다. 고객과 산막의 주인관계만은 같지 않아 보인다고 했다.

"정확하게 잘 보았어. 임대인과 임차인의 관계이거든."

나는 그녀를 바라보기만 했다. 상황으로 헤아려 노인이 임차인 같은 느낌이었지만, 그녀의 다음 말을 기다렸다.

"산막과 텃밭이 있는 땅 700여 평의 주인이 내 명의로 되어있거든. 할머니는 무상으로 그곳에 산막을 지어 텃밭을 가꾸며 살고 있는 것이고."

"그렇군요! 누나에 대한 노인의 모든 정성이… 땅주인에게의 감사의 뜻이군요."

"임대료인 셈이지…."

"부자이시네요! 서울 근교 700여 평의 대지주이시니…."

그녀가 활짝 웃었다. '대지주' 라는 말이 재미있다고 했다.

"사실은, 우리 어머니의 땅이야. 엄마의 꿈이, 노후에 산골에서 텃밭이나 가꾸며 사는 것이거든. 20년을 슈퍼마켓에 매달려 먹고 살면서 푼푼히 알뜰히 모아 그 땅을 구입하신 거지. 그런데, 훗날 상속이니 뭐니 복잡하다면서 우리 엄마가 숫제 내 명의로 해버렸거든."

"그러셨군요…."

순간, 나는 이날 그녀를 만난 용건 중에 아직 들먹여 보지도 못한 오피스텔 문제를 떠올렸다. 아버지의 권함도 있고 해서 월세 조건과 당장 입주가 가능한지의 여부 등 그 문제를 말하고 싶었지만, 왠지 쉽게 입이 떨어지지 않았다.

"참, 깜빡 잊었었네! 집, 나올 수 있어? 이제 곧 가을이 오고 겨울이 올텐데, 난방도 안 되는 마루에서 어떻게 잠잔대?"

마침 그녀 또한 그 문제를 나와 비슷한 순간에 떠올린 모양이었다. 내 얼굴을 돌아보며 먼저 오피스텔 문제를 꺼냈다.

"아기는, 입양시설로 갔어요."

굳이 밝히지 않아도 될 내용이었지만 나는 일단 상황을 알려야 할 것 같아 말했다. 그녀가 놀라는 표정이 되었다.

"어, 어떻게?"

"아기 생모가 달아나고, 아기가 날이 갈수록 찬수와 전혀 다른 인디언계 '혼혈아' 모습으로 변해가니까 비로소 제 자식이 아닌 것을 확신하고, 시설에다 데려다 준 것이지요."

"아니, 그럼… 찬수 엄마는 그 아기가 자기 친손자인줄 알고, 그 깜찍한 여자애를 병원 데려다 분만시켜주고, 또한 그 좁은 집으로 산모를 데려다 몸조리 간병 다 해주고, 그 아기를 몇 달간이나 키워주었다는 것인가?"

"그랬지요."

"세상에… 어쩜, 그러는 동안 찬우씨나 찬우씨 아버님은 얼마나 힘드셨을까."

집안 문제를 소상히 말한 적은 없었지만 그녀는 미루어 짐작한 듯 정확하게 그간의 과정을 그렇게 말했다.

"그럼 아기를 보냈으니 마루에서 거처하지 않아도 되기 때문에, 독립할 생각이 없다는 말인가? 내가 그 아파트 구조를 환히 아는데, 건넌방이라고 장정 두 사람 눕기에 너무 좁지 않아?"

그녀는 갓길로 차를 잠시 세우곤, 정색을 하며 나를 돌아보았다. 나는 그녀를 마주 바라보았다.

"집을 나올 것입니다. 자립하고픈 마음이사 10대때부터 입니다. 군 제대를 하고 집으로 돌아 왔을 때는 정말 견디기 힘들었습니다만, 도무지 능력이 닿지 않아 어영부영 버티어냈습니다. 그러나 지금은 아버지가 허락은 물론 도와주시겠다고 합니다."

"오, 그래? 그럼 내 오피스텔 이용해요!"

그녀는 거침없이 그렇게 말했다. 어차피 그녀가 먼저 꺼낸 말이었기에 나는 더 머뭇거릴 필요가 없을 것 같아 구체적인 문제로 진입했다.

"당장 보증금 없이 월세로 해 주실 수 있습니까? 아버지가 아파트를 담보로 얼마간 대출을 받으면, 그 때 넉넉지는 않겠지만 보증금은 드릴 테니까요."

나는 단숨에 그 말을 뱉고는 혼자 얼굴을 붉혔다. 내가 부끄러워해야 할 상황은 아닌데 얼굴로 열기가 퍼지는 연유를 알 수가 없었다. 그녀는 내 눈을 지그시 쏘아보듯 했다. 그리곤 미소를 머금었다.

"찬우씨! 분명한 것은 좋지만, 왠지 갑자기 우리 사이가 삭막해지는 느낌이다…. 내 조건은, 당장은 공짜라는 것이지. 찬우씨가 견습딱지 떨어지고 제대로 급료를 받게 되면 일정 금액씩 월세를 내라구. 물론 보증금은 필요 없고. 찬우씨가 바로 100% 보증이니까!"

"그렇게는 할 수 없지요. 공짜는 그것만큼 마음의 부담이 클 것이니, 자유롭지 않거든요."

"그래요, 그럼 빌딩 사무실에 물어보고 금액을 결정하지 뭐. 보증금은 필요없고 월세는 현 시세의 30%만 받고, 내 모든 집기는 그대로 무료로 제공해 주는 조건으로. 어때요?"

"거의 공짜 조건이네요. 고맙습니다! 위치가, 어디라고 했지요?"

"마포 K 빌딩. 10평에 불과하지만 옷장 침대 컴퓨터 주방코너, 욕실시설 등 있을 건 다 있어. 내가 휴가 때나 가끔 활용할 뿐 언제나 비어있어. 자, 그럼 계약 끝났습니다? 출발합니다."

그녀는 갓길에서 1차선으로 다시 진입했다. 뭔가 후련해하는 듯한 경쾌한 표정으로 속도를 높였다.

"세를 놓고 나면…, 누난 좀 불편하실 텐데요?"

그녀가 웃었다.

"나도 가끔 이용할 생각인데, 안 될까? 걱정 마, 우리 슈퍼마켓을 확장하기 위해 1층의 살림집을 트고, 2층 세든 사람을 내보내거든. 살림집을 2층으로 옮길려고 말이지. 하지만 말씀이야, 주인님이 불시에 그 곳을 방문할 수도 있으니까 그건 각오해야 돼?"

그녀가 마치 으름장을 놓듯 큰소리로 말했다.

"언제라도 환영합니다!"

"그럼, 내일 바로 입주하라구, 오늘 저녁에 짐 대충 챙겨서 내일 오후 4시 쯤 슈퍼마켓 앞으로 가져와요. 차 트렁크에 실어 오피스텔로 옮기면 될 테니까. 열쇠도 주고."

"당장, 내일이요?"

"그럼, 미룰 이유가 뭐 있어?"

"알겠습니다!"

차는 이미 서울에 진입해 있었다.

나는 그녀 집인 슈퍼마켓 앞에서 내려 아파트로 향했다. 기분이 하늘을 찌를 만큼 상승되어 있었다. 두 다리가 둥둥 허공으로 뜨는 것 같았다.

스무 여섯 살로 다 자란 청년이 이제야 비로소 완전한 성인으로 다시 태어나는 것 같은, 숙원이 너무 쉽게 이루어진다는 사실에 나름대로의 감동에 절어들었다. 심장께가 뻐근했다.

집을 떠나고 싶은 마음은, 좀 더 구체적인 표현으로 새어머니의 냉대 속에서 가출하고 싶었던 마음은 열 두 · 세 살이 되던 사춘기 즈음부터였다. 그러나 언세나 어린 가슴에 덩어리로 걸려 내 발목을 잡는 것은 아버지였다. 아버지의 마음을 아프게 해서는 또한 내가 아버지를 지켜야 한다는 강박감 같은 것이 내 감정대로 행동을 못하게 했던 것이다.

열한 살 전후였던 때로 기억되지만 새어머니가 무슨 일인가로 내 머리를 쥐어박으며 욕지거리를 퍼붓고 돌아서면서 혼잣소리처럼 "저 새끼는 어떻게 된 놈으로 가출할 줄도 몰라"라고 중얼거리던 말을 들은 적이 있었다. 내가 집을 나가주기를 바라고 있음을 처음으로 알았던 것이지만, 그녀는 이후에도 걸핏하면 "나가서 뒈져버리라"든가, 귀가시간이 늦어지면 숫제 현관문을 열어주지 않는 등 횡포를 부렸다.

그러다 군 제대를 하고 돌아오자 '다 큰 사내의 자립 · 독립' 이란 말을 자주 사용하면서 여전히 나와의 한 지붕 밑 동거를 혐오하는 속내를 거침없이 비치곤 했다. 취직을 하자 그녀는 집 좁은 것을 이유로 그 말을 드러내놓고 떠벌이기도 했지만, 그녀의 속셈을 환히 꿰뚫고 있었던 나는 증오감과 오기로 나갈 생각을 하지 않으려 했었다. 하지만 거처가 불편한 것보다 미운사람끼리의 동거가 여간 고통이 아니었다.

그러나 이제 아버지의 용단이 그러할진대 나는 더 머뭇거릴 필요가 없었다. 오로지 나만을 위한 삶을, 나만을 담은 공간에서 열심히 가꾸며 성숙해지고 싶었다.

아파트의 진입로에서 마침 귀가하던 아버지를 만났다. 나는 슈퍼마켓 연희 누나의 집이라는 말을 빼고 신문사 선배의 오피스텔에 월세로 들어가게 되었음을 말했다. 바로 내일로 입주할 수 있음을 알리곤, 보증금은 따로 필요 없다고 말했다. 아버지는 아주 잘 되었다고 진심으로 반가워했다. 언제든 보증금이 필요하다면 아파트를 담보로 대출해줄테니 요구하라 했고, 월세는 당신이 내주겠다고 했다.

집안으로 들어서자 찬수 모자가 안방에서 TV를 보고 있다가 찬수만 일어나 마루로 나왔다.

"여편네라고 사람이 집에 들어와도 내다보기를 하나, 우리 저녁밥 안 먹었다, 네 엄마보고 저녁상 차리라고 해라."

아버지가 유난히 음성을 높여 찬수에게 말했다. 그러자 새어머니가 잔뜩 찌푸린 얼굴로 안방에서 나오며 "아홉시가 넘도록 저녁을 먹지 않았느냐, 밥이 없다"고 했다. 아버지가 버럭 화를 냈다.

"저녁밥을 먹고 오는 날이 가끔 있기로 어떻게 남편이나 아들 밥을 제대로 남겨놓는 날이 없으니…, 지금 바로 밥 해. 전처 자식 그렇게 대접하는 게 아니야, 이 집 구석에서 밥을 먹으면 얼마나 먹을 것이라고…."

마루에 버텨 선 채 아버지를 노려보던 새어머니의 눈빛이 번쩍 빛났다.

"그게, 무슨 말이에요? 잘난 아들이 낼 모레 어디 떠나기라도 하나?"

"저녁밥부터 지으란 말이다, 우리는 배가 고프니까."

아버지가 다시 소리를 높였다. 나는 상의를 벗어 마루 벽에 걸곤 주방으로 들어갔다.

"아버지, 제가 밥 앉힐게요. 배고픈 사람이 해먹으면 되지요."

정말 전자밥통 속에는 밥이 조금도 남아있지 않았다. 내심 아버지 걱정이 적잖게 되었다. 이 날 만의 일은 아니고 밥통 속에 밥이 있다 없다 했지만 그래서 라면을 끓여먹다 말다 했지만, 이즘 들어 밥통이 계속 비어있는 날이 많았기 때문이다. 월급을 봉투째로 안겨주지 않으니 아내 역할도 하지 않겠다는 저항이 아닌가도 싶었다.

"찬수야, 슈퍼에 가서 소주 한 병 사고 꽁치깡통 하나 사와라. 오늘 저녁은 형과 술 한 잔 마셔야겠다!"

아버지가 만원짜리 한 장을 찬수에게 내밀었다. 찬수가 의아한 낯빛으로 돈을 들고 현관 밖으로 나가고, 새어머니가 돌아서 다시 안방으로 들어가려다 말고 부엌 속의 나를 쏘아보았다.

"너, 독립이라도 하는 거냐? 네 아버지 안 하던 짓, 하려는데 무슨 일이냐?"

나는 빙긋 웃었다.

"점쟁이 같으시네요. 바로 맞혔어요. 나, 내일 집 나갑니다."

그녀의 두 눈이 갑자기 화등잔만 하게 벌려지면서 나와 아버지를 번갈아 돌아보느라 눈동자를 심하게 굴렸다.

"어, 어떻게, 무슨 돈으로, 어디로 나가는데?"

그녀는 안방으로 들어가려던 몸체를 돌려 세우면서 여전히 나와 아버지를 번갈아 쳐다보았다.

"왜, 암 덩이 전처자식 집 나간다니까 속이 시원해? 궁금해?"

아버지가 그녀를 바라보며 비아냥거렸다. 그녀가 나를 다시 돌아보았다.

"너, 회사에, 기숙사가 있는 거냐?"

나는 또 웃기만 했다. 무슨 돈으로 어떤 방법으로 나가느냐에 대한 그녀의 달구어진 궁금증과, 경악감으로 허둥대는 그녀의 속내가 한 눈에 들어왔기 때문이다. 아버지가 내 대답을 앞질렀다.

"웃기고 있네, 요새 서울 한 복판에 기숙사 있는 회사가 어디 있나? 내가 방을 얻어 주었지. 무슨 돈으로 그랬냐고? 내 재산이 어디 있어, 아파트 은행에 담보 잡히고 대출 받았지. 이제 궁금증 풀렸어?"

아버지가 느물스런 표정을 지었다.

"아니, 아니, 나하고 의논도 없이 아파트를 저당 잡혀요? 그런 법이 어딨어요?"

"이게 무슨 당치 않은 소리야? 내 아파트 내가 마음대로 하는데 네가 무슨 상관이야? 왜, 배우자라는 말을 하고픈 거야? 너하고 부부되기 이전부터 갖고 있던 내 아파트이니, 아내로서 권리 있다는 엉뚱한 소리는 하지 말아."

"아니, 그럼 나와 찬수는, 어떻게 되는데?"

그녀가 심하게 당황스러워 하면서 눈동자를 불안정하게 굴렸다.

"그건 또 무슨 소리야? 뭐가 어떻게 돼, 지금처럼 살면 되지. 저당 잡힌 집이사 달마다 이자만 주면 되고, 원금은 돈 벌어서 갚으면 되는 거지. 엉뚱한 잔머리 멋대로 굴리지 말고, 찬우를 아들이라고 생각하는 눈꼽 만큼의 마음이라도 있으면, 이부자리며 숟가락 냄비라도 좀 챙겨주어."

아버지가 저당 설정을 하지 않은 아파트를 시종 저당 잡힌 것처럼 말함은, 그럴 수 있는 가능성을 염두에 두기 때문인 듯 했다.

"보증금이, 얼마짜리 방인데?"

"알 필요 없어."

아버지의 퉁명스런 면박에 그녀는 나를 쏘아보며 내뱉듯 말했다.

"어느 동네에 있는 방인데? 산동네야, 아랫동네야?"

"그것도 알 것 없어."

아버지가 또 앞질렀다.

"아무것도 알 필요 없다면서 왜 나한테 숟가락 · 냄비 챙겨주라고 말해?"

"네가 그걸 준비해주려고 보증금이 얼마인가를 묻는 거냐? 마음 있으면, 내일 오전까지라도 챙겨 놓아. 찬우가 가져갈 수 있게."

아버지의 말을 막듯이 내가 나섰다.

"필요 없어요. 제가 알아서 합니다. 입던 헌 옷가지와 십수 권의 책 외에 이집에서 제 것이라고 가져갈 물건은 없어요. 그리고 새어머니 한 가지 부탁드릴게요. 제가 없더라도 아버지 끼니 신경 좀 써주시면 좋겠어요. 잡숫든 아니 잡숫든 아침저녁 식사는 꼭 챙겨드렸으면 하구요."

"하이고, 효자 났네, 마치 시집가는 딸년 같은 말을 하네? 삼시삼때에 제 아버지 끼니 끓여준 사람처럼."

그녀가 코웃음을 쳤다.

"지금도 내가 밥을 짓고 있잖습니까. 아침에도 거의 제가 아버지 식탁을 챙겼고요. 새어머니는 찬수 밥만 신경 썼지요. 이제는 좀 부탁합니다! 아버지가 건강하셔야 새어머니도 저도 찬수도 모두에게 이롭거든요."

"시끄러, 내가 네놈한테 설교 들어야 해? 보자 듣자 하니, 음흉스럽고 딤욕스럽기가 짝이 없어? 아버지 꼬드겨서 재산이라고는 오두막 한 채밖에 없는 걸 담보 잡히고 돈 뽑아내고, 취직까지 한 놈이 나가고 싶으면 지 놈 알아서 그냥 나갈 것이지, 뭣때매 아파트를 건드리냐구."

놀라웠다. 새어머니의 나에 대한 혐오감이나 증오심은 도무지 변할 수 없는 금광의 물질인 것 같았다. 숨이 콱 막혀왔다. 이어 분노가 울컥 솟구쳤다.

"도대체 언제까지 나에게 이놈 저놈 할 거야? 당신이 원하는 대로 내가 나가주잖아, 이 아파트가 당신 거야? 아버지가 자식을 도와주는데, 당신이 웬 간섭이야."

고함을 질러 버렸다. 그리곤 아버지에게 고개를 숙였다.

"아버지 죄송해요! 아버지 체면 때문에 지금까지 대접해주려고 노력했는데요, 이제는 도무지 더 참을 수가 없네요. 아버지, 저 여자가 계속 끼니 챙겨드리지 않으면 이혼소송 하세요. 소송하셔서 지금까지의 살아온 과정을 재판관에게 전부 말씀하세요. 진실을 숨기지 말고 다 공개 하세요. 그렇게 하시면 아버지가 저 여자에게서 오히려 위자료를 받아낼 수 있어요. 저렇듯 냉혹하고 이기적이고 사기성이 농후한 흡혈귀처럼 구는 여자는, 옆에 둘수록 아버지 피를 바짝바짝 쥐어짜서 말릴 겁니다. 아버지 제가 드리는 말씀 명심하세요."

나는 두 눈에 시뻘건 독기를 모두어 그녀를 향해 이죽거렸다.

"아니, 아니 저 처 죽일 놈이, 뭐가 어째? 날더러 '저 여자' 라고? 아니, 세, 세상에… 하이고 억울해라."

"내가 당신과 맞서 욕질하지 않은 것으로 감지덕지 하시요. 계속 나와 아버지를 음해하면, 찬수한테 당신이 어떻게 살아왔는가를 다 말하고, 찬수의 출생비밀도 밝혀 비릴테니까."

"아니, 아니…."

여자는 자지러지는 시늉을 하고 아버지는 입을 꾹 닫고 있었다. 마침 찬수가 소주 한 병과 꽁치 캔 한 개를 사들고 현관문을 밀었다.

"아빠, 남는 돈으로 오징어 한 마리 사왔어."

찬수가 경쾌한 목소리로 말했다.

"그래 잘했다. 소주잔 하고 김치 먹던 것 있으면 소반에 얹어 내와라."

찬수가 집안으로 들어서자 새어머니는 비틀려진 얼굴로 거친 숨을 내뿜더니, 몸을 돌려 안방으로 문을 부서져라 처닫고 들어가 버렸다.

내가 꽁치 캔을 따서 그릇에 쏟고, 찬수는 오징어를 굽느라 경직된 집안 분위기를 느끼지 못하는 것 같았다. 소반을 중심으로 아버지와 찬수와 둘러앉았다.

나는 무릎을 모우고 아버지의 술잔에 소주를 따루었다.

"밥이 금방 끓을 테니, 반주삼아 조금만 드십시오."

"너도 한 잔 마셔라."

아버지가 내 잔에도 소주를 따루었다.

"나가더라도 끼니는 절대로 거르지 마라."

"알겠습니다. 저는, 아버지가 더 걱정입니다…."

"형, 어디 가?"

찬수가 오징어를 북북 찢어 질겅거리다가 나를 힐끗 쳐다보았다.

"그래, 계속 마루에서 잘 수가 없어서 방 얻어 나간다. 네가 이제는 여러 가지로 아버지를 좀 보살펴 드려라."

"그렇구나, 잘 됐다! 이제는 형에게 미안해하지 않고 마음 놓고 건넌방을 나 혼자 사용해도 되는구나!"

"네가, 나한테 좀 미안했었냐?"

"그럼, 나도 사람인데…."

"이제는 내가 집에 없으니까 네가 아버지 술 많이 드시지 못하게 하고, 식사 거르시지 않게 효자노릇 해 드려라. 그렇게 할 수 있겠니?"

"식사야 엄마 몫이지만, 알았어, 나도 신경 쓸게. 그런데 어디로 가는 거야? 나 놀러 가면 안돼?"

"한 학기만 더 다니면 졸업인데 놀러 다닐 시간이 어디 있어? 졸업하고 무슨 일을 할 생각이냐?"

"엄마는 등록금만 내면 입학되는 지방 대학교가 있다는 말을 들었다면서, 거기라도 대학은 꼭 다녀야 한다고 말하지만, 나는 생각 없어. 공부에 관심 없는 나 같은 꼴통이 대학에 들어가 왜 4년을 허송세월해? 나는 절대로 대학 안 가. 제과점에 보조로 취직해서 빵 굽는 것 배울거야. 그리고 후에 돈 벌어서 제과점 사장 될 거야!"

"잘 생각했다. 제과기술 잘 배워서, 제과점 사장 꼭 돼라!"

나는 찬수의 어깨를 두드려 주었다.

아버지가 연달아 소주를 석 잔이나 마셨다. 안주도 들지 않았다.

"이제는 빨래든 끼니든 전부 네 손으로 해내야 한다. 몸이 아파도 옆에서 약 한 첩 챙겨 줄 사람도 없다. 네가 알아서 아프지도 말아야 한다는 말이다."

"알았어요. 아버지, 이제까지 그렇게 해왔는데 새삼 무슨 걱정이세요?"

"그래… 너 혼자 자랐지… 질긴 잡초처럼…, 그래서 내 가슴이 찢긴다…. 하지만 너는 잘 살아낼거다! 그것은 내가 믿는다."

"그럼요!"

이 날 밤 나는 늦게까지 아버지와 이야기를 나누었다. 따끈하게 지은 늦은 저녁밥을 아버지 앞에 떠 올리면서 왠지 콧속이 시큰해져서 얼굴을 외로 꼬았다. 이러는 내 자신이 조금은 어처구니가 없었다. 새어머니 빈정거림 말마따나 혼자 사는 친정아버지 남겨두고 시집가는 딸자식도 아니면서, 큰 가슴 사내임을 자랑으로 아는 장부가 여자처럼 계속 휘청거리는 여린 내 모습이 딱했다.

다음 날.

내 짐은 트렁크 두개 분량이었다. 군 제대할 때 소지품을 담아왔던 군용자루에다 책들을 집어넣고, 두꺼운 비닐자루를 두 장 사서 입던 옷들을 차곡차곡 담았다. 어떻게 살았는지 내 소유의 가방 한 개도 없는 궁핍한 털털이 처지가 창피스런 마음도 없지 않았지만, 기분은 희망으로 부풀려져 들떠있었다.

찬수는 친구를 만난다며 아침부터 집을 나갔고, 새어머니는 찬수를 뒤따르듯 외출 차림인 채 입에 발린 말 한 마디도 없이, 휙 나가버렸다. 기대를 하지 않았으므로 섭섭할 것도 없었다. 아버지는 옷을 넣은 비닐 자루를 먼저 어깨에 둘러맸다.

나는 아버지에게 슈퍼마켓의 연희누나가 자기 승용차로 짐을 옮겨준다는 말만 했을 뿐 그 오피스텔이 그녀의 소유라는 말은 하지 않았다.

"그 아가씨가 참으로 고맙구나! 취직시켜준 것만도 어딘데, 푹 쉬어야 할 일요일에 짐을 실어다 주겠다니 이만저만 고마운 일이 아니다. 뭔가 감사함을 표시해야 될 텐데…."

"식사대접은 한번 했습니다만, 제가 알아서 할 것이니 아버지는 신경 쓰시지 마십시오."

"그래, 은혜를 모르는 사람이 되어서는 안 된다."

연희누나가 슈퍼마켓 후문 쪽에 승용차를 세워두고 트렁크 속을 정리하고 있다가, 짐을 둘러맨 채 나와 함께 나타난 아버지를 보곤 소스라치게 놀라면서 당황해했다.

"어머, 안녕하세요!"

그녀가 황급히 인사를 하면서 뺨을 붉혔다. 나는 그녀가 아버지의 출현에 유난히 놀란다는 사실에 공연히 미안한 마음이 되었다.

"누나가 오늘 제 기사노릇을 해 주신다는 것을, 아버지께 말씀드렸어요."

나는 그녀를 향해 눈을 찡긋했다.

"이거, 정말 고맙습니다! 내가 변변히 인사도 못했는데 또 이런 수고까지 해주시다니…."

아버지가 짐을 내려놓고 그녀에게 허리를 굽혔다.

"아, 아니예요. 제가 이삿짐 옮겨 주겠다고 자청했습니다! 아드님이 회사에서 인기가 있어 서로 옮겨주겠다는 것을 제가 한동네라 자청했습니다! 건, 건강 하시지요?"

그녀가 시종 흥분한 표정으로 아버지의 인사말을 그렇게 받았다.

자동차 트렁크에는 책자루만 넣어도 꽉 찼다. 옷짐 자루는 뒷좌석에 놓았다.

"내가, 같이 가서 짐을 들어주지 않아도 되겠냐? 내일은 퇴근하고, 들러볼 생각이다만…."

"내일 들르세요. 엘리베이터가 있는 건물이니까 짐 옮기는 데는 문제가 없습니다."

나는 아버지가 오피스텔까지 가고 싶은 마음은 간절하지만 연희누나의 차에 동승함이 불편하여 뒤로 미룸을 알고 있었다. 아버지가 내 팔을 잡고 끌었다. 그리고 내 손에 네 겹으로 접은 약간의 돈을 쥐어 주었다.

"내가 지금 가진 것이 이것 밖에 없다. 식사대접 해드리거라. 내일 저녁에 들를게."

"저에게도 돈 있어요."

"취재비 밖에 안 나온다면서 무슨 돈이 있겠냐. 우선 쌀과 냄비 숟가락부터 구입하고, 아침밥 굶고 다니지 말어…."

"알았어요. 제 걱정은 조금도 마시고요, 아버지 건강 유념하시고요."

"그래, 어여 가…."

아버지가 손짓을 했다.

"그럼, 태워주고 오겠습니다!"

연희누나가 아버지에게 허리를 굽히며 공손히 인사를 했다. 아버지는 그녀에게 거듭 고맙다는 말을 반복했다. 차가 슈퍼마켓 골목을 빠져 나갈 때까지 아버지는 뒤에 서서 손을 흔들었다. 찌엉한 기분이었다. 집을 나왔어도 같은 서울바닥으로 옮기고, 마음만 먹으면 아침저녁 어느 때라도 만날 수 있는 상황인데도 아버지의 어깨가 후줄근히 처져 보여 가슴이 아팠다.

스무 여섯 해 동안 아버지와 살갑게 다정하게 지내본 적도 거의 없고, 하루의 절반도 서로 함께 하는 시간은 없었지만, 마치 내가 아버지를 버리고 떠나는 것 같은 기분이었다. 아버지의 입장은 나보다 더할지도 몰랐다. 부모의 사랑이나 가정의 따뜻함을 누려본 적 없이 계모의 학대로 살얼음판을 딛듯 힘겹게 살아온 나에 대한 연민이, 당신의 가슴을 저미게 할 것이었다.

"기분이… 울적하지?"

연희누나가 침울해 있는 내 얼굴을 돌아보며 말했다.

"조금요…."

"찬우씨 아버님 눈동자가 충혈 되어 계시더라. 마음이 많이 아프신가봐."

나는 아무 대꾸도 하지 못했다. 명치끝이 뻐근하고 콧속이 시큰했기 때문이다.

"상처로만 범벅됐을 아들의 지난 삶이… 몹시도 안쓰러워서 이겠지만…. 그러나 찬우씨! 기운 내! 이제부터, 이 시간부터 다시 시작하는 거야!"

"맞습니다! 나는 누나 때문에 힘을 얻고 있어요, 삶의 기쁨을 누리고 있다구요!"

그 말은 내 진심이었다. 나는 쉬임없이 가라앉는 기분을 추스르려고 애를 썼다. 혼자 서는 날, 나름대로 나에게는 의미 있는 날, 깊은 수렁 속으로 함몰되듯 자꾸만 처져 내리는 울적한 마음이 스스로도 무겁고 버거웠다.

"찬우씨 아버님을 뵙자, 갑자기 가슴이 철렁 내려앉는 것 같았어. 얼마나 당황했던지…."

그녀가 말했다.

"왜… 그랬을까요?"

"몰라…, 마치 내가 찬우씨를 아버지의 품에서 꼬셔낸 것 같은 기분도 없지 않고… 또 다른 미묘한 기분도 버무려졌었거든…"

그녀는 여전히 정면만 바라보면서 말했다. 그렇게 보아서인지 그녀의 옆 뺨이 붉게 상기되어 있는 것 같았다. 나는 그녀를 가만히 돌아보기만 했다. 어떤 미묘한 기분이 당신의 내면에서 어우러졌는지의 궁금증을, 조용한 숨소리와 눈빛으로만 전달했다.

"후후… 알고 싶어? 흡사 말씀이야… 사랑하는 이성 친구의 부모님을, 준비 없이 한 낮 대로변에서 덜컥 부닥친 것 같은 기분…. 하지만 부담갖지마, 그런 기분이 뵙자마자 반사적으로 달려드는 것을 순간적으로 어찌할 수는 없었지만, 그러나 일방적으로 강요하지는 않을 테니까…"

"누가 뭐랬어요? 혼자 붉어졌다 풀어졌다 하시면서…."

나는 핸들을 잡고 있는 그녀의 오른 손을 잠시 꼭 쥐었다가 놓았다. 희한했다. 그녀의 솔직한 표현들이 내 기분을 조금씩 상승시켜주었다.

마포 K빌딩의 10층에 위치한 그녀의 오피스텔은 생각보다 넓고 고급스러웠다. 첫눈에 나한테 과하다는 느낌이 왔다. 열 세 평 아파트의 좁은 마루와 건넌방에서 네 식구가 한 때는 아기와 생모 등 여섯 식구가 비비적대고 살아온 내 눈에, 탁 트인 10평의 깨끗한 공간은 실 평수보다 훨씬 넓게 느껴졌다.

그녀의 말대로 침대며 소형냉장고 · 컴퓨터 · 소파 · 한쪽 벽 코너의 주방시설과 식탁 겸 책상, 또한 샤워기가 부착된 욕실이며 캐비닛형 옷장까지 생활에 필요한 모든 실림도구가 적절한 위치에 다 놓여져 있었다.

"어때, 예상보다 넓어 보이지? 집기를 기술적으로 배치했거든."

그녀가 놀라워하는 내 표정을 살피며 물어왔다.

"제 눈에는 궁궐 같아 보입니다!"

"과한 표현이다, 어떻든 마음에 든다는 말이겠지? 그럼 됐어! 자, 기대하십시오! 오늘은 입주 첫 날이라 집 주인이 선심 좀 썼거든."

그녀는 내가 책자루와 옷짐을 옮기는 동안 당신이 끌고 온 커다란 트렁크를 끌어당기며 지퍼를 열었다. 놀라웠다. 내 책자루 만큼이나 큰 트렁크 안에 온갖 식료품들이 꽉 차 있었다. 나는 그녀를 바라보기만 했다.

"부담 가질 것 없어. 그 집 새엄마라는 사람이 찬우씨에게 관심을 기울일 것 같지 않아서 내가 친누나 역할을 좀 했어. 자, 무슨 보물이 들었나 눈 크게 뜨세요! 이건 쌀 10kg, 혼합잡곡 3kg, 라면 20개, 이건 햇반, 이건 커피와 프림 세트, 이건 소금과 식용유와 고춧가루 깨소금 등의 양념세트, 이건 진간장과 국간장 그리고 토종 된장. 고추장. 저 냉장고에도 몇 가지 양념들이 있지만 좀 오래됐거든. 또 있어, 이것은 양파와 감자, 멸치, 풋고추 등 찌개감들이지. 여기까지가 주방의 필수품들이고, 이제부터는 내 정성이 오롯이 담긴 품목들이지, 기대하시라 짠."

그녀는 만면에 장난스런 웃음을 달고 트렁크의 바닥에서 소형의 김치통 한 개와 반찬통 세 개를 더 꺼내면서, 양 팔을 젖혀 보이는 제스처를 썼다.

"이것은 진짜 내 솜씨다, 곡물과 양념류 등은 슈퍼에서 적당히 준비했지만 이 음식들은 내가 직접 만들었거든. 자, 이것은 꺼내먹기 좋으라고 배추와 무를 함께 썰어 버무린 막김치, 이것은 풋고추와 알밤과 함께 졸인 쇠고기 장조림, 그리고 이것은 콩조림과 멸치볶음, 그리고 이것은 지금 바로 끓일 수 있는 생선 매운탕 재료, 어때, 이만하면 친누나 같지?"

나는 말없이 그녀를 바라보면서 고개만 끄덕였다. 콧속이 뻐근해져서 얼른 말이 되어 나오지 않았다. 그러나 가까스로 고맙다는 말을 했다. 하지만 모든 재료값을 내가 계산하고 싶다는 말은 차마 할 수가 없었다.

"왜 그렇게 얼빠진 사람처럼 서 있는 거야? 책은 저 귀퉁이 장식장 칸칸에, 그래 인형이나 꽃병 따위 들어내고 책을 얹으면 바로 미니 책장이 되겠네, 책을 옮기고 옷은 옷장에 넣어요. 나는 이것들을 제자리에 챙겨 넣고, 그리고 저녁 준비할께. 입주 첫날 첫 밥은, 누나가 지어준다. 고사는 지내지 못할망정 둘이 함께 건배라도 하면서 이 집에 행운 오게 해달라는 '터다지기' 는 해야지!"

나는 그녀의 치밀한 준비에 실제 감동하지 않을 수 없었다. 쌀 한봉지와 라면과 막김치 몇 그램만 사놓으면 끼니는 해결될 것으로 믿었는데, 그녀는 제대로 살림하는 사람들의 먹성대로 다 준비한 것이었다. 거기다 '고사' 니 '터다지기' 등의 생각까지 떠올린 그녀의 배려에 나는 거듭 뻐근했다.

"고마워요… 잊지 않겠습니다…."

반찬 그릇들을 미니 싱크대와 소형 냉장고로 옮기는 그녀의 잽싼 몸짓을 바라보면서, 나는 나지막한 음성으로 마음을 전했다. 인사치레가 아니었다.

평생에 나를 위해 누군가가 이렇듯 마음을 배려해 주는 경우를 체험한 일이 없었기에, 그녀의 행위는 감동을 넘어선 운명 같은 원천적인 무엇을 느끼게 했다. 어저께 용문산 계곡에서의 나를 향한 마음 표현의 행위에서도 이날과 비슷한 어떤 기운을 느끼기는 했었다. 그러나 술을 마신 후의 행동이어서 이성을 마비시키는 알코올의 조화로 미룰 수도 있었지만, 그런 상황 속인데도 뭔가 비켜날 수 없는 묘한 기운이 전신을 휘감는 느낌을 분명히 가졌던 것이다.

하지만 나는 현실적인 측면에서 지극히 상식적인 수준으로 그녀를 대해야 한다는 마음가짐에는 변함이 없었다. 자칫 잘못 행동하면 그녀보다 내 모습이 끝없이 비열해지는 몰골로 추락할 것 같기 때문이었다. 나는 건성으로 책을 장식장 선반에 꽂고 있었다. 옷 또한 옷장 안에 쌓거나 걸었다. 이런 모든 것을 정리하는 데는 한 시간도 채 걸리지 않았다.

"찬우씨, 다 끝났지? 그럼 욕실에 가서 얼굴과 손을 씻고 와요!"

"벌써 식사 준비가 되었어요?"

나는 그녀가 저녁식사를 하자는 것으로 받아들였다.

"시장한가 보다? 식사는 조금만 기다리면 되고, 그 전에 할일이 있지."

영문을 알 수 없었지만 얼굴과 손발을 씻었다. 머리가 개운해 지고 뭔가 큰일을 끝냈다는 안도감이 마음을 평온케 했다.

그녀는 북쪽 창틀 아래로 소반을 놓고 그 위에 흰쌀을 고봉으로 한 그릇, 마른 북어 한 마리, 막걸리 한 대접을 올려놓고 있었다. 그리고 소반 위 양옆으로 대형 촛대를 세워 두개의 촛불을 켜 놓았다.

"자, 세안했으면 상의 입고, 경건한 마음으로 이 집의 신주에게 인사를 올려요!"

"누나…."

나는 그녀를 응시했다. 그녀의 표정은 의외로 무거웠다. 달나라에 사람이 가는 세상에 무슨 가신(家神)이 있느냐는 말 따위는 입금도 들어가지 않을 만큼 그녀의 표정은 사뭇 근엄했다.

"어서 이리 와서 절해요. 첨단의 문명으로 명징한 세상일수록 이런 마음의 자세는 필요하다고 생각해."

나는 쌀과 촛불과 북어가 놓인 소반 앞으로 다가갔다. 큰절을 두 번했다. 그녀의 권유대로 이 집에 유하는 동안 해로운 일이 발생하지 않도록 도와달라고 마음속으로 빌었다. 내가 두 번 절하고 물러나자 그녀도 두 번 절을 했다. 집주인으로서의 예(禮)이려니 생각했다.

의식을 끝내고도 그녀는 소반을 치우지 못하게 했다. 취침할 때 촛불만 끄고 첫날은 그냥 그대로 차려 두라고 했다.

우리는 식탁을 마주하고 앉았다. 저녁밥이 뜸이 드는 내음과 매운탕이 보글보글 끓는 얼큰한 냄새를 맡으면서 나는 순간적이나마 그림 속의 어느 행복한 가정을 떠올렸다.

"매운탕이 잘 끓었다! 우리 막걸리로 건배하자! 새 날이니 가신(家神)이 마신 새 술로 하자. 찬우씨의 활기찬 앞날을 위하여 건배!"

"누나의 행복을 위하여 건배!"

우리는 뽀얀 쌀 막걸리를 담은 유리잔을 부딪치며 서로를 위해 축배를 올렸다.

그날 밤. 그녀는 늦지 않게 돌아갔다. 당신이 갖고 있던 두개의 열쇠 중 한 개를 나에게 주면서 발꿈치를 들고 내 뺨에 입술을 댔다. 나는 그녀를 죄어 안을까 순간적으로 생각했지만 그렇게 하지 않았다.

다음 날은 주초의 월요일이었다.

오피스텔에서의 첫 밤은 깊이 잠들지를 못했다. 혼자가 되어서도 낮부터 시종되던 긴장과 흥분이 쉽게 가라앉지 않았던 때문이다. 출근하자마자 복도 끝의 커피 판매대로 갔다. 연희누나가 그곳으로 나올 것 같았기 때문이었다. 내 예상은 어긋나지 않았다. 그녀가 활짝 웃는 모습으로 휴게 코너로 왔다. 나는 그녀가 즐겨 마시는 생우유 커피를 뽑아서 건넸다.

마침 자판기 앞에는 우리 두 사람 외에 아무도 있지 않아서 편했다.

"첫날밤 소감이, 어때?"

"흥분이 쉽게 가라앉지 않더라구요, 그래서 잠을 좀 설쳤어요…, 고마워요!"

나는 그녀의 미소 머금은 얼굴을 정감을 담은 눈빛으로 고즈넉이 바라보며 말했다. 나에게의 신경 소모 탓인지 그녀의 얼굴이 조금은 피로해 보였다.

"이제부터는 그런 말 않기로 하자. 나도 든든한 아우님 얻은 것 같아 행복하고 뿌듯하거든!"

"누나를 위해 제가 할 수 있는 일이 있으면, 다할게요!"

그때였다. 편집국이 있는 긴 복도의 코너에서 S대학병원 출입의 추기자가 나를 소리쳐 불렀다.

"공찬우씨, 손님 오셨어요."

나는 커피를 입술에 대다 말고 두 눈을 화등잔만 하게 벌려떴다.

추기자의 손짓 안내로 긴 복도를 또박또박 걸어오는 사람은 놀랍게도 단비였기 때문이다.

"아니…."

"오, 토요일에 회사까지 왔다던 그 여인 같으다. 미인인데? 나중에 전화하자."

연희누나가 재빠르게 말하면서 자리를 피해 주었다. 단비가 자판기 앞에 닿기 전에 누나는 자리를 떴으므로 그녀의 말을 들었을 리가 없는데, 단비는 내 앞에 닿자마자 대뜸, "저 여자야?" 했다.

"너… 이 아침에 신문사로 웬일이야? 너는, 출근 안하니?"

"너에게 여자가 생겼다는데, 내 출근이 문제야? 왜 대답 안 해, 저 여자냐구."

"나가자."

나는 황망한 가슴으로 단비의 손을 잡고 엘리베이터 쪽으로 이끌었다. 마침 그때까지도 복도에는 신문사 직원이나 의사회 사람은 없었지만, 정작 엘리베이터 앞에서는 출근하는 사람들이 때맞춰 쏟아져 나오는 바람에 수많은 편집국 사람들과 부닥쳤다. 취재부장이 엘리베이터 앞의 단비와 나를 번갈아 쳐다보며 "손님이 오셨느냐"고 우정 물어봐 주었다. 나는 5분정도만 나갔다가 오겠다고 말했다. 실제 편집회의 시간까지는 20여분 남아 있었지만 그렇게 말했다.

나는 단비를 과수정원으로 이끌었다.

"도대체, 너 왜 이래? 왜 이러는데? 네가 언제부터 나에게 애착 가졌다고 이래? 신문사에서의 내 입장 같은 거 알바 없다 이거냐?"

나는 거칠게 그녀를 몰아세웠다. 화가 나서 견딜 수가 없었다. 그런데 가까이서 본 단비의 얼굴이 말이 아닐 정도로 초췌했다. 화장기 없는 얼굴에 붉게 충혈 된 두 눈이며 까칠해 뵈는 입술과 뒤로 아무렇게나 쓸어올려 묶은 바스러진 머리칼이며, 집에서 입는 자유로운 옷차림의 행색 등이 덜컥 가슴을 무너지게 했다. 나를 향한 그녀의 눈빛이 독기로 활활 타는 것 같았다.

"너는 나를 두 번 죽였어. 소식 두절하면서 내 가슴을 새카맣게 타게 만들었고, 사뭇 죽기 직전에 내 자존심 떡 만들면서 내가 너를 불러내어 드디어 주말에 다시 만나기로 해놓고선, 너는 나를 무시했어. 아니 짓밟았어. 너희 회사까지 찾아간 나를 너는 찾아오지 않았어. 온종일 아니 한밤까지 휴대폰 꺼놓고 나를 모욕했어. 거침없이 여자가 생겼다고 말했어. 네가 뭔데, 나를 이렇게 미치게 만드는 거야. 내 자존심을 걸레로 만드는 거야—"

"나는 너하고 아무 것도 약속한 적 없어. 네가 일방적으로 통고했을 뿐이지. 약속도 하지 않고 남의 회사에는 왜 나타났는데? 여기가 어디라고 물불 안 가리고 아침부터 왜 또 달려 왔는데? 착각하지 마라, 옛날이나 지금이나 나를 무시하고 모욕하고 있는 사람은 바로 너야. 어떻게 나한테 이렇게 행동할 수 있어? 네 눈에는 내가 버러지만도 못해 보이냐? 네 기분대로 다루어도 괜찮은 존재로 보여? 인간미물로 보여? 그래, 아침부터 신문사로 나를 찾아와서, 어쩌자는 건데? 속셈이 뭔데? 말해봐."

입귀에 침방울을 물고 삿대질과 함께 다가서는 내 서슬이 예사롭지 않았던 것인지 단비가 뒤로 한 발짝 물러섰다.

"찬우씨…."

"내 이름 부르지도 마라. 너는 지금껏 네 기분 네 감정 밖에 모르는 사람이야. 남을 생각하는 배려라는 것이 도통 없는 여자야. 기본적인 교양도 자존심도 없는 여자야. 네 맘대로 안 되면 광기든 사람처럼 거침없이 발작하는 성숙되지 않은 여자야. 친구로서도 지금의 너는 부담스러워. 돌아가."

냉혹하고 매몰찬 내 소리에 단비는 자기 화를 못 이겨 기성을 내지르며 흙바닥에 주저앉아 버렸다. 사방을 둘러보았다. 여유 없는 출근시간이어선지 과수정원에는 다행히 사람들이 없었다.

그녀가 다시 벌떡 일어났다. 증오와 분노로 버무려진 두 눈동자가 내 얼굴에 꽂혀 번뜩였다.

"여자가, 생겼다고 했지? 그래서 나를 이렇듯 박대하는 거야?"

"그래, 사랑할 여자를 찾고 있다. 나를 진심으로 배려해줄 마음 고운 사람을 찾고 있어."

"좀 전 그 여자였니? 나를 훑던 눈빛이 찌를 듯이 강열했거든."

단비의 얼굴이 서서히 애원조로 바뀌었다. 두 눈에 금방 눈물이 어렸다. 그리고 내 두 손을 끌어 쥐었다.

"찬우야! 지금 나하고 시내로 나가자! 우리, 이렇게 헤어질 수는 없잖아…. 일주일 전 저녁에도 너는 나를 미워하지 않았어…."

나는 그녀에게서 손을 빼내며 얼굴을 돌렸다.

"지금 나는 근무 중이야. 나갈 수 없어. 그리고 너에게 할 말도 없다."

"나는 출근도 안했어. 나는 할 말이 너무 많아. 이대로 돌아갈 수는 없어…."

그녀답지 않게 두 볼 위로 눈물을 쏟아냈다. 입술을 일그러뜨리고 고개를 옆으로 꼬면서 고통스러워했다. 난감했다. 훌쩍 몸을 돌려 건물로 들어가 버릴 수도 없었다.

"일단 출근해라. 그리고 퇴근하고 쎄실로 와라. 할 말 그때 해."

나는 그 말을 끝으로 돌아서 성큼성큼 정원을 벗어나 빌딩 안으로 들어가 버렸다. 어처구니없는 심정이었다. 단비의 심중을 이해할 것 같으면서도 도무지 용납이 되지 않기도 했다.

앞뒤 분별없이 자신을 내팽개치듯 행동함은 분명히 충격을 받았음에 틀림없어 보였지만, 그 원인이 나에 대한 애정 때문만은 아닐 것이었다. 집착이거나 완전한 자기 소유로 의심하지 않았던 나에 대한 배신감 혹은 자존심의 상처 때문일 것이었다. 보다 더 가깝게는 그녀의 성격인 인내심 결여와 이성적(理性的)으로 사고하는 냉철함의 결여이고, 자기 생각 외는 관심이 없는 극도의 이기심 때문일 것이었다.

지금까지의 짧지 않은 교제에서 모든 주도권을 그녀가 잡듯 했던 것은 경제력이 전적으로 그녀에게 있었고, 단비 외에 여자친구를 가져보지 못한 내 무지에도 원인은 있었다. 그녀는 좀 과한 표현일지 모르나 새끼손가락으로 나를 부리듯 했고 때와 장소를 가리지 않고 성깔을 부렸다. 내 자존심 같은 것은 애시당초 염두에 두지 않았다. 여러 사람 앞에서 면박주는 것이나 술판을 뒤엎는 것은 다반사요, 뜨거운 애정행위 중에도 기분이 틀어지면 거침없이 벌레 털듯 제 몸 위의 나를 떨쳐내 버렸다. 조울증 환자처럼 어느 때는 사람을 피말리듯 신경을 건드리고 어느 때는 화끈한 열정의 화신처럼 뜨겁게 굴기도 했었다. 그녀와 두달여의 공백기간은 있었지만 달라진 부분은 없는 것 같았다. 오히려 전에 비해 끈적하고 복잡한 성향이 더 첨가된 듯 부담이 가중되기만 했다.

문제는, 그녀가 어떤 여자이든 어떤 원인에 의해서든 내 마음에서 멀어지고 있다는 사실이었다. 다시 다가서보려 노력도 하고 싶지 않았다. 세상에 나 혼자 뿐인 것 같던, 가슴이 커다란 공동으로 시린 바람이 들락거리던 때에, 내가 떨어지지 않으려 한사코 매달려 있던 나무에서 이제 손을 놓아버리고 싶은 것이다. 매달려 있기에 그 나무는 너무 거칠고 흔들림이 심해 내 몸 구석구석에 상처가 생겼기 때문이었다. 물론 직장이 생겼고 연희누나의 따뜻한 정이 내 전신을 휘감아 언제나 시리던 가슴이 덥혀지고 마음에 여유가 생긴 나 자신의 변화도, 팔을 풀어 내리고 싶은 이유 중의 하나였다.

사무실에 들어섰을 때는 이미 월요편집회의가 시작되고 있었다. 20여분이 금방 흘러버린 모양이었다. 바싹 긴장하여 회의실로 들어가 끝자리에 앉았다. 국장이나 부장 어느 누구도 늦었음을 질책하지 않았다. 다만 회의가 끝난 후에 추기자가 '여자친구'였느냐고 물어왔다. 그렇다고 대답했다.

"문제가, 생긴 모양이지? 아침 일찍 회사로 찾아오는 걸 보면?"

그냥 여자친구라는 정도로 지나가 주었으면 싶었는데 단비를 안내해 준 장본인 이어선지 그것으로 끝나지 않았다.

"좀 다투었거든요."

"보통 규수는 아닌 것 같아? 애인끼리 감정 나서 투닥거렸다고 따지러 사무실까지 찾아오는걸 보면…. 공기자를 찾는 말투나 표정이 험악할 정도였거든."

"죄송합니다…."

"사과할 것 까지는 없고…. 오늘, S대학병원에 가나?"

"아니요, 보건협회나 보건대학원 쪽으로 나가볼까 하구요. 대학병원 가게 되면 선배님께 먼저 보고 드리겠습니다."

"아니, 그것 때문에 물어보는 것은 아니고…. 여자친구 잘 다스려요. 회사까지 찾아오게 하면 공기자에게 절대적으로 마이너스야. 사생활 복잡한 것으로 견습딱지 떨어지는데 장애가 될 수 있거든."

"유념하겠습니다. 충고해 주셔서 고맙습니다!"

나는 겸손한 마음으로 인사말을 놓치지 않았다. 다행히 그는 여러 사람 앞에서가 아닌 화장실을 다녀나오다 그곳으로 들어가던 나에게 바로 그 자리에서 말해 주었으므로, 실제 고맙기조차 했다.

이날의 취재는 창간특집 기사인 지역별 질병현황 자료수집으로 해가 저물었다. 온종일 뭔가 겉도는 기분으로 마음이 가볍지가 않았다. 내 오랜 소망이었던 자립(自立)의 출범을 한 첫날 첫 출근에서 단비의 예상 밖 행동이 뭔가 앞날에 심상찮은 일을 불러올 것 같은 예감이 들었기 때문이었다.

그러나 낮 종일 떨쳐지지 않던 걱정은 기우에 지나지 않았던 것일까. 퇴근 후 쎄실에서 만난 단비는 함박꽃처럼 밝았다. 화장하지 않은 창백한 얼굴에 뒤로 쓸어 묶은 손질하지 않은 머리, 맨발에 슬리퍼와 집에서 입던 옷차림그대로 신문사로 달려 왔던 아침녘과는 달리, 패션감각이 빼어난 그녀답게 몸매에 들러붙는 최신 유행의 옷차림과 짙고 대담한 그녀 특유의 화장법으로 개성이 도드라지는 평소의 모습이었다. 그녀는 나보다 먼저 나와 있다가 내가 후줄근히 처진 어깨로 홀에 들어서자 자리에서 손을 높게 흔들었다.

"어서와! 피곤해 보인다, 찬 맥주 마실까?"

그녀의 음성은 높고 경쾌했다. 나는 그녀의 앞좌석에 털썩 앉으면서 "아무거나" 했다. 그녀의 기분이 밝아 보임은 말이 통할 것 같아 나쁘지는 않았으나, 감정변화가 잦은 것을 알기 때문에 눈앞의 상황이 지속될 것이라곤 믿지 않았다.

"아침에 너를 당황케 해서 미안했다! 2년 넘게 뜨거운 사이였는데, 헤어질 때는 그 정도의 추억(?)거리 하나쯤 만드는 것도 괜찮을 것 같았거든! 그런데, 친구로서도 내가 싫다는 네 말은 가슴이 아프더라.”

나는 단비가 어떤 언질로 어떤 상황으로 우리의 문제를 끌고 가든, 일단 그녀의 말을 전부 들어보기로 한 터라 말없이 바라보기만 했다. 맥주 두병이 탁자 위에 놓여졌다. 그녀는 선뜻 한 병을 집어 나에게 건네고 나머지 한 병을 들어 꼭지를 뺐다.

“자, 우리 이별건배 하자! 연인 지우고 친구로 남기. 이제는, 플러스 마이너스 이꼴이야! 무슨 소리냐구? 사실 우리 소식 끊었을 때 말이야, 나에게 적극적으로 접근하던 남자가 있었거든. 솔직히, 너와 나는 부부로 살기엔 어울리지 안찮아? 서로를 너무나 잘 알고, 호기심도 신비감도 없어지고, 무엇보다 내 강한 성격과 너 깐깐한 성격도 맞지 않고, 또 뭐랄까, 결혼한 사람들이라면 권태기에 접어 들었달까, 어쨌든 우리는 결혼으로 갈 처지는 아니었잖아. 우리 둘 다 사랑이란 연막이 벗겨진지 오래됐었거든.”

그녀는 잠시 숨을 몰아쉬곤 다시 말을 이었다.

“그래도 너와 이별향연이랄까, 피리어드는 찍고 싶은 맘이 있어서 너에게 연락했던거야. 너를 놀래키려고 결혼했다는 말도 하고 또 번복하고, 네 소식 기다리느라 나날이 내 가슴이 탔다는 말도 하고…. 그래 미안하다…. 너한테 너무 짓궂게 굴어서…. 여자란 원래 요물스런 데가 있거든. 그런데 한 가지, 네가 취직이 되었다니 반갑더라, 이렇게 막말해도 되는지 모르겠다마는, 내가 너를 버려도 네가 기댈 곳이 있다는 사실이 그렇게 다행일 수 없었어. 진심으로 너를 축하해 주고 싶었어, 그래서 너와 이별주 마시는 것을 한 주 미루었던 셈이지. 그런데, 너는 토요일에 시간을 남겨두지 않고 이미 회사를 나가 버렸더군. 내 성의가 무시되는 것 같아서 화가 좀 났지. 그래서 헤어지는 이유를 너에게 완전히 덮어씌우려고 했어, 마치 너에게 여자가 생겨서 내가 헤어지는 것처럼, 분노한 것처럼…. 결국, 플러스 마이너스 이꼴이 되었다. 그러나 서로 건강하자! 내가 아무리 못되게 굴었어도 우리 한때는 뜨거웠잖니, 친구로 남자! 자, 건배!"

그녀가 빠른 음성으로 그간의 과정을 시나리오로 작성하여 대사로 읊듯 말했다. 그리고 맥주병을 잡은 채 그녀의 얼굴만 바라보고 있는 나에게 술병을 위로 쳐들라고 재촉했다.

"뒤통수를 얻어맞은 기분이구나…."

"여자란, 원래 그래."

"펑펑 눈물을 쏟기도 하고 독기 서린 눈빛으로 쏘아보기도 하고, 네가 그토록 연기에 소질이 있는 줄은 몰랐다. 배우를 지망했으면 대성할 뻔했이!"

나는 그녀의 말을 전적으로 받아들이는 입장을 담담하게 보였다.

"맞아! 언젠가는 그쪽으로 튈거야! 늦은 감은 있지만 꿈은 갖고 있어. 그런데, 딱 한 가지만 물어보자, 너 진짜 여자 생겼니?"

나는 속으로 실소했다.

"왜, 네 말투대로, 나를 걷어차도 받아 줄데 있어 안심하고 떠나고 싶어서 그래? 그냥 마음 푹 놓고 가거라. 틈틈이 여자를 찾고 있으니까 언제든 생길거야."

"그랬구나. 그래, 열심히 찾아봐. 취직도 되었겠다, 배경은 없지만 실제 너 만한 인물도 흔치 않으니까 기운내고. 자, 서로 건강하고 행복하게 잘 살기 위해 건배하자!"

단비가 다시 맥주병을 위로 솟구쳤다. 나는 말없이 부딪쳐 주었다. 그녀는 맥주병을 입술에 댄 채 단숨에 마셔버렸다. 그리고 자리에서 사뿐 일어나면서 손을 내밀었다. 그녀의 손을 잡았다.

"건강해라! 이 깐깐한 친구야!"

내 손을 힘주어 잡으며 그녀가 말했다. 나는 고개만 끄덕였다. 바로 그때였다. 검은 안경, 검은 티셔츠, 검은 바지의 건장한 청년 하나가 홀에 들어서더니, 단비를 보고 뚜벅뚜벅 걸어왔다. 단비가 활짝 웃었다.

"어머, 벌써 왔어요? 마악 일어나던 참인데. 아, 찬우야 인사해. 내 약혼자 양형만씨야. 그리고 이 친구는 내 대학동창 공찬우씨."

건장한 근육질의 청년이 먼저 손을 내밀었다.

"아, 단비에게서 공형 이야기를 많이 들었습니다. 반갑습니다."

청년이 대뜸 나를 '공형'이라 호칭하며 스스럼없이 다가와 내가 어리둥절할 지경이었다.

"예, 축하합니다."

나는 청년의 손을 잡았다. 스치듯 짧게 잡은 손이었지만, 순간 중요한 어떤 부분을 인계하는 듯한 명징한 기분이 들었다.

"그럼."

청년이 나를 향해 까딱 목례를 보내며 단비의 어깨를 팔을 둘러 감싸고 출구 쪽으로 나갔다. 나는 엉거주춤 일어선 채 그들의 뒷모습을 멀거니 바라보았다. 솔직히 얼떨떨했다. 단비의 말이 전부 사실인 것도 같고 전부 꾸며낸 거짓인 것도 같았다. 그러나 진실일 것이라는 느낌이 더 강했다. 운동으로 단련되어 보이는 건장한 몸매며 선글라스 속의 눈빛은 보지 못했지만 우뚝한 콧날과 큰 입의, 자못 성깔과 야망이 넘쳐 뵈던 청년의 모습이 위압적이던 것으로 미루어 단비의 적절한 상대가 되겠거니 느껴졌다. 무엇에 홀린 듯도 싶고 단비의 언행에 납득이 되지 않는 부분도 있었으나 진실이든 아니든 참으로 다행인 점은 당금의 내 기분이 놀라울 만큼 담담하다는 사실이었다.

호주머니 속의 휴대폰이 울렸다. 아버지였다. 마포 오피스텔이 있는 건물 앞에서 나를 기다리고 있다고 했다. 서둘렀다. 한 모금 마시던 술을 그냥 둔 채 일어났다. 밖으로 나갔다. 누군가 앞을 막았다. 뜻밖에도 연희누나였다.

"아니, 여기를 어떻게…."

"미행 좀 했어. 어서 차 타라, 아버님 기다리고 계시잖아."

"어떻게, 그걸 아셔요?"

"어저께에 오늘 밤에 들르시겠다고 하셨거든. 아마 지금쯤 건물 부근에서 서성거리고 계실지도 모르지."

"정확하게 맞추셨어요. 지금 빌딩 앞에 계시다고 전화 주셨어요. 그런데, 그냥 퇴근하시지 왜 저를 미행하셨어요?"

나는 그녀의 차에 오르면서 나로 인해 신경쓰임이 많은 그녀에게 미안한 마음이 곁들여져 물어보았다.

"아침 복도에서 만난 단비씨의 표정이 예사롭지 않았거든. 마치 무슨 일을 저지를 것 같은 피폐한 얼굴이어서 사실은 과수정원에도 뒤따라갔었어. 두 사람 모두 감정에 받혀서 내가 등나무 등걸 뒤에 서 있었는데도 모르더라구. 물론 눈에 띄지 않으려고 신경도 썼지만. 그래서 저녁에 약속하는 것도 들었고, 사무실에서 기다리고 있다가 찬우씨 퇴근하는 것을 보고 이곳으로 차를 몰았지."

"제 일에…, 왜 그렇게 신경을 쓰셨어요?"

"글쎄 왜 그렇게 안절부절 신경이 쓰였는지 나도 이유를 모르겠어. 쎄실 안으로는 차마 뒤따라 들어갈 수는 없고 찬우씨가 밖으로 나올 때까지 차 속에 있었어. 결과부터, 물어봐도 돼?"

"헤어졌습니다. 약혼자라면서 밤에 색안경을 끼고 다니는 사람을 소개하더라구요."

"약혼자? 아니, 그럼 단비씨에게 따로 남자가 있었다는 말인가?"

"연락이 없는 동안, 용맹한 새 기사가 나타났다고 합니다."

"그럼, 좀 전에 선글라스 낀 키 큰 남자와 늘씬한 여인이 서로 엉켜서 나와 검정 에쿠스를 타는 것을 보았는데, 단비씨와 그 남자란 말인가?"

"그렇습니다."

"어머…, 그렇다면 찬우씨가 채였구나…."

"단비 말이 '플러스 마이너스 이꼴' 이라 하더라구요. 누가 누구를 할 것 없이, 둘이 똑같은 마음이었다는 뜻이겠지요. 합의이별인 셈이랄까요."

"이해할 수가 없네. 제 정신 아닌 여자처럼 맨발에 슬리퍼 끌고 회사로 달려나온 이유는 무엇인가? 과수정원에서 기성을 지르며 주저앉아 펑펑 눈물을 쏟던 이유는 무엇인가?"

"지난 토요일 단비 전화에 여자랑 같이 있느냐고 해서 그렇다고 했더니 자존심이 많이 상했던 모양이에요. 본인은 나한테 장난질 친 것처럼 말했지만, 자존심 세고 이기적이고 화급한 성격이 참아내기 힘들었던 것이 아닌가 싶었어요."

"찬우씨, 섭섭…하지 않아?"

"담담해요."

"글쎄, 그럴까?"

"누난, 남자친구와 헤어져 본 적 있어요?"

"이젠, 내 차례야?"

그녀가 나를 돌아보며 웃었다.

"말씀 안하셔도 됩니다."

"말할게. 서른 살을 넘기고도 이성친구가 없었다면 믿지 않을 테니까. 하지만, 손도 제대로 잡아보지 못한 첫사랑 맹꽁이가 있고, 키스 몇 번으로 이민 가버린 소년도 있었지만, 20대 때는 딱히 뜨거운 친구는 없었어. 문제는… 현재다. 나도 찬우씨와 단비처럼 몇년 가까이 사귀고 있는 사람이 당연히 있지. 물론 가끔 생리도 해결하지만, 지금은 내가 정리를 서두르고 있는 중이야."

"사랑의 연막이… 누나 쪽에서 먼저 벗겨지고 있는 모양이지요?"

"사람이 미운 건 아닌데… 내가 좀 억울하다는 생각이 들어서지…."

"상대가, 유부남인가 보지요?"

"그래, 아내가 있는 남자야."

그녀는 서슴없이 대답했다.

"그분을…사랑 하십니까?"

"그렇다고 믿었는데…요즘 많이 혼란을 느껴…."

나는 더 이상 말하지 않았다. 언젠가 늦은 저녁시간에 그녀를 당장 만나자고 강요하던 그 사람이 상대이겠거니 생각해볼 뿐이었다.

"다 왔어. 어머, 저기 현관 외등 아래에 아버님이 서 계신다! 찬우씨, 여기서 내려. 아차, 잊을 뻔 했다. 이거 받아, 아버님 열쇠야. 아들 집에 오시는 부모를 앞으로는 저렇듯 길에 서서 기다리시게 해서야 안 되지."

"고맙습니다…."

나는 그녀의 빈틈없는 배려가 고맙다 못해 은근히 부담이 되기도 했다.

"굿나잇!"

내가 차에서 내리자 그녀는 바른 손을 들어 보이곤 곧장 차를 유턴시켜 돌아갔다.

빌딩 앞으로 서둘러 다가가자 아버지는 몹시 반가워했다. 빌딩이 너무 고급스럽고 거대해서 위축감이 든다고 했다. 아버지를 부축하여 10층의 오피스텔로 안내했다. 아버지는 몹시 놀라워 했다. 생각보다 넓고 화려하다고 했다.

"마치 신혼집 같구나! 가구들이 새것처럼 깨끗하고 정돈되어 있는 것이 깔끔한 사람이 살았던 집 같다. 선배라는 집주인이 여자이더냐?"

나는 아버지의 정확한 지적에 그렇다고 대답했다. 물론 연희누나라는 말은 하지 않았다.

"아버지, 잠시만 침대에 누워 쉬세요. 저녁상 차릴게요."

"나가서 먹자, 뭐가 있겠니…."

"아니예요, 어저께 다 준비했어요. 밥도 보온통에 가득 있고 밑반찬도 많아요. 연희누나가 많이 거들어 주었어요."

나는 그녀가 전적으로 다 마련해 왔다는 말은 하지 않았다. 그러나 식탁을 차려놓고 보면 내 솜씨가 아님이 금방 드러날 것이라 미리 말해 두었다.

"그 처녀가 너를 친동생처럼 생각하나 보다, 고맙지 뭐냐. 서로 독자라 외로운데 너도 친누나처럼 힘든 일 있으면 도와주도록 해라. 옛날 건달들에게서 네가 그 누나를 도와주었다더니 그 일이 그렇게 고마웠던가 보다. 취직까지 시켜주고 계속 신경을 써주니 말이다."

"정말 나에게는 고마운 분이세요."

아버지는 욕실이며 옷장 장식장 주방 시설들을 꼼꼼히 돌아보며 연방 고개를 끄덕이면서 만족해했다.

"이런 정도면 월세를 꽤나 받을 것 같은데… 얼마로 정한 것이냐?"

"아직 모릅니다. 하지만 걱정 마세요. 회사의 선배님이 제 형편을 너무 잘 알고 있으니까 시세보다는 저렴하게 해주실 것입니다."

"너무 궁한 티 보이지 마라. 내 월급의 절반을 매달 떼어줄 것이니, 정식 월급 받을 때까지 그것으로 세내고 살어라."

"안돼요, 아버지. 그렇게 떼어 주시면 아버지는 생활비 주랴 용돈을 무얼로 쓰세요. 그냥 10분의 1 정도만 도와주셔도 저는 충분합니다."

"암말 말고 내 하자는 대로 해라. 기본적인 생활비는 얼마 들지 않더라. 생활비와 찬수 학교수업료 외는 일체 지출을 끊었으므로 충분히 가능하다. 그리고 이것은 내가 매달 조금씩 아무도 모르게 예금해 두었던 것을 찾은 거다. 전부 남의 가구를 사용하고 있으니 당장은 큰 돈이 들지 않겠다만 그러나 살아갈수록 필요한 것이 자꾸 생길 것이다. 많지 않은 금액이지만 네 이름으로 통장을 만들어서 활용해라."

아버지가 안주머니에서 봉투 하나를 꺼내 건네주었다. 삼백만원이었다. 아버지와 내 입장에서는 적지 않은 큰 돈이었다.

"언제 이런 돈을 모으셨어요? 저에게 다 주시면 아버지는 무얼 쓰십니까?"

"걱정마라, 내가 돈 쓸 일이 뭐가 있냐, 약값 술값 정도는 있다. 나에게 유일한 희망은, 네가 사회인으로 우뚝 서서 당당하게 잘 살아주는 것이다."

"아버지, 저 열심히 잘 살고 있는 겁니다. 이제 제 걱정은 거두시고요, 아버지 인생도 즐기셔야 해요. 아버지 좋아하시는 낚시도 다니시고 여행도 하시며 사시라고요. 제가 장가들면 아버지 뫼시겠지만, 그동안이라도 생각 달리 잡수시고 마음을 편히 가지시라구요."

"내가 움직일 수 있는 한 나는 나 혼자 살거다. 자식며느리의 짐은 되지 않는다. 움직이지 못하면 간병인 사서 병원서 살다 죽을 생각이야."

"먼 훗날이야기예요. 아버지, 어서 진지 드세요!"

"그래. 아니, 매운탕에 이게 웬 진수성찬이냐?"

"글쎄, 어저께 연희누나가 밑반찬 건이랑 다 도와주고 갔다니까요!"

9월도 중순을 넘어서면서 신문사와 의사회는 분주하게 돌아갔다. 하순경인 바로 추석 앞에 의사회 창립일과 신문사의 창간일이 일주 간격으로 들어 있었기 때문이다.

더욱이 금년은 의사회 창립 50주년, 신문창간 50주년으로 "반세기를 맞는 한국의 인술현장"이란 큰 타이틀의 특집과 "전국의사 골프대회", "벽지 무료봉사" 등 사업이 기획되어 있어 전 직원들이 바쁘게 돌아쳤다. 특히 견습기자인 나에게도 기성 기자들과 다름없는 과제들이 떠맡겨졌다. 베테랑급 기자들과 차이를 두지 않고 일을 안기는 것은 데스크의 나에 대한 능력인정이랄까 곧 신뢰가 바탕이 되었을 것이라고 나름대로 판단했다. 따라서 나는 일을 적당히 얼버무리지 못하는 성격에다 완벽하게 해내고 싶은 욕망으로 밤낮을 잊은 채 자료취재와 기사작성에 혼신을 다했다.

실제 어느 분야든 50주년이라면 짧지 않은 세월이었고 나름대로 토양에 깊숙이 뿌리를 내릴 수 있는 연륜이었다. 특히 의학계는 그 기간 동안 발전이 눈부셨다. 초창기, 뜻이 맞는 의사 몇 사람들로 구성된 모임이 2만여 회원단체가 되었고 당시 만든 회원 소식지 타블로이드판 한 장짜리 신문이 40면의 주 2회 전문신문으로 확대될 만큼, 우선 양적으로 장족의 발전을 거듭해왔다. 개인병원과 종합병원, 일반의사와 전문의사, 병 · 의원급 분류와 의사의 전문성 세분화 등의 구분이 분명해졌고 나름대로의 기능과 역할이 자리를 잡았다. 무엇보다 눈부시게 발전한 것은 의료기술(醫術)이었고 의술에 따른 첨단 의료기구도 대량으로 들여와 한국의 의료 · 의학 수준은 거의 선진국 선에 도달했다.

뿐만 아니라, 아직도 부작용이 발생하고 있지만 전국민의료보험과 의약분업도 제도화되어 병원문턱이 낮아지는 현상과 복지국의 문턱을 넘어선 분위기도 조성되었다. 국민들의 질병성향도 선진국형의 암종이나 성인병 종류로 변화되었다. 따라서 어떤 전문분야 보다 의료분야는 내 · 외형적으로 지난 50년 동안 가장 빛나는 발전을 가져왔다고 볼 수 있었다.

이러한 차제에 반세기를 맞는 의사단체 전문지가 다루어야 할 내용은 부지기수였고, 이에 걸맞게 창간기념 특집의 면수(페이지)가 자그마치 100면으로 평소 때보다 1.5배나 증면책정이 되었다. 물론 100면 속에는 축하광고가 3분의 1을 차지한다고 하지만 기자들이 분담하는 작업량은 적지 않았다.

앞서도 언급한 것처럼 기자생활 만 4개월이 조금 넘는 견습생인 나에게 떨어진 일의 분량은 밤낮으로 뛰고 읽고 써도 쫓기는 상황으로 실제 나는 엄청난 스트레스 속에서 나날을 정신없이 돌아쳤다. 놀라운 사실은, 전혀 나와 같지 아니한 선배기자들의 여유 있는 활동상황이었다. 최소한 7년차 이상의 베테랑급인 이들은 매년 창간 때마다 다루는 중복된 기사내용이 많아서인지 그 분야의 전문인이 되어져서인지 일의 양에 비해 조금도 힘들어하지 않았다. 작년 혹은 그 전 해에 자신이 썼던 기사를 내놓고 통계수치나 연도를 수정하는 정도로 일을 끝내는 사람도 있고, 약간의 보충취재로 매듭짓는 경우도 있었다. 경험이나 업적이 전무한 내 경우와는 천양지판이었다. 당연한 과정이지만, 하나부터 열까지 전부 취재하고 연구 · 공부하면서 기사화해야 하는 말단의 내 경우와는 달랐던 것이다.

오히려 선배기자들이 신경 쓰는 부분은 다른 쪽에 있었다. 창간축하광고 건이었다. 당신들의 출입처에서 의무적으로 가져오게 되는 축하광고의 구매자에게 광고료 수입 30퍼센트를 지급하는 제도를 활용하는 데만 신경을 쏟고 있었던 것이다.

광고료가 높은 상품을 가져오면 그것만큼 수입이 많아지기 때문인지 축하광고에 대한 기자들의 자세는 실로 적극적이었다. 물론 그 건 역시 나하고는 거리가 먼 사항이었다. 출입처가 없으니 고정적인 축하광고를 주는 곳도 없고 출입처 아닌 곳에서 광고를 만들어 올 줄도 몰랐다. 방법을 알지 못했던 것이다.

올챙이 견습기자의 비애를 통째로 느낄 수 있는 이즈음이었다. 창간기념 광고 건이며, 출입처에서의 정례적인 명절사례며, 회사에서의 보너스 지급 등 선배기자들이 당연히 누릴 수 있는 내용들이 나에게는 전혀 해당사항이 아니었기 때문이다.

솔직히 나는 나에게 짐 지워진 기사의 분량 때문에 기사작성 외적인 사항에는 신경을 쓸 여유도 관심도 없었다. 선배기자들이 나에게 안됐다는 눈빛과 동정적인 말만 내뱉지 않았더라도, 나는 그런 내용들을 알지도 못했을 것이고 또한 외롭다는 생각 따위 떠올리지도 않았을 것이었다.

언제부터인지 기자들의 일괄적인 단체행동도 이루어지지 않고 있었다. 원인은 창간일과 추석이 겹쳐지면서 수입을 올리는 자기 일들이 많아졌기 때문일 것이었다. 각자 개인활동으로 통일성이 없었고 더불어 나를 따돌리는 경우도 없었다. 그러나 잠정적인 해산일 뿐 창간일과 추석연휴가 지나면 다시 어떻게 형성될지는 알 수 없는 일이었다.

나는 할당된 다섯 건의 기획기사 과제만(200자 원고지 180매 분량)을 안고 신문사에서 거의 살다시피 했다. 현장취재 말고도 역대의 신문보관지나 합본에서 혹은 인터넷에서 자료를 봐야 할 경우도 많아 컴퓨터 앞에서 밤을 지새는 경우도 있었다.

연희누나는 이러한 내 형편을 알고 있었다. 그녀는 몇 차례 오피스텔에 들려서 침대 위에 늘어놓은 내 옷가지를 정리하고, 다음날 조반까지 밥솥에 끓여 보온을 시켜놓고도 갔지만, 귀가하지 못해 그녀의 배려에 답례인사를 못한 적도 있었다.

이틀 전에는, 내가 편집국에서 늦게까지 일을 하는 것을 알고 그랬는지 그녀도 의사회 사무실에서 늦은 시각까지 일을 했던 모양이었다. 내가 신경 쓸 것을 염려해서인지 물론 그렇지 않을 수도 있는데(나는 이즈음 그녀의 모든 행동을 나를 배려한다는 측면에서만 해석하는 습관이 생겼다) 그녀는 자신도 의사회 사무실에서 일을 하고 있음을 나한테 말하지 않았으므로 나는 알지 못하고 있었다.

10시가 조금 넘었을까 한 시간이었다. 옆방 의사회사무실에서 갑자기 큰소리가 난 듯했다. 나는 작업을 멈추고 귀를 기울였다. 잘못 들은 것이 아니었다. 굵은 남자의 음성이 연이어 높은 소리를 내고 있었다. 어딘가 귀에 익은 음성 같았지만 소리의 주인공을 금방 알아낼 수는 없었다. 나는 편집국 문을 열고 의사회 사무실 쪽의 복도로 다가갔다.

소리가 튕기듯 복도로 굴러 나왔다. 야심한 밤 시간 때문인 것 같았다.

"이유가 뭐냐구, 말을 해보란 말이야. 왜, 나를 아무것도 할 수 없게 만드느냐고….”

“조용하세요. 여긴 사무실이라구요.”

“사무실이면 어때, 이 시간에 누가 있다고 걱정이야, 제발 연희야! 이유를 말해봐, 나를 떠밀어내는 이유가 뭐냐구.”

“나도 모르겠어요, 하지만 이런 관계를 계속할 수는 없잖아요. 밖으로 나가요, 여기가 어디라고….”

나는 심장이 내려앉는 듯한 휘둘림을 느끼면서 서둘러 편집국으로 들어와 버렸다. 그리고 편집국 문을 안으로 잠그고 실내의 모든 형광등을 소등해 버렸다. 편집국에 사람이 없다는 것을 알리기 위해서였다.

놀랍게도 그들의 목소리는 살갗이 하얀 신문담당 공보이사와 연희누나의 것이었다. 그녀의 상대가 바로 공보이사였음을 나는 확실히 알아버리고 말았다.

그들이 의사회 문밖으로 나오는 소리가 들렸다. 또각거리는 연희누나의 구두소리와 뚜벅뚜벅 성큼성큼 걷는 공보이사의 구두소리가 엘리베이터 쪽으로 향하고 있었다. 그리고 사위는 다시 쥐죽은 듯 조용해졌다.

심장박동이 왜 무섭도록 급박하게 뛰는지 알 수가 없었다. 나는 다시 불을 켜지 않았다. 회의실의 긴 소파에 누워버렸다. 나를 입사시킨 연희누나의 막강한 힘이 어디에서 비롯되었는지 비로소 알게 된 나는 여전히 컹컹 울려대는 심장을 안정시키려 가슴께를 쓸어내렸다. 만나주지 않는 이유를 대라며 다가드는 공보이사에게 누나는 어떻게 대답을 해 줄 것인지 여간 마음이 쓰이지 않았다. 그녀가 그를 피하는 이유가 바로 나에게 원인이 있을 것이라는, 나름대로의 예감 때문이었다. 마음이 편치 않았다.

그날 밤, 나는 신문사에서 밤을 지샜다. 다음 날에는 누나도 나도 서로 통화를 하지 않았으므로, 설령 통화를 했더라도 내가 누나의 상대를 알고 있다는 말은 할 생각이 추호도 없었으므로 하지 않았을 것이었다.

그날로부터 일주일 후.

드디어 한국의사협회와 Q신문사의 창립 · 창간 50주년이 되는 날이었다. 나는 고생은 했지만 나에게 맡겨진 과제를 무난히 이루어냈으므로 정작 창간 기념일 아침에는 몸도 마음도 가뿐했다. 의사골프대회와 바둑대회 말고도 오후 5시부터는 S호텔 대연회장에서 기념행사와 만찬회가 있었다. 서울시내 각 구별 의사회 임원들과 대학병원 · 종합병원급 수장, 정부관계자, 지방의사회 임원 등 전국에서 올라온 하객들이 줄이어 호텔 대연회장으로 밀려들고 기자들과 의사회 직원들은 손님안내로 동분서주 돌아쳤다.

이날은 국악인과 대중 가수들도 초청, 축하공연도 마련되어 있었고, 원로의료인들에게 공로패 수여와 참의사(인술의 사명감으로 헌신 · 봉사한 의사)인술인상 시상도 있을 것이었다. 좁게는 직원들의 감사패(10년 근속자) 수여도 있을 예정이었는데, 놀랍게도 이날 프로그램 유인물의 최단 말미에 편집국 견습 공찬우, '취재부 기자 발령' 이란 글자가 박혀져 있음이 눈에 들어왔다. 만찬장에서 프로그램 유인물을 테이블마다 돌리다 말고 직원들의 공로패 수상자 명단을 무심코 훑어보다가 그 글귀를 발견했다. 나는 잘못 읽은 것이 아닐까 싶어 다시 두 눈을 부릅뜨고 살폈다. 틀림없는 '공찬우 취재부 기자 임명' 이란 내용이었다.

나는 순식간에 얼굴이 붉어지고 심장박동이 급작히 컹컹 북치듯 소리 내어 울림을 내 귀로 들을 수 있었다. 누군가 등 뒤에서 내 어깨를 툭 쳤다

"축하해요, 내 이럴 줄 알았어!"

추기자였다.

"저도, 지금… 보았습니다."

"이런 경우는 극히 드문 일인데… 특별케이스야!"

대화를 나눌 시간도 없었다. 추기자는 자기 출입처에서 오는 내객을

맞이하느라 입구 쪽으로 서둘러 나갔고, 나는 하객들이 자리에 앉기 전에 유인물을 테이블 마다 빠르게 돌려야 했다. 두 다리가 구름 위를 걷듯 겅중거렸다. 입사한지 정확히 4개월 20일이었다. 견습기간 6개월도 전문기자로서의 완벽한 실력을 쌓는 데는 빠른 기간이라고 선배들이 말한 것으로 보아, 실제 나처럼 조기발령 경우는 흔치 않은 일인 것 같았다. 선배기자들에게 미안한 생각이 들었다. 내가 마치 그들에게 무엇인지는 모르지만 의도적으로 도전이나 한 것 같은 느낌마저 들었다.

"그래…. 그간, 나름대로 최선을 다한 것이 효과를 본 것 같다…. 국장 · 부장 · 차장님들의 지나친 신뢰가 은근히 부담이 되기도 했지만, 결국 이런 결과를 가져오고 만 것 같다…. 기분 나쁘지는 않다…."

나는 원탁의 테이블을 날듯이 돌며 속으로 읊었다.

한 시간여 진행된 행사 중에서 직원 시상은 생략이 되었다. 10년 근속자들과 더구나 말단의 내 이름은 따로 호명되지 않았다. 하객 중심의 대규모 행사에서 시간을 줄이기 위해 사내의 건은 생략한 것 같았지만, 그러나 유인물에 그 사실이 기재된 사실만으로도 흥감하여 나는 시종 흥분 상태에서 벗어나지 못했다.

휴대폰이 울렸다. 연희누나였다.

"축하해! 나는 지금 유인물 보고 알았어!"

"저두요!"

"잘됐다! 워낙 열심히 한다 싶더니, 기어이 앞당기네! 어떤 기자는 1년이 되어도 딱지가 떨어지지 않아 끝내 신문사를 그만 둔 사람도 있었는데…."

"들었어요."

"오늘밤 당장 축하회 하자! 행사 끝난 후에 내가 전화할게!"

그녀는 시종 들 뜬 음성인 채 전화를 끊었다. 나는 이번 케이스에 그녀의 영향이 미쳤을까 떠올려 보기도 했지만 이제사 알았다니 그렇지 않음이 밝혀진 셈이었다. 다행이라는 생각이 들었다. 살갗이 희고 핸섬한 공보이사의 얼굴이 떠오르고 그들 사이에 내가 계속 얽혀드는 일은, 뭔가 부담이 되는 마음이었던 것이다. 그런데, 행사가 거의 마무리되어 갈 무렵, 출구의 접수대 부근에서 서성거리다 마침 바쁘게 걸어 나오는 공보이사와 마주쳤다.

나는 당황한 자세로 허리를 굽혀 인사를 했다.

"가만…. 공, 기자 맞지요?"

그가 스쳐 지나지 않고 멈추어 서며 말을 걸어왔다.

"예, 공친우입니다. 이사님, 감사합니다!"

나는 차렷 자세인 채 다시 고개를 숙였다.

"그래요, 견습, 떨어졌지요? 국장 · 부장의 칭찬이 자자하던데요. 축하해요! 내가 사람을 잘 뽑았다는 생각을 했어요!"

"아직도 미숙하기 짝이 없는데, 과잉대접을 받은 것 같습니다…."

"그렇지 않지요, 이 바닥 만만한 곳 아니예요. 공기자의 능력대로 대접을 받은 것이니 괘념치 말아요."

그가 내 어깨를 두드려주며 그렇게 말했다. 나는 다시 고개를 숙였고, 그는 곧 만찬장으로 들어갔다.

내 기분은 조금씩 가라앉기 시작했다. 내가 Q신문사에 채용된 이후부터 줄곧 심층 바닥에 도사려 있던, 35명의 엘리트들 중 유독 내가 합격된 이유에 대한 의문이 풀렸기 때문이었다. 조금 전 공보이사는 분명히 "내가 사람을 잘 뽑았다는 생각을 했어요"라고 했다. 나는 견습딱지를 떼어준 최종결재자인 그에게 고맙다는 인사를 했던 것이지만, 그는 축하를 해주면서 그렇게 말했었다.

당시 연희누나는 내가 다른 지원자들 보다 졸업성적과 토익 점수가 좋고, 회사의 독특한 아이디어인 과수정원의 특징을 간파하고, 무엇보다 다정하고 섬세한 인상이 좋아서 합격이 되었을 것이라고 했었다.

공보이사가 연희누나의 이성(異性) 상대이면서 그녀 힘의 근원지임을 정확히 알았던 것은 며칠 전 밤이지만, 전적으로 그가 나를 채용한 장본인임을 깨닫지는 못했었다.

4개월여 전의 궁금증이 정식기자로 임명된(아직 임명장이나 발령장을 접수하지는 못했지만) 이날 비로소 알게 되었다 해서 달라질 내용은 없었다. 또한 내 추리나 예상이 그들의 동의 없이 백프로 확실하다 해도, 나는 이미 내 능력을 넘치게 인정받은 상황이라 문제될 것은 없었다. 하지만, 내 심경은 간단치가 않았다. 연희누나의 이성상대가 바로 신문사의 결재자인 공보이사라는 점과 또한 그가 내 합격에 전적으로 영향을 끼쳐 나로서는 '고마운 인물' 일 수밖에 없는 부분이, 여간 부담스럽지 않은 것이었다.

그때였다.

"공찬우씨, 당신 머리 참 좋아? 공보이사까지 당신을 칭찬하게 만드니 말씀이야. 어때, 전에 내가 한 말 맞지? 당신 조기에 딱지 떨어질 거라고 한 말. 오늘, 턱 내야겠지?"

B대학병원출입 강(姜)기자였다. 그는 얼굴에 냉소를 머금은 채 터놓고 빈정거리듯 말했다. 긍정적으로 들으면 축하턱을 내라는 말 같았지만 표정이나 눈빛은 차가웠다. 그러나 평소에 그의 말 습관이 퉁명스럽고 냉소적이었던 것을 떠올리면 감정 없이 받아들일 수도 있었다.

"아직 임명장을 받은 것은 아니거든요. 받은 후에 턱 내겠습니다!"

"견습 딱지 떼는 정도를 유인물에까지 기재하여 의료계의 수장과 하객들에게 공개했는데, 더 이상 임명장이 무슨 소용이야? 하여간에 공기자는, 넘치게 운이 좋은 사람이란 말이야?"

"창간 50주년 덕을 본 것 같습니다. 좋은 날, 말단기자 하나 봐준 것 같습니다."

나는 가만히 듣고만 있을 수 없어 겸손한 낯빛으로 그렇게 반응했다.

"아니, 50주년이 아니라도 공기자는 이쯤에서 딱지 떨어지게 되어 있었어. 물론 공기자가 열심히 뛴 것도 사실이지만, 당신을 매개체로 매너리즘에 빠져 있는 늙은 기자들을 자극하는 것이 집행부의 목적이니까."

나는 침묵을 지키고 있었다.

"하지만 공기자, 혹여 멋모르고 거들먹거리다 보면 사방에서 징을 맞는다는 거 잊지 말아야 할거야. 원래 돌출되거나 모난 부분은 두들겨서 얌전하게 만들거든…."

강기자는 그 말을 끝으로 행사장으로 들어가 버렸다.

나는 두 다리와 어깨의 힘이 계속 스물스물 빠져나가는 기운을 느꼈다. 직전까지도 환희와 희열로 두 다리가 겅중겅중 날 듯 흥분상태였던 기분이, 공보이사의 클로즈업과 강기자의 비양거림으로 제자리를 찾은 셈이랄까 그랬다.

행사가 끝나가고 있었다. 마무리 정리로 업무 · 총무국 직원들과 바쁘게 돌아쳤다. 연희누나가 휴대폰으로 어디에서 만날 것인가를 상의해 왔다. 의논이라기보다 당신의 의견에 찬반여부만 말해달라고 했다.

"찬우씨가 많이 피곤해 보이고, 남의 눈도 부담스러우니까 내가 오피스텔로 가는 것이 어떨까?"

"그러십시요."

나는 그녀가 새삼스럽다는 생각을 했다. 당신이 열쇠도 갖고 있고 그간 수시로 몇차례 혼자 드나들던 오피스텔에 마치 내 동의가 있어야 하는 것처럼 별나게 조심스럽다는 느낌이 왔던 것이다. 하긴 그러고 보니 이사하던 첫날 외에 오피스텔에서 그녀와 함께 시간을 보낸 적은 없었다.

"아무래도 의사회보다 신문사 마무리가 빠를 것 같거든. 먼저 들어가 있어요. 나는 조금 늦을지도 몰라."

실제 이날 행사의 총체적인 관리를 맡고 있는 의사회 일은 신문사 마무리보다 더 복잡할 수 있었다. 나는 그녀를 도와주고 싶었지만 왠지 선뜻 나설 수가 없었다. 하객 배웅과 신문사와 의사회의 마무리를 총 지휘하며 그녀 주변에 서성이는 공보이사의 모습 때문이었다.

그날 밤. 연희누나는 10시가 넘어 지친 모습으로 그러나 환한 웃음을 만면에 퍼뜨리며 오피스텔로 왔다. 포도주 한 병과 케이크, 그리고 화사한 꽃바구니를 안고 왔다. 백합 향기가 방안을 진동시켰다.

"향기가 강하네요!"

나는 꽃바구니를 받아 침대 머리맡의 창틀에 얹으면서 말했다.

"축하한다!"

그녀가 스스럼없이 내 상체를 껴안으며 말했다. 그리고 발꿈치를 들어 내 입술에 입술을 가져왔다. 젖은 입술이 뜨거웠다. 나는 전신으로 열기가 오름을 느꼈으나 그녀를 감싼 팔에 특별히 힘을 주지는 않았다. 열기로 후끈거리는 몸과는 달리 머릿속이 경직되어 있었기 때문이다.

"뜨거운 축하…, 고맙습니다! 모든 것이 누나 덕분입니다!"

나는 입맞춤이 끝나자 바른 팔로 그녀의 어깨를 감싼 채 다정한 음성으로 말했다.

"내 덕분이 아니야. 찬우씨의 실력을 인정받은 거야!"

"누나가 나를 이 회사에 들여놓지 않았으면, 이런 영광이 어디 있겠어요?"

"내가 찬우씨를 들여놓지 않았어, 정보만 주었을 뿐이지. 모든게 그대 힘으로 이루어진 것이지! 그리고 한 · 두 달 앞당겨졌다 해서 '영광'까지로 생각할 필요는 없어. 실력자에게는 너무나 당연한 결과이니까. 그런데…, 이 좋은 날 뭐가, 조금… 무거운 표정이다? 내가 잘못 느꼈나…."

그녀는 예민한 반응을 보였다.

"그래요, 잘못 느꼈어요. 누나가 피곤한 탓일 거예요!

"그럴지도 몰라"

"자 식탁으로 오세요"

그녀는 고개를 끄덕이며 주방 싱크대 찬장에서 유리 그라스 두개를 내려 포도주를 따루었다. 그리고 쟁반에 케이크를 썰어놓고 소스를 끼얹은 독일산 소시지를 레인지에 구워냈다. 파란 은행알 꽂이구이도 내왔다.

"누나의 용의주도함은 내가 따를 수가 없어요. 나는 누나가 해다 준 장조림과 김부각을 안주로 할 생각이었는데…."

"저녁식사는 만찬장에서 했으니까, 특별히 안줏감을 그 곳 종업원에게 부탁을 했었지. 자, 공찬우 민완기자의 활기찬 앞날을 위하여! 우리의 행복한 미래를 위하여!"

그녀와 나는 두 번이니 술잔을 부딪치며 단숨에 잔을 비웠다.

그리고 많은 이야기를 나누었다. 그녀는 행사 총사령탑의 실무자로서 그간의 힘들었던 온갖 이야기를 쏟아내고, 나 역시 엄청난 무게로 전신을 짓누르던 기획기사 건들을 말했다. 취재하면서 전공분야처럼 익힌 지식을 복습하듯 떠벌렸다. 그러나 우리는 뭔가 서로 핵심적인 내용을 피해 변죽만 울리고 있는 것 같은 기분을 느꼈다.

포도주 한 병이 비워지자 나는 냉장고에 들어있던 양주병을 집어냈다.

차를 운전해야 될 그녀가 처음부터 한껏 취해보자고 작정한 사람처럼 적극적이었으므로, 숫제 만류하지 않았다. 대리 운전사를 부를 수도 있고 택시를 이용할 수도 있고, 여의치 않으면 그녀는 침대에서 나는 소파에서 잘 수도 있었다.

양주를 꺼내자 그녀는 손을 저었다. 포도주만으로도 휘둘리는데 그것을 곁들이면 자기는 쓰러진다고 했다. 나는 말없이 얼음을 가득담은 큰 유리잔에 물을 부어 그녀에게 건네고, 내 얼음 잔에는 양주를 부어 흔들어 마셨다.

"할 말이… 있어 보이는데, 왜… 참고 있지?"

그녀가 내 얼굴을 바라보면서 말했다. 의외로 음성이 흐트러져 말이 어눌했다. 몸매는 조금도 흐트러져 있지 않은데 속은 많이 취한 것 같았다. 그러나 나를 응시하는 눈빛은 짙고 깊어 보였다. 나는 웃었다. 내 심중을 꿰뚫고 들여다보는 듯한 그녀에게 딴전을 피우고 싶지도 않았다. 나는 불쑥 양주병을 들어 보이며, "이사님 마시던 것이냐"고 물었다. 오피스텔에 이사 오던 첫 날 그녀는 병의 3분의 2쯤 남은 술을 장식장에서 내려 냉장고로 옮기면서 당신이 피곤할 때 조금씩 마시다 남은 것이라고 했다. 그러려니 생각했고 한 번도 그녀 아닌 다른 사람이 마셨을 것이라고는 생각해보지 않았다. 그런데, 왜 이 순간에 그런 생각이 느닷없이 떠오르고, 유치한 질문을 하게 되었는지 말을 던져놓고는 후회를 했지만 이미 엎질러진 물이었다.

그녀는 내가 웃었듯이 그냥 웃었다. 그리고 고개를 끄덕였다.

"알고 있었구나… 어떻게 알았지?"

그녀의 남자가 공보이사임을 어떻게 알고 있느냐고 되묻는 것이었다.

"며칠 전 밤에, 의사회 사무실에서 큰소리 나는 것을 들었지요."

"결국 들었었구나…, 찬우씨가 들을까봐 그냥 밖으로 떠밀고 나갔는데…. 편집국에 불이 꺼져 있기에 일찍 나간 줄 알았지."

"지난봄에 … 그 분이, 누나의 부탁을 받고, 저를 채용했나요?"

어차피 방둑의 봇물이 터지듯 내 머리와 입은 자제의 선을 넘어 있었다.

"부탁을 했더니, 공찬우씨 밖에 뽑을 사람이 없다고 하더라. 토익점수 졸업성적 좋은 인상 성격 등등 무리들 중에서 우뚝 도드라졌다고 하던데? 부탁한 내가 무안할 정도였어!"

"그대로 믿어도 됩니까?"

"내 말을, 왜 못 믿을까? 나는 찬우씨에게 단 한 번도 거짓말을 한 적이 없는데…."

일단 안도감이 전신을 휩쌌다. 공보이사가 누나의 부탁을 받고 나를 채용했던 것이 아니라면, 그에게 원천적인 부담감은 갖지 않아도 되기 때문이었다.

"그분에게 저를 누구라고 말씀하셨나요?"

"한동네에 사는, 고등학교 후배라고 했어."

내가 기본적으로 궁금한 것은 그것까지였다. 그러나 또 다시 짚고 싶은 내용이 있었다.

"그분, 사랑하세요?"

"내가 말했던 것 같은데. 사람이… 혐오스런 것은 아니야."

"그분이 누나와 결혼하기를 원하고 계시나요?"

"찬우씨… 무섭다. 내가… 취조 받는 기분이야!"

"피하시지 말고 대답해 주십시요. 그분이 지금 부인과 이혼을 추진하고 있습니까?"

"그렇지 않아. 나도 그것을 원하지는 않고."

"그럼, 피차 부담 없이, 즐기시는 겁니까?"

그녀가 나를 빤히 쳐다보았다. 천착할 듯 주시한다고 표현함이 어울렸다.

"찬우씨, 솔직히 말해봐. 왜 닦달하듯, 나에게 이렇듯 집요하게 추궁하는 거지?"

"누나를 사랑하니까요."

나는 화난 사람처럼 음성을 높였다.

그리고 얼음이 반이나 녹아든 술잔을 끄르륵 소리가 나도록 마셨다. 나는 이러는 자신에 당황하고 있었다. 예상치 아니한 상황이었기 때문이다. 쉽게 말할 성질도, 또한 내가 그녀를 실제 운명이라 생각이 들만큼 사랑하는지 여부조차도 확실치 않은데, 나는 테이프 풀린 필름처럼 고백하고 있는 것이었다. 물론 마음에 없는 소리를 지절거리는 것은 천만에 아니었다. 분위기나 시기가 아직은 아니라는 나름대로의 판단이었기때문이다.

그녀가 고즈넉한 표정으로 내 술잔에 술을 따르고 얼음을 넣었다.

"지금… 나에게 프로포즈하는 것이구나! 우리는 용문산 계곡에서도 사랑확인 했었는데… 찬우씨보다 내가 더 그대를 원하는 거, 알거야….”

그녀는 얼음만 남은 그녀 물 잔에 다시 물을 부었다.

“누나는… 독신주의자 이십니까?”

“반드시 그렇지는 않지만, 그렇다고 전통적인 결혼인습에 목매는 사람은 아니거든. 서양식 결혼관에 동조하는 편이랄까… 사랑이 동반되지 않는 결혼생활은 무의미하다는 생각이지.”

“저는 좀 보수적이거든요. 누나의 지금 상황이 부담스러워요.”

“무슨 뜻인지 알아. 그런데, 무 자르듯 간단치가 않아. 보담도, 물어보자. 찬우씨는 나와, 결혼할 수 있어?”

“누나의 주변이 정리되고, 누나가 진실로 저를 원한다면, 할 수 있어요. 저도 누나를 원하니까요.”

나는 말을 하면서 내심 그럴 작정을 순간적으로 하고 있었다.

“내가 여섯 살, 유치원을 다닐 때 찬우씨는 핏덩이였어. 여섯 해나 내가 더 살았는데, 가능할까?”

“그런 것은 조금도 문제가 되지 않아요. 저는 유년 적부터 손위 누나들이 훨씬 정스럽게 느껴졌거든요.”

그녀가 자리에서 일어났다. 그녀는 내가 앉은 의자 앞으로 다가와 그녀 가슴으로 내 얼굴을 감싸 안았다. 그녀의 심장박동 소리가 북을 치듯 쿵쿵 귀속으로 울려들었다.

“사랑한다….”

술기운 탓일까, 그녀의 다정한 속삭임이 울컥 눈물을 솟구치게 했다. 숨을 죽여 울었다. 소리를 내지도 어깨를 흔들지도 않았지만 그녀는 가슴에 닿는 더운 열기로 내 울음을 알고 있는 것 같았다. 그녀는 가만가만 내 머리를 두 손으로 쓰다듬었다. 그리고 중얼거렸다.

“실컷 울어….”

기억이 선명치는 않지만 젖 냄새가 좋아서 걸핏하면 어머니의 가슴에 코를 묻었던 적이 있었다. 너댓 살 때였으리라. 이후에는 어머니와 상관된 어떤 기억도 없었지만, 왜일까, 그녀 가슴의 냄새가 비로소 아득한 그리움을 떠올리게 하면서 명치끝을 건드린 것이다.

포근했다. 아울러 취기가 머리를 휘둘리게도 했다. 도대체 얼마나 마신 것일까, 격앙된 오열에 졸음까지 걷잡을 수 없이 쏟아졌다. 눈을 감았다. 천길 나락으로 떨어지듯 나는 서서히 잠속으로 빠져 들어갔다. 그녀의 가슴에 머리와 상체를 놓은 채.

내가 눈을 뜬 것은 새벽 4시가 조금 넘어서였다. 심한 갈증으로 목이 타 상체를 뒤척이다가 눈을 떴다. 침대 위였다. 양복상의와 넥타이만 풀렸을 뿐 셔츠와 바지를 입은 채였다. 연희누나 역시 입은 옷 그대로 소파에 웅크리고 자고 있었다. 안쓰러워 보였다.

나는 얼른 일어나 웅크린 누나의 몸 위에 담요를 덮어 주었다. 그리고 소리나지 않게 냉장고의 문을 열어 차가운 물병을 꺼내 주둥이채로 마시곤 욕실로 들어가 찬물 샤워를 했다. 정신이 번쩍 들었다. 지난 밤 누나의 가슴에 얼굴을 묻고 오열했던 것까지는 기억할 수 있었으나 다음은 알 수가 없었다.

입안에 술 내음이 가득했다. 입속뿐만 아니라 실내에 온통 술 냄새가 진동했다. 새삼 식탁 위의 술병을 살폈다. 양주병이 비어 있었다. 포도주병은 양주를 마시기 이전에 이미 비운 것이었다. 나는 누나가 잠이 깰세라 지극히 조용조용한 걸음짓으로 샤워한 젖은 몸 위에 속옷을 끼어 입었다.

"어머, 몇 시야?"

내 기척을 들었던 것일까, 그녀가 화들짝 놀란 얼굴로 일어나 앉았다.

"조심했는데, 결국 깨시게 했네. 4시 30분이에요. 괜찮으세요? 물 드릴까?"

나는 냉수를 컵에 따라 건넸다. 나만큼이나 목이 탔던지 그녀는 두 잔이나 연달아 마셨다.

"누난, 외박하셨어요, 아주머님께서 많이 기다리셨을거야…."

"가끔, 이곳에서 잠자기도 했으므로 걱정은 안하시지만 어떡해, 어저께는 전화도 못 드렸네…. 나도 샤워 좀 할게."

"그러세요."

그녀는 몸을 일으키다가 잠시 이마를 짚더니 천천히 욕실로 들어갔다.

나는 그녀가 샤워실로 들어간 사이 창문과 출입문을 활짝 열었다. 방안의 술냄새가 빠져 나가도록 벗어놓은 셔츠를 펼쳐 훠이훠이 휘둘렀다.

"찬우씨."

욕실에서 그녀가 나를 불렀다.

"갈아입을 옷이 없잖아! 찬우씨 셔츠 한 장 빌려줄래? 영화에서처럼 말이야!"

나는 그녀의 밝은 음성에 더불어 기분이 좋아짐을 느끼면서 얼른 새 와이셔츠 한 장을 디밀어 주었다. 왠지 심장박동이 빨라지기 시작했다. 가슴이 두근거릴만한 어떤 연상도 없었는데 원천적이고 반사적인 증상이었다.

어깨를 덮는 젖은 머리에 물기 머금은 맨 얼굴의 그녀가 커다란 내 와이셔츠를 입고 욕실에서 나왔다. 이슬 머금은 백합이랄까, 요염한 흑장미의 분위기랄까, 그녀는 사뭇 고혹적이었다. 용문사 계곡에서도 접했던 뽀얀 살결의 맨 얼굴이 조명 불빛에 그렇게 아름다워 보일수가 없었다. 나는 그녀의 얼굴을 부신 듯 뚫어져라 응시했다. 전신이 열기로 후끈거렸다. 그녀가 시선을 차르르 아래로 깔았다.

나는 그녀를 두 팔로 번쩍 안아들고 침대 위에 눕혔다. 출입문을 잠그고 창문도 닫았다.

그녀의 몸은 용암처럼 뜨거웠다. 나는 활화산 같은 격정을 그녀 몸 위에 쏟아냈다. 그녀는 울음 울 듯 사지를 버둥거리며 꺼이꺼이 자지러졌다.

"사랑한다…."

그녀가 내 등을 파며 읊조렸다.

창으로 희부연 먼동이 터오다 끝내 햇살이 들이치는 아침이 되었다.

우리는 땀에 흠뻑 젖은 채 하나로 얼크러진 채 누워 있었다. 이 날은 의사회도 신문사도 임시 휴일이었다. 넘치는 여유가 있었다.

그녀가 내 가슴을 떠밀었다.

"제발…숨 좀 쉬자…."

홍조가 그녀의 흰 살갗을 휘덮고 있었다. 뺨도 젖가슴도 허리도 허벅지도 온통 발그레 색조를 띠었다. 뿐인가. 그녀는 아직도 수줍음이 있는 여인처럼 내 얼굴을 직시하지 못했다.

"누나…우린, 결국, 이렇게… 하나가 되었어요! 고마워요!"

"나 역시…."

그녀가 내 볼을 살짝 집었다가 놓으면서 다시 품안으로 파고들었다. 나는 그녀를 꼬옥 보듬어 안았다.

그날. 우리는 오전 내내 사랑 놀음을 했다. 얼마나 가슴이 포만한지 그녀도 나도 이 세상에 더 이상의 행복은 없는 양 서로의 사랑을 확인하고 탐닉했다. 나는 하룻밤 하루낮 사이에 자신이 너무 성숙해 버린 것 같은 느낌을 가졌다. 엄청난 변화가 내 안팎으로 생겼음을 스스로 인정을 해야 되었다.

첫째는 연희누나와의 소통(疏通)이었다. 유별한 인연이 될 예감은 용문산 골짜기에서의 만남 때부터 이미 서로의 가슴에 심겨져 있었지만, 그러나 그녀의 상황으로 보아 몸트임(合宮)이 앞당겨진 것은 사실이었다. 하지만 오히려 이날의 소통행위가 그녀의 주변 정리에 촉진제 역할이 될 수도 있을 것이라는 나름대로의 계산도 없지는 않았다.

두 번째의 큰 변화는 신문사 내의 당당한 정식직원으로서의 내 입장이었다. 제반사에 견습기자 신분의 내 분수 먼저 자각해야 되는 신경 쓰기

습관을 이제는 폐기시켜도 되었고, 경제적 여건 또한 삶의 질을 향상시켜 줄 것이었다.

삶은 경쟁의 연속

의사회 창립과 신문 창간기념 공휴일을 지낸 다음 날. 나는 한껏 가슴이 부풀어 출근했다. 이날 편집회의에서 기자 임명장이 수여될 것으로 기대했고 그 예상은 어긋나지 않았다.

편집회의를 시작하기 전에 국장은 그간의 노고를 칭찬과 함께 취재부 기자 임명장을 나에게 수여해주었고, 아울러 출입처 배정도 해주었다.

놀랍게도 S대학병원 · B대학병원 · J대학병원 · Y대학병원을 주출입처로 배정 발표했다. 워낙 큰 규모의 의료센터급이어서 취한 조처이니 기존의 출입기자들과 함께 멋지게 커버해 보라고 했다. 알다시피 언급한 4개 대학병원이 국내 굴지의 모델감 의료기관이므로 의학의 활성화를 위해 출입기자 보강이 필요하여, 한 출입처에 두명의 출입기자를 배치했음을 국장은 거듭 부연설명을 했다.

그러나 기자들은 하나같이 의아로운 표정들을 감추지 못했다. 고개를 휘둘러 서로의 얼굴들을 살폈다. 나 역시 뭔가 납득이 되지 않는 의외의 배정인 것 같았으나 가타부타 말할 처지가 아니어서 다소곳이 있었다.

사실 내 입장에서 곰곰이 따져보면 기왕의 출입기자가 당당하게 버티고 있는 곳에 곁다리로 들어가 뛰라는 것으로 솔직히 흡족하지 않은 기분이었다. 기존의 출입기자 입장 또한 자기 영역을 후배에게 침범당하는 기분일 것 같았다. 아니나 다를까, B대학병원 출입의 강기자가 거침없이 국장을 향해 질문을 던졌다.

"1개 출입처에 1 명의 기자를 배치하는 것은 Q신문의 전통입니다. 견습딱지 떨어진 기자에게는 의원급의 개업가나 기사 도출이 적은 소형병원을 출입시키는 것이 전례인데, 공기자의 출입처가 왜 이미 중진기자들이 뿌리내리고 있는 대학병원 규모인지, 이해가 되지 않는군요. 선임 출입기자의 보조역할로, 공기자가 4개 대학병원에 배정된 것입니까?"

"천만에, 보조역할이 아닙니다. 정식기자로서 자기 기량을 발휘해야 됩니다. 물론 공기자의 적성이 대학병원 쪽이라는 데스크의 판단에 따라서 결정한 것입니다. 출입처 배정은 좋은 기사 도출을 위한 데스크의 재량이므로, 변형적이라 해도 여러분은 따라 주어야 합니다. 강기자의 말대로, 전례대로 하자면 창간일을 기점으로 출입처 재조정을 하고 한 명씩 맡길 수도 있습니다. 하지만 대학병원의 중요성을 감안해서 그렇게 하지 않았습니다. 서로 협조하여, 제발, 기사가 넘쳐나서 데스크가 선택할 수 있는 여건을 만들어 주시기 바랍니다."

이유는 바로 국장의 끝말에 있음을 누구나 다 알고 있었다. 획기적인 내용의 학술연구 기사며 임상에서 빚어지는 새로운 수술요법과 치료법 그리고 특이질환발견과 치료법, 뿐만 아니라 생명의 소멸을 목전에 둔 의료진의 자세며 또한 동병상련의 인간관계로 드러나는 환자들간의 원천적인 갈등과 아픔 등, 다양한 기사들을 왜 발굴하지 못하느냐고 평소에 역설하던 국장이었음을 떠올리면, 그러했다.

실제 전문지로서 주요 출입처에 속하는 복지부나 식약청 출입기자(차장급)외에 중진급 기자들이 대규모 대학병원을 주 출입처로 맡고 있으면서도 그곳에서 나오는 기사는 드물었다. 대학병원의 임상 현장에 관심이 많은 데스크는 마감 때마다 다룰만한 기사가 없다며 얼굴을 굳혔고, 대학병원 출입기자들은 서로들 미룬 채 못들은 척 딴전을 피우곤 했었다.

국장이 매듭을 짓듯 말했다.

"선배기자들이 공찬우 기자를 도와주시기 바랍니다. 누구보다 사실 공기자 입장에서는, 이미 선배기자가 포진하고 있는 땅에 선뜻 발을 들여 밀기가 부담스럽게 다가들지도 모릅니다마는, 오늘부터는 공기자도 공동의 땅임자가 된 것이니, 열심히 경작하여 좋은 결실을 갖고 오기 바랍니다."

나는 국장을 향해 고개를 숙여 보이고 그렇게 하겠다고 대답했다. 그러나 내심 기분이 가볍지는 않았다. 추기자 강기자 문기자 등 선배들이 나를 쉽게 받아들일 것 같지 않았기 때문이다. 내 예상은 틀리지 않았다.

이날 편집회의가 끝나고 취재비 지급이 완료되자마자 기자들은 서로 눈짓들을 하며 일시에 밖으로 나갔다. 신문사 입장에서 보면 각자 출입처에 나가는 것으로 하자가 없었지만 나는 그들이 제 2의 집합장소로 가는 것을 알았다. 나도 서둘러 그들을 따라 엘리베이터 쪽으로 함께 몰려갔다. 강기자가 나를 보곤 눈에 띄게 불쾌한 표정을 지었다. 그리곤 쥐어박듯 말했다.

"공기자는 지금 어디로 나갑니까?"

"선배님들 따라 갑니다!"

"그런 애매한 대답이 어디 있어? S대학병원이냐 B대학병원이냐 배정받은 출입처 중 어디로 가느냐고 묻고 있는데. 지금 우리 모두들, 출입처로 가는 것 몰라요?"

"좀 이른 시간이라 생각되어서요. 사실은 출입처 가시기 전에 제가 선배님들께 차를 대접하고 싶어서 쫓아 나왔습니다!"

나는 시종 밝은 음성으로 대답했다. 그러자 보건협회 출입인 곽 기자가 빙긋 웃었다.

"두 달이나 앞서 견습딱지가 떨어졌는데 차 정도로는 안 되지. 두 달 월급 없다 생각하고 큰 턱 몇 번 풀어야 되는 것 아니겠어?"

"각오하고 있습니다. 점심도 사고 술도 사고, 오늘은 차를 먼저 사겠습니다. 제가 빠르게 딱지를 뗀 것은 모두 선배님들이 도와주셨기 때문임을 알고 있습니다."

나는 비굴하리만큼 계속 웃으면서 그들에게 근접하려 했다. 그때 추기자가 나를 도와주는 듯한 표정을 하곤 말했다.

"오늘은 공기자가 금방 이렇게 밖으로 출타하면 안 되지요. 먼저 공기자를 우성(優性)기자로 신뢰한 데스크에 감사하고 또 데스크에서 당부 · 지시하는 내용도 있을 텐데, 여느 날과 다름없이 훌쩍 나가 버리면 곤란하지 않을까요…."

"그렇지! 선배님들을 대접할 기회는 새털같이 많으니까 오늘은 꼰대들이나 신경 쓰라고, 그럼 또 봅시다."

강기자가 추기자의 말을 받아 내 어깨를 툭툭 두들기며 사무실 쪽으로 슬쩍 그러나 힘을 주어 떠밀었다. 나는 잠시 비틀하다가 중심을 잡고 섰다. 때마침 엘리베이터는 이들 앞에 멈추었고 그들은 벙글거리며 우루루 철제함속으로 빨려 들어갔다. 그리고 엘리베이터는 아래쪽으로 추락하듯 미끄러졌다.

나는 멍한 낯빛으로 그 자리에 붙박여 서 있었다. 그들은 완강하게 나를 밀어낸 것이었다. 나는 서늘해지는 가슴의 공동(空洞)현상을 느끼면서 쓰디쓴 자조를 머금었다. 분노라고 할까 오기(傲氣)같은 감정이 심층 바닥에서 꿈틀꿈틀 괴어오름을 느꼈다. 당초부터 그들에게 빌붙어 그들의 도움을 받아 일을 할 생각은 추호도 없었다. 출입처에서의 취재 매너며 그들이 중요하게 생각하는 기사내용이 어떠한 것인지는 관심이 많았지만, 결국 내가 인지하고 있는 내용 이상이지 못했고 더욱 솔직히는 그들을 따르고 싶은 양질의 매너나 지혜로운 부분은 찾을 수가 없었다.

뿐인가, 그들은 데스크에서 요구하는 만큼 의욕적으로 일을 하지 않았으며 간신히 명맥만 유지하는 근무태도를 보였다. 타 전문지들과 동일한 기사로 보조를 맞추었을 뿐, Q신문만의 특종이랄까 기자가 독자적으로 발굴 취재한 기사는 전무한 상태였던 것이다.

어쨌거나 오늘 같은 경우는 나에게 있어 의미가 있는 날이었다. 입에 발린 소리라 해도 그들의 축하를 받고 싶었고, 또한 내가 보답이라도 하고 싶었지만, 그들은 나를 분명히 밀어내버렸다.

물론 이날 그들의 행동은 나의 조기 기자임명과 전에 없던 방식의 출입처 배정이 원인일 수도 있을 것이고, 아울러 내년의 계약제 직원고용 제도와도 이번 일이 깊이 연관된 것으로 생각할 수도 있을 터였다. 뿐만 아니라 만성 안일감에 빠져 있는 자기들의 자극제로 집행부가 나를 이용하고 있다고도 생각할 수 있으며, 그렇다면 당연히 방어를 위해 나를 참여시키지 않은 자기들만의 대책강구도 필요할 것이었다.

어쨌거나 나는 한없이 쓸쓸한 기분으로 선 자리에서 돌아섰다. 편집국으로 다시 들어가기 위해서였다. 그때였다.

"공기자, 나가지 않았어요? 왜 여기, 혼자 있지?"

국장과 취재부장 편집부장이 결재서류철을 들고 엘리베이터 앞으로 다가오고 있었다. 공보이사와 사장의 병원으로 결재를 받기 위해 출타하는 것 같았다.

"아, 예…."

나는 그들과 너무 갑자기 부닥쳐 얼른 대답을 하지 못하고 머뭇거렸다. 나를 바라보는 취재부장의 눈빛이 가볍지가 않았다.

"혹시, 공기자…. 왕따, 당한 것 아닙니까?"

비교적 사람이 선량하고 합리적이며 결이 고운 취재부장이 거침없이 '왕따' 라는 표현을 썼다. 나는 요란스럽게 부인할 생각은 아니었다. 하지만 데스크 또한 어쩌면 나를 이용하고 있다는 생각도 없지 않아 대답하기가 쉽지 않았다. 국장을 비롯한 세 사람의 시선이 동시에 내 얼굴에 꽂혀져 있었다.

"국장님과 부장님들이 무능한 저를 과잉평가하신다고, 선배님들이 그렇게 생각하는 것이 아닌가 싶습니다. 물론 저 혼자만의 느낌입니다만…."

"그래서, 공기자를 남겨두고 자기들끼리 차를 마시러 갔어요?"

이번에는 국장이 물어왔다.

"제가 발령턱을 내겠다고 했더니, 그럴 생각이면 우선 저를 배려해준 데스크부터 대접하는 것이 순서라고 했습니다…."

"오, 우리 기자들이 예의는 반듯하네! 그래, 우리한테 한턱을 내겠소?"

"비양거림일 텐데요…."

취재부장이 국장을 쳐다보며 말했다.

"어떻든…."

국장이 부장의 말을 잘랐다.

"시간만 주신다면, 점심대접이라도 하고 싶습니다만…."

내가 웃음을 머금고 그들을 쳐다보며 말했다. 생각해보지 않았던 부분이지만 감사함에 대한 예의라면 그럴 수도 있겠다는 마음이었다.

"그래요, 잘됐어, 공기자 우리 함께 갑시다! 지금이 10시 반, 이사님과 사장님의 결재를 받고 나면 12시가 될 테니 그때 점심 같이 합시다. 자, 어깨 쭉 펴고"

"아닙니다. 시간과 장소를 정해 주시면 출입처에 나갔다가 다시 약속 장소로 가겠습니다."

"출입처는 점심 후에 나가고 국장님 말씀처럼 우리와 함께 갑시다. 임명장 받았으니 이사님과 사장님께 인사를 드리는 것도 나쁘지 않을테니까."

취재부장이 내 팔을 끌었다. 마침 엘리베이터가 눈앞에 멎었고, 나는 더 사양하지도 못하고 함께 동승하고 말았다. 전혀 생각하지 못했던, 나로서는 돌발사고나 다름없는 예상 밖의 일이었다.

나는 취재부장이 운전하는 옆자리에 앉아 민희찬 공보이사의 근무처인 정형외과 병원으로 갔다. 8층 건물로 단일진료과목의 개인병원으로서는 규모가 컸다. 응급실과 외래가 있는 1 · 2층은 환자들로 발 디딜 곳이 편치 않을 정도였다. 공보이사는 바로 그 병원의 건물주이며 다섯 명의 정형외과 전문의사를 거느린 병원장이었다.

일행이 병원에 도착했을 때, 그는 응급실로 실려 온 교통사고 환자를 수술하는 중이라고 했다. 우리는 비서실의 응접소파에서 그의 집도가 끝나기를 기다렸다. 왠지 전신이 긴장되고 위축되는 기분을 느꼈다. 살갗이 희고 핸섬하면서 지적인 분위기의 공보이사가 이렇듯 대형병원의 운영자이며 환자가 많은 유명 칼잡이(명집도의사) 닥터일 줄은 미처 알지도 못했지만, 비로 그가 연희누나의 남자라는 사실에 나는 쉽게 표현할 수 없는 복잡한 감정 속에 휘말려 있었다.

"공기자, 공보이사님 병원이 처음인가 보지요?"

취재부장이 뭔가 시종 어리둥절, 편한 얼굴이 아닌 나를 쳐다보며 말했다.

"그렇습니다…."

"이사님은 공기자에 대해 관심이 많으신 것 같던데…자기 몫을 잘 해내고 있냐고 언젠가 물으신 적도 있고…."

"보잘 것 없는 저를…, 국장님 부장님들을 비롯 어른들께서 과분하게 인정해 주셔서 사실 부끄럽고 몸 둘 바를 모를 정도입니다…."

그런데, 이상한 현상을 느꼈다. 편집국에서 그토록 커 보이던 국장과 부장들이 서류철을 두 손에 모두어 안고, 공보이사의 응접소파에서 두 다리를 모으고 긴장한 채 앉아 있는 모습들이, 그지없이 초라해 보이는 것이었다. 먹고 사는 일이 도대체 무엇이란 말인가, 하는 걸맞지 않은 생각들이 순식간에 뇌리를 스쳤다.

삼십 여분이 지났을까 했을 때, 수술을 끝낸 공보이사가 비서실로 들어서다 일행들을 보고 놀란 표정을 지었다.

"아, 오셨군요! 원장실로 들어 가십시요, 곧 들어 가겠습니다."

수술환자의 보호자들인 성 싶은 사람들이 비서실로 들어서고 있었다. 수술결과를 듣고 싶어 하는 것 같았다. 우리는 그들에게 자리를 비워주고 원장실로 들어갔다. 원장실은 넓고 호화로웠다. 사방 벽의 장식장에는 면허증과 학위증 패와 골프대회에서 받은 조각상의 우승트로피 그리고 각종 단체에서 받은 감사패 등이 진열되어 있고, 중앙 데스크에는 보기만 해도 미소가 머금어지는 화목한 가족사진 액자가 놓여져 있었다. 유독 가족사진이 많이 걸려져 있었다. 측면 벽에는 부인과 골프장에서 혹은 산행에서 여행에서 찍은 다정한 모습의 커플사진이 대여섯 점이나 걸려 있어 누가 보아도 금실이 좋은 멋진 부부로 느낄 수 있었다. 한껏 온화한 표정으로 사진마다 부인을 껴안고 찍은 민희찬 공보이사가, 은밀하게 다른 여자를 두고 있다는 것을 믿기가 어려웠다.

"뭘 그렇게 뚫어지게 봐요? 사모님 미인이시죠?"

내 시선이 유별스레 커플 사진들에 머물러 있었던 때문인지 취재부장이 말했다.

"예, 미인이세요! 두 분이 아주 다정해 보여요…."

나는 시선을 거두며 낮게 말했다.

"두 분 금실이야 소문나 있지! 사모님 모르십니까? 고자경, 산부인과 원장이신데…."

"몰랐습니다."

그때 공보이사가 원장실로 들어섰다.

"수술 때문에 많이 기다리셨네요. 어서들 앉으세요! 그런데, 공기자도… 오셨네?"

"이번에 임명을 해주셔서, 이사님께 인사를 드리라고 함께 왔습니다."

나는 편집국장의 말끝으로 고맙다는 말과 함께 정중하게 허리를 굽혔다.

"앉아요. 우리 그저께 행사장에서 만났잖아요. 나야 국장님과 부장님이 추천해 올리면 그대로 따라준 것뿐인데요. 어쨌든 잘 왔어요! 마침 오늘 내가 점심 약속이 없으니 우리 모두 함께 식사들 해요. 결재, 많습니까?"

그는 국장이 건네는 서류철을 대충 검토한 후에 시원시원 사인을 했다. 나는 그 자리에 그들과 동석하고 있는 것이 여간 불편하지 않았다. 이제 딱지 떨어진 말단 기자답게 문밖 비서실이나 자리를 피해 대기하는 것이 예의일 것 같았다. 집행부인 그들만이 나눌 이야기도 당연히 따로 있을 것 같아 밖에 나가서 기다리겠다고 했다.

"그럴 것 없어요. 벌써 12시 다 되었는데 보고할 것 있으면 식사 중에 듣기로 하고 나갑시다. 2시에 또 수술이 잡혀 있어 여유가 많지 않거든요."

"바쁘신데 식사는 저희끼리 하겠습니다."

국장이 면구스런 표정을 짓고 말했다.

"아닙니다. 큰 행사 치르고 특집 만드시느라 국장님 부장님 수고들 하셨고, 또 공기자 축하도 할 겸 내가 대접하겠습니다. 이런 기회 자주 못 가져 죄송한데, 오늘 젤 맛있는 것 주문들 하십시오!"

그러나 누구도 무얼 먹겠다고 요구하지 못했고, 공보이사가 일방적으로 안내한 곳은 병원 부근의 H호텔 일식부였다. 나는 솔직히 호텔 일식집 출입이 처음이어서 입구에서부터 어리둥절했다. 얼굴에 가루분을 뽀얗게 바르고 화사한 기모노 차림에 일녀(日女)들의 전통 둘레머리를 한 젊은 여자 종업원들이 무릎을 꺾어 꿇어앉은 채 우리를 맞이했던 것이다. 그리고 그런 자세로 방문을 열어주는 기이한 모습을 내려다보면서, 나는 얼굴을 붉혔다. 내 처지에 무슨 이런 제왕 같은 대접을 받는가 싶어서였다. 방안에서도 그녀들은 무릎을 꿇은 채 주문을 받았고, 설설 기듯 시종 바툰 뒷걸음질로 몸을 낮추었다.

나는 좌석의 가장자리 쪽에 앉아서 옆자리의 편집부장에게 '일본여성들이 아닌 것 같다' 고 낮은 소리로 말해 보았다. 행동은 TV에서 본 전통적인 일녀들의 재치스럽고도 복종적인 모습인데, 음식을 주문받을 때의 한국말이 너무나 유창해서였다.

"물론, 우리 아이들이지요…."

나는 뒤통수를 한대 얻어맞은 기분이었다. 지금까지 큰 호텔의 일식부는 자국음식의 진미와 정통성을 보이기 위해 대부분 일본인들이 임대 운영하는 것으로, 종업원들도 마땅히 일본인들일 것으로 생각했던 때문이다. 그러나 그녀들이 한국여성이라는 말에 알 수 없는 분노와 불쾌감이 가슴에서 괴어올랐다. 공보이사가 그런 내 얼굴을 바라보는 것 같았다. 그리고 설명을 덧붙였다.

"저 여성들은 모두 대학 호텔학과 출신들이고, 일본에서 몇 년간 훈련을 받은 일본어 구사가 능란한 베테랑급들이지."

나는 고개를 주억거리면서도 입귀를 실그러뜨리듯 웃었다. 고학력 인텔리들이 기껏 일본여자로 분장하고 일본인 한국인 할 것 없이 손님 앞에서 무릎 꿇고 땅을 기는 저 따위 직업인이 되었을까 싶어서다.

"저들에게는 직업에 귀천이 없다는 실리적인 사고가 확고하고, 자기 역할에 책임감과 사명감이 강해요. 저 여인들의 월급이 일반 기업체의 부장급보다 윗자리라면 놀랄 일이지요. 주로 한국을 찾는 일본 VIP상대지만, 실제는 국내 졸부들이 더 많이 이용하는 편이지. 우리는 그냥, 왕처럼 대접받으면서 군림하고 즐기면 됩니다! 예민해질 필요가 없어요. 절대 공짜가 아니거든요."

나는 공보이사의 장황한 설명에서 그가 내 우직한 촌스러움과 궁핍을 꿰뚫어 보는 듯함을 느꼈다. 생선회 2인분에 맥주 두병 그리고 각자 식성대로 초밥 회덮밥 매운탕 등을 시켰다.

음식이 나왔다. 화려하고 깔끔하기가 이를 데 없었다. 맛 또한 빼어났다. 그러나 소식가들만 상대하는 집인지 양이 너무 작아 속이 허기졌다.

여인들이 옆에서 음식을 입속으로 옮겨주는 시중도 들었다. 부담스러웠지만 버텨냈다. 식사 중에도 국장과 부장들은 의외로 말이 없었다. 지난 창간 행사에 대한 평가라든가 있을 법한 내용들이 마치 금언지시라도 받은 것처럼 없고, 공보이사가 당신의 미국 유학시절 교수들 이야기로만 점심시간이 다 흘러버렸다.

국장이나 두 명의 부장보다 그의 이야기에 관심을 보인 것은 나였고, 그는 시종 내 얼굴만 바라보면서 말했다. 나는 그가 유학시절에 만났다는 부인과의 열애 이야기를 듣고 싶었으나, 그래서 나름대로 그의 여성관이나 연애관 등을 알아보고 싶었으나 되바라져 보일 수도 있다는 생각에 침묵해버렸다. 결국 일방적인 그의 추억담으로 미국 교수들의 민주적 · 이지적 · 합리적 사고방식에 의한 강의법 등을 듣는 것으로, 점심시간은 끝나 버렸다.

모두들 자리에서 일어났다. 다투어 공보이사에게 잘 먹었다고 인사를 했다. 그런데, 카운터에서 계산하는 공보이사의 곁을 스치다가 나는 경악하여 소리를 낼 뻔했다. 식대가 자그마치 50만원 상당임을 엿들었던 것이다. 나는 공보이사가 왜 이렇게 과다하게 음식 값이 나왔느냐고 단박에 항의를 하거나 다시 계산해 주도록 당연히 요구할 것이라 믿었다. 그러나 그는 아무런 반응 없이 카드로 사인하고 잘 먹었다는 말을 했다. 그것으로 계산은 끝나버린 것이다.

나는 이맛살을 찌푸리며 카운터의 남자를 못마땅해 했다. 시내 웬만한 일식집에서도 그 정도 식사면 많아도 20만원 전후일 것 같은데, 서로 염치 차리느라 몇 점 남겨둔 생선회 한 점이 자그마치 1만원에 가깝다는 생각이 들면서 심히 허탈스러웠다.

여자 종업원들의 여전히 무릎을 꿇는 절을 받으면서 왕좌에서 물러나는 패왕의 기분이 되어 호텔 일식집을 나왔다. 나는 더 참지 못하고 공보이사에게 계산이 잘못된 것이 아니냐고 조심스럽게 물어보았다.

"여기서는 그렇게 나와요."

그는 담담한 표정으로 말했다.

"한 사람당 10만 원 정도라는 것인데, 이해가 되지 않습니다."

공보이사가 웃었다.

"미인 하녀를 거느린 군주대접도 받아보았고, 회도 싱싱하고 맛도 깔끔하지 않습디까"

"그건 그랬지만…, 너무 과다하게 나와 이사님께 죄송해서요."

뒷말은 마음에도 없었던 내용이었지만 그렇게 나오고 말았다.

"괜찮아요. 우리 신문 데스크에 처음 사는 점심인데 그 정도는 돼야지요. 가만…. 그럼, 훗날 우리 공기자가 닭모래집 구이에 소주 한잔 사면 되겠네요! 젊은 사람의 신선한 의가 체험담이나 세상 돌아가는 시국담도 한번 들어보게…."

그가 정색한 표정으로 내 얼굴을 돌아보며 의외의 제의를 했다.

"좋습니다, 이사님! 별난 시국담이나 의가 체험담은 없지만 시간을 내주시면 소주는 제가 살 수 있습니다." 나는 거침없이 대답했다.

"그래요? 좋아요! 멀지 않은 날 소주 한번 합시다!"

그는 마치 의기투합한 젊은 지기를 만난 듯 밝고 호기어린 음성으로 말했다.

나는 그가 나를 만나고 싶어 한다는 생각을 했다. 물론 나 혼자만의 느낌이고 실제는 내가 그를 만나고 싶어 한다는 사실을 깨달았지만, 더 이상의 말은 나누지 않았다. 아무튼 나는 이날 호텔 일식집에서 유별난 경험을 하곤, 세상사는 방법이 천층만층으로 자본주의 국가에서의 빈부격차와 다양한 삶의 형체를 몸으로 실감하는 기회를 가졌다.

점심 후, 나는 그들과 헤어져 S대학병원으로 갔다.

병원 각 과를 돌면서 이 대학병원의 정식 출입기자가 되었음을 스스로 보고 · 소개하며 협조지원을 요청했다.

일주일간의 취재 날 중 월요일은 여유 있는 편이지만, 창간 기념휴일까지 이틀을 내리 쉬어 괜스레 마음이 바빴다. 이 날은 더욱이 반나절밖에 시간이 없어 나는 사뭇 뛰다시피 B대학병원 Y대학병원 임상과와 의과대학 기초의학 연구실까지 돌며 정식출입기자가 되었음을 보고하고 인사하는 것으로 출입처에서의 일을 마무리했다. 그리고 조금 늦은 시간에 귀사했다.

그런데, 편집국 안의 분위기가 이상했다. 여느 월요일 같지 않게 기자들이 모두 들어와 있었고, 나를 바라보는 몇 기자들의 표정이 거침없이 조소와 경멸감으로 버무려짐을 느낄 수 있었다.

강기자가 자기 자리에 앉았다가 나를 향해 의자를 홱 돌렸다.

"공기자, 축하해. 오늘, 공보이사님의 점심초청을 받으셨다구?"

나는 당황한 낯빛으로 그를 바라보았다. 기자들의 시선이 모두 나에게 꽂혀졌다.

"제가 초청을 받은 것이 아니고, 국장님과 부장님들의 틈새에 끼어 얻어먹었습니다만… 잘못된 일입니까?"

나는 강기자의 의도적인 큰 소리에 불쾌한 기분이 되어 얼굴이 굳어졌다.

"아니, 왜 이렇게 당당해? 딱지 떨어지고 부장, 국장 호위 받으며 공보이사 만나고 오더니, 눈에 뵈는 게 없어? 그것이 잘못된 일이냐고, 감히 눈 똑바로 뜨고 나한테 되받아?"

강기자가 그야말로 버럭 화를 냈다. 두 눈을 부라리고 이를 악문 위협적인 얼굴로 내 아래위를 훑었다. 나는 조금은 어이가 없어 그런 그를 바라보며 실소를 했다.

"강기자님이야 말로 저한테 왜 이러는데요? 왜 끊임없이 비아냥거리고 떠밀고, 들어서자마자 소리는 왜 지르는데요? 내가 무엇을 잘못했기에 초등학생 다루듯 하느냐구요"

나는 그의 음성만큼 내 소리도 높였다. 편집국 사람들의 시선이 모두 우리 두 사람에게 쏠렸다.

"아니, 이게 정말 눈에 뵈는 게 없는 모양이네?"

강기자가 의자에서 벌떡 일어나며 순식간에 내 멱살을 왈칵 움켜잡고 흔들었다. 목덜미며 상체가 그의 바른 손에 잡혀 몇 초간 심하게 조여지고 흔들리던 나는 그의 손목을 지그시 비틀어 잡곤 힘껏 뿌리쳐 버렸다. 그가 넘어질 듯 비틀거리다가 버텨섰다.

"도대체 나에게 이러는 이유가 뭡니까. 왜 이러는 건데?"

"아주, 이 새끼가 말까네. 이 씨발노무 새끼가"

그가 이번에는 주먹을 날려왔다. 고개를 잽싸게 피했다. 그가 헛손질을 하면서 앞으로 몸뚱이가 쏠려 넘어지려 하다가 다시 내 상의를 와락 끌어당기며 또 한번 멱살을 움켜잡았다. 그리고 바른 주먹으로 내 얼굴을 쳤다. 눈에서 불이 번쩍했다.

인정사정 헤아릴 기분이 아니었다. 바른 주먹으로 그의 면상을 우직스럽게 맞받아쳤다. 한주먹에 그가 비틀거리다가 주저앉았다. 사람들이 우루루 몰려들어 강기자를 붙들어 일으키고 누군가 내 몸뚱이를 편집국 문밖으로 밀어냈다.

"이것 놔, 놔 저 새끼 내가 죽여버릴거야. 이 팔 놓으라구. 놔—"

강기자가 직원들에게 붙잡힌 몸을 비틀며 소리쳐댔다. 코피가 터져 셔츠를 적시고 있었다. 직원들이 발버둥치는 그의 몸뚱이를 붙들고 솜으로 그의 코와 얼굴을 닦아주고 있었다.

나는 문 밖으로 밀어내는 두 사람을 뿌리치고 강기자 앞으로 성큼성큼 다가갔다. 두서너 사람이 다시 내 앞을 막았다.

"이유를 말하라구요. 당신이 뭔데 나를 학대하는 거냐구. 거의 매일 비아냥거리고 왕따 시키고 잡심부름 시키고 아침에는 힘으로 떠밀기까지 하더니, 지금은 왜 멱살 잡고 또 나를 치는지 이유를 말하란 말이야. 내가 당신한테 뭘 잘못 했어"

바닥에 주저앉은 채 사람들에게 붙들려 버둥거리고 있는 강기자 앞에 허리에 손을 얹고 버텨섰다. 그때였다. 외출했던 국장과 부장이 편집국으로 들어선 것은.

기자들이 서둘러 제자리로 가서 앉았다.

나는 출입문을 등 지고 서 있었으므로 부장과 국장이 편집국으로 들어서는 것을 알지 못했다. 데스크 임원들이 편집국에 부재중인 사실도 알지 못했지만.

"이거…. 지금, 뭣들 하는 겁니까? 싸우는 것입니까?"

국장과 부장이, 두 손을 허리에 찌른 채 씩씩거리고 버텨 서 있는 나와 바닥에 퍼지르고 앉아 피범벅의 얼굴인(그는 어느새 코를 막은 솜을 빼버리고 조금씩 흘러내리는 코피를 손등으로 자기 얼굴에 문질러 놓았다) 강기자를 번갈아 바라보며 말했다.

"보시다시피, 잘난 공기자가 선배를 이렇게 쳤습니다. 어떻게, 편집국 위계질서가 이 꼴이 되었습니까?"

강기자가 이죽거리며 비틀거리고 일어났다.

"어서 코피부터 닦아요. 옆에서 구경만 하고 있습니까?"

국장이 얼굴을 찌푸린 채 직원들을 돌아보며 소리쳤다. 그러자 편집부 여기자가 솜을 다시 내오고 업무부 남자 직원이 젖은 손수건으로 강기자의 얼굴을 닦았다.

국장이 나를 돌아보았다. 나는 비로소 허리에서 손을 내렸다.

"공기자, 편집국에서 이게 무슨 짓입니까? 도대체 어떻게 된 내용입니까?"

"편집국으로 들어서자마자 강기자님이 비양거렸습니다. 영문을 몰라 물었더니 말댓구질 한다며 멱살을 잡고 욕질과 함께 저를 먼저 주먹으로 쳤습니다. 저도 주먹으로 방어를 했습니다. 그것뿐입니다. 죄송합니다."

"그것이 사실입니까?"

국장이 직원들을 둘러보았다. 아무도 응답을 하지 않았다. 그러자 국장이 다시 말을 이었다.

"공기자의 말이 실제 내용과 다릅니까?"

역시 직원들은 서로의 얼굴을 흘끔흘끔 훔쳐 볼뿐 대답을 하지 않았다.

"두 사람 눈치를 보느라 대답들을 하지 않는군요. 좋습니다, 공기자에게 강기자가 무어라고 비양거렸나요?"

국장이 다시 나를 돌아보며 말했다.

"그것은 사적인 문제이니까 말씀드릴 수 없습니다."

말의 내용이 데스크와 연관도 되어 있고 우선 유치스러워서 입에 담기조차 싫었다.

"얘기하세요. 편집국 분위기가 이래서는 안 됩니다. 시시비비를 가릴 것은 가려야 하겠지만 직원들이 다 아는 내용을 데스크만 몰라서야 되겠습니까? 말해보세요."

나는 계속 머뭇거렸다. 국장이 강렬한 눈빛으로 채근했다.

"강기자님이 저를 보고 공보이사님의 점심초청을 받아 축하한다며, 위압적인 큰 소리로 비아냥거렸습니다."

국장이 이맛살을 모으면서 편집부장 쪽으로 눈길을 돌렸다. 발설자를 편집부장으로 확인하는 것 같았다. 편집부장이 당황한 낯빛으로 노트북의 키보드를 더듬는 등 부산한 몸짓을 보였다.

"그래서요? 얘기 계속하세요."

"공보이사님의 초청을 받은 것이 아니고 국장님과 부장님들 틈새에 끼어 갔다고 사실대로 말했습니다. 그리고 그것이 잘못되었느냐고 물었습니다. 그것이 전부입니다."

국장이 이번에는 강기자에게 얼굴을 돌렸다.

"공기자의 말이 사실입니까?"

"비슷합니다. 공보이사님의 전례에 없던 올챙이기자 점심 초청이기에, 부러워서 한마디 한 것뿐인데, 선배를 이렇게 패놓습니다요."

"말씀 삼가시요. 당신이 먼저 내 멱살 잡고 쳐서 나도 보답한 것이요."

국장이 두 사람의 말을 양 손을 들어 제지시켰다.

"됐습니다. 상황을 나름대로 파악하겠습니다. 분명한 것은 공보이사님이 공기자를 초청하지 않았음을 내가 말할 수 있겠군요."

그러자 강기자가 냉소를 머금으며 국장의 말을 잘랐다.

"초청하지 않았으면 국장? 부장님이 공기자만 챙겨서 데려갔다는 말씀이군요? 오랜 세월 회사를 위해 헌신한 고참기자들에 대한 배려는 일체 없으면서…."

이번에는 내가 강기자의 말을 잘랐다.

"그렇게 말씀하시면 안되지요. 내가 선배들께 턱을 내겠다고 엘리베이터까지 뒤쫓아 갔을 때, 나를 지긋이 떠밀면서 국장 부장님께 먼저 턱을 내라며 왕따 시켰지요. 멍해서 그 자리에 그냥 붙박여 서 있는데, 국장 부장님들이 결재를 받으러 가신다고 엘리베이터 앞으로 마침 오셨고, 나는 강기자님 추기자님 말씀대로 국장님께 시간주시면 점심을 뫼시겠다고 말씀드렸더니, 국장님께서 결재 받고 난 후에 사라고 하셔서 함께 쫓아간 것이라구요. 그런데 이사님께서 국장, 부장님들께 큰 행사 치르느라 수고하셨다며 점심을 내신다고 말씀하셨고, 나는 어부지리로 끼어들 수밖에 없게 된 것이 지금까지의 전말인데, 이렇듯 멱살 잡고 욕을 하고 때려야 할 일인지 도무지 이해가 되지 않는다구요. 선배는 선배답게 후배를 포용하면서 가르치는 게 상식이고 순리라고 생각하는데 이렇게 야만적으로 행사하는 것, 저는 절대로 받아들이지 못합니다."

"됐어요, 공기자. 자리에 앉아요. 대충 알겠어요. 하지만 이게 무슨 모습들입니까? 이곳이 중고등 학생들 교실입니까요? 청장년들이 상소리에 주먹질이라니 부끄럽지들 않아요? 아니, 도대체 유치하지들 않아요? 긍정적으로 보는 시선들을 갖자구요, 부정적으로 보려들면 하나에서 열까지 전부가 삐딱하게 부정적으로 보인다는 거 다 알잖습니까. 그리고 필요한 말 외에는 말도 좀 아끼자구요. 퍼뜨려서 실득이 없는 말은 안하느니만 못하거든요."

편집부장의 얼굴이 또다시 붉어졌다. 이전에도 데스크만 알아야 될 내용이 편집부장으로 인해 취재부 기자들에게 알려진 적이 있었음을 국장도 알고 있는 눈치였다.

"자, 강기자 공기자 서로 화해해요. 이번 일을 계기로 좋은 선후배가 되기를 바래요."

나는 내키지 않았지만 강기자 앞으로 다가갔다. 그리고 목례로 '미안하다' 고 말했다. 그는 고개를 돌려 버렸다. 나는 그가 손을 내밀기를 기다렸던 것이지만 그는 전혀 그럴 생각이 없는 것 같았다. 나는 국장에게도 꾸벅 목 인사를 하고 자리에 앉았다.

그날 밤. 나는 직원들에게 술과 저녁을 사겠다고 제의했지만 추기자가 다른 날로 미루자고 했다. 눈두덩과 볼이 심하게 부어오른 강기자가 일찌감치 사무실을 나가버렸기 때문이었다. 나 역시 바른쪽 볼이 부어올랐지만 경미했다.

아침처럼 기자들이 우루루 몰려 나가지는 않았지만 표정들이 밝거나 단순치는 않았다. 자조와 냉소가 섞인 혹은 씁쓸함과 허탈스럼이 어우러진, 결코 밝다고 볼 수 없는 낯빛들을 하고 하나 둘 뿔뿔이 사무실을 나갔다. 국장과 부장들이 늦게까지 데스크를 지키고 있었던 탓도 있겠지만 리더 격인 강기자가 부재중이고 또한 아침녘의 '왕따' 운운의 내 발언과 이날 선후배간의 난투극(?) 때문이기도 할 것이었다.

일곱시가 되자 국장과 부장도 퇴근하고 편집국은 텅 비었다.

나는 지은 죄 없이 죄인처럼 책상 앞에 혼자 우두커니 앉아 있었다. 생각할수록 어처구니가 없다는 마음이었다. 어쩌다 사무실에서 전 직원이 보는 앞에서 멱살을 잡히고 욕질을 듣고 주먹질을 받고 주먹을 휘두르는 몰골로, 추락했는가 싶어서다. 더는 참을 수가 없어 함께 주먹을 날렸던 것이지만 차라리 맞아주기만 했으면 이토록 마음이 찜찜하고 불편하지는 않을 것 같았다.

그렇다고 후회하는 것은 아니었다. 다만 주먹에 너무 힘이 실렸던 것인지 강기자의 눈두덩과 콧등과 코 주변의 볼이 심할 정도로 부어올라 코뼈에 손상이 갔을 것 같은 예감에 걱정이 될 뿐이었다. 보다 더 내밀한 걱정은 이후의 문제였다. 나에 대한 고참기자들(강기자 추기자 문기자 등)의 갈등이 밖으로 터트려진 눈앞의 상황이 장차 더 큰 화를 불러올 것인지, 아니면 내 분명한 태도로 나에게서 관심을 거두어 줄 것인지 어떤 형태로든 드러날 것이기 때문이었다. 물론 내가 원하는 바는 데스크나 고참기자들이 나로부터 신경을 거두어 주는 일이었다.

데스크는 무사안일주의에 빠져있는 고참기자들에게 내년부터의 계약제 직원채용제도를 실시하여 일하지 않는 기자는 재임용에서 제외할 의사를 분명히 밝혔고, 따라서 나름대로 최선을 다하는 나를 본보기쯤(내 해석이지만)으로 이용할 것이고, 고참기자들은 당신들의 분위기에 말려들지 않는 내가 눈에 가시 같을 것이었다.

고참들은 그간 신문사의 재임용 계약제에 저항하여 걸핏하면 자기들끼리의 모임을 가졌고 내가 끼어듬을 번번이 마다했다. 더욱이 데스크는 창간일에 즈음하여 2개월여나 빠르게 나에게서 견습딱지를 떼어주었고, 뿐만 아니라 주요 고참기자들의 출입처에 나를 배정시켰다. 물론 데스크는 중요하고 큰 출입처여서 두 사람의 출입기자가 필요함을 강조했지만, 고참들의 입장에서는 당신들의 추후 탈락을 예감할 수도 있는 예민한 조처로 보일 수도 있을 것이었다. 거기다 이날은 과정이야 어쨌건 직원 재임용의 칼자루를 쥐고 있는 공보이사와 데스크 임원들과 올챙이기자 주제인 내가 감히 식사를 함께 했다니, 그들의 신경이 극도로 날카로워질 수도 있을 것이었다.

"늦은 시각까지 무슨 생각에, 이리도 골똘해 계실까?"

나는 흠칫 놀라면서 돌아보았다. 음성이 끝나기 전에 연희누나인줄 인지했으면서도 그녀의 얼굴이 시선 안에 들어오자 그렇게 반가울 수가 없었다. 나는 의자에 앉은 채 두 팔을 벌렸다. 그녀가 가까이 다가왔다. 나는 그녀의 가슴에 얼굴을 묻었다. 그렇게 아늑할 수가 없었다. 포근할 수가 없었다. 콧속이 뻐근하고 명치께가 저렸다. 그녀는 내가 고개를 들 때까지 내 머리를 어루만지며 품어 주었다.

"나가자, 열시야…."

나는 고개를 끄덕이며 얼굴을 들었다. 그녀를 쳐다보면서 웃음을 머금었다. 그녀도 웃었다. 나는 벌떡 일어나 편집국의 형광등을 전부 소등했다. 순식간에 세상이 깜깜해지는 듯 했으나 건물 밖의 빛들로 물체를 분별 못할 정도는 이니었다.

그녀가 먼저 문께로 걸어 나갔다. 나는 그녀보다 앞서 편집국의 출입문을 안에서 잠가버렸다. 그리고 그녀를 번쩍 안아들고 국장실의 긴 소파로 갔다.

"아니…."

그녀가 당황하며 내 가슴을 밀어내려했다.

"가만히…, 있어 주어요…."

나는 그녀를 소파에 눕히고 겉옷 상의와 속 브래지어를 위로 끌어올려 가슴이 노출되게 했다. 이어 소파가 놓인 맨 바닥에 무릎을 꿇고 지극히 부드럽고 탄력있는 그녀의 젖무덤에 내 얼굴을 부볐다. 영글은 머루알 같은 유두를 입 안에 넣고 갈증 난 듯 혹은 구슬을 굴리듯 빨았다. 그녀의 신음소리가 어둠의 입자속으로 흐느적이듯 춤추듯 출렁거렸다. 그녀가 두 팔을 뻗어 내 머리를 끌어당겼다. 입술을 찾았다. 신음에 어우러진 뜨거운 입술이 내 마른 입속에서 난무했다. 나는 서서히 그녀 속으로 잠입해 들어갔다. 서두르지 않았다. 머릿속과 육신의 세포 구멍마다에 쩌들어 있는 이날의 끈적한 응어리들이 몸속에서 흘러 나가는 기운을 느끼고 싶었다. 전신으로 용암처럼 뻗지르는 열감으로 나는 점차 그녀를 짓이겼고, 그녀는 숨이 끊어지는 단말마의 비명을 연이어 울음 울듯 토해냈다. 나는 혼백이 빠지는 가사(假死)의 상태에서 고개를 쳐들었다.

거짓말처럼 몸과 정신이 개운해졌다. 가뿐한 느낌이었다. 몸 섞음 뒤끝의 생리적인 현상이 이토록 선명한 정화(淨化)현상을 가져올 것이라고는 미처 예상하지 못했다. 정체된 응어리들이 희석되거나 흘러나갈 것이라 예상은 했지만, 사뭇 날 것처럼 몸과 마음이 가벼워질 것이라고는 기대하지 못했던 것이다.

"고마워요!"

그녀를 포근히 안으면서 속삭였다.

"고맙긴…."

그녀는 숨을 죽이듯 한동안 내 가슴에 얼굴을 묻어주었다. 그리고 천천히 고개를 들고 옷매무새를 매만지면서 "세상에 여기가 어디라고…" 했다.

"누나가 이 시간까지 의사회 사무실에 계실 것이란 생각을 하지 못했어요."

마음이 차분히 가라앉고 지극히 편안했다. 평온하고 든든하고 따뜻하고 즐거웠다. 어머니를 닮은 누나가 내 곁에 있다면, 지금 내가 느끼는 이러한 기분과 비슷하려니 생각되어졌다.

"우리 찬우씨의 펀치가, 그렇게 센 줄 몰랐다!"

"아니, 그 치졸한 쌈판을 보셨어요?"

나는 놀라면서 그녀를 돌아보았다.

"그 좋은 구경을 왜 안 해, 앞부분은 못보고 찬우씨 펀치 날리는 것은 보았어! 얼마나 통쾌하던지!"

"그냥 맞아줄 걸, 맞섰다는 후회도 없지는 않아요. 느낌에 코뼈가 상한 것 같았거든요….”

“천만에, 왜 죄 없이 맞아줘? 두고 봐, 이제는 누구든 찬우씨를 만만하게 못 볼 거야.”

그녀의 말대로 고참들의 태도가 금방 달라질 수야 없겠지만 커피 심부름 같은 유치한 부림은 삼가 주었으면 싶었다. 스스로 마음이 내켜 내 것을 뽑을 때 더 추가 할 수는 있지만 한참 일에 열중해 있을 때 “공찬우씨 커피 마시고 싶지 않아요?” 따위의 지시는 솔직히 싫었던 것이다.

“찬우씨 운동 좀 했었나? 날 건드리던 부랑배들 상대할 때도 굉장히 다부지다 느꼈었거든?”

“그때 누난 파랗게 질려 파들파들 떨고 있었던 것 같은데, 그 와중에서도 그런 생각을 하셨댔어요?”

“혼자서 다섯 명을 이겨 냈으니까!”

“특별히 운동을 한 적은 없어요. 그 친구들이 좀 어수룩했던 것이지요. 하도 어려서부터 아기를 업고 청소도 하고 기저귀를 빨아서인지, 아니면 이삿짐 나르기와 노동판에서 아르바이트를 하느라 단련이 되었는지 팔 힘은 좀 센 편이지요. 내무반에서 팔씨름으로 힘겨루기를 하면 언제나 일등을 했으니까.”

나는 어린 소년처럼 점차 신바람이 나기 시작했다. 초등, 중등, 고등학교 시절에도 유난히 힘이 셌었다는 말도 하고 싶었지만 지긋이 참아 냈다. 힘센 주먹 때문에 자칫 불량소년이나 청년으로 생각할 수도 있겠기 때문이었다.

사실 나는 어렸을 때도 나이답지 않게 내 삶이 고단할수록 바르게 살아야 칭찬을 듣는다는, 애 늙은이 같은 생각을 했다. 새엄마에게 욕질과 잔소리를 듣는 것으로 날밤이 지새는 나에게 ‘칭찬’ 이란 단어는 보물 같은 것으로 그 말을 듣기 위해 세상을 살듯 했다.

교실에 굴러다니는 만화나 동화책을 읽어도 불우한 환경이나 고통 속에서 나쁜 길로의 유혹을 뿌리치고 바르게 사는 것이, 용기 있고 착한 사람으로 칭찬 듣는 행동이라 보아왔던 나는, 우직스럽도록 그 말을 유념했던 것이다. 강박증에 가깝도록 그 말속에 속박되어 있었다고도 볼 수 있었다. 따라서 주먹대장으로 학급의 캡틴이 되었어도 여학생을 짓궂게 구는 남학생이나 어린 저학년의 용돈을 뺏는 무리들에게만 주먹을 쓰는 등 정의의 사나이인척 행동했다.

D중학교에 입학했을 때였다. 각 초등학교에서 모여든 1학년 올챙이들이 서로 힘이 센 양 자기 출신교 무리들과 운동장과 복도를 거들먹거리고 다닐 때였다. 누군가 출신 학교별 캡틴들이 모여 D중학 1학년의 새로운 '캡틴'을 뽑자는 발언을 하여, 학교 뒷산에서 힘겨루기를 한 적이 있었다. 내가 살던 은평구에는 18개의 공립초등학교와 5개의 사립초등학교 등 23개의 학교가 있었지만 사립초등교에서는 이렇다 할 대장이 없었고, 공립초등교에서도 15개교에서만 1명씩 추천이 되어 어느 날 우리는 학교 뒷산에 모였었다. '힘겨루기'란 결국 주먹으로 패고 치는 싸움이었지만, K초교 캡틴으로 출전한 내가 몇 가지 규정을 정할 것을 제의했다. 주먹으로 치되 당연히 기구(막대기 등)는 사용하지 말 것과 급소(음경)는 때리지 말 것, 시작하고 5분경과하여 항복하면 무조건 주먹질을 중지할 것 등을 강조하자 모두들 동의했다.

뿐만 아니라 씨름과 역기들기 팔씨름 등의 종목을 첨가하여 명실공히 '참 대장'을 뽑자고도 했다. 주먹 힘이 센 싸움만 잘하는 캡틴보다는 훨씬 멋이 있지 않겠느냐고 하자 모두들 그러자고 했다.

결국 K초교 출신 캡틴인 내가 그 모든 종목을 어렵지 않게 석권했다. 그리고 명실 공히 D중학 1학년의 캡틴이 되었다. 이어 나는 나와 대적했던 14명과 함께 '헤라클레스'라는 동아리를 만들었다. 우리는 일주일에 한 번씩 만나 역기 들기도 하고 씨름판도 벌리고 만화책 읽기도 했었다.

훈육부 선생님이 그 사실을 알고 나를 비롯 15명을 모두 상담실로 불렀다. 맹랑한 놈들이라며 그 동아리를 당장 해체하라고 으름장을 놓았다. D중학교에 전례 없던 '캡틴' 조직이 무엇이며, 동아리 모임은 학교에서 일체 허용하지 않으니까 무조건 이날부터 찢어져라 했다. 학생신분으로서 진정한 '캡틴'은 공부를 가장 잘하는 학생이라고 했다. 만약 학교의 방침에 따르지 않으면 좋은 일을 했건 나쁜 일을 했건 15명은 전원 정학(停學)을 시킬 것이라 했다. 누구 안전이라고 거역할 사람은 없었다. 우리는 대답도 경쾌하게 "예－" 소리쳐 대답하고 그날로 바로 해산했다. 이후로 우리는 모임을 갖지는 않았지만 등하교 시간에 같이 다니기도 하고 체육관에서 만나기도 했다. 아이들은 우리들이 교실복도를 지나가면 슬슬 피하기도 하고 용기 있는 아이들은 은근슬쩍 가방도 들어주며 아부도 하고 어떤 아이는 떡볶기를 사주기도 했다.

지금도 가슴이 짜잔하게 아픈 것은, 입안에 가득 모인 침을 억지로 넘기던 당시의 기억 때문이다. 나를 제외한 14명의 각 초등학교 캡틴들은 돈을 잘 썼다. 용돈이라곤 받아본 적이 없는 나는 언제나 빈털터리인데 비해 그들은 학용품도 고급이었고 군것질도 잘했다. 나는 아이들에게 계속 얻어만 먹을 수가 없어(대장답게 나도 한번쯤은 사야 하는데 그것이 여의치 않았기 때문) 뱃속의 창자가 당기듯 간절히 먹고 싶어도 생각이 없다며 상대의 권함을 끝까지 사양했었다. 등가죽에 붙는 배를 움켜잡고도 간식 좋아하지 않는다고 버티던 그때의 고통스럽던 기억은, 성년이 된 지금까지도 목줄이나 뱃속을 당기게 한다.

"아니, 도대체 무슨 생각을 하기에 집에 온 줄도 모를까?"

나는 연희누나의 음성에 소스라치게 놀라면서 현실로 돌아왔다. 정말 어느새 오피스텔 앞에 차는 닿아 있었다.

"하도 몰입해 있기에 방해하지 않으려 했지만, 방법이 없네, 무슨 생각이 그대의 얼을 뺏듯 했을까?"

"좀 전에 제가 주먹이 세다고 칭찬해 주시기에, 진짜 주먹 자랑하던

초 · 중등 때 생각을 하느라구요."

"그럼 대장했겠네?"

"착하고 배고픈 대장…."

"안쓰러워라. 내려요, 내일 만나자!"

다음 날, 한시간여 빠르게 출근했다. 한번 멋지게 잘해 보겠다는 의욕이야 입사 직후나 현재나 변함이 없었지만 어저께의 일들이 마음에 걸려서였다. 잘 못한 일이 있건 없건 나로 인해 사무실의 분위기가 경직된 것 같아 미안함을 지울 수 없었고, 그보다도 강기자의 얼굴이 걱정이 되어 조바심이 커졌던 때문이다.

아무리 생각해도 내 주먹에 힘이 너무 실렸었다는 느낌이었다. 그러나 멱살이 잡혀 목이 조여지고 욕설과 함께 눈에 불이 번쩍 튈만큼 얻어맞고 나자 순간 자제력이 무너져 버렸던 것이다. 처음 멱살을 잡고 조이고 흔들던 강기자의 팔을 뿌리칠 때만 해도 참아낼 생각이었지만, 두 번째 주먹질을 당하자 아침 엘리베이터 앞에서 비양거리며 밀어버리던 행위와 그간의 경멸하며 따돌리던 일이 한꺼번에 떠오르며 분노와 증오심이 솟구쳤던 것이다.

내 걱정은 적중했다. 강기자는 출근하지 않았고 추기자의 전언에 의하면 "코뼈가 부러져 병원에서 치료를 받고 있다."고 했다. 모두가 놀라는 얼굴로 고개들을 내저었다. 그리고 하나같이 나를 쳐다보았다. 내가 심했다는 표정들인 것 같았다.

"어느 병원입니까? 입원을 했습니까?"

나는 당장 찾아가 볼 심산으로 물었다. 당신의 출입처이자 이제 내 출입처도 되는 J대학병원 정형외과이겠거니 짐작을 하면서다.

"자기 집 동네 외과병원 인 것 같은데, 병원명은 대주지 않던걸."

추기자가 말했다.

"10주 진단은 너끈히 되겠군…" 편집부의 탁기자가 이죽거렸다.

"강기자님 성격에 조용히 넘어갈 것 같지는 않은데, 공찬우씨 진땀 꽤나 흘리겠군."

나보다 3년 앞서 입사하여 1년 만에 견습딱지를 뗀, 설흔 살의 탁형기 기자가 이어 말했다.

"조용하게 넘어가지 않으면요? 상해진단서를 발급받아 폭행죄로 고발이라도 한다는 말입니까?"

내가 그의 말을 받았다. 탁기자가 거침없는 내 반응에 당황한 낯빛이 되었다.

"그럴 수도 있다는 것이지…. 그런데 공찬우씨, 강기자님께 좀 미안한 생각을 가져야지. 그렇게 뻣뻣하면 곤란하지 않을까?"

"제가 강기자님께 뻣뻣한지 아니한지 탁기자님이 무엇으로 판단합니까? 지금 제 말은 탁기자님에게 묻는 내용입니다. 날더러 진땀께나 흘리겠다고 말하지 않았습니까? 제가 땀을 흘려야 할 이유가 무엇인지를 묻고 있는 것이라구요."

"말꼬리 물고 늘어지고 있네, 당신이 지금 말대꾸질 하는 것이 뻣뻣한 것이지 뭐야, 사람의 코뼈를 부러뜨려 놓았으면 우선 미안해하고 다소곳한 데가 있어야지, 뭘 잘했다고 눈 똑바로 뜨고 항변이야?"

나는 그를 가만히 쳐다보았다. 숨을 몰아쉬었다.

"탁기자님, 남의 일이라고 함부로 말하는 거 아닙니다. 어떻게, 눈두덩이 퉁퉁 붓고 시퍼렇게 멍이 들어 예민해있는 당사자 앞에서, 그런 말을 그리도 쉽사리 뱉는단 말입니까? 탁기자가 강기자님 입니까? 내가 미안해하고 안하고는 강기자님에게 할 일이지, 탁기자님은 제삼자라는 거 왜 모르시죠. 그리고 어저께의 상황을 눈여겨보셨다면, 그런 말을 할 수가 없을 것 같은데 아마 목격하지 않았던 모양이지요?"

"무슨 말이야? 후배가 선배를 후려치는 것을 낱낱이 다 보았는데?"

"그럼 첫 번째 멱살이 잡혀 조여졌을 때, 팔만 뿌리쳤던 것도 보았겠네요? 이어, 선배가 후배의 멱살을 다시 잡아 조이고 욕하며 후려치던 것도 보았겠네요? 제 주먹은, 먼저 당하고 방어를 위해 후에 나간 것도 보았겠네요? 그럼, 당연히 제가 정당하게 방어를 한 것이 아닌가요? 제 행위는, 초등학생이 보아도 정당방위였음은 가름할 것 같은데, 탁기자님은 어떻게 고소깜으로 보았을까요?"

"무슨 소리야? 내가 초등학생만도 못하다는 말이야 뭐야."

"그럴리야 없지요. 저를 혐오하는 마음이 앞서 판단력이 흐려졌던 것이겠지요. 원인이녀 과정이 어쨌건 간에 결과가 본의 아니게 힘들게 되었다면, 정말 미안한 일이지요. 물론 강기자님의 코뼈가 부러진 것이 사실이라면 제가 책임지는 것으로 보상해 드릴겁니다."

나는 말을 끊고 이어 직원들에게 두루 허리를 굽혀 인사를 하면서 연일 겁없이 떠들어서 죄송하다고 말했다. 누구도 더 이상은 말이 없었다. 취재부장만 내 얼굴을 유심히 바라보며 공기자도 치료를 받으라고 했다. 나는 다소곳한 표정으로 그렇게 하겠다고 대답했다.

추기자가 나와 취재부장의 오가는 대화를 들으면서 소리 없이 웃었다. 취재부장의 속내를 꿰뚫고 있다는 듯한 묘한 표정이었다.

"부장님이… 만약의 경우를 위해 공기자도 진단서를 받아놓으라고 말하는 것 같군…."

추기자가 기어이 아주 낮은 목소리로 중얼거렸다. 나는 그의 말을 못 들은 척 했다. 강기자에 비해 비교적 온유한 성격인 듯 보이지만 지혜나 머리굴림은 대학병원 출입기자 중에 가장 좋은 편으로, 부장의 말을 액면 그대로만 들은 나를 새삼 깨닫게 했다.

강기자는 다음날도, 그 다음날도 출근하지 않았다. 나는 추기자에게 그의 집이 어딘가를 확인하고 찾아가 볼 생각을 했다. 치료받는 동네병원을 알려주지 않아 실제 그의 상태가 어느 정도인지는 알 수 없었지만 그에게 사과하고 치료비를 지불해야 할 것 같았다.

그런데 고참들의 동태라고 할까. 그날 이후 편집국의 분위기는 유난히 조용했다. 제반사에 적극성을 보이던 강기자의 사고와 결근 때문인지 직원 재임용발표를 하기 전의 상황으로 돌아간 느낌이었다. 기자들의 단체 행동이 보이지 않았던 것이다. 뿐만 아니라 누구도 나를 향해, “공기자 커피 마시고 싶지 않아요?” 라는 말로 나에게 커피를 뽑아오게 하지 않았고, 신문철이나 합본을 갖다 달라는 심부름을 시키지도 않았다.

나는 속으로 견습딱지 떨어지니 이렇게 달라지는 구나 생각도 했지만, 유치스럽게도 연희누나의 말대로 내 주먹펀치 때문에 나를 만만하게 보지 않는 것에 원인도 있는듯하여 실소를 머금었다.

강기자가 5일째 결근을 하는 날이었다.

나는 그의 주소를 들고 약수동 언덕받이의 그의 동네를 찾아 가려했다. 직원 중에 유일하게 추기자와 연락을 하는 것 같았지만 추기자 역시 그의 집과 치료받는 병원을 알지 못했고, 데스크와 마찬가지로 강기자에게 관심을 갖지 않았다. 이상한 부분은 국장이나 부장 차장 등의 임원들도 강기자의 연이은 결근에 무심할만큼 관심을 갖지 않는 점이었다. ‘치료가 끝나면 출근하겠지.’ 하고 느긋하게 생각하는 것인지 어쨌든 직원이 아파서 결근을 하는데도 문병을 생각해 본다든가, 빨리 출근하라고 채근을 한다든가, 양단간에 행동을 취해야 할 것 같은데 숫제 누구도 관심을 보이지 않는 것이었다. 물론 강기자의 출입처는 내가 커버하고 있었다. 강기자의 집을 찾아가 보겠다고 하자, 추기자가 묘한 말을 했다.

“집행부가 고참들을 쫓아내지 못해서 재임용이니 뭐니 떠드는 판인데 굳이… 찾아갈 필요가 있을까….”

“어떻게, 사람이 다쳐서 출근하지 못하고 있는데…. 동료들이 당연히 가봐야 되는 거 아니예요? 저는 만나 뵙고 사과도 하고 치료비도 지불해야 되거든요.”

"글쎄, 공기자 입장은 이해가 되지만 경쟁사회에서 한사람의 경쟁자라도 스스로 자퇴한다면, 남아있는 사람들이 유리한 것이 아닐까? 너무 야속한 소리 같지만 말이야."

나는 놀란 눈빛으로 추기자를 바라보았다. 강기자와 성격은 달랐지만 그러나 기자 단합이나 나를 따돌리는데도 두 사람이 합의가 잘되는 것 같았는데, 어인 태도인가 싶었다.

"강기자님이 사의를 표명한 것도 아닌데, 어찌 그런 말씀을 하십니까?"

"글쎄, 전화느낌으로는 그만 둘 생각인 것 같던데? 새카만 후배에게 맞아 코뼈가 부러진 처지에, 그 낭사자와 함께 한 지붕 밑에 근무하기도 힘들겠지만, 워낙에 염치가 없었던 부분도 있어… 더 버텨내기가 힘들었는지도 모르지."

내가 알지 못하는 강기자의 어떤 문제가 또 있었던 것 같았다. 궁금했지만 나와 관계없는 것이라면 물어보는 것도 결례일 것 같아 반응을 보이지 않았다. 그런데 그는 그것마저 풀어 놓았다.

"의사회장 선거 때, 강기자가 현 회장님의 반대편 선거운동을 했었거든. 국장 · 부장은 선거참모로 뛰는 사람들로 그들 편이 이기면 당연히 데스크를 차지하는 것이지만, 평기자는 가만히 숨죽이고 있어야 하는 것을 그러지 못했다는 거지. 상대편에서 이기면 데스크를 주겠다고 약속을 했었다는 뒷말도 있었지. 불행이도 강기자가 운동하던 후보는 낙선되고 따라서 당선한 현 집행부는 강기자가 스스로 물러나도록 진작부터 기다렸던 모양인데, 용케 지금까지 버텨 왔었거든. 그는 물론 몇 달 후의 재임용에서 1차로 탈락될 사람이지. 공기자가 그를 찾아가 보는 것이사 말리지 않겠지만 실제 코뼈도 잘 붙고 있는 모양이고, 강기자도 공기자를 반가워하지 않겠지만, 무엇보다 데스크가 좋아하지 않을 일을 굳이 강행할 필요가 있을까 싶구만."

강기자에게 그런 전력이 있는 줄은 알지 못했지만 그러나 그 문제와 내 문제는 다르다는 생각이었다. 추기자의 은근한 만류를 뿌리치고 그날 저물녘에 강기자의 집을 찾아 나섰다. 집으로 몇 차례 전화를 했어도 받는 사람이 없고 그의 휴대폰은 숫제 꺼져 있는지 '받을 수가 없다' 는 기계음뿐이어서 예고없이 찾아갈 수 밖에 없었다.

집을 찾는 건 어렵지 않았다. 옥수동 언덕바지 다가구 주택촌의 초입부 건물 3층에 그는 살고 있었다. 가파른 계단을 올라 벨을 눌렀다. 중학생쯤 되어 보이는 소년이 현관문을 열었다. 소년의 뒤쪽으로 식탁에 앉아 있는 강기자의 얼굴이 보였다. 소년에게 새삼 집주인 이름을 확인할 필요가 없었다.

강기자가 현관 쪽으로 얼굴을 돌렸다. 그러더니 벌떡 일어섰다.

"선배님 저 왔습니다."

나는 현관입구에서 그를 향해 인사를 먼저 했다.

"아니…."

그는 잠시 복잡한 표정이 되더니 들어오라고 했다.

"늦게 찾아뵈어 죄송합니다. 연락이 닿지 않아 치료를 받으시는 병원도 알 수 없고 해서…. 어떻게 좀 괜찮으십니까?"

나는 집안으로 들어서면서 그의 얼굴부터 살폈다. 첫 면대에서 그의 얼굴 한가운데에 설봉(雪峰)처럼 하얗게 솟구쳐 있는 탈지면과 반창고 봉우리를 보았지만 다시 눈여겨보았다.

그가 얼굴을 비끼며 소파에 앉으라고 했다. 그의 표정은 복잡했다. 나를 어떻게 대할 것인가를 생각하는 것 같았다. 그러다 금방 결정한 듯 얼굴 표정과 행동을 변화시켰다.

"어차피 찾아왔으니, 이리 식탁으로 와요. 함께 한잔 합시다."

그가 앞서 앉아 있던 식탁으로 나를 오라며 먼저 식탁의자에 앉았다. 나는 놀란 얼굴로 그를 바라보았다.

"술을 드시면, 안되잖습니까?"

"괜찮아요, 다 붙었는걸 뭘, 앉아요."

"…선배님, 죄송합니다…."

"내가 먼저 쳤는데, 내가 미안하지. 공기자 얼굴도 아직 펀치는 않구먼…."

그는 의외로 아주 편하게 나를 대해 주었다. 그러나 좀 전의 복잡하던 표정으로 미루어 눈앞 그의 모습이 속마음이 아닐 것이라는 생각도 없지 않았다.

"이거 얼마 안 됩니다, 치료비에 보태 쓰셨으면 싶어서요!"

자리에 앉기 전에 나는 미리 준비해간 봉투를 그의 앞에 놓았다. 그가 어이없다는 눈빛으로 나를 쳐다보았다.

"이사람 왜이래? 내가 왜 당신에게 치료비를 받아? 이러면 나도 당신에게 치료비를 주어야 된다는 얘기 아냐? 이러지 말아. 우리 서로 쌤쌤인 거야. 내가 당신을 먼저 쳤으니 격분한 당신이 반사적으로 나를 쳤을 뿐인데, 당신보다 조금 더 다쳤다고 이런 거 내놓으면, 끝내 나를 우습게 보는 결과 밖에 안 되지. 과일 들고 찾아와 준 것도 고마워! 됐어, 도로 넣어두어."

"하지만, 선배님…."

"당신 자꾸 말 많으면, 나 화낼 거야. 당신 이러는 거 나를 더 비참하게 만든다는 거 몰라? 후배한테 얻어맞고 치료비 받는 비열한 선배 만들려고 이래? 집어넣지 못하겠어?"

그가 정말 화를 내고 있었다. 진작부터 불그스레 하던 얼굴이 더욱 붉어지고 이마에 심줄이 두드러졌다.

"알겠습니다."

나는 고개를 숙이며 더 말하지 않고 봉투를 집어 안호주머니에 넣었다.

"앉어."

그가 누그러진 음성으로 명령하듯 말했다.

"자, 한 잔 받어."

그가 식탁 위에 놓여져 있던, 반병 정도 남은 소주병을 들고 한손으로는 자신이 마시다 둔 술잔을 들어 마저 마시곤 그 잔을 내밀었다.

"치료 중이신데, 어떻게 술을 드십니까?"

"많이는 안 마셔. 어저께부터 한두 잔 마셔봤을 뿐인데 혈액순환이 잘 돼서 인지 기분이 괜찮아. 오늘도 심심해서 한두 잔 마셔보았을 뿐이야, 술이 빨리 오르기는 해. 얼굴 붉어지는 경우가 없는데 화끈해지거든."

"아직은 안됩니다, 드시지 마십시오. 저 혼자 따뤄 마시겠습니다."

"그렇게 해요. 다들, 잘 있어?"

그는 추기자를 비롯한 동료들의 안부를 물어왔다.

"잘들 계시지요. 그런데 선배님은, 언제부터 출근하실 것입니까? 출입처에서 통원치료를 받으시면 안됩니까?"

그는 대답 없이 내 얼굴을 가만히 바라보았다.

"공기자, 혹시 데스크에서 나에게 한번 찾아가 보라고 했는가?"

"도리가 아닌듯해서 저 혼자 찾아 왔습니다. 누구도 지시한 적은 없습니다."

"그렇겠지…."

그가 고개를 끄덕였다. 그렇게 보아서인지 그의 두 어깨가 아래로 처져 내리는 것 같았다. 나는 그가 데스크의 부름을 기다리고 있었다는 짐작을 했다. 추기자의 말이 새삼 떠올려지면서, 신문사에서 본 강기자와 집에서 마주앉아 바라본 그가 너무 다르다는 느낌과 함께 안된 마음이 들기도 했다.

"데스크는 이번 기회에 내가 사퇴해 주기를 간절히 기대하고 있을 거야. 그렇지 않고서야 5일간이나 무단결근을 했는데도, 일언반구도 없을 수가 없지…."

"치료 때문에 결근하시는 걸로 다 알고 계시기 때문이 아닐까요. 다니

시기에 크게 불편하시지 않으면 내일부터 출근 하시면 되잖습니까?"

그가 술 대신 물을 따루어 마셨다.

사람은 누구나 환경에 영향을 받기 마련이지만 이날 마주 앉은 강기자는 실제 신문사에서의 분위기와 많이 달랐다. 냉소적이고 빈정거리기 잘하고 나를 경원하고 방어하려는 몸짓으로만 경직되어 있는 것 같던 그가, 의외로 조용하고 여리고 선량한 사람으로 다가들었다.

물론 마주한 장소가 당신의 집이고 처해진 입장이 신명날 상황은 아니라 해도 사무실에서와는 너무 대조적이었다.

중하생으로 뵈던 소년이 책가방 배낭을 메고 거실에 놓여 있는 과일 바구니를 주방의 싱크대 위로 올려놓으면서 나를 향해 "잘 먹겠습니다!"하고 인사를 했다. 그리고 강기자를 향해 학원을 다녀오겠다고 했다.

"저녁을 먹고 가야지."

강기자가 아들을 바라보고 말했다.

"수철이랑 치즈 떡볶이를 먹기로 했거든요. 밥을 먹고 가면 제가 많이 먹지를 못해요. 두 분 시장하시면 밥솥에 밥 가득 해놓았거든요. 꽁치조림도 해놓고 김치도 썰어 냉장고에 넣어 두었으니 꺼내 드세요. 제가 시간이 없어 그냥 가걸랑요!"

소년이 방글방글 얼굴에 웃음을 머금고 강기자와 나를 번갈아 바라보며 말하곤, 현관문을 열고 나갔다. 아니 현관문을 밀다 말고 다시 한번 나와 강기자를 돌아보며 활짝 웃고는 출입문을 소리나게 닫곤 가버렸다. 나는 의아한 표정으로 강기자를 바라보았다. 동안의 앳된 소년이 마치 어른처럼 끼니에 신경을 쓴다 싶어서다.

강기자가 웃었다.

"저 녀석은, 손님이 있으면 더 아빠를 챙긴단 말이야."

"요즘 아이답지 않게 효자이네요! 밥을 해놓고 김치까지 썰어 놓았다니 말입니다! 아빠 엄마가 맞벌이를 하시니 시키지 않아도 제몫으로 알고 밥을 짓는 모양이군요?"

그가 웃음 끝으로 씁쓸한 표정이 되며 또 한잔 물을 마셨다.

"얘기를 안 할 수도 없구먼…. 아들이 중학교 1학년인데, 이 집 주부라요. 3년 전에 내가 이혼을 했는데, 그러니까 아들이 초등학교 5학년 적인데, 녀석이 그때부터 나서서 밥을 짓기 시작하더라구. 김치와 밑반찬은 전부 사다 먹지만, 밥은 꼭 자기 손으로 하면서 앞으로 10년간은 새엄마를 얻지 말래요. 자기 엄마가 다시 집으로 들어올 것이니까, 그때까지만 불편하더라도 참아달라면서…."

그는 남의 이야기를 하듯 자연스럽게 자기 가정의 결손 내용을 말했다. 나는 놀라움을 금치 못하면서 처음 듣는 말이라고 했다.

"당연히 공기자가 알 수 없는 내용이지요. 회사의 누구도 내 사정을 아는 사람은 없으니까."

집안으로 들어서면서 특히 식탁 부근의 주방 안이 하도 어수선하여 맞벌이하는 집이 다 그렇겠거니 혼자 미루어 헤아리던 것이 오판이었음을 깨닫는다.

"공기자가 오기 직전까지도 내가 술 마시는 것이 미워서 온갖 잔소리를 퍼부어 대던 아이가, 자기 딴에는 손님 앞이라 나 술 그만 마시고 밥 챙겨 먹으라는 말을, 그렇게 점잖게 표현하고 나가는 것이라구!"

"아이가 생각이 깊고 조숙한 모양입니다. 잘 웃는 걸 보니 성격도 밝은 것 같구요."

"자식 자랑은 아니지만, 아이가 별난 것은 사실이야. 내 기분이 가라앉아 있으면 여자처럼 애교까지 떨어요. 나 때문에 신경쓰는 것이 가엾어서 집안에 들어오면 아들녀석이 싫어하는 일을 안 하려고 노력도 하지만 그게 잘 안돼. 오늘 녀석이 나가면서 자꾸 웃던 것은 모르긴 하지만 공기자 얼굴의 멍자국과 코 깬 내 얼굴을 자꾸 번갈아 쳐다보는 것이 "하이구 어른들아, 제발 정신들 차려요, 그게 무슨 모습들이냐구요." 하고 비

웃는 것 같던 걸?"

"정말요, 현관문 잡고 다시 돌아보고 활짝 웃던 표정이 그랬던 것 같습니다!"

나도 강기자도 그야말로 활짝 소리 내어 웃었다. 내가 자리에서 벌떡 일어났다.

"아니 왜 벌써 일어나요? 내 아들 말대로 밥 한 솥 있다는데 꽁치조림에 김치하고 저녁 좀 먹고 가지 않고…."

"선배님, 저 가는 것 아닙니다. 그럼요, 당연히 밥 먹고 갈 것입니다! 우선 대충 정리한 후에 제가 식닥에 밥 차릴게요!"

나는 상의를 벗어 소파 위에 걸치고 와이셔츠의 소매를 둘둘 말아 올렸다. 그리고 싱크대에 산더미처럼 겹쳐 쌓여 있는 그릇들을 씻기 시작했다.

"아니, 공기자 뭐하는 거야, 그만두라구요…."

"아닙니다 선배님, 저 이런 일은 도사라구요! 구경만 하십시오."

나는 빈 그릇들을 순식간에 씻어 헹구어 엎고 냉장고 문을 열어 보았다. 언제 사다 둔 것인지 아래 칸 서랍 속에 말라비틀어진 감자 대여섯 알과 당근 양파가 뒹굴고 있고 빳빳이 굳어져 있는 된장 고추장과, 봉지 멸치도 눈에 띄었다. 감자를 꺼내 칼로 껍질을 벗겨 내고 멸치와 된장을 풀어 찌개도 만들었다. 진공청소기로 거실과 방 두개의 먼지를 뽑아내고 걸레질도 했다. 이 방 저 방에 나뒹굴어져 있는 양말들과 속옷 셔츠 등을 거두어 세탁기에 넣어 돌리기도 했다.

강기자는 반쯤 입술을 벌린채 정신이 없을 정도로 잽싸게 돌아치는 내 모습을 멍하니 바라보기만 했다. 아픈 코 때문에 자기 한 몸 추스르기도 힘든 판에 빨래니 음식이니 신경 쓸 수가 당연히 없었을 것이었다. 학교 가랴 학원 가랴 밥해 먹으랴 열두 살 어린 아들이 집안을 다스린다 해도 한계가 있는 법, 난리 치른 집 마냥 어질러져 있음은 너무나 당연한 현상이었다.

왜 그렇게 마음이 아픈지, 먼지 때가 새까맣게 범벅된 걸레들을 욕실에서 빨면서 명치께가 뻐근해지는 통증을 느꼈다. 아예 욕실청소도 했다. 양변기 속에 누렇게 절어있는 요태며 검정때로 얼룩덜룩한 세면대를 뽀얗게 닦아놓고 치약 칫솔도 가지런히 꽂아 놓았다.

"아니, 손님을 부려먹는 이런 경우도 있단 말인가… 공기자 제발 그만하고 자리에 앉으라구-."

강기자가 소리를 높였다.

"예, 예…."

나는 다시 주방으로 들어가 끓는 된장을 식탁에 놓고 소년이 만들어 놓은 꽁치조림과 썰어 놓은 김치로 밥상을 차렸다.

"자, 이제 드십시요! 아드님이 끓여 놓은 꽁치조림 맛이 그만입니다요! 세상에 밥이 10인분은 되겠어요. 한 솥 가득이네!"

"그렇게 해 놓아야 둘이서 삼사 일은 먹거든. 그런데 공기자, 전직이 무엇이었는지 한번 물어봅시다."

"Q신문사가 첫 직장이거든요."

나는 강기자를 바라보며 그렇게 말했다. 그가 무슨 뜻으로 전직 운운하는지는 알고 있었다.

"가정 도우미 아르바이트를 한 적이 없었는가 싶어서 물어보는 거요. 어떻게 그리도 청소며 설거지며 세탁까지 잽싸게 잘 할 수 있는지 어안이 벙벙한걸!"

"저도 아드님처럼 어머니 없이 제 손으로 집안일을 하며 자랐거든요. 계모는 있었지만, 일은 모질게 제가 다 했거든요."

"저런…."

강기자의 얼굴에 연민으로 범벅된 안쓰러운 표정이 가득했다. 나를 바라보는 눈빛이 그지없이 정감스러웠다. 동병상련의 무엇인가를 느끼고 있는 것 같았다.

"움직이는데 크게 무리가 없다면 내일부터라도 출근하십시요. 어떤 사정이 계신지 모르지만, 직장 얻기가 얼마나 힘든지는 잘 아시잖습니까."

"하지만 지금의 회사 분위기며, 무단으로 일주일 가까이나 결근을 했으니…."

"무단 결근이사 코 뼈 부상 탓인 줄 다 알고 있고…, 글쎄요, 제가 말씀드릴 내용인지는 알 수 없지만 데스크의 방향에 적극 협조하는 입장이 되시면 어떨까, 문득 그런 생각이 떠오르긴 합니다만…."

그가 힘들 것이라는 듯 고개를 천천히 저었다. 그러다 새삼 내 손을 두 손으로 그러쥐며 "그간 미안했다…"고 말했다. 나는 그가 더 이상 긴 말을 하지 않아도 그의 마음을 헤아리고 있었다. 그는 사무실에 출근하겠다고 말했다.

나는 그와 저녁식사를 끝내고 그의 집을 나섰다. 내가 언덕바지를 걸어내려 버스 정거장에 이르도록 그는 자기 집 측켠에서 나를 내려다보고 서 있었다.

다음날, 강기자가 출근을 했다. 모두 놀라는 눈빛이었다. 특히 추기자는 제일 반가운 듯 호들갑스럽게 악수를 하면서 "다 치유되었느냐? 어디 다른 곳에 취직한줄 알았다"고 말했다. 나는 못 본 척 못 들은 척 하면서도 그들의 대화며 표정을 놓치지 않았다.

"회사에 사표를 낸 것도 아닌데, 어찌 다른 곳에 취직을 했을 것이라 생각했을까?"

강기자도 추기자의 말을 가볍게 넘기지 않았다.

"후배한테 그렇게 당했으니 마음고생 얼마나 컸을까, 회사에 연락도 없기에 당연히 그만두는구나 생각할 수밖에…."

강기자는 추기자의 말에 더 응수하지 않고 국장실로 들어가고 있었다. 이어 칸막이 밖으로 국장의 "다 나았어요?" 하는 조금은 퉁명스런 음성과 "소란을 피워 죄송합니다 이전보다 더욱 열심히 일 하겠습니다"는 강기자의 잠긴 음성이 흘러 나왔다. 국장의 음성은 더 들리지 않았고 얼마 후에 강기자가 처진 어깨로 칸막이 밖으로 나왔다.

국장실에서 나온 강기자는 다시 취재부장과 편집부장 앞으로 다가가 국장에게와 같은 인사를 했다. 취재부장은 강기자를 힐끔 쳐다보며 그의 인사에 목례만 까딱 하는 둥 마는 둥 관심 없는 태도를 보이고, 편집부장은 취재부장의 눈치를 살피면서 강기자의 손을 끌어 잡았다. 기자들은 모두 자기 일만 하는 척 그러나 강기자와 데스크와의 만남을 예리하게 인지하고들 있었다. 나는 강기자 앞으로 일부러 다가가 허리를 깊숙이 굽히며 큰소리로 말했다.

"선배님, 죄송합니다! 앞으로 잘 하겠습니다."

강기자가 놀란 표정으로 그러나 새롭게 시작하는 의미를 의도적으로 강조하는 내 뜻을 알아챈 듯 얼른 내 손을 잡으며, "미안해요! 나도 잘못했어요!"하고 맞장구를 쳤다.

그러자 편집부장 혼자서 박수를 쳤다. 누가 보아도 선, 후배가 서로 사과하고 화해하는 모습이니 기자들이 손뼉을 칠 법 한데도 모두 흘끔흘끔 취재부장의 눈치를 살피기만 할 뿐이었다.

"오늘 저녁에는 제가 꼭 턱을 내겠습니다. 저녁 7시 부일관으로 예약을 해 놓겠습니다. 한 분도 빠짐없이 참석하여 주시기 바랍니다!"

나는 준비하지 않았던 말이었지만 기회라 싶어 큰 소리로 말했다. 편집부 직원 두세 명과 업무부 직원 한 명만이 손뼉을 쳤다. 그때였다. B대학 병원 출입인 문기자가 이맛살을 찌푸리고 나를 돌아보며 "공기자, 너무 튀는 거 아냐?" 했다. 그러자 추기자가 피식 웃으면서 "많이 흥분했어…" 했다.

나는 그들이 나를 분수 모르고 계속 까분다고 빈축하는 것을 알고 있었다. 그렇게 느낄 수도 있을 것이라고 생각했다. 그러나 언제든 한 번 치러야 할 정식기자 임용턱이라면 더 미루고 싶지 않았던 것이다.

"강선배님도 다시 나오시고…, 턱이 너무 미뤄진 것 같아 저도 부담이 되어서요. 추선배님 문선배님 오늘 저녁에 꼭 참석해주시기 바랍니다!"

나는 강기자에게 내가 할 수 있는 일을 다 한 것 같은 느낌이었다. 열두 살 그의 아들의 밝고 명랑한 얼굴이 눈앞으로 클로즈업되면서 가슴이 아려왔다. 데스크가 강기자의 퇴진을 바라고 있더라도 또한 추기자와 문기자 역시 경쟁자로서 강기자의 탈락을 은근히 바라고 있더라도, 결코 그들을 돕고 싶은 마음이 아니었다.

그날 밤, 내 일방적으로 강행한 견습탈락 턱내기 자리에는 데스크와 추기자를 비롯한 세 명의 고참기자만 불참했을 뿐 편집부, 업무, 총무부, 발송부 직원들이 전부 참여하여 성황을 이루었다. 물론 강기자는 제일착으로 참석해주었다. 소주와 돼지갈비 수준의 만찬이었지만 모두 즐거워하며 축하 건배도 해주어 나로선 불만이 없는 자리였다.

국장과 부장, 이사는 초청을 하지 않았으니 불참은 당연했지만 추기자 문기자 등의 불참은 의도적인 것 같아 씁쓸한 기분이었다. 그런데 회식이 한창 무르익어 갈 때 쯤 뜻밖에도 연희누나와 의사회 직원 세 명이 들이닥쳤다.

"아무려면 이 좋은 자리에 옆방 사람들을 빠트리다니, 이런 경우도 있습니까?"

연희누나의 항변이었다. 나는 얼른 일어나 그들 일행의 자리를 만들고, 모두들 손뼉을 치며 환영했다.

"공기자님, 그러시는 게 아닙니다! 아직 뭘 모르시는 모양인데, 의사회가 종갓집이고 신문사는 분가한 장손집이라는 거 잊으시면 안 된다구요. 좋은 일 있으면 식구도 많지 않은 종갓집 어른들부터 우선 챙기는 것이 상례이거늘…."

의사회 팀장인 구인철씨가 큰 소리로 떠벌이며 요란스럽게 자리에 앉았다.

"잘 몰랐습니다! 다음부터는 알아서 뫼시겠습니다!"

알 수 없는 현상이었다. 연희누나가 회식 자리에 나타나면서부터 내 기운은 충천하기 시작했다. 분위기는 점점 무르익고 업무부 직원 한 명이 벌떡 일어나더니 노래 한 곡을 뽑기 시작했다. 결국 이날 밤, 노래방까지 들리는 것으로 견습탈락 턱잔치는 끝났다.

편집실 분위기는 많이 바뀌어졌다.

그지없이 온유해진 강기자의 태도와 또한 데스크를 향한 그의 적극적인 협조 자세가 여러 사람들을 놀라게 하면서 자극을 준 탓인 것 같았다. 강기자가 출근하지 않던 동안에도 기자들만의 단체행동, 즉 어떤 도모를 위한 모임이 없었던 것은 사실이지만, 그러나 주모자였던 그가 출근을 한 후에도 그런 분위기는 없어지고 말았다. 추기자와 문기자 등 강기자와 행동을 같이 했던 그들도 강기자의 유별스런 변화에 적지 않은 자극을 받은 듯, 이제 그들도 데스크에의 협조자세로 또 다른 경쟁을 벌이는 형세가 되고 있었다. 따라서 내가 신문사에 입사한 후로 가장 분위기가 좋은 이즈음 상황이라고도 볼 수 있었다.

말하기 좋아하는 업무 · 총무부 사람들은 편집국의 이러한 밀월상태를 '공찬우의 주먹 탓' 이라고 공공연히 말하여 나를 민망스럽게 만들기도 했지만, 강기자는 화를 내기는커녕 오히려 그 말을 적극적으로 수긍하는 자세를 보였다. 서로의 주먹질이 계기가 되었지만 그것이 이유 전부가 아니라고 말하지도 않았다.

집안 살림을 도맡고 있는 열두 살 소년과, 더 어린 나이부터 계모 밑에서 아기를 보고 살림을 해 온 나와의 연(緣) 관계가 강기자의 선량한 인성을 되찾게 했고, 우리 두 사람의 신뢰가 유별하게 돈독해진 상황이, 이유의 원 바탕이라고 굳이 말하지 않았던 것이다.

남들이 생각하는 것보다 훨씬 더 강기자와 나 사이는 밀착되어지고 있었다. 그의 외아들인 소년 때문에 더욱 그러했다.

소년은 일주일에 한 번 쯤은 꽁치 조림을 하여 밀착 병에다 넣어 강기자를 통해 나에게로 보냈다. 강기자 집에 갔을 때 아들이 만들었다는 꽁치 캔 조림이 '맛있다' 고 한 것이 발단으로 소년은 꽁치 조림을 만들 때마다 따로이 내 것을 만들어 보냈던 것이다.

두 번이나 선물을 받은 나는 소고기 장조림을 만들어 역시 강기자 편에 답례로 보냈더니 소년이 맛있다며 요리법을 적어 달라고 하여 상세히 적어준 적도 있었다. 강기자는 나와 소년 사이의 배달원 노릇을 하면서 나를 흡사 친아우처럼 대하기도 하여 동료들을 의아스럽게 만들기도 했다.

"알 수 없는 인생들일세? 비 온 뒤에 땅이 굳어진다고는 하지만 주먹 한 대에 코뼈가 깨지고서도 저렇게 친해질 수가 있는 것일까?"

추기자가 강기자와 나 사이를 두고 이죽거리기도 했었다.

강기자의 출근이며 또한 적극적인 협조조차도 껄끄럽게 마지못해 받아들이던 데스크는 더 이상의 거부 없이 그를 받아들여 외형적으로는 강기자의 과거의 선거운동 문제는 서서히 묻혀지는 것 같았다.

철들어 맞는 첫 위기

11월에 접어들어 처음 맞는 주말 저물녘이었다.

휴대폰이 울렸다. 낯선 번호가 찍혀져 있어 건성으로 전화를 받다가 화다닥 놀라 자세를 곧추 세웠다. 뜻밖에도 신문담당 공보이사였기 때문이다.

"네, 공찬우 기자입니다."

"오늘 저녁에 내가 소주 약속 지킬까 하는데, 시간이 어때요?"

"예, 저는 하시라도 좋습니다!"

사실은 하시라도 좋은 시간은 아니었다. 연희누나가 오피스텔에 오기로 약속되어 있었기 때문이다. 그러나 공보이사는 누나보다 시간을 만들기가 쉽지 않은 사람이고 나에게 어렵기가 훨씬 더한 사람이었다. 누나가 충분히 이해하여 주리라 생각했다.

"공기자가 장소를 정해요. 단골집이 있으면 그곳으로 해도 좋구요."

"보쌈집인데, 괜찮으십니까?"

"좋아요!"

소주가 고프면 가끔 혼자서 찾아가는 보쌈과 족발 전문집이었다. 호텔 일식집을 찾는 그에게 어울리지 않는 대중술집이었지만 그는 흔쾌히 그러자고 했다. 나는 이어 연희누나에게 전화를 하여 부득이 약속을 지키지 못함을 말했다.

그녀는 의외라는 듯 잠시 침묵을 지켰지만 이유를 알려고 하지는 않았다. 나 역시 말하지 않았다. 상대가 공보이사라면 그녀의 심기가 복잡할 것이라는 생각 때문이었다.

공보이사는 늦지 않게 약속장소에 나타났다. 나는 홀 안쪽의 조금은 덜 시끄럽고 아늑한 자리를 잡고 앉았다가 그가 들어섬을 보고 벌떡 일어나 맞이했다. 그는 기분 좋은 소년처럼 벙글벙글 만면에 웃음을 흘리면서 내 손을 반갑게 잡아주곤 맞은쪽 자리에 털썩 앉았다. 마치 보쌈을 즐겨 자주 들락거리는 고객처럼, 익숙한 몸짓을 의도적으로 만드는 듯 행동이 자연스러워 보이지 않았다.

"미안해요! 약속을 너무 늦게 지켜서! 자 무엇이든 주문하세요!"

그는 앉자마자 차림표를 찾는 듯 두리번거리며 음식주문을 재촉했다.

"이 집에는 보쌈과 족발 두 가지뿐이거든요. 둘 다 이미 시켜 놓았습니다! 술은 소주로 했습니다."

"그렇지, 돼지고기에는 소주가 적격일거야! 아, 벌써 나오는군. 먹음직스러운 걸!"

금방 삶아낸 김이 오르는 보쌈 돼지고기와 족발이 배춧잎과 미나리와 무채로 버무려진 '속 고갱이' 와 함께 나왔다.

나는 그의 잔에 소주를 채우고 내 잔에도 따루었다.

"아, 아니지. 내가 따라 주어야지…."

그는 내가 잡은 술병을 받으려 했으나 이미 내 잔은 넘쳤다.

"자, 건배합시다!"

그가 술잔을 들며 내 소줏잔과 부딪쳤다. 그런데 그렇게 보아선지 그의 행동은 시종 어설퍼 보였다. 몸에 익숙지 않은 옷을 입은 사람처럼 술잔을 부딪치는 손짓도 표정도 과잉 제스처처럼 편하게 보이지 않았다.

"고맙습니다! 시간을 내어 주셔서…."

그가 무슨 말이든 이어 할 것으로 기다렸으나 건배를 하고도 술잔을 입술로 가져가지 않고 도로 식탁 위에 놓고, 김이 오르는 안주를 유심히 살펴보기만 하는 그를 향해 내가 먼저 말을 꺼냈다.

"고맙긴….그래, 할만 해요?"

그는 비로소 자기 페이스를 찾는 말을 해왔다.

"부장님 국장님 이사님의 기대를 저버리지 않으려고 제 딴에는 최선을 다하고 있습니다!"

"공기자 주먹이 세다던데요? 운동, 했어요?"

나는 얼굴을 붉히면서 죄송하다고 말했다. 참을성이 없어 선배에게 안 할 짓을 했다고, 다시는 그런 일이 없을 것이라고 했다. 그러면서 고개를 옆으로 돌려 소주를 마셨다.

"뭘 그래요, 들어보니까 강기자가 먼저 손찌검을 했다던데. 선배라도 올곧잖게 굴면 후배한테 당할 수도 있지…."

"제가 잘못했어요. 그런데, 이사님! 소주며 안주가 마음에 들지 않으신가 봐요. 잡숫지를 않으시니…."

"아니, 좋아요!"

그는 서둘러 소줏잔을 들어 올렸다. 그러나 입술 끝에 대다 다시 술탁에 놓곤, 썰어놓은 보쌈고기를 집어 살켠만 떼어내어 배추와 상치 깻잎 생마늘 풋고추 등으로 한주먹 싸서 입안으로 넣었다. 마치 먹지 못하는 돼지고기를 먹어보기 위해 채소로 감추어 묶어 억지로 목 안으로 삼키는 것 같았다. 족발도 살 부위만 떼어내어 채소묶음으로 말았다.

"이사님! 맥주로 하시겠습니까?"

나는 그의 술잔에 그대로 채워져 있는 소줏잔을 바라보면서 다시 말했다.

"아니요, 사실 내가 요즘 이빨 대작업 중이거든. 돼지고기는 어릴 때 한약 먹을 때마다 닭고기와 함께 기피하던 음식이라, 솔직히 아직 맛을 잘 모르겠어. 하지만 공기자는 많이 들어요. 공기자 식성에 맞는 것을 사주고 싶어서 시간을 만든 것이니까."

"제가, 이사님을 뫼시려 했는데요!"

"내 치과작업 끝내거든, 그때 공기자가 사요. 실컷 마셔줄 테니까. 오늘은 내 하자는 대로 해요. 자, 어서 마셔요!"

그는 그때부터 내 잔이 비어질 때마다 술을 채워 주었다. 왠지 속에서부터 화가 끓어올랐다. 이유를 꼬집어 낼 수는 없지만 그가 나를 체바퀴에 넣어 돌리고 있는 것 같은 느낌이 전신을 엄습해 왔던 것이다.

그가 술도 마시지 못할 입장이면서 굳이 만나자고 한 것은 나에게 따로이 용건이 있기 때문일 것이었다. 그렇게 좋아하는 보쌈도 족발도 달지가 않았다. 그러나 시종 웃음을 머금고는 있으나 예리하게 내 얼굴을 살피고 있는 공보이사 앞에서, 나는 걸신들린 사람처럼 허겁지겁 그것들을 먹고 술도 마셔 주었다. 일종의 자학적인 심사이자 그에 대한 반발이기도 했다.

소주 두 병이 바닥나고 또 한 병이 왔다.

"이사님! 하실 말씀 계시면 하십시오, 무슨 말씀이든 좋습니다."

술기운 탓일 것이었다. 긴장감과 자기 모멸감이 한결 가셔지면서 마음에 여유가 생겨졌다. 무슨 말이든 받아 넘길 수 있을 것 같았다.

"내가 할 말이 있다는 것을, 어떻게 알았지?"

그가 눈이 풀려진 내 얼굴을 찌를 듯 주시하며 말했다.

"저에게, 하실 말씀이 없으시고서야 어떻게 한국 도규계의 대 집도자(執刀者)이신 이사님께서, 시간이 황금이신 이사님께서 돼지냄새 풀풀 솟구치는 이런 누추한 곳에서, 말단기자인 저를 상대하시고 계시겠습니까! 소주 2병이면 적당히 취한 상태로 취중진담을 할 수 있는 정도이니, 이젠 그만 먹이고 말씀하십시요."

나는 감히 벙긋대는 표정으로 그를 마주 바라보았다. 내 밥줄의 끝자락을 붙들고 있는 그를 속으로 한껏 경멸하고 또한 깐죽이면서 두 눈을 똑바로 뜨고 마주 보았다. 그가 잠시 눈을 아래로 깔았다가 다시 내 얼굴을 쏘아 보았다.

"공찬우, 오연희에게서 손 떼."

그의 입술이 붕어처럼 봉긋거린다고 생각했는데, 말이 한음한음 돌팔매가 되어 내 이마를 쳤다.

"연희씨는 안돼. 당신에게 어울리는 사람 찾아."

"이사님…."

나는 술이 말짱 깨는 것을 느꼈다. 뜨거운 머리속으로 서늘한 바람이 휭휭 지나갔다.

"공기자가 나와 맞설 생각이 아니라면, 연희에게서 조용히 물러나라."

그는 그 말을 끝으로 벌떡 일어나 십만 원짜리 수표 한 장을 카운터에 놓고 족발집 문짝을 밀고 나가 버렸다. 그의 뒷모습을 넋 놓고 바라보던 나는 불에 덴 듯 일어났다. 부랴부랴 그의 뒤를 좇았다. 앞서가는 그의 팔을 힘주어 붙들었다.

"이사님, 이런 일방적인 통고가 어디 있습니까? 저, 그렇게 못하겠는데요."

그런데 팔을 잡힌 남자가 얼굴을 돌리며 내 팔을 홱 뿌리쳤다. 공보이사가 아니었다. 금방 뒤따라 나왔다고 생각했는데 그는 어딘가로 잠적해 버린 것처럼 눈앞에 없었다.

나는 이 골목 저 골목 정신없이 돌아치며 그를 찾았다. 그러나 찾지 못했다. 나는 사람들이 내 몸뚱이를 툭툭 스치며 오가는 골목에 우두커니 선 채 어깨를 내려뜨렸다. 낭패감에 전신이 오그라드는 것 같았다. 마치 내가 그의 여자를 겁탈하여 그를 파멸에 몰아넣으려 했었던 것 같은 턱없는 죄책감이 나를 덧씌웠다.

"공찬우 정신 차려, 무슨 당치 않은 생각을 하는 거야? 그런데, 기가 막혀……."

그가 그런 내용의 말을 할 것이라고는 상상도 하지 못했다. 강기자와의 다툼 문제나 혹은 데스크를 비롯한 신문사 직원들에 대한 정보를 얻으려 하겠거니 생각했다. 하지만 날카로운 눈빛으로 당신은 술도 안주에도 관심 없이 집중적으로 나에게만 마시도록 할 때부터 심상찮은 무슨 말을 할 모양이라는 감은 잡았어도, 그러나 그녀와의 내용일 것이라고는 꿈에도 생각지 못했던 것이다.

스물여섯 내 청춘기에 첫 시련이 닥쳐온 것 같은 위기감이 전신을 죄었다. 과잉느낌일 수도 있었다. 그러나 민이사가 내 밥줄을 끊을 수도 있는, 첫 직장의 주인이라는 점이 비킬 수 없는 현실적인 문제로 목을 조여오는 것이었다. 슬기롭게 이 문제를 잘 넘겨야 한다는 생각이었지만 당장은 불안하고 어리둥절할 뿐이었다.

길지 않은 내 인생의 첫 시련은 어머니가 사망하면서부터 시작되어 지금까지 곤곤한 삶이었지만 그래도 모든 청춘들이 겪는 사랑도 아르바이트도 군 전역도 치렀고 드디어 운 좋게 취직도 된, 비교적 잘 나가고 있는 과정으로 볼 수도 있는데, 이성문제로 사회생활에서의 첫 브레이크가 걸렸다는 작금의 현실이, 가볍지 않은 기운으로 전신을 덮씌워 편치가 않았다.

나는 혼자 슬렁슬렁 골목길과 대로변을 휘돌고 다녔다. 비로소 연희누나도 딱하다는 생각이 없지 않았다. 공보이사가 우리 사이를 정확이 꿰뚫고 있다는 사실은, 당사자인 그녀 외에 달리 말할 사람이 없다는 확신이 들었기 때문이다. 밝힐 수밖에 어쩔 수 없는 상황이 되어서였겠지만, 그러나 내 입장을 배려치 않았기 때문이라 헤아려졌다.

문제는 앞으로 일어날 상황이었다.

그는 분명히 당신과 맞설 생각이 아니라면 연희누나에게서 물러나라고 했다. 그가 문제의 핵심을 발가벗겨 놓고, 당신의 체면이며 나이며 입장이며를 젖혀두고 달려드는 데는 그만큼 연희누나와의 관계가 당신에게는 중요하기 때문이라 짐작은 되었다.

그렇지 않고서야 당신이 관리하는 신문사의 말단 기자이자 나이가 15

년이나 차이가 지는 젊은 청년에게, 더욱이 금실이 좋다고 소문나 있는 유부남인데다 무엇보다 당신이 갖고 있는 명의(名醫)라는 찬란한 레벨까지 몽땅 팽개치듯 내연의 한 여인 때문에 속을 드러낸다는 사실은, 결코 쉬운 일이 아니기 때문이었다.

"진실로 그녀를 사랑하는 모양이다.… 내가 포기하면, 그는 그의 아내와 이혼하고 누나와 사랑을 성취하겠다는 것인가. 진정 그럴 작정인가? 누나도 그가 혐오스럽지는 않다고 했다. 그가 그녀를 정식으로 맞이한다면 마지못한 듯 따를 것 같은 분위기를, 누나도 갖고 있었던 것 같아, 아, 이 엄청난 일을…. 어떻게 하면 좋단 말인가…."

나는 혼자 생각에 휘말려 거리와 골목을 휘돌다가 그래도 용케 전철을 타고 어느새 오피스텔 입구에 서 있었다. 출입문에 키를 꽂았는데 문이 저절로 열려졌다. 연희누나가 화창한 봄날의 복사꽃처럼 활짝 웃음 머금은 얼굴로 나를 맞이해 주었다.

"누굴 만났기에 이리도 일찍 끝났을까? 늦지 않았네!"

누나는 내 허리를 감아 안고 내 가슴에 얼굴을 묻었다. 심장 뛰는 소리라도 들으려는 것처럼 귀를 바싹 심장께로 부비며 팔에 힘을 가해왔다.

나는 그녀의 어깨를 감싸 안았다. 턱밑에 닿는 그녀 머릿결의 비누냄새를 눈을 감고 코로 들이마셨다. 향긋했다.

"왜, 아무 말이 없지? 표정이… 어둡다…."

나는 그녀의 팔을 풀고 상의를 벗었다. 그녀는 너무나 자연스럽게 내 윗옷을 건네받아 옷걸이에 걸어 주었다. 마치 퇴근한 남편의 양복을 받아 거는 따뜻한 아내의 모습이 머리를 스쳤다.

"왜, 아무 말이 없느냐구…."

그녀가 다시 내 얼굴을 쳐다보며 걱정스런 음성으로 말했다.

"손 좀 씻고 올게요…. 아, 저녁은 드셨어요?"

"나도 밖에서 식사하고 조금 전에 왔습니다요! 그런 걱정은 마시고 표정이 왜 쇠함박을 쓴 것처럼 무거우냐구?"

나는 샤워실에서 손을 씻고 나왔다. 그리고 내 행동을 지켜보며 계속 서성거리는 그녀의 두 손을 잡고 침대 위에 걸터앉게 했다. 나는 식탁을 겸한 책상 의자를 끌어내어 그녀 앞에 마주 앉았다. 그리고 그녀의 눈 속을 들여다보았다.

"민이사님을, 사랑하십니까?"

그녀가 놀라는 눈빛이 되었다.

"…이사님을… 만났었구나?"

"제가 묻는 말에 먼저 대답해 주십시오."

그녀가 눈길을 아래로 떨구며 자신의 두 손을 잡은 내 손을 풀어냈다.

"…격정의 시기는, 지났어. 하지만, 미워할 수는 없어…."

"그러니까, 결국 무슨 뜻이냐는 말씀입니다, 사랑으로 영혼이 떨리던 시기는 지났지만, 그러나 아직도 사랑의 감정은 갖고 있다 이 말씀이십니까?"

"글쎄…."

"긍정도 부정도 아닌 대답은, 긍정으로 판단하면 된다고 하더군요. 그럼, 민이사님이 지금이라도 이혼을 하고 누나와의 결혼을 요구하면, 응하시겠군요?"

그녀가 고개를 저으며 쓸쓸한 표정으로 웃었다.

"그 사람, 절대로 이혼할 사람 아니야. 그건 내가 확신해."

"그럼, 민이사님은 누나를 '내연의 자기 여자' 로 즐기기만 하자는 것입니까?"

"그렇다고 볼 수 있지. 이제는, 내가 물어 보자."

"아니요, 아직 아닙니다. 누나는 언제나 저에게 솔직하셨고, 저 역시 솔직함을 장기로 누나의 신뢰를 받고 있습니다만, 계속 진심을 말해주시기를 부탁합니다. 공찬우를, 누나는 어떻게 생각하고 계시는지요?"

"사랑하고 있어! 아주 깊이!"

"앞으로, 공찬우를 어떻게 할 생각인데요?"

"공찬우가 기꺼이 나를 받아 준다면, 결혼하고 싶어!"

"민이사님과 계속 '내연의 연인' 역할을 하면서, 공찬우와 결혼도 하고 싶다는 말씀인가요?"

내 얼굴이 서서히 붉게 달아오르고 있음을 목덜미께로 솟구치는 열기로 알고 있었다. 그녀가 손을 들어 내 입술을 덮었다.

"잠깐, 이 대답은 잠시 보류하겠어. 내가 찬우씨의 의중을 듣고 난 후에, 아주 명료하게 말할게. 오늘, 아니 조금 전에 민이사님을 만났어?"

"언젠가 데스크팀에 묻어 이사님 병원을 방문한 적 있었는데, 그때 이사님이 소주를 함께 마시자고 했습니다. 그 약속을 오늘밤에 지키겠다고 하셔서 만났습니다."

"이사님이 공기자에게 무슨 말씀을 하셨는데?"

"대뜸, 연희누나에게서 손을 떼라고 했습니다. 앞뒤 부연 설명도 없이 당신과 맞설 생각이 아니라면 조용히 물러나라며, 그 말을 끝으로 훌쩍 일어나 나가버렸습니다."

그녀의 얼굴에 미묘한 일렁거림이 지나갔다. 그녀는 잠시 눈을 감았다가 떴다.

"공기자는, 뭐라고 대답을 했는데?"

"말할 틈도 없었습니다. 뒤쫓아 나가 보았지만 흔적도 찾을 수 없었습니다."

"뭐라고 대답하려 했는데?"

"그렇게 할 수 없다고 말하려 했습니다."

"공찬우는, 오연희를 어떻게 생각하는데?"

"사랑합니다."

"오연희와 결혼을 할 생각이신가?"

“연희누나가 당신의 주변을 정리하고, 받아준다면 결혼할 생각이었습니다.”

갑자기 그녀가 내 목을 쓸어안고 짙은 키스를 퍼부어왔다. 우리는 마치 아이들 말놀이 게임을 벌이듯 약간의 장난기조차 묻혀 주고받고 있었지만 진작부터 서로의 손길을 바라고 있었는지도 몰랐다. 내 입안에서 난무하는 그녀의 뜨거운 혀가 불씨를 지피기라도 하듯, 둘은 사뭇 광란하며 허둥거렸다.

“…사랑한다…너를, 마시고 싶어….”

“아지 우, 우리들의 밀은 끝나시 않았어요.”

“평생… 살면서, 나눌 말을… 한 번에 다 쏟을 필요는… 없겠지… 찬우씨… 사랑한다….”

미처 옷을 다스릴 새도 없이 사랑행위를 끝낸 우리는 서로가 조금은 허탈스러워 마주 보고 웃었다. 서로를 사랑한다는 결코 낯설지 않은 말들을 주고받으면서 보다, 며칠간 만나지 못했던 아쉬움이 더 사랑의 폭약 구실을 했는지도 몰랐다.

나는 샤워부터 했다. 그리고 커피포트의 코드를 꽂는 그녀를 다시 침대 위에 앉혔다.

“누나는 대답을 하지 않았어요. 이사님의 ‘내연의 여자’로 안주하면서, 공찬우와 결혼을 하실 생각이십니까?”

그녀가 내 얼굴을 빤히 쳐다보면서 어이없다는 표정을 지었다.

“찬우씨, 우리가 너무 유치하다고 생각되지 않아? 그런 말이 어딨어, 내 능력, 빼어나지 못해. 어떻게 정리하지 않고, 양립할 수 있다고 생각해?”

“알겠어요. 하지만 민이사님이 이혼하고 결혼을 하자면, 어떻게 하실 겁니까?”

“절대로 그런 일 없어.”

“그런 경우가 생긴다면요?”

그녀는 얼른 대답하지 못했다. 내 얼굴만 주시했다. 나는 그녀의 얼굴에서 시선을 거두며 다시 물었다.

"이사님에게, 제 이야기를 왜 털어 놓으셨지요?"

"나를 단념하는데 도움이 될까 해서."

"다행입니다. 저는 민이사님의 이혼을 촉구하는 자극제로 말씀하신것이 아닌가, 했거든요."

그런데, 그녀의 얼굴이 붉어졌다. 그렇게 생각해서인지 당황스러워 하는 눈빛이 역력했다. 그러나 그녀는 곧 내 얼굴을 차갑게 쏘아 보더니 음성을 높였다.

"찬우씨, 도대체 그게 무슨 소리야? 나를, 믿지 못한다는 거야?"

"그런 생각이 스쳤을 뿐입니다. 하지만 결과는, 단념과 이혼촉구 등양 날이 선 칼처럼 두 가지 이유 모두에 영향을 끼치겠군요. 다만 민이사님 손자락에서 밥 벌어먹고 사는 제 입장을 전혀 배려치 않은 것에 대한 섭함은 있었습니다."

"그럴 수도 있겠어. 걱정 마, 쫓아내면 내가 먹여 살릴 테니까. 그러나 두고 봐, 그는 절대로 이 일을 확대시키지 못해. 비열해질 수 있는 인간도 못 돼. 모르긴 해도 앞뒤 분별없이 감정대로 큰 소리 치긴 했어도, 지금쯤은 스스로에게 많이 황당해하고 있을거야."

그런데 바로 그 순간이었다. 그녀의 말을 입증이라도 하듯 내 휴대폰이 자지러지게 울어 대더니 민이사의 지긋이 힘준 음성이 귓속으로 파고들었다.

"공기자, 오연희 문제는 당신과 내가 무덤까지 갖고 갈 내용이니 명심하시요. 지금까지 부장 · 국장이나 나와 사장님까지 공기자에 대해 우호적이었다는 것은 본인도 잘 알고 있으리라 믿어요. 이런 상관들의 믿음, 깨지 않게 행동해주어요…."

그의 말은 외형적으로 점잖고 무난한 내용이었다. 그러나 내용은 당신이 한 말은 무덤까지 갖고 가야 할 극비사항이며, 또한 "네가 내 말을 듣지 않으면 지금까지의 모든 신뢰는 끝나고 네가 불이익을 당할 것"이라는 완만한 협박이었다.

나는 조급하게 행동하지 않으려고 소리를 죽여 숨을 몰아쉬었다.

"공기자, 내 말 듣고 있어요?"

"네 이사님…."

"왜 아무런 반응이 없는 거요?"

"이사님 말씀이 끝나기를 기다렸습니다."

"내 말대로 할 기지요?"

"이사님, 심려를 끼쳐 드려 정말 죄송합니다. 저는 이사님과 그분의 관계를 알지 못한 채로 그분을 사랑하게 되었습니다. 이사님과 마찬가지로 뜨거운 관계로 이어졌습니다. 지금의 상황에서 선택권은 오연희씨에게 있는 것이 아닐까 싶습니다."

"그럼, 공기자가 지금 나하고 맞서겠다는 거요? 공기자에게 불이익이 떨어질 것인데도, 감수하고 물러서지 못하겠다는 건가?"

"이사님 저는 그분을 사랑합니다. 그분에게 선택권을 주십시오. 그분이 이사님을 선택하시면 저는 물러나겠습니다. 죄송합니다! 이사님…."

나는 나름대로 최선을 다해 예의를 차렸다. 그러나 그는 벌컥 화를 냈다.

"아니, 공기자가 끝까지 나를 거역하겠다는 거야? 잘못하면 직장이 없어질 수도 있는데?"

"이사님! 제 직장과 이 문제가 무슨 상관이 있는지 얼른 이해가 되지 않습니다. 이 문제는 이사님과 저의 개인적인 문제이지, 신문사의 일은 아니지 않습니까."

"이것 봐요, 그건 나도 알아요. 하지만 내년 초, 신문사에 대 조직개편이 있게 되고 직원들의 능력여부와는 상관없이 뽑혀지기도 하고 탈락되기도 하는데, 어느 운영자가 불편한 사람을 뽑겠느냐 이 말이오. 내 말,

못 알아듣겠어요?"

"충분히 알아듣겠습니다. 하오나 이사님, 제 짧은 소견으로는 거듭 생각해 보아도 지금으로선 오연희씨가 선택을 하는 것이 가장 좋은 방법일 듯싶습니다."

"구제 못할 사람이군…."

그가 낮게 중얼거리며 전화를 끊어버렸다. 나는 천천히 휴대폰을 닫아버렸다. 차분히 가라앉는 기분이었다. 연희누나의 눈빛이 내 얼굴에 붙박인 듯 꽂혀 있었다.

"누나가, 도리 없이 저를 좀 먹여 살려야 할 것 같습니다! 신년 초에 대개편이 있는데, 어느 관리자가 불편한 사람을 잡고 있겠느냐 하시는데요? 이사님도 솔직하신 분 같으세요. 제가 그분 입장이라도 연적을 품 안에 끌어들이려고는 않을 것 같기든요."

그녀가 내 두 손을 모두어 그러쥐며 말했다.

"찬우씨, 우리가 그를 이해하자. 찬우씨와 지난여름 용문계곡 다녀온 이후로 계속 이사님을 피하기만 했더니, 사람이 좀 변해버린 것 같으다. 조금만 더 참아줘. 연내로 기어이 정리할 테니까."

그녀의 말은 진심일 것이었다. 그렇게 되어져야 했다. 그런데도 내 마음속은 어수선했다. 장차 직장에서의 내 입지가 어떻게 변할 것인지에 대한 우려 때문이었다. 그녀가 내 마음을 헤아린 듯 손을 들어 굳어 있는 내 얼굴을 어루만졌다.

"걱정하지 말아요, 왕자님! 지금은 감정이 격해서 이사님이 막말씀 하시지만 우리 문제와 직장은 연결시키지 않을 거야. 만약에, 그런 경우가 발생한다면 내가 가만히 있을 수 없지. 역습할 수 있는 방법은 얼마든지 있으니까…."

"내년 초에 전 직원들의 일괄사표를 받는다고 하는군요…."

"정말 걱정되는 모양이다? 절대 그럴리 없지만, 여차하면 내가 먹여 살린다고 했잖아!"

그녀가 다시 내 얼굴을 만졌다.

"우리, 그냥 결혼해 버릴까요? 그가 유부녀를 계속 만나자고는 못할 거 아니에요?"

내가 그녀의 눈 속을 응시하며 불쑥 그렇게 말해 보았다. 이어 그 말을 밀고 나갔다.

"왜 이 생각을 진작 못했을까요? 그래요, 누나, 우리 내일 아니지요, 다음 주에 과수정원에서 결혼해요! 누난 드레스만 빌려요, 나도 예복 빌려 입고 우리 사장님 주례 모시고 야외결혼 하자구요! 지금 과수정원에는 노란 모과며 샛빨간 감이며 단풍이며 아름답기가 그지 없다구요. 모두 우리를 축하해 줄 겁니다!"

"찬우씨! 왜 이래, 왜 이렇게 흥분하는거야? 일생에 한번뿐인 결혼을 번갯불에 콩 구워 먹듯 할 수는 없잖아. 결혼은 우리 둘만 하는게 아니야, 찬우씨 아버님과 우리 어머니의 동의를 얻고 멋지게 하잔 말이야. 뭐가 무서워 날치기 결혼을 하느냐구, 난 그렇게는 싫어…."

그녀가 완강하게 고개를 흔들었다. 하지만 내 흥분은 쉽게 가라앉지 않았다. 순간적으로 떠올린 과수정원에서의 결혼식이 환상처럼 머릿속을 휘돌며 가슴을 두근거리게 했다.

"누나, 그냥 해보는 소리 아닙니다. 누난 오늘 밤에라도 아주머님께 말씀드리세요. 나도 내일 아버지 뵙겠습니다. 이달 넘기지 말자구요!"

"내년 봄으로 하자. 어차피 혼기 놓친 노처녀의 결혼이지만 늦어진 만큼 결혼식은 호텔에서 분위기 만들며 우아하고 멋지게 하고 싶어. 부드러운 조명으로 삭은 신부얼굴 커버도 하고 잘생긴 신랑짜리는 더 돋보이게 말이야! 어떻든, 금년안의 결혼 이야기는, 없었던 것으로 하자. 벌써 11시다, 나 갈게…."

그녀는 마치 도망치듯 핸드백을 서둘러 챙겨들고 문을 밀고 나갔다.

나는 그녀를 뒤따라 주차장까지 내려가 차가 건물 지하에서 벗어남을 배웅하고 돌아와야 했으나, 꼼짝 않고 앉아 있었다. 즉흥적으로 떠오른 내 의견을 그녀가 한마디로 거부하는 것은, 그녀가 말하는 여러 이유 때문보다 나와의 결혼을 근본적으로 원치 않는데서 비롯하는 것일 수도 있다는 의혹이 뇌리를 스쳤던 것이다. 민이사에게 나를 밝힌 이유가 그의 이혼을 촉구하는데 자극을 주기 위해서냐 말했을 때 분명히 당황스러워 했던, 좀 전의 그녀 표정까지 겹쳐 얼크러지면서 나는 아득해지는 기분이 되어졌다.

이처럼 갑자기 위축되는 내 상태가 물론 순전히 나만의 것일 수도 있었다. 그녀의 모든 말을 진심으로 다 받아들이면서도 왜 불쑥불쑥 부정적인 측면이 뇌리를 스치는지 나 자신도 이해할 수가 없었다. 다만 내가 민이사에 비해 젊음 외에 모든 조건이 너무나 빈약한 현실에서 오는 열등의식의 소산이려니 싶기도 하고, 내가 알지 못하는, 여성의 이중성에 대한 불안감이 심층 한편에 도사려 있기 때문인지도 몰랐다. 여인의 이중성에 대한 충격은 단비로부터 받은 것이지만 이후로 여성을 바라보는 내 안목이 성숙된 반면 순수함에서 조금 비껴있는 것 또한 사실이었다.

나는 앞가슴을 펴고 고개를 젖혀 심호흡을 몇 번 하곤 실내의 모든 불을 소등했다. 침대 위에 벌렁 드러누웠다. 11월 첫 주말 하루가 마치 몇 날을 산 것처럼 길게 느껴졌다. 피곤했다. 아무것도 생각하고 싶지 않았다.

다음날은 일요일이었다. 나는 아버지를 만나기 위해 집으로 갈까 하다가 새어머니와 마주칠 것이 부담스러워 먼저 전화를 했다. 마침 아버지가 바로 전화를 받았다.

"드릴 말씀도 있고, 제가 영양탕 대접해 드릴까 싶어서요."

아버지는 흔쾌히 그러자고 했다.

영등포 시장 부근의 이름난 보신탕집에서 아버지와 마주 앉았다. 그렇게 보아서인지 아버지의 얼굴이 많이 초췌해 보였다. 그러나 표정은 밝았다.

"그렇지 않아도 오늘은 너한테 한번 가볼까 생각했었다!"

"죄송합니다, 매번 집에 들른다면서 그렇게 하지 못했어요. 식사는, 잘 하시지요?"

"그냥, 그럭저럭 한다…."

"체중은…더 빠지신 것처럼 보여요…. 집에, 무슨 일이 있으신 거지요?"

아버지가 웃음을 거두었다. 내가 걱정할 것을 염려하여 일부러 밝은 기분인척 꾸몄던 모양이었다. 우선 아버지가 좋아하는 수육과 탕을 주문했다. 당연히 이어져야 할 술 주문을 모른 척 가만히 있었더니, 아버지도 찾지 않았다. 술은 이미 스스로 끊으려 노력하고 있는 것 같았다. 아버지는 수육과 탕을 깨끗하게 그릇을 비웠다. 우선 안도감을 가졌다. 워낙 본인이 좋아하는 음식이긴 해도 식사량이 많이 늘어난 것 같기 때문이었다.

"잘 먹었다! 지난여름 복날에는 동료들과 챙겨 먹었다만, 늦가을에도 진맛이다!"

"아버지가 워낙 좋아하시는 음식이니까요. 제가 한 달에 두세 번은 잊지 않고 사드릴게요! 찬수는, 학교 잘 다니지요?"

놀랍게도 아버지는 식후면 으레 후식을 들 듯 어김없이 뽑아 물던 담배도 태울 생각을 하지 않았다.

"금주 · 금연 다 하셨군요. 축하해요 아버지, 너무 잘 하셨어요!"

"금연한지는 얼마 되지 않았다. 지금도 몸살이 날만큼 담배생각이 간절하지만 참고 있는 중이다. 요즘은 내 스스로 내 몸 끔찍이 챙기고 있으니 조금도 걱정 마라. 그래, 나한테 할 이야기가 있다더니 무슨 내용이냐?"

집안 안부를 먼저 궁금해 했던 것이지만 아버지는 내 용건부터 말하도록 했다. 나는 잠시 머뭇거렸다. 지금이사 입사한 지 6개월도 넘어버렸지만 어떻게 아직도 견습딱지 떨어진 사실 조차도 아버지에게 알리지 못했음이 새삼 떠오르면서 무슨 말을 먼저 꺼내야 할지 뜸을 두었다.

"슈퍼마켓 따님…이야기냐?"

뜻밖에도 아버지가 먼저 연희누나의 이야기를 꺼냈다. 나는 놀란 시선으로 아버지를 쳐다보았다.

"왜 그렇게 놀라느냐? 내 느낌에 네가 그 아가씨 말을 할 것 같아 해본 소리다만… 왜 그 아가씨와 결혼이라도 할 생각이냐?"

아버지는 점점 정곡을 찌르는 말을 해왔다.

"예, 아버지. 아버지 생각은 어떠신가 해서요."

나는 앞뒤 부연설명을 줄여 버렸다. 설명을 하지 않아도 아버지가 그 정도로 짐작한 문제라면 본론으로 바로 들어가도 문제가 없을 것 같기 때문이었다.

"너희 두 사람은, 결정이 된 것이냐?"

"예, 아버지. 연희누나는 내년 봄에 결혼식을 올렸으면 좋겠다 하고 저는 금년 안으로 치렀으면 생각하고 있어요. 그런데, 아버지는 어떻게 우리가 결혼을 할 것이라는 생각을 하셨지요?"

나는 웃음을 머금고 아버지를 쳐다보았다.

"그 아가씨가 너에게 배려하는 자초지종을 알면 누가 보아도 그렇게 생각한다. 너는 말하지 않았지만, 그 오피스텔도 그 아가씨 것인 줄 내가 알고 있고, 같은 열쇠로 그 방을 무상으로 드나들고 있고, 온갖 밑반찬을 만들어 주고 있고, 무엇보다도 혼기를 넘긴 그 아가씨의 나이가 바쁘고…뿐인 줄 아느냐, 어쩌다 슈퍼마켓을 지나오다 그 아가씨를 만나기라도 하면 이전에 없이 '아버님' 이라 부르며 수줍어하는 모습 등이 그렇게 생각하지 않을 수가 없었지. 우리끼리니까 하는 말이다만, 네가 그 아가씨에게 찍혀서 포로가 된 것 같어…."

나는 아버지의 표현이 그럴싸하다고 생각했다.

"하지만 연희누나는 저에게 결혼을 강요하지는 않아요. 저 역시 그렇지만, 그러나 서로 정이 들다 보니까 결혼을 하는 것이 피차 의지가 되고 안정이 될 것 같아서요. 그럼 아버지는 저희 결혼을 동의하시는 것이지요?"

"동의하고 말고가 어딨어. 당사자들이 결정했으면 부모야 따를 수밖에 없지. 문제는, 너보다 여섯 살이나 연상이니 신체적으로나 정신적으로 너보다 조숙하고 먼저 늙어 버린다는 사실은 알고 있어야 할 거야. 네 결정에 대한 책임은 네가 져야 한다는 거."

"아버지, 저는, 저를 사랑하고 아껴주는 연상이 여인이 좋아요. 따뜻하고 포근하고 보듬어 품어 주고, 생각이나 이해심이 저보다 깊은 사람이 좋아요. 지금 생각 같아서는, 연상이어서 올 수 있는 제반 단점은 제가 장점으로 다 바꾸어 버릴 수도 있을 것 같아요!"

"평생에 사랑을 받아 보지 못한 네 입장을 내가 왜 모르겠냐…. 그래서, 네 결정에 무조건 따르는 것이다. 사랑 좀 받아 보고 살라고…. 하지만 금년 내로는 너무 바쁘지 않겠냐? 그 아가씨도 나름대로 정리할 부분도 있을 것이고, 우리도 준비를 해야 될 부분이 있을 것이고…. 어떻든 알았다. 오늘부터 네 결혼문제만 구체적으로 생각해 보겠다."

"고맙습니다, 아버지. 하지만 다른 걱정은 마십시오. 결혼해서도 당분간 우리는 오피스텔에 살면 되니까요."

"모르긴 해도 결혼을 하게 되면 슈퍼마켓 아주머니가 너를 데릴사위처럼 자기 집안으로 끌어들일 게다. 이즘 슈퍼마켓을 증축한 것으로 알고 있는데 무남독녀 외동딸을 밖으로 내보내겠느냐?"

"제가 아버지를 뫼시고 살 것인데, 데릴사위로 그녀 집안에 들어가면 안 되지요."

"아서라, 나는 아들 며느리 밥 얻어먹고 살 생각, 꿈에도 없다. 나는 네가 결혼하고 나면 퇴직하고 고향 부근의 산촌으로 내려가서 채마밭이나 가꾸고 토종닭이나 몇 마리 길러 자급자족 하면서 살고 싶다. 나는 네가 오히려 그들 모녀 집안으로 들어가서 든든한 가장 노릇을 하며 사랑받고 살기를 간절히 바란다."

"아버지…."

"아서, 아무 말 하지 마라. 이 문제는 장차의 이야기니 더 거론할 필요 없다. 내 마음을 알렸을 뿐이다."

"찬수모자는, 잘 있어요?"

나는 아버지가 당신 부양 문제를 더 말하고 싶어 하지 않음을 알고 진작부터 궁금한 것을 다시 물어 보았다.

"이 집에 너무 오래 앉아 있었구나. 나가자, 시장 모퉁이 돌아오면서 보니까 전통찻집이 있더라. 거기 가서 몸에 좋다는 쌍화차를 마시자."

아버지가 먼저 자리에서 일어났다. 나는 얼른 일어나 카운터로 가서 계산을 했다.

"네가 돈을 내냐?"

아버지가 구두를 신으면서 웃었다.

"참, 아버지 저 견습딱지 떨어진 것 말씀 안 드렸지요?"

"그래 떨어질 때가 되었구나. 잘 됐다!"

"사실은 좀 일찍 떨어졌는데 미처 말씀을 못 드렸어요. 아, 저기 찻집이 있군요."

아버지는 쌍화차를 시키고 나는 커피를 주문했다. 새삼 아버지가 당신의 몸을 스스로 챙긴다는 생각이 거듭 들면서 든든했다.

"찬수가 중장비 기술을 배우겠다고 해서 내가 현장으로 데리고 나가 등록을 시켰는데, 4~5일 나가더니 어렵고 힘들어서 못하겠다며 나가지 않는다. 중장비학원에서는 등록비를 환불해 주지도 않고 찬수를 설득해 보라고만 한다. 다시 제과기술을 배우겠다고 해서 마지막이라 말하고 또 다시 등록시켰는데, 학원 다녀온답시고 한밤중에 귀가하면서 술 냄새를 풍긴다. 무슨 돈으로 술을 사먹는지, 옛날 버릇 다시 재발하는 것 같다."

아버지는 갈증이 솟구치는지 엽차를 두 번이나 연달아 마시며 말했다. 아버지의 초췌한 모습에서 집안에 필히 무슨 일인가 있을 것이라 예상했던 점이 적중함에 전신의 기운이 빠져 내렸다. 찬수가 아버지를 속이고 있다는 직감이 머리를 쳤다.

"아버지, 찬수가 나가는 제과점 공장의 전화번호를 알고 계십니까?"

아버지는 찬수 등록 때의 영수증을 가지고 있었고 나는 빠르게 그곳으로 전화를 걸었다. 어처구니가 없었다. 찬수는 제과점에 등록한 적이 없다는 여직원의 메마른 대답이었다. 내가 영수증을 가지고 있다고 대답했더니 전산으로 찍은 것이냐고 되물어와서 일반 영수증이라고 하자 그 곳은 전산 영수증 외는 취급하지 않는다고 했다.

"찬수가 아버지를 속였습니다."

"아니, 내가 제과공장에 직접 가서 등록했어."

"사무실에 직원들이 많았어요?"

"공장안 사무실에는 직접 들어가지 못하고 입구 쪽 창구에서 남자직원이…, 가만, 그러고 보니 어수룩한 부분도 있었던 것 같다…."

"58만원이나 주었군요?"

"3개월치라 했어…."

아버지의 얼굴이 창백해졌다. 마침 쌍화차와 커피가 나왔다.

"우선 차를 드십시요."

"이거 원, 가슴이 벌렁거려서…."

쌍화차 찻잔을 집어 드는 아버지의 손이 떨렸다. 나 역시 흥분하여 커피 맛을 알 수 없을 정도였다.

"중장비 학원의 위치는 기억하시겠습니까? 저하고 지금 그곳으로 한 번 가보십시다."

"그곳은 확실해. 찬수를 설득해서 현장으로 내보내라고 했어. 더욱이 오늘은 일요일인데 가본들 제대로 알아 볼 수가 있을까?"

"기술을 가르치는 학원들은 오히려 일요일이 성황이에요. 어쩌면 환불을 받을 수 있을 거예요."

"그래, 가보자. 그곳 수강료는 제과점의 배에 가깝다. 100만원 가까운 돈이야…."

아버지는 주문한 쌍화차를 간신히 다 마시고 자리에서 일어났다. 찬수에 대한 분노가 정신을 차릴 수 없을 정도로 허탈스러운 모양이었다. 택시를 타고서도 머리를 뒷등에 기대어 눈을 감고 있었다. 얼굴빛은 계속 창백했다.

"너무 상심 마십시오. 제가 집에 없으니까 겁나는 사람도 없고 제 버릇 개 못주고 다시 도진 모양입니다. 제과공장은 어떤 놈과 사전 공모를 하여 아버지를 계획적으로 속인 것이지만, 중장비 학원의 등록은 틀림없는듯하니, 계속 환불을 못해준다고 하면 찬수를 다시 설득해서 다니게 하거나, 찬수가 끝내 말을 듣지 않으면 제가 저녁시간에 나가서 교습 받을게요. 배워두면 언제든 써먹을 수 있을 것이고, 무엇보다 돈이 아까워서 어찌합니까요."

아버지에게야 돈이 아까워서 그런 생각을 해 본 것처럼 말했던 것이지만 실제 신문사의 공보이사와 맞서버린 상황에 내 일자리 또한 불확실하여 배워두고 싶었던 것이다.

아버지가 눈을 감은 채 고개를 끄덕였다.

"최악의 경우 나라도 나가서 배울까도 싶었다만, 네가 시간이 괜찮으면 배워두는 것도 나쁘지는 않을 것이다."

"환불여부와 수강자를 바꿀 수 있는지 상세한 것을 직접 물어보자구요."

"왠지…. 우리 뜻대로 되어지지 않을 것 같은 예감이 든다. 내가 헛깨비에 씐 듯, 찬수가 정말 정신을 차린 것으로 너무 믿었던 것 같으다…."

"3년 가깝게 그 많은 과외비를 흥청망청 써대던 버릇이, 또한 제 자식도 아닌 핏덩이를 제 자식인 줄 알고 흥분하여 날뛰다가, 가시내 도망가고 핏덩이 역시 제 핏줄 아닌 혼혈인종임을 확인하고 시설에 데려다 준 후부터, 갑자기 멍해져서 옛 버릇이 다시 도진 것 같습니다. 제가 내일 짬을 내어 찬수 학교에도 가보겠습니다."

아버지가 등받이에서 얼굴을 들며 침울한 표정으로 천천히 고개를 내저었다.

"…순전히, 예감이지만, 중장비 학원에서도 놈이 일을 저질렀을 것 같은 예감이…강하게 든다…."

나는 아버지의 짐작이 틀릴 것이라는, 확신이나 어떤 근거도 댈 수가 없어서 그냥 침묵하고 있었다. 다만 찬수를 설득하여 학원으로 내보내라는 담당자의 대답이 있었다니, 별일 없을 것으로 믿고 싶었다. 그러나 마음이 불안한 것은 아버지 못지않았다.

그런데, 어처구니없게도 아버지의 예감은 어긋나지 않았다. 우리가 중장비학원에 도착하여 아버지가 직접 등록을 했다는 사무직원을 찾아가자 "아들이 돈을 찾아가지 않았느냐"며 대뜸 짜증스런 표정으로 언성을 높였다. 바로 어저께 저물녘에 찬수가 등록금을 환수해 갔다는 것이었다. 며칠간이라도 학원 강좌를 들었기 때문에 한 달 수강료를 제외한 60만원을 찬수에게 돌려주고 받았다는 영수증까지 직원은 거칠게 펼쳐 보였다.

아버지는 상체를 휘청이면서 사무직원 책상의 모서리를 움켜잡았다. 나는 주변의 빈 의자를 끌어 아버지를 앉게 하곤, 환불이 되지 않는다 해놓고 돈을 내주었느냐고 따졌다.

"그럼 도대체 어쩌란 말입니까, 아무리 교육을 받으라고 해도 적성이 아니라며 돈을 내놓으라고 악을 쓰는데요. 돈을 안내주면 고소하겠다고 사람을 볶는데요. 아버지를 뫼셔오라 했더니, 동남아로 여행가시면서 돈을 찾아 학교 등록금 내라 했다면서, 돈 내줄 때까지 사무실에 살겠다고 버티는데요. 도대체, 아저씨는 우리하고 장난하자는 거예요, 뭐예요. 기술을 배울 생각이 털끝만큼도 없는 아들을 데려와 억지등록을 시키곤 이렇게 시끄럽게 하느냐구요-."

직원은 의자에 앉아 있는 아버지를 향해 삿대질을 했다.

"어른에게 불손하게 굴지 말아요. 당신들은 4일 수강했는데 한 달 수강료 받았으면 손해나는 장사는 아니잖습니까. 아무리 당사자가 발광을 하더라도 돈은 등록을 했던 어른께 돌려 드려야지, 미성년자에게 주면 안 되지요. 됐어요. 어차피 엎질러진 물인 것을… 아버지, 가십시다."

나는 아버지를 부축하고 중장비학원의 사무실을 벗어났다. 산자락에 위치한 학원의 뜰에는 덤프트럭이며 중장비들이 서툰 운전자들에 의해 느릿느릿 움직이고 있었다. 아버지는 내가 부축한 팔에 당신 몸을 싣다시피 힘을 놓고 있었다.

"아버지, 힘내세요. 예상했던 일이잖습니까. 몇 달 후면 졸업인데, 졸업 후에 군대나 보내자구요. 취직은 군대 다녀온 후에 제 놈이 알아서 하겠지요."

"어디 좀… 앉았다가 가자."

아버지가 가라앉는 음성으로 말했다.

"제 오피스텔로 가셔서 쉬셔요."

"아니다, 이 동네 어디에 한증탕이 없을까. 더운데서 한숨 푹 잤으면 좋겠다…."

중장비학원에서 나와 일단 택시를 탔다. 가까운 곳에 사우나가 있으면 그곳으로 가자고 했다. 마침 멀지 않은 곳에 넓고 큰 한증탕이 있었고 우리 부자는 참으로 오랜만에 함께 온탕으로 들어가 몸을 풀고 상온의 옥돌바닥에 몸을 길게 뉘었다.

"찬우야…."

옥돌바닥 한편으로 사지를 늘어뜨리듯 누워있던 아버지가 깊은 수면 속으로 빠져드는가 했는데, 한참 만에 나를 불렀다. 중요한 말을 하려는 모양으로 새삼 내 이름을 부르는 음성이 여느 때 같지가 않았다.

"예, 아버지."

나는 아버지를 향해 몸을 돌려 누웠다.

"나는 이제, 찬수 모자로부터 벗어나고 싶다. 앞이 보이지 않는다. 그들 모자를 내 힘으로 다룰 수도 없고 신경을 쓰고 싶지도 않다. 찬수를… 내 자식으로 그만큼 키워 주었으면 됐지 싶다."

나는 자신도 의식 못하는 사이 벌떡 일어나 앉았다. 그러나 아버지를 내려다 볼 뿐 어떤 반응도 보이지 않았다. 아버지는 말을 이었다.

"회사도 그만 둘까 한다. 어쩐 일인지 2, 3년 전부터 일이 힘에 많이 버겁다. 기차선로의 각목 한개 들기가 여간 힘들지 않다. 현재는 내가 나이가 제일 많아서인지 힘 좋은 젊은 후배들 눈치가 보인다. 실제 젊은 동료들도 내가 그만두기를 원하고들 있어."

나는 여전히 말없이 아버지를 바라보기만 했다.

"퇴직금을 일시불로 타서 고향 부근에 텃밭이 있는 빈 집을 구할련다. 내 힘에 적절하게 낚시도 하고 텃밭이나 가꾸면서 노후를 보내련다. 오두막이지만 아파트는 네 앞으로 명의를 바꾸겠다. 개발지역으로 선정되어서 4, 5년 후에 아파트를 허물고 다시 신축한다더라만, 아파트를 팔든 전세를 주든 네가 알아서 처리해라."

"찬수 엄마가…. 가만히, 있을까요?"

나는 걱정스런 표정으로 아버지의 말을 받았다.

"걱정 마라, 찬수어미는 요즘 아파트며 나에게 관심없다. 월급 통째로 주지 않고 나가서 돈 벌라 했으니 돈을 벌어야겠다며 식당에 나간다고 두세 번 들락거리더니, 숫제 식당에서 숙식하는 것으로 취직했다며 집에 들어오지도 않는다. 찬수는 제 어미에게 들락거리는 것 같더라만 가든 오든 나는 관심 없다. 찬수 고등학교 졸업하고 취직할 때까지라도 키운 정으로 그나마 버티려 했는데, 이제는 도저히 안 되겠다. 졸업 때까지 2

~3개월 남았으니 학교에 수업료를 한꺼번에 내주는 것으로 신경을 거두어야 하겠다."

나는 아버지의 심중을 충분히 헤아리고도 남았다. 도무지 화해가 될 수 없는 인연들이라면 더 노쇠하기 전에 정리가 되어야 한다는 생각이었다. 과한 표현일지 몰라도 내가 아는 찬수 모자는 아버지의 육신에 들러붙어 피를 빠는 흡혈인간과 다름없다는 평소의 인식이었으므로, 그의 결심을 차라리 환영하고 싶은 심정이었다.

나는 아버지가 전에 없이 몸에 좋은 음식을 찾고 식사를 달게 끝낸다 싶었는데, 그동안 끼니를 제대로 들지 못한 것이 원인이었음을 깨달았다. 집에 들르지 못한 두 달여 기간에 적지 않은 일들이 그를 괴롭혀 왔음을 듣곤, 아버지에의 연민으로 가슴이 뻐근해졌다.

"내 생각은, 네가 아파트를 팔더라도 찬수 졸업이나 하고 난 후로 했으면 어떨까 싶다."

"제 앞으로 명의변경하시지 말고 아버지가 직접 아파트를 파십시오. 그리고 그 돈으로 텃밭 딸린 농가를 사십시요. 저는 아버지 결심을 찬성합니다! 이제는 오로지 아버지만을 위해서 사시라구요!"

"알았다. 마음 작정하고 나니 차라리 편안하다. 찬수놈, 그 돈 다 쓸 때까지 아파트에 들어오지 않을 거다. 내일 당장 회사에 사표를 내련다. 퇴직금 신청도 해야 되겠다. 그리고 시골에도 내려가 보아야 하겠다. 이제 눈 좀 붙이거라, 나도 한숨 푹 자야겠다."

"예, 주무십시오."

아버지는 그 말을 끝으로 타월을 펼쳐 눈 위를 덮곤 잠을 청했다. 나는 소리 없는 한숨을 안으로 삼켰다. 아버지의 결심이 쉽지 않았을 것임을 굳이 설명하지 않아도 알 수 있었다.

가장 큰 원인은 자신의 인생에 대한 회의감 때문일 것이었다. 환갑이 가까운 나이까지 무거운 침목을 어깨가 바스러지도록 져 나르고 뜨거운 태양 아래서 망치로 철로를 수선하는 중노동을, 그나마 힘 좋은 젊은이들에게 길을 내주지 않고 오래도록 회사에 붙어있다는 흰 시선을 받는 자신의 처지가 서글프고 힘이 들었을 것이었다.

더욱이 만성위염으로 몸이 허약할 뿐만 아니라 찬수 모자의 계획성 없는 제멋대로의 삶과 당신에게 끊임없이 끼치는 피해에, 함께 살아가야할 의미를 상실했을 것이었다. 가족구성원으로 나름대로 노력을 했지만 당신의 원천적인 기대에 반하고(전처자식 학대), 당신의 월급을 20년간 일푼의 예금없이 사치와 찬수의 고액과외비로 밑없는 독에 물붓기식의 지난 삶이 허탈스러웠을 것이었다. 뿐인가, 찬수는 적지않은 돈으로 과외를 받기는커녕 유흥비로 죄다 날리면서 제 핏줄이라며 산모와 아기를 집에까지 끌어들여 모든 경비를 아버지의 월급으로 소모시켰던, 그들 모자가 심히 부담스러웠을 것이었다.

거기다 정신을 차리는 듯싶던 찬수의 소모벽이 다시 도지고 아버지 속이기를 거침없이 행하는 그로부터 만정이 떨어지고, 식당일을 한다면서 숫제 집에 들어오지도 않는 찬수 엄마에 대한 혐오감까지 겹쳐 진작부터 마음 다져오던 생각을 기어이 실천에 옮기기로 결심한 것 같았다.

엄밀하게 따져들면 피차간에 사랑이 없기 때문일 것이었다. 찬수모자가 당신들을 보호하고 돌봐주는 아버지를 위해주고 전처자식인 나를 거두어 주는 등 가족간의 우애가 돈독했었다면 그들이 친자(親子)나 조강지처가 아니어도 아버지의 봉사는 이어졌을 것이었다.

20년을 키워온 찬수에 대한 아버지의 밑정이며 기대가 적지 않았음을 옆에서 봐온 나는 이번 결단의 책임은 전적으로 찬수모자에게 있다고 생각했다. 그래도 아버지는 찬수의 졸업 때까지 수업료를 학교에 완납해 주겠다고 했고 오두막 같은 아파트를 매매하는 것도 찬수 졸업 이후로 생각하고 있었다. 찬수가 아버지에게 어떤 고통을 주었든 그를 졸업은 시켜야 한다는 아버지의 마음에는 변화가 없었던 것이다.

그날 저물녘. 나는 아버지를 오피스텔로 모셔와 따끈한 저녁을 지어 드렸다. 아파트로 가보아야 어차피 당신이 저녁식사를 챙겨야 할 것임에 가슴이 미어졌던 것이다.

"정리 끝낼 때까지 계속 저하고 여기에 계십시오."

"그래도 집을, 비워둘 수는 없잖아."

아버지는 그날 밤에 아파트로 돌아갔다.

다음날, 나는 신경이 극도로 예민하여 출근했다. 공보이사가 당장 나에게 어떤 조처를 내릴 수도 없었지만 긴장이 되었기 때문이다.

편집회의가 끝나고 출입처에 나가기 전에 찬수 학교를 찾아갔다. 역시 찬수는 학교에도 나오지 않고 있었다. 수능시험 때문에 고3 교실은 초비상이 걸려 있는데 찬수의 자리는 텅 비어 있었다. 내키지 않았지만 몇 달 전에도 만났던 담임선생을 찾아갔다.

말을 꺼내기도 전에 담임이 먼저 나를 알아보았다.

"찬수가 고등학교는 졸업을 해야 될게 아닙니까, 그런데 일주일이면 한두 번 등교하고 너댓 번은 무단결석이니 도대체 무슨 일입니까? 제 녀석 말은 중장비 학원과 제과기술을 배우러 다니기 때문이라는데, 정말입니까?"

선생은 여느 학부형과 그러듯 형식적이나마 인사치레 접어두고 대뜸 그 말부터 물어왔다. 난감했다. 사실대로 말을 할 수가 없었다.

"제가 직장 때문에 집을 나와 있어서 상세한 것을 알 수가 없습니다. 이 부근을 지날 일이 있어 찬수를 잠시 보러 왔는데, 아이가 나오지 않았군요."

"2, 3개월 지나면 졸업인데 지금 찬수 하는 짓거리로는 졸업이 힘들 것 같아요. 무단결석도 문제지만 밖에서 사고라도 치지 않을까 여간 조마스러운 게 아닙니다. 아이가 도대체 집중력도 없고 산만하고 철도 들지 않았어요. 우리 반에서 제멋대로 노는 아이는 찬수 밖에 없어요. 무사히 고등학교 졸업은 해야 될 거 아닙니까."

"죄송합니다. 저희도 찬수의 졸업을 간절히 바라는 바입니다. 집에서도 노력하겠습니다만, 선생님 잘 부탁합니다!"

"도대체 찬수의 얼굴을 볼 수가 있어야지요. 집으로 전화해도 불통에 찬수의 휴대폰은 숫제 꺼져 있더라구요. 지난달엔가는 찬수 어머니가 오셔서 수능 안보고도 대학 가는 방법이 없느냐고, 찬수를 무슨 일이 있어도 대학에 보낼 것이라고 숫제 얘기도 안되는 말씀을 하십디다만…."

나는 찬수의 담임으로부터 그들 모자 대신 온갖 질책을 받고 교정 밖으로 나왔다. 다시 이 학교 찾아올 일이 없기를 바라면서 나선 김에 새어머니가 일한다는 식당을 찾아 나섰다. 아버지는 정확히 알지 못했지만 길음시장 부근의 식당이라는 말만 들었다고 해서, 그곳 방향의 버스를 탔다. 그러나 서울 사는 김서방네 집을 찾는 꼴이었다.

길음시장 부근의 식당은 셀 수도 없을 만큼 많았고 어떤 종류의 음식을 하는 곳인지도 알지 못하면서 무턱대고 찾는 다는 것은 시간소모일 뿐이었다. 그러나 그녀의 속셈이 무엇인지는 알아보아야 했다. 돈을 벌러 식당에 일하러 나간다면서 어느 식당인지도 아버지에게 말하지 않고, 그곳에서 숙식을 한다며 집에도 들르지 않는다면 그 진의가 의심스러웠던 것이다.

하루 한끼 조반은 들고 출근하는 아버지에 대한 신경씀이나 관심을 아예 접어버린 상태라면, 그녀 신변에 필히 무슨 변화가 있을 것 같기 때문이었다. 찬수가 그 식당을 들락거리는 것 같다고 했으니 아버지에게 식당 장소를 알아두라는 부탁은 했지만, 더 기다릴 수가 없어 찾아 나섰던 것이다. 그러나 돌아서야 했다.

그날 퇴근 후에 오피스텔로 가지 않고 집으로 갔다. 저녁 아홉시 경이었는데 예상대로 찬수 모자는 집에 없었고 아버지조차 귀가하지 않아 집안은 썰렁했다. 안방이고 주방이고 찬수방이고 마루며 온통 폐가처럼 정리가 되어있지 않고 어수선했다.

전기밥솥에는 밥을 끓인 흔적이 없었다. 아버지는 아침에도 빈속인 채 그냥 출근하는 모양이었다. 나는 서둘러 쌀을 씻어 밥을 안치고 말라비틀어진 감자와 양파를 찾아내어 찌개를 끓였다. 목이 잠겨 왔다. 평소에 소식(小食)이던 아버지가 영양탕을 식탐 내듯 달게 그릇을 비우던 모습이 떠오르면서 끼니를 제때에 챙기지 못함이 원인이리라 싶었다.

나는 집안의 전깃불을 모두 켜고 사방의 창문을 활짝 열어젖힌채 청소를 시작했다. 얼마나 오래도록 청소를 하지 않았는지 불빛 아래로 먼지가 뽀얗게 피어올랐다. 때 절은 아버지의 작업복이며 속옷 등을 세탁기에 넣어 돌렸다. 집은 30여분 만에 깨끗이 정리가 되었다. 먼지를 털어내고 환기를 시킨 집안공기가 상쾌하게 느껴졌다.

아버지가 귀가한 시간은 11시가 거의 다 되어서였다. 과음한 상태였다.

"너, 왔냐? 그래, 자알 왔다."

"술 드셨군요? 어쩌자고 또 드시는 거예요?"

"그래, 참 오랜만에 마셨다. 30년 뼈골 빠지게 일한 곳을 그만 두는데, 안 마실 수가 없잖냐, 젊은 놈들이 송별연 열어 준답시고 기껏 구내식당에서 이제 좀 편히 쉬시라 어쩌라 주절대면서 다투어 술잔을 건네는데, 받지 않을 수도 없구 말이다."

"오늘, 사표를 내셨군요?"

"그래, 냈다. 시골집부터 구해놓고 제출해도 늦지 않았지만, 맘 놓고 집을 구하려고, 아니 내가 또 멈칫거릴까봐 그냥 용단을 냈다."

"잘 하셨습니다! 그간 너무 고생하셨어요! 이제는 좋은 공기 마시면서 오로지 아버지 건강만 관리하시면서, 좀 편히 사십시오."

"퇴직금 일시불로 타기로 했다. 텃밭 있는 시골집 한 채 사서 나 혼자 사는 데는 아무 문제없다. 그런데 찬우야 솔직히, 시원하면서도 허전하다. 사직서를 제출하니까 글쎄 기다렸다는 듯이 척척 결재하더니 금방 수리가 되더구나…. 아무리 내가 힘쓰는 것이 예전 같지 않고 50대가 나 하나뿐이라 해도, 삼십여년 세월을 몸담았던 곳인데, 만류하는 사람 하나 없고 하룻만에 수리하다니…. 야박하더라."

"아버지, 세상 바뀌어진 것 모르세요? 삼십대 중반에서도 쫓겨나가는 세상이에요. 조금도 괘념치 마시고, 이제 아버지의 자유로운 제 2의 인생, 설계하셔야지요!"

"맞다, 자유롭다! 손목과 목에 걸린 쇠고리를 벗어낸 것 같으다! 그래 새로운 내 인생을 이제 다시 시작하는 거다. 초가집 앞뒤 텃밭에 상추 근대 아욱 시금치 배추 무 고구마 감자 토란 등 내 먹을 만큼 심고 가꾸고, 봄이면 고사리도 산나물도 송이버섯도 뜯고, 밤골에다 토종꿀통도 놓고 토종닭도 몇 마리 키우면서 육질 단백질도 보충하면서 그렇게 살련다.

이제사 말이다만, 너의 할아버지 그래 내 아버지이지, 노름으로 전답과 집마저 다 내놓고 지리산 발치의 고향을 떠나올 때 어린 마음에도 얼마나 창피하던지 내 살아서 고향 부근에 조차 얼씬거리지 않을 것이라고 모질게 이를 악물었던 것이지만, 그러나 내 평생 아름다운 유년 소년기를 보낸 그곳을 잊지 못했다. 이제 많이 변했겠지만 그러나 큰 산 자락 그곳으로 돌아가 나머지 삶을 잘 갈무리 하고 싶다…."

아버지는 두 눈을 반쯤 감으면서 침구 위로 비스듬히 몸을 눕히며 꿈을 꾸듯 말했다.

나는 아버지의 어깨를 흔들며 그대로 잠들지 못하게 했다.

"그냥 주무시면 내일 아침 일어나시기 힘드세요. 제가 찌개 끓여 밥 지어 놓았거든요. 금방 차려 올게요, 조금이라도 잡숫고 주무셔야 해요."

"그래, 그래…. 그래도 내 생각해주는 사람은 이 세상에 내 아들, 너밖에 없구나…."

고향 언저리로 내려가 노년을 새롭게 살겠다고 다짐하면서도 이날 직장을 그만 둔 마음은 그지없이 허전하고 외로운 모양이었다. 밥상을 차려 들여갔다. 그러나 아버지는 이미 코를 골며 잠들어 있었다. 아버지의 어깨를 두어 번 흔들어 보았으나 꿈쩍도 하지 않았다. 다시 밥상을 주방으로 내갔다. 그리고 서둘러 밖으로 나갔다. 정육점 문이 닫혀지지 않았다면 내일 아침 해장국거리를 사기 위해서였다. 연희누나의 슈퍼마켓으로 먼저 달려갔다. 예상대로 셔터가 내려져 있고 그녀가 거처하는 새로 증축한 2층 방에도 불은 꺼져 있었다.

동네에서 도보로 10여분 떨어진 곳에 있는 24시 편의점으로 달려갔다. 편의점 옆의 정육점은 이미 문이 닫혀 있었고, 편의점의 식품 코너에서 북어와 무 배추 쪽파 계란 잔멸치 등 반찬거리를 한 아름 안고 집으로 와서 해장국과 밑반찬을 만들기 시작했다.

거의 매일 매식을 하는 아버지를 위해서였다. 배추 한통을 숭숭 썰어 소금을 뿌려 겉절이를 만들고 멸치볶음과 콩졸임을 만들고 고등어 캔을 따서 양념을 넣어 다시 한번 졸였다. 쪽파를 다듬어 깨끗이 씻어 물기를 빼곤 멸치 젓국물을 넣어 버무려 파김치도 만들었다. 그리고 무와 북어에 집간장과 참기름 계란을 넣어 해장국을 끓였다.

어릴 때부터 버릇해서인지 나는 여자 못지않게 음식을 빠르게 거침없이 잘 만드는 편이었다. 자료만 있으면 창작을 하듯 이렇게 저렇게 만들어 보는 것이 재미도 있었다. 새어머니가 찬수보기와 함께 철저하게 나를 밥 짓기 찌개 끓이기 등 쉬임없이 부렸던 것은 내가 나이답지 않게 사내답지 않게 그 모든 것을 잘 해내었기 때문이리라 싶었다.

음식 만들기를 끝내고 나자 새벽 두시가 되었다. 청소하고 밥 짓고 편의점 다녀오고 밑반찬에 해장국을 만드느라 미처 저녁식사를 하지 못했으나 그냥 아버지 침구 옆에 몸을 뉘었다.

새삼 콧속이 시큰해졌다. 어릴 적부터 육친의 정이라든가 끈끈한 무엇을 달리 느껴본 적이 없어서인지 다 성장한 이제사 주름지고 검게 그을러 바싹 야윈 아버지 옆에서 명치끝이 뻐근해지는 격정이 솟구쳤다. 아버지의 깡마른 손을 그러쥐었다. 당신 자신보다 나와 찬수모자를 위해 30년 쇠고리에 걸려 등에 졌던 짐을 내려놓고, 씁쓸하고 허전함에 겨워하는 육친을 바라보면서 눈시울을 붉혔다. 하지만 내일을 위해 지그시 눈을 감고 잠을 청했다.

인기척에 눈을 떴다. 새벽잠이 없는 아버지가 살그머니 일어나 방문을 열고 마루로 나가고 있었다. 방벽의 원판시계가 다섯 시를 가리키고 있었다. 한 시간쯤 더 잠을 잘 수도 있었으나 그냥 상체를 일으켰다. 부엌으로 나갔다. 국냄비를 가스대 위에 얹고 불을 켰다. 화장실에서 나오던 아버지가 두 눈을 벌려뜨며 "내가 조반을 지을텐데 더 좀 잘걸 일어났구나" 했다.

"지난밤에 다 준비했어요. 덥히기만 하면 돼요. 잠깐만요. 설탕물 타 드릴께!"

나는 서둘러 냉장고 속의 물병을 꺼내 설탕을 녹혔다. 아버지는 단숨에 두 컵을 마셨다.

"술을 많이 드셨더라구요…. 특별한 날이라 어쩔 수 없었다 해도 이제는 그렇게 드시지 마세요."

"그래, 속이 여간 쓰리지 않다…."

"밑반찬 몇 가지와 밥을 한 솥 해두었어요. 절대 끼니를 거르지 마세요."

"오냐, 내 걱정 말고 너나 제대로 잘 챙겨 먹고 다녀라."

아버지와 마주 앉아 식사를 했다. 아버지는 참으로 흐뭇한 표정으로 해장국이며 식사를 남김없이 들었다. 과음한 다음날은 거의 조반을 들지 않던 아버지의 식습관을 생각하면, 이날 아침의 과식은 의도적인 것 같았다. 아들의 정성을 먼저 떠올린 것 같았고 시골로 내려가게 되면 부자간의 다정한 식사시간이 흔치 않을 것이란 계산을 한 듯도 싶었다.

"연금을 일시불로 수령하려면 절차가 사나흘은 걸릴지도 모른다. 시골 집 건은 그곳 소꼽친구에게 전화를 해봤더니 텃밭 딸린 빈집들이 10

여 호나 된다며 값도 저렴하고 언제 내려와도 금방 취득할 수 있다고 하더라. 내가 알아서 다 할 테니 너는 일체 나에게 신경 쓰지 말고 네 일이나 열심히 해라. 견습딱지도 이미 떨어졌다니 책임감이 더 커질게 아니냐. 슈퍼마켓 아가씨와의 결혼은 전적으로 너희 둘이 알아서 할 일이지만, 너무 서두르지 말고 내년 봄쯤이 어떨까 싶다….”

“알겠습니다.”

일곱 시쯤 되어 아파트를 나섰다. 아버지는 내가 계단을 밟고 아래로 내려가는 동안 두 번이나 끼니 거르지 말고 몸 관리 잘하라는 말을 거듭했다. 나 역시 그러했다. 조금은 가벼운 기분이었다. 찬수 모자의 어처구니없는 짓거리에 기운을 차리지 못할 것 같던 아버지가 그들에 대한 완전한 체념과 포기로 당신 계획을 거침없이 행하는 모습이 든든해 보였기 때문이다.

실제 3시간 정도의 취침 상태였지만 신문사로 향하는 발걸음이 무겁지 않았다. 찬수 모자의 행적은 시간 틈틈이 계속 알아보아야 할 문제였지만, 무엇보다 아버지의 마음이 안정돼 있음에 마음이 가벼웠다. 혈육의 끈끈한 정(情)이 내리 사랑에만 있지 아니함을 새삼 깨달았다.

신문사에 도착했다. 언제나 그러하듯 역시 내 출근이 가장 빨랐다.

출근시간 20여분 전인데도 취재부는 말할 것도 없고, 편집부 총무부 직원들은커녕 먼저 나와야 할 사환아이들조차 출근 전이었다.

이날의 취재일정을 머리에 떠올렸다. 그간 집중취재를 하지 못했던 S대학병원에서 이날은 온종일 뛰어보리라 생각했다. 추기자가 S대학병원으로 나갈 것인지 궁금했으나 매번 확인하기도 쉽지 않은 일이어서 머뭇거렸다. 한 출입처에 두 사람의 출입기자가 효율적으로 취재를 한다는 것은 여간 신경 쓰이는 일이 아님을 실감했지만 어쩔 수 없었다. 내 출입처를 그들 출입처에 겹쳐 배정했을 때 추기자 강기자 문기자 등이 말도 안 되는 처사라며 몹시 당황해하던 일이, 무리가 아님을 새삼 절감했다.

데스크는 출입처가 워낙 큰 곳이어서 각자 얼마든지 좋은 기사를 캐내어 올 것이라 했지만 실제는 출입기자 피차간의 갈등이 조장될 요소만 더 많았다. 경쟁과 혼란과 책임회피까지 가져올 소지가 높았고 무엇보다 두 명의 기자가 합의하지 않으면 출입처의 취재원이 불편해질 가능성도 있었다. 현재까지는 선배기자들과 출입처에서 직접 부딪쳐 혼선을 빚은 경우는 요행히 없었지만, 신경을 쓰지 않으면 갈등은 하루에도 여러 차례 발생할 수 있었다.

"선배님! 저는 오늘 S대학병원으로 가려합니다."

나는 결국 추기자에게 내 일정을 밀했다. 그는 단 한 번도 나에게 자기 취재 행선지를 말한 적이 없었다. 나 역시 말하지 않아도 되었다. 하지만 나는 추기자 외에 강기자 문기자에게도 그들이 나가는 출입처에 내가 나가는 날이면 일단 보고를 했다.

"알았어요."

추기자가 건성으로 대답했다.

"오후에는, B대학병원으로 올래?"

강기자가 내 곁으로 다가서며 낮은 음성으로 물어왔다.

"별 볼일이 없으면 가보겠습니다. 무슨 좋은 일 있습니까?"

나 역시 웃음을 머금고 낮은 목소리로 소곤거리듯 응답했다.

"좋은 일 있을게 뭐가 있어, 함께 노닥거리고 싶어서지…."

나는 그냥 웃고 말았다. 어떻게 강기자와 나 사이가 이토록 부드러워졌는지 생각할수록 고맙고 다행스런 일이었다.

"나, 먼저 나갈게!"

그가 내 팔을 툭 치며 말했다.

"네 선배님!"

나 역시 앉은 채 그를 돌아보며 까딱 목례를 했다. 데스크의 취재 · 편집부장의 표정을 아닌 듯 훔쳐보았다. 혹여 여느날과 다른 낯빛이 아닐까 싶어서였다. 공보이사와 만난 지 며칠 되었다고, 또한 불륜관계의 여자 건으로 연적인 나에게 금방 감정을 표현할 것이라고 믿지는 않았지만 눈치가 보여짐은 어쩔 수가 없었다. 그들은 평상시와 조금도 다름없는 얼굴로 자기들의 일에 몰두하여 있을 뿐이었다.

S대학병원에 들어서면서 먼저 비뇨기과 K교수 연구실부터 찾았다. 당신의 연구실이 '기자실'이라 불려짐을 자랑스럽게 생각하는 K교수는 강의로 부재중이었고 간호사와 테크니션 간호보조사들이 오랜만이라며 반갑게 맞이해 주었다. 병원에 들른 횟수야 많았지만 매번 비뇨기과를 찾지 못했던 터라 그들의 반김대로 오랜만에 들른 것처럼 행세했다.

K교수의 강의가 끝나는 시간을 확인하고 수간호사가 내놓는 차 한 잔을 마시곤 곧바로 성형외과 명(明)교수의 연구실로 갔다. 무질증(無膣症) 환자에게 환자의 십이지장을 이용하여 질(膣) 형성시술을 한 의사에게 직접 기능을 시험해 달라는 환자의 간절한 소망을 집도의인 명교수가 응해 주었는지의 여부가 궁금했던 것이다.

명교수 역시 부재중이었다. 외래진료가 있는 날이라고 했다. 연구실의 여비서가 차를 마시겠느냐고 물어왔다. 몇차례 들락거렸던 안면으로 인사치레 해주는 말임을 알았으나 나는 선뜻 한잔 달라고 했다. 그리고 방문객용 소파에 앉으면서 질 형성수술을 받은 빼어난 미모의 그 환자가 최근에도 명교수님을 찾아오느냐고 물어보았다.

녹차를 만들던 여비서가 미소를 지었다.

"퇴원 후에도 거의 매일 들렀는데, 요즘은 전 같지는 않아요."

"치료가, 다 끝난 모양이지요?"

"치료 때문은 아니고 교수님과의 상담 때문이었지요."

여비서가 녹차를 차탁 위에 놓아 주었다.

"감사합니다!"

나는 비뇨기과에서 이미 차를 마셨지만 또 다시 뜨거운 차를 달게 마셨다. 여비서에게 그 환자에 대해 더 구체적인 질문을 하고 싶었으나 직설적으로 표현하기가 뭣해서 멈칫거리고 있었다.

"교수님 오실 때까지 기다리실 건가요?"

녹차를 마시고도 가만히 앉아 있는 나를 향해 비서가 물었다.

"외래진료 끝날 시간이 거의 다 되었으니, 기다려볼까 합니다."

"제시간에 진료를 끝내는 경우가 드물어요. 짧으면 30분 길면 한 시간 정도 지연되기도 하거든요?"

비서는 연구실의 열쇠꾸러미를 손에 쥐고 있었다.

"아, 나가실 건가요? 그럼 저도 나가지요."

"아니예요, 오늘 꼭 뵈야 할 일이면 기다리세요. 교수님은 내일부터 외국출장 이시거든요. 국제성형외과 학술대회 참석이신데 2주 후에나 오셔요. 저는, 점심식사를 해야 되고요."

"아, 예, 그럼 결례가 안 된다면 여기서 좀 기다리겠습니다. 다녀오십시오!"

여비서가 나간 후 시간을 보니 이미 12시가 넘어 있었다. 연구실에 앉아 굳이 명교수를 기다려야 할 내용이 미약한 감이 없지 않고 기사화할 성질도 아니었지만, 확실한 결과는 알아야 할 것 같았다. 솔직한 마음을 드러내자면, 미모의 규수에 대한 연민의 감정과 그녀를 향한 집도자의 감정상태라고 할까, 그런 쪽의 호기심이 더 강했다. 따지고 들면 개인적인 관심에 더 가까운데, 마치 중요한 업무처럼 그를 기다리고 앉아 있는 자신이 조금은 엉뚱하고 청승스럽다는 느낌도 없지는 않았다.

응접탁자 위에 흐트러져 있는 신문들을 읽다 말고, 연구실 안에 있는 화장실을 잠시 이용했다. 그런데 미처 볼 일을 끝내지도 않은 상황인데 연구실로 들어서는 명교수의 음성을 들었다.

"이런, 문도 잠그지 않고 식사를 하러 갔나… 들어와요!"

누군가 연구실로 함께 온 것 같았다.

"내일 가시면 언제 오시는데요?"

낭랑한 여인의 음성이었다. 듣던 목소리였다. 나는 서둘러 일을 끝낸 후 문을 열고 나오려다가 잠시 그대로 서 있었다. 여인의 다음 말 때문이었다.

"안 계시는 동안…, 인공페니스를 사용해야 할까요?"

"삼사일에 한 번씩은 넓혀야 할 거야!"

나는 가슴이 덜컥 내려앉는 기분이 되었다. 듣던 목소리라 생각했던 것이 바로 무질증(無膣症) 규수, 그 환자의 목소리였기 때문이다. 얼른 밖으로 나갈 수가 없었다. 그들만이 나눌 수 있는 대화를 내가 엿들은 것 같기 때문이었다. 때 맞춰 비서가 연구실로 들어서는 모양이었다.

"아니, 미스 정, 연구실 문을 잠그지도 않고 식사를 하러 가면 어떡해?"

"어머, 공기자님이 교수님 기다리신다고 했는데…."

"공기자?"

"예, Q신문사 공찬우 기자님요. 잠깐, 옆방에 가셨나 봐요."

"엇 뜨거라, 하필이면 그 집요한 기자가 오늘 나타나셨어? 우리, 바로 나갈테니 미스 정이 말 잘해. 외래에서 밖으로 곧장 나갔다고 하면 되겠군. 자, 어서 갑시다."

뭔가 서두르는 기척이 났다.

"그럼, 지금 나가시면 교수님은 내일 댁에서 바로 공항으로 가십니까?"

"아니야, 점심식사하고 바로 들어 올거야. 챙길 서류가 있어."

그리고 문 닫는 소리와 함께 갑자기 조용해졌다. 명교수와 규수가 밖으로 나간 것 같았다. 마치 도망치듯 서둘러 가버린 것 같았다. 급작이 친해져버린 두 사람의 관계를 기자인 내가 한눈에 알아챌까봐 그렇게 피한 것 같았다. 나는 화장실 안에 더 서 있을 수가 없었다. 조용히 문을 밀고 밖으로 나왔다. 커피포트의 코드를 콘센트에 꽂던 여비서가 문소리에 무심코 고개를 들다가 입술을 벌렸다.

"거기, 계셨댔어요?"

"금방 교수님 음성이 들렸었는데?, 일이 끝나지 않아 서둘러 나와 볼 수도 없고, 점심식사 가셨습니까?"

비서가 뭐라고 대답을 하지 못하고 어색하게 웃기만 했다. 명교수의 지시대로 외래에서 바로 밖으로 나갔다고 하자니 내가 음성을 들은 것 같고, 연구실을 다녀갔다고 하자니 상사의 지시를 어기는 상황이 되기 때문인 듯 했다.

"무질증 환사와 교수님이 무척 가까워지셨나 봐요? 주고받는 대화가 마치 연인들 사이 같으시던데요?"

여비서의 눈과 입술은 점점 더 벌어졌다.

"그… 환자의 음성도 들으셨어요?"

"듣고 말구요, 명교수님이 안 계시는 동안 인공페니스를 사용해야 될 것인지를 물어 보던데요?"

"어머, 어머…."

"명교수님이 그 규수의 간절한 소망을 들어주신 모양이던데요?"

여비서는 시종 놀란 표정으로 대답은 못하고 내 얼굴만 쳐다보았다. 여비서 또한 그 규수의 내용을 꿰뚫고 있음을(한달여 전, 칸막이 안에서 명교수에게 호소하던 규수의 말을 비서도 함께 들었기 때문)알고 있는 나는, 거침없이 그렇게 말했다. 여비서의 얼굴이 붉어졌다. 그리고 자기는 아무것도 모른다고 했다.

"당연히 모르시겠지요. 질 형성수술의 결과는 통정해본 연인이나 배우자 외는 아무도 알 수 없을테니까요. 아무튼 좀 전 두 분이 오간 대화로는 질 형성수술이 완벽하게 성공한 것 같더라구요. 이왕이면 명교수님의 명쾌한 대답을 들을 수 있다면 금상첨화이겠지만, 어떻든 수술 성공의 제 기사가 오보가 아닌 것은 분명한 것 같아요. 그렇지요?"

나는 밝은 얼굴로 비서를 바라보면서 웃었다. 그녀도 함께 웃었다.

"글쎄요, 그건 잘 모르겠구요. 어쨌거나 교수님 뵙더라도, 여기 화장실에 계셨다고 말씀 안하시는 것이 저도 편할 것 같네요."

"무슨 말인지 알겠습니다."

"그리고 아무 내용도 모르는 척, 그 부분은 교수님께 직접 바로 여쭈어 보시는 게 어떨까 싶어요."

"명교수님이 사실 그대로를, 대답해 주실까요? 윤리 도덕적인 문제가 얽혀 있는데 말씀입니다. 생각하기에 따라 문제가 확대될 수도 있거든요."

"의사와 환자이기 전에, 두 분이 서로 사랑하여 합방까지 이르렀다면, 어느 누구도 간섭할 수 없지 않겠어요?"

작은 키에 작은 얼굴을 가진 외형으로 커 보이지 않는 인상의 비서가 신중하고 의미가 깊은 말을 했다. 가슴에 다가오는 것이 있었다. 비서의 말이 조금도 어긋나지 않는다는 생각이었다.

"하지만…."

내가 말을 이으려하자 비서가 앞질러 "명교수는 독신"이라고 했다. 그녀는 내가 무슨 말을 할 것인지를 미리 헤아린 듯 나를 조금은 무안케 했다.

"교수님은, 젊고 개성 있는 자유인이세요!"

그녀는 한 번 더 명교수를 나름대로 표현하면서 의사의 윤리를 지적하려던 내 속엣말을 숫제 봉쇄해 버렸다.

"두 사람이 사랑을 하게 되었다! 아름답네요! 커피 잘 마셨습니다, 감사합니다!"

나는 마치 작은 여비서의 펀치에 머리가 휭 휘둘려진 상태가 되어 벙글대면서 성형외과 명교수의 연구실을 벗어났다. 신비한 분위기의, 참으로 빼어난 미모의 규수가 독특한 자유인 명교수와 사랑으로 얼크러져 교합하는 영상이 머릿속에 현란하게 떠오르다가 사라졌다.

"결과적으로 잘 됐어, 이들이 결혼까지 이르게 된다면 흥미롭고 아름다운 기사를 만들 수가 있는데…. 어떻든 이 케이스에 대해서는 이제 일단락 짓자, 가끔 그들의 애정행로를 지켜보며, 마음으로 축하하자! 그 슬프도록 아름다운 여인을 위해…."

나는 다시 터덜터덜 비뇨기과로 갔다. 몸을 챙기자면 구내식당에 가서 끼니를 때워야 했지만 별로 그럴 마음이 일지 않았다. 어언 점심시간도 끝날 쯤이니 의과대학에 강의를 갔던 K교수가 연구실로 돌아와 있을 것이라는 생각을 했다. K교수에게 특별한 용건이 있는 것은 아니었다. 하지만 당금의 허전한 기분(그랬다. 기자를 피하는 명교수의 입장을 이해하면서도)이 K교수라도 만나 그의 화사한 웃음 속에서 위로라도 받고 싶은 마음 때문이었다.

그런데 다시 찾아든 비뇨기과 연구실은 바람 부는 날의 강물처럼 뭔가 술렁거리는 기운으로 꽉 차 있었다. 간호사나 인턴의 얼굴에 벙긋벙긋 웃음기가 번져 있고 내가 들어서자 어린 간호보조사가 까르륵 기어이 웃음을 터트렸다. 나는 새삼 내 옷차림을 살펴보면서 웃음의 근원이 나에게 있는 것이 아닌가 두리번거렸다.

"교수님, 방에 계십니까?"

영문을 알지 못한 채 덩달아 벙긋거리면서 K교수의 방문을 노크했다. 그러자 수간호사가 내 앞을 막으면서 교수님은 응급환자를 진료하고 계시니 밖에서 잠시 기다리라고 했다. 그녀의 얼굴 역시 미소로 버무려져 온화했다.

"치료 끝나고 나면, 교수님께 말씀 들으세요!"

웃음의 원인이 K교수 방안의 환자 때문에 비롯됨을 알 수 있었다. 나는 연구실 안벽에 걸려 있는 가운 하나를 벗겨 양복을 벗고 셔츠 위에 그것을 끼어 입고 K교수의 방으로 들어갔다. 환자의 경계를 피하기 위해 의료인으로 가장하는 나를 수간호사는 더 제지하지 못했고, 환자를 마주하고 앉았던 K교수 역시 흘깃 쳐다보다가 한쪽 눈을 찡긋하며 입귀로 웃음을 머금었다. 그러면서 불쑥 "닥터 공, 어서 망치 한개 찾아오라니까" 했다. 영문을 알 수 없어 어리둥절해 있는 순간, 이어 수간호사가 작은 망치와 신문지를 들고 뒤따라 들어와 환자 앞으로 다가갔다.

나는 두 눈을 벌려 뜬 채 K교수 앞에 바지를 내리고 앉아있는 환자를 보았다. 40대 중반 쯤의 사내가 남근(男根)에 빈 병 하나를 달고 죽을상으로 얼굴을 우그러뜨리고 앉아 있었다.

"선, 선생님 괜찮을까요?"

혈관 수축제와 통증완화제 주사를 맞아 한결 편안해진 환자가 망치를 쳐다보면서 말을 더듬거렸다.

수간호사가 병을 물고 있는 사내의 남근 아래로 신문을 펼쳐 깔았다. 유리병이 깨졌을 때 튀어나갈 파편을 막기 위한 것인 듯 했다.

어처구니 없을 정도의 기이한 광경에 "어떻게 된 것이냐?"고 K교수에게 묻고 싶었으나 입 밖으로 말을 꺼내지 못했다. 오로지 눈으로만 궁금증을 재촉했지만 K교수는 내 시선을 받지 않았다. 그는 망치를 들고 페니스를 삼킨 채 매달려 있는 빈 병의 어느 부위를 때려야 남근에 상처내지 않고 효과적으로 깰 수 있을 것인지만 신경을 쓰고 있었다. 투명한 유리병 주둥이에 물린 남근은 퉁퉁 부어올라 팽배되어 있고 사내는 고통으로 오만상을 찌푸리고 있었다.

'쨍 –.'

짧은 순간이었다. K교수는 망치로 병을 겨냥하며 가볍게 때렸고 유리병은 간단하게 깨어져 사내의 남근에서 떨어졌다. 망치 내리는 순간에 눈을 질끈 감았던 사내가 두 눈을 화등잔만하게 벌려 뜨곤 "빠 빠졌어요 –" 소리를 내질렀다.

빈 병 주둥이에 물렸던 남근의 근부(根部)가 졸려져 골이진 채로 벌겋게 충혈되어 있었다. 시뻘건 고구마처럼 팽배된 남근을 손바닥에 놓고 이쪽저쪽을 살펴보던 K교수가 "됐어요!" 했다.

"약을 안 발라도, 아니 약을 먹지 않아도 될까요?"

"그냥 가만히 놔두면 서서히 피가 소통할 거요. 그래도 빨리 왔으니 그 정도이지 더 시간 끌었으면 큰일 낼 뻔 했어요!"

사내가 K교수의 말에 고개를 숙이며 쑥스러워 했다.

"부끄럽습니다…."

"재혼을 하십시요. 이런 자위행위는 사춘기적 아이들이 멋모르고 시도하다가 낭패를 보는 경우는 있지만, 40대의 성인에게서는 드문 케이스인데…."

"잘, 알겠습니다….고맙습니다, 그럼…."

사내는 바지춤을 올리고 허리를 숙여 보이곤 도망치듯 K교수와 우리들 앞을 벗어났다. 수간호사가 뒤따라 나갔다. 인턴이 진료실 바닥 신문지 위에 떨어진 유리병의 파편들을 모으고 나는 참았던 웃음을 터뜨리면서 역시 벙글대는 K교수를 쳐다보았다.

"교수님, 어서 말씀 좀 해주십시오, 도대체 어떻게 된 환자입니까?"

"옆에서 보고도 모르겠어요? 광적인 마스터베이션 환자지."

"병 바닥에 정액인 듯싶은 것이 고여 있기에 정액을 받기 위한 방법인가도 생각했어요. 아무리 욕망이 솟구쳤기로, 어떻게 병 주둥이에다 그럴 수가 있지요? 병속에다 사정을 했으면, 페니스가 위축이 되었을 것이고 그러면 쉽게 빠져나왔을 것 같은데, 왜 못 나왔지요?"

"일종의 병목현상 때문이지. 자기 페니스가 들어갈 수 있는 적당한 크기의 병 주둥이에 윤활유를 바르고 수음을 했다는 것인데, 오로지 배설욕구에만 열중하여 이후의 사태가 어떻게 발생할지는 알지 못했던 것이지. 병목과 페니스가 마찰될 경우 페니스가 인체에서보다 훨씬 강한 자극을 받게 되고, 또한 강한 발기를 하게 되어 맥시멈으로 팽대해져서, 기저 부분에 병목현상을 일으키는 줄을 예상도 못했던 것이지."

"그러니까, 병의 주둥이가 페니스의 기부(基部)를 졸라매고 있는 상태라 사정(배설)을 해도 혈액이 통하지 못해서 원상복구가 되지 않는다는 말씀이군요?"

"공찬우씨도 이젠 전문지 기자 다 됐어! 척하면 다 알아들으니까 말씀이야. 하긴, 그 정도는 상식일 수도 있는데 배설 쾌락에 광적인 집착을 갖는 사람들은 머리가 백치상태로 되고 말거든."

"이런 케이스를 전에도 치료하신 적 있으십니까?"

"마스터베이션 광(狂)들이나 남성 호모들이 저지르는 다양한 사건들이 학회에 보고된 것은 읽었지만, 페니스에 병 매달고 오는 자위행위자를 만난 것은 오늘 처음입니다. 인턴시절에 선병질적으로 생긴 청년이 귀두 아래의 경부(頸部)에 금반지를 끼고 응급실로 실려 왔던 케이스를 어깨 너머로 구경한 적은 있었지요."

"금반지를 페니스에…왜 끼었을까요? 그것도 자위행위의 도구가 되나 보지요?"

"글쎄, 무슨 용건으로 어떤 재주로 그곳에다 금반지를 착용했는지는 기억되는 바가 없지만, 페니스로 들어오는 혈액을 그 금반지가 지혈대처럼 막아 페니스가 시커멓게 부어올라 있었던 것은 기억하고 있어요. 그나마 그 케이스도 병원에 일찍왔기에 마취로 금반지 제거를 하여 회복이 되었지만, 시간을 끌어 페니스가 괴사상태로 진행되었으면 어쩔 수 없이 남성의 심벌인 그것을 제거하는 수밖에 없었을 테니까."

K교수는 가운을 벗어 벽에 걸었다. 장조카의 결혼식에 잠시 다녀와야 한다고 말했다.

나도 덩달아 일어났다.

"교수님 한 가지만 더 여쭈어 볼게요. 인체에서도 그러니까 병이나 반지 등이 아닌 사람의 질 속에도 그런 현상이 일어난다고 들은 적이 있거든요?"

"드물지만 있지요, 어린 소녀이거나 특이체질이거나 정조를 생명처럼 생각하는 여성들에게 물리적 힘으로 강간을 했을 때, 질 경련이 일어나 페니스가 물려 버리는 거지. 내 표현이 과했나? 아무튼 경직된 질 속에서 혈액이 통하지 못하여 퉁퉁 부어오른 페니스는 온갖 노력에도 끝내 질구를 탈출하지 못하고, 희한하게 두 몸이 유착된 채 응급실로 실려 오기도 하지. 아니, 어디까지 따라 올 거요? 나 바빠요, 나중에 봅시다."

나는 K교수가 주차장으로 내려가는 엘리베이터 앞까지 따라가며 그의 소맷자락을 붙잡았다.

"교수님, 좀 전 그 환자 사진 찍은 것 없습니까?"

"왜요, 기사로 다루려고요? 가십란에나 터치할 내용이지 학술기사로는 의미가 없을걸?"

"가십란에 다루더라도 병을 매단 그 부분만은 함께 게재하고 싶거든요!"

"희귀 케이스야 사진 찍는 것이 기본인데, 치료 전과 치료 후의 상태를 다 찍었지."

"오늘 그 사진을 꼭 입수하고 싶은데요."

K교수는 바로 휴대폰을 꺼내 닥터 민에게 나를 도와주도록 지시를 했다.

"이제 됐어요? 아니, 결혼식장까지 함께 갈 작정이요?"

나는 지하 3층의 주차장까지 그를 따라 내려가 있었다. 머쓱해 있는 나를 향해 K교수가 "못 말릴 사람"이라며 웃었다.

이틀 후.

신문사 편집국은 온통 웃음꽃으로 요란했다. 본지에 사진과 함께 게재된 '페니스를 삼킨 유리병 건' 때문이었다. 물론 환자의 이름이나 주소는 가명이었고 사진도 질환 부위의 하체만 다루어 환자의 프라이버시는 철저히 보호된 상태였다.

가십 정도로 가볍게 써 낸 내용이었는데 데스크는 학술 톱(Top)으로 다루었고, 편집부는 그 기사 아래로 기구를 이용한 서양의 자위행위 종류를 발췌, 박스기사를 첨부시켜 마치 생식기에 위해(危害)한 마스터베이션 특집을 꾸민 양 확대되어 있었다.

"히트다! 공기자님이 또 히트쳤어!"

업무부에서 광고를 담당하고 있는 진 과장이 소리를 높여댔다. 주둥이가 긴 유리병을 물고 있는 치료 전 사진과 병을 깨트린 후의 검붉게 부어오른 페니스의 사진이 유난히 선명하여 시선을 끌었던 모양이었다. 취재부 특히 대학병원 출입기자들의 표정이 미소는 머금고 있으나 예민해 있는 반면에, 업무부 총무부 편집부에서는 거침없이 떠들어대며 즐거워했다.

나는 선배기자들에게 미안하여 "가십기사로 써냈을 뿐인데…" 어쩌고 중얼거렸다.

"학술란 톱이 흥미위주로 점점 가벼워지는군."

추기자가 기어이 한마디 했다.

그러자 그의 말을 취재부장이 들은 듯, "도대체 톱으로 올릴만한 기사가 나와야 이것저것 비교하며 적절한 내용을 선택할 것인데, 기사가 없잖아요" 했다.

결국 당신들이 열심히 뛰지 않아 좋은 내용을 적어 내지 못하니까 가십기사를 학술 톱으로 올리지 않았느냐는 말이기도 했다.

"어떻게 대학병원에서 매번 톱기사가 나올 수 있습니까? 새로운 진단법, 치료법, 수술법, 학회에 보고 되지 않은 성공적인 연구결과 등이 일상 밥 먹듯 생산되는 것이 아닌데 톱감만을 기대하시느냐구요."

추기자가 취재부장의 말을 거침없이 반박했다.

"거창하고 훌륭한 내용만이 학술 톱으로 다루어지는 것은 아니지요. 추기자 말처럼 그런 큰 내용이 어떻게 밥 먹듯 나오겠어요, 그런 수준이라면 우리도 벌써 노벨의학상 수상국이 되었게요. 작은 내용이라도 좋다는 것입니다. 임상 각 과와 의과대학 기초의학 교실을 샅샅이 뒤져보라는 것입니다. 한 연구실에서 나오는 석 · 박사 논문이 수십 편이 아닙니까? 살펴보면 작지만 새로운 내용은 얼마든지 있을 것 같거든요. 제발, 열심히들 뛰셔서 기사를 좀 많이 써내 달라는 것입니다."

편집회의 시간도 아닌데 편집국내의 분위기가 그렇게 돌아가고 있었다. 나는 자리를 피하기 위해 슬그머니 일어나 밖으로 나가려 했다. 내 기사 건으로 데스크와 추기자의 오가는 대화가 듣기에 불편해서였다. 출입문을 열려고 손잡이를 돌리는데 추기자의 음성이 등을 치며 날아왔다.

"공찬우씨야 기자된 지 1년도 못되었으니 비중있는 기사감이 어떤 것인지 구분이 안 되어 흥미 위주의 건수들만 가져오지만, 전문지 바닥의 베테랑급들이야 개나 소나 분별없이 주워올 수 있나요?"

얼마 전만 해도 강기자가 했을 법한 말을 추기자가 했다. 취재부장과 나를 함께 조롱하는 반응이라고도 볼 수 있었다. 별것 아닌 기사를 별것인 냥 확대해석하는 취재부장의 안목을 야유하는 농도가 더 짙다고도 볼 수 있었다. 나는 출입문의 손잡이를 잡은 채 가만히 서 있었다. 말없이 그냥 나가버리기에는 뒤통수에 돌팔매를 직통으로 맞고도 도망치는 꼴이 되는 것 같아서다. 그런데 취재부장의 격앙된 음성이 쨍 울렸다.

"무슨 말이 그래요? 개나 소나 닥치는 대로 주워오는, 기사도 아닌 기사를 내가 톱으로 올렸다는 말입니까? 개든 소든 돼지든 베테랑급 기자인 추기자님께서 뭐 들고 오는 것이 있어야 1단기사든 톱기사든 올릴게 아니냐구요. 그래서 말인데요, 예부터 기자는 한 부서에 3년 이상 두지 말라고 했어요. 3년 안에 그 기자의 의욕이나 능력이 다 쇠진해버리기 때문이란 걸 아시지요? 추기자님, 내가 충고 하나 할까요? 경쟁사회에서 능력 딸려 도태되지 않으려면, 개나 소나 쥐나 돼지나 아무거나 좀 거두어 와요. 최소한 밥값은 해야 될 것 아니요?"

나는 그냥 문밖으로 나가고 말았다. 커피 자판기가 있는 복도 끝으로 고개를 숙인 채 걸어갔다. 기분이 가볍지가 않았던 것이다. 어떻게 내가 다루는 기사마다 기존 출입기자의 비위를 건드리게 되는지, 물론 한 출입처에 두 명의 기자 배정이 문제발생의 근원이기는 했지만 어떤 새로운 조처가 없고는 이런 갈등현상은 계속될 것 같았다.

"공기자님 무슨 생각에 이토록 골몰하실까?"

의사회 사무팀장과 차장인 연희누나가 자판기 옆의 간이의자에서 커피를 마시다가 나를 보고 말했다.

"예…."

연희누나가 커피를 뽑아 건네주며 내 얼굴을 유심히 쳐다보았다. 벙글거리는 사무팀장과는 달리 그녀의 표정은 내 마음의 얼룩이 무엇인지 심히 궁금한 듯 차분했다.

"오늘 신문, 톱기사 공기자님이 쓴 것이지요?"

사무팀장이 벙긋대던 입귀를 닫지 못하고 물어왔다.

"아, 예…."

"나는 아직 보지 못했는데, 무슨 기사지요?"

"오차장은 보지 않는 편이 나을걸요?"

사무팀장이 장난스런 얼굴로 말했다.

"무슨, 말씀이죠?"

"기사 속의 남자가, 좀 비참하게 생각되어서요."

"점점 오리무중이네. 어서 가서 읽어 봐야겠네!"

그녀가 돌아서 사무실로 가려했다.

"천천히 읽으세요. 커피는 다 드시고요."

그녀의 앞을 막아서며 웃었다.

"그러지 뭐."

이상한 현상이었다. 그녀가 있는 곳은 어디든 정겹고 따뜻했다. 깊숙이 가라앉던 기분이 그녀를 만나는 것으로 편안해졌다. 그때 사무팀장이 말했다.

"아 오차장, 오늘 4시에 회장님과 공보이사님이 나오신다고 했어요.

나는 2시 관악의사회 행사에 회장님의 봉투만 전달하고 곧장 돌아오겠지만, 결재서류 미리 좀 챙겨 놓으세요."

사무팀장의 '공보이사'라는 말 한마디에 갑자기 전신이 긴장됨을 어쩌지 못했다. 연희누나 역시 편안한 표정은 아닌 것 같았다.

"일정에 없는데, 무슨 긴급회의라도 있나요?"

"신문사 개편문제 때문이 아닌가 싶어요. 편집국장과 취재 · 편집부장을 회의에 동석케 했거든요."

"알았어요. 결재야 지난주에 다 받았으니까 별 것은 없고…."

연희누나가 말끝을 흐렸다.

나는 긴장감을 털 듯 어깨를 펴고 두 사람을 쳐다보았다. 내년부터 계약제 직원채용을 한다는 편집국장의 말을 들은 적 있고 또한 공보이사로부터 거듭 들어 이미 알고 있는 문제였지만 확인하듯 물어보았다.

"신문사에…, 조직개편이 실제 있습니까?"

"그럼요, 일 년 전부터 계획되어 오던 것인데. 공기자는 몰랐어요?"

"소문인 줄만 알았어요. 저는 입사한지 일 년도 안 되었는데, 축출당할 수도 있겠네…."

"공기자의 인기가 얼마나 좋은데, 그리고 입사한지 채 1년도 안됐는데 감원이야 되겠어요? 내가 보기에는 해당사항이 아닐 것 같은데?"

나를 바라보는 사무팀장의 눈빛이 호의적이라는 느낌이 왔다.

"고맙습니다만, 하지만… 으슬으슬 추워지려 하는데요."

나는 어깨를 움츠러 보이며 중얼거리듯 낮게 말했다.

"미리부터 긴장할 필요야 없지 않겠어요? 팔팔한 젊은 양반이, 뭔 일을 한들 먹고 살지 못하겠어요?"

연희누나의 시선이 내 얼굴에 못 박힌 채 그렇게 말했다. 내가 위축되어 보임이 심히 못마땅한 매서운 눈빛이었다. 아무려면 공보이사가 개인감정을 업무에 연결시킬 위인 같으냐 그렇지 않다는 무언의 표현인 것도 같았다. 그녀를 마주보았다.

"옳습니다! 사지 멀쩡한 젊은 놈이 밥이야 굶겠습니까만, 이태백이 하도 득시글대는 세상이라…."

커피를 다 마시자 그들은 의사회 사무실로 돌아가고 나는 편집국으로 들어섰다.

양손에 두 잔씩 뽑아 든 커피를 강기자와 추기자 등 가까운 주변의 사람들 앞에 놓았다. 추기자가 내 얼굴을 잠시 쳐다보더니 대뜸 "나를, 놀리는 거요?" 했다. 나는 놀란 얼굴로 당황해하며, "제가 어떻게 선배님을 놀리겠습니까." 했다. 그러나 순간, 생각이 짧았었다는 후회를 했다. 커피를 뽑아왔어도 굳이 추기자 앞에 놓을 것 없이 한 곳에 몰아 놓았으면 마시고 싶은 사람들이 가져다 마실 것을, 굳이 내 기사 때문에 데스크와 부딪치고 심히 언짢아 있는 사람 앞에 화근인 바로 내가 그를 조롱하여 커피나 마시라는 듯, 보였을 수도 있겠다는 생각이었다. 추기자는 끝내 자기 앞의 커피는 거들떠보지도 않았으며 시종 우울한 얼굴인 채 다른 사람들이 신경을 쓰게 했다.

병을 매단 페니스 기사 건은 추기자로 인해 편집국에서는 더 거론되지 못했고 업무 · 광고부 등은 오전 내내 그 기사가 화제였다. 이날, 나는 분명히 내 입지가 달라졌음을 알 수 있었다. 얼마 전까지만 해도 내가 선배를 앞질러 기사로 튀거나 데스크로부터 편애를 받으면 그들은 거침없이 나를 따돌리는 행동을 보였었다.

뿐만 아니라 얼마전까지만 해도 신문사의 직원 계약제 계획 건으로 선배들은 뭔가 단체 저항을 할 것처럼 함께 몰려 모임을 갖거나 했었다. 그런데 15명도 되지 않는 기자 숫자로 단체행동의 법적보호가 없었던 때문인지 아니면 그것을 주도하던 강기자가 만사를 체념한 사람처럼 '리더' 노릇을 하지 않아서인지, 흐지부지되고 나에 대해서도 추기자 외에 누구하나 거슬리는 말을 하는 사람은 없었다. 입사한지 1년도 안 되는 신입사원이지만 견습딱지가 떨어져 나갔을 뿐만 아니라 무엇보다 강기자와의 코뼈 골절사건 이후로 만만하게 보는 것 같지 않음을 피부로 느끼고 있었던 것이다.

새삼 이날 오전에 그런 생각을 한 것은 이제 뭔가 사회인으로서의 역할을 하는 당당한 직업인이 비로소 되었다는 느낌인데, 어쩌면 이것으로 끝나버릴지도 모른다는 불안감이 심층바닥에 짙게 깔려 있기 때문이었다. 공보이사가 아무리 현명하고 이지적이고 합리적인 사람이라 해도 여자와 얽힌 문제에서 감정을 벗어난 처리를 할 수 있을지 의문스러웠던 것이다.

바로 이날 오후에 회장과 공보이사가 만나 직원 가지치기 작업에 들어간다는 정보를 들었기에 마음이 더욱 예민해졌던 것이다.

그날 저녁.

아홉 시경 오피스텔로 들어서자 연희누나가 기다리고 있었다. 전화는 없었지만 올 것이라 확신하고 있었기에 반가움이 더했다.

나는 다짜고짜 그녀를 끌어안았다. 무슨 향인지 알 수 없는 향수 내음이 그녀의 귓불 속에서 콧속을 자극했다. 그녀의 귓불이며 목덜미며 코 입 눈 할 것 없이 뜨겁게 애무했다. 스스로도 알 수 없는 격정이 전신을 불태우듯 달구어져 올라 정신을 차릴 수 없을 정도였다. 몸뚱이가 급기야 파열되어 버릴 것 같았다. 원천적인 열정에 심층바닥의 불안감이 가미되어 사뭇 광기서린 에너지가 내 육신을 점령하고 지배하는 것 같았다.

"숨, 숨 좀 쉬자…."

그녀가 고개를 내두르며 내 상체를 밀어냈다. 낚지 볶음 만들어 놓았으니 소주를 마시자고 했다.

"누나도, 마음 어수선해요?"

"조금도."

"그런데, 왜 술 생각을 했지?"

나는 그녀가 이날 낮 사장실에서 있었을 회의의 결과와 연관된 기분 때문이 아닌가 싶어 따지듯 물어 보았다.

"그냥, 마시고 싶은 날이 있잖아."

"오늘 공보이사님, 신문사 다녀가셨지요? 회의 내용을 아세요?"

"크리스마스를 닷새 앞둔 20날, 신문사 전 직원들의 사표를 받는다더라. 그리고 30날까지 퇴직에 관계되는 제반 처리를 끝낸 다더라."

그녀는 남의 말을 하듯 담담하게 말했다. 의사회 직원들은 해당사항이 아닌만큼 그녀에게 남의 얘기인 것은 사실이었다. 일단 신문사 전 직원들을 완벽하게 퇴임시킨 후, 몇 사람이나 재임용을 할 것인지 퍼센티지가 궁금했다. 그런데 그녀의 다음 말이 마음을 무겁게 했다. 현재 다블로이드판 24면 주 2회 발간의 신문을 4면 주 1회 발간으로 축소하고 대신 유가지(有價紙)인 의학잡지를 창간할 것이라 했다.

"아니, 24쪽의 지면을 4쪽으로 줄인다는 것은 폐간에 가까운 방침인데…왜 그렇게 하지요? 그리고 의학잡지를 창간할 것이라면, 잡지전문가들이 대거 채용되겠군요?"

"만성적자 때문인가 봐. 의사회 예산 중 신문사에 지출되는 금액이 3분의 2를 차지하거든. 광고에서 얼마간 보충을 하지만 직원들의 급료와 제작비가 타 전문지에 비해 월등히 높아 적자를 면치 못했었는데, 이번에 아주 과감한 조치를 취하는 모양이야. 그러니까 신문은 그야말로 협회 소식지로만 기능을 갖게 하고, 의학잡지를 별도로 만들어 대중에게 판매하는 것으로 수입원을 만든다는 것이지."

"하긴 국민들의 관심사가 온통 건강에 집중되어 있으니 의사단체에서 만드는 의학잡지가 팔릴 가능성은 얼마든지 있을 것 같은데요. 월간으로 만든다는 것인가요?"

"격월간으로 시작한다고 들었어. 아직 미발표된 내용이니까 찬우씨

혼자만 알고 있는 것이 좋겠어."

"알았어요. 기자들 대부분은 신문쪽수가 줄어든다는 것은 생각지도 못하고, 하는 일은 없고 연봉만 높은 기자 몇 명만 감원될 것으로 알고 있는 모양이던데…. 더욱이 시중에 판매할 잡지를 창간한다는 정보는 더욱 깜깜이고…. 이나저나 모두들 초겨울 낙엽처럼 우수수 떨어지겠군…."

"일단…기다려 보자…. 돌아가는 상황을 샅샅이 살펴보고 적절하게 대처해 보자구. 칼자루는 공보이사만 쥐고 있는 것이 아니고 회장님도 신문사 데스크도 함께 쥐고 있는 것이니까. 현재는 찬우씨가 근무연한이 가상 짧고, 실력빌휘하고 있고, 대인관계 매너도 좋아서 재 채용될 가능성이 높은 것으로 듣긴 했고. 또한 공보이사가 개인감정 노출할 위인은 절대 아니니까 너무 긴장하지 마. 아침녘 자판기 앞에서 본 그대 얼굴이 창백하고 너무 긴장하는 것 같아서, 일부러 소주병 들고 온거야."

"누나랑 함께 있으면 편안해져요! 술 마시지 않아도 된다구요. 내가 얼마나 누나를 사랑하는지…알아요? 그만, 이대로 혼인신고하고 살자구요."

나는 그녀의 무릎위에 머리를 얹으면서 어리광을 부리듯 했다. 실제 그녀 옆에 있으면 마음이 뿌듯했다. 편안하고 따뜻했다. 길지 않은 삶이었지만 그 어느 때보다 의욕이 솟구쳤다. 그녀가 내 머리를 만져 주었다.

최선을 다한 삶의 결실

Q신문사 전 직원의 사표를 받는 날은 아침부터 잿빛 하늘이었다. 차라리 첫눈이라도 펑펑 쏟아졌으면 싶었다. 무거운 기분으로 출근했다.

편집국의 분위기가 신산스러웠다. 누구도 이날 전 직원이 사표를 제출하는 날이라고 공표한 적은 없었지만 직원들 전부가 다 알고 있었다. 서로들 얼굴을 쳐다보며 벙긋거리기도 하고 벌써부터 책상을 정리하는 사람도 있었다. 나는 만사를 하늘에 맡기기로 했다. 만약의 경우를 생각해서 의료계통의 타 전문지에 자리를 알아보기도 했다. 월급은 Q신문사의 절반 정도 밖에 되지 않았지만 나를 유심히 살펴보면서 생각해 보자는 데스크도 있었다. 의외로 전문지 바닥에 실력이 있는 젊은 이로 내 이름이 알려져 있음에 놀라기도 했다. 연희누나로 인한 공보이사의 연적(戀敵)이건만 왠지 회사에 다시 재임용될 것 같은 느낌도 없지 않았지만(물론 이러한 내 일방적 느낌도 자만일 수 있었다), 알 수 없는 일이었다.

커피자판기가 있는 복도 휴게소가 대만원이었다. 나야 거의 매일 너댓잔을 뽑는 사람이었지만 이날은 내 커피를 마시던 사람들이 모두 자판기 앞에 모여 있었다.

"오늘 공기자 커피값 굳었네? 가만, 당신 것은 오늘 내가 뽑아줄게!"

강기자였다.

"고맙습니다! 저에게 커피를 뽑아주신 선배님은 강기자님 뿐이십니다! 잊지 않겠습니다!"

나는 의도적으로 그렇게 말했다. 추기자 문기자 백기자 곽기자 등 10년 혹은 6·7년차 고참기자들에게 8개월간 각각 100잔 이상은 뽑아준 것 같은데 그들은 인사는커녕 당연한 듯 행세해 왔었기 때문이다.

"견습 때는 누구나 다 그렇게 했어. 선배들 따라 다니면서 배우는 견습생의 수업료 같은 것이었지. 하긴 공기자는 선배 필요 없이 거의 자력으로 뛰었지만 말씀이야."

듣기에 불편했던지 문기자가 그렇게 말했다.

"제 말씀은 커피 상납하기가 힘들었다는 것이 아니고, 가끔 후배를 한번쯤 다정하게 챙겨주는 선배님의 정이 그리웠었다는 표현이지요."

오전 10시경.

사장과 공보이사가 신문사로 동시에 들어섰다. 사장의 표정이 어두웠다. 그는 전 직원을 한눈에 볼 수 있는 위치에 서서 상체를 꼿꼿이 세운 채, 협회의 어려움을 먼저 말했다. 그래서 협회지인 Q신문의 지면감축과 새로운 발전을 위한 의학잡지 창간호 발간계획을 간단히 설명하고, 아울러 신년부터는 계약제 직원채용으로 정관이 변경되어, 그 제도를 실시한다는 것을 밝혔다. 따라서 여러분들이 협조해 달라고 말했다.

그 말을 끝으로 사장과 공보이사는 편집국 밖으로 나가고, 직원들은 신문사에서 만든 동일한 양식의 백지에 직원채용 변경규정에 협조한다는 날인과 함께 사직서를 일괄 적어 제출했다. 물론 편집국장도 취재·편집·업무·광고부장도 사표를 제출했다.

놀라운 일은, 신문사 직원 38명의 사표(辭表)가 정확히 1시간 후에 전격 수리가 되고 말았다. 전 직원 사표가 수리되었음을 공보이사가 발표하고, 각자 의사회 경리부에 가서 퇴직금을 받아가라고 했다.

퇴직금 정산까지 이미 다 되어있는 상황으로, 진작부터 치밀하게 계획되어 온 체제변경임을 알 수 있었다. 모두들 조금은 허탈스런 표정들로 서로의 얼굴을 바라보았다. 가슴속에 쌓인 불만이 목밑까지 차올랐다 해도 재임용 여부에 영향을 끼칠까 꿀 먹은 벙어리 모양 침묵으로 시종하는 사람도 있는 것 같고, 몇 사람들은 옆 사무실인 의사회 경리부로 가서 퇴직금 봉투를 받아와 숫제 책상정리를 터놓고 하는 사람도 있었다.

"자, 모두들 의사회로 가서 퇴직금을 받읍시다. 마음이 섭섭한 것은 여러분이나 저나 마찬가지입니다. 의사회의 재정이 힘들어서 방법을 달리 해보겠다는 이사진의 결정이니, 협회의 기관지 직원인 우리들 입장에서야 처분을 기다릴 수밖에 방법이 없습니다. 일단 마무리 할 것은 깨끗이 정리하고 기대하여 보자구요. 허전하고 섭섭타하여 넋 놓고 앉아 있는다 해서, 달라지는 것은 아무것도 없거든요."

편집국장이 평소 때와는 다른 부드러운 표정으로 자기들 책상 앞에 우두커니 앉아 있는 직원들을 둘러보며 말했다.

"그럼, 제반 신문사의 일은 오늘, 바로, 지금 이 시각부터 끝난 것입니까? 재임용 통지는 언제부터 하는 것입니까?"

취재부 곽기자가 전 직원들이 궁금해 하는 부분을 편집국장에게 물었다.

"물론 신문은 어저께 발간된 690호로 24면 Q신문은 마감입니다. 재임용 통지는 금년 내로 갈 것으로 알고 있습니다."

그때 강기자가 큰소리로 말했다.

"편집국장님! 그간 수고하셨습니다! 우리 모두 Q신문사의 제일 어른인 국장님께 감사의 박수 쳐 올립시다."

가라앉은 분위기에 전혀 어울리지 않는 제안이었다. 그 말과 함께 자신이 먼저 착착착 박수를 치자 모두들 마지못한 듯 척척 느릿느릿 따라 쳐 주었다. 나는 강기자의 제안에 동조하여 박수를 쳐주었다.

강기자는 그것으로 끝내지 않았다. 자신의 재임용은 어차피 물 건너 간 것으로 확신하는 분명한 태도로, 직원마다에게 그간 신세졌다며 악수를 청하기도 했다. 고참인 추기자나 문기자 백기자 곽기자는 떨떠름한 표정인 채 앉은 자리에서 움직이지 않는데, 강기자만 유난스런 태도로 일관하자 타 부서의 직원들이 동조하면서 사무실은 서로 이별인사를 하는 분위기로 바뀌어졌다. 그리고 하나, 둘 의사회 경리부로 가서 자신의 퇴직금을 받아왔다.

나는 근무기간이 1년이 되지 않아 퇴직금이 없었다. 1년 근무에 현재 월급 1개월치를 계산해 주는 Q신문사 자체의 퇴직금 제도에 따라 나는 이 달의 월급을 받는 것으로 신문사와의 인연은 간단히 끝나고 말았다. 많이 허전했다. 터덜터덜 내 자리로 돌아와 털썩 앉았다. 아니 사직서 내고 미지막 월급까지 받았으니, 지금 내가 몸을 놓은 곳은 이제 내 소유의 자리가 아니었다.

어떤 이유에서였건 당하는 입장에서는 어처구니없고 황당스럽기가 그지없었다. 지난 8개월여가 주마등처럼 머릿속을 스치면서 이제 정말 멋지게 제대로 잘 할 수 있을 것 같은 넘치는 자신감으로 팽배해 있는데 '끝내라' 는 통고니 막막하지 않을 수가 없었다. 물론 심층바닥에 재임용될 것이라는 확신감이 있는 반면 그 믿음만큼 절대로 그렇지 않을 수도 있을 것이라는 불안감 또한 적지 않아 마음이 편치가 않았다.

"공기자, 나가자구. 이렇게 앉아있으면 뭘 해, 우리 일은 다 끝난 거야. 앉아 있어도 아무 할 일이 없다구. 나가서 쐬주나 한잔 마시자!"

강기자가 내 어깨를 툭 쳤다. 그는 벌써 당신의 책인 듯싶은 의학사전 한권과 다이어리 메모장 두 권을 함께 끈으로 둘둘 묶어 들고 있었다. 책상 정리를 이미 끝낸 것 같았다.

"짐이, 그것뿐이세요?"

나는 무심코 손에 든 그의 책묶음을 보면서 그렇게 말했다. 공부한답시고 의사들에게서 얻어온 책들이 내 책상 위에는 그득하기에 9년여나 근무한 고참의 짐이 간단한 것이 의아스러워서다.

그가 허리를 굽히더니 내 귀에다 대고 속삭였다.

"짐이 없는 만큼 놀고먹었다는 증거지!"

나는 그에게 공연히 미안하여 얼굴이 붉어졌다.

"그런 뜻이 아니고요…."

"알아. 모든 자료는 컴퓨터에 다 입력이 되어 있잖아. 나도 견습 때는 의학서적만 세 가방이었어. 어서 나가자구!"

"저는 짐을 아직 손도 못댔어요! 보자기나 가방이나 뭐 좀 튼튼한 것을 구해와야 하겠는데…. 먼저 가 계세요, 이것들 챙겨 놓고 갈게요."

"언제 다 묶어? 오늘만 날 아니야, 새 사람들 오기까지 열흘이나 남았는데 그 안에만 비워주면 돼. 어서 가 이별주 한잔은 해야지…."

그가 채근했다. 그리고 다시 내 귀에다 빠르게 속삭였다."당신은 사형수가 아니야!"하고.

그러면서 또다시 큰 소리로 떠벌이듯 말했다.

"지글지글 타는 목부터 추기자니까. 쫓겨나는 놈 짐 챙기는 것이 뭐가 그리 급해. 내일 모래 글피에 챙겨도 늦지 않아, 어서 나가."

나는 그야말로 강 기자에게 떠밀리듯 책상정리는 손도 대지 못하고 밖으로 나갔다.

"잘들 살아요…."

강 기자가 편집국 문을 밀고 나가면서 바른손을 높이 쳐들고 큰소리로 말했다. 다시 신문사로 돌아오지 않을 작정인 것 같았다. 앉아 있는 몇몇 사람들이 손을 들어주며 응답했다.

사표가 수리되고 신문사를 떠나는 첫 주자가 된 강 기자는, 여느 많은 동료들을 두고 나만을 앞세웠다. 코뼈 골절 건 이후로 각별하게 친해진 사이이긴 해도 대낮부터 둘이서만 술을 마시자니 적잖이 부담이 되었다.

그러나 갑자기 주어진 시간이 막막하지 않은 바도 아니었다. 아버지 귀향 건이 어떻게 진행되었는지 궁금했지만 지금은 만날 때가 아니라는 판단이었다. 신문사의 내용을 전혀 알지 못하는 아버지에게 눈앞의 내 상황은 걱정만 안겨줄 것이기 때문이었다.

"봐, 벌써 두시가 넘었어! 얼마나 흥분들을 했는지 점심때가 넘었는데도 끼니 챙기는 사람이 없었어. 배가 고픈 줄을 아무도 느끼지 못하고 있는 거야! 식사부터 하자."

신문사 앞 대중음식점이었다. 그가 구석진 자리에 앉자마자 종업원을 소리쳐 부르더니 갈비 4인분과 소주 두병을 주문했다.

"저 역시 조금도 시장하지 않거든요. 갈비를 너무 많이 시키시는 것 아닙니까?"

"그러니 물어뜯으면서 허탈감을 채우고 울화를 터트려야 되지 않겠어? 하지만 공 기자는 걱정 말어. 해당사항 아니야."

강 기자가 물수건으로 손을 닦으면서 다시 말했다.

"어떻게, 자신하십니까요?"

"내가 편집국장의 말을 엿들은 적이 있거든. 한 달 전쯤이든가, 사장비서실에 볼일이 있어 들렀다가 열린 문 안에서 국장이 사장에게 보고하는 말을 들었지. 쓸만한 놈은, 공찬우 밖에 없다 하더라고. 무슨 말끝인지는 알 수 없었지만 재임용건 아니겠어?"

"옛날이야기네요…."

나는 한숨을 섞어 그렇게 중얼거렸다. 공보이사의 감정을 사기 이전의 일이라는 생각에서 말했던 것이지만 강 기자는 알아듣지 못한 모양이었다.

"무슨…말이야? 옛날이야기라니…."

"아, 아니예요."

나는 강 기자 앞에 마주 앉아 도무지 맛을 가름할 수 없는 고기를 그야말로 질근질근 씹었다. 술을 반주로 한 병씩 나누어 마셨지만 조금도 취하지 않았다.

"공 기자와 국장 사이에 내가 알지 못하는 뭔 일이 있는지는 모르지만, 설령 끝장이라 해도 기운 차려. 아직 서른도 안 된 젊디젊은 놈이 뭘 한들 못 먹고 살어? 어깨 힘 넣으라구. 내가 다른 전문지에 한번 알아볼께."

나는 그를 바라보고 고개를 끄덕이며 웃었다.

"내 걱정 마시고, 성님은 어찌 하실라요? 억만금 같은 아들, 잘 길러내야 할 것 아니요?"

그가 키드득 코로 웃듯 하면서 나에게 술잔을 건넸다.

"나야 오늘 같은 날을 대비해서 사업 준비를 하고 있었지!"

"사업이요? 무슨…."

"생각해봐, 이태백이 수두룩 구더기 끓듯 한데. 마흔 넘은 나를 써줄 데도 없지만, 보담도 개코같은 인간들 눈치 보지 않고 내 의지대로 자유인으로 살고 싶어서 사업가로 변신키로 했어."

"글쎄, 무슨 사업이요? 내가 끼어들 자리는 없어요? 신중하게 생각하셔서 결정하시라구요. 잘못 하다가는 얼마되지 않는 퇴직금 날릴 수도 있으니까요."

그가 웃었다.

"이미 투자는 끝났어. 사실은 며칠 전 밤부터 워밍업에 들어갔지!"

나는 그를 바라보기만 했다.

"왜 많이 궁금해? 붕어빵과 군고구마 사업. 우리 동네 어귀에서 어젯밤까지 나흘째 해보았는데, 생각보다 괜찮아!"

나는 계속 그를 바라보기만 했다.

"밑천이사 손수레와 고구마 구이통, 밀가루, 팥, 고구마만 있으면 돼. 군고구마 땔감은 야산자락이나 공사장에 가면 버린 나무토막들이 지천이고, 붕어빵이야 연탄 몇 장이면 돼. 자존심? 그게 밥 먹여주나? 넓고 넓은 서울바닥에 이웃 또한 없으니 아는 사람 만나는 것은 하늘의 별따기고, 어쩌다 만나면 챙이 긴 모자 꾹 눌러 써버리면 그만이야."

"생각 잘하셨어요! 강선배님께 그런 화통한 측면이 계신 줄 몰랐어요.

혼자서 고구마 구우랴 붕어빵 구우랴 힘드시지 않으세요?"

"손님이 줄이어 있는 것은 아니니까 할만 했어. 하지만 공기자는 눈독들이지 말아. 당신은 젊고 실력이 있으니까 아직 화이트칼라로 살아야 해."

"아무튼 선배님의 새 사업 축하합니다! '할일이 있다' 그래서 그렇게 당당하셨군요!"

그날 강기자와의 만남은 점심 겸한 소주 두병 정도로 자리에서 일어났다. 4시가 조금 넘은 시간이었다. 나는 그에게 맥주로 입가심을 하겠느냐고 물어보았다. 그가 고개를 내저었다. 이제 자유인이 되었으니 오늘은 일찌감치 사업을 시작해 보아야겠다며 다음에 만나자고 했다.

"힘내… 당신은 구제될거야…."

그는 그 말 한마디로 팔을 높게 쳐들어 보이고 돌아서 갔다. 나는 그의 뒷모습을 한동안 바라보고 섰다가 다시 신문사 건물을 향해 걸었다.

한때는 가장 증오하고 혐오하던 선배 중의 한사람이었다. 그러나 코뼈 골절사건 이후로 친형제처럼 가까워진 사람이었다. 나는 그의 사업이 정말 잘되기를 속으로 기원했다.

신문사로 들어가기 전에 과수정원을 한 바퀴 돌았다. 쓸쓸한 마음 탓인지 을씨년스럽기가 그지없었다. 잎 떨어진 앙상한 겨울나무들이 첫눈이라도 쏟아질 것 같은 잿빛 하늘을 이고 우두커니들 서 있었다.

과수정원이 허전한 경우는 이렇듯 잎사귀며 과일이며를 다 떨구어 버리고 벌거벗은 나목으로 서 있을 때였다. 새로운 생명을 움틔우기 위한 성스러운 준비기간이라 해도 사철 푸른 정원수로 꾸며진 정원에 비하면 쓸쓸해 보이는 것이다. 이날은 유독 더 허전하게 느껴졌다. 건물 속으로 빨려 들어갔다. 경비실에 부탁하여 포장 끄나풀을 구했다. 편집국에 들어서자 거의 다 떠나가고 한 명만 남아 짐을 꾸리고 있었다. 내 책짐은 세 뭉치로 자그마치 30kg은 될 것 같았다.

6시경, 나는 8개월여를 최선을 다해 일했던 Q신문사 편집국을 떠났다.

이틀 동안 넋이 나간 사람처럼 조금은 얼이 빠져서 방안에서만 시간을 죽였다. 방과 주방이 구분되어 있지 않은 오피스텔 내부이니 굳이 따져 침대 위에서 48시간을 거의 드러누워 보냈다고 함이 더 어울리는 표현일 것이다. 좀 더 정확히 표현하면 이틀 동안 전화벨 울리기를 학수고대하며 막막한 상태인 채 보냈다. 다른 생각을 떠올릴 수도 일을 할 수도 없었다. 신문사에서 혹은 연희누나로부터 재임용과 관계되는 긍정적인 소식이 와야 한다는 생각 외는 어떤 무엇도 의미가 없었다. 소식이 없는 하루가 마치 백날이나 되는 것처럼 길게 느껴졌다. 다음날은 초조감과 불안감이 동반된 힘든 하루로 부딪쳐왔다. 침대 위에서 사지를 큰 대자로 뻗고 드러누웠다 앉았다 엎드렸다 혼자 안간힘을 다했다.

사흘째가 되는 저물녘에 연희누나가 아무런 예고 전화도 없이 오피스텔로 들어섰다. 나는 그녀의 표정 살피기에 촉각을 세웠다. 그녀는 홍안으로 상기되어있었다. 심장이 서서히 멎는 것 같은 느낌을 가졌다. 그녀의 흥분된 표정 때문이었다.

"찬우씨 얼굴에는 온통 칼날 같은 눈빛뿐인 것 같애!"

그녀를 향한 내 찌르는 눈빛이 부담스러웠던 것인지 예상 외로 그녀는 여유를 보였다. 나는 대답 없이 여전히 그녀의 얼굴만 천착했다.

"잘 될거야…. 기다려 보자구…."

"재임용자…, 결정이 났나요? 통지가, 갔나요?"

내 음성은 어처구니없게도 떨려나오고 있었다.

"사표를 받기 이전에 이미 재임용자는 결정이 나 있더라구."

"저는요? 제가…, 탈락이 되어 있던가요?"

"아니. 재임용자로 선별되어 있었어!"

"그, 그런데요?"

"공보이사 결재선에서 유보상태인 채 묶여 있었어."

"역시 그렇군요…."

"사람은…, 학벌이나 합리적이고 세련된 교양이나 사회적 직급과는 상관없이, 감정의 노예일 수밖에 없는 모양이야. 나도 크게 실망했어…."

폭우 속의 흙 담장이 무너지는 절망감을 온몸으로 느꼈다. 전신의 피가 아래로 몸 밖으로 빠져나가는 기분이었다. 침대 위에 꼿꼿이 앉아 있을 수가 없었다. 길게 허무러져 버렸다. 차라리 편안한 상태로 마음이 가라앉았다. 간절한 마음으로 움켜잡았던 위태스런 구원의 줄이 인정사정 볼 것 없이 끊어져 버리려는 상황에서, 포기와 체념이 자연스럽게 찾아들었던 것이다.

"포기하지 마."

그녀의 낮으나 힘이 주어진 말이 내 머리를 쳤다. 나는 드러누운 채 시선만 그녀의 얼굴에 두었다.

"포기하기에는 일러. 이제부터 시작이야. 지금, 공보이사를 만나고 오는 길이야."

그녀가 냉장고 문을 열고 냉수 병을 꺼내 컵에 따뤄 마셨다.

"뭐라고… 하셨어요?"

공보이사든 누나든 상관없었다. 당신들 두 사람이 나눈 대화의 내용만 알면 되었다.

"우리가 확실하게 결별하면, 찬우씨 재임용을 원안대로 결재하겠다고 말했어. 그래서 나도 태도를 밝혔어. 찬우씨를 재임용하지 않을 경우, 나는 즉각 찬우씨와 결혼을 할 것이며, 아울러 공보이사와 나와의 관계를 이사회나 회장님에게 털어놓고 이사님이 기자채용을 감정으로 처리했음을 밝히겠다고 했어."

나는 사지에 힘을 주면서 일어나 앉았다.

"그랬더니요?"

"나 역시 쫓겨날 생각이면 마음대로 하라고 말하더라."

나는 쓰디쓰게 웃었다.

"두 사람 모두 유치스럼의 극한까지 갔군요?"

"그랬어. 절박한 현실이니까. 내가 한 수 더 떴지. 회사 그만 두겠다구. 대신, 부인을 찾아가 자초지종 나와의 관계를 밝히고 우선 전문지 바닥에 소문내겠다고 했어."

"완전히 저속한 뽕짝이었군요! 그랬더니요?"

"기가 막히는지, 나를 가만히 바라보더라구…. 한참 동안의 침묵 끝에 자기에 대한 사랑의 감정이 진정 없어졌느냐고, 물었어. 대답하지 않고 나와 버렸어…."

그녀의 얼굴에 일렁임이 있었다. 나는 그녀가 그를 미워하지 않음을 알고 있었다. 그러나 나를 위해 바닥까지 저속해져 버린 그녀가 고마우면서도 안쓰러웠다.

"찬우씨 얼굴이 많이 상했어…. 젊은 사람이 뭘 못하겠느냐고 큰 소리 칠 때는 언제고, 눈이 휑하니 들어갔어…."

그녀가 두 손으로 내 얼굴을 어루만졌다.

"나 그냥 갈게. 이사님이 고민하고 있는 것은 사실이지만, 찬우씨를 결코 탈락시키지는 못해. 두 사람이 마치 저속해지기 말씨름이라도 하듯 떠벌여 댔지만, 둘 다 공허한 말인 줄 느끼고 있었거든…."

이상한 감이 머리를 스쳤다. 왜, 서로가 공허한 말이라고 느끼는 것일까. 내 얼굴을 쓰다듬듯 어루만져 주고 일어서는 그녀의 가슴을 쓸어안았다.

"그냥…갈게…."

그녀가 내 어깨를 부드럽게 밀어냈다.

"…사랑 … 하셨어요?"

나는 떨리는 음성으로 물어보았다. 그녀는 아무런 대답도 하지 않았다. 답을 들을 필요도 없었다. 가까이서 바라본 그녀의 뽀얀 목 여러 곳에 깨문 듯한 입술자국의 피멍이 선명했던 것이다. 나는 소스라쳐 그녀의 얼굴을 천착했다.

"누나…."

"찬우씨, 나를 믿지?"

강한 내 눈빛이 부담스러워선지 그녀는 시선을 아래로 떨구며 말했다. 나는 뭐라고 얼른 대답을 하지 못했다. 활활 타오르는 형용키 어려운 분노와 알 수 없는 연민이 범벅되어 뒤웅질치는 내속의 반란 때문이었다.

"…일방적인 그의 몸부림이 있었을 뿐이야."

"상흔이…, 가냘픈 목을 숫제 난자해 놓았군요?"

내 목소리는 퉁명스럽기가 그지없었다.

그녀가 자리에서 일어났다.

"믿고 싶지 않으면 믿지 마라. 믿든 아니 믿든 진실은 하나뿐이니까. 나, 보기보다 자존심이 예민하거든. 내 마음 옮겨 앉은 사람에게의 예의는, 바로 내 자존심 지키기와 하나로 이어진다는 것, 이해해 주면 편하겠지만 못한대도 할 수 없지…."

"가지 말아요, 우리 좀 더 얘기해요. 한 가지만 물어볼게요. 이사님… 아직도 사랑하고 있잖아요?"

그녀는 선 채 내 얼굴을 주시했다.

"나는 거짓말을 못해, 그래, 미워하지는 않아. 하지만 사랑의 감정은 희석되었어. 이미 찬우씨에게 전이 되었으니까."

"미워하지 않는다는 그 말이 싫어요. 사랑의 감정이 희석되었다는 말은 더더구나 싫어요. 누나의 가슴에는 아직 그분이 있다는 얘기 아니냐구요. 나를 사랑하게 되었으면, 그는 누나의 가슴에서 진작 떠났어야 하는 것 아니냐구요."

"찬우씨! 우리 좀 이성적으로 생각하자. 문제는 나한테 있어. 그가 혐오스러운 상태에서 내가 찬우씨를 만났다면, 지금의 형편과는 다를거야. 하지만 그런 경우는 아니잖아. 내가 그를 배신한 것이지. 물론 현실적인 상황을 내 나름대로 계산한 측면도 없지 않았어. 그리고 상대에게 특별한 하자가 없는 한, 설령 있다 해도 한동안 깊이 사랑했던 사람과는, 결별을 했더라도 연민은 남는 것이 아닐까 싶어. 뿐만이 아니잖아, 우리는 직장문제와도 서로 얽힌 관계이니 피차가 지혜롭게 행동할 수밖에 없는 일 아니겠어?"

"왠지 나는 불안해요. 공보이사님의 누나에 대한 집요한 사랑이, 현실적인 어떤 여건도 만들지 못하면서, 오로지 누나에게 집착하는 그분 때문에 불안하다구요."

"시간이 해결할거야, 아니 바로 오늘 낮부터 그는 분명히 상황을 파악했을 거야. 몇 달 만에 둘만의 장소에서 만났지만, 완강한 나에게서 이미 돌아올 수 없는 어떤 기운을 확실히 느꼈을 거야. 그렇지 않고서야 그토록 이성을 잃을 사람은 아니니까."

"어떻게 이성을 잃었나요? 격정이 하늘에 닿던가요? 누나를 열락의 도가니로 깜빡 숨이 넘어가는 가사의 상태로 뜨겁게, 뜨겁게 만들어 주던가요?"

나는 입귀로 웃음을 흘리면서 그녀의 말꼬리를 물고 늘어졌다. 그녀를 신뢰하고 이미 마음의 안정을 찾고 있으면서도 속과는 다른 소리로 찜찜한 내 기분을 풀어냈다.

"공찬우 , 오늘, 그대와는 이야기가 되지 않겠다. 그래 찬우씨 말이 헛말만은 아니야. 분노의 격정이 충천하여 나를 목졸라 죽이려고 했어. 사생결단코 저항하는 내 몸부림에 그는 이빨로 나를 물어뜯으려 했고 목을 조르기도 했었어. 불행히도, 찬우씨가 이죽거리는 열락의 상태는 천만에 아니었지만 그러나 난생 처음 경험하는 무서운 공포의 순간이었어…. 기도가 막혀들면서 눈앞이 노~오래 지고 솔직히, 나는 내 삶의 종지부를 찍는 순간인 줄 알았었다, 더 이상 숨쉬기가 힘들어서 만사 체념의 상태로 힘을 놓아버리려고 했는데, 그가 먼저 손의 힘을 풀었어…,나를, 살려

준거야…. 아직도 상황이 파악되지 않아? 찬우씨의 처해진 입장이며 날카로워진 심경을 백분 이해하기 때문에, 결사적인 인내심으로 나는 지금 끓어오르는 화를 참고 있는 거야. 나, 간다. 내일 중으로 가부간에 필히 소식이 있을 거야. 기다려봐."

그녀는 선명한 몸짓으로 출입구로 걸어나가 문을 열고 나갔다.

나는 맨발로 달려나가 그녀를 붙잡았다. 그녀가 눈앞에서 돌아서자 아뜩한 절망감이 전신을 휩쌌기 때문이다.

"누나, 가지마, 알았어, 오해하지 않을게. 내가 잘못했어!"

그녀는 내 두 팔 안에 갇혀져 다시 오피스텔 안으로 끌려 들어왔다. 나는 그녀를 침대 위에 눕히려 했다. 그녀가 거친 팔짓으로 뿌리쳤다. 그녀의 표정은 심히 경직되고 일그러져 있어 어떤 말도 붙일 수가 없었다. 급기야 뺨 위로 소리 없이 눈물을 쏟아내고 있었다. 나는 당황하여 우선 냉수 한 컵부터 따루어 그녀에게 건넸다. 순간, 냉수 컵이 휙 공간을 날며 벽에 부딪쳐서 바닥으로 굴렀다. 물 컵을 든 내 손을 그녀가 힘껏 팔을 휘둘러 주먹으로 쳐버렸기 때문이었다.

"…누나…."

그녀는 비로소 스스로 침대 위로 올라가 몸을 뉘었다. 나는 담요를 끌어당겨 그녀의 몸을 덮어주고 귓불로 흘러내리는 눈물을 닦아 주었다. 그녀는 지그시 눈을 감고 한동안 오열했다. 어깨가 파르르 떨려지기까지 했다. 비로소 후회스런 감정이 가슴에 스며들면서 저려왔다. 내 문제로 힘들게 공보이사를 만나고 나에게서 위로를 받고 싶었을 그녀를 내 기분대로만 거칠게 대한 것이 새삼 아팠다. 나는 그녀 옆에 누워 팔베개를 만들어 주려 했다. 그녀는 거절했다.

"잘못했어요…."

내 어눌한 사과를 듣고도 한참 후에 그녀는 서서히 오열을 거두었다. 그녀는 내 팔을 끌어 당신의 복부 위에 놓았다.

"2개월 이래…. 어저께 병원에 갔었어."

나는 용수철에 튕기듯 벌떡 일어나 앉았다. 멍한 기분이었다. 당연히 있을 수 있는 과정을 왜 내가 까맣게 생각지 않고 있었는지 놀라울 지경이었다. 뻐근한 감동이 가슴바닥에서 서서히 끓어올랐다.

그녀가 고마웠다. 그녀의 뺨에 입술을 댔다.

"…고마워…."

그녀가 비로소 입가로 미소를 머금었다.

"기분이… 어때?"

"어깨가, 갑자기 무거워지는데요?"

"제 먹을 것 갖고 태어난다며?"

"다행이네요! 오로지…몸조심 하십시요…. 그런 줄도 모르고…."

나는 그녀 입술 위에 조심스럽게 입을 맞추었다. 목에 난자한 피멍 자국에도 입술을 댔다. 그녀의 복부위로 얼굴을 들이대고 귀를 기울여도 보았다. 그녀의 손이 내 머리 위에 닿으면서 부드럽게 어루만지기 시작했다.

표현하기 쉽지 않은 안도감이 온몸을 나른하리 만큼 휘감고 돌았다. 그녀와는 운명적으로 결속될 인연이었다는 생각이 전신을 감싸면서 마음이 뿌듯해졌다. 좀 더 구체적인 표현으로는 감동으로 명치께가 뻐근해지기도 했다. 사람의 감정이 심히 요사스럽다는 느낌이 강하게 왔다. 그녀 목의 상흔을 보면서 요란하게 뒤웅질치던 속의 광기가 무슨 일이 있었더냐 싶게 차분히 가라앉으면서 새록새록 솟는 기쁨조차 누리게 되었기 때문이다.

나는 그녀 복부 위에서 머리를 들었다.

"가만히….그대로 있어…."

"아기가…답답해 할 것 같아서요…."

"전혀, 그렇지 않아…."

그때였다. 내 휴대폰이 자지러지게 울린 것은.

나는 침대 머리맡의 휴대폰을 집어 들었다.

"공찬우-"

느닷없는 고함소리가 귀청을 찢었다. 나는 반사적으로 휴대폰을 귀에서 떼어내다가 가슴이 덜컥 내려앉는 낭패감을 느낀다. 기성으로 뇌성벽력을 치듯 소리를 쳤지만 그가 바로 공보이사임을 직감했기 때문이었다.

"네, 말씀하십시오. 공찬우입니다."

"너…나쁜 자식이야"

그는 이이 소리쳤나. 술에 흠씬 절은 음성이었다. 목청껏 고함을 질렀지만 어휘 한음 한음이 저마다 춤을 추듯 빙빙 돌았다. 나는 휴대폰을 귀에 댄 채 출입문을 밀고 밖으로 나갔다. 나를 향한 연희누나의 표정이 심하게 경직되어 보였기 때문이다.

"너…나~아쁜 자식이라구…."

"이사님, 많이 취하셨습니다."

"내, 내가 경고했었지, 물러서라구…."

"전화, 끊겠습니다."

"끊지 말어, 할, 할 말이 있단 말이야, 연희, 바꾸어봐."

그의 음성은 차츰 제자리를 찾아가듯 분명해졌다.

"지금 깊이 잠들어 있습니다. 내일 말씀 나누시지요."

"뭐, 뭐라고 했어? 연희가, 진짜로 지금 공찬우 옆에서… 잠자고 있다 했는가?"

"그렇습니다."

"깨워"

"그럴 수 없습니다."

"왜 - 왜, 못 깨워 -"

"연희씨는, 지금 예민한 임신부이기 때문입니다. 전화 끊겠습니다."

나는 휴대폰을 먼저 꺼버렸다. 그러나 숨 돌릴 짬도 없이 다시 자지러지게 벨이 울렸다. 그의 반응을 보기 위해 귀에 댔다.

"연희가, 공찬우 아기를 뱄다, 이 말인가?"

"그렇습니다. 연희, 연희 반말 호칭하시지 마십시오. 우리는 곧 결혼합니다."

그는 숨이 막히는 듯 가만히 있었다. 나도 숨이 멎을 것 같았다.

"전화, 끊겠습니다."

"아니야, 끊지 마라, 내 말 아직 끝나지 않았어."

그의 말은 이제 조금도 휘청거리지 않았다. 알코올기운이 전혀 묻어있지 않았다.

"공찬우, 결재했어! 내가 심술을 좀 부렸지. 사실은, 어저께 이미 결재했었어!"

그는 그 말을 끝으로 전화를 끊어버렸다.

"잘됐구나!"

내 얼굴을 바라보던 연희누나가 활짝 웃었다.

이날 밤, 그녀는 오피스텔에서 밤을 지냈다. 공보이사와의 고통스런 갈등으로 부조된 목의 피멍과 임신으로 많이 지쳐 보이는 그녀를 혼자 보내고 싶지가 않아 내가 붙잡았다. 우리의 생명을 잉태했다는 그녀가 너무나 소중하고 고마워서 나는 그녀가 잠든 후에도 담요를 목 밑까지 끌어올려 다독거려 주는 등 허전하지 않게 보살폈다.

다음날.

정확히 오전 10시경에 편집국장의 재임용 통고 전화가 왔다. 나는 휴대폰을 귀에 댄 채 그 자리에서 벌떡 일어났다. 국장은 이날 오후 2시까지 임용장 전달식이 있으니 신문사로 나오라고 했다.

마침 이날은 크리스마스 이브였다. 종교인은 아니었지만 누나의 잉태와 재임용 통고를 받은 이날만은 신의 가호아래 있는 것이 아닌가 하는 생각조차 들었다. 감동이 유별했던 때문이다. TV는 온통 크리스마스 전야의 축제 분위기를 만들고 나도 덩달아 들뜬 기분으로 방안에서 서성이다가 일찌감치 오피스텔을 나섰다.

1시에 신문사에 도착했다. 1시 30분까지 점심시간이라 편집국에 사람이 없을 것이라 예상했는데 그렇지 않았다. 편집국장도 취재 · 편집부장 모두가 종전의 데스크에 앉아 있었고 편집부 여기자 한 명과 보건협회와 개업의사회(의원급) 출입담당인 취재부 차장도 나와 있었다.

"아, 공기자 어서와요! 축하해요!"

취재부장이 먼저 나를 발견하고 일어나 손을 잡아 주었다. 편집국장도 편집부장도 그리고 세 명의 기자도 축하한다며 반갑게 악수를 청해왔다.

"고맙습니다! 고맙습니다!"

나는 모두에게 인사를 했다. 총무부와 광고부에는 두 명의 부장들만 나와 있었다. 그러고 보니 모두 8명으로 약속시간인 두시가 가까워도 더 나타나는 사람은 없었다.

"다 왔군요! 역시 책임감과 애사심이 있는 사람들이라 약속 1시간 전에 모두 나타났으니, 우리가 정확한 평가는 한 것 같습니다! 그러나 사장님과 공보이사님이 두시에 나오시기로 했으니 30분 더 기다리셔야 하겠습니다."

편집국장이 모두를 둘러보며 그렇게 말했다. 그러니까 편집국에 나와 있는 8명 모두가 재임용된 사람들인 것 같았다. 기자들은 데스크를 포함하여 편집부 2명 취재부 3명 등 다섯 명이었고 국장 등 도합 8명이었다. 결국 데스크가 아닌 평기자로는 나와 편집부의 민채형 기자만 살아남은 셈이었다.

사장과 공보이사는 정확히 1시 50분에 사장실에 나타났고 우리는 편집국장을 선두로 모두 사장실로 들어갔다.

"어서들 오십시요! 재임용을 축하합니다.!"

사장은 큰 소리로 말하면서 9명 모두와 악수를 나누었다. 공보이사 역시 사장의 뒤를 이어 우리와 인사를 나누었다. 나는 사장에게도 그러했지만 공보이사의 손도 공손하게 잡으면서

"감사합니다!"고 말했다.

공보이사가 내 손을 으스러뜨릴 듯 힘주어 잡았다. 나는 하마터면 비명을 내지를 뻔 했다. 그에게 손이 잡힌 채 그를 쳐다보았다. 그가 내 눈속을 찌를 듯 쏘아보면서 빙긋 웃었다. 나는 얼얼한 바른손을 왼손으로 모두어 감싸면서 화를 낼 수도 웃을 수도 없는 표정으로 그의 앞을 스쳤다. 빙긋 웃던 표정으로는 장난끼가 묻은 행동 같기도 했고 우악스런 힘의 강도는 고의적으로 해를 끼치는 것도 같았다.

나는 그의 행위가 어떤 저의였건 간에 이해하기로 마음을 모두었다. 여러 사람들 앞에 결코 드러낼 수는 없지만 나에 대한 감정이 순수하지 않을 것임은 당연하기 때문이었다. 입장 바꾸어 생각해 보면, 충분히 수긍할 수 있는 행위일 수 있었다. 그가 순간적으로 자신의 감정을 이기지 못하여 내 면상에 주먹을 날렸다 해도 나는 말없이 당할 수밖에 없는 입장이었다. "기계처럼 악수하고 지나가기에는 아쉬움이 있었을 꺼야. 오히려 긍정적 관심의 표현이라 생각하자…." 나는 속으로 뇌까리기도 했다.

그때 사장이 내 이름을 불렀다. 임명장 전달이었다. 전달순서를 국장부터 하는 것이 아니라 가장 근무연차가 낮은 나부터 시작하는 모양이었다. 나는 사장 앞에 다시 '감사하다'는 말을 했다.

"공찬우기자 요령 부리지 않고 열심히 잘 한다는 말을 데스크로부터 여러번 들었어요. 계속 최선을 다해주시기 바랍니다."

사장은 그 말을 편집부 여기자 그리고 협회 출입인 박기자와 개업의사회 출입의 변차장에게도 똑같이 하며 임명장을 마지막으로 국장에게 전

달했다.

국장은 기립해 있는 우리 모두의 반장이 듯 '차렷' 이라는 구령을 하며 임명장 수여를 끝낸 후 중앙에 서 있는 사장과 공보이사를 향해 '경례' 를 하게 했다. 우리는 임명장을 옆구리에 끼고 관공서 조직에서나 볼 수 있는 긴장된 자세로 Q신문사의 수장인 그들에게 정중히 허리를 굽혔다. 의식상의 과정이라 해도 이날 나를 비롯한 아홉 명에게 사장과 공보이사는 구세주나 다름없는 존재였을 수 있어선지 모두의 표정이 그렇게 진지할 수가 없었다.

"자리에들 앉으세요!"

사장은 당신이 먼저 회의용 의자에 앉으면서 둘러서 있는 우리들에게 손짓을 했다. 공보이사와 국장이 자리에 앉고 각 부장 차장이 연이어 앉은 후에 나도 다리를 모으고 앉았다. 비서실 여직원이 녹차를 돌리고 나갔다.

"여러분들은 선택된 우리 편집국의 핵심멤버들입니다. 들어서 아시는 분도 계시겠지만 이제 신문은 타블로이드판 4면으로 회원소식지 중심의 기능에 만전을 기하면서, 대신 새로운 의학잡지가 창간될 것입니다. 잡지전문 기자가 2명쯤 신규채용 되겠지만 그러나 여러분들은 겸직으로 적극적으로 일해야 할 것입니다. 지금 국민들의 관심은 오로지 '건강' 에만 닿아 있어 의학협회인 우리 단체에서 만든 의학잡지는 가장 신뢰받는 건강 정보지로 자리매김할 것이라 믿어 의심치 않습니다. 출입처나 역할분담 등은 나중에 국장님이 알려 주겠지만, 새로 창간될 잡지는 내가 아니면 안 된다는 신념으로 내용 · 편집 · 광고 부문으로 신경을 써주시기 바랍니다."

사장은 더 길게 설명하지 않았다. 직원들의 질의를 받거나 토의형식의 회의를 가질 생각은 아닌 것 같았다. 이날은 순수 그대로 재임용의 임명장 전달식만 갖는 것으로 일정이 잡힌 탓인지 직원들이 차를 거의 마시자 사장과 공보이사는 자리에서 일어났다. 우리는 전원 다시 편집국으로 자리를 옮겼다.

내 직함은 종전 그대로 Q신문 편집국 취재부 기자였다. 출입처는 서울시내 대학병원 전부였다. 물론 대학병원의 모체인 의과대학과 간호대학 의학기술 전문대학 보건대학원 등도 포함되어 있었다. 종전 네 명의 기자가 커버하던 취재원이 한사람 담당으로 짜여진 것이다.

결국 주 2회 타블로이드판 4면의 신문은 취재부장을 비롯한 취재부 3명 편집부 2명 등 5명이 만드는 것으로 축소되고 따라서 취재원인 출입처는 사람 수에 비해 몇 배로 확대된 셈이었다. 개업의사를 중심으로 한 각 구 의사회와 보건협회는 취재차장 박기자가, 정부기관 부처인 관계 연구원과 보건복지부는 취재부장 그리고 의과대학 및 대학병원은 내가 맡는 것으로 취재범위가 증대되어 모두 커버할 수 있을 것인지는 미지수였다.

그러나 새로운 의욕이 솟구쳐 오름은 숨길 수가 없었다. 누구의 간섭도 받지 않고 많은 출입처에서 종횡무진 뛰며 온갖 기사를 취재할 수 있다는 기대로 심장이 사뭇 벌름거리기도 했다. 이런 속마음을 꿰뚫어 보기라도 하듯 국장이 내 얼굴을 주시했다.

"공기자! 최선을 다해주리라 믿어요. 특히 공기자의 역할은 중요해요. 공기자의 대학병원 기사내용은 바로 창간될 의학잡지에도 게재될 수 있는 내용들이기 때문에 종전의 배로 뛰어야 할 겁니다."

"열심히, 해보겠습니다."

"모두들 잘 들으세요. 정식 출근은 내년 1월 3일부터 입니다. 신문은 그날부터 취재에 들어가고 의학잡지 창간호는 3월 초순경에 출간됩니다. 잡지 전문기자가 두 명 더 신규채용이 되지만, 우리 전 직원들이 잡지 일도 함께 한다는 것 잊지 말아야 합니다. 한 열흘간 충분히 쉬시다가 신년 초에 만나기로 하고 오늘은 모두 귀가하셔도 되겠습니다."

편집국장은 그 말을 끝내고, 이미 3시 반이 다된 시간에 점심식사를 하러 간다며 밖으로 나갔다.

구 의사회 출입인 박차장과 편집부 민기자는 감회스런 표정으로 새삼 당신들의 책상앞에 앉아 텅 빈 책상서랍을 여닫아 보곤 했다.

나는 복도 끝 휴게소로 갔다. 커피 생각이 나서보다 연희누나가 그곳으로 나올 것 같아서였다. 내 예상은 어긋나지 않았다. 커피와 율무차를 뽑아놓고 허리를 펴자 정확하게 의사회 사무실 문이 열리며 그녀가 또박또박 복도 끝으로 걸어왔다. 나를 발견한 그녀는 만면에 웃음을 퍼뜨리며 달려오듯 길음을 서둘렀다. 마침 휴게소에는 나 외에 아무도 있지 않았다.

"뛰지 마시라구요!"

나는 큰일이나 난 것처럼 그녀 앞으로 달려가며 두 팔을 뻗어 멈추게 했다.

"왜 그래?"

"몰라서 물어요? 이제는 뛰지도 말고, 높은 구두도 신지 마시라구요!"

그녀가 당황한 얼굴로 사방을 둘러보며 눈을 흘겼다.

"누가 들으면 어쩌려구 그래? 말조심, 행동조심…."

"아무도 없잖아요."

"찬우씨, 새로운 출발, 거듭 축하한다!"

그녀가 내 손을 잡았다.

"나 혼자 축하받을 일이에요?" 우리 세 식구, 모두 축하받을 일이지…."

"쉿-."

그녀는 다시 사방을 둘러보았다. 나는 그녀에게 율무차를 건넸다.

"커피 마시고 싶은데?"

"안돼요, 이제부터는 자극성 있는 음료수, 절대로 마시지 말아요. 술, 담배는 더 말할 것도 없구요. 담배 피우는 사람 가까이도 가시지 말라구요."

“꽤나 잔소리 하네….”

그녀는 율무차를 입술 끝으로 불어가며 달게 마셨다.

“점심은, 뭘 좀 드셨어요?”

“우리 팀장님과 추어탕 먹었어.”

“추어탕이요? 임부에게 좀 야한 음식이 아닌가?”

“무슨 소리야, 칼슘이 얼마나 많은 영양탕인데. 찬우씨는 뭘 먹었지?”

“아, 정말! 점심을 못 먹었네요. 국장님 부장님들 점심하러 가신다기에 여태껏 식사를 못하셨구나 안타까워했더니, 내 뱃속 빈 줄은 까맣게 몰랐었네.”

“세상에, 어쩌면…. 재임용 임명장을 받고 나니까 흥분하여 배고픈 줄도 몰랐었나 보다.”

“맞았어요! 가슴이 벅차고 의욕에 한껏 들떠 있었거든요. 정신이 얼마나 육체를 휘둘리게 하는지 새삼 절감되네요.”

“네 시 다 됐어! 어서 나가서 식사해야지.”

“희한하네요, 지금도 전혀 배가 고프지 않아요. 괜찮아요, 나가다가 저녁 겸해서 먹지요. 공보이사님이 축하한다며 제 손을 으스러져라 잡더라구요? 손가락뼈들이 부서지는 줄 알았어요.”

“한 대 치고 싶은걸 그렇게 표현하셨나 보다. 조용해, 편집부 민채형이 이리로 온다. 언제부터 출근하지?”

“신년 1월 3일이요. 그 안에 찬수 모자를 찾아보고, 아버지 시골집도 다녀와야 할 것 같아요. 저녁에, 오피스텔에 오실거지요?”

“어젯밤 외박했는데 오늘은 집으로 들어가야지. 모래 저녁에 들를게!”

그녀는 빠르게 말하면서 가까이 다가온 민기자에게 재임용 축하 말을 보낸다.

“고마워요, 언니! 그런데, 두 분이 무슨 말씀을 그렇게 정답게 나누세요? 멀리서 보니까 연인들 같애요!”

"그래? 연인, 해버릴까?"

누나가 활짝 웃으며 농담처럼 받아 넘겼다. 그런데 민기자의 반응이 의외였다.

"아니죠, 언니 연인감은 아니지요. 언니 배우자는 30대 여야하고 20대 공기자님은 제 상대지요. 그렇죠?"

그러자 연희누나의 대답도 가볍지 않았다.

"민기자가 한참 모르네? 요즘 꽃미남들, 연상의 누나 좋아하는 것 몰라? 아마, 공찬우씨 나 많이 좋아할걸? 어때요, 공기자님 한번 말해봐요?"

그녀들의 말은 농담 같았지만 그렇게 보아서인지 두 여인의 눈빛이 빛나고 있는 것 같았다.

"대답해 봐요, 연상의 나, 좋지요?"

짓궂게 누나가 다시 물어왔다.

"예, 좋습니다!"

"연하의 상큼한 민기자는요?"

민기자가 질세라 이어 물어왔다.

"예, 좋습니다!"

나는 건성으로 고개를 끄덕이며 똑같은 대답을 해주었다. 그러자 민기자가 거침없이 데이트 신청을 해왔다.

"공기자님, 우리 오늘 자축해요! 새로 태어난 날이잖아요. 박차장님도 가신대요, 쏘주 한 병씩만 딱 하자구요!"

내가 미처 대답도 하기 전에 연희누나가 끼어들었다.

"나도 끼면 안 될까? 내가 세 사람 축하해 줄게."

민기자가 고개를 흔들었다.

"언니, 다음 날 사주시고요, 오늘은 살아남은 우리 기자들만 만나고 싶어요. 우리끼리 할 말 쌓인 말이 많걸랑요."

"그래라, 그럼."

연희누나가 토라지듯 새침한 표정을 지었다. 그러나 금방 표정을 풀며 커피를 뽑아 민기자에게 건네었다.

민기자는 반응이 없는 나에게 대답을 재촉했다.

"미안하네요, 나는 다섯 시에 약속이 있어 지금 나가 봐야 하걸랑요. 첫 출근하고, 그날 오후 단합대회 한번 합시다!"

"그날은 너무 멀어요. 그럼 쉬는 동안에 만나자구요, 전화 드릴게요!"

"좋도록 합시다. 나 먼저 갑니다. 누나, 제 말, 명심하십시오."

나는 두 여인에게 목례를 보내면서 연희누나를 향해 다짐 두듯 소리쳤다.

"알았어, 고마워요!"

"어머… 두 분이 무슨 말씀들이셔? 이상하시다…?"

민기자의 뒷말을 들으면서 나는 그녀들 앞을 물러났다.

기분이 나쁘지 않았다. 민기자의 나에 대한 관심은 상큼한 배 맛처럼 언제나 신선했다. 끈적하지 않고 여운이 없었다. 나보다 두 살 아래이면서도 신문사경력 2년 선배인 그녀는 내가 입사할 당시부터 남다른 관심을 보여 왔었다. 그러나 서툰 업무에 치어 전혀 반응을 보이지 않는 나에게 그녀는 조금도 섭섭해 하거나 언짢은 말을 한 적이 없었다.

몇 차례의 저녁 데이트 초청에 한 번도 응한 적은 없었지만 그녀는 견습기자의 애환을 백프로 이해한다는 듯 경쾌하게 "알았어요." 했을 뿐 나를 시종 편하게 해주었다. 그녀가 섭섭해 하거나 원망스런 낯빛으로 나를 주시했다면 소심하고 여린 나는 결코 마음이 편치 않았을 것이었다. 하지만 그녀는 나의 무관심 속에서도 편집부로 넘어간 내 기사의 편집(제목 만드는 일 등)에 호의적으로 신경을 써주었고, 기사에 대한 격려나 칭찬을 지나가는 말처럼 들려주기도 했었다.

대학 학보사에서 편집장을 지냈다는 그녀는 센스와 순발력이 있어 국장의 신임을 유달리 받고 있는 처지였다. 재임용 리스트에 편집부에서는 부장보다 앞지른 1위 순위 예정자였었다. 솔직히 나는 이날 연희누나 앞이 아니었다면, 재임용된 기자끼리 모이는 것도 나쁘지 않고 무엇보다 민기자의 의견을 존중해 주고 싶었었다. 그러나 누나의 심기를 혼란스럽게 하고 싶지 않아 거절했다.

나는 강기자의 동네로 향하는 버스를 탔다.

우수수 탈락된 11명의 취재부 기자 중에 강기자는 대표적인 탈락대상이라 기대는 하지 않았지만, 그러나 이날은 무슨 일이 있어도 그를 찾아보아야 할 것 같았다.

달동네 아래의 어귀에서 군고구마와 붕어빵을 만들어 밤에만 판다는 말을 들었으므로 일단 집부터 가보기로 했다. 먼저 전화를 하려다가 그만 두었다.

강기자가 사는 동네 어귀에 닿았을 때는 저물녘이었다. 짧은 겨울해라 황혼녘이긴 해도 어둡지는 않았다. 그런데 강기자 바로 그가 동네 어귀에서 눈 · 코 · 입만 내놓은 벙거지 털모자를 눌러 쓴 채 군고구마 드럼통의 불구멍을 쇠꼬챙이로 조절하고 있었다. 붕어빵을 굽는 기계도 옆에 붙어 있고, 이미 구워진 빵들이 빵틀 위에 수북이 쌓여져 있었다.

"어서 오십시오, 뭘 드릴까요?"

내가 가까이 다가가자 그는 사람 얼굴을 쳐다보지도 않고 말했다.

"잘, 팔려요?"

그가 번쩍 고개를 들었다. 그리고 활짝 웃었다.

"아니, 공기자! 이거 어쩐 일이야? 어서와!"

그가 불에 그슬린 막장갑을 벗고 내 손을 왈칵 잡았다. 많이 반가운 모양이었다.

"내가 시간 나면 형님 도와드린다고 했잖아요. 그런데, 밤에만 하는 것이 아니라 낮에도 하시는 거요?"

"사표 제출한 다음 날부터 낮 장사를 시작했어. 낮에도 제법 쏠쏠하게 팔린다! 정말, 무슨 일이야? 이력서 들고 여기저기 찾아다녀야 할 때 아니야?"

그는 고구마통을 열어 익은 고구마 한 개를 꺼내 후다닥 껍질을 벗기곤 나에게 내밀었다. 나는 후후 불어가면서 허겁지겁 그것을 먹었다. 달고 맛이 있었다. 비로소 식욕이 왈칵 당기면서 그가 다시 꺼낸 고구마의 껍질을 벗기는 동안 붕어빵을 대여섯개나 집어먹었다.

"천천히 먹어! 체한다. 밥 굶고 다니는 노숙자처럼 왜 이렇게 허겁지겁이야?"

그가 물병을 내밀며 말했다.

"사실 점심을 굶었거든요. 그런데, 왜 이렇게 맛이 있어요? 지금껏 내가 먹어본 붕어빵 군고구마 중에 이렇게 맛있는 것은 처음이네!"

"쯔쯔…. 가엾어라, 자네 빈 밥통이 맛을 내는 거야. 배가 고프니 맛이 있다는 말이지. 도대체 멀끔하게 차려입고 어디로 쏘다니기에 밥까지 굶고 헤매?"

그는 내 행적이 끊임없이 궁금한 모양으로 안타까운 시선을 나에게서 떼지 못했다.

"낮에도 장사가 잘 된단 말이죠? 한 달 수입이 월급보다 나아요?"

"시작한지 얼마 안됐으니까 정확한 산출을 낼 수는 없지만, 비슷해질 것 같애. 우리 월급이 실제 적지 않았거든. 개인기업 같았으면 우리같이 호봉만 높고 하는 일은 별로인 사람들은 진작 잘렸어. 수만 명 의사들이 낸 고액 회비와 단체의 친목행사 때마다 지원하는 제약회사들의 넘치는 협찬으로 생긴 수익 덕분에 직원들이 잘 살아온거지. 그런데, 이제사 사장과 의사회 이사들이 현실을 똑바로 천착한 거지. 진작 다 정리해야 했어."

그는 의외로 신문사 집행부의 처리에 대해 긍정적이었다.

"그래도 모두 밥줄이 떨어졌잖아요."

내가 반응해 보았다.

"염치들이 없었지. 특히 우리 같은 8, 9년차 늙다리들은 말이야. 그러나 기다려봐, 공기자나 편집부 민기자 등은 틀림없이 재임용 될 거야. 젊지, 실력 있지, 호봉 높지 않지, 애사심 강해서 시간 구애없이 온몸으로 뛰어들어 일 잘하지, 솔직히 당신 같은 사람 흔치 않거든."

"왜 이러세요, 송구스럽게…. 형님 예상, 틀리지 않았어요. 저와 민기자 다시 부르더라구요…."

"… 벌써, 재임용 통고가 왔다는 거야?"

그가 놀라면서 소리를 높였다.

"오늘이요…."

나는 죄지은 기분으로 그를 바라보며 말했다.

"됐구나? 축하한다! 잘됐다!"

그가 내 두 팔과 손을 끌어 잡으면서 소리쳤다. 그의 축하 몸짓이 너무 요란하여 가슴이 아팠다. 작위적인 느낌이 없지 않았던 때문이다. 두 팔 두 손을 잡다 못해 내 상체를 부둥켜안고 빙빙 돌 듯 하는 그의 표정은 정작 창백했기 때문이다.

그는 더 아무 말도 물어오지 않았지만 눈빛은 궁금증으로 붉게 상기되어 있었다.

"모두 여덟 명이었어요. 국장과 4개부서 부장들과 취재부 박차장, 편집부 민기자, 그리고 저였어요. 평기자는 차장 포함하여 3명뿐이었구요…."

"자알 됐다! 될 놈들만 됐구나. 거듭 축하한다!"

"형님이… 안 됐어요…."

"일마가 무신 소리하노? 나야말로 회사에서 제일 먼저 떼 내고 싶은 악성종양이었을끼다. 웬만큼 말썽을 부렸어야제. 눈꼽만큼도 기대하지 않았기 때매 실망도 없다, 히히… 나를 비롯해서 추기자 문기자 곽기자 백기자 등 늙은 농땡이들 다아 완전히 죽었구나. 당연하제, 꼬소하게 잘된 기라! 가만, 당신 축하해 조야제, 이거 걷어치우고 오데 술집 찾아가자."

그는 고향 사투리를 섞어가며 붕어빵틀 옆의 밀가루 자루를 치우고 군고구마 드럼통의 불을 끄려고 서둘렀다. 나는 온몸으로 그런 그를 말렸다.

"아니요, 성님, 이러지 말아요. 내가 소주 두 병하고 오징어 사올테니 여기서 군고구마 붕어빵 안주하며 마시자구요. 이런 장사 하다말다 하면 손님 끊어져요. 그리고 성님이 이러시면 저는 형님을 다시는 찾아오지 못해요. 우리 장사하면서 술 마셔요. 얼마나 멋지냐구요!"

"별난 멋도 다 있다. 그럼 그러자, 당신이 다시 안 온다니 겁이 난다. 가만, 그럼 여기 지켜, 내가 가서 오뎅 국물이랑 사올게!"

그는 벙거지와 밀가루 반죽이 지도를 그린 앞치마를 입은 채 시장통 골목으로 뛰어갔다. 그리고 금방 소주 다섯 병과 오뎅, 순대, 오징어, 컵라면 등을 비닐 가득 사왔다. 그리고 빵틀과 군고구마 드럼통 중간에 나무궤짝을 세워 술상을 만들고 엉덩이만 놓는 둥근의자를 끌어당겨 나를 앉게 했다. 그러는 사이에도 중늙은이 세 사람이 붕어빵을 사가고 학생들이 군고구마를 사갔다. 그는 우선 컵라면에 뜨거운 물을 붓곤 시장할 테니 그것부터 먹으라고 했다.

둘이 마주앉아 어언 소주 두 병을 금방 비웠다. 그는 틈틈이 일어나 통 속의 고구마를 뒤집고 붕어빵을 구웠다. 나도 해보겠다고 소매를 걷고 나섰지만 그는 '맛이 없어진다' 며 질겁을 했다.

배도 부르고 술맛도 좋았다. 어두워지자 붕어빵 보다 군고구마를 찾는 사람들이 많아지면서 술판은 저절로 벌어지다 거두어지다 했다. 이날은 유독 매상이 좋다고 했다. 크리스마스 이브여서 그런 것 같다고 했다.

"철이는, 왜 안와요?"

엄마 없는 집안 살림을 도맡아 하던 그의 아들이 나타나지 않아 물어보았다.

"밤이면 나를 도운답시고 나오는데 오늘은 친구들과 파티 한다기에 나오지 말라고 했어. 가끔 '찬우 삼촌' 안부를 묻지. 진짜 삼촌이면 좋겠다고 말한 적도 있어."

"진짜 삼촌 할게요. 철이, 얼마나 착하고 고운 아인데요…. 아, 손님 오셨어요. 뭘 드릴까요? 군고구마요? 형님, 어서 듬뿍 많이 주세요."

그 와중에 그와 나는 소주 두 병씩 모두 네 병을 마시고, 끝내 내가 먼저 자리를 털고 일어났다.

"성님, 나 또 올께요, 자알 먹고 마시고 가요… 성님, 미안해요, 미안헤요…."

"미안하긴…. 잘 가아~."

그렇게 생각해서인지 취기 탓인지 강기자의 말끝이 울먹울먹 잠기는 것 같았다. 나 역시 별스런 감정도 아닌데 코끝이 시큰거렸다.

"나 또 올거요….또 온다 말이요-"

나는 버스를 타기 위해 횡단보도를 건너려다 말고 뒤돌아보고 또다시 소리쳤다. 그리고 휘청거리며 버스를 탔는데 오피스텔 방향이 아니었다. 명동에서 버스를 갈아타기 위해 하차했다. 눈앞이 현란했다. 하늘을 찌를 듯한 대형 트리에 온갖 불꽃이 난무하고 구세군 자선냄비가 귀가 따갑게 울려댔다. 쌍쌍의 남녀가 팔짱을 끼고 부둥켜안고 물결처럼 휩쓸려 다니고 있었다. 예수님을 빙자한 연인들의 축제 같은 분위기였다.

연희누나 생각이 났다. 청춘남녀들은 저렇듯 거리로 나와 들뜬 분위기를 즐기고 있는데, 그녀는 별반 관심이 없는 듯 했다. 문득 나이 탓일지도 모른다는 생각이 들었다. 나 역시 나이보다 조로(?)한 편이지만 그러나 뭔가 느낌이 묘했다. 눈에 보이지 않던 그녀의 일부분이 비로소 얼핏 눈에 보였다는 느낌이랄까, 그녀가 나보다 정확히 여섯 살 연상이고 싱그러운 젊은 감각이 가라앉아 있다는, 현실적인 일말의 스침이 왔던 것이다.

나는 꽃집에 들러 서른 두 송이의 장미꽃을 샀다. 그녀 생일은 아니었지만 생명의 잉태에 대한 고마움을 표시하고 싶어서였다. 차가운 거리를 걷는 동안 술기운은 서서히 깨어져 전신으로 한기를 느꼈다. 서둘러 연희누나네의 슈퍼마켓을 찾았다. 그녀의 휴대폰이 꺼져 있어 집으로 찾아갈 수밖에 없었다. 슈퍼마켓에는 그녀 어머니와 종업원이 이날따라 한밤까지 손님 맞기에 분주하게 돌아치다가 화들짝 놀라며 나를 반겼다.

"자네와 함께 있지 않았어? 좀 늦을 것이라고 하던데…."

그녀의 어머니는 눈에 띄게 당황스러워하며 내실인 2층으로 올라가자고 했다.

"약속을 하지 않았어요. 친구들과 만나는 모양이지요. 그럼 어머님, 이것만 누나에게 좀 전해 주십시오!"

나는 장미꽃 바구니를 그녀의 어머니에게 전달했다.

"하이구, 아름답기도 하지! 들어올 때가 되었는데…, 좀 기다려 보지 않겠어?"

"아닙니다, 밤이 늦었는데 다음에 다시 들르겠습니다!"

나는 슈퍼마켓을 나왔다. 시계를 보았다. 11시가 넘어 자정으로 접어들고 있었다. 홀몸도 아닌 몸으로 차가운 밤바람을 너무 쐬는게 아닌가 싶었다. 어저께 오피스텔에서 지냈으니 오늘은 바로 집으로 들어가겠다고 하여 자신있게 찾아온 것인데, 걱정이 되었다. 집동네까지 왔으니 아버지가 계실 아파트에 더 늦지 않게 가야 했으나, 깊이 잠들었을 아버지를 깨우는 일보다 누나에 대한 걱정으로 집으로 오르던 길을 되돌아 대로변으로 나갔다. 그녀가 들어오는 것을 보아야 마음이 편할 것 같아서였다.

깊은 밤 시간인데도 대로에는 차들이 꽉 차 있었다. 크리스마스 이브여서인지 아니면 평소에도 자정시간에 이렇듯 차량이 많은 것인지 새삼 놀라움을 금치 못했다.

나는 누나의 '코란도' 가 눈앞에 나타나 골목으로 접어들기만을 기다리고 있었다. 여자 승용차로는 좀 거칠어 보이는 4륜구동차를 유독 선호하는 이유를 그녀는 용문계곡의 산집에 드나들 때 거친 도로에 강하기 때문이고, 평범한 것은 싫기 때문이라고 했다.

12시가 넘어 버렸다. 그러나 그녀의 차는 눈앞에 나타나지 않았다. 마침 골목으로 접어드는 입구에 번들거리는 벤츠 한대가 섰다. 보조석에 앉은 여성이 남자의 뺨에 입을 맞추고 있었다. 여성이 데려다주어 고맙다고 인사를 하는 것 같았다. 그러자 남성이 얼굴을 돌려 여자의 뺨을 두 손으로 끌어당겨 긴 입맞춤을 했다. 여성이 차문을 열고 나오고 그녀의 손 흔듬이 신호이듯 벤츠는 미끄러져 갔다.

나는 다시 누나의 차가 나타나기를 초조한 마음으로 기다리며 대로변에 시선을 돌리다가, 심장이 덜컥 내려앉는 충격으로 입을 벌렸다. 그 벤츠는, 신문사 기자들이 선망하는, 지하 주차장에서 몇 번 본 적이 있는 공보이사의 승용차였고 골목으로 또각또각 접어드는 여인은 연희누나였던 것이다. 얼음처럼 찬 기운이 등줄기를 찌르르 타고 내리면서 알 수 없는 열기가 순식간에 전신을 태울 듯 휘감았다. 숨이 멎을 것 같았다. 그들은, 끝난 것이 아니라는, 확신감이 왔다.

나는 몸을 날리듯 달려서 그녀 앞을 막아섰다. 그녀가 짧은 비명과 함께 뒷걸음질을 쳤다. 그러다 가슴을 쓸어내렸다.

"하이구 놀랬네…아니, 찬우씨! 이 시간에 여긴, 웬일이지?"

나는 그녀의 팔을 거칠게 잡고 돌려세웠다.

"우리, 이야기 좀 해요."

내가 서 있던 대로변 쪽으로 그녀를 이끌었다.

"찬우씨 왜 이래? 이것 놔, 갈테니까."

그녀가 내 거칠은 팔짓을 뿌리치며 화를 냈다.

"단도직입으로 물어볼게요. 누나가 잉태했다는 뱃속의 태아, 누구의 자식이죠?"

"찬우씨…."

그녀가 그야말로 눈과 입을 함박만큼 벌린 채 나를 쳐다보았다. 아무런 말도 하지 못했다.

"진실을 말해 주어요. 누나는 공보이사와 헤어지지 않았어요. 조금전까지도 같이 있었잖아요. 긴 입맞춤으로 잠시의 떨어짐도 서로 깊이 아쉬워하더군요."

그녀는 비로소 상황을 파악한 듯 벌린 입을 닫고 시선도 내렸다.

"어서 밝히라구요. 하늘에 맹세코 진실을 말하라구요. 두 분이 나를 갖고 노는 것 같아요, 더 견딜 수 없어요."

"견딜 수 없으면?"

의외로 그녀가 반격을 해왔다. 나는 그녀를 가만히 내려다보았다. 마치 그녀 본색의 일면을 보는 듯해서였다.

"다, 그만 두겠어요."

"사랑도, 직장도?"

매섭도록 그녀는 다시 반문했다.

"그래요, 다 그만 두겠어요. 밝혀요, 누구의 종자냐구요?"

"공찬우 씨종자."

역시 그녀는 간단하게 대답했다.

"그것을 믿으라구요? 말은 나를 사랑하면서부터 그와는 동침을 하지 않았다고 하면서, 바로 어저께도 호텔에서 그를 만났고, 오늘은 집으로 들어간다면서 자정까지 함께 있어요? 진한 키스를 거침없이 나누면서, 동침하지 않았다는 것을 내가 믿으라구요?"

"어저께는 말한 그대로고, 오늘은 퇴근하는데 그가 주차장에 차를 가지고 나와 기다리고 있었어. 임신축하를 해주고 싶고, 마지막으로 심야영화를 둘이서 보고 싶다고 했어. 해마다 크리스마스이브를 함께 지냈는데 정말 다시는 더 청하지 않을테니 오늘만 같이 가달라고 했어. 그래, 마지막 입맞춤을 뺨에 해달라고 해서 해주었다. 그런데 키스는 그가 강제로 한 거야. 이게 전부야. 더도 덜도 없어, 이게 진실이야."

"공보이사가 임신 축하를 해주고 싶다고 했어요? 그 말을 내가 믿을 것 같아요? 어떤 제 정신빠진 인간이 제 정부가 자기 아닌 다른 젊은 놈 씨를 뱄는데, 예쁘다고 축하를 해주어요? 좀더 솔직하세요, 두 사람간의 사랑의 결실을 함께 자축했다고요, 샴페인을 터트리며 서로 감동의 눈물을 흘리며 축하했다고요."

순간, 내 좌측 뺨에 불이 번쩍했다. 그녀가 내 뺨을 주먹으로 힘껏 쳤기 때문이다.

"마음대로 생각해라. 네가 나를 원천적으로 믿지 못한다면, 우리 인연은 끝난 거야. 아기는 지워버린다."

그녀는 그 말을 끝으로 돌아서 버렸다. 어처구니가 없다는 생각이었다. 나는 그녀의 팔을 다시 나꿔챘다.

"적반하장도 유분수지, 마음대로 해요. 목덜미에 온통 키스자국을 떡칠하고 오지 않나 하루도 못 넘기고 또다시 자정까지 붙어 지내지를 않나, 그가 요구하면 언제나 만나주면서 날더러는 누나 말만 무조건 믿으라구요? 그래요, 끝내요, 마음대로 하라구요–. 나도 두 남자 섬기는 능력 좋은 여자는 부담스럽다구요."

그녀를 밀치듯 하고 돌아서 성큼성큼 걸어갔다. 이번에는 그녀가 달려와 내 팔을 잡아챘다.

"이 바보야, 내 말을 믿으란 말이야. 너와 상관한 이후 그를 한 번도 받아들인 적 없단 말이야."

"그럼, 아기 낳아서 친자감별 해보면 누구 자식인지 정확하게 드러나겠군요?"

그녀가 움켜잡았던 내 팔을 풀어냈다. 어깨의 힘살을 내려뜨렸다.

"이봐, 찬우씨…. 나와 결혼하지 않아도 돼. 하지만 내 말은 믿어주었으면 좋겠다. 나는 평소에 여자든 남자든 양다리 혹은 세 다리 걸치고 서로 속이거나 숨기고 살아가는 것, 혐오하는 사람이야. 서양 사람들처럼 목숨을 바칠만큼 크게 사랑했던 사람이라도 사랑이 식고 새롭게 사랑할 사람이 나타나면, 과거의 사람하고는 당연히 분명한 매듭을 짓는 것이 새롭게 사랑할 사람에 대한 기본적인 예의라고 보거든. 인간끼리의 최소한의 예의라고 본다 이 말이야."

그녀는 잠시 말을 끊었다. 나는 고개를 외로 꼰채 거친 숨만 내뿜을 뿐 반응을 보이지 않았다. 그녀가 다시 말을 이었다.

"이런 내 생각 때문에 그와는 더 몸을 섞지도 않았지만, 찬우씨가 내 말을 믿지 않으니까 이 말은 해두어야 할 것 같군. 공보이사는 10여 년 전에 이미 정관수술을 한 사람이야. 찬우씨가 생각하는 대로 상관을 했다 해도, 씨가 나오지 않는 사람이라고. 그래 말 나온 김에 다 할게. 공보이사가 내 임신을 축하해 준다는 의미, 나는 알고 있어. 왜냐하면, 그를 깊이 사랑할 때 그의 아기를 갖고 싶어 했어. 아기 하나만 있으면 결혼하지 않고도 그를 사랑하면서 독신으로 살아갈 수 있을 것 같았거든. 그는 물론 나와 결혼할 생각이 아니었기 때문에 복원수술 받을 생각도 아니했고, 그런 그의 속마음을 천착하면서부터 그에 대한 내 사랑은 식어갔어. 나는 당시, 정자은행으로부터 우수한 씨종자를 사다가 내 자궁에 이식시켜 아기를 가져보려고 시도한 적도 있었어. 싱글맘으로 사는것도 괜찮겠다는 생각을 했었거던. 그 사실을, 내가 얼마나 아기를 갖고 싶어 했는가를 알고 있는 그가, 드디어 내가 아기를 가졌음을 알고는 축하해준다는 거였어. 찬우씨, 내가 할 말은 다 한 것 같다. 찬우씨가 믿든 말든 그것은 자유지만, 나로선 내 말에 일 푼의 거짓도 섞여 있지 않다는 것만 말하겠어. 그가 말하더라, 정말 축하한다고. 잘 살으라고 하더라."

"그러면서 짙은 키스는, 왜 하는 것인데요?"

내 말은 한결 누그러져 있었다. 공보이사가 정관불임시술을 받은 사람이라는 말이 강하게 가슴을 치면서 마음이 해빙상태로 이완되는 기분을 느꼈다.

"글쎄다, 그건 그에게 물어봐. 내 생각에는 마지막이라 생각하니까 감정이 북받쳤던 게 아니었을까 싶어. 나는 몹시 춥거든…, 들어가야겠다."

그녀가 돌아섰다. 나는 반코트를 벗어 그녀 몸을 감싸듯 하고 슈퍼마켓 앞까지 걸어갔다.

"집으로 갈거지? 내일 오후에 오피스텔로 갈게…."

그녀가 코트를 벗어 주었다.

"미안해, 누나…."

"아니, 내가 미안해! 찬우씨로서는 충분히 오해할 수 있어….그런데, 내가 감히 빰까치 쳤으니…."

"잘자요, 내일 만나요…."

"…사랑해…."

그녀가 낮게 말하곤 슈퍼마켓 안으로 들어갔다.

새벽 1시로 접어들고 있었다. 길에서 한 시간 가까이나 실랑이를 벌였던 모양이었다.

오피스텔로 가기로 했다. 버스와 전철은 이미 끊어졌고 택시를 잡기 위해 좀 더 번화한 아랫길로 걸어내려 갔다. 마음이 그렇게 가벼울 수가 없었다.

그녀의 말을 모두 믿기로 했다. 믿지 않을 수가 없을 만큼 그녀는 평소에 이중생활을 인간적이지 못하다며 혐오했고, 솔직했으며, 거짓말을 한 적이 없었기 때문이다. 이러한 무조건적인 믿음은 그녀를 내 생명만큼 사랑하는 마음이 심층 바닥에 깔려있기 때문인지도 몰랐다. 휴대폰이 울렸다. 당연히 그녀일 것이었다.

"장미 고마워! 너무 아름답다… 눈물이 날 것 같아!"

"……"

나는 아무 말도 하지 못했다.

"잘 자…"

그녀의 음성이 감미로울 만큼 다정했다.

마침 택시가 앞에 멎고 나는 차에 오르면서 끝내 아무런 응답을 하지 않은 채 휴대폰을 천천히 닫아버렸다. 그녀의 모든 말을 일 백 프로 신뢰하면서도 그러나 마음 한 구석에 응어리져 엎드린 섭한 감정 가닥도 있었기 때문이다. 일종의 투정 같은 것이었다. 나는 오로지 당신을 생각하여 장미꽃을 준비하고 있었는데, 당신은 어떤 상황이었든 다른 남성과 영화를 감상하고 있었다는 사실에 대한 원망의 표현이기도 했다.

그녀가 이러한 내 마음을 이해할 것이라 생각했다. 사람의 마음이란 요상해서 원천적으로 상대에게 믿음과 사랑이 팽배하는데도 연관된 성질에 따라 감정의 형태가 조금씩 달라지는데는 어쩔 수가 없었다.

그 날, 오피스텔에 돌아와서도 쉽게 잠을 이룰 수가 없었다. 차 속에서 두 사람이 짙게 나누던 애정 표현 때문이었다. 뜨거운 정인들로 3년여 이어져 온 그들의 관계를 너무나 잘 알고 있고, 나 또한 단비와 나눈 사랑의 행적이 가볍지 않은 입장이면서도 그들의 농염한 키스 장면은 감은 눈 안에서도 선명하게 부상해 올랐던 것이다.

꿈자리도 편치가 않았다. 새벽 두 시 경에 오피스텔에 도착하여 다섯 시에 눈을 떴으니 세 시간 남짓 잠을 들인 셈인데 생시인지 꿈인지 모를 잡다한 꿈자리로 전혀 잠을 잔 기분이 아니었다. 벌떡 일어나 욕실로 들어가 찬물 더운물을 번갈아 머리끝에서부터 쏟아 붓듯 샤워를 했다. 온갖 끈적하고 어수선한 상념을 일시에 씻어 내려고 강한 물살의 샤워를 20여분이나 했다.

천태만상의 여자 얼굴

오진 열 한시경, 십을 나섰다.

찬수의 학교로 가보기 위해서였다. 신문사 출근이 신년부터이니 일주여의 시간적 여유가 있었고 이 기간에 찬수 모자의 행방을 찾지 않으면 달리 시간을 내기가 어려웠던 때문이다.

예상대로 찬수는 학교에 나와 있지 않았다.

하늘은 눈이라도 흩뿌릴 것처럼 잿빛으로 짙어있고 기온은 푸근했다. 함박눈이라도 흠뻑 내렸으면 싶어 하늘을 올려보다 찬수에게 전화를 걸었다. 신호가 갔다. 누구 전화를 기다리고 있었던 듯 신호 한 번 만에 찬수가 전화를 받았다.

"찬수냐? 나, 형이다!"

반가워서 큰소리로 말했다. 그런데, 반응이 없었다. 그러더니 금방 코멍멍이 가성(假聲)을 만들어 "찬수가 누구죠? 전화 잘못 걸었네요" 하면서 끊어버렸다.

나는 어이가 없어 휴대폰을 귀에 댄 채 잠시 길위에 서 있었다. "여보세요" 하던 첫 말이 분명히 찬수의 음성이었는데, 여전히 아버지와 나를 피하고 있었기 때문이다. 중장비와 제과학원의 고액등록금을 통째로 되찾아 가출한 자기를 혼내주기 위해 찾고 있는 것으로만 느끼는 것 같았다.

이날 기어이 찬수를 만나기 위해 거리를 지나는 여학생을 붙들고 공중전화를 좀 걸어줄 것을 부탁했다. 금년 해가 저물어 가는 데도 가출한 동생이 돌아오지 않아 그러하니 도와달라고 했다. '수경'이라 하고, 오후 다섯 시에 비원 앞에서 만나자는 말만하고 전화를 끊으면 된다고 했다. 여학생은 시키는대로 순순히 부탁을 들어주었다.

여학생이 공중전화 부스에서 나오며 말했다.

"깜짝 놀랐어요. 수경이라 하니까 벼락같이 소리를 지르면서 '너 지금 어디야' 하는데요?"

"동생의 여자친구예요. 학생 때문에 동생을 찾을 수 있을 것 같습니다. 고마워요."

여학생에게 고맙다는 인삿말을 두세 번이나 하면서 돌아섰다. 수경이는 바로 혼혈아를 낳아 찬수의 아기라며 집으로 안고 들어와 산후조리 끝난 후에 도망쳐버린, 그 소녀의 이름이었다. 찬수가 소리를 내지를 만한 이름이기도 했다.

나는 찬수가 비원 앞으로 나올 것이라 확신했다. 의심하지 않도록 일부러 공중전화를 이용했기 때문에 찬수가 달리 확인을 해 볼 도리도 없겠지만 단순한 그의 성격으론 복잡하게 생각하거나 의혹을 갇지 않을 것이라 믿었다.

다섯 시. 나는 비원 중앙문의 측면으로 털모자와 마스크와 안경까지 쓴 채 서성거리며 정문을 살펴보았다. 있었다. 찬수가 긴 코트를 입고 귀마개와 털목도리를 한 채 정문 중앙부에 서 있었다. 코트가 고급스런 것으로 바뀌어져 있고 가죽장갑을 낀 두 손을 탁탁 마주치면서 사방을 휘둘러보고 있었다. 신경 써서 모양을 냈다는 생각도 들었지만, 못 본 사이에 귀티 같은 분위기가 몸에 배어 있어 놀라움을 금치 못하게 했다. 옷차림이며 먹거리가 동가숙 서가숙으로 지극히 초라할 것이라 예상했던 나는 찬수의 얼굴이며 차림으로 그들 모자(母子)가 함께 있음을 알 수 있었다.

멀리서 지켜보기만 했다. 다섯시에서 십 분이 지나고 이십분이 지나자 찬수는 휴대폰을 열어보는 등 선 자리에서 서성거리기 시작했다. 여자들 무리가 비원 앞을 지나면 유심히 다가서 보기도 했다. 삼십분이 지나자 더는 기다릴 수 없다는 듯 한바퀴 휘둘러보고는 자리를 떴다.

나는 100m 정도 뒤떨어져 미행하기 시작했다. 그가 어디로 가든 끝까지 쫓아가볼 생각이었다. 그들 모자의 막무가내 행동인 긴 가출의 원인이 어디에 있는지, 두 손 놓고 체념하고 있는 아버지를 대신하여, 기필코 알아보아야 했다.

찬수가 현대빌딩 건너편의 버스 정거장에서 길음동 방향의 버스를 탔다. 뒤쫓아 버스에 올라 그와 등을 지고 서있었다. 찬수의 휴대폰이 울리는가 싶자 그가 꺼내들고 "지금 가고 있어" 했다. 누군가 찬수를 기다리고 있는 모양이라고 생각했다.

찬수가 길음시장 부근에서 하차했다. 얼마전에 길음동 시장 부근의 식당을 찾기 위해 이곳을 헤맨 적이 있었으므로, 찬수의 향방이 바로 그 식당을 찾아가는 것이라 믿었다. 버스 안에서의 전화도 찬수 엄마의 것일 수 있다는 생각을 했다. 내 예감이 어긋나지 않은 모양이었다. 찬수는 내가 한번 휘돈 기억이 있는 시장 동녘켠의 식당가를 지나더니 좁은 샛골목으로 접어들었다. 내가 가보지 않은 곳이었다. 사람 두 명이 몸을 비끼기도 힘든 백여미터의 샛골목을 잰걸음으로 빠져나가자 그곳에 또 2차도로의 난전이 나오고 허름한 식당들이 즐비해 있었다. 찬수가 걸음을 빨리했다. 그리고 10여개의 식당 중 후미쪽에 있는 '콩비지 백반집' 의 유리문을 드르륵 밀고 들어갔다.

나는 일단 어깨의 힘살을 빼며 긴장을 풀어냈다. 찬수가 들어가는 집을 보았으니 서두를 것이 없었다. 식당 앞을 지나가며 옆 눈으로 내부를 살펴보았다. 밖에서 보기보다 홀이 넓고 손님들이 꽉 차 있었다. 놀랍게도 찬수 엄마가 부지런히 식탁사이를 휘돌며 음식을 나르고 있고, 금방 들어간 찬수가 어느새 옷을 바꾸어 입었는지 노란색 앞치마를 두른 채 그의 어머니를 잽싸게 돕고 있었다.

나는 내가 잘 못 본 것인가 하여 다시 또 식당 앞을 지나가며 살폈다. 틀림이 없었다. 짙은 화장에 만면에 웃음이 가득한 채 새어머니는 그의 아들 찬수와 함께 주방을 향해 추가 주문을 소리 지르고 카운터를 향해 '손님 나간다' 고도 소리를 높이고 있었다.

카운터에는 50대 초반 쯤으로 보이는 긴 파머머리의 사내가 앉아 찬수 모자와 호흡을 맞추고 있었다. 대 여섯 번이나 식당 앞을 오가며 주인 남자의 얼굴을 살펴보았는데 유별한 인상이었다. 사각형의 넓은 얼굴에 위로 찢어진 눈길하며 뾰죽한 콧날로 차가운 인상인데 이마에 고랑진 두 줄의 굵은 주름이 세상을 험난하게 살아온 표적처럼 거칠게 보였다.

나는 길바닥에서 어떻게 할 것인지를 결정하지 못해 서성거렸다. 때 이른 저녁시간인데도 식당에 손님이 저렇듯 많은 것은 콩비지 맛이 유별하거나 값이 저렴하거나 둘 중의 하나일 수도 있고 둘 다일 수도 있다는 생각을 했다. 유리문에 나열된 메뉴로는 삼겹살도 오겹살도 있고 똥돼지, 오리고기, 영양탕도 있다고 적혀있었다. 부근의 식당 중에 유독 이 집만이 손님이 번성했다. 나는 좀 더 신중한 준비가 필요하다는 생각을 했다. 무턱대고 식당 문을 밀고 들어가 그들 모자와 부딪치고 싶지가 않았다.

바로 옆의 분식집으로 들어갔다. 썰렁했다. 대 여섯 개의 미니 식탁이 놓여있는 작은 식당인데도 손님이 없어서인지 휑하게 느껴졌다. 카운터 앞 식탁에서 쪽파를 손질하고 있던 40대 후반쯤의 여자가 코에 걸린 안경너머로 눈을 치떠 나를 쳐다보았다. 그 흔한 '어서 오세요' 인사도 없었다.

"머, 잡술라꼬예?"

앉은 채 여자가 순 경상도 사투리로 물어왔다.

"오징어 덮밥 주십시오."

이 집에 손님이 없는 이유를 알 것 같았다. 여자의 파마머리는 어수선하고 화장끼 없는 맨 얼굴에 표정은 무뚝뚝하기 짝이 없었다. 친절함이나 상냥함은 눈을 씻고 찾아봐도 볼 수가 없었다.

"옆집에는 손님이 많아서 앉을 자리가 없더라구요."

여자가 건성건성 볶은 듯한 오징어 덮밥 쟁반을 깍두기 단무지와 함께 거칠게 식탁 위에 놓자, 그렇게 말해 보았다. 여자가 내 얼굴을 바라보았다.

"음식이 나링깨. 그 집은 기름덩어리 돼지판이고 우리는 깨끗한 건강음식잉깨. 식성 따라 손님이 찾아댕기는데, 식당이라고 다 같이 취급하모 안되지예."

여자는 비대한 몸집에 비해 예민한 편인지 가볍게 받아넘기지 않았다.

"아주머니도 옆집 아줌마처럼 좀 더 친절하시면 손님이 많을 수도 있을텐데…."

나는 여자의 성질을 덧지르듯 그렇게 말해보았다.

아니나 다를까, 여자의 반응이 급속도로 거칠어졌다.

"와예? 내가 손님을 쥐어박기라도 했습니꺼. 옆집 백여시 같은 년 맨키로 낯바닥을 분으로 떡칠하고, 주둥이는 쥐잡아 먹은거 맨키로 새빨갛게 바르고, 간드러진 소리로 어서 오세요옹- 팔을 잡아 땡기지 않았다고 그럽니꺼? 와, 가만 앉은 사람 긁습니꺼?"

"아, 아닙니다. 내가 왜 고향집 큰 누님처럼 소박하고 믿음직해 보이는 아주머니를 긁겠습니까. 다만 손님이 들어오면 어서 오시라는 인사라도 해주면 좀 더 다정하게 느껴질 것 같아서 말씀드려 본 거죠. 하긴, 옆집 아줌마는 화장이 좀 진하기는 하더라고요."

'고향집 큰 누님 같다'는 말이 마음에 들어서인지 주인여자는 잠시 다소곳해지더니, 그러나 옆집 식당 여자에 대한 험구질은 멈추지 않았다.

"가시나 팔아 묵는 포주 맨키로 겉만 그리 야하고 천박한기 아이라 쏙은 백년 묵은 여시나 구렁이 맨키로 간살시럽기가 짝이 없는 여자제. 쩔룩발이 하고 천하 없는 천생연분인기라."

"사장님이 장애인인가 보지요? 카운터에 앉아만 있으니까 잘 모르겠더라구요. 화장 진한 그 집 아주머니 하고 부부 사이인 것도 같고…."

나는 지나가는 말처럼 그들 사이의 궁금증을 혼잣말같이 중얼거렸지만 내심 가슴이 긴장으로 조여들어 있었다.

"부부? 말이 좋아 부부제, 그년도 온제 돈 챙겨서 달아날지 모르제. 내가 알기로 쩔룩발이 하고 살았던 여자는 열 명도 넘은깨, 지금 그 백여시는 열두세 번째쯤 되겄네."

심장이 내려앉는 충격으로 나는 잠시 아연해져서 수저질을 멈추었다.

처음 길음시장 부근의 식당에서 찬수엄마가 주방 일을 한다고 아버지로부터 듣곤, 일을 잘 찾아 나섰다고 생각했었다. 아버지만 바라보고 예전처럼 월급 통째로 내놓지 않는다고 온갖 악다구니를 쓰는 그녀에게 간병인이든 청소부든 파출부든 일을 가지라고 말한 적도 있었던터라 아버지가 덜 볶이고 살겠구나 생각했었다. 이후 아버지는 찬수엄마가 식당에서 숙식을 해야한다며 숫제 집에 들어오지 않고 전화도 없다고 했을 때, 얼핏 사내와 상관된 일 때문이 아닌가 생각한 적이 있었다. 그런데, 지금 분식집의 여자는 찬수엄마와 그 집 주인인 장애남자가 동거하는 것으로 말하고 있는 것이아닌가.

"아주머니, 이 집에 소주도 팝니까? 오징어가 물이 좋아 반주를 하고 싶네요. 그런데 옆집 아저씨, 기운이 좋으신가 봐요? 어떻게 열명의 여자와 연애를 할 수 있지요?"

나는 황당한 기분이었지만 이 여자로부터 더 많은 내용을 들어야 했다. 여자가 "분식집에서 술을 팔겠습니꺼만은 내 마실라꼬 꽁쳐둔기 있지예" 하면서 소주와 소주잔을 가져왔다.

"오징어가 볶아놔도 씽씽할 낍니더. 나는 손님들 몸 생각해서 썩은거는 절대로 안사니까!"

오징어를 갖은 야채와 육수물을 부어 맛깔나게 볶지 않고, 심줄 많은 양배추와 굵게 썬 오징어를 디룩디룩 적당히 숨만 죽인 것 같기에 그냥 듣기 좋으라고 싱싱타 했을 뿐인데, 여자의 얼굴에는 활기가 돌고 있었다.

"아주머니, 이리 앉으세요. 우리 같이 한 잔 하세요."

나는 빈 잔에 술을 부어 첫 잔을 여자에게 권했다.

"하이고 우짜꺼나, 인상 좋은 젊은 손님이 권하니 안 마실 수도 엄꼬…. 그라이소 힌 잔 주이소마, 손님이 날 고향누님 같다쿤께 나도 친정집 남동생 생각이 나는구만!"

여자는 거침없이 마주 앉아 술잔을 받더니 단숨에 마셔버렸다.

"자, 잡수소, 소주는 내가 키마이 쏠팅께, 쭉 마시소."

여자는 자기가 마신 소줏잔을 커다란 손바닥으로 쓱 닦고는 거기에 다시 술을 부어 내밀었다. 좀 전 쪽파 다듬던 손을 씻지도 않고 오징어볶음을 만든다 싶었는데 그 손바닥으로 소줏잔을 몇 번이나 닦은 것이 또 불결하다 싶은데, 손톱 밑으로 흙이며 검정 때가 끼어 있는 것까지 보여 속이 니글거렸다.

"옆집 아저씨, 미남은 아니던데 여복이 많은가 봐요?"

나는 다시 화제를 옆집으로 돌렸다.

"여복이 많은 건지 없는 건지 모리지만, 변태라 카더구만. 본 마누라는 우찌된 셈인지 자슥 하나도 몬낳코 빼짝 말라서 죽어 뿌릿고, 그 다음으로 식당에서 일하는 여자마다 함께 살았는데 모두다 1년을 몬 버티고 달아나더구마. 아 무신 도삽인지 밤마다 여자를 들들 볶아댄다 카더라꼬. 밤새도록 잠 안자고 그 짓을 한다는 기라. 가만있자, 내가 첨 온 얌전한 총각 안쳐놓고 벨소리 다하네. 한 잔 더 주소! 면 삼배라 캤는데 석 잔은 주고 받아야제."

"나, 얌전한 총각 아니예요. 자식새끼가 둘이나 딸린 때묻은 애 아범이걸랑요."

"하긴, 요새 사춘기 넘은 아놈들 중에서도 진짜 총각은 씨 할라캐도 움따 카더라마는…. 생각해 보이소. 낮 내내 주방에서 홀에서 일하느라고 파김치가 된 여자를 잠도 안 재우고 그 짓을 해댄깨네 우떤 여자가 버티겄냐 이거제, 그러니 여자들이 싸내가 뒷간에라도 가고나믄 카운터 돈금고 들고 달아나 삐리는 거라."

"도대체 일하는 여자들도 맹하네요. 자기들도 가족이 있을텐데 낮에 일만 해주고 집으로 퇴근하면 되지, 왜 식당에서 잠을 자면서 주인에게 그런 일을 당하지요?"

"하이고, 꽉 막혔네. 싸내가 애시당초 일하는 여자를 과부나 처녀로만 구한단 말이제. 거기다 동거를 하는 조건으로 말이제. 월급은 좀 많이 주는 모양이더라만 그래도 젊은 년들은 다 도망가는디, 그란데 지금의 늙은 백여시는 아들놈까지 데려와서 마치 제 식당인냥, 쩔뚝발이 조강지처인냥 휘돌아치고 있단 말이제. 백여시 온지가 한 두어 달쯤 됐제 아마, 그란데 손님을 우찌나 잘 후리는지 날마다 장사는 더 잘되는기라."

"그럼, 지금 백여시라는 그 여자도 과부인가 보지요?"

"그야 당연하제, 수절과부라나 머라나, 아들 핏덩이 때 서방이 죽었는데 20년을 수절했대나, 그 말 누가 믿어? 하는 짓거리 보믄 술장사 출신 같은디. 그란데 늙은 여시 거시기에 금태가 둘렸는지 사내가 지금까지 도망간 젊은 여자들한테는 그런 말을 한 적이 없었는데, 이 백여시 보고는 호적에 올리고 살자고 칸다나."

이상한 정신현상이 나에게서 일어났다. 황당한 충격이 지나가자 맞은켠 주인 여자의 모든 말이 전부 나와 상관없는 남의 이야기를 듣는 것처럼 마음이 담담해졌다.

"아주머니는 옆집 내용을 어찌 그리도 소상하게 잘 아십니까? 아이구,

술이 떨어졌네요. 한 병 더 주십시오."

"히히, 마시라, 마셔, 오늘 술은 내가 통째로 샀다마! 오랜만에 꽃미남하고 한 잔 한깨네 내 기분도 뽕가네. 우째서 꿰냐하믄, 그 집 주방에서 돼지 토막치고 비게 썰고 궂은 일 도맡는 막주방장이 내 친구의 서방이거든. 제 여편네한테 쏟는 말, 나한테로 몽땅 다 건너오제. 그런디 그거는 그렇코, 우리 손님은 올해 몇이신가? 볼수록 매력적인 총각이네!"

"설흔 넘은 애 아범이라니까요."

"아니제, 내 눈은 몬 쏙이제. 귀티가 나는 수물 대여섯 살 묵은 얌전한 총각 같은기라!"

주인여자가 갑자기 게슴츠레한 눈빛으로 나를 지그시 바라보았다. 너댓 잔 마신 소주에 불그레한 얼굴이 되어 답지않게 큰 입가로 미소를 머금고 있었다. 나는 여자의 유별한 시선이 끈적하고 부담스러워서 소주를 두 잔이나 연거퍼 마셨다.

그때 마침 머리색깔이 유별한 세 명의 소녀들이 왁자하게 재재거리며 식당 안으로 들어섰다. 그런데 주인여자가 짜증스럽다고 볼 수밖에 없는 표정으로 여학생들을 쏘아 보았다. 전혀 반가운 낯빛이 아니었다.

"어서 오십시오 손님들! 앉으세요-"

내가 여자의 굳어지는 얼굴을 보면서, 주인대신 큰 소리로 소녀들에게 말했다.

"어머, 오빠가 주인이세요? 아즘마 아들이세요? 아즘마, 우리 떡볶이 3인분 오뎅 3인분 쏘주 2병이요-"

소녀들은 주인이 '어서 오세요', 엽차를 따뤄주며 '무엇을 드실 건가요?' 하지 않아도 저들이 척척 주문하고, 주인여자는 마지못한 듯 몸을 무겁게 들어올려 주방 켠으로 갔다.

나는 여자로부터 알고 싶은 내용을 다 들은 것 같아 일어날 생각을 했다. 마치 찬수엄마의 알몸을 보듯 듣지 않아도 될 내용까지 너무 샅샅이 세밀하게 들었다는 민망스러운 기분이었다. 자리에서 일어났다.

"어머, 오빠! 벌써 가세요? 아즘마에게 이렇게 멋진 아드님이 계셨어요? 우리는 오늘 처음 보았네, 그지?"

많아야 열 너댓 살 먹어 뵈는 소녀들인데, 맹랑했다. 오빠가 주인이냐고 되받던 노랑물 머리의 소녀가 장난을 걸 듯 나를 쳐다보며 방글방글 웃었다.

"너희들, 중학생이냐?"

나는 소녀들을 내려다보며 말했다.

"어머, 어쩨 반말? 우리는 제도권 사람들 아니에요. 자유인!"

"자유인?"

"아찌, 나랑 원조교제 할래요? 아찌, 멋지다아– 아찌, 이거 내 방 메일! 연락조옹……."

세 명중 빨간 머리의 가장 키가 작은 소녀가 발딱 일어나더니 내 주머니에 꽃모양의 명함 같은 것을 잽싸게 밀어 넣었다.

나는 돈을 꺼내려다가 어처구니가 없어 빨간머리의 소녀를 노려보았다.

"너희들… 못쓰겠구나… 집이, 어디야?"

"어머머, 아찌 힘 소모하신다? 우리 못 쓰는 물건 아니고, 아찌들이 다 좋아해! 아찌, 우리 집 없어. 아찌 집 따라 갈까?"

여느 빨강머리의 소녀가 지절거리고 오빠라 부르던 노랑머리와 빨노초 삼색 머리의 소녀가 캬들캬들 웃어댔다.

그때 떡볶이를 쟁반에 담던 주인여자가 소리를 쳤다.

"씨끄러, 아무 손님한테나 그러는기 아이다."

"어떤 손님인데? 진짜 아즘마 아들이라서? 아찌들은 다 똑같잖아. 아즘마, 아들로 찍었으면, 우리 안해, 대신 떡볶이 많이줘."

소녀들은 또다시 캬들캬들 웃어댔다. 삼색머리는 배를 잡고 깔깔댔다.

"이 가시나들 상대하지 마이소마. 갸들은 경찰서장도 어쩌지를 못한 깨네."

나는 그냥 돌아섰다. 소녀들은 금방 다른 화제로 돌아가 내 으름장이나 존재조차도 의식하지 않는 듯, 저희들끼리 지지배배 조잘거렸다.

"아주머니 다음에 다시 한번 들리겠습니다. 잘 먹었습니다."

소주값은 굳이 받지 않겠다는 주인여자에게 함께 계산하고 돌아섰다.

"오빠! 이 집에 또 오면 진짜 아즘마 아들된다? 저 아즘마, 아들 많아."

뒷통수에 대고 노랑머리 소녀가 소리쳤다.

무시하고 분식집 밖으로 나왔다. 소녀들의 자지러지는 웃음소리가 길에까지 흘러 나왔다. 머리가 어지러웠다. 요지경의 세상에서 현실로 돌아온 기분이었다. 윤리며 도덕이며 사람 사는 법도 같은 것은 상관이 없는, 참으로 편리한 자유로운 세상을 배회하다 돌아온 기분이기도 했다.

남편이 버젓이 있는 찬수엄마가 장애를 가진 사내의 식당에서 아내 노릇을 하며 동거하고, 찬수가 낯선 사내의 자식노릇을 하고 있고, 열서너 살 쯤의 어린 여아들이 몸을 팔겠다고 맹랑한 프로포즈를 해오고, 분식집 여자의 느끼한 눈빛이며, 분위기를 저들 식대로 파악한 소녀들의 '아들' 운운의 비아냥이며, 상식적으로 생각할 수 없는 일들이 눈앞에서 펼쳐졌음이 뒤숭숭한 꿈자락처럼 믿겨지지 않았다.

그러나 꿈이 아닌 현실이었다. 소주를 한 병 넘게 마신 셈인데도 머릿속은 말짱했다.

밖은 쌀쌀했다. 7시가 조금 넘은 초저녁인데도 뒷골목 난전은 한산했다. 채소 따위를 팔던 행상들은 모두 전을 거두고 붕어빵이나 호떡을 구어 파는 작은 리어커들 몇 개만이 남아 있었다. 식당가의 불빛은 더 휘황찬란했다.

나는 다시 콩비지집의 내부를 살펴보았다. 어둠이 짙어선지 유리문 속의 식당 안이 밝은 불빛 아래 구석구석 한눈에 드러났다. 식당 안도 1시간 전보다는 한산했다. 찬수엄마가 카운터의 남자 앞에서 무언가를 손짓팔짓 섞어가며 말하고 있고 사내가 벙글거리며 재미있게 듣고 있었다. 사내가 연신 벙글대면서 찬수엄마의 볼을 잡고 흔드는가 하면 여자는 그런 사내의 가슴을 주먹으로 때리는 시늉도 했다. 내 입장으로서는 심히 보기 역겨웠지만, 그들만의 사랑표현 같았다. 찬수는 여전히 홀 안을 돌며 음식을 나르고 있고.

식당 앞을 열 번도 더 오락가락 했다. 당장 어떻게 행동을 해야 할 것인지, 그냥 돌아가기에는 뭔가 억울해서였다. 그러나 돌아가야 할 것 같았다. 찬수모자의 거처를 알았으니 아버지와 의논한 후에 그들과 맞닥뜨려야 할 것 같았다.

나는 안주머니 깊숙이 들어있는 만년필 겸용의 녹음기를 꺼내 보턴을 눌러보았다. 분식집 여자 주인의 걸걸한 음성이 또렷또렷 흘러 나왔다. 기사 인터뷰용의 필수품으로 항상 몸에 지니고 다닌 녹음기가 이날 유용하게 활용된 셈이었다.

하지만 녹음된 내용들이 분식집 여자주인의 일방적인 말일 수도 있었다. 장사 잘되는 옆집 가게와 당신과 비슷한 나이의 옆집 여자에 대한 부러움과 질시가 말을 꾸며 낼 수도 있다고 생각했다. 이해관계가 없는 오로지 질투심 때문이라면 험구질이 심하고 작의적이라는 느낌도 없지 않았지만, 10년 가까이 담장 없는 옆집에서 살며 그 집 장애사내의 여자편력을 꿰고 있는 것으로 보아서는 거짓말 같지는 않았다.

그러나 찬수엄마와 사내가 성적으로 얼크러진 현장을 직접 목격한 것은 아니어서 좀 더 신중을 기해야 할 것 같았다. 찬수엄마가 사내와 부정한 관계가 아니라고 잡아떼면 분식집 여자와 그녀의 친구 남편이라는 식당의 막주방장을 증인으로 부탁 할 수는 있겠지만, 그러나 현재로선 어떻든 증거가 불충분 하다는 판단으로 일단 이날은 돌아가기로 했다.

새삼 찬수모자에 대한 분노와 배신감이 온몸을 강타해 왔다. 피가 역류하듯 현기증과 허탈감이 왔다. 아버지의 지난 20년 인생과 내 인생이 그들에게 유린당한 것 같고, 특히 아버지의 고단했던 삶이 그지없이 아프게 느껴졌다. 초라하고 불쌍하게 느껴졌다. 아버지의 뜻에 우선 따르겠지만 이번에는 그대로 넘어갈 일이 아니라고 판단했다.

돌아서 길음시장을 빠져나왔다.

진동으로 해놓은 휴대폰이 호주머니에서 들썩거렸다. 연희누나였다. 5시에 오피스텔에 와서 저녁밥 지어놓고 기다리고 있다고 했다. 그녀의 음성은 조심스럽고 다정했다. 머리와 마음이 복잡해서인지 당장에 그녀를 만나고 싶지 않았다. 물론 찬수 모자 건 때문만은 아니었다. 그녀의 입장을 이해하고 나름대로 마음을 정리하고 있으면서도 심층바닥에 엉켜있는 그녀에 대한 섭함이 쉬 가셔지지 않았기 때문이다.

"찬수모자 때문에 제가 좀 멀리 와 있습니다. 들어갈 시간이 확실치 않아요."

"찬수 모자를 찾은 거야?"

그녀의 음성이 긴장되고 있음을 알 수 있었다.

"찾았어요. 지금 길게 얘기할 상황이 아니거든요. 제가 다음에 자초지종을 말씀드릴테니까, 오늘은 그냥 집으로 들어가세요."

"늦게까지 기다릴게, 아니면 여기서 자도 되고…."

"제가 못 들어갈 수도 있거든요."

"지금 찬우씨 있는 곳이 어딘데? 내가, 차 가지고 그곳으로 갈까? 내가 도와줄 일 없겠어?"

"안돼요, 전화 끊을게요, 사람 놓치면 안 되거든요…."

나는 마치 누군가를 미행하고 있는 듯 그래서 전화를 끊는 것처럼 목소리까지 낮추는 제스처를 썼다. 그녀에게 섭하여 만나고 싶지 않은 마음을 드러내고 싶지 않아서다. 그녀에게서는 더 전화가 걸려오지 않았다. 나는 아버지의 휴대폰 번호를 찍었다. 시골에 가 계실지도 모른다는 생각도 했지만, 다행히 아버지는 바로 전화를 받았다.

"나 친구 만나 저녁먹고 귀가하는 중이다. 무슨 일이냐, 아파트로 네가 오려느냐 아니면 내가 오피스텔로 갈까나?"

중간지점인 광화문 부근의 찻집에서 아버지를 만나기로 했다. 나는 아버지가 적지 않은 충격을 받겠지만 그러나 사실대로 말하지 않을 수도 없다는 생각을 했다.

"좀 따뜻하게 입고 다녀라. 술 마셨냐? 얼굴이 붉다."

찻집에 먼저 도착해 있던 아버지가 내 옷차림을 훑어보며 걱정했다.

"한 병 마셨지만 아무렇지도 않아요. 저 지금 찬수 모자가 있는 곳을 확인하고 오는 길입니다."

"뭣하러 찾아봐, 끝난 년인데. 그래, 식당이 길음동 시장 부근이라 한 것은 맞아?"

"그랬어요. 길음동 큰 시장 옆은 아니고, 시장 뒷골목의 콩비지 전문집이었어요."

나는 이날 찬수의 학교를 찾았던 일부터, 길가는 여학생에게 수경인냥 찬수에게 전화를 걸게 하여, 결국 나타난 찬수를 미행하여 음식점을 알아내고, 그곳에서 일을 하는 그들 모자를 목격했음을 말했다. 그리고 식당 바로 옆의 분식집여자에게서 찬수 엄마와 장애인 주인과의 내연(內緣) 관계를 시시콜콜 다 들었음을 전했다.

그리고 아버지의 얼굴을 조심스럽게 살펴보면서 덧붙였다.

"하지만, 옆집 여자의 일방적인 말만 들었을 뿐이므로 진실 여부는 아직 확인해 보지 않았으니까 모르지요…."

아버지가 담배를 찾듯 안호주머니 쪽을 더듬었다. 이미 금연을 한 아버지에게 나는 얼른 내 담뱃갑에서 한 개비를 꺼내 두 손으로 올렸다. 뜻밖에도 아버지가 손을 내저었다.

"애비는 결사코 금연케 하더니, 너는 아직도 담배를 갖고 있구나? 계속, 담배를 피우는 것이냐?”

아버지는 내가 담배를 갖고 있는 사실에만 거듭 관심을 보였다.

“어쩌다 꼭 필요할 때면 한두 개비 태웁니다.”

“필요할 때란 없어. 갖고 다니지 말아, 물론 사지도 말고.”

“알았어요.”

나는 담배개비를 손 안에서 구겨 버렸다.

아버지는 녹차잔을 들어 입술을 축였다.

“나는 찬수어미가 식당에서 숙식을 한다고 말할때, 이미 서방이 생겼구나 판단했다. 나는 아무렇지도 않아. 포기한지 오래니까. 20년 세월동안 서방질이 한두 번이라야 말이지. 잘 됐다. 제 스스로 걸어 나갔으니까.”

“매듭을 분명히 지어야 하실 것입니다.”

“지으나 마나, 이제 집으로 다시 들어오지 않을 거다…. 돈 벌겠다, 서방 얻었겠다, 찬수까지 식당에서 돌아친다면 어미 아들 모두 다 떠난 거다. 찬수가 좀 마음에 걸린다…. 싹수부터 노랗더니 머리통 큰 지금까지 애물단지이지만, 그래도 친자식으로 키웠는데….”

“호적을 분명히 해야 되니까요, 아버지와 제가 그 식당을 한번 찾아가봄이 어떨까 싶네요. 저는 신년 출근할 때까지 일주일 정도 시간이 있어요.”

“글쎄다, 꼴도 보고 싶지 않지만 정리는 해야 되겠지….”

“내일 오후 세시쯤, 식당으로 바로 가보시자구요.”

아버지는 그러자고 했다. 당신 혼자 처리해야 할 문제를 나까지 신경쓰게 해서 미안하다는 뜻을 비쳤다. 물론 아버지는 내가 귀하게 얻은 시간적 여유를 당신 때문에 소모하고 있다는 사실을 안쓰러워 하는 반응이었지만 나는 조금 생경스러운 감을 느꼈다. 아버지의 일을 내 일이 아니라고 생각해 본 적이 없었기 때문이다. 천륜(天倫)의 부자지간임이 이유이겠으나 찬수모자로부터 나 역시 피해를 당했다는 억울함이 아버지 문제가 바로 내 문제로 된 원인 중의 하나일 것이었다.

"주인 사내와 관계가 없는 것으로, 결사코 잡아뗄 것이다."

아버지가 낮은 음성으로 말했다.

"그것은 잘 몰라요. 어떤 반응으로 나올 것인지 일단 부딪쳐 보자구요."

다음날 오후 3시.

아버지와 나는 정확히 길음 시장 뒷골목의 그 식당을 찾아갔다. 손님이 없을 한가한 시간대를 맞추어 찾아간 것이었지만, 여전히 손님은 있었다. 그러나 유리문으로 살펴본 홀에는 군데군데 빈자리가 더 많았다. 나는 아버지보다 앞서 거침없이 식당 문을 밀고 들어갔다.

"어서 오십시요! 여보, 손님 오신다."

카운터의 사내가 문 열리는 소리에 기계처럼 인사를 하면서 주방켠을 향해 소리쳤다. 주방 창구 앞에서 음식을 담아 돌아서던 찬수엄마가 "예- 알았어요! 어서오세요!" 간드러진 목소리로 응답하다가 고개를 들더니 화들짝 얼굴을 돌려버렸다.

"오랜만입니다!"

내가 고개를 돌린 그녀의 얼굴을 찌를 듯 천착하면서 소리 내어 인사를 했다. 그녀는 다시 돌아보기는 했으나 당황함으로 얼굴표정이 일그러졌다. 무어라고 얼른 말을 뱉지도 못했다. 나는 빈자리를 찾아 아버지를 먼저 앉게 하고 나도 옆에 앉았다.

"콩비지 백반 2인분 주십시오. 아버지도 나도 아직 점심을 안 먹었거든요."

찬수 엄마는 일단 카운터의 사내에게 다가가 콩비지 두개를 말하고 사내는 메모를 하면서 그녀에게 "아는 사람"이냐고 작은 목소리로 묻고 있었다. 그녀가 사내에게 무어라 말하고 있었다. 사내를 향하고 선 찬수 엄마의 등짝만 보일뿐, 그녀의 목소리는 들리지 않았다. 그런데 카운터 사내의 얼굴이 환하게 밝아지면서 "푸짐하게 많이 드리라"고 했다.

찬수 엄마가 나와 아버지의 자리로 서둘러 왔다. 그리고 목소리를 팍 낮추면서 빠르게 말했다.

"무슨 일로 왔는지 모르지만, 식사하고 길 건너 지하다방에 가서 기다려요. 이야기는 그 곳에서 하자구요."

아버지가 입술을 일자로 꽉 다물고 찬수 엄마를 노려보았다.

"무슨 일로 왔냐구? 여편네가 식당일 한다면서 집 나가서 연락 끊고 두 달 가까이 코빼기도 안 보이는데, 찾지 말고 모른 척 할걸 그랬냐?"

아버지가 주변을 둘러보면서 이를 갈듯 낮은 소리로 말했다.

"소리 낮추시오, 여기는 영업집이오. 소리 높이면 영업방해죄로 잡혀가는 것 몰라요? 아무튼 우리 이야기는 다방에 가서 하자고요."

찬수 엄마가 연신 카운터의 사내 쪽을 살피면서 손짓 발짓 아버지의 말을 막으려 들었다.

아버지가 자리에서 벌떡 일어났다.

"뭐가 어째, 영업 방해죄? 그럼, 지금 다방으로 가자, 나와."

"안돼요, 영업 중인데…."

"그럼 어쩔까, 여기서 담판 지을까?"

"금방 나갈 테니까 가서 기다려요."

그때였다. 카운터의 사내가 환한 웃음을 달고 다리를 절룩이면서 우리 자리로 왔다.

"아니, 왜 일어나십니까? 영자씨 오빠와 막내동생이시라고요? 저 송도식이라고 합니다. 형님께 인사드리겠습니다."

사내가 아버지 앞에 긴 파마머리를 요란스럽게 흩트리며 고개를 푹 숙였다.

"형님?"

아버지가 백납처럼 하얀 낯빛으로 사내를 향해 되물었다.

"예, 형님! 가족들에게 미처 연락도 못하고 동거를 시작했습니다. 다 나이 든 처지라, 서로 양해 하에, 찬수도 좋아 하구요! 오빠가 계시다는 말을 했으면 진작 제가 찾아뵀어야 하는데, 몰랐습니다."

순간, 아버지의 주먹이 전광석화처럼 사내의 면상으로 날았다. 나는 반사적으로 몸을 일으켜 주먹을 날린 아버지를 붙안았다. 동시에 찬수엄마도 비명을 내지르며 비틀거리는 사내를 붙잡았다.

"왜 때려, 왜 때려, 네 놈이 뭔데 죄 없는 사람을 때리는 거야, 나가, 나가."

홀 안은 순식간에 아수라장이 되었다.

"야 이 머저리 같은 새끼야, 잘 들어…, 네가 동거한다는 저 년은 내 누이가 아니라 내 여편네야. 적어도 동거를 하려면 호적등본은 떼 봐야 할 것 아니냐구, 어떤 세상인데 여우같은 년 말만 듣고 함께 산다구? 이것 봐라 저 년 놈들 내가 죽여 놓을 거야."

사내가 찬수 엄마에게 붙들린 채 길게 찢어진 작은 눈을 숨 넘어 가듯 뒤집어 벌려 떴다.

"정말이야? 저 사람 말이 맞아? 당신 오빠가 아니고 남편이란 말이야?"

"아니야, 나에게는 당신 밖에 없어, 저 늙은 놈은 껍데기만 남편이라 되어있을 뿐이지 나에게 남편노릇 해준 적이 없어, 저 젊은 전처 자식놈과 함께 나와 내 자식을 학대하고 여편네 대접을 해준 적이 없어, 그래서 집을 나와 당신에게 왔어, 나는 당신 밖에 없어."

놀라운 일이었다. 찬수 엄마가 사내의 상체를 끌어안고 눈물까지 펑펑 흘리고 있었다.

"이것 봐, 저 연놈들 간통죄로 경찰서에 신고해야겠다. 세상 질서 무시하고 주변 사람들 고통주며 제 멋대로 사는 인간들, 뜨거운 맛 뵈주어야 해, 이 팔 놓으란 말이다."

아버지가 그의 상체를 끌어안은 내 팔을 걷어내려 하면서 소리쳤다. 그러자 이 식탁 저 식탁 앞에 퍼지르고 앉은 채 음식을 들고 있던 손님들이 하나 둘 일어나고들 있었다.

"허이, 세상 별 꼴 다 보겄네, 서방 버젓이 두고 다른 사내와 동거를 하면서도 당당허네…. 드라마도 아니고, 원."

60대쯤 되어 보이는 후줄그레한 차림의 남자가 중얼거리면서 식당 문을 느르륵 열고 나가고, 두서너 팀이 카운터 앞에서 머뭇거렸다. 치정에 얽힌 좋은 구경거리이긴 분명한데, 집안싸움 같은 내용이어서 계속 앉은 채 음식을 먹으며 구경하기도 뭣한지 먹다말고 쭈빗거리며 일어서고들 있었다.

사내가 자기를 끌어안고 울어대는 찬수 엄마를 옆으로 밀어놓고 아버지 앞에 털썩 무릎을 꿇었다. 두 무릎을 꿇었다 해도 바른쪽 다리만 굽혀졌을 뿐 의족인 한쪽 다리는 뻗은 자세로, 사내가 두 손을 싹싹 부비며 빌었다.

"선생님 죽을죄를 졌습니다. 제가 바보여서 그랬습니다. 한번만 용서해 주십시오! 한번만 용서해 주십시오!"

찬수 엄마가 다시 사내를 와락 잡아 일으켰다.

"도식씨는 이럴 필요가 없다니까. 죄가 있다면 모든 것을 속이고 내가 도식씨를 사랑한 죄 밖에 없습니다. 내가 감옥을 살아도 살 것입니다. 도식씨는 아무 죄가 없으니 이렇게 아픈 다리를 굽히고 죄를 빌 것 없습니다. 잘 됐습니다. 나를 간통죄로 고소하면 이혼은 자동으로 되는 겁니다. 그러면 나는 도식씨와 혼인신고를 할 수 있습니다. 그리고 찬수는 어차피 저사람 자식이 아니니까 도식씨 자식으로 올리는데 지장이 없습니다."

홀 안에는 식객들이 이미 다 나가고 없었다. 막 주방장으로 보이는 남자 하나와 여자 한 명이 행주치마를 입은 채 홀 안의 네 사람을 흘끔흘끔 훔쳐보면서 주방 안에서 서성거릴 뿐이었다. 주방장이 카운터에서 '금일 휴업' 이란 팻말을 집어 들고 유리문 출입구에 내 걸었다.

바로 그때였다. 찬수가 외출했던 모양으로 벙글거리며 홀 안으로 들어서면서 소리쳤다.

"왜 오늘 휴업인데요? 아, 아버지…."

순간이었다. 찬수가 홀 안의 나와 아버지를 발견하자마자 홱 돌아서 유리문을 밀고 밖으로 뛰어나가 버린 것은.

"찬수야."

아버지가 목청껏 소리를 치면서 나를 떠밀어내고 뒤따라 뛰어나갔다. 그리고 곧바로 찬수의 팔을 끌고 들어왔다.

"아버지, 잘못했어요… 아버지, 잘못했어요…."

찬수가 고개를 빠뜨리고 울먹였다. 그러자 찬수 엄마가 다시 아버지에게 달려들어 찬수의 팔을 나꿔챘다.

"너 잘못한 것 없다. 아들 대학 보낼 생각은 않고 중장비며 제과학원이며 너를 기술자 노동자 만들려고 한 사람이 나쁘제, 아무리 친자식이 아니라고 억지로 데려가서 강제 등록시키는 사람이 어딨냐, 친자식은 대학 보내고 세상에 나한테 천금같은 너는 친자식이 아니라고…."

"이 사람 같지 않은 년…."

아버지가 찬수 엄마의 뺨을 주먹으로 후려쳤다. 두 번 세 번 후려쳤다. 여자의 코에서 코피가 쏟아졌다.

"아버지, 아버지 제가 잘못했어요, 잘못했어요…. 형, 아버지 좀 말려."

나는 아버지를 붙들었다.

"왜 때려, 왜 때려 네 놈이 나한테 무슨 서방질을 했다고 때려, 내 자식 앞 길 막아놓고, 밥만 먹고 살라고 생활비만 앵겨주는 서방이 어딨노.

월급 통째로 주어도 속에 찰까 말까인데, 그것도 못주면 밤일이라도 제대로 하든가, 네 놈이 무슨 서방구실 했다고 나를 때리느냐 말이야."

"흡혈귀 같은 년…, 독사 같은 년…, 배은망덕한 년, 이제 갈데까지 다 갔구나. 오냐, 나도 네 년 품을 생각 추호도 없어. 역하고 넌덜머리 난다구. 그러나 인생, 이렇게 네 멋대로 사는 거 아니야. 그리고 찬수야, 내 말 명심해라. 네 인생은 네 스스로 노력하여 가꾸어 나가야, 네 것이 된다는 것 잊지 말고, 잘 살거라."

아버지는 그 말을 끝으로 성큼성큼 식당 밖으로 나가 버렸다.

"이버지! 제기 잘못했어요."

찬수가 울부짖으며 아버지를 뒤쫓아 나가려 했다. 찬수 엄마가 잽싸게 찬수의 뒷덜미를 잡아챘다.

"이것아, 정신차려. 그 늙은 놈이 네 애비가 아니라고 몇 번이나 말해야 알아듣겠어."

나는 찬수의 뒷덜미를 움켜잡고 지절대는 그녀를 노려보았다. 경멸에 가득 찬 눈빛으로 여자를 죽일 듯 노려보았다.

"당신은, 찬수 어머니가 될 자격도 없어…. 자식을 아끼는 보통 엄마들은 당신처럼 이렇게 말하고 행동하지 않아."

"뭐가 어째, 이놈아 키워 주었더니 되려 앙문(보복)하는 거야?"

"말은 바로 합시다. 당신이 나를 키워 주었소? 부려먹고 밥 굶기고 학대했지. 여섯살배기에게 찬수 업히고 똥기저귀 갈게 하고 그것도 제대로 못한다고 때리고 밥 굶기고, 아버지 출근하고 나면 핏덩이 나한테 떠맡기고 춤추러 나다니고…. 찬수 생각하여…그만 말하겠소. 당신에게 20년 피 빨린 착하고 우직한 우리 아버지, 불쌍해서 더 말할 수가 없소. 당신은, 당신이 한 행동에 책임을 져야 될 것이요. 아버지가 만류해도 내가 앞서서 당신의 그 파렴치에 뜨끈한 맛을 보여 줄 것이야."

"오냐, 차라리 그러기를 바란다. 그래야 네 놈 애비와 문서상으로도 깨끗해질 테니까 말이야. 하지만 오판 말아라, 네놈들이 내 간통현장을 언제 보았더냐? 영업방해에다 내가 상해진단서를 끊어 제출하면 네 애비가 먼저 수갑 차, 알고나 지껄여라, 이놈아"

"동거하고 있음을 상대가 시인하고 세상 사람이 다 아는데 무슨 엉뚱한 발뺌일까, 무조건 용서를 빌어도 그야말로 들어줄까 말까인데, 역으로 치겠다고? 어디 한번 해 봅시다"

"간통죄는 간통현장을 증거로 잡아야 한다는 거, 그 상식적인 것을 어찌 기자가 모를까? 천 마디 만 마디 말따위, 소용없다는 거 전문지 기자라서 그런거는 모르는 갑다잉. 그래도 명색이 기잔디 어찌 모를까잉."

그녀는 입귀를 실룩거리며 빈정거리기까지 했다.

"간통현장보다 더 진실한 '양심' 이란 것이 있다는 사실도 알아야지요. 사람들의 양심 말입니다."

"웃기고 있네, 양심보다 더 크고 진실한 것이 무엇인지 알아? 돈이야. 돈은 양심도 진실도 다 덮어. 네 놈이 똑똑한 척 굴어싸도 아직 어리고 순진하다는 거야."

"돈으로 증인을 사겠다, 이 말인가 싶은데 사람들이 다 당신 같지 않다는 걸 알아야지. 남자가 당신을 '여보' 라고 호칭하고, 스스로 동거하고 있음을 밝혔는데, 그리고 수많은 사람들이 그 말을 들었는데, 무슨 다른 증거가 필요할까요?"

"헛똑똑이군, 우리 집 오늘 그 손님들은 모두 뜨네기들이라는 거, 왜 모를까? 나머지는 내 식구들이고. 내 말은, 네놈들이 못 본척 가만있어주면 나도 영업방해며 상해진단서 끊어 네 애비 아들놈 수갑 안 채울 수도 있다 이 말이제."

"도리어 공갈협박이군. 나 같으면 입이 열 개라도 할 말 없을 것 같은데, 상처 준 내 아버지를 '놈' 짜 붙여 욕질하며 말도 안 되는 소리를 지껄이는 당신 같은 여자를, 계속 상대하고 있는 내가 어리석은 것 같소. 그래, 법정에서 만납시다… 찬수야, 너는 네 어머니 닮지 말거라. 네 똥기저귀 갈아주고 우유 타 먹이고 너를 업어서 키워준, 형으로서의 마지막 충고다."

나는 돌아서 식당을 나섰다.

"이봐요, 잠깐만요, 이봐요…."

"형…."

내 등 뒤로 주인 사내의 다급한 목소리와 찬수의 소리가 범벅이 되어 터트려졌으나 나는 성큼성큼 식당가를 벗어났다. 먼저 나간 아버지가 어디쯤 계신지를 몰라 휴대폰을 두드렸다.

아버지는 바로 인근의 대포집에서 혼자 술을 마시고 있었다. 많이 상심한 얼굴이었다. 나는 아버지가 왜 저토록 분노하고 불쾌해하고 언짢아하는지 나름대로 이해할 것 같았다. 찬수엄마가 다른 사내와 동거하고 있다는 사실 그 자체만도 경악할 사건이었지만 이미 그 문제는 충분히 예상하고 있었던 모양으로 차라리 담담한 낯빛임을 느낄 수 있었고, 아픔은 다른 것에 있는 듯 했다. 내 짐작을, 아버지는 스스로 토로해내고 있었다.

"너도 이제 알만 하니까 하는 말이다만, 배우자는 신체적으로도 궁합이 맞아야 하는 게야. 지나치게 그것만 밝히는 병적인 상대도 있다는 거, 그런 상대를 만나면 보통 정상인은 삶이 힘들어지기 마련이지. 찬수엄마가 그런 여자야. 네가 초등학교 마악 입학했을 무렵일게다. 그때도 캬바레를 드나들면서 제 욕망을 채우곤 했었는데, 소문이 더러워서 한번은 미행하여 춤춘 사내와 여관으로 들어가는 것을 보고, 둘을 쳐 넣겠다고 했더니 간통한 증거를 대라면서 외려 악을 썼다. 그런데, 오늘은 오리발을 내밀기는커녕 고소를 하라고 발악이구나."

얼핏 분식집 여자의 장애 사내에 대한 "변태" 운운의 말과 사내와 동거하던 여자들이 일년을 못 채우고 식당을 나간다는 말을 떠올렸다.

"이웃집 여자에게서 들었습니다만, 주인 사내도 좀 별난 사람인가 봐요. 동거하던 여자들이 하나같이 오래 못살고 달아났다나 봐요. 그런데 유독 찬수엄마와 사내가 서로 챙기고 턱없이 좋아하는 것이 아마 신체적으로 맞기 때문일 것이라 말하더라구요."

나는 혼자 얼굴을 붉혔다. 아무리 내가 성인이 되어 결혼을 앞둔 입장이라 해도 밝지 못한 농지꺼리 같은 이야기를 아버지에게 떠벌여도 되는 것인가 싶어서였다. 그러나 찬수엄마가 유별한 여자라는 말은 아버지가 먼저 꺼낸 내용이었고, 그 건으로 자존심이 많이 상한 아버지를 나름대로 위로하고 싶은 마음이어서 말한 것을 후회하지는 않았다. 아버지는 만면에 냉소를 퍼뜨리면서 즉각 반응을 했다.

"흥, 색골끼리 만난 모양이군! 그래서 간통신고 하라고 내 앞에서 큰소리친 모양이다……"

"아니에요, 아버지 나가시자 오리발을 내밀더라구요. 간통현장 보았느냐고, 증거 있느냐고, 억지를 쓰더라구요."

아버지가 내 얼굴을 바라보았다. 주인 사내와 얼크러지고 싶어 차라리 간통죄로 고소당하여 정리하고 싶다고 소리치던 여자의 말과는 다르지 않느냐는 표정이었다.

"정작 고소가 될 것 같으니까 유리한 입장을 만들기 위한 수단이겠지요. 그러나 신경쓰실 것 없어요. 그들의 동거는 세상이 다 알고 있는데요."

"사내도 제 입으로 동거함을 말했고 공공연히 부부행세를 하고 있으면서 오리발을 내밀어? 못된 년, 말 바꾸겠다는 것이군. 그럼 우리는 그 집 종업원이나 손님을 증인으로 세워야 하겠구나."

"그것은 염려하실 것 없어요. 제가 이 녹음기로 그들의 말을 죄다 담았으니까요."

나는 만년필 겸용의 녹음기를 안 호주머니에서 꺼내 아버지에게 보이며 작동시켰다. 찬수엄마와 사내의 말이 바로 옆에서 뱉어내듯 선명하게 흘러나왔다. 거칠고 미세한 숨소리까지 동반되어 있었다. 아버지의 얼굴이 놀라움으로 밝아졌다.

"어찌 녹음할 생각까지 다 했더냐!"

"기자들 상비용이에요. 굳이 증인을 세우지 않아도 저들 입으로 스스로 밝혔으니 이거 하나만으로 충분히 입증은 됩니다. 그런데 아버지, 고소를 하시겠습니까?"

나는 녹음기의 작동을 중지하면서 아버지를 정시했다. 보수적이고 강직한 성품의 일면을 보이기도 하지만 원바탕이 선량하고 여린 그의 내면을 알고 있기 때문이었다. 아버지가 술잔을 들어 한 모금 마셨다. 그리고 나를 쳐다보았다.

"네 생각은 어찌 했으면 좋겠냐? 뜨거운 맛을 한번 보여주고 끝낼까, 아니면 찬수를 봐서 조용히 정리해 버릴까?"

"찬수가, 마음에 걸리세요?"

"키운 정이 억울해서 그런다. 스무 해 동안 그놈이 해 온 짓을 생각하면 실로 어처구니가 없지만 바탕이 악랄하거나 나쁜 놈은 아니기 때문이야. 오늘 밤은, 일단 넘어가자."

"그러세요. 깊이 생각해 보시고 내일 결정하세요. 저는 전적으로 아버지 뜻에 따르겠어요."

그런데 바로 그때였다. 송도식이란 사내가 한쪽 겨드랑이에 목발을 짚고 헐레벌떡 술집 안으로 들어선 것은. 그는 우리 부자를 발견하자마자 다가와 털썩 바닥에 주저앉았다. 나는 호주머니에 손을 넣어 재빨리 녹음기의 버튼을 눌렀다.

"선생님! 죽을죄를 졌습니다. 용서해 주십시오. 정말 유부녀인줄 몰랐습니다. 20년 수절한 과부라고 했습니다. 저는 이런 몸뚱이로 혼자 세상을 헤쳐 오느라 힘들었습니다. 이제 겨우 가게도 자리 잡고 사람 노릇하면서 살기 시작했는데, 제가 어리석어서 큰 죄를 지었습니다! 병신이 병신노릇을 했습니다요. 선생님, 제발 고소만은 말아 주십시오… 선생님!"

사내가 꺼이꺼이 울기까지 했다. 아버지가 심히 허탈스럽다는 표정이 되어 고개를 돌려 버렸다.

"도대체, 여기에 우리가 있는 줄은 어떻게 알았습니까? 미행을 시켰어요?"

내가 바닥에 퍼지르고 앉은 사내를 내려다보며 말했다.

"저희 집 주방장이 뒤따라 나갔던 모양입니다. 선생님들이 경찰서로 가시면 저 대신 사정해 보려고 그랬던 것 같습니다요."

작은 구멍가게 같은 대폿집이었지만 이 구석 저 구석에 앉아 술을 마시던 대여섯 명의 남자들 시선이 전부 우리에게 쏟아져 있었다.

"일어나서 의자에 앉으세요. 당신 말대로라면 당신도 속은 것처럼 되어 있지만, 그렇게 몸을 섞고 동거를 하는 여자의 내막을, 하나도 알아보지 않았다는 것은 상식이 아니잖소…."

사내가 비칠거리며 일어나서 동그란 나무의자에 엉덩이를 놓았다. 고개를 있는대로 빠트리곤 주먹으로 눈귀를 훔쳤다.

"수절과부 시절의 힘들었던 이야기를 하도 애처롭게 여러번 말해서 추호도 의심하지 못하고… 우쨌거나 죽을죄를 졌습니다, 선생님 하자는 대로 다 하겠습니다만, 불구자 불쌍하게 보시고 감옥만 안 가게 해주십시오."

사내의 눈두덩과 바른쪽 볼이 퉁퉁 부어올라 있었다. 좀전 아버지의 주먹에 타박상을 입은 것 같았다.

"자, 한 잔 받으시오…."

의외였다. 아버지가 사내에게 당신 소주잔을 내밀었다. 사내가 한다리로 반쯤 몸을 일으키며 두 손으로 아버지의 술잔을 받았다.

"고, 고맙습니다!"

술잔을 든 사내의 두 손이 심하게 흔들리고 있었다. 원래 수전증이 있는 것도 같았으나 얼굴을 일그러뜨리고 울음을 참느라 떨림이 더한 것 같았다.

사내가 술잔을 입안에 털어 넣듯 단숨에 마셔 버렸다. 아버지가 그 빈 잔에 다시 술을 부었다. 사내가 또다시 들이부었다.

"선생님, 제가 한잔 올리겠습니다."

아버지는 말없이 사내가 두 손으로 건네는 술잔을 받았다.

나는 두 사람의 거동을 살펴보고 있었다. 아버지는 이미 사내에 대한 분노를 접고 있는 것 같았고 사내는 아버지의 표정을 아닌 척 살피면서 동정을 사려는 기회를 노리고 있는 것 같았다.

"내가, 어떻게 해주기를 바라는지 말해봐요."

아버지가 시종 훌쩍거리는 사내를 측은한 시선으로 바라보며 말했다. 나는 뭔가 주객이 전도되고 있다는 생각을 했지만 끼어들지 않았다.

"제가 무슨 말씀을 드리겠습니까. 고소만 안 해주시면, 그저 선생님이 하라시는대로 다 하겠습니다요."

"그래, 당신이 말하는 '영자씨'를 호적에 올리고 싶을 만큼, 그렇게 좋아하는가?"

사내는 아버지의 의중을 읽어 보려는 듯 부스스한 파마머리의 부어오른 얼굴을 들고, 아버지를 쳐다보았다.

"속을 감추려 말고 있는 그대로 말해요."

아버지가 좀 더 유순한 말로 다시 채근했다.

"선생님…, 저 같은 불구자에게 찬수엄마는 감지덕지한 사람이었습니다. 제 나이와 어울리는 여자는 제 옆에 붙어 있지 않는데, 찬수엄마는 10여년이나 연상이지만 누이처럼 어머니처럼 저를 거두어 주었거든요, 죄송합니다요…."

아버지가 사내를 가만히 바라보았다. 사내는 눈길을 아래로 떨구고 긴장하고 있었다. 나는 아버지를 바라보았다. 뭔가 당신의 속마음을 내보일 것 같아 조마조마했다. 내 예감은 틀리지 않았다.

"내일 오전 10시에, 찬수엄마 법원으로 나오라고 하시오. 합의이혼, 해 줄테니까."

"선, 선생님…고, 고맙습니다요! 고소를… 안 하시겠다는 말씀이시군요!"

"괘씸하고 분한 생각 같아서는 두 사람 모두 뜨거운 맛 보여주고 싶지만, 다 부질없는 일인 것 같소. 나하고 연이 아닌 것을 너무 오래 끌어 내 인생 피폐해지고 말았지만, 보복한들 무슨 득이 있겠어…."

아버지의 끝말은 탄식이 섞인 혼잣소리 같았다. 사내가 감동한 듯 아버지의 손을 두 손으로 움켜잡았다.

"고맙습니다 선생님! 고맙습니다요! 선생님 덕분에 제 궂은 인생 끝나지 않을 것 같습니다요! 선생님은 제 은인이십니다! 제가 선생님께 제 힘 닿는대로 위자료를 만들어 보겠습니다요!"

"그럴 필요 없소. 어차피 얽힌 연이면, 끝까지 잘 살으시오. 찬수의 친권(親權)포기도 당신이나 찬수어미가 그리고 찬수가 원하면 해 줄테니까 알아서 연락하시오."

"선, 선생님…."

사내가 더 말을 잇지 못하고 고개를 깊숙이 빠트렸다.

"찬우야, 가자."

아버지가 담담한 음성으로 나를 불렀다. 나는 순순히 아버지를 뒤따라 일어났다. 더 어떤 말도 보태지 않았다. 밖으로 나서자 콧등을 때리는 바람이 차가웠다. 아버지가 택시를 불러 세웠다. 동네 찜질방으로 가자고 했다.

나는 아버지가 굳이 설명하지 않아도 아버지의 마음을 읽을 수 있었다. 그러나 뭔가 맥없이 당한 것만 같은 격심한 허탈감도 없지 않았다.

"허전 하시지 않으세요?"

찜질방에 들러 편한 옷으로 바꾸어 입으면서 아버지를 향해 물어보았다.

"앓던 이빨 빠진 것 같다. 서류적으로 정리가 안돼 가시가 걸린 것 같았는데, 내일이면 그것마저 빠져나갈 것이라 생각하니 개운하다."

"우리가 너무 쉽게, 응해준 거 아닐까요?"

"결론은 뻔한데, 한시라도 더 시간 소모할 필요가 없다고 생각했다. 무엇보다도 네가 시간 소모하는 것이 안타까워서 그래."

"남자 태도로 봐서는 엉뚱한 수작 벌일 것 같지는 않지요?"

"사내야 위자료까지 낼 생각이 없지도 않겠지만, 앞뒤 분별도 모르는 찬수어미가 밑도 안되는 소리 지껄일지도 모르지. 혹여 고마운 줄 모르고 귀찮게 굴면, 집어넣어 버리면 돼."

그날 밤 나는 아주 깊은 숙면을 했다. 사나흘 간 적지 않은 긴장상태로 심신이 많이 고단했던 것이다. 이날까지 사흘째의 긴장 연속이었다. 연희누나와 공보이사의 승용차 속 장면을 목격하던 그날, 밤을 새우다시피 하고 다음날 찬수의 학교와 길음동 시장에서 그들 모자의 거처와 현재의 상황을 알아내고, 그리고 이날 아버지와 드디어 동거사내와 찬수엄마를 만나 결판을 짓기까지. 내 신경은 극도로 예민해져 있었다.

전력을 쏟은 신경소모에 비해 결과는 너무 간단히 끝나버리게 되었지만 그러나 아버지의 뜻을 따르는 것이 일을 줄이는 방법이기에 수긍할 수밖에 없었다. 어쨌든, 이날 밤 나는 깊은 수면 속으로 잦아들었다가 다음날 늦은 아침에야 깨어났다.

8시가 넘어 있었다. 평소의 5시 기상에 비하면 3시간이나 더 숙면한 셈이었다. 머리며 몸이 가뿐했다. 수면이 얼마나 심신의 피로를 말끔히 제거해 주는지 새삼 몸으로 느꼈다.

꺼두었던 휴대폰을 열고, 이어 아버지에게 전화를 드렸다. 아버지는 7시쯤 이미 집을 나섰다고 했다. 찬수엄마를 나오도록 한 약속시간은 10시인데 3시간 전에 이미 법원으로 향했음은, 그만큼 긴장하고 있다는 뜻일 것이었다.

아버지는 지난 밤 찜질방에서도 그랬지만 당금의 전화에서도 나까지 법원으로 나올 필요는 없다고 했다. 특별히 내가 할 역할이 없을 것이라는 이유를 아버지는 내세웠지만 내가 당신 일에 시간과 에너지를 너무 많이 소모하여 휴식을 취하지 못한다고 생각하기 때문임을 나는 알고 있었다. 찜질방에서 아버지와 함께 아파트로 가려 했을 때 굳이 오피스텔로 가라고 강제이다시피 떠민 것도 나를 편하게 해주기 위한 배려였다.

하지만 아버지의 일은 바로 나의 일이었다. 그간 찬수엄마의 냉대로 하여 친척간의 유대가 거의 없었던 아버지에게 가장 가까운 사람은 나 외에 없었으므로 천륜의 연이 아니라도 나는 외로운 아버지를 도와야 했다. 나는 이날도 휴대폰을 끄고, 오피스텔을 나섰다.

법원 청사에 도착했을 때는 9시 30분경이었다. 아버지는 청사 앞 계단에서 대로변을 바라보고 서 있었다. 찬수엄마가 도착하지 않은 모양으로 기다리고 있는 것 같았다.

"나오지 말고 네 일 보라니까 왜 나왔어? 이건 찬수 어미와 둘이서만 해결할 문제인데 공연히 네 시간만 또 죽인다."

"저는 지금 다른 할 일이 없어요. 그리고 찬수엄마가 상식이 안 통하는 여자라 마음이 놓이지도 않구요. 도착하지 않은 모양이지요?"

"아직 시간 전이니까. 곧 오겠지."

그런데 10시 30분이 되어도 찬수엄마는 나타나지 않았다. 아버지의 표정이 침울해지기 시작했다. 50분이 되었을 때, 사내와 찬수엄마가 나타났다. 사내의 눈두덩은 지난 밤 보다 더 부어있고 시퍼렇게 멍이 들어 있었다.

"시간을 지켜야지 50분씩이나 늦게 나타나면 어쩌자는 거야? 어서 들어갑시다."

아버지가 화를 내며 찬수엄마를 채근했다. 분위기가 이상했다. 사내의 낯빛이 지난 밤 같지 않고 입술이 한일자로 굳어진 채 아는 척도 없이 고개를 옆으로 돌리고 있었다.

"왜, 생각이 달라졌소? 표정이 왜 그래요?"

아버지가 사내를 보고 딱딱하게 말했다. 그러자 찬수엄마가 들고 왔던 서류봉투를 아버지의 코앞으로 내밀었다.

"이게 뭔지 알아요? 상해진단서요, 우리 사장님을 저렇게 패놓고 무사할 줄 알았다면 오산이지. 내가 이혼은 해주겠는데, 조건이 있소. 위자료로 아파트를 내 앞으로 넘겨주면 이 '진단서' 문제 삼지 않고 '영업방해'도 눈감아 줄 테니까, 그것 먼저 약속각서 쓰고 들어가 이혼합시다."

아버지와 나는 동시에 얼굴을 마주 보면서 숨을 토해내듯 웃었다.

"오라, 드디어 네 년이 본색을 드러내는 구나? 그래, 둘이서 병원 들러 진단서 떼 오느라 늦었구나? '여보' 가 '우리 사장님' 으로 호칭까지 변경된 것을 보니, 다른 작전도 바닥에 깔려 있구먼? 주객이 전도돼도 유분수지, 내가 네 정부가 주겠다는 위자료도 더러워서 포기하고 불쌍해서 깨끗이 이혼해주려 했더니, 안되겠구만? 원안대로 가야지."

아버지가 찬수엄마의 손에 들린 서류를 나꿔채면서 그들을 노려보고 말했다. 나는 아버지의 손에서 서류봉투를 옮겨 받아 진단서의 내용을 훑어보았다. 타박상으로 2주 진단이 나와 있었다.

"흥, 맘대로 하라구. 두 눈으로 진단서 봤으니 알겠제. 우리를 감옥에 쳐 넣기 전에 네 놈이 먼저 영창에 갈걸? 그리고 재판해 보라구, 네놈들이 우리가 간통하는 현장을 봤냐? 우리는 장사 잘 되게 할 목적으로 편의상 부부행세를 하는 것뿐인데, 마치 간통한 냥 뒤집어 씌워서 위자료 한푼 안주고 날 쫓아낼려고? 어림없다. 영창 안 살고 싶고 죄 없는 사람 간통죄로 몰아붙여 무고죄 안 걸리고 싶으면, 곱게 아파트 문서 내놔. 그러면 이혼해 줄테니까."

찬수엄마가 입귀로 침방울을 튕기며 아버지를 향해 주먹으로 삿대질까지 해가며 말했다. 아버지가 하늘을 향해 '하하하' 헛웃음을 웃었다. 두 손을 허리에 짚고 두 번 세 번 헛웃음을 쳤다. 그리고 사내를 향해 소리쳤다.

"이봐, 송도식, 너 말 좀 해봐라. 네가 좋아하는 저 영자씨 횡설수설이, 말이 된다고 생각하냐? 그래서 밤사이에 판을 뒤집어 보려 공모했냐? 지난밤에 지껄인 네 연놈들의 소리는 다 연극대사더냐? 이 돌대가리들이, 차려준 밥도 처먹지 못하네그랴? 찬우야, 경찰서로 가자, 인간들이 불쌍해서 봐줄랬더니 뜨끈한 맛 좀 보여 달라고 자청한다. 20년 내 피 빨아먹은 년, 정부가 돈도 많다니 이참에 위자료도 톡톡히 받아내야겠다. 가자, 입 아파서 이제는 말도 하기 싫다."

아버지가 이번에는 홱 돌아서 계단을 성큼성큼 내려갔다. 나 또한 갑자기 당황해하는 사내와 씩씩거리는 찬수엄마를 지긋이 노려보다가, 돌아섰다.

"우리도 경찰서 갑시다. 저 놈들을 잡아넣자구."

찬수엄마가 아버지와 내 뒷등을 향해 소리쳤다. 계단을 오르내리던 사람들이 힐끔힐끔 우리들에게서 시선을 떼지 못했다.

나는 돌아서 다시 그들 가까이로 갔다.

"이봐요, 적반하장도 유분수지 당신이 내 아버지에게 이러면 안 되지. 엎드려 싹싹 빌어도 아버지 분노가 풀릴까 말까인데, 왜 말도 안 되는 수작을 또 부려요? 당신, 이 진단서로 내 아버지 어째 보자는 생각인 모양인데, 이 정도 타박상 진단으로는 내 아버지 구속 못해. 그리고 장사 목적으로 편의상 '부부노릇' 한다고 그럴듯하게 오리발 내미는데, 지난 밤 당신들이 자백한 말, 한 마디도 빠짐없이 다 녹음되어 있는 것은 모르지? 당신들의 섹스현장보다 더 확실한 증거가 녹음기 안에 고스란히 들어 있다구. 아버지가 곱게 도장 찍어준다 하면, 감지덕지 할 것이지 어쩌자고 아버지의 마지막 피까지 다 뽑아내려고 잔머리를 굴리다가, 쇠고랑 차게 되었으니, 누구를 탓할까."

"뭐, 뭐가 어째? 네, 네 놈이 녹음을 했다고?"

찬수엄마가 와락 내 멱살을 잡았다. 나는 와이셔츠의 목덜미께를 움켜잡은 그녀의 손을 부서져라 힘주어 비틀며 떨쳐냈다. 여자가 비명을 내지르며 내 목에서 손을 뗐다.

"감히, 누구 멱살을 잡는 거야? 세월이 가고 나이를 먹으면 철이 들고 사람다워 져야지, 평생 순억지에 말도 안 되는 짓만 해대니, 내 아버지가 당신의 만만한 밥인 줄 알아? 이번에 아주 뜨거운 맛을 보여주려고 내가 녹음하고 사진 찍고 다 했어 왜. 정말… 당신은 나쁜 여자 야…, 최하급의 인격결손자야…."

나는 찬수엄마의 얼굴을 노려보며 저주하듯 뇌까리곤 돌아섰다.

"아, 아니, 저, 저놈이…."

여자가 기 넘어가는 혼잣소리를 내고, 사내가 허둥지둥 한쪽 다리로 깸짝을 뛰며 계단을 내려서는 내 앞을 막아섰다.

"젊은 선생, 잘, 잘못했어요, 내가 영자씨 말만 듣고 판단을 잘못 했어요. 한번만 봐줘요, 아버지 뫼시고 오세요. 조건 없이 이혼해 드린다고요."

"허…, 똑같은 사람이군? 뭐야, 조건 없이 이혼해 드린다? 누가 할 소리를, 사돈이 하고 있네? 아직도 상황판단이 안 되는 모양이셔? 철창 속에 갇혀서 깊이 생각해 봐야 현실을 파악할 위인이구먼."

나는 그 말을 끝으로 홱 돌아서 성큼성큼 계단을 내려갔다. 앞서가는 아버지를 따라잡기 위해 걸음을 빨리 했다. 찬수 엄마에 대한 혐오감과 증오심으로 속이 부글부글 끓어올랐다. 제 분수를 모르고 이치에 닿지 않는 언행이 어제 오늘 일이 아니고 평생 그런 혼란을 일으키며 집안을 휘저어왔지만, 성인이 되어 바라본 그녀는 내 눈에 정상이 아니었다. 차라리 병자(病者)라 생각하면 그녀의 제반행동에 상처를 덜 받을 수 있겠지만 그러나 현실적이고 이기적인 그녀의 강한 다른 일면이 더불어 작용하게 되면 머리가 어지러워지는 것이었다.

"진짜, 세상의 뜨거운 맛을 봐야해, 도무지 구제할 수 없는 여자야"

내가 소리 내어 뇌까리면서, 앞서가던 아버지 가까이에 거의 다가 설 무렵이었다. 찬수 엄마가 숨을 헐떡이면서 달려와 아버지의 앞을 막아서고 사내가 뒤이어 목발을 재게 땅바닥을 짚어대며 허둥지둥 내 앞을 막아섰다. 거의 동시에 그들이 우리 앞을 막아선 것이다.

"내 말 없었던 걸로 하고 그냥 이혼하자구요."

아버지 앞을 막아 선 찬수엄마의 숨찬 목소리였다.

"필요 없어-."

아버지가 쩌렁 울리는 한마디로 거절했다.

"그래요, 내가 잘못했다 치고, 이혼하자구요. 한 지붕 밑에 원수처럼 맨날 으르렁거리고 살 필요가 없잖아요. 당신도 나도 우리는 이미 부부가 아니잖아요, 나선 김에 이혼하자구요. 아파트 달라 소리 안할 테니까 들어가서 도장 찍자구요."

"필요 없어. 네년은 세상 살아가는 이치며 질서가 얼마나 무서운 것인지 뜨거운 맛을 좀 봐야해."

아버지는 앞을 가로막은 찬수엄마를 떠밀어 버리고 다시 걸었다. 그러자 여자의 말끝마다 고개를 주억거리며 "예 선생님, 잘못했습니다요!" 말을 덧붙이던 사내도 길바닥에 주저앉아 아버지의 다리를 붙들었다.

"선생님, 선생님! 저희가 잘못했습니다! 저희가 위자료를 드리겠습니다요. 경찰서 가시지 말고 그냥 이혼하여 주십시오!"

사내가 아버지의 바른쪽 다리를 두 팔로 끌어안은 채 말했다.

"그런 소리 말아요, 밥장사해서 하루 벌어 하루 먹고 사는 사람이 무슨 돈이 있어 우리가 위자료를 준답니까요, 이 사람들은 그런 치사한 돈 바라는 사람들이 아니라구요, 그렇지요? 찬우 아버지, 당신은 그런 더러운 돈 주어도 안 받는 사람이지요?"

찬수엄마가 사내의 말이 떨어지자마자 그렇게 말했다. 나는 차라리 웃음이 나와 고개를 옆으로 돌리며 '푸-' 했다. 그녀의 태도가 희극스럽게 보였던 것이다.

아버지는 숫제 하늘을 쳐다보고 껄껄 소리내어 웃었다. 공허로운 웃음소리를 대 여섯 번이나 내던 아버지가 여자를 내려다보며 고개를 저었다.

"찬수 엄마가 나를 잘못 보았네? 나, 위자료 받아내야겠어, 그건 네 년이 더 잘 알잖아. 밑 없는 독에 들이부은 춤바람, 샛서방바람, 곗바람, 과외바람, 전처 자식 학대하고 제 친자식 돈쓰는 기계로 등신으로 버려놓은, 20년 흡혈귀로 내 피 빨아 먹었으면, 그것에 대한 보상도 있어야 할 것이고, 과부행세로 딴 서방 꿰 차고 본서방을 개떡 취급하며, 네년 본분 망각하고 놀아났으니…, 본서방이 입은 상처가 너무 커서 억대의 위자료를 받아내지 않고서는 내가 살아낼 수가 없으니 어찌할거나, 이것 봐 년놈들아… 우선 콩밥부터 먹어봐."

조용조용 그러나 이를 갈듯 저주스런 음성으로 줄줄이 뱉어내는 아버지의 말에 나는 통쾌한 기분을 느꼈다. 찬수엄마는 갑자기 입이 붙어 말이 없고 사내가 느닷없이 울음을 터뜨렸다.

"으흐헝 선생님 잘못했습니다요 제가 잘, 잘못했습니다요 엉, 엉엉 불쌍한 놈 살려 주십시오. 어엉-"

사내의 울음은 비명소리처럼 크고 기이했다. 아버지의 바른쪽 다리를 두 팔로 가슴으로 감싸 안아 쥐고 꺼이꺼이 소리쳐 울어댔다. 사람들이 모여들기 시작했다. 대로변의 인도이긴 하나 오가는 사람들의 길을 막다시피 인조다리를 길게 뻗고 목발을 내팽개친 채 퍼지르고 앉아 울어대는 사내와, 역시 아버지의 다리를 껴 안고 있는 찬수엄마와 그리고 그들에게 붙잡혀 움쭉달싹하지 못하고 우뚝 서있는 아버지의 모습이, 사람들의 발걸음을 멈추게 한 것이었다.

"이것 놔 이게, 뭣 하는 짓이야, 다리 놓으란 말이야"

아버지가 그들에게서 다리를 빼내기 위해 허리를 구부려 두 손으로 여자와 사내의 팔과 머리를 밀어내려 했으나, 그들은 울어대면서 더욱 죄는지 오히려 아버지가 비틀거렸다.

"그냥은 못가요 죽어도 안 보낼끼요."

찬수 엄마의 악쓰는 소리와 사내의 울음소리는 점점 더 커지고 둘러선 사람들은 못 본 척 못 들은 척 떠나 주지를 않았다. 사람들은 점점 더 모여들었다.

나는 찬수 엄마와 사내를 아버지로부터 힘주어 떼어 낼 수도 있었으나 더욱 소란스러울 것 같아 아버지를 쳐다보았다.

"경찰을, 부를까요?"

아버지는 대답을 하지 않았고 그들은 동시에 비명을 내질렀다. 나는 그들과 거칠게 부딪치고 싶지 않았고 그러는 과정 중에 또 누군가 다칠 수도 있게 되면 내가 덤터기로 뒤집어 쓸 수도 있다는 생각에 했던 말이지만, 경찰이란 말에 그들은 경악을 한 것 같았다.

"경찰 부르기 전에, 어서 손들 놓으시오."

내가 으름장을 놓았다. 그들의 울음소리는 더욱 커졌다.

그런데, 아버지가 그 자리에 주저앉아 버렸다. 일부러 그러는 것 같았다. 아버지가 그들과 함께 길바닥에 앉아버리자 여자와 사내의 울음소리는 낮아지고, 사내는 거듭 위자료를 지불할 테니 이혼해달라고 말했다. 여자는 사내의 말을 더 이상 타박하거나 제 식대로 어르는 말도 하지 못했다.

아버지는 깊은 한숨과 함께 말이 없었다. 그들의 울음소리도 그쳐졌다.

둘러섰던 사람들이 싱겁다는 듯 하나 둘 흩어지기 시작했다. 아버지가 코트 안 호주머니에서 담뱃갑을 꺼내 담배 한 가치를 뽑아냈다. 사내가 득달같이 라이터를 꺼내 불을 켜서 아버지의 코앞으로 들이댔다. 아버지는 그런 사내를 연민의 눈빛으로 일별하더니, 당신의 라이터로 담배가치에 불을 붙였다. 그리고 길게 빨아들였다가 훅 뿜어냈다. 나는 아버지가 그쯤에서 타협을 생각하고 있음을 알 수 있었다.

나는 아버지 옆에 선 채 말없이 그들을 내려다보았다. 찬수엄마에 대한 우리 부자의 혐오감이나 증오심으로 헤아리자면 필히 그녀는 형벌을 받아야 할 것 같았지만, 아버지는 그냥 보내주려 하는 것 같았다.

"이혼을 해주면, 일체의 조건 없이, 위자료를 지불하겠다는 각서를 쓸 수 있소?"

아버지가 두 번째 담배를 빨아들여 연기를 뿜어내면서 그들을 향해 말했다. 사내가 고개를 숙이면서 그렇게 하겠다고 말했다. 여자는 말이 없었다.

"찬수엄마는, 왜 대답을 않는 거야?"

"나에게는 돈이 없으니까요. 도대체 얼마를 달라는 것인데…."

여자가 잔뜩 일그러진 얼굴로 아버지를 흘끔거렸다.

"내가 묻고 싶은 말인데, 얼마를 줄 생각인지 말해 보시오. 내가 요구하는 대로 다 지불할 수 있소?"

사내가 곤혹스런 낯빛을 지었다. 당연히 보일 뻔한 반응인, 얼마를 요구하느냐는 말은 하지 않았다.

"솔직히 말씀드려서 모아놓은 돈은 없습니다요. 그러나 매달 버는 순이익금에서 50프로씩 1년간 드리겠습니다!"

여자가 놀란 얼굴로 사내를 홱 돌아보았다. 마치 당치도 않은 말을 한다는 낯빛을 지었다. 그러나 사내는 여자의 얼굴을 마주보지 않았다.

"순이익금이 일정하지 않을 테니 매달 송금되는 돈도 들쑥날쑥 일정하지 않겠구먼? 순이익이 없는 달은 공으로 넘어갈 수도 있겠고."

아버지가 입귀를 실그러뜨리며 빈정거리듯 말했다.

"절대로 그렇지 않습니다. 우리 가게는 잘 되고 있습니다. 적자 되는 달은 없습니다요!"

"그 말대로 각서를 쓰고 공증을 할 수 있겠소?"

"예, 예 선생님. 당연히 적어 올려야지요! 지금 들어가서 바로 쓰겠습니다! 가시지요!"

사내가 먼저 몸을 일으키면서 아버지의 겨드랑이를 부축했다. 찬수엄마도 엉덩이께를 털털 털어내면서 일어났다.

일은 그렇게 매듭이 져갔다. 그날, 여자와 사내는 아버지가 요구하는 내용의 각서를 썼고, 아버지는 여자와의 협의이혼에 도장을 찍었다. 사내는 아버지가 이혼서류에 도장을 찍고 난 후에도 거듭 고맙다는 인사말을 내뱉었고, 찬수엄마는 평소의 거만한 낯빛으로 다시 돌아갔다. 콧방귀를 뀌거나 횡설수설 엉뚱한 소리를 떠벌이는 것은 아니었지만 표정은 당당했다. 아버지가 찬수엄마에게 말했다.

"착한 마음으로 잘 살아. 찬수 호적정리 필요할 때 말해."

진작부터 움칫거리던 찬수엄마의 입술이 드디어 터트려졌다.

"남남 되고도 반말 지껄이네. 징그러운 혹 떼냈으니 얼마나 시원할까? 여보! 어서가요!"

여자가 사내의 팔을 부축하면서 돌아섰다. 사내가 고개를 돌리며 꾸벅 고개를 숙였다.

아버지와 나도 돌아섰다. 아버지는 양팔을 활짝 옆으로 벌리며 심호흡을 했다.

"각서를 공증 해두지 않아도 법적 효력이 있나요?"

나는 아버지의 심중을 충분히 헤아리고 있으면서도 물어보았다. 아버지가 웃었다.

"위자료를 받을 목적은 아니니까 효력이 있든 없든 상관없어."

"저도 아버지 뜻은 아는데요, 행여 후에 되감고 들일은 없나 싶어서요….”

“끝났다. 있을 것이 없어. 영업방해며 폭행상해며 재산분배며 말도 안 되는 억지조작 일절 없을 것으로 조목조목 기재했고, 대신 나는 그들을 구속수감 시키지 않았잖냐. 무엇보다 네 녹음청취 하나만으로도 이후 우리에게 문제 될 것은 있을 수가 없다.”

“그렇기는 해요.”

“네가 쉬는 동안 일이 끝날 수 있어서 다행이다! 사흘만 지나면 신년이다. 새해에는 우리 부자에게 좋은 일만 있었으면 좋겠다!”

“아버지는 시골생활 시작이신데, 건강관리에 신경 쓰셔야 해요!”

“알았다. 나는 1월 중에 네가 결혼하고 나면 곧바로 시골로 내려가 다시는 올라오지 않을 생각이다. 이제는 네 일로 또 바쁘게 되었다만, 이럴 때일수록 끼니 잘 챙겨 먹으면서 건강관리 해야 된다.”

“제가 아버지께 드리고 싶은 말씀이에요….”

왠지 명치께가 쩌엉하게 저려왔다. 아버지에 대한 연민의 정 때문이었다.

“오피스텔로 가서 좀 쉬어라. 너도 이제 바쁘게 되었다.”

저린 마음으로 당신의 뒤만 따르고 있는 나를 돌아보며 아버지가 말했다.

“오늘은, 아버지하고 같이 있고 싶습니다….”

“내가 허전할까봐 그러냐? 시쳇말로 천만 만만이다. 너무 시원해서 하늘을 훨훨 날고픈 심정이야.”

“그럼 오피스텔로 가세요, 제가 맛있는 저녁 지어 드릴게요! 그리고 오늘은 저와 함께 주무세요.”

어쨌거나 찬수엄마와 20년을 한 지붕 밑의 열세 평 그 아파트에서 살아온 아버지였다. 어떤 형태로든 자기 인생에 대한 회한으로 만감이 교차하는 밤을 혼자 지낼 것 같아 마음이 아팠던 것이다.

“네 오피스텔이 따뜻하고 냄새 안 나고, 네가 지어주는 밥과 반찬은 좋더라마는, 잠자리는 불편하더라. 싱글침대 하나뿐인데, 내가 침대에서

자면 너는 소파에서 자야 하니 맘이 편치 않아. 신경 쓰지 마라. 나는 지금 이곳저곳 들릴 곳이 많다."

"무슨 일 때문인데요?"

"아파트를 복덕방에 내놓으려고 한다."

"찬수 졸업 때까지는 팔지 않겠다고 하셨잖아요?"

"다 부질없는 나 혼자만의 생각인 것 같다. 찬수는 이미 내가 제 친아비 아닌 것을 알고 있고, 제 어미하고도 끝난 마당에 다시 기어들어올 놈이 아니다. 식당 사내도 제 어미와 함께 찬수에게 관심을 갖는 모양이니, 내가 더는 걱정할 일도 아닌 것 같다. 계획대로 아파트는 팔아야 되겠다."

키운 정 때문인 것 같았다. 온갖 궂은 짓으로 아버지를 힘들게 한 찬수이지만 부모로서의 밑정을 갖고 있었던 것인데 그러나 지금 아버지는 찬수를 드디어 마음에서 거두어 내는 작업을 하려는 것 같았다.

"부동산 시장이 얼어붙어 있는데, 쉽게 팔리지는 않을 겁니다."

"그렇지 않더라. 큰 아파트가 그러하지 영세 아파트 시장은 언제나 움직이고 있고 더욱이 몇 년 전부터 재건축을 하려던 물건이라 실제는 내놓기가 무섭게 나간다는 구나. 너도 연희씨와 의논해야 되겠지만, 내 생각은 아파트와 오피스텔을 함께 팔아서 너희들 명의의 새 아파트를 한 채 구입하는 것이 어떨까 싶다. 네가 슈퍼마켓으로 입주하여 살더라도 너희들 집이 있어야 네 어깨도 펴질 것이니 말이다. 내 마음 같아서는 우리 아파트를 판 돈 만으로 네 혼자 명의의 새 아파트를 마련해 주고 싶지만 형편이 여의치 않아서다."

"아파트는 팔아서 아버지 노후를 위해 쓰셔야지요. 저는 이제부터 열심히 일할 것이고 일단은 슈퍼마켓으로 입주해야 될 모양이에요. 연희씨의 결혼을 위해 2층 살림집을 확장했다니까요. 아버지가 시골로 가시지 않고 우리와 함께 살아주시면 어떤 방법으로든 집을 마련할 수도 있겠지만, 그렇지 못할 바에야 아파트는 아버지 노후 몫이세요. 아버지와 함께 살지 못해 그러지 않아도 가슴이 미어지는데….”

내 목소리 끝이 잠겨졌다. 아버지가 웃었다.

“내가 네 맘 안다. 네가 외롭게 자라서 그렇다. 하지만, 나이로는 부모 품 떠날 때가 이미 늦었어. 나도 내 새 인생 한번 살아보자는데, 아버지 뜻대로 살게 해다오. 나는 이미 퇴직금으로 시골집과 텃밭까지 사놓았고, 이후 생활은 남은 퇴직금의 이자로 혼자 충분히 살 수 있어. 내가 텃밭 가꾸어서 청정채소 재배해 놓을 테니, 너희들은 그것이나 열심히 갖다 먹기나 해라. 어서 오피스텔로 돌아가서 연희씨도 만나고 오늘 하루라도 푹 좀 쉬라니까.”

아버지는 자꾸만 나를 떨쳐내려 했지만 나는 돌아가지 않았다.

아버지와 함께 동네의 복덕방을 찾아다녔다. 놀랍게도 아파트의 값이 많이 상승되어 있었다. 좋은 조건인 것이 재건축에 들어갈 건물이고 또한 예전에는 악조건이던 ‘달동네’ 고지대의 아파트가 이제는 전망 좋은 조건으로 변해 있었고, 실제 매입하려는 사람들은 실수요자보다 투기꾼들이라고 했다. 아버지는 과감하게 아파트의 매매값을 시세보다 더 높였다. 중개업자들이 고개를 갸웃거렸지만, 집으로 돌아가서 기다려 보라고 했다.

그날 저녁. 나는 아파트에서 아버지를 위해 불고기를 만들었다. 반주도 곁들였다.

“찬우야! 너는 네 엄마를 고스란히 닮았어. 다정하고 음식솜씨도 좋고 생각도 깊고…, 참말로 아까운 사람이었다. 빨리 떠날려고 그랬는지… 좋은 짓 예쁜 짓 혼자 도맡아 다하고 가버렸다…. 내 청춘은 짧았지만 네 엄마로 하여 넘치게 행복했고…중년은 찬수어미로 하여 불행했다. 이제, 마지막 단계의 내 인생, 내 식대로 한번 살아 보련다. 꿈꾸던 전원생활, 온 몸 던져 일하면서 내 분수에 맞는 농사 한번 지어 볼련다.”

아버지는 소년처럼 볼이 붉어 흥분된 음성으로 읊조렸다. 유치스럴 만큼 희망에 부풀어 있는 모습이었다.

"축하합니다! 아버지."

밤은 깊어 갔다. 나는 아버지의 침구를 펼쳐 기분 좋게 취한 그를 자리에 들게 하고, 나도 옆자리에 이불을 깔았다. 닭장처럼 좁고 냄새나는 곳이어도 군복무기간을 빼고도 20년 넘게 몸담았던 집이, 이 밤으로 마지막이 될 수도 있다는 생각에 만감이 서려들기도 했다.

새로운 신년을 맞아

이틀간을 오피스텔에서 숙은 늦 잠을 잤다. 여전히 휴대폰은 꺼두었고, 연희누나 역시 찾아오지 않았다. 그리고 또 다음 날은 바로 한 해가 저무는 양력 섣달그믐 날이었다.

한해를 돌이켜 볼 여유도 없이 이른 아침에 아버지의 전화를 받았다. 아파트가 계약되었으니 짐을 정리하게 곧바로 집으로 오라는 것이었다.

놀라지 않을 수 없었다. 아무리 물건이 전망 좋고 재건축에 들어갈 좋은 조건이라 해도 또한 팔고자 내놓은 사람은 없고 매입하려는 투기꾼들이 대기하고 있었다손 치더라도, 집 내놓은 지 사흘 만에 정확히는 만 이틀 만에 팔렸다는 것이 놀라울 뿐이었다. 나는 작업복을 입고 오피스텔을 벗어났다. 택시를 타고 아파트로 갔다.

아버지는 언제부터 일을 시작했는지 부엌 그릇들을 이미 버릴 것과 활용할 것을 분류하여 놓고 장롱의 옷들을 정리하고 있었다.

"어떻게 집 내놓은 지 이틀 만에 팔린답니까요? 이렇게 인기가 있는 집이면 팔지 말걸 그랬나봐요."

"나도 그 생각을 해보았었다. 어저께 저물녘까지 두 군데 복덕방에서 연속적으로 전화를 해대기에 값을 또 올리지 않았겠냐. 놀라지 마라, 결국 오늘 새벽 5시에, 처음 내놓았던 값에서 50프로를 더 받는 조건으로 드디어 계약을 했다!"

"세상에…. 아버지! 어떻게, 값을 50프로씩이나 올릴 수 있었어요?"

"지금 당장 팔지 말까 하는 생각이 들어서 밑져 봐야 본전이다 싶어 올려 보았던 것인데, 많이 놀라는 듯 하더니 10시간 후인 새벽 다섯 시에 득달같이 중개인이 계약서를 들고 아파트로 찾아온 거야! 결국 보니까, 그 중개인이 매수하는 거였어. 말은 관직에 있는 사람들의 부탁을 받고 대리계약을 한다면서 도장을 찍었지만 눈 가리고 아웅 하는 거였어."

"백프로 올렸어도 가능할 뻔 하였네요?"

"그렇게는 생각도 못해 봤다. 중개인도 50프로 올려 받는 것을 주변에 극비로 해달라고 몇 번이고 부탁을 하더라. 최고의 값인가 봐."

"언제 비워 주기로 하셨어요?"

"일주일 안으로 비워줄 수 있느냐고 하기에 그보다 더 빠를 수도 있다고 했다. 금방 도배해서 세를 놓을 모양이더라."

"그런데 아버지, 왜 이렇게 서두르세요?"

"네가 집에 쉬는 동안, 그리고 모든 것 어서 정리하고 싶어서다. 내 마음을 모르겠냐?"

아버지의 마음을 모를 리가 없었다. 당신의 말처럼 내가 옆에서 도울 수 있을 때 그야말로 주변을 빨리 정리하고 하향하고 싶음이 외적인 이유일 것이고, 당신 명의의 아파트를 어떤 형태로든 내 앞으로 돌려주고 싶음이 내적인 이유일 것이었다. 아니나 다를까, 아버지는 내 생각에 입증이라도 하듯 말했다.

"내가 그저께도 말했듯이 가장 좋은 방법은, 연희씨의 오피스텔도 팔아서 돈을 합해 좀 변변한 아파트를 사두는 것이다만, 그러나 연희씨의 생각도 알 수 없고 매물로 내놓는다 해도 언제 팔릴지도 모르니, 우선 이 집 판 돈으로만 멀지 않은 수도권에 네 명의의 아파트를 전세를 끼고 사두는 것이 어떨까도 싶다. 내가 알아서 할 테니, 그 문제는 나에게 일임해라."

"아버지 뜻이 굳이 그러하시다면 알아서 하십시오. 그런데 이 짐들은,

다 어떻게 하시려고요?"

"찬수와 그 에미의 옷이나 장롱, 화장대 등은 짐 위탁소에 맡겨서 찾고 싶으면 찾아가도록 연락해 주려고 한다. 나머지 냉장고와 TV 등은 고물이지만 시골로 가져가고."

나는 아버지를 거들어 짐을 분류하여 장롱, 화장대, 옷보퉁이 등을 물류보관창고로 실어가게 하고, 폐기할 가구는 아파트 마당으로 끌어내어 동사무소에 처리토록 신고했다.

짐을 다 끌어내고 빈 집에 대충 비질까지 했을 때는 어언 저물녘이었다. 이른 아침부터 시작해서인지 당일로 일이 끝난 셈이었다.

그날 밤 우리 부자는 며칠 전 저녁처럼 찜질방에서 몸을 풀고 함께 이웃 여관방에서 잠을 잤다. 짐을 들어낸 빈 아파트로 아버지가 다시 들어가지 않으려 했기 때문이었다. 따라서 새해 첫날을 우리 부자는 여관방에서 맞이하게 되었고, 아침 해장국을 먹기 위해 청진동으로 걸어갈 때는 왠지 처량한 생각이 들기도 했다.

"아버지, 우리가 지금 마치 집도 절도 없는 유랑민 같다는 생각이 들어요, 원단 새 아침을 거리에서 맞고 있으니 말이에요!"

"내 생각과는 다르구나. 나는 지금 깨끗한 빈 몸으로 홀로서기 새 인생의 스타트에 선 것처럼, 몸도 마음도 가뿐하다! 유별한 의욕까지 솟는다! 무엇보다 뿌듯한 사실은, 내 사랑하는 아들과 시쳇말로 추억 만들기를 하고 있다는 벅찬 기분인데, 너는 쓸쓸하냐? 어저께 맘씨 좋아 뵈던 물류보관소 트럭 기사가 냉장고와 TV 세탁기 선풍기 이불 보퉁이 등을 저렴한 운임으로 오늘 시골로 옮겨 주겠다고 했다. 오전 중에 나는 그 짐과 함께 시골로 내려간다. 매입자인 중개인이 은행 문을 여는 3일 아침에 집값 전액을 내 통장에 입금시키기로 했다. 읍내 농협에 나가서 입금된 것을 확인한 후에 너에게 전화를 할테니, 그때 네가 중개인에게 집문서를 넘겨주도록 해라. 며칠간 네가 정말 수고했다! 네가 얼마나 큰 힘이 되었는지 내가 새삼 자식 둔 보람을 느꼈다. 해장국 먹은 후에 너는 바로 오피스텔로 가서 네 일을 보아라. 나하고의 일은 끝났다."

"제가 함께 가서 짐을 실을께요."

"아서라, 이제는 네가 내 옆에 있는 것이 불편하다. 일주일 동안 참으로 큰 일 치렀다! 큰 산 하나를 옮겨야 할 것처럼 힘들게 느껴지던 찬수어미 정리며, 아파트 매매 건까지 어떻게 이리도 수월하게 빠른 시간에 해결할 수 있었는지, 거짓말 같은 생각이 들 지경이다. 호사다마라고, 너무 내 뜻대로 일이 착착 잘 진행돼서 사실은 조심스런 마음이기도 하지만. 이제는 네 회사 일과 결혼 건만 남았다!"

해장국밥을 한 뚝배기 넘치도록 달게 든 아버지는 음식점에서 나오자마자 택시를 세워 타고 손을 들어 보이며 떠나 버렸다. 내가 따라나설 까봐 제대로 인사도 받지 아니한 채.

나는 새해 새 날 아침, 청진동 골목을 벗어나 종로 대로를 두 어깨를 쫙 펴고 힘차게 걸었다. 공휴일의 거리는 차도 사람도 드물었다. 신년맞이 해외여행, 해맞이 동해관광, 혹은 산행 등을 떠나서일까 상점들도 거의 철시되어 있었다.

해는 이미 하늘 높이 떠 있었다. 나는 두 손바닥을 펼쳐 입가로 나팔모양을 만들고 고개를 쳐들어 태양을 향해 한껏 소리를 내질렀다. 아도 오도 우도 아닌 함성을 뱃줄을 당겨 올려 세 번 네 번 다섯 번을 토해냈다. 지난 한 해의 응어리를 풀어냈다 해도 좋고, 새로운 출발을 다짐하는 자축의 함성이라 해도 좋았다.

바쁜 걸음을 떼어 놓던 주변의 몇몇 사람들이 깜짝 놀라며 돌아보았다.

"새해 복 많이 받으십시오!"

내가 활짝 웃으며 소리치자 그 사람들도 얼결에 웃음으로 받으며 "복 받으십시오–" 응수해 주었다. 기분이 비상할 것처럼 벅차올랐다. 몸과 마음이 그렇게 자유롭고 가벼울 수가 없었다. 무한한 가능성의 찬란한 세상이 내 앞에 한없이 펼쳐져 있는 것 같았다. 새해 결심 딱 한 가지, 제반사를 긍정적으로 생각하며 살자고 마음에 다짐을 두었다.

연희누나의 조심스런 얼굴이 떠올랐다. 나는 휴대폰을 꺼내 켰다. 자그마치 엿새 동안을 꺼두었던 것을 열어 그녀에게 신호를 보냈다.

"어쩜… 찬우씨, 아주 멀리… 도망간 줄 알았다…."

목이 잠긴 연희누나의 음성이 잔잔히 가슴을 적셔 왔다.

"새해 복 많이 받으십시오! 아니 함께 복 받는 해 만들자구요!"

나는 들떠 소리쳤다.

"거기, 어디야? 지금 찬우씨 어디 있어?"

그녀의 목소리는 다급했다.

"도대체, 무슨 일이야? 왜 이렇게 사람의 애간장을 태우는 거지? 아버님이 계시는 시골이야?"

그녀의 연이은 목소리가 팽창한 풍선처럼 부풀어 있었다.

"대한민국 서울, 종로 네거리요."

"그럼, 지난밤은 어디서 잤어?"

내가 오피스텔에서 잠을 자지 않았다는 사실은 그녀가 현장에 있어야 알 수 있는 내용이었다.

"누나, 지금 오피스텔에 있어요?"

"섣달 그믐날을 함께 지새우고 싶어 찬우씨 입장 아랑곳없이 무작정 오피스텔에 왔는데, 밤 내내 들어오지도 않고…. 여전히 전화는 꺼놓고…."

"누나 그대로 계세요, 내가 총알처럼 달려갈 테니까요."

빈 택시를 탔다. 종로에서 마포까지는 텅 빈 거리의 과속으로 10분도 채 걸리지 않았다.

나는 오피스텔로 뛰어 들자마자 누나를 끌어안았다. 얼굴이며 입술이며 젖가슴이며를 물고 빨며 발정 난 야생의 산동물처럼 헉헉대며 탐했다. 용암처럼 솟구치는 충천하는 정염을 막을 수가 없었다.

한바탕 뇌성벽력이 치고 광란을 일으킨 바람이 지나가자 사위는 죽은 듯 적막해졌다. 그녀 몸 위에 엎혀진 채 그대로 잠들어 버리고 싶었다. 실제 땅 속으로 잦아드는 나른한 피로가 전신을 엄습해와 눈을 감았다. 좀 전, 종로 네거리에서 벅찬 희망으로 비상할 것 같았던 기분이나 의욕이 순전히 정신상의 문제였던 것인지, 아니면 충만한 육정의 덩어리를 쏟아낸 탓인지 사뭇 탈진한 상태로 몸을 놓아버렸다.

"보고 싶었어…."

"사랑해요…."

나는 그녀의 등을 쓰다듬고 머리를 어루만지고 귓불에 입술을 대며 토닥거려주었다. 이렇듯 품안에 빈틈없이 보듬긴 작은 아기 같은 사랑스런 여인이, 어느 때는 어머니처럼 큰 누이처럼 넓고 깊은 마음이 서리어 있음이 신기스럽고 경이로울 뿐이었다. 한동안 숨을 죽이듯 내 어루만짐을 받던 그녀가 얼굴을 들어 내 입술에 입술을 덮었다.

동창으로 밝은 햇살이 쏟아져 들고 가끔씩 얼굴을 들어 내 눈을 들여다보는 그녀의 얼굴이 너무 아름답다는 생각을 했다. 화장기 없는 맨살의 희고 깨끗한 얼굴이 온통 홍조로 물들어, 흐트러진 긴 머리칼 속에서 드러남이 사뭇 고혹적이었다. 평소의 깔끔한 모습과는 대조적인 그녀의 분위기에, 여자란 도대체 몇 개의 얼굴을 갖는 것인가 생각해보았다.

"찬우씨, 나에게 할 이야기가 많을 것 같은데."

그녀가 낮은 음성으로 말했다. 지난 엿새 동안의 내 동정을 묻는 것일 터였다.

"많습니다. 찬수엄마와 아버지의 관계가 정리되었고, 아파트가 팔렸습니다."

그녀가 놀란 시선으로 나를 쳐다보았다.

"어머… 찬수엄마의 행방을 어떻게 알아내고… 이혼을 하셨다는 말씀이신가?"

"그렇습니다."

나는 그간에 일어났던 내용을 비교적 상세하게 들려주었다. 그녀는 거듭 놀라면서 어떻게 짧은 기간 안에 큰일을 두 가지나 끝낼 수 있었는지 거짓말 같다고 했다. 그렇게 보아서인지 그녀의 얼굴이 복사꽃처럼 밝아졌다.

"내가 도울 일도 있었을 텐데, 철저하게 배제시켜 섭섭해. 하지만 일이 다 잘 되있다니 다행이다!"

"이제 우리 결혼 건만, 남은 셈인가?"

그녀가 나를 쳐다보았다. 고개를 끄덕였다.

"음력설을 지난 후에 날을 잡는 것이 좋겠다고 우리 어머니가 말씀하셨는데, 찬우씨는 어떻게 생각하지?

그녀는 시종 밝은 표정으로 내 눈에서 시선을 떼지 않은 채 말했다. 이달 그러니까 1월 중에 결혼식을 갖자던 지난번의 내 요구에 약조를 하고서도 또 다시 날짜를 연기하자는 내용이었다.

"그런 거 믿는 것은 아닌데… 엄마가 어디에 가서 알아보았더니, 해를 넘기는 것이 좋겠다고 말했다나봐…."

그녀가 이어 덧붙였다.

"양력으로는 이미 해를 넘겼는데… 그럼… 그렇게 하세요."

나는 그녀의 말에 동의했다. 아버지 주변의 큰일들이 정리되어져서일까 마음에 여유가 있었다.

"고마워. 간단히 동의해주니까 오히려 허전하네? 그럼, 아버님은…, 아파트를 팔아서, 시골로 가신 것인가? 얼마나 받으셨는데?"

"아버지 말씀은 영세 아파트이지만 의외로 값을 잘 받아 수도권의 신축 아파트를 전세 안고 구입할 수도 있을 것이라고 하셨어요."

"누구… 명의로?"

"굳이 제 명의로 해주시겠다고 하십니다."

"당연하지."

나는 말 떨어지기 바쁘게 너무나 당당하게 응수하는 그녀에게 조금 놀라움을 가졌다. 아버지의 유일한 재산을 나에게 통째로 넘기겠다는 뜻에 거침없이 당연하다고 말할 수 있는 것인지 의아로웠던 것이다.

"내가 아버지를 모시지 못할 형편이라, 아파트는 아버지의 노후 보장용으로 쓰셨으면 했던 것인데……."

"찬우씨가 아버님을 뫼시지 않겠다는 것이 아니라 아버님이 굳이 혼자 사시겠다고 하향하신다며?"

"아버지의 뜻은 그러하지만 자식 된 입장에서는, 죄송하고 염치가 없다는 것이지요."

"새해 첫 날, 우리 이렇게 보내지 말자! 용문산 골짜기 드라이브 갈까?"

뜻밖의 제의였다. 나는 그녀를 바라보기만 했다. 드리이브 코스라면 너무 먼 거리가 아니냐는 것을 눈빛으로만 말했다.

"겨울산 골짜기는 삭막한 대로 또 멋이 있어! 눈이라도 쏟아지는 날이면 그 절경이야 상상을 초월할 만큼 아름답지만, 그러나 차가 골짜기까지 올라가지는 못하지. 좀 멀지만 새해 첫 날에 산의 정기(精氣) 한번 쐬고 오자!"

그녀는 지금까지와는 또 다른 꿈꾸는 듯한 표정이 되었다. 나는 여성의 다양한 일면을 또다시 지켜보면서 속으로 감탄한다.

"시인이 되셨네! 누나 뜻대로 하소서."

나는 장난끼서린 말투로 응수했다. 실제 특별히 할 일은 없었지만, 내일 모레, 바로 3일부터 출근해야 하니 조용히 취재 계획 같은 것을 한번 세워 보고 싶기도 했던 것이다.

"어째, 빈정거리는 대답 같으다? 싫음, 관두고."

"싫을 리가 있어요. 항상 멋진 계획은 누나가 앞서 발표하니까 열등감에서 이죽거리는 것이지……"

나는 마음과는 다른 말을 뱉고 있었다. 감정의 기복이 분초로 달라지는 것 같은 그녀의 예민하고 여린 감성을 건드리고 싶지가 않았던 것이다.

그녀는 연상의 나이 탓도 있겠지만 나와의 관계에서 제반사를 자기의 뜻이나 주장대로 이끌기를 좋아했고, 그것을 당연한 사실로 받아들이는 성향을 갖고 있었다. 단비와의 관계에서도 수동적이었던 내가, 여섯 살이나 연상이면서 어느 면으로 능수능란하고 약간의 완벽주의적 성품인 그녀에게 내가 능동적일 기회는 주어지지 않았고, 그럴 필요성도 느끼지 않았다. 내 심층 속까지 꿰뚫어 보면서 알아서 채워 주고 쓰다듬어 주면서 그녀 뜻대로 운용하는데 특별한 불편함이 없었던 것이다.

좀 더 솔직히 말하자면 나는 그것을 즐기고 있었다. 시간도 이동할 승용차도 돈도 없이 살아가는 내 형편에 그녀의 전횡(專橫)은 차라리 편했다. 물론 그녀는 제반사를 전횡하면서도 근본적으로 내 자존심을 건드리지 않았고, 또한 그녀를 사랑하는 한 색깔의 덩어리 속으로 그 행위들은 범벅되면서 오히려 감동은 커졌던 것이다.

"자, 어서 준비해! 점심은 그곳에서 토종닭 먹자!"

"겨울에도, 장사를 하나 보죠?"

"물론이지, 야생으로 풀어놓고 키우는 오골계와 토종닭을 먹기 위해 주말이면 빈 방이 없다는 걸."

"불황이다 불경기다 하면서도 그 골짜기까지 토종닭 먹으러 가는 것 보면, 그래도 여유들은 있는 모양이네……."

나는 중얼거리며 그녀를 따라나설 준비를 했다.

"동감이야. 살기 힘들다고 아우성이 하늘을 찌르는데도 해외 여행객은 늘어나고, 몸보신족들은 더 증가하니 이해할 수가 없어. 어려운 때일수록 가진 자들의 소모성과 이기성이 도드라짐은 아마 불안감 때문일지도 모르지."

우리는 지하 주차장으로 내려가 차에 올랐다.

내 휴대폰이 울렸다. 아버지의 전화이겠거니 생각했다. 그런데 뜻밖에도 신문사 편집부의 민기자였다. 그녀는 자지러지듯 소리쳤다.

"공기자님! 세상에, 통화하기가 왜 이리도 힘들어요? 열 번도 더 전화했고 녹음에 문자 보내기며 갖은 방법을 다 했는데, 어쩜 전화 한번 주시지 않으세요?"

그녀는 반색을 하는 억양이면서도 큰 소리로 전화불통의 질책부터 했다.

"민기자님이, 어쩐 일이십니까?"

"새해 복 많이 받으시라구요!"

"아, 예, 새해 복 많이 받으십시요! 그런데 제 전화번호를 어떻게 아셨습니까?"

"어머…… 직원수첩에 있잖아요."

"그렇군요! 너무 뜻밖이어서……"

"그런데, 도대체 왜 불통이었어요? 제가 열 번도 더 전화했다구요."

"신문사에 무슨… 급한 일이라도 생겼습니까?"

나는 문득 그녀가 신문사 일로 나를 찾았을지도 모른다는 생각을 했다.

"아, 정말 안 통하네, 그냥 처녀가 총각한테 마음이 있어서 전화했다고 생각하시면 안돼요? 아니, 그렇게 느껴지지 않아요?"

그녀는 거침없이 소리를 높였다. 나는 그만 소리내어 웃어 버렸다. 옆에서 운전을 하던 연희누나가 내 얼굴을 돌아보았다. 내용을 다 듣고 있었던 모양으로 그녀의 표정이 복잡했다.

"왜, 아무 말씀이 없으세요? 지금, 댁이세요? 오늘 우리 만나요!"

"저는 지금 시골로 가고 있는 중이거든요. 그리고"

연희누나가 내 무릎을 쳤다. 그리고 손가락을 자기 입술에 댔다. 더 밝히지 말라는 뜻인 것 같았다.

"왜, 말씀을 끊으세요?"

"전화상태가, 별로 좋지 않습니다. 모레 회사에서 만나죠."

"시골서 언제 오시는데요?"

휴대폰을 닫으려하자 그녀는 빠르게 다시 물어왔다.

"내일 저녁때나 도착할 것 같습니다."

"제가 기차역에 마중 나갈 수도 있는데…"

"아닙니다, 제 형편이 그럴 입장이 아닙니다. 그럼 전화 끊겠습니다. 좋은 한 해, 좋은 하루 되십시요."

나는 먼저 전화를 끊어 버렸다. 그리고 연희누나를 돌아보았다. 얼굴은 정면을 향하고 있었지만 뺨이 붉게 상기되어 있었다.

"편집부 민기자네요. 신년인사 전화를 걸었답니다."

나는 그녀에게 보고하듯 말했다.

"다 들었어. 찬우씨, 기분이 어때?"

"나쁘지 않은데요."

"그럴꺼야. 마음이 동해?"

"누나로 온통 포만상태인데, 비어 있는 마음이 있어야 동하지요."

"그 마음은 믿겠는데… 하지만 내 기분은, 왜 이리 불편하지?"

"누나답지 않은 말씀. 그런데, 우리관계 왜 밝히지 못하게 해요?"

"아직은 좀 일러. 새로운 체제로 시작되는 신문사에 첫 사내 커플로 뒤숭숭한 분위기 만들 필요는 없지 않겠어."

"그건 그래요."

"그렇지만 민 기자는 좀 캥긴다. 멋모르고 적극적으로 나올 것 같거든…"

그녀는 표정을 풀지 않았다.

"걱정 마십시요. 내가 마음을 주지 않는데, 자존심이 있지, 가까이 오겠어요? 그리고 여차하면 누나와의 결혼을 밝히겠어요."

"어쨌든 찬우씨, 나하고 약속하자, 민기자가 그대에게 어떤 식으로 대

쉬해 오는지, 민기자와의 일은 무조건 나에게 보고하기…"

"그건 민기자에게 좀 심한 것 아닐까요. 내가 결혼할 사람이 있다고 밝히면 더 다가들지도 않겠지만, 우리 두 사람의 믿음이 확실한데 민 기자의 언행 일체를 보고하라는 것은 좀 무리입니다."

나를 믿고 나를 향한 호감으로 말하는 사람의 모든 행위를 누나에게 죄다 말하는 것은 민기자를 모욕하는 것이 아니겠냐는 말은 하지 않았다.

"왜 무리라고 생각할까?" 우리는… 한 몸, 한 뜻이 아닌가?"

"맞습니다. 누나와 한 몸 한 뜻입니다. 우리가 너무 민기자를 두고 예민하게 생각하는 것은 아닐까요? 걱정 마십시요. 누나가 조금도 신경 쓰실 일이 아닙니다. 계속 신경 쓴다는 것은 저를 믿지 못하신다는 것입니다."

"알았어."

그녀는 대답을 분명히 했다. 그러나 차가 시내를 벗어날 때까지 별다른 말을 하지 않았다. 기분이 편치 않다는 뜻일 것이었다.

한 시간 남짓 걸려 용문산 골짜기에 닿았다. 여름의 무성한 녹음에 비해 삭막하기가 그지 없는 풍경이었다. 그러나 겨울날씨답지 않게 포근한 기온에 노란 햇살이 금싸라기처럼 쏟아져 내리는 한 낮이어선지 그런대로 숲은 아름다웠다. 무엇보다 맑은 공기가 폐부 속으로 쌩하게 들어오는 것이 온몸을 정화시켜 주는 청량한 느낌을 갖게 했다.

여름의 그 노인이 반색을 하며 뛰어 나왔다.

"할머니! 새해 복 많이 받으세요!"

"세상에, 세상에, 두 분이 오셨구먼…"

할머니는 두 사람을 유난히 번갈아 쳐다보며 반색을 했다. 그러나 그렇게 느껴서인지 이 한겨울에 방문한 내용에 대한 궁금증이 주름진 얼굴에 가득했다.

"할머니, 우리 오골계 한 마리 삶아 주세요! 젊은 사람이, 좀 휘청거리거든요!"

노인이 안내하는 안방으로 들어서면서 연희누나가 밝은 음성으로 말했다.

"그래요, 인삼도 약재도 듬뿍 넣어서 고아야겠네!"

할머니가 덩달아 내 얼굴을 흘끔거리며 응수했다.

"할머니, 오늘은 손님이 별로 없는 것 같으네요?"

그녀가 이어 할머니를 향해 물었다.

"겨울에는 손님이 없어유."

"지난 주말에 친구 커플이 왔는데 방이 없어서 돌아왔다고 하더라구요?"

"방이 3개뿐이라 한번 손님이 들면 서너 시간은 죽치고 있으니, 다른 손님이 와도 나가라 할 수도 없고 그럴 때가 있어유."

"하기야 오늘은 신년 초하루인데, 꼭두 첫날부터 이 골짜기까지 토종닭 먹으러 올까 만은, 그래도 너무 적막하네요? 눈 오는 날은 차가 못 올라오니 더 손님이 없지요?"

그녀는 이날따라 할머니에게 손님 타령을 하고 있었다.

"그렇지도 않아유. 눈 오시는 날은 짝꿍 손님들이 더 많을 때도 있어유. 차는 아랫동네에 주차시키고 둘이 부둥켜안고 미끄러지면서도 올라와유. 눈 내리는 산의 풍경을 즐기는 것인지… 방이 두 세 개쯤 더 있으면 돌아가는 손님은 없을 텐데…"

"알았어요, 할머니. 우리는 닭만 먹고 곧바로 갈께요."

"하이구 아가씨야 주인이신데 온종일 계시고 주무시면 또 어때서요, 조금만 기다려요."

노인이 부랴사랴 방문을 닫고 나갔다.

"아, 피곤해!"

연희누나가 방바닥에 벌렁 드러누웠다. 나는 노인이 베고 있었던 것 같은 베개를 그녀 머리밑에 받쳐 주었다. 눈을 감고 있는 그녀의 얼굴이 계속 밝지 못한 것 같아 마음이 쓰였다. 민기자의 전화 건 때문만은 아닌 것 같았다.

"혹시 할머니에게 용건이 있어서 이곳으로 온 것입니까?"

나는 바람벽에 등을 기대고 앉으면서 그녀를 향해 물었다. 그녀가 눈을 떠 나를 쳐다보았다.

"어떻게, 알았지?"

"분위기가 그렇게 느껴져서요." 그녀가 일어나 앉았다.

"작년 10월까지, 그러니까 만 5년째 저 할머니가 무상으로 이 집과 땅을 사용하고 있는데 이제 좀 회수할까 해서."

"회수해서…, 어떻게 하시려고요?"

"사실은 이 문제도 찬우씨와 한번 이야기를 나누었으면 싶었는데, 어떻게 기회가 만들어지지 못했다. 어머니 생각이, 우리가 결혼하면 당신은 이곳으로 나오시겠다는 거야. 처음에는 찬우씨가 우리 집으로 입주하면 아들 재미 한번 보시겠다 하시더니, 이제는 30여년 개미 쳇바퀴 돌 듯 살아온 슈퍼마켓 일이 힘들어서 더 못하시겠다는 거지. 당신 노후를 위해 사둔 이곳으로 오셔서 이제부터 정양생활을 하시겠다는 거야."

"어머님이 무슨 지병이 있으셨나요? 몸은 야위셨어도 강단이 있어 보이셨는데…"

"옛날에 결핵을 앓으신 적이 있었어. 지금은 완치가 된 상태인데도 그 병에 대한 강박증을 갖고 계셔. 항상 공기 좋은 곳에서 살고 싶으시다는 거지."

"그래서 어머님이 이곳으로 들어오시게요? 그럼, 슈퍼마켓은요?"

"우리가 결혼하면 나는 회사를 그만 두어야 하고, 어머니가 굳이 이리로 들어오시면, 나는 도리 없이 슈퍼마켓을 맡아야 되지 않겠어? 하지만, 나는 어머니를 가능한 좀 옆에 계시게 하고 싶어. 결혼해도 분만달인 8월까지는 눈치 무릅쓰고 회사에 나갈 생각이고, 아기를 낳으면 산후조리 등 역시 어머니의 도움을 좀 받아야 하거든. 그 기간이 길지는 않을 거야. 어머니는 벌써부터 여기 오실 생각으로 들떠 계시니까. 그래서 여기 할머니가 늦어도 금년 가을까지는 집을 비워 주어야 하므로, 미리 말씀 드려야 할 것 같아 찬우씨와 함께 온 거야."

"가벼운 드라이브 목적만은 아닌 줄 느꼈습니다. 그런데, 누나가 장차 아기 키우면서 슈퍼마켓을 운영할 수 있을까요?"

"얼마든지 해낼 수 있어. 내가 사실, 얼마나 야무지고 영악한지 찬우씨는 모를 거야. 찬우씨만 옆에 든든히 버티고 있어주면 난 무엇이든 할 수 있어."

그때 노인이 오골계를 끓인 오지 솥을 차반에 받쳐 들여왔다.

"아니 할머니 벌써 다 됐어요? 30분도 채 안된 것 같은데?"

누나가 놀라면서 일어나 웃목 켠에 세워져 있는 상을 끌어 오려했다. 나는 얼른 그녀 앞서 상을 옮겨 놓고 차반 위의 닭 솥을 상 위로 올렸다.

"할머니 소주 한 병만 주십시요! 이 멋진 음식을 들면서 반주가 없다면 허전하지요."

노인은 대답 없이 소주와 밑반찬 몇 가지를 더 곁들여 왔다. 그러고 보니 조금 전과 달리 시종 응답이 없는 노인의 얼굴이 많이 굳어져 있었다.

"할머니, 오골계를 미리 끓여 놓았었나 봐요?"

연희누나가 계속 반응이 없는 할머니를 쳐다보며 앞서 한 말을 반복했다.

"그러믄요, 매일 열 마리 정도는 미리 고아 놓지유…"

할머니는 여전히 굳은 표정이었다. 밑반찬과 소주를 내려놓고 다시 돌아서던 노인이 머뭇거리며 상 옆에 엉거주춤 앉았다.

"지가 엿들을라꼬 해서 들은 것은 아닌데…, 어머님이…….이리로 살러 나오신다고 하셨던 거 같은데, 사실입니까요?"

노인의 얼굴이 굳어졌던 이유가 바로 거기에 있었던 것 같았다.

"아, 할머님이 들으셨구나! 저는 나중에 말씀드릴까 했는데……. 할머니가 들으신 대로예요. 이 집과 땅은 어머니가 이곳에서 정양하실려고 구입했던 것이거든요. 올 여름부터 이곳으로 나오시겠다고 성화세요. 저는 내년 봄쯤 나오시게 할려고 말씀드리고는 있지만, 일단 할머님은 가을까지는 집을 비워주셔야 하겠어요."

그녀의 음성은 분명했다. 노인의 얼굴이 금방 울상으로 변했다. 바라보기 민망스럴만큼 표정이 일그러지면서 흐드득 울음이라도 터뜨릴 것처럼 변했다. 고개를 좌우로 내젓던 노인이 연희누나의 손을 와락 끌어잡았다.

"아가씨! 한 삼년만 더 살게 해주시유, 내가 나갈 데가 없어유, 지금 아들 하나 있는 것이 이혼을 하고 여기 나한테 와서 빌붙어 살고 있는데, 갈 데가 없어유…. 내가 이제는 남들처럼 세(임대료)도 내고 할테니께, 한 삼년만 더 살게 해주시유, 내가 이렇게 빌텐께…"

노인이 갑자기 무릎을 꿇고 두 손을 모아 싹싹 빌었다.

"어머, 할머니, 이러시면 안 되지요. 바로 앉으세요! 5년 전에 할머니는 1년만 살게 해달라고 부탁하셨던 것 잊으셨어요? 5년이나 지났어요. 올 해는 집을 비워주셔야 해요"

"아가씨, 월세를 낼께유, 돈을 내겠다구요, 3년이 안되면 2년만이라도 살게 해주세요"

노인의 반응이 너무 예상 밖이었는지 누나의 얼굴이 낭패감으로 오히려 창백했다.

"세상에, 할머니 이러시면 안 되시잖아요. 우리가 월세 받아내려고 이러는 거 아니예요. 제어머니의 몸이 많이 안 좋으시다구요, 올 해는 꼭 집을 비워주셔야 해요"

누나의 음성이 높아졌다.

그런데 그때 방문이 벌컥 열리면서 설흔 대여섯 살쯤 뵈는 남자가 들어섰다. 인상이 험악했다. 빡빡 깍은 막머리에 두세 군데 도장밥 같은 흉터가 퍼져있고, 왼쪽 볼에는 오륙 센티의 칼자국이 나 있었다. 노인의 아들인 것 같았다.

"엄마, 왜 그래"

그는 양 손을 호주머니에 찌른 채 두 손을 모으고 앉아있는 노인을 내려다보며 볼멘소리로 물었다.

"아니여, 너는 몰라도 돼, 나가있어, 어여"

노인이 사내를 밖으로 밀어내려 했다.

"왜 그러는데? 엄마가 뭘 잘못해서 새파란 젊은 년 앞에서 싹싹 빌어"

사내가 잔뜩 긴장하여 앉아있는 누나를 노려보면서 거침없이 욕지거리를 섞이 소리를 높였다. 내가 벌떡 일어나 사내 앞에 마주 섰다. 그러자 노인이 나와 사내 사이에 잽싸게 끼어들면서 아들을 떠밀었다.

"이놈아, 그만 나가서 박혀있어, 주인집 따님이셔 우리에게는 은인이여, 이놈아 어따 대고 쌍소리여"

사내가 주춤했다. 그러나 호주머니에 찌른 손을 더욱 깊숙이 쑤셔 넣는 묘한 자세를 취하더니 콧방귀를 뀌었다.

"주인집 여자가 어쨌다는 건데, 어쨌는데 엄마가 무릎 꿇고 두 손 싹싹 빌었어? 무얼 잘못했냐고-"

"이놈아, 우리가 집을 내줘야 할 때가 넘었단 말이다, 기다릴 만큼 기다려 주신 분이야, 이제는 내 줄때가 되었단 말이다, 그래서 좀 더 살게 해달라고 빌은 거다, 뭐가 잘못 됐냐, 이놈아 어서 너도 사정해보든가 아니면 나가있어, 나가있어"

노인이 결사코 아들을 방 밖으로 밀어내려 했다. 아들이 자꾸만 엉겨 붙듯 하는 노인을 밀쳐 버렸다. 노인이 휘청거리다 문고리를 잡고 버텨 섰다.

내가 말없이 두어 발자국 사내 앞으로 다가섰다. 그러자 노인이 또다시 내 앞을 막아섰다.

"참으세유, 미안해유, 저눔이, 썽질이 개떡이예유- 제발, 참으세유."

사내는 의도적인 듯 나를 쳐다보지도 않았다. 누나만 노려보면서 이죽거렸다.

"그러니까 집을 내달라, 그 말이슈? 그렇다면 계산 먼저 해야 할 것 아닌감? 순서가 이거이 아닌 거 같은디?"

그때 할머니가 사내의 말을 잘랐다.

"이놈아, 계산은 무슨 계산이여, 우리가 집만 내놓으면 되지, 제발 이놈아 나가 있어, 일 그르치지 말고-"

"무식한 엄마는 가만있어, 내가 해결할텐께-"

내가 사내 앞으로 바싹 더 다가섰다.

"말해봐요, 어떻게 해결하자는 것인지."

사내가 코앞으로 다가선 나를 찌를 듯 째려보며 말했다.

"넌 뭐야-"

"나, 집주인의 약혼자요."

"3자는 비껴-, 쌔끼야"

사내가 두 눈을 화통처럼 부라리며 어깨를 쫙 펴고 열손가락을 우드득 꺽었다.

"이 양반이 혓바닥에 욕창이 생겼나… 말끝마다 반말에 욕질이네? 나, 3자 아니여, 어디 해결책 한번 들어보자구-"

내 말이 끝나기도 전에 사내의 주먹이 번개처럼 날아왔다. 예상했던 것이라 비교적 간단하게 주먹을 피함과 동시에 헛손질로 휘청거리는 사내의 손목을 잽싸게 움켜잡고 지긋이 비틀어 버렸다. 사내가 비명을 내지르며 상체를 팔목 따라 비틀었다.

"아무데나 주먹 쓰는 거 아니지. 반주검하고 싶지 않으면."

나는 틀어쥔 사내의 손목뼈를 부러뜨려 놓을 것처럼 더욱 힘을 가했다. 사내의 비명이 기성으로 숨이 넘어가듯 깩깩거렸다. 노인이 내 팔에 매달렸다.

"용서해 주시요, 맞아 죽어도 싸지만은, 나를 보아서 좀 참아 주시요,

부탁해유."

나는 사내의 손목을 놓아 주었다. 사내가 뒤로 넘어질 듯 휘청거리다가 곧추 섰다. 그는 비틀린 바른 손목을 왼손으로 감싸 안고 얼굴을 있는 대로 일그러뜨렸다. 팔이 원상복구 되었으니 통증은 사라졌을 텐데도 다음 행동을 계산하는지 표정을 풀지 않고 두 눈만 아래로 굴렸다. 그러나 서슬 퍼렇던 기(氣)는 이미 빠져 있었다.

"해결책을 말해 보라니까. 맘씨 좋은 집주인 만나 5년이나 공짜로 장사하고 살았으면 감지덕지하면서 물러나야지, 무슨 계산 순서가 있다는 건지 이디 말해 보시요-"

내가 낮은 소리로 말하며 사내 앞으로 다시 한 발 다가섰다. 그러자 노인이 화다닥 내 앞으로 뛰어들면서 올 가을에 집을 비워 주겠으니, 아들놈 말은 들을 필요가 없다고 했다.

"선생님 말이 맞아유, 저 놈이 아무것도 모르고 입질하는 것이니 신경쓰지 마세유, 그래요 올 여름꺼정만 살고 나갈 테니 걱정 마세유."

노인은 그렇게 말하면서 몸을 돌려 한사코 사내를 밖으로 밀어내려 했다.

"이놈아, 어서 밖으로 나가지 못혀, 네놈이 끼어들어 되는 일이 없어, 이놈아-"

노인은 오열할 것 같은 꺽쉰 음성으로 사내를 밀어냈다. 사내가 노인의 두 팔에 밀리면서 고개를 쳐들어 나를 노려보았다.

"나 오늘은 팔목이 잘못 잡혀 네 연놈들에게 당한다만은, 우리가 5년간 이뤄놓은 장사터, 권리금 없이 내 줄 것 같으냐, 어림없어, 이 연놈들아-"

나는 순간, 사내의 면상을 번개같이 후려쳤다. 콧등의 골절을 피해 바른쪽 볼과 머리통을 겨냥했다. 노인이 비명을 지르고 사내가 비츨거렸다.

"보자 참자 하니 아주 형편없는 인간이로군. 아가리에서 터지는 건 욕설뿐이니, 이런 인간은 뜨거운 맛을 봐야 정신이 들 것 같군. 밖으로 나

갑시다-"

나는 사내의 멱살을 다시 움켜잡았다. 노인이 내 팔에 매달리고 연희 누나가 말렸다.

"찬우씨 손대지마. 나중에 정식 사과를 듣기로 하고, 저 사람이 말하는 권리금이라는 것이 무슨 말이야?"

나는 움켜잡았던 사내의 멱살을 풀면서 뒤로 밀어 버렸다.

사내가 방문에 등짝을 부딪치면서 방바닥에 주저앉았다.

"그래, 이 새끼야, 네 맘대로 나를 쳐봐라, 쳐보라구-"

사내는 주저앉은 방바닥에 사지를 활짝 펴고 널부러지듯 드러누워버렸다. 사내의 속셈을 헤아리곤 웃었다.

"진단서 떼겠다구? 보자하니 온갖 나쁜 수작은 다 벌리는 저질 인간이군. 상해진단서 떼올 수 있으면 떼 와라, 위조일 경우 발급한 의사도 당신도 처넣어 버릴테니까. 뭐가 어째? 권리금이라구? 어디서 들은 소리는 있어서 아무데나 걸고넘어지는구먼. 이것 봐, 권리금을 받으려면 우선 이곳에서 장사를 해도 좋다는 당국의 허가를 받았어야 했고, 그리고 주인과 임대차 계약을 하고 임대료를 냈어야지. 불법 장사를 5년이나 했으니 당국에 벌금과 세금을 먼저 내고 정식 허가를 받아야 하고, 주인에게는 지난 5년간의 임대료를 지불해야 된다는 말이지. 그렇다 해도, 이집에 이사 들어올 사람이나 주인이 이 장사를 받아 할 생각이 추호도 없으면 권리금이라는 말은 성립이 안 되지. 오히려 당신들이 만들어 놓은 가건물들을 말끔히 없애 주고, 깨끗이 원상복구를 해놓고 나가야 한다는 거, 잊지말라구."

네 활개를 뻗고 두러 누웠던 사내가 킬킬 입귀로 웃음을 흘리며 여전히 이죽거렸다.

"씨팔-. 이론이야 어쨌든, 현실은 그렇지 않다는 걸 풋내기가 아직 잘 모르는 모양인데, 어디 맘대로 해보라구. 우리가 장사해서 후진 골짜기를 명소로 만들어 땅값 올려놨고 닭똥과 개똥, 음식 찌꺼기로 텃밭도 기름지게 만들어 놓았는디, 누구 좋으라고 그냥 몸만 나가? 어림없제, 나가서 집칸이나 얻어 살도록 한밑천 만들어 주기 전에는, 죽어도 안 나갈 테니 알어서들 혀 - 씨파할…"

노인은 아들을 만류하는 척 하면서도 귀를 세워 사내의 말을 듣고 있었다. 나는 연희누나의 팔을 끌었다.

"가십시다. 말이 안 통하는 인간이예요. 사람 잘못 들여서 땅도 집도 오염만 시켜 놓았어요. 가을까지 기다릴 필요 없어요. 당장 집을 비우도록 조치해야겠어요."

누나가 동조했다.

"그래야겠어. 할머니, 아드님 행동 보니까 가을까지 기다려 드릴 수가 없겠어요. 한 달 안에 나가도록 하세요 -"

노인이 누나의 말을 가로 막았다.

"아가씨, 나를 보아서 올 가을까지만 기다려 주세요, 엄동설한에 어디로 나간단 말입니까요…"

노인이 울먹거렸다.

"할머니도 저렇게 드러누워 행패를 부리는 아들 꼴 보면서도 그런 말이 나오세요? 어느 주인이 저렇게 은공도 모르고 은혜를 원수로 갚으려 하는 사람을 봐준단 말입니까? 욕질하고 행패부린 거 사과하고 용서를 빌어도 봐줄까 말까인데, 어림도 없어요. 한 달 안에 집 주변의 가건물 모두 걷어내서 원상복구 해놓고, 나가세요 -"

사내가 드러누운 채 두 손바닥으로 방바닥을 탁탁 쳤다.

"씨팔, 마음대로 해 - 내가 죽기 전에는 안 나갈 테니까 - 송장 끌어 내보라구 -"

나는 누나의 팔을 끌고 밖으로 나왔다.

"억지 댓거리로 한몫 보자는 수단인데, 저것은 주인을 쉽게 보고 저러니 절대로 넘어가면 안돼요. 우리가 더 강하게 앞질러야 해요."

나는 그녀의 귀에 낮은 소리로 말했다.

그리고 차가 주차되어 있는 곳으로 몸을 돌렸다. 노인이 허둥지둥 뒤쫓아 나왔다.

"아가씨, 잠시만요, 내가 이 말까지는 하지 않을려고 했는데……, 저 놈이 정상이 아니예요, 이혼한 여편네를 찾아가 반주검 시켜놓고 형무소 살다가 나온지 일주일 밖에 안됐어유, 제 정신이 아니니 용서해 주시고요, 가을까지만 기한을 주시어요. 틀림없이 비워드리겠어요."

노인이 눈물을 흘리고 있었다. 깊이 고랑진 주름위로 눈물이 스며들고 있었다. 연희누나가 고개를 외로 돌렸다.

"제가 처음부터 그렇게 말씀 드렸잖아요. 그런데 아드님이 저렇게 나오면 그때까지 기다릴 수가 없어요."

"저놈이 정신 차리면 내가 용서 빌러 보낼께요, 제발 부탁이예유! 세상에 어쩌나…, 저 놈 때문에 오골계도 못 듣고…"

노인이 고개를 방 켠으로 돌아보며 차려 놓은 음식을 본 체도 않고 떠나는 우리에게 죄스러운 표정을 지어 보였다. 우리는 누구도 노인에게 반응을 보이지 않았다. 노인은 차가 주차되어 있는 아래 켠 공터까지 종종걸음으로 따라 내려왔다.

"아가씨! 올 여름은 지낼 수 있게 그저 부탁드립니다요…"

노인은 우리가 떠나기 전에 다짐을 받고 싶은 듯 차문을 잡고 서서 거듭 말했다.

"지금 생각은 전혀 그러고 싶지 않아요"

연희누나가 딱 잘라 말했다. 노인이 간절한 눈빛으로 내 얼굴을 쳐다보았다.

"할머님과 아드님이 9월에 집을 비우고 모든 가건물을 원상복구 해놓겠다는 각서를 적어 정식으로 사과해 오시면, 제가 연희씨와 어머님께

상의해 보겠습니다만……."

내 말에 노인이 무슨 뜻인지 알아듣겠다는 듯, "예, 예…." 하면서 고개를 주억거렸다. 그러자 연희누나가 깜짝 놀랄 만큼 소리를 질렀다.

"찬우씨가 왜 그런 말을 해? 결정은 집주인인 내가 해야 되는 것 아니야?"

"물론 당연히 집 주인이 결정하셔야지요. 그래서 상의해 보겠다고 말씀드린 것입니다."

"할머니, 차문 닫으세요-"

그녀는 계속 화가 난 듯 노인을 향해 소리를 높였다. 당황한 노인이 차문을 닫자 그녀는 급진으로 차를 출발시켰다. 노인이 차 밖에서 세 번 네 번 허리를 굽실거리고 있었다.

골짜기를 거의 내려 왔을 때였다.

"내 연기, 어땠어?"

그녀가 나를 돌아보며 웃었다. 집주인도 아닌 내가 마음대로 결정을 하느냐고 소리 높였던 그 부분을, 당신의 의도적인 연기라고 말하는 것 같았다.

"좋았어요. 하지만 연기려니 생각하면서도, 그 순간은 섭섭하던데요?"

"나를…, 백 프로 믿지 않는 구석이…, 찬우씨 마음 한 구석에 도사려 있기 때문일 거야"

"믿는다 하더라도, 각자 기왕의 재산에 관해서는 앞으로도 예민해질 것 같은 감이 들어요. 나야 순수한 내 것이 없으니까 자유스럽지만"

"그럴 수도 있겠지. 하지만 혼전의 재산이야 우리들의 결혼과는 상관없으니 당연히 각자명의로 소유권이 보장되어야 할 것이고, 결혼 후에 함께 모은 것은 공동명의로 하면 되겠지"

그녀는 재산권에 관한 자기의사를 분명히 밝히고 있었다.

"지당한 말씀이신데, 왠지 좀 삭막한 느낌은 듭니다."

"왜 삭막하다고 생각할까? 지혜로운 방법인데…. 나는 이재에 비교적 관심이 많고 분명한 것을 좋아하거든. 뿐만 아니라, 나는 가정 경제나 운영을 가장이라는 남자에게 절대로 전담시키지는 않아. 50프로씩 분담할 거야"

"알았어요. 왜 굳이 지금, 이런 대화들이 필요하죠? 닭도 밥도 못 먹고 쫓겨 가는 신세들이…"

"나도 금방 그런 생각을 했어. 그런데, 찬우씨 아까 멋지더라, 나는 심장이 덜덜 떨려서 말도 잘 안나오던데 팔 비틀고 한 방 주먹 빠악-, 얼마나 믿음직하고 속이 시원하든지! 하지만 조마스러웠어…, 또 어느 놈 코뼈 부러지는 거 아닌가 싶어서"

"콧등은 피했지요"

나는 금방 기분이 부풀려져서 싱글거렸다.

그러다 속으로 "에라이 벨도 없는 인간아, 도대체 이 여인이 무엇이관데 그녀의 말끝 따라 웃고 삐지고 굳어지고, 쯔쯔쯔" 하고 혀를 찼다

"그래도, 가을까지는 비워주겠지?"

그녀가 새삼 정색을 하고 돌아보며 말했다.

"시간을 벌기위해 아들이 일단 찾아 올 겁니다. 상황을 보면서 결정하자구요"

노인이 어떤 방법으로든 아들을 설득하여 함께 그녀를 찾아올 것이란 생각이었지만 그러나 알 수 없는 일이긴 했다.

"하지만 사내가 어떤 예상치 못한 댓거리를 해 올지도 모르니까, 우선 누나가 이 문제를 법무사나 변호사를 찾아 한 번 알아보십시오"

그녀가 걱정스런 표정을 지었다.

"정상이 아닌 사람이라 나는 사내를 만날까봐 겁나는데…"

"지극히 정상인 남자일 수도 있어요. 돈을 뜯어내기 위해 다만 방법을 그렇게 선택했을 수도 있으니까"

"그럼 그 사내가 의도적으로 연기를 했을 수도 있다는 말인가? 할머니의 눈물, 보지 않았어? 이혼한 전 아내를 구타하여 옥살이를 하고 나온 정신이 피폐해진 아들 때문에 괴로워하던 노인을. 정상적인 사내가 어떻게 그런 행동을 할 수 있겠어, 죽기 아니면 살기로 막 가는 인생을 사는 자포자기의 사내였어. 앞으로 어떤 행투를 더 벌일지, 여간 불안하지가 않아…, 차라리 얼마간의 돈을 마련해 주고…"

나는 그녀의 말을 잘랐다.

"사내가 노리는 바가 바로 누나의 그런 마음이죠. 공포 불안 낭패감을 조성시켜서, 끝내 견디지 못한 주인의 굴복을 얻어내는 방법이죠. 많은 사람들이 그런 행패구사에 쉽게 넘어가나 보더라구요"

순전히 내 짐작일 뿐이었다. 사내가 욕지거리를 하면서도 아랫눈으로 우리의 표정을 살피는 감을 느꼈고, 울며불며 아들을 만류하던 노인도 사내가 말을 할 때는 경청하는 모습을 언뜻언뜻 보였기 때문이다.

"그럴 수도 있겠네. 나도 알아보겠지만 찬우씨도 계속 신경 써 주어"

"당연하지요. 그런데, 모레부터 출근하면, 당분간 출입처 익히기만도 이만 저만 큰 일이 아닐 것 같아요. 전적으로 저를 의지하지는 마시고"

"알았어, 우리 엄청 바쁘게 되었다."

신년 첫 날. 우리는 그렇게 하루를 보내고 말았다.

용문산 골짜기에서 서울로 돌아오는 길에 간이 휴게소 부근의 식당에서 닭백숙을 먹는 것으로 늦은 점심을 때우고, 각자 집으로 헤어졌다.

이상한 예감이 들었다. 신년 첫 날이어선지 이 날의 부산스러움이 일년 내내 갈 것도 같고, 우리의 결혼생활도 순탄스럽지만은 않을 것 같은, 이렇다 할 어떤 뚜렷한 이유도 없이, 그러한 느낌이 이 날 저물녘까지 머릿속에서 떠나지 않았다.

2권에서 계속…

작품연보

1964년 <女像>지 제 3회 여류신인문학상 수상. 단편소설 「비탈」

1967년 <매일신문> 신춘문예 단편소설 「천태산 울녀」 당선

1968년 <현대문학>지 단편소설 「산영(山影)」으로 추천완료

1974년 단편소설집 「산 가시내」 범우사

1978년 단편소설집 「산정(山情)」 청림각

1978년 장편소설집 「산울음」 범우사

1979년 장편소설집 「산 배암」 문예원

1979년 중편소설집 「불임여자」 문학예술사

1980년 장편소설집 「정녀(情女)」 여원문화사

1980년 장편전작소설집 「자매의 성」 성정출판사

1981년 장편소설집 「돌개바람」 세광공사

1981년 장편소설집 「양철지붕의 담쟁이」 금화출판

1982년 꽁트집 「사나이 대장부」 수상사출판부

1983년 장편소설집 「씨톨1」 행림출판사

1984년 장편소설집 「야생(野生)의 숲」 행림출판사

1985년 장편소설집 「씨톨2」 행림출판사

1985년 장편소설집 「촌 남자」 선일출판사

1986년 장편소설집 「고리」 해냄출판사

1987년 장편소설집 「흑색병동」 행림출판사

1987년 수필집 「생의 부초가 되기 싫거든」 청탑출판사
1988년 장편소설집 「씨톨3」 행림출판사
1988년 수필집 「그대 내 영혼 되어」 선일출판사
1989년 중편소설집 「아버지의 장기(臟器)」 삼진기획
1989년 수필집 「배추뿌리」 선일출판사
1990년 장편소설집 「욕망의 늪」 자유문학사
1991년 장편소설집 「살구나무 숲에 트는 바람」 인의출판사
1992년 꽁트집 「잘난 남자」 답게출판사
1992년 단편소설집 「내 절벽가슴」 책나라
1994년 장편소설집 「히포크라테스의 연가(戀歌)」 뿌리출판사
1996년 단편소설집 「어머니의 고리」 신원문화사
1997년 장편소설집 「두 여자」 신원문화사
1998년 장편역사소설 「논개」 국제일보 2년간 연재
2003년 단편소설집 「산막의 영물(靈物)」 정은출판
2006년 중편소설집 「산죽(山竹)」 정은출판
2009년 장편소설집 「생명의 늪 上」, 「생명의 늪 下」 정은출판

문학상수상

1984년 제 10회 한국소설문학상__작품 : 장편소설「야생의 숲」

1991년 제 3회 남명문학상__작품 : 장편소설「살구나무 숲에 트는 바람」

1994년 제 11회 펜문학상__작품 : 장편소설「히포크라테스의 연가」

1996년 제 31회 월탄문학상__작품 : 단편소설「어머니의 고리」

1997년 은평문화예술대상 수상(특별 공로상)

2003년 제 40회 한국문학상__작품 : 단편소설「산막의 영물」

2004년 제 18회 예총예술문화대상 수상(문학 부문)

2006년 제 2회 류주현 문학상__작품 : 장편소설「생명의 늪」

2009년 제 3회 손소희 문학상__작품 : 단편소설「어차피 죽을 목숨」

경 력

1942년 경상남도 진주(晋州) 출생
1964년 서라벌 예술대학 문예창작학과 졸업
1965-1967년 경남일보사 문화부차장
1967-1969년 마산 제일여고 국어교사
1971년 서라벌 예술대학 문예창작학과 (학부) 졸업
1969-1977 의사신문사 취재부 차장
1990-1996년 공무원 연수원(강좌 34회) 및 중소기업연수원(강좌 24회) 강사
1995-1996년 성신여대 사회교육원 문예창작과 강사
1996-1998년 한국여성문학인회 부회장
1998-1999년 동덕여대 인문대 문예창작과, 동대학원 문예창작과 강사
2001-2004년 경원대 사회교육원 겸임교수
2000-2002년 방송위원회 심의위원
2003-2006년 한국문인협회 부이사장
1997-2007년 은평문인협회 회장
2003-2008년 민주평화통일 자문위원(11기,13기)
1998- 은평문화원 부원장(현)
1998- 한국소설가 협회 이사, 복사전송권 협회 이사(현)
2009- 한국문예 학술저작권협회 부이사장(현)
2009- 한국여성문학인회 회장(현)

정은출판 소설집

초판인쇄 2009년 9월 28일
초판발행 2009년 10월 12일

지은이 김지연
펴낸이 노용제

펴낸곳 정은출판
등록번호 제 2-4053호
등록일자 2004년 10월 27일
주소 100-015 서울 중구 충무로5가 36-3
전화 02-2272-9280
팩스 02-2277-1350
이메일 jw9280@empal.com

정가 11,000원
ISBN 978-89-5824-145-4 04810
978-89-5824-144-7(전 2권)

* 잘못된 책은 바꾸어드립니다.